【中国古典名著补续系列】

东西晋演义

明·杨尔曾 ◎ 著

内蒙古出版集团
远方出版社

图书在版编目(CIP)数据

东西晋演义/〔明〕杨尔曾著.—呼和浩特：远方出版社，2014.1
ISBN 978-7-5555-0088-9

Ⅰ.①东… Ⅱ.①杨… Ⅲ.①章回小说—中国—明代 Ⅳ.①I242.4

中国版本图书馆CIP数据核字(2013)第321857号

东西晋演义

作　　者	〔明〕杨尔曾
责任编辑	董美鲜　胡丽娟
封面题图	马东原
版式设计	韩　芳
出版发行	内蒙古出版集团　远方出版社
社　　址	呼和浩特市乌兰察布东路666号
	（电话 0471—2236466　邮编 010010）
经　　销	新华书店
印　　刷	内蒙古爱信达教育印务有限责任公司
开　　本	710×1000　1/16
字　　数	560千
印　　张	34
版　　次	2014年6月 第1版
印　　次	2014年6月 第1次印刷
印　　数	1—5 000册
标准书号	ISBN 978-7-5555-0088-9
定　　价	39.80元

如发现印装质量问题，请与出版社联系调换

序

  一代肇兴,必有一代之史,而有信史、有野史。好事者蒐取而演之,以通俗谕人,名曰"演义",盖自罗贯中《水浒传》、《三国传》始也。罗氏生不逢时,才郁而不得展,始作《水浒传》,以抒其不平之鸣。其间描写人情世态、宦况闺思,种种度越人表。迨其子孙,三世皆哑,人以为口业之报。而后之作《金瓶梅》、《痴婆子》等传者,天且未尝报之,何罗氏之不幸至此极也?良亦尼父恶作俑意耳!今年仲夏,溽暑蒸人,洼居甚苦,偶遇泰和堂主人。主人者,貂蝉世胄,纨绮名家,秘窥二酉之藏,业擅五车之富,射雕献技,倚马呈奇,而尚义任侠,施予然诺,淄渑不爽。时以醇醪浇其胸中块磊之气,故其座常满,其尊不空,诚翩翩佳公子也。是日,以白堕迟我,觥筹交错,丙夜不休。迨醉眠,鸡鼓翼再鸣矣。主人语我曰:"某欲刻《东西两晋传》,而力有未逮。得君为我商订,庶乎有成。"余曰:"某非董狐也,子盍谋之外史氏乎?"主人曰:"昔弇州氏以高才硕抱,不得入史馆秉史笔,故著述几亿万言。今君颠毛种种,仕路犹赊,宁不疾殁世而名不称乎?且是编也,严华裔之防,尊君臣之分,标统系之正闰,声猾夏之罪愆,当与《三国演义》并传,非若《水浒传》之指摘朝纲,《金瓶梅》之借事含讽,《痴婆子》之痴里撒奸也。君何辞焉?"余爰是标题甲乙,稍加铅椠,迨秋仲而杀青斯竟。间有姓氏之错谬,岁月之参差,郡邑之变更,官爵之讹误,先后之倒置,章法之紊乱,皆非我意也,仍旧文而稍加润色耳。知我者,幸毋以莺鸠见哂。

东西晋帝纪

西 晋

始武帝乙酉篡位自立,终愍帝丙子。四帝,共五十二年。为"五胡"伪汉刘聪所灭。

其祖司马懿,河内温县人。其先出自高阳之子重黎,为夏官祝融。及周,以夏官为司马,因以氏焉。楚汉间司马卬之后也。曹操辟懿为丞相文学掾。魏文帝时,为抚军、录尚书事,受顾命辅政。明帝时,迁大将军。齐王,迁太尉丞相,加九锡。卒,子师乃为大将军、录尚书事。废齐王,立高贵乡公。卒,弟昭袭位,大将军、录尚书事。弑高贵乡公,立陈留王。进位相国,封晋公,加九锡,总百揆,进爵为王。卒,子炎嗣,为相国、晋王。

乙酉,武帝姓司马名炎,司马懿之孙,司马昭之子。篡魏称帝,承魏大德,以金德王,都洛阳,平吴混一。在位二十五年,寿五十五。改元者四:泰始(十)、咸宁(六)、太康(十)、太熙(一)。

庚戌,惠帝名衷,武帝子。在位十七年。东海王越鸩之,寿四十八。改元者十一:永熙(一)、永平(一)、元康(九)、永康(二)、永宁(二)、太安(二)、永安(一)、建武(一)、永安(一)、永兴(三)、光熙(一)。

丁卯,怀帝名炽,武帝子。在位七年。为"五胡"刘聪所擒,寿三十。改元者一:永嘉(七)。

癸酉，愍帝名邺，武帝孙。在位四年。为五胡刘聪所擒，寿十八。改元者一：建兴（五）。

"八王"用事之次：

汝南王司马亮，贾后使玮杀之。

楚王司马玮，张华劝贾后杀之。

赵王司马伦，篡位伏诛。

齐王司马冏，被司马乂杀之。

长沙王司马乂，被越杀之。

成都王司马颖，长史刘舆鸩之。

河间王司马颙，南阳王模遣将杀之。

东海王司马越，忧惧成疾，薨于项。还葬东海，石勒追及伐军焚尸，世子毗及宗室四十八王皆殁。

东晋

元帝，太安之际，童谣云："五马浮渡江，一马化为龙。"永嘉元年，琅邪王睿与西阳王羕、汝南王佑、南顿王宗、彭城王纮，同获济，而元帝睿即大位。

始元帝因怀、愍二帝为伪汉刘聪所执，丁丑渡江，于戊寅即位于建康，终恭帝。

十一帝，共一百三年。己未年，被刘裕篡位灭之。

丁丑，元帝姓牛名睿，乃琅邪恭王妃夏后氏因与小吏牛氏通所生，而冒姓司马氏，实牛姓，是应"牛继马后"之谶也。承西晋，以金德王，都于建康，在位六年。寿四十七。改元者三：建武（二）、太兴（四）、永昌（二）。

癸未，明帝名绍，元帝子。西朝之教始兴。帝在位三年，寿二十七。改元者一：太宁（三）。

丙戌，成帝名衍，明帝子。五岁即位，太后临朝，王导辅政。在位十七年，寿二十二。改元者二：咸和（九）、咸康（八）。

癸卯，康帝名岳，明帝子。在位二年，寿二十三。改元者一：建元（二）。

乙巳，穆帝名聃，康帝子。三岁即位，褚太后临朝，在位十七年，寿十九。改元者二：永和（十二）、升平（五）。

壬戌，哀帝名丕，成帝子。在位四年，寿二十五，改元者二：隆和（二）、兴宁（三）。

丙寅，废帝名奕，成帝子。在位六年，寿四十五。虚器徒拥，为桓温所废，为东海王，又降为海西县公。改元者一：太和（六）。

辛未，简文帝名昱，元帝子。在位二年，寿五十三。改元者一：咸安（二）。

癸酉，孝武帝名曜，简文帝子。十一岁即位，谢安辅政，在位二十四年，寿

三十五。因醉，为张贵人所弑。改元者二：宁康（三）、太元（二十一）。

丁酉，安帝名德宗，孝武帝子。桓玄篡位，废为平固王。迁为寻阳，又奔江陵。刘裕诛玄复位，后为刘裕所弑。在位二十二年，寿三十七。改元者三：隆安（五）、元兴（三）、义熙（十四）。

己未，恭帝名德文，孝武帝子。刘裕立之，在位一年，寿三十六。改元者一：元熙（二）。为刘裕所篡，封零陵王，寻弑之。

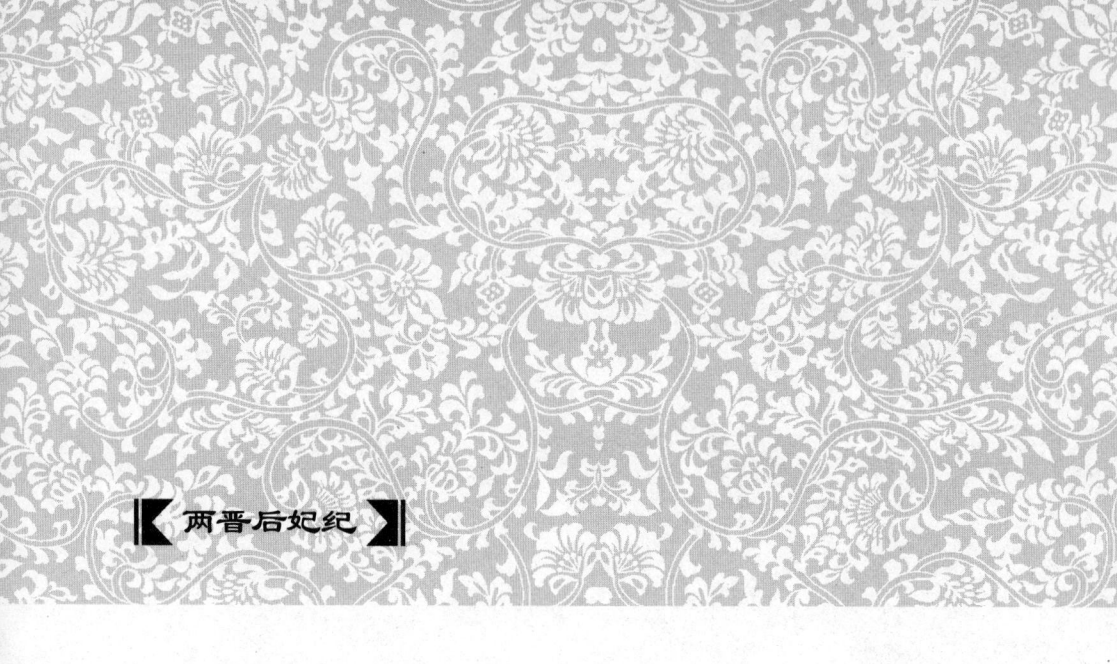

两晋后妃纪

杨皇后,被妇贾后所废,害之。胡贵嫔,武帝妃也。

贾皇后,惠帝后,凶悍,谋害太子,被赵王伦废之。

羊皇后,惠帝后,被后赵王刘曜掳去为后。

杜皇后,杜预曾孙,成帝之后,后美无齿,帝纳入宫,一夜遂生。

李太后,孝武帝母,梦二龙枕膝,日月入怀,而生帝。

王皇后,即安帝后也。

五胡僭伪十六国王纪元

前凉

张轨,安定乌氏人,汉赵王张耳十七世孙。晋惠帝永宁元年为凉州刺史,因据之。安帝拜凉州牧、西平公。始晋太安二年癸亥,终东晋太元元年丙子。八王,共七十四年。前秦苻坚灭之。张轨在位十二年。

张寔,轨之子,为妖贼所杀。在位六年。僭号改元者一:永安(六)。

张茂,轨之子,寔之弟,被刘曜击,出降,卒。在位三年。僭号改元者一:永元(三)。

张骏,寔之子,自称凉王,妖人杀之。在位二十二年。僭号改元者一:太元(二十二)。

张重华,骏之子。晋穆帝仍以为凉州刺史、西平公。复自称凉王。在位九年。僭号改元者一:永乐(九)。

张曜灵,重华子。立二月,国人废之,立张祚。

张祚,骏之子。立一年,僭号改元者一:和平(一)。明年去年号,遇杀。

张玄靓,重华之子,曜灵之弟。在位九年。僭号改元者一:太始(六)。明年奉晋升平年号,张天锡弑之。

张天锡,玄靓叔父。弑玄靓自立,降于苻坚。坚寇晋,于阵降晋。诏复西平公。在位十二年。僭号改元者一:凤凰(十二)。

后 凉

吕光,略阳氐人。苻坚灭西域还凉州,入姑臧,闻坚遇弑,遂据姑臧。自称凉州牧、酒泉公、三河王,即凉王位。

始东晋太元十一年丙戌,终元兴二年癸卯。三主,共十九年。后秦姚兴灭之。吕光在位十三年。僭号改元者三:太安(三)、麟嘉(六)、龙飞(四)。

吕绍,光嫡子。庶长子纂杀绍自立。

吕纂,光庶长子。杀绍自立。三年,光弟宝之子超杀纂而立兄隆。僭号改元者一:咸宁(三)。

吕隆,宝之子。降于姚兴。在位三年。僭号改元者一:神鼎(三)。

南 凉

秃发乌孤,河西鲜卑人。吕光署为广武郡公,筑广州堡以都之。自称西平王、武王,徙都乐都。又据广武,今兰州金城县。

始东晋隆安元年丁酉,终义兴十年甲寅。三主,共十八年。西秦乞伏炽盘灭之。

秃发乌孤在位三年。僭号改元者一:太初(二)。

利鹿孤,乌孤弟。徙居西平,称河西王。在位二年。僭号改元者一:建和(二)。

傉檀,利鹿孤弟。在位十三年,称凉王,迁乐都。为乞伏炽所杀。僭号改元者二:弘昌(六)、嘉平(七)。

西 凉

　　李暠,小字长生,陇西成纪人。汉前将军李广十六世孙。高曾祖仕晋,历郡守。祖仕张轨。父早卒,遗腹生暠。北凉王段业以为敦煌太守,又推为秦、凉二州牧。凉王奉表于晋称藩,据敦煌,徙酒泉。

　　始东晋隆安四年庚子,终宋永初二年辛酉。三主,共二十二年。北凉沮渠蒙逊灭之。

　　李暠在位十二年。僭号改元者二:庚子(四)、建初(八)。

　　李歆,暠之子。嗣立九年。为沮渠蒙逊所害,在位九年。僭号改元者一:嘉兴(九)。

北 凉

　　沮渠蒙逊,临松卢水胡人。起兵推建康太守段业为凉州牧、凉王。后蒙逊杀段业自立,据张掖,今甘州。

　　始东晋隆安元年丁酉,终宋元嘉十六年己卯。三主,共四十三年。后魏灭之。

　　段业,在位五年。僭号改元者二:神玺(二)、天玺(三)。

　　沮渠蒙逊杀段业自立,称凉州牧、张掖王。迁于姑臧,称河西王。在位三十二年。僭号改元者四:永安(十二)、玄始(十四)、承玄(二)、义和(四)。

　　牧犍,蒙逊子。在位六年,为后魏太武所杀。僭号改元者一:永和(六)。

前赵（初号汉）

刘渊，新兴匈奴人，冒顿之后。晋惠帝永兴元年自称大单于，据离石左国城，建国号汉，称汉王。即帝位，迁都平阳，为"五胡乱华"之首。

始西晋永兴元年甲子，终东晋咸和四年己丑。三主，共二十六年。后赵石勒灭之。

刘渊在位六年。僭号改元者三：元熙（四）、永凤（一）、河瑞（一）。

刘和，渊之子。立一月，为弟聪所杀。

刘聪，渊次子。弑兄自立，在位八年。僭位号改元者四：光兴（一）、嘉平（四）、建元（一）、麟嘉（二）。

刘粲，聪之子。立一月，为靳准所杀。刘氏男女无少长皆斩东市，发渊、聪冢，斩聪尸，焚其庙。

刘曜，聪族子。讨靳准自立，改国号赵，在位十二年。为石勒所杀。僭号改元者一：光初（十二）。

后　赵

石勒，上党人，系羯人。晋惠帝太安中为群盗，归刘渊，以为平晋，后自为赵王，据襄国，灭前赵，即帝位，徙都平漳。为"五胡乱华"之从。

始东晋大兴二年己卯，终永和七年辛亥。七主，共三十三年。冉闵灭之。

石勒在位十五年，九年无年号。僭号改元者二：太和（二）、建平（四）。以胡僧佛图澄创捏胡经，以扶胡教。

石弘，勒之子。立一年，为勒从子石虎所弑，勒种无遗。僭号改元者一：延熙（一）。

石虎，勒从子。弑石弘自立，迁都邺，在位十五年。僭号改元者二：建武（十四）、太宁（一）。

石世，虎嫡子。立一月，为庶兄石遵所杀。

石遵，虎庶长子。立十月，杀石世自立。为石鉴所杀。

石鉴，虎之子。立二月，改元青龙，杀石遵自立。为虎养孙石闵杀之，并石虎三十八孙尽灭，石氏无遗类，杀胡羯二十八万人。

石祗，虎族子。立二年，改元永宁。因石鉴遇害，称帝于襄国。为其将刘显所弑。僭号改元者一：永宁（二）。

夏

赫连勃勃，匈奴右贤王去卑之后，刘渊之族也。统朔方。

始东晋义熙三年丁未，终宋元嘉八年辛未。三主，共二十五年。后魏太武灭之。

赫连勃勃，在位二十年。僭号改元者四：龙升（六）、凤翔（五）、昌武（三）、真兴（六）。

赫连昌，勃勃子。为后魏所擒，立一年。僭号改元者一：承光（一）。

赫连定，昌弟。击北凉，为吐谷浑所执，送魏，夏遂亡。在位四年。僭号改元者一：胜光（四）。

后 蜀

李特,巴西宕渠人。晋武帝太康中关西乱,百姓流移就谷,特随流人寄食蜀汉。晋太安中遂据益州,自称益州牧。子雄,称成都王。即帝位,国号成。

始西晋太安二年癸亥,终东晋永和三年丁未。五主,共四十五年。晋桓温灭之。

李特在位二年。僭号改元者一:建初(一)。

李雄,特之子。在位三十一年。僭号改元者三:建兴(二)、晏平(五)、玉衡(二十四)。

李期,雄兄之子。为雄弟寿所杀,在位三年。僭号改元者一:玉恒(三)。

李寿,雄之弟。杀期自立,在位六年,改国号汉。僭号改元者一:汉兴(六)。

李势,寿之子。降于晋桓温,在位三年。僭号改元者二:太和(一)、嘉宁(一)。

魏

不在十六国数。始东晋永和六年庚戌,终永和八年壬子。共三年。前燕慕容隽灭之。

冉闵,魏郡内黄人。石虎养子,冒姓石氏,杀石鉴自立,复姓冉氏。国号魏,在位三年。僭号改元者一:永兴(三)。

前 燕

"五胡乱华"之一。慕容廆，小字弈洛瓌，昌黎鲜卑人。其先有熊氏之苗裔，世居北夷，号曰东胡。后为匈奴所败，分保鲜卑山，因以为号，以慕容为氏。又辽西廆父涉归，为鲜卑单于，迁邑于辽东。廆继立，自称鲜卑大单于。晋元帝封昌黎公，据邺都。

慕容廆在位三十一年，未有号。

慕容皝，廆之子。称燕王，在位十六年。

慕容儁，皝之子。自即帝位，在位十三年，四年无年号。僭号改元者二：元玺（五）、光寿（四）。

慕容暐，儁之子。降于符坚，寻为所杀，在位八年。僭号改元者一：建熙（八）。

后 燕

据中山，今定州。慕容垂，皝第五子。慕容儁封吴王，与慕容评相忌，奔秦仕苻坚。坚寇晋，兵败，伏归燕，自称燕王，定都中山，即帝位。

始东晋太元八年癸未，终义熙四年戊申。五主，二十六年。北燕冯跋灭之。

慕容垂立十二年，二年无年号。僭号改元者一：建兴（十）。

慕容宝，垂之子。立三年。僭号改元者一：永康（三）。

慕容盛，宝之子。立三年。僭号改元者二：建平（一）、长乐（二）。

慕容熙，垂少子。立六年，为冯跋及慕容宝养子高云所杀。僭号改元者一：光始（六）。

高云弑慕容熙,自立二年,为幸臣离班桃仁杀之。僭号改元者一:正始(三)。

南 燕

据广固,今青州。慕容德,皝之少子,垂之弟也。慕容𬀩封为范阳王,慕容宝以为丞相,领冀州牧,遂自称燕王。入青、齐、广固,即帝位。

始东晋隆安二年戊戌,终义熙六年庚戌。二主,十三年。刘裕灭之。

慕容德,立七年,僭号改元者一:建平(七)。

慕容超,德兄之子。立六年,为晋刘裕所执,送建康斩之。僭号改元者一:太上(六)。

北 燕

冯跋,长乐信都人。与高云杀慕容熙,推高云为主。云遇杀,众推冯跋即天王位,国号燕,据昌黎,今澟州。

始东晋义熙五年己酉,终宋元嘉十三年丙子。二主,二十八年。后魏太武灭之。

冯跋立二十三年,僭号改元者一:太平(二十三)。

冯弘,跋之弟。杀跋之子而自立,五年,为后魏太武所灭。东奔高丽,后见杀。僭号改元者一:太兴(五)。

前　秦

"五胡乱华"之一。苻健，略阳氐人。世为西戎酋长。父苻洪，晋永嘉之乱，据枋头，有虎踞中原之志。降于石虎，以为都督，镇关中，罢归枋头。洪以谶文有"草付应王"，遂改姓苻氏。自称大单于、三秦王。为麻秋所鸩。子健斩麻秋嗣位，入关都长安，称天王，即帝位。

始东晋永和六年庚戌，终宋元十九年甲午，七主，四十五年。后秦姚兴灭之。

苻洪立二年，无年号。

苻健，洪之子。在位四年。僭号改元者一：皇初（四）。

苻生，健第三子。立二年，苻坚杀之。僭号改元者一：寿光（二）。

苻坚，洪侄之子。杀苻生自立，称大秦天王。大举寇晋，败于淝水而还。国内大乱，为姚苌所杀。篡位二十九年。僭号改元者三：永兴（二）、甘露（六）、建元（二十一）。

苻丕，坚长庶子。称帝于晋阳，为晋将所杀。立一年。僭号改元者一：太安（一）。

苻登，坚族孙。称帝于陇东，为兴所杀。立八年。僭号改元者一：太初（八）。

苻崇，丕之子。即帝位于湟中，为凉王乾归所杀。立一年。

后　秦

"五胡乱华"之一。姚苌，赤亭羌人。世为羌酋。仕苻坚为龙骧将军。弑坚，自称

秦王,据长安。

始东晋太元九年甲申,终义熙十三年丁巳。三主,三十四年。晋刘裕灭之。

姚苌,在位十年。僭号改元者二:白雀(二)、建初(八)。以胡僧鸠摩罗什伪造胡经以扶胡教。

姚兴,苌之子。在位二十二年。僭号改元者二:皇初(五)、弘始(十七)。

姚泓,兴之子。在位二年。降于刘裕,执送建康斩之。僭号改元者一:永和(二)。

西 秦

乞伏国仁,陇西鲜卑人。父司繁降苻坚,使镇勇士川,卒,国仁代镇。苻坚败,自称大单于,秦、河二州牧,苑川王,据金城,一云据邺。

始东晋太元十年乙酉,终宋元嘉八年辛未。四主,四十七年。夏赫连定灭之。

乞伏国仁在位三年。僭号改元者一:建义(三)。

乾归,国仁弟。称河南王、秦王,为兄子公府所杀。在位二十三年。僭号改元者二:太初(二十)、更始(三)。

识盘,乾归子。在位十七年。僭号改元者二:太康(八)、建弘(九)。

慕永,识盘子。嗣位立四年,赫连定灭之。僭号改元者一:永弘(四)。

元魏纪

北 魏

黄帝子昌意少子，受封北土，有国焉。兴为诘汾，汾生力微，力微孙猗卢，晋封为代王。传至孙什翼犍为苻健所并。什翼犍孙拓跋珪，复自立为代王，迁居定襄之盛乐，改称魏王。后都平城，即位为帝，以土德王。孝文改姓元氏，迁都洛阳，定为水德王，继西晋金德也。

始道武帝，丙戌即位，终孝武帝，甲寅弃国，西奔长安。十三主，共一百四十九年。分为东、西魏。

丙戌，道武帝姓拓跋，名珪，什翼犍孙，以土德王。为子清河王绍所弑。在位二十三年，寿三十九。改元者四：登国（十一）、皇始（二）、天兴（六）、天赐（六）。

己酉，明元帝名嗣，道武帝长子。在位十五年，寿三十二。改元者三：永兴（五）、神瑞（二）、泰常（八）。

甲子，太武帝名焘，明元帝子。在位二十八年，寿四十五。为宦官宇爱所弑。改元者六：始光（五）、神䴥（四）、延和（三）、太延（六）、太平真君（十二）、正平（一）。

壬辰，文成帝，名濬，太武嫡孙。在位十四年，寿二十六。改元者四：兴安（三）、兴光（二）、太安（五）、和平（六）。

丙午，献文帝，名弘，文成子。为冯太后所鸩，在位六年，寿二十。改元者二：天安（一）、皇兴（五）。

辛亥，孝文帝，名宏，献文子。改姓元氏，定为水德王，继西晋金德，迁都洛阳。在位二十九年，寿三十三。改元者三：延兴（六）、承明（一）、太和（二十三）。

庚辰，宣武帝，名恪，孝文子。魏业始衰，在位十六年，寿三十三。改元者四：景明（四）、正始（四）、永平（四）、延昌（四）。

丙申，孝明帝，名诩，宣武子。六岁即位，胡太后临朝，复为所鸩。在位十三年，寿十九。改元者五：熙平（三）、神龟（三）、正光（六）、孝昌（三）、武泰（一）。

戊申，孝庄帝，名子攸，彭城王勰之子。尔朱荣迎立，为尔朱兆所杀。在位二年，寿二十四。改元者二：建义（一）、永安（三）。

庚戌，长广王名晔，太武曾孙。尔朱兆所立，又废之。改元者一：建明（二）。

辛亥，节闵帝，名恭，献文孙，广陵王羽之子。尔朱世隆所立，高欢鸩之，在位二年，寿三十五。改元者一：普泰（二）。

安定王，名朗，章武王融之子。高欢所立，又废之，寻见杀。改元者一：中兴（二）。

壬子，孝武帝，名脩，孝文孙，广平王怀之子。高欢所立，恶欢执政，西奔长安，依宇文泰，寻为泰所鸩。在位三年，寿一十五。改元者三：太昌（一）、永兴（一）、永熙（三）。

东　魏

据洛城，后迁邺。

始孝武帝西奔，甲寅，高欢迎立孝静帝。一主，十七年。高洋篡位灭之。

甲寅，孝静帝，名善见，清河王亶之子。武帝出奔长安，高欢立之。欢子洋篡位，封中山王，寻弑之。在位十七年，寿二十八。改元者四：天平（四）、元象（二）、兴和（四）、武定（八）。

西　魏

据长安。始孝武帝甲寅，西奔长安，乙卯文帝即位，终恭帝丙子。三主，共二十二年。宇文觉篡位灭之。

乙卯，文帝名宝炬，孝文帝孙，京兆王愉之子。宇文泰鸩武帝而立之，初封南阳王，在位十七年，寿四十五。改元者一：大统（十七）。

壬申，废帝名钦，文帝子，在位二年，不改元，宇文泰废之。

甲戌，恭帝名廓，文帝子，废帝弟。宇文泰立，复姓拓氏。在位三年，不改元，宇文泰子宇文觉篡位，寻为所杀。

刘宋纪

始武帝庚申,篡晋自立,终顺帝己未。八主,共六十年。萧道成篡位灭之。

庚申,宋武帝姓刘,名裕,小字寄奴,彭城人,汉楚元王二十一世孙。诛桓玄,灭后秦、南燕。晋封宋公,进爵为王,遂篡晋而自立。承晋金德,以水德王,都于建康。篡位三年,寿六十。改元者一:永初(三)。

癸亥,少帝义符,小字车兵,武帝长子。在位一年,游戏无度,为徐羡之所废,寿十九。改元者一:景平(二)。

甲子,文帝名义隆,小字车儿,武帝第三子。在位三十年,为太子劭所弑,寿四十七。改元者一:元嘉(三十)。

劭,弑父自立,孝武杀之。僭号改元者一:太初。

甲午,孝武帝,名骏,小字道民,文帝子,在位十一年,寿二十五。改元者二:孝建(三)、大明(八)。

乙巳,前废帝,名子业,小字法师,孝武帝子,在位一年,无道,湘东王彧结寿寂之弑之。寿十七。改元者一:永光改景和。

乙巳,明帝,名彧,文帝子。篡位八年,寿三十四。以妾与嬖幸李道儿有孕,取归生子继位。改元者二:泰始(七)、泰豫(一)。

癸丑,后废帝,名昱,明帝子,实李道儿子也。在位四年,寿十五,无子。为萧道成令杨万年等杀之,追废苍梧王。改元者一:元徽(五)。

丁巳,顺帝,名准,明帝子。萧道成立之,在位三年,寿十一。为萧道成所篡,寻杀之。改元者一:昇明(三)。昇明三年,即齐高帝建元元年。

目录

西晋卷之一

- 王浚王浑大争功 … 2
- 罢武备诸胡兵起 … 5
- 郭钦进上徙戎论 … 5
- 袁甫炫鬻于何勖 … 6
- 北魏祖逢天女配 … 7
- 夷夷兵犯没鹿回 … 8
- 窦龙以谋攻力微 … 10
- 拓跋力微霸长川 … 11
- 束晳诚心祈雨泽 … 13
- 刘毅对帝似桓灵 … 14
- 石崇与王恺斗宝 … 15
- 刘毅论中正九品 … 18
- 武帝托孤立惠帝 … 21
- 后父杨骏独秉政 … 22
- 贾氏南风夺朝权 … 23
- 贾后谋害皇太后 … 25
- 司马亮专权执政 … 27

西晋卷之二

- 八王用事相图害 … 27
- 司马玮杀亮夺权 … 28
- 帝用华计杀楚王 … 28
- 陆云县治若神明 … 30
- 赵王伦征胡三寇 … 31
- 周处合兵讨氐羌 … 32
- 周处战死在羌阵 … 33
- 孟观以兵伐万年 … 34
- 贾后谋废皇太子 … 35
- 贾后谋害皇太子 … 38
- 王氏惠风守贞节 … 39
- 王衍专意事清谈 … 41
- 王戎与世同浮沉 … 42
- 阮咸叔侄效放达 … 42
- 江统进上《徙戎论》 … 44
- 鲁褒伤时作钱论 … 45
- 赵王起兵诛贾后 … 46

西晋卷之四

- 司马睿招百六掾 … 118
- 刘曜攻模入长安 … 118
- 石勒陷蒙执苟晞 … 119
- 石勒诱王弥杀之 … 119
- 贾疋复晋取长安 … 121
- 苟晞火攻汲桑众 … 95
- 石勒以兵下赵魏 … 96
- 王弥集兵寇洛阳 … 97
- 何曾一日食万钱 … 99
- 石勒寇巨鹿常山 … 100
- 刘聪诈降败刘主 … 103
- 猗卢大破铁弗氏 … 104
- 勒责王衍乱天下 … 105
- 石勒引兵攻襄阳 … 109
- 城陷怀帝被汉掳 … 111
- 石勒以军据襄国 … 112
- 彝指王导管夷吾 … 115
- 导指流涕似楚囚 … 121
- 慕容廆破木丸部 … 122
- 琅邪遣将讨石勒 … 123
- 代公大破刘曜众 … 124
- 王浚遣军攻汉王 … 127
- 元达锁腰谏刘王 … 127
- 怀帝被害立愍帝 … 129
- 石虎引兵陷邺台 … 130
- 慕容廆大霸棘城 … 131
- 祖逖击楫取中原 … 133
- 张光视死如登仙 … 135
- 刘曜阴入攻长安 … 137
- 石勒奉表于王浚 … 137
- 石勒袭蓟杀王浚 … 137
- 邵续弃子归晋室 … 139
- 刘曜赵染寇长安 … 140
- 周访击斩贼张彦 … 141
- 陶侃击破杜弢死 … 143
- （刘曜…）… 143
- 陶侃击破杜弢死 … 144

目录

西晋卷之三

- 赵王司马伦执权 50
- 淮赵二王相攻害 51
- 孙秀害潘岳石崇 51
- 赵廞起兵据蜀城 54
- 司马伦废帝自立 55
- 五王会兵讨赵王 56
- 齐王擅权拒众谋 58
- 顾荣诈酒远齐王 59
- 李特造反攻巴蜀 61
- 长沙王杀齐王冏 64
- 罗尚以军讨李特 64
- 张昌攻杀新野王 66
- 桓穆二帝并诸国 67
- 李雄攻尚夺成都 72
- 二王兵攻长沙王 75
- 张方炙杀长沙王 75
- 刘沈战死于长安 76

- 成都王独执权政 77
- 东海王奉驾讨颖 77
- 王浚讨伐司马颖 78
- 匈奴元海称汉王 80
- 张方劫驾入长安 81
- 河间奉帝还洛阳 82
- 李雄自称成都王 83
- 河间王专执朝权 83
- 东海王虓讨石超 84
- 司马颙谋杀张方 87
- 陶侃为将讨陈敏 87
- 司马颐谋杀张方 88
- 李毅女秀破五夷 89
- 祁弘奉驾还洛阳 89
- 司马越执权秉政 90
- 太弟司马炽登位 91
- 五马渡江一化龙 92
- 顾荣周玘杀陈敏 92
- 琅邪王收用贤俊 94

石勒召封仇人爵 186
代贺傀谋弑其君 187
王敦举兵谋逆叛 187
王敦待罪于阙下 191
王敦杀周颛戴渊 193
王导执表涕周颛 194
湘州谯王死忠义 196
元帝崩太子即位 197
郭璞葬甚致天子问 198
王逊怒甚冠裂卒 199
平先以众击陈安 199
赵封世子永安王 201
赵击凉州张茂降 201
成立兄子为太子 202
王敦举兵逆谋反 203
明帝私视王敦营 203
王导计气王敦死 205

东晋卷之二

陶侃劝人惜分阴 210
戴洋风角占通神 211
明帝托孤与王导 212
亮征苏峻为司农 214
苏峻祖约举兵反 215
卞壸父子死忠孝 217
郗鉴王舒赴国难 219
侃峤会兵讨苏峻 220
石虎率众击前赵 222
侃峤诛峻于石头 224
佛图澄起死回生 224
后赵王勒获刘曜 226
诸军讨苏逸诛之 226
陶侃兴兵讨郭默 228
赵诛祖约夷其族 231
石勒自问古何主 231

目录

东晋卷之一

- 王敦意欲害陶侃 144
- 汉杀陈休等七人 147
- 代王兴命讨六修 148
- 梁纬夫妻死恩义 150
- 愍帝出降于刘曜 150
- 刘琨失据奔蓟州 153
- 丞相睿移檄北征 154
- 汉主刘聪杀太弟 155
- 祖逖取谯击石虎 156
- 周访扬口破杜曾 157
- 愍帝平阳城遇害 158
- 晋王睿即皇帝位 160
- 邓伯道弃子留侄 161
- 元帝颁诏赦天下 166
- 李矩遣将夺汉营 167
- 汉以王沈婢为后 168
- 169

- 匹磾杀太尉刘琨 169
- 代王郁律破刘虎 170
- 刘约死去复还魂 171
- 靳准谋灭汉王粲 172
- 刘曜石勒讨靳准 173
- 石勒献捷于刘曜 174
- 祖逖兴兵讨陈川 175
- 刘曜即位于长安 176
- 石勒自称后赵王 177
- 宇文氏攻慕容廆 178
- 末杯以兵攻匹磾 179
- 赵将尹安降李矩 179
- 羊鉴有罪以除名 180
- 子远狱谏赵王曜 180
- 祖逖计修祖逖墓 182
- 张宾计修祖逖墓 182
- 司马承为湘刺史 184
- 段匹磾死于忠义 185
- 帝以戴渊拒王敦 185

东晋卷之四

- 冉闵监主杀胡羯 275
- 冉闵弑鉴改号魏 276
- 燕王击赵拔蓟城 277
- 常侍辛谧不食卒 279
- 桓温移军驻武昌 280
- 魏主冉闵围赵王 282
- 燕王兴兵执魏主 285
- 殷浩兴兵去伐燕 287
- 江逌献计破姚襄 289
- 桓温率众出伐秦 290
- 王猛披褐谒桓温 292
- 秦苻生妄杀大臣 294
- 负殊以舌下西凉 296
- 太后归政与穆帝 300
- 苻坚备仪聘王猛 300
- 燕王购虎尸鞭浸 304
- 燕王托孤慕容恪 306

- 晋哀帝登龙即位 309
- 桓温戏星人王见 311
- 天锡弑君而自立 313
- 哀帝崩立司马奕 313
- 司马勋叛攻成都 314
- 苻氏五公皆谋反 315
- 桓温伐燕大败还 316
- 慕容垂逃降苻坚 321
- 孙盛作『两晋春秋』 323
- 王猛举兵伐燕国 324
- 邓羌寝协司隶战 326
- 秦苻坚赦燕王晛 328
- 王猛辞赏不受封 329
- 桓温废主立新君 331
- 文帝崩立孝武曜 333
- 王谢新亭迎桓温 335
- 苻坚举兵取汉中 338
- 王猛疾疏谢秦王 340
- 姚苌以兵下凉州 341

目录

- 赵主勒卒太子立 235
- 石虎杀刘后石堪 235
- 张淳假道通建康 236
- 成主卒李班即位 237
- 石虎弑主自即位 239
- 张骏上疏请北伐 241
- 赵做太武东西宫 242
- 赵王虎杀太子邃 243
- 燕王称藩于赵国 243
- 李寿杀其主李期 244
- 赵王虎伐慕容皝 245
- 庾亮欲攻王导止 246
- 龚壮上封得失事 247
- 翳槐卒立什翼犍 248
- 何充庾冰参政事 250
- 赵人入寇陷沔邶 251
- 赵王发兵伐燕国 252
- 刘翔代求封燕王 253
- 成修宫室杀仆射 254

东晋卷之三

- 成帝崩立琅邪王 256
- 慕容皝击高句丽 257
- 拟殷深源如管葛 258
- 燕王击灭宇文部 260
- 孝宗穆帝即龙位 261
- 燕罢苑囿给新民 262
- 汉王杀其弟李广 263
- 凉州谢艾破赵兵 264
- 李奕举兵攻成都 265
- 桓温率师入伐蜀 265
- 汉主面缚舆梓降 266
- 石宣谋父不遂诛 269
- 赵立子世为太子 270
- 弋仲以兵讨梁犊 271
- 图澄葬石归天竺 271
- 晋燕率师伐赵国 273
- 石鉴杀遵而自立 274

- 姚兴举兵伐苻登 398
- 慕容垂举兵伐魏 401
- 太子宝败参合陂 402
- 燕王凿道去伐魏 404
- 燕太子慕容宝立 405
- 孝武暴崩立太子 405
- 魏王举兵大伐燕 406
- 燕王宝走奔龙城 409
- 蒙逊结盟报父仇 411
- 魏以甲子拔中山 412
- 慕容德称王滑台 414
- 兰汗谋叛乱燕宝 415
- 慕容盛复登燕位 417
- 慕容德谋都广固 419
- 孙恩聚众寇江南 421
- 刘裕落魄遇圣僧 422
- 刘裕十骑破孙恩 424
- 凉王卒诚诸子和 427
- 李暠自称西凉王 429

东晋卷之七

- 燕王德议立太子 430
- 姚硕德兵伐西秦 431
- 刘裕寡兵退孙恩 432
- 秦王兴兵伐西凉 433
- 元显意欲讨桓玄 438
- 桓玄陷建业篡位 439
- 南凉秃发傉檀立 442
- 刘裕起兵讨桓玄 445
- 刘裕火计破桓谦 447
- 桓玄挟帝走江陵 450
- 冯迁抽刃诛桓玄 451
- 晋帝乘舆返建康 453
- 刘裕遗循续命汤 454
- 慕容超立为燕王 454
- 冯跋即位于昌黎 455
- 勃勃封尸髑髅台 457
- 穆之劝裕刺扬州 458

目录

东晋卷之五

- 苻洛以兵伐北代 342
- 北使不辱君王命 343
- 秦王以代分二部 345
- 谢安荐侄于朝廷 346
- 韩氏女筑夫人城 350
- 苻丕攻陷襄阳城 351
- 谢玄率兵救彭城 351
- 秦王举兵伐苻洛 352
- 秦王集议寇江东 354
- 秦王发兵下江南 356
- 谢安合肥退秦兵 357
- 安合肥论兵大战 359
- 安玄围棋赌别墅 359
- 玄石破秦百万兵 360
- 八公山木化人形 362
- 吕光以兵伐西域 365
- 慕容垂谋复燕祚 367

东晋卷之六

- 慕容垂大破秦兵 369
- 慕容垂已复燕祚 371
- 姚苌反秦称后秦 374
- 苻丕不求救于谢玄 376
- 慕舆文杀刘库仁 377
- 姚苌以兵攻新平 379
- 高盖谋立慕容冲 379
- 秦遣姜让责燕王 380
- 苻坚避难五将山 382
- 姚苌执缢秦王坚 383
- 吕光还国夺西凉 384
- 拓跋珪大霸牛川 385
- 代王会议国号魏 388
- 吕光考核弑尹兴 390
- 秦王登与后秦战 391
- 姚苌计退斩苟曜 396
- 燕王老叩囊底智 397

东晋卷之八

- 刘裕抗表伐南燕 460
- 刘裕入险房在掌 461
- 燕王以兵拒刘裕 461
- 刘裕以兵攻广固 463
- 玄文献计塞五龙 465
- 裕以往亡获燕王 465
- 道规焚书固江陵 466
- 卢循以兵寇建康 466
- 何无忌握节身死 468
- 刘裕大破卢循兵 468
- 刘裕罪斩徐赤特 472
- 道覆以兵寇江陵 476
- 刘裕火攻破卢循 478
- 卢循败回取番禺 479
- 慧度计迎斩卢循 481
- 刘毅出刺于荆州 482
- 刘毅据荆州谋反 484
- 镇恶百舸执刘毅 485
- 刘裕封函取成都 487
- 长民用计害刘裕 488
- 刘裕东府斩长民 490
- 炽磐乘虚执虎台 491
- 刘裕发兵讨休之 493
- 魏占荧惑在东井 494
- 刘裕兴兵大伐秦 494
- 姚绍督兵拒潼关 496
- 刘裕假道于魏王 498
- 魏王赐浩御缥醪 499
- 镇恶流舟弃粮战 500
- 刘裕灭秦诛姚泓 501
- 刘裕回师取关中 502
- 义真大败回建康 504
- 赫连勃勃取关中 505
- 宋公受晋之禅位 508
- 宋公刘裕即帝位 511

【西晋卷之一】

起自晋武帝太康元年庚子岁四月,止于晋惠帝永熙元年庚戌岁,首尾共十一年事实。

王浚王浑大争功

庚子，太康元年，五月。却说晋世祖姓司马氏，名炎，字安世，河内人，司马昭之子，司马懿之孙也。篡魏陈留王之位，自立为晋祖武皇帝。国号大晋，改元泰始，都于洛阳。

太康元年，首月，因以杜预、王浑、王浚三将率水军十五万，去伐江东，所向皆克。浚兵首攻石头，吴主孙皓大惧，面缚舆衬，诣浚军门投降。王浚焚衬受璧，遂入建业屯扎，封宫门、府库，令人守把，待王浑至。明日，王浑兵始济石头城，探知孙皓已降，不得入城。因是，王浑以浚不待己至，先受皓降，意甚愧愤，欲以兵攻浚。参军何攀谏止之。攀又来劝浚曰："足下成此大功，朝野所闻，奈王将军疾足下不待其至，先纳吴降，有不愤之意，欲将兵来攻足下。昔许由、巢父曾让天子之贵，世称为大贤。足下何不效之，以是功让与王将军？"王浚曰："市井之道，人人争半钱之利，灭吴大勋，安肯为下！彼何人也，吾何人也？彼丈夫也，我丈夫也。天生德于予，王浑其奈我何？吾不惮之。"何攀又曰："功既不与，可将吴王孙皓付与王浑，吾代你二公讲和此事云何？"浚曰："此言可依。"遂以孙皓付与何攀。攀请吴王皓诣军门，同见王浑。浑令人监之，方释此愤。

却说王浚字士治，乃弘农郡人，家世二千石。浚博涉坟典，美姿貌，不修名行，不为乡曲所称。晚乃变节，疏通亮达，恢廓有大志。尝起宅，开门前路广数十步。邻人或谓之何太过，浚曰："吾欲使容长戟幡旗。"众咸笑之。浚曰："陈胜有言，燕雀安知鸿鹄之志也！"

河东从事刺史燕国徐邈有女才淑，择夫不嫁。邈乃大会佐史，使女于内观之。女指浚告母，邈遂以女与妻。后除巴郡太守，吴境兵士苦役，生男多不养。浚乃严其科条示之，宽其徭课迟之，产育者皆与休复，所全活者数千人。浚至夜，梦悬三刀于其卧屋梁上，须臾又益一刀，惊觉，意甚恶之。次日，问主簿李毅，毅再拜贺曰："三刀为'州'字，又益一者，明府其临益州乎？"后果迁为益州刺史。今伐吴有大功，王浑欲争之，而王浑虽得监孙皓，心终不悦，阴使奸细人持书，令其子王济表浚违诏不受节度。当周浚、何浑谏而不纳。

却说其子王济得父之书，当有司奏知武帝，请以槛车征浚，武帝弗许，命有司以诏书入吴，责浚违诏不受节度。王浚大惊，令人入朝上书曰：

臣前被诏书，直造秣陵，以十五日至三山，浑屯北岸，遗书邀臣，臣水军，风发，无缘回船。及以日中至秣陵，暮乃被浑所下当受节度之符，欲令明日还围石头，又索诸军人名定见。臣以为皓已来降，无缘空围石头。又兵人定见，亦非当今之急，不可承用，非敢忽略明制也。事君之道，苟利社稷，死生以之。若顾嫌避咎，此人臣不忠之利，非明主社稷之福也。

武帝览书，知王浑疾浚功高于己，冒奏朝廷，故不责浚之罪。王浑见武帝不罪王浚，又使人驰书周浚，云浚烧皓宫，得宝私有。入朝又奏，武帝弗听。王浚窃知，连忙复遣人上表曰：

夫犯上干主，其罪可究，乖忤贵臣，祸在不测。孙皓方图降也，左右已劫其财物，放火烧宫，臣至乃救止之。周浚先入皓宫，王浑先登皓舟，及臣后入，乃无席可坐，若有遗宝，则浑、浚已先得之矣。今年平吴，诚为大庆，于臣之身，更受咎累也。

武帝览表，佯置不问。

却说杜预与王浑、王浚等既受吴降，领众振旅还京。次日，王浑、杜预、王浚等将同吴王面君，吴王皓拜伏称臣。武帝宣皓上殿，赐绣墩而坐。武帝曰："朕设此座待卿久矣。"皓曰："臣在南方，亦设此座以待陛下。"武帝大笑，设宴待之，封皓为归命侯，以其子孙瑾为中郎将。随降臣宰，皆封列职。丞相张悌死节，封其子孙。史臣断之吴云：

《历年图》曰：破虏兼以孤远之兵，决忠愤之志，首犯贼锋，深躁洛川，汛扫陵寝，有足多者。讨逆策以童子提一旅之众，挥马筆以下江东，耆儒宿将，狼狈失据，开地千里，真英才也。大帝承父兄之烈，师友忠贤，以成前志。赤壁之役，决策定虑，以摧大敌，非明而有勇，能如是乎！奄有荆扬，薄于南海，传祚累世，宜矣。侯官、景帝皆明惠敢决，有先世之风。归命骄愎残虐，深子桀纣，求欲不亡得乎？

却说王浑、王浚二人，因伐吴构怨，不相推伏，互各争功，因是武帝未曾封赏诸将。时王浑表浚违诏不受节度，专擅吴降，宜以加法，庶禁将士知劝。武帝弗从，由然灭吴之功，不有封赏。王浚自以功大，而为王浑及党共所挫抑，每入朝，奏帝曰："臣有汗马之劳，而为指鹿之诉，却似猎犬之功矣。臣非敢图赏，所以激发后之将士，勇于立勋。"武帝亦不之听。浚不胜愤愤，径出不辞，帝亦容恕之。

次日，有司奏王浚违诏，大不敬，请宜付廷尉问罪。武帝不许，命廷尉刘讼校二人事功。讼以王浑为上功，以王浚违诏为中功。帝怒刘讼折法失理，左迁京兆太守。既而诏增贾充及王浑邑八千户，进浑爵为公，以杜预、王戎皆封县侯，诸将赏赐有差。策告羊祜庙，封其夫人为万岁乡君，食邑五千户。

至是王浚每日在家，怨望朝廷。时有浚之外亲益州都护范通诣，知其悒意，因谓浚曰："将军功则美矣，然恨所以居美者，未尽善也。"浚问曰："何如？愿闻其详。"通曰："将军旋旆之日，角巾私第，口不言降吴之事。若有问者，辄曰：'圣主之德，群帅之力，老夫何功之有！'如斯，颜子之不伐，龚遂之雅量，何以过之。此蔺生所以屈廉颇也，王浑能无愧乎！安能僭也。"王浚曰："吾始惩邓艾之事，惧祸及身，不得无言，夫不能遣诸胸中，是吾偏也。"于是王浚愤悒之。

其时，人亦以浚功重报轻，为之叹息。当博士秦秀上表，诵王浚功高柱屈。武帝始迁王浚为镇军大将军，封杜预为襄阳县侯。因此浚大悦，谢恩归第。

杜预亦谢恩，辞武帝出镇襄阳。预到襄阳，以为天下虽安，忘战必危，乃勤于讲武，申严戍守。史说，预身不跨马，射不穿札，而用兵制胜，诸将莫及。

罢武备诸胡兵起

却说晋武帝以为天下平息，四海晏然，聚集文武商议罢州郡武备。大臣山涛谏曰："州郡之兵，留防境患，古来有之，岂宜去也！伏望陛下学古制而获大治，慎先谟以怀永图。"武帝弗听，自主决之。次日出诏，往发州郡去，命州郡悉去兵政。其诏曰：

  昔在汉末，四海分崩，刺史内亲民事，外领兵马。今天下为一，当韬戢干戈，刺史分职，皆为汉氏故事，悉去州郡之兵，大郡置吏百人，小郡五十人为例。敬此悉闻。

时交州牧陶璜见诏，以为不可，亦上言曰：

  交州东西数千里，不宾属者六万余户，服官役才五千余家。二州唇齿，惟兵是镇。又宁州诸夷接据上流，水陆尽通，州兵未宜约损，以示单虚。州郡之兵，宜存卫边城，不可约损。

时山涛亦言，不宜去州郡武备。帝俱不纳。至永宁以后，盗贼蜂起，州郡无备，不能擒制，天下大乱。初，鲜卑莫护跋始自塞外，入居辽西棘城之北，号慕容部。至孙涉归迁于辽东之北，内附中国，数从征讨有功，拜大单于。至是始叛，以兵五万寇昌黎，此乃戎乱之始，如涛、璜所言。因此各州郡雪片上表入朝，奏知武帝。武帝大惊，急与群臣计议，颁诏去各州郡，命刺史各兼兵民之政。因是州郡镇之政，尤繁重焉。天下不宁。其后诸胡因愤愧，杀害长史，渐为民害，是因此起。

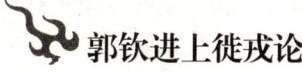 郭钦进上徙戎论

当时御史郭钦等入朝，上疏曰：

戎狄强犷，历古为患。魏初民少，西北诸郡皆为戎居，内及京兆、魏郡、弘农，往往有之。今虽服从，若百年之后，有风尘之警，胡骑自平阳、上党，不三日而至孟津，北地、西河、太原、冯翊、安定、上郡，尽为戎庭矣。伏望陛下以平吴之威，谋臣猛将之略，渐徙内郡杂胡于边地，峻四夷出入之防，明先王荒服之制，此万世之长策也。

武帝览之弗从，曰："秦始皇时，筑墙万里，以防胡虏，谁知祸发萧墙之内，不在匈奴之中。今天下一统，谁敢贰叛？"因谓群臣曰："朕闻治天下有道，在于得人，卿等何如不举贤良方正有才之士入用，专进迂阔之言？"

言讫，命有司发诏往各州郡，命举贤良方正才学之士，趁选朝用，颁诏去讫。大臣何曾上言曰："窃闻广陵华谭，有殊节操，好学敏慧，陛下若能用之，国政可定。"武帝曰："既有此子，即宣至京中，亲试策之。"于是遣使往广陵，诏华谭至金阶之下。谭拜舞毕，武帝亲策之曰："今四海一统，万里同风，然北有未羁之虏，西有丑施之氐，故谋夫未得高枕，边人未获晏然。将何以长弭斯患，混清六合乎？"华谭对曰："臣闻圣人之临天下也，祖乾纲以流化，顺谷风以兴仁，兼三才以御物，开四聪以招贤。故劳谦日昃，务在择贤，俊乂龙跃，帝道以光也。"武帝嘉其对，又策之曰："帝舜以二八成功，文王以多士兴周。夫制化在于得人，而贤才难得。"谭又对曰："今州郡贡秀孝，台府简贤良，譬南海不少明月之宝，大宛不乏千里之驹也。"武帝悦之，以为郎中。于是罢朝。

袁甫炫鬻于何勖

史说，淮南袁甫字公胄，亦好学，以词辩见称。知朝廷招举贤士，及闻中领军上将军何勖重贤纳士，敬往谒之，因言曰："甫乃驽钝之才，不足以聘千里。百里花封，能为剧耳。久闻将军爱士，吾侪方怀于干禄，何不纳之？"勖笑曰："今子之请，徒欲宰县，不思为台阁之职何也？"甫曰："人各有能。譬缯中之好莫过锦，锦不可以为韬；谷中之美莫过稻，稻不可以为蔷。是以黄霸驰名于州郡，而息誉于京邑。廷尉之才，不为三公，自昔然也。"勖闻之大悦，除为松滋令。时幕宾石珩闻甫能辩，故难问曰："卿名能辩，岂知寿阳已西，何以恒旱？寿阳已东，何以恒水？"甫应声答曰："寿阳以东，皆是吴人，夫亡国之音哀而思，鼎足强邦，一朝失职，愤叹甚积，积忧成阴，阴积成雨，雨久成水，其域恒涝也。寿阳以西，皆是中国，新平强吴，美宝皆入，志盈心满，用长欢娱。《公羊》有言，鲁僖悦，故致其旱京师。若能抑强扶弱，先疏后亲，则天下和平，灾害不生矣。君虽高士，安识此理耶！"珩因是知其高辩敏捷，再后不复难问。

史说，皇甫谧字士安，安定人，汉太尉皇甫嵩之曾孙也。因承继后叔父益徙居新安。年二十，不好学，游荡无度，人人咸以为痴。尝出游得瓜果，辄进于后叔母任氏。任氏谓曰："《孝经》云：'三牲之养，犹为不孝。'汝今年余二十，目不存教，心不存道，无以慰我。汝谓瓜果进，以为孝乎？"因叹曰："昔孟母三徙以成仁，曾父烹豕以存教，岂我居不卜邻，教有所阙，何尔鲁钝之甚也！修身笃学，汝自得之，于我何有！"因对之流涕。谧乃感激，而就乡人席坦受书，勤力不息。居贫，躬自稼穑，带经而农，遂博综典籍百家之言。始有高尚之志，以著述为务，自号玄晏先生。时举孝廉，郡邑保荐，朝廷亦屡征，皆不应命。而所著诗赋诔诵论难，及撰《帝王世纪》《高士》《逸士》《列女》等传，并行于世焉。

北魏祖逢天女配

却说北魏之先，出自黄帝，黄帝之子昌意，昌意之少子受封北国，有大鲜卑山，因此以为号。其后世为君长，统幽都之北，广漠之野，畜牧迁徙，射猎为业，淳朴为俗，简易为化，不为文字，刻木结绳记事而已。时事远近，人相传授，如史官之记录焉。黄帝以土德王，北俗谓土为托，谓后为跋，故以为氏。其裔始均仕尧时，逐女魃于弱水，北人赖其勋，舜后命为田祖。历三代至秦汉，獯鬻、猃狁、山戎、匈奴之属，累代危害中州，而始均之裔不交南夏，是以载籍无闻。积六十七代，至成皇帝，讳毛立，统国三十六，大姓九十九，威振北方。宣帝时，南迁大泽，方千百余里，厥土昏冥沮洳，谋更南迁，未行而崩。献皇帝时，有神人言此地荒遐，宜徙建都邑，献帝年老，乃以位授子圣武皇帝，命南移。山谷高深，九滩八阻，于是欲止。有神兽似马，其声似牛，导引历年乃出。始居匈奴故地，其策略多出宣、献二帝，故时人并号曰"推寅"，盖俗云"钻研"之义。传至拓跋诘汾，为人孤弱，诸部各散。

却说北魏圣武姓拓跋，讳诘汾，尝先亲耕于山泽。忽一日，欻见辎軿自天降下，诘汾奔前去观，见一妇人生得千娇百媚，万种风流，前来相见。谓诘汾曰："吾乃上界天女，玉帝因见君祖宗积德，敕吾降凡，与君为室，君不嫌丑陋，乃妾之幸耳。"诘汾曰："蒙天帝赐我姻眷，何德以当之？"言毕，遂与施礼，相携手回第，设筵相待。至夜，二人成亲。欢会三日，天女辞曰："吾今请还天宫，不敢久留。吾昔受命于天，只许三日姻缘，今已满足。吾去之后，期年周时，与君复会于前日相见之处，不可遗忘。"言毕，相辞欲行。诘汾不忍相离，因留恋之。俄而天女化清风不见。

诘汾自天女归天之后，光阴似箭，日月如梭，不觉一载。猛然思起天女临别之言，至是日依然径入山泽俟候。不霎时，见天女驾五彩祥云，自天下来，抱着一个小儿，进前与诘汾相见曰："别来无恙，幸不失信。"以所抱小儿授与诘汾，又曰："此是君之子，乃当世帝王也，君宜善抚育之。"言毕欲行。诘汾接得小儿，扯住天女曰："一日夫妻，百夜恩情。自卿归天之后，忘餐失寐，要思一会，不能一见。今蒙降临，何以去速！可同我归第，攸叙一夜，来早归天未迟。"天女曰："此乃天帝之敕，与君姻缘，只在此遇，岂敢再延？"语终，化清风不见。因是诘汾垂泪，抱着小儿归家恩养，取名力微。

　　　　黄帝修德上天知，敕降神女裔为妻。
　　　　不觉明年产真主，北代从斯作帝畿。

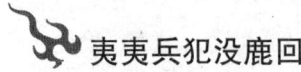
夷夷兵犯没鹿回

却说光阴过客，倏尔数年。力微长大一十余岁，容貌奇伟，文才出众，武艺标群。因无母舅，故北代诸部时人谚曰："诘汾皇帝无妇家，力微皇帝无舅家。"时诘汾发疾而崩，力微痛之，安葬哀毁逾礼。丧事毕，有没鹿回部大人窦宾，闻力微有雄杰之度，召之为部长。自此乃依窦宾为将。

却说西部酋长夷夷以兵一万扰境，掳掠畜产。窦宾亲领胡兵二万人，出界拒战。次日，两军相迎，窦宾亲自出阵，大骂："野犬逆贼，何敢侵境！"夷夷见其大骂，愤怒勒起坐下马，轮起手中枪，走奔阵前，更不打话，直取窦宾。窦宾亦舞大杆刀出迎。两马相交，军器并举，二人战上十合。窦宾气力不加，勒转跨下马，收回手中刀，走回本阵。夷夷赶来，宾走已远。夷夷就左手拈弓，右手搭箭，望窦宾后心一箭。窦宾听得弓弦一响，急翻身下马躲之，那一箭正中马胫，马即死于阵前。夷夷见宾死了战马，拍马来追。将及追至，拓跋力微已到，见宾无马，急以所乘之马，与宾骑之，大言曰："大王急回本阵，小酋出迎敌兵。"言毕，以步兵接战。力微以步兵摆开，与夷夷交锋大战。战上三十余合，夷夷抵敌力微不住，骤马奔走归阵，被力微驱兵一击，夷夷大败，退还本国去讫。力微连追一百余里，方始鸣金收兵回城。

次日，窦宾聚集诸部大人问曰："孤昨与夷夷交战，被他射死战马，险些被擒，不知甚人，将骏马与我骑之，方得脱乎大难。我在乱军之中，杀得头昏眼乱，忘记谁人，汝等可自白之，我必酬其大功。"是时，力微隐而不语，当左右大人言曰："前日阵上救大王者，乃拓跋力微也。"窦宾大惊，问力微曰："孤三问，卿何如不答也？"力微曰："此大王洪福，诸部之力，小酋何功之有？"窦宾大喜曰："我将其国划半分卿，酬卿大功。"力微固辞曰："臣食君禄，当尽犬马之力，岂图赏也。"固推不受，宾愈敬之曰："子贡辞赏，后贤美赞，今卿如此，何以为报耶！"又曰："吾有爱女金玉公主，不与凡子，今赐与卿为妻，勿得再推。"因是力微从之，选日纳聘礼，就迎公主过门，成亲毕。

自此以后，宾甚宠用之，尝思报其前勋。忽一日，谓力微曰："孤闻韩信据齐不得，张良择留而封，欲委卿以一方，卿谓何所可据，孤即授之。"力微曰："韩信连百万之众，收四海之地，平秦灭楚，取赵协燕，功盖天下，名闻古今。张良运筹帷幄之中，决胜千里之外，匡扶社稷，担担乾坤，以三寸之舌，开四百年之基，成汉室之业，皆此二人之力，高祖所谓人杰。臣于大王，无尺寸之功，只一马之力，何敢受其赐也。"宾曰："富贵之事，世人贪之，恐不得至，卿何固辞？今授卿一所。吾欲南霸天下，欲卿效张良、韩信之立勋，故有是命，卿何却之？"力微曰："臣见前贤所谓'功盖天下者不赏，勇略振主者身危'，未尝不思退避。富与贵，人情之所欲，岂不爱之。望大王法尧舜之仁，休效汉祖之疑。臣愿尽忠，慕二贤之志。望大王授臣北镇长川，以伺霸举。而吾既承半子之分，而思欲随部奉事大王，不舍远离。"宾曰："男儿所志在功名，别离何足叹。"又曰："恭敬不如从命，卿可同金玉公主速去镇守长川，就以其地授卿，以为汤沐之邑。"因是封力微为北部大人，命其往镇。于是力微拜辞窦宾，领金玉公主同去长川镇守。收纳亡叛，延揽英雄，招军买马，积畜草粮。由是旧部人马，悉来归附。数年之间，兵威稍震。

谁想光阴过隙，寒暑更迁，不觉窦宾沾病将危，乃唤二子窦龙、窦虎至卧前戒曰："拓跋力微勇略无双，吾死之后，不可疏慢。此人功多不伐，当以国事相委，勿以常人遇之。"言讫而卒。窦龙、窦虎举哀发丧，葬于西陵。窦龙代父领其诸部十万之众。

窦龙以谋攻力微

当窦龙代父位领众，使人持孝书去报知公主、力微。力微接得孝书，方知岳父窦宾于十月内身故，两眼垂泪，哭昏在地。左右急劝曰："死者不能复生，何苦若是。"力微始拭泪入内，说与公主。公主涕泗交颐，命排车马，要同力微回国吊丧。力微急止之曰："吾观舅龙、虎二人，昔尝屡起害我之心，今若归国，恐中其谋。宜先以人打探消息，方可还之。"公主听见其说，犹豫不行，因此，打发使人回去，只推力微有疾，不能远行，待瘥可，前来补礼。

使人得是语，忙回归报窦龙。窦龙大怒，乃召窦虎入内议曰："今力微诈病，不来奔丧，必有异志。前日细作人回，说力微在长川招军买马，积草聚粮。今若不除，久则为患。吾欲讨之，恨力不加。汝有何计，可以教我？"窦虎曰："吾有一策，使力微不能脱吾钩中。"龙曰："有何高谋，愿闻将施。"虎曰："可使人再去长川，对力微说我父亲临死之日，嘱咐我兄弟二人，道他死之后，令起军发马，去取北川，与妹夫力微，以做嫁资。却把长川易还我部。此计若何？"龙曰："北川迢远，取之非易，此计莫非不可。"窦虎笑曰："你道真个去取北川与他？只以此为名，实欲取长川，且交他不做准备。吾军马去取北川，要从长川经过。若过长川，力微必然出来劳军，就问他索钱粮。去到城下，一鼓平捉，擒住力微，以除吾之后患也。故兵法曰：'攻其无备，出其不意。'"龙曰："其计大妙。"言毕，只遣使人授此计投长川去见力微，呈上书信，与力微、公主同看。

力微观书讫，对公主说道："龙、虎二位大舅，欲起兵取北川，与我为嫁资，要我附应粮草，犒劳三军。"公主大喜，以为是实。惟力微心中半信半疑，只得打发使人回去道："军马一至城下，准备粮草牛酒，犒劳三军。"使人去讫，公主曰："难得兄弟如此好心，代取北川。你可准备粮草牛酒，犒劳军马。"力微笑曰："汝道窦龙、窦虎二人真个去取北川？欲来攻我也。"公主曰："如何是来攻我也？"力微曰："龙、虎二勇，自讨死日近。这等计策，瞒小儿也瞒不过。"公主再问："如何是计？"力微曰："乃是投饵钓鳞之计也。虚兵取北川，实来害我也。只等我与公主出城劳军，就势拿下杀之，攻我无备也。"公主曰："二贼不念我同胞共乳，要来谋害，如之奈何？"力微曰："公主宽心，收拾窝弓擒猛兽，安排香饵钓鳌鱼。只等二人前来，他便不死，也勾九分无气。"言讫，唤北部王才至曰："你可持书去见窦龙、窦虎，说道我闻知二位舅舅起军代取北川，心中大悦，难得二位大舅如此好心，称谢不尽。今准备牛酒粮草整齐，专待军马来到，与公主出城远接。"王才领其言语及书信，忙来鹿回部，即入宫内，呈上书信，具说力微之言与龙、虎二人。二人听讫大喜。王才即时告回，归长川，报知力微。力微又唤大将于龙来，听了计策，"如此如此，其余我自临期摆布，自做准备。"

龙虎决策取长州，神元先知第一筹。
贪图香饵钓鳞鲤，谁想翻身人浪游。

拓跋力微霸长川

却说窦龙二人得力微回书，扶掌大笑曰："你原来今番中吾计策也。"即时遣甘宇为先锋，自与徐丁为二队，凌蒙为后队，共军五万，水陆并起，望长川进发。龙与虎二人自在船中，时复欢笑，将谓力微中计，迤逦而行，前军已至川口。窦龙叫问："前面有人远接么？"人报力微令王符来见。窦龙唤王符入船中，问："劳军如何？"王符曰："主公皆准备停当，但钱粮陆续起运。"龙曰："驸马何在？"符曰："在长川城门外相等，与大王把盏。"龙、虎曰："今为汝家事，劳军之礼，休得轻意。"王符领了言语，先回去了。

窦虎将战船密密排于河上，依次而进，看看至林安，并不曾见有一只船，又无人远接，河面上静荡荡地。忽哨船回报，长川城上插两面白旗，并不见一个人影。窦龙二人交牵战马来，自上岸跨马，带徐丁、甘宇一班儿军官，并虎贲千余人，径往长川。来到城边，不见动静。窦龙二人勒住马，叫前军大叫城上守门军将曰："谁在城上？今有没鹿回部窦龙二位大王，亲自在此，请汝主驸马相见。"忽一声梆子响，白旗倒处，两面红旗便起，城上军人一齐竖起刀枪，敌楼上于龙出曰："大王此行，端的取北川如何？"窦龙等曰："吾替汝主取北川相赠，以为嫁奁之资。"于龙曰："吾主人已知大王投饵钓鳞之计，故使吾等安排军马守城，大王休来。"窦龙闻知，勒马便回。探马报曰："四路皆有埋伏军马，一齐杀到，关明从河陵杀来，张因从岂居杀来，黄由从河安杀来，魏正从长川小路杀来，四路正不知多少军马。噪声远近振十余里，皆言要捉二位大王。"窦龙二人大惊，坠于马下，性命如何。左右急救之。上得马时，四路军马杀进，龙、虎二人拼死血战，那里冲突得出，被四路军马拥至，将龙、虎二人杀讫。余兵无主，各自溃去，力微方始退阵，鸣金收军入城。是日，于龙、张因二人献窦龙、窦虎首级，力微令人收拾尸首，一同葬于城东十五里内讫。

当力微既诛窦龙兄弟，乃立招军旗，招其部众。其诸部大人，悉引众前来投降，因此得控弦之士二十余万人。次日，诸部大人商议，乃立拓跋力微为神元皇帝，总统部众，大封功臣。至是，知定襄之盛乐，有天子气，乃引诸部大人，复迁都于盛乐城，始起窥觎中原之志，因遣太子沙漠汗入中原奉贡，就使观中国风土如何，意欲吞并。沙漠汗领其语，带名马珍珠来中国。不数月，来到京都，以金宝名马朝见晋武帝。武帝大悦，受其贡礼，乃留沙漠汗在洛阳太学中读书。居岁余，沙漠汗思归，乃入内奏曰："父母在，不远游，游必有方。臣父母春秋已高，乞回奉养。"武帝闻奏，欲令人送其归国。当大臣卫瓘奏曰："沙漠汗资质雄异，不可遣归，恐为后患。今若与他去之，正如龙归大海，虎返深山，将不可服矣。不如留之，复以金帛赂其国中诸部大人，令其间谍神元，使彼父子不亲，弃之不取，此乃中华之福。不然，遗患后世矣。"武帝犹豫。沙漠汗表屡上要还。武帝沉吟，欲不放其归，匈奴方强，恐其扰境；欲放其还，恐其有异。见沙漠汗辞表情切，只得多以金玉赐与，用十分恩义抚之，遣人护送与还。当沙漠太子得圣旨肯放其还，即忙入朝拜辞武帝。

次早登程，行数月，行至阴馆城，先遣人入国，报父神元。神元设位，近臣奏曰："太子沙漠汗，先年入中国贡，观觇虚实，今差人来报回国，行至阴馆。"神元大喜曰："既太子归国，诸部大人可去阴馆迎接。"诸部大人即出，以酒馔来阴馆迎接。参拜太子讫，各以酒把盏。酒至半酣，沙漠汗仰视空中，忽有一只飞鸟，其时沙漠汗在中国，带得弹子在袖中，只出以左手拈弓，右手搭弹，望空中一放，正中飞鸟颈子上，死落在地。时匈奴诸部之人不识弹子，更又不见羽箭，以为沙漠汗空弓射得鸟落，诸部大人俱各大惊，皆以为神，密相谓曰："今太子入中国，被服同南，更兼有此奇术，射不用箭。他日神元万岁后，太子统国，必然变易旧俗，吾等必不得志，亦难保善终矣。不如先走入朝，奏知万岁，说太子今回国，臣等观其动静，必有贰意，更兼学得奇术，空弓射得飞鸟，又带南人而还，臣恐太子篡位争权，移风换俗，国不得安。"诸部大人计议已定，就辞太子沙漠汗先驰还内，以前所议之计奏知神元。神元大惊曰："既如此，当如之何？"诸部大人奏曰："圣上更有贤子，不若除之，免其后患。陛下不纳臣求，诸部各散。"神元无奈，因言当便除之。于是诸部大人矫神元诏出朝，将太子沙漠汗执下，暴其罪曰："太子沙漠汗奉晋数年，不思还国事亲，今回反带南人而归，必有叛心，此乃大不孝也。今封鸩酒一壶，黄罗五尺，宝剑一口，命其自尽。"沙漠汗听见其诏，大哭一场，乃饮鸩酒而亡。因此沙漠汗被害。神元悔之，乃命收葬，谥曰文皇帝。

束晳诚心祈雨泽

却说中国吴中大旱，连月不雨，百姓屡祈未应。史说，束晳字广微，阳平元城人，汉疏广之后。王莽末，广曾孙孟达避难，自东海定居沙鹿山南，因去"疏"之"足"，遂改姓束焉。束晳博学多闻，少有德行，远近习知。时值天亢无雨，百姓相谓曰："吾闻仁德动天，精诚感应，今闻此处束广微先生仁闻州里，德播日新，不如请其求雨，天必有济。"众耆曰："然。"因是百姓来请束晳祈雨。晳欣然从命，斋戒沐浴，祷告上天。须臾，天即下雨，三日不息，万物回生。由是百姓感之，乃作歌，歌之曰：

　　束先生，通神明，请天三日雨甘霖。我黍以育，我稷以生。何以酬之？报束长生。

束晳自此朝野知名。武帝闻知，擢为著作郎。

时武帝朝会群臣，问中郎挚虞曰："三日曲水之义，卿知之乎？与朕言之。"虞曰："汉章帝时，平原徐肇以三月初三生三女，三日俱亡，时人以为怪，乃招携之水滨洗祓，遂因水以泛觞，其义起于此也。"武帝曰："必如卿之所谈，便非嘉事。"时晳在侧，因进曰："虞小生，不足以知，臣请言之。昔周公城洛邑，因流水以泛酒，故逸诗云：'羽觞随波。'又秦昭王以三日置酒河曲，见金人奉水心之剑，曰：'令君制有西夏。'乃霸诸侯，因此立为曲水。二汉相缘，皆为盛集，流至今也。何得以三月生女即死之义耶？"武帝大悦曰："卿才果有大过人者。"就以晳为尚书郎，赐晳黄金五十斤，晳谢恩退朝。

刘毅对帝似桓灵

辛丑，太康二年，三月，武帝诏选吴孙皓宫人五千入宫内，朝夕淫乐游宴，怠于政事，其掖庭殆以万人卫从。常乘羊车，恣其羊车之所之，至，便宴寝其宫。其时，武帝既乘羊车游寝宫廷，宫人竞以竹叶插户、盐汁洒地，以引帝车入宫。于是后宫乱宠无次序矣。

却说皇后杨氏，其父杨骏，字文长，弘农人也。官拜车骑将军。时武帝以后宠封杨骏为临晋侯。当中书令褚䂮与尚书郎郭奕等谏之曰："夫封建诸侯，所以藩屏王室也；后妃，所以供粢盛、弘内教也。今后父杨骏虽有国戚之亲，却无汗马之劳，安可封侯？"二人因上表称杨骏小器，不可以任社稷之重，恐乱天下之始。武帝怒而不听，益宠杨骏，于是杨骏势倾天下，任意横行。

却说武帝自太康以后，天下无事，不复留心万机，惟耽酒色，请谒公行。杨骏与弟杨珧、杨济三人，势倾朝野。公卿以下无不惮之。故时人号为"三杨"。时太尉何曾因设朝回第,谓诸子弟曰:"今上以吾为太傅,吾每宴见,未尝闻经国远图,惟说平生常事,非贻厥孙谋之道也,及身而已,后嗣其殆乎!汝辈犹可以免。"指诸孙曰:"此属必及于难矣。"

壬寅,太康三年,武帝设朝,君臣礼毕。武帝问司隶校尉刘毅曰:"朕可方汉之何帝?卿实言之。"毅曰:"桓、灵似陛下耳。"武帝曰:"朕何至于此?"毅曰:"桓、灵卖官钱入官库,今陛下卖官钱入私门。以此言之,殆不如也。"是时,武帝卖官钱入宫,故毅言之。当武帝大笑曰:"桓、灵之世,不闻此言。今朕有直臣,故为胜之耳!"因赐毅金二十斤。时毅纠绳豪贵,无所顾忌,人皆惮之。

石崇与王恺斗宝

却说石崇字季伦,生于青州,故小名齐奴。少敏慧,勇而有谋。其父石苞临终,分财与诸子,独少与崇。其母以为言:"何不均分,使崇少也?"苞曰:"此儿虽小,后自能得。"及其年长二十,为修武令,有能名。迁为阳城太守。因伐吴有功,封为安阳乡侯,累迁侍中。武帝以崇功臣之子,有干局,深器重之,出为南中郎将、荆州刺史,领南蛮校尉。石崇颖悟有才气,而任侠无行检。在荆州时,私与从人劫远使商客,以致大富,因此不资久之。后拜为太仆,因出镇下邳。崇有别馆在河阳之金谷,一名梓泽,饯送者倾都,畅饮于此,故号为金谷园。是岁,武帝又拜崇为卫尉。崇家中财产丰积,室宇宏丽。后房百数,皆曳纨绣,珥金翠。丝竹尽当时之选,庖膳穷水陆之珍,富盖天下,无有贰也。

时后将军王恺,乃文明皇后之弟也。家中亦大富,爱于射,竞以奢侈相高。一日,武帝设朝罢,退出外殿,石崇、王恺二人俱各夸诞。王恺说:"我家中以饴澳釜。"石崇道:"我家中以蜡代薪。"这边道多,那边道胜。僚友因谓二人曰:"口说无凭,做出便见。汝二人休在此争论,汝家中有甚奇异珍宝,请出相斗,方见高下。"当王恺使人做紫丝步幛四十里,石崇使人做锦步幛五十里。崇涂屋以椒,恺用赤石脂耳。僚友见崇胜恺,俱称羡不已。

武帝闻王恺与石崇斗宝,乃宣恺入,取珊瑚树高二尺者赐恺。恺大喜,拜谢出内,即以珊瑚示石崇。石崇接过看了,以铁如意击碎。王恺大怒曰:"你无此宝,故打碎。"欲与相殴。崇大笑曰："君不足为恨，吾自偿之。"乃使人取珊瑚树，高三四尺者六七株，条干绝俗，光彩耀目，以示王恺，因以赔恺。僚友劝和，各回第讫。当司马傅咸上书于武帝曰：

　　先王之治天下，食肉衣帛，皆有其制。奢侈之费，甚于天灾。古者人稠地狭，而有储蓄，由于节也。今土广人稀，而患不足，由于奢也。欲时人崇俭，当诘其奢；奢不见诘，转相高尚，无有穷极矣！

　　帝览，谓咸曰："王、石自相射竞，何于兴废，卿何多言耶！"弗听，未校二人。

　　却说尚书张华，先因伐吴，都督幽州军事。以文学才识，名重一时，论者皆谓华宜为三公。荀勖、冯统以伐吴之谋深疾之。先时，武帝知张华才能，故使人问华："谁可托后事否？"华曰："以明德至亲，莫如齐王。"及此，武帝使人征之，齐王忤旨不至。帝思华能，欲征张华。荀勖、冯统忌华所能，因而谮华于帝曰："张华督幽州，抚循夷夏，誉望益振，而华参朝政，若钟会之变也。昔会之反，颇烦太祖。今陛下征华亦然。"武帝变色曰："卿是何言耶！"统惊，即免冠言曰："善御者必知六辔缓急之宜，故汉高尊宠八王以夷灭，光武抑损诸将而克终。非上有仁暴之殊，下有愚智之异也，盖抑扬与夺，使之然耳。会才智有限，而太祖夸奖无极，使会自谓算无遗策，功在不赏，遂构凶逆耳。向令太阻录其小能，节以大礼，则乱心无由生矣。"帝曰："然。"统稽首曰："陛下既已然臣之言，宜思坚冰之渐，勿使如会之徒复致倾覆。"帝曰："当今岂复有如会者耶？"统因屏左右而言曰："陛下谋划之臣，著大功于天下，据方镇总戎马之任者，皆在圣虑矣。"帝默然。由是不征华，复征齐王司马攸入朝用事，攸德望日隆。荀勖、冯统、杨珧皆忌之，因设朝罢，统谮于武帝曰："齐王攸私结群党，恐不利于社稷。"帝曰："齐王乃先帝所亲信，故朕委之以朝政，岂有异心耶？卿勿多言。"统曰："陛下不信，诏诸侯之国，宜从亲者始，齐王独留京师，可乎？"勖又曰："百僚皆归心齐王，陛下试诏之国，必举朝以为不可，则臣言验矣。"武帝始以为然。次日，乃以齐王司马攸为大司马，都督青州诸军事，令其之国。

　　国公王浑入朝上书曰：

窃见齐王司马攸，至亲盛德，宜赞朝政，今出之国，假以虚号，而无典戎干方之实，恐非陛下追述先帝、太后待攸之宿意也。若以同姓宠之太厚，则有吴、楚逆乱之谋，汉之吕、霍、王氏，皆何人也！历观古事，轻重所任，无不为害，惟当任正道而求忠良耳。若以智计猜嫌，虽亲见疑，疏者庸可保乎！

　　武帝不听。扶风王骏，光禄大夫李熹，中护军羊琇，侍中王济、甄德皆入切谏，帝亦不听。王济与甄德见帝不听，又使其妻公主俱入宫涕泣曰："今使齐王之国，莫非内有小人献佞？且齐王国之至亲而不可信，况他人乎？望陛下留齐王，乃国家之幸。"因再四请帝留齐王攸。武帝大怒，出谓王戎曰："兄弟至亲，今出齐王，自是朕家事，而甄德、王济连遣妇入来生哭人耶！"乃出王济、甄德。时李熹见上出其二人，亦以年老逊位，后卒于家焉。

　　太康四年，正月，武帝设朝，命太常议崇锡齐王攸之物。当博士庾旉、秦秀等因上言曰："古礼，三公无职，坐而论道，不闻以方任婴之。惟宣王救急朝夕，然后命召穆公征淮夷，故其诗曰：'徐方不回，王曰旋归。'宰相不得久在外也。今天下已定，六合为家，将数延三事，与论太平之基，而制出之，旧章违矣。望陛下诏取齐王归朝，天下幸甚。"武帝弗听。当祭酒曹志叹曰："安有如此之木，如此之亲，不得树本助化，而远出海隅，晋室之隆，其殆矣乎！"乃奏曰：

　　古之夹辅王室，同姓则周公，异姓则太公，皆身居朝廷，五世反葬。及其衰也，虽有五霸代兴，岂与周、召之治同日而论哉！自羲皇以来，岂一姓所能独有！当推至公之心，与天下共其利害，乃能享国长久。是以秦、魏才得没世，而周、汉亲疏为用，此前事之明验也。志以为当如博士所议，诚诏宣回朝，则朝廷幸甚，天下幸甚！

　　武帝览表，大怒曰："曹志尚不明吾心，况四海乎！且博士不答所问，而答所不同，横造异论也。"遂免曹志官，其余皆付廷尉问罪。廷尉刘颂奏旉等大不敬上，当弃市。帝从之。尚书夏侯骏见帝曰："官立八座，正为此时，博士何当死矣？"帝始回，独为骏议留中七日，乃诏旉等七人免死除名。使命齐王攸备物典策，设轩悬之乐，六佾之舞，黄钺朝车乘舆之副从焉。

却说齐王既被荀勖、冯𬘭之谮，不得预政，在外愤怨发疾，使人入朝奏武帝，乞守太后之陵。武帝不许，遣御医希旨视齐王攸疾。希旨将行，荀勖等阴嘱曰："汝去视齐王疾，不可下药，只便回来。倘主上问你，只说无事。"希旨果去看齐王，及诊视脉息，病将危笃，不肯下药。诊罢，希旨皆言无疾，帝遂不问。

当河南尹尚雄谏曰："陛下子弟虽多，但有德望者少。齐王卧居京邑，所益实深，不可不思也。依臣之请可诏还京。"武帝不纳，尚雄愤恚而卒。齐王攸疾转笃，帝犹遣近人催其上道，至是呕血而薨。其子司马冏发丧而归，武帝与百官亲临吊丧。司马冏泪踊陈诉御医诳言父疾无恙，不肯下药，致误身死。帝大怒，即命武士收御医希旨诛于市曹，以其首祭之。

初，武帝爱齐王攸甚笃，为荀勖、冯𬘭所构，欲为身后之虑，故出之，及其薨，帝哀痛不已。冯𬘭侍侧曰："齐王名过其实，天下归之。今自薨殒，社稷之福，陛下何哀之过！"因是收泪而止。

齐王攸在生，举动以礼，鲜有过失，武帝敬惮之。每引同处，必择言而后发，因此朝野望之。

刘毅论中正九品

甲辰，太康五年，侍中陈群奏武帝，以吏部不能审核天下之士，可令郡国各置中正之官，州置大中正之官，皆取本土人任察朝廷官，德充才盛者为之，使铨次等级，为之九品。有言行修著则升之；道义亏缺则降之。吏部凭之以补授百官，如此可不失贤才之廉，及无滥授之职。武帝纳之，诏命有司施行。行将一年，中正之官奸弊日滋。重赂得高升，无与者则降黜。当太尉刘毅入朝上疏曰：

今陛下立中正，定九品，高下任意，荣辱在手。操人主之威福，夺天朝之权藉。公无考校之负，私无告讦之忌。用心百态，营求万端。廉让之风灭，争讼之俗成。臣窃为圣朝耻之！盖中正之设，于损上之道有八：高下逐强弱，是非随兴衰。一人之身，旬日异状。上品无寒微，下品无势族。陛下赏善罚恶，无不裁之以法，独置中正，委以一国之重，曾无赏罚之防。又禁人不得听讼，使之纵横任意，无所顾惮。诸受枉者抱怨积直，不获上闻。由此论之，职名中正，实为奸部；事名九品，实有八损。古今之失，莫大于此！臣窃以为宜罢中正而除九品，弃魏氏之弊法，立一代之美制，则天下幸甚矣。

晋武帝览之大悦，虽善其言，终不能改也。

却说侍中王济因谏武帝宜亲齐王之事，免官久之。今齐王已薨，武帝因谓和峤曰："我将骂济而后官之，如何？"峤曰："王济俊爽，恐不可屈。"武帝使人宣至，责让之曰："卿知愧否？"王济曰："'尺布''斗粟'之谣，常为陛下耻之。他人能令疏者亲，臣不能令亲者亲，以此愧陛下耳。"武帝默然泪下，以王济为侍中。

却说齐王攸死，天咎屡见。河南、荆、扬大水。八月朔，日食，慕容廆以兵五万寇辽西。辽西郡守陈朋以兵拒战，败死，失去州郡。太庙殿陷，星陨如雨。或者以为齐王死屈，故有是变。

慕容廆既寇辽西，武帝甚忧之。群臣奏，宜下诏招安，封其为鲜卑都督，则彼自降。武帝从之，使使持诏往辽西，令东夷校尉，以节封慕容廆为鲜卑都督，令其来降。使人领诏入辽西，见东夷校尉何龛，使人以书通慕容廆。廆大悦，即以士大夫礼，巾衣诣府门，降何龛。龛恐其诈，乃严车以见之，廆即出，乃改服戎衣而入。左右问其故，廆曰："主人不以礼待客，客何为哉？"龛闻甚惭焉。于是龛持节开诏读之，廆跪听宣讫，谢恩而起。于是廆降晋，受鲜卑都督印绶，收兵徙居徒河青山去讫。

却说武帝极意声色，遂致成疾。时杨骏秉权，忌诸王有变，心生一计，密奏帝曰："陛下龙体不安，且即主弱臣强，倘不豫，何以制之？宜封建诸王，都督各镇，此万全之计也。"帝从之，以汝南王司马亮为大司马，都督豫州诸军事，使镇许昌。又徙皇子南阳王司马柬为秦王，使其都督关中。以司马玮为楚王，使其都督荆州。以司马允为淮南王，使其都督扬、江二州诸军事，并假节令其之国，非宣唤不许入朝。又立皇子司马乂为长沙王，立司马颖为成都王，司马晏为吴王，司马炽为豫章王，司马演为代王，立皇孙司马遹为广陵王。

武帝以才人谢玖赐太子司马衷，衷纳之，生皇孙司马遹。年五岁，其夜忽然宫中失火，武帝大惊，登楼望之。时司马遹乃牵武帝裾入暗中而言曰："暮火仓促，宜备非常，不可令照见人主。"武帝闻言，由是奇之。次日，武帝领皇孙司马遹观豕牢，遹言于武帝曰："豕甚肥，何不杀以享士，而使久费五谷？"武帝嘉其说，即使烹之。因抚其背，谓廷尉傅祗曰："此儿当兴我家。"次日早朝会，武帝谓群臣曰："朕皇孙司马遹聪敏非常，前观失火之戒，后上烹豕之言，好似吾太祖宣帝之才也。朕观太子不才，意欲废之。今见皇孙如此明慧，故不易之。"于是群臣上贺，皆称万岁。武帝乃大会群臣于凌云台。尚书卫瓘知太子司马衷庸才，不堪政事，每欲陈启废之事，未敢发言。因此朝会佯醉，入跪武帝床前曰："臣欲有所启。"武帝曰："卿所言何耶？"瓘欲言而止者三，乃以手抚床曰："此座可惜！"武帝意悟，因谬曰："卿真大醉！"于是瓘不敢复言。而武帝了然在心，乃闷闷归宫，密谓皇后杨氏曰："今太子不堪大统，此事若何？"杨后对曰："古来神器，立嫡以长，不问贤愚，岂可动乎？"时武帝疾甚，知太子不才，然恃皇孙司马遹明慧，故无废立之心。先用王佑谋，以太子母弟柬、玮、允分镇要害。又恐杨氏之逼，以王佑为北军中侯，典禁兵。又与皇孙司马遹高选僚佐，以散骑常侍刘寔为太傅，以辅皇孙。又封宗室数人。

当淮南相刘颂上疏曰：

陛下以法禁素宽，未可遽革。然矫时救弊，亦宜以渐，譬犹行舟，虽不横截迅流，当渐靡而往，稍向所趋，然后得济也。臣闻为社稷计，莫如封建亲贤。然宜审量事势，使诸侯率义而动者，其力足以维带京邑；包藏祸心者，其势不足以有为。陛下宜与达古今之士共筹之。周之诸侯，有罪身诛而国存；汉之诸侯，有罪或无子者，国随以亡。今宜反汉循周，则下固而上安矣。天下至大，万事至众，是以圣王执要于己，委务于下，非惮劳而好逸，诚以政体宜然也。夫居事始以别能否，甚难也；因成败以论功罪，甚易也。今陛下精于进始，而略于考终，此政之所以未善。人主诚能居简执要，考功罪于成败之后，则臣下无所逃其诛赏矣。古者六卿分职，冢宰为正。自汉以来，九列执事，丞相都总。今尚书制断，诸卿奉成，于古制为大重，可出众事付外寺，使得专之，尚书统领大纲，岁终课功，校簿而行赏罚，斯亦可矣。今动皆受成于上，故上之所失，不得复以罪下，岁终事功不建，不知所责也。夫细过谬妄，人情之所必有，而悉纠以法，则朝野无立人矣。近世为监司者，类大纲不振而微纤必举。尽由畏避豪强，而又惧职事之旷，则谨密网以罗微，使奏劾相接，状似尽公，实则挠法。是以圣王不善碎密之案，必责凶猾之奏，则政之奸，自然擒矣。夫创业之勋，在于立教定制，使遗风系人心，余烈匡幼弱，后世凭之，虽昏犹明，虽愚若智，乃足尚也。至夫修饰官署，凡诸作役，此将来所不须于陛下而自能者也。今勤所不须，以伤所凭，窃以为过矣。

武帝不能用之。疾将不豫，诏以刘渊为匈奴北部都尉。又封杨骏为大尉，令其辅政。

武帝托孤立惠帝

庚戌，太熙元年，四月，晋武帝卧疾将笃，遂诏车骑将军杨骏入宫内卧所。武帝曰："朕今不豫，以皇太子顾托于公。公宜念朕半子之亲，以慕周公之辅而佐之。"骏曰："陛下善保龙体，以重天下之望，臣岂敢不效忠贞，而报今日殊遇之恩。"帝又谓近臣曰："卿等素怀忠义之心，以上政治之方，勿稍忘替。"言讫而崩。太子与诸大臣俱各涕泪。次早，举哀发丧，停柩别殿。武帝崩时，年五十五岁，庙号世祖，在位二十六年。改元者四：泰始（十年）、咸宁（五年）、太康（十年）、太熙（一年）。

史说，武帝明达善谋，能断大事。承魏氏奢侈革弊之后，百姓思古之遗风，乃励以恭俭。有司尝奏御牛青丝纼断，重费民财，武帝即下诏命以青麻代之。至平吴之后，天下晏然，遂怠于政事，耽于酒宴，宠爱后党，亲贵当权，旧臣不得专任，彝章紊废，请谒公行矣。

却说武帝既崩，杨骏与大臣举哀发丧，孝事已毕，以武帝梓柩殡于峻阳陵。乃立太子司马衷为孝惠皇帝，改元永熙元年。

惠帝既即大位，以杨骏为太傅，总摄朝政，于是百官咸听骏命。惠帝又以贾氏南风为皇后,以才人谢玖为太妃,以其子司马遹为皇太子。其余大臣,俱各加赠封赏。

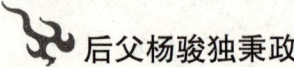 后父杨骏独秉政

史说,孝惠帝乃世祖武皇帝之次子,名衷字正度,在位二十七年,后因中毒而崩。

却说武帝疾笃时,杨骏独侍疾禁中,诸大臣皆不得在左右。骏因私意改易要近,得其心腹。武帝正色谓曰:"何得便尔!"时汝南王司马亮虽领职,尚未之国。武帝知之,乃令作诏,以司马亮与杨骏同辅政。未发,又欲择朝士有闻望者辅佐之。会武帝复迷乱,皇后杨氏奏以骏辅政,帝颔之。杨后即召何勖作诏,授杨骏太尉、都督中外诸军、录尚书事。骏受诏,使人取汝南王亮赴镇。稍顷,帝复问:"汝南王来未?"左右言未至,遂崩。

既而太子衷即位,杨骏入居太极殿,以虎贲百人自卫。汝南王亮知武帝崩,不敢临丧,哭于大司马门外,使人上表,求安葬武帝讫往镇。杨骏恐其有变,密使人以兵图害。汝南王亮知,乃连夜以兵驰赴许昌去讫,始免其难。

五月,杨骏自知素无美望,欲普进爵以求媚于众。奏少帝诏群臣增位,赐爵有差。将军傅祗谓骏曰:"未有帝王始崩,而臣下论功者也,于理有所不可。"骏不从,诏中外群臣增位,赐爵有差,复租调一年。散骑侍郎何攀言曰:"帝正位东宫二十余年,今承大业,而班赏行爵,优于泰始革命之初,轻重不伦。且大晋卜世无穷,制当垂后,若有爵必进,则数世之后,莫非公卿矣,无乃不可乎!"骏不从,自以为太傅、大都督,假黄钺,录朝政,百官总己以听。当傅咸谓骏曰:"谅暗不行久矣。今上谦冲,委政于公,而天下不以为善,惧明公未易当也。周公大圣,犹致流言,况上春秋非成王之年乎!进退之宜,明公当审之。"杨骏不从。杨济闻知,遗傅咸书曰:"谚云:'生子痴,了官事。'未易了也。"傅咸回书曰:"卫公有言:'酒色杀人,甚于作直。'坐酒色死,人不为悔。而逆畏以直致祸者,当由矫枉过正,或不忠笃,而欲以亢厉为声,故致愤耳。安有悾悾忠益,而反见怨疾乎!"济见书默然。

却说杨骏见贾后险悍，多权略，忌之，乃以外甥段广管机密，张劭典禁兵。凡有诏命，与帝省讫，要入呈太后，然后得行之。时冯翊太守孙楚谓骏曰："明公以外戚居伊、霍之任，而不与宗室共参万机，祸至无日矣！"骏亦不从。骏姑子弘训少府蒯钦，数以直言犯骏，人为之惧，钦曰："杨文长虽暗，犹知人无罪不可杀，不过疏我。我得疏，乃可以免。不然，与俱族矣。"杨骏闻东部王彰贤，使人往匈奴，辟王彰为司马。使人去，王彰闻之，乃逃不去。其友怪而问之，彰曰："自古一姓二后，鲜有不败。况杨太傅昵近小人，疏远君子，专权自恣。吾逾海塞以避之，犹恐及祸，奈何应其辟乎！且武帝不为社稷大计，嗣子既不克负荷，受遗复非其人，天下之乱，可立待也。"

八月，广陵王司马遹既立为太子，惠帝以何劭、裴楷、王戎、张华、杨济、和峤为师保。惠帝初为太子时，和峤尝言于武帝曰："太子有淳古之风，而季世多伪，恐不了陛下家事。"武帝不则声。后又与荀勖同侍武帝，武帝曰："太子近进，卿可俱诣之。"峤、勖二人去谒太子，无有经国之言，惟自乐而已。二人即还，见武帝。惟勖曰："今太子明识雅度。"峤曰："太子圣质如前。"武帝不悦而起。及是以和峤为少保，从太子遹入朝，贾后在帝后使惠帝问之曰："卿昔谓朕不了家事，今定如何？"峤曰："臣昔事先帝，曾有是言。言之不效，国之福也，何必曰更。"

贾氏南风夺朝权

辛亥，元康元年，却说皇后贾氏讳南风，平阳贾充之女也。初，武帝立惠帝为太子时，欲取卫瓘女为太妃，因元后纳贾、郭、霍亲党之说，欲婚贾氏南风。武帝谓元后曰："卫公女有五可，贾公女有五不可。卫家种贤而多子，美而长白；贾家种妒而少子，丑而短黑。"元后固请婚贾氏，又使荀勖、荀𫖮于帝前称贾氏之美。武帝乃定婚贾氏。泰始八年，拜为太子妃。

贾氏既为妃，心性妒忌，多权诈，太子畏而忌之，因此嫔御罕有进幸者。而贾氏性酷虐，尝手杀宫人。或以戟掷孕妾，子随刃堕地。武帝闻知，欲废之。杨太后救之曰："贾公屡有大勋于社稷，岂可以其女妒而忘之耶！"妃得不废。后太后数戒厉贾氏，贾氏不知其救己，反以为恨，至是不以妇道事太后。当时若非太后力劝武帝，贾氏安得至今。

惠帝既即位，乃立为皇后，贾氏遂荒淫放恣，与太医程据等乱彰内外。常使宫人阉宦计，以箱篚装少年入内同寝，中意者留，不中意者害之。其时洛阳有盗尉部小吏，生得端丽美容，既给厮役，忽有非常衣服，众吏人咸疑其衣服窃盗来的。尉部亦嫌而辨问之："何得此服？"小吏答云："月前先行逢一老妪，说其家有一女疾病，问师买卜，云宜得城南少年厌之方瘥，欲暂相烦，必有重报。吾随其去，上车下帷，内篚箱中，行有十余里，过六七门限，开篚箱，吾起来见楼阙好屋，胜似天宫。吾问此是何处，彼答云是天上。即以香汤与吾浴，将锦衣与吾衣，将美食与吾食之。后引吾入见一妇人，年可三十五六岁，短形青黑色，眉后有疵，见留数夕，共寝欢宴，临出以此衣服等物相赠与吾，吾安敢为盗耶！"尉部听见其说形状，知是贾后，惭笑而不责之。时闻贾后常以此计载人入宫，不中意而死者甚多，惟此小吏，贾后爱之，得全而出，因是漏泄，洛阳城内人尽知之。

贾后性凶悍，多权略，每惠帝临朝，贾后必在珠帘后独坐。若大臣所奏政事，贾后不待惠帝自允，俱干预之。当太傅杨骏入请曰："天无二日，民无二王。今圣上春秋正富，政治多能，安用垂帘，扰乱治体，宜速还宫。"贾后闻之，满面羞惭，低声入宫，虽不答语，心甚怅恨。归内大怒，欲杀杨骏，无计可成。时殿中中郎将孟观、李肇二人，常被杨骏面谩，心甚恶之。及闻贾后与杨骏构怨，因见黄门董猛，同入宫，献谋诛骏。贾后大悦，问："卿等以何计可诛老贼？"孟观曰："臣有一计，可杀杨骏老贼。非可自为，满朝皆其腹心，未可与谋。娘娘宜使人持书，报楚王司马玮，令其以兵外应，方自诛得，不然反成内乱。"贾后曰："然。"于是贾后遣孟观以书来见。楚王司马玮曰："吾亦恨老贼久矣。必须吾自以兵入朝，方可行得。"观曰："请殿下以兵屯于城外，以待内应即行。我先入宫，报与娘娘，娘娘使人来迎。"却说孟观回宫报知，楚王以兵密屯于司马门外，以候内应。贾后曰："其计大善。卿等密地启帝，称杨骏谋反，宜速下诏收之，若更迟延，早晚祸生。待帝应允班诏，卿等以禁兵讨之，则杨骏可诛矣。"

孟观等领懿旨出内殿，待帝退朝入宫，孟观奏帝曰："杨骏谋反，欲夺天位，陛下宜早图之。不然，臣等亦难讨乱。"惠帝曰："卿何得是言？"观曰："臣知多日矣，不得不尽孤忠。望陛下火速降诏，委臣等与楚王共讨之，缓则必变。"惠帝方始大惊，骂曰："老贼欲效王莽！"因此即命黄门董猛草诏，诬杨骏谋反，命东安王司马繇率殿中四百人，及楚王司马玮入朝，共孟观等讨之。孟观得诏，出迎楚王玮，入屯司马门。又以诏召东安王繇入内，领禁中四百人埋伏。计策安排已定，俱各以兵埋伏。

次日，孟观入宫，见贾后具说计成，必须娘娘矫圣上手诏，去宣杨骏入内，执而诛之。然后臣等以兵族其三族。贾后闻计，即矫惠帝手诏，使人持去，宣杨骏入议军国大事。使人持诏至杨骏府中，说圣上在宫内诏太傅入宫，共议军国大事。骏时欲即行，其弟杨济、杨珧止之曰："前日吾兄面抑贾后，今日无事宣入内宫，必有诈谋，切不可去，去必有患。待来日大朝，兄可与弟辞老休致，免累三族矣。"杨骏曰："帝自有诏在此，有何患焉？若有内变，皇太后必有密旨，何故虑之！"杨济等曰："交构已成，尚欲入宫，何不早决。"骏始悟，即召官属至曰："吾尽忠报国，今日惠帝在宫内有手诏，诏我入宫同议军国大事，吾二弟济、珧以为诈，故问之耳。"当主簿朱振曰："吾窃知楚王无故亦朝，定有谋明公之心，此必阉竖为贾后谋，不利于明公。依吾之计，宜速烧云龙门以胁之，索造事者首，引东宫及外营兵，拥太子入宫取奸人，殿内振恐，必斩送之，不然，无以免难。"杨骏素怯懦不决，乃曰："云龙门魏明帝所造，功费甚大，奈何烧之！"骏犹豫间，皇太后杨氏在宫亦闻知，急自作书，令人射出城外曰："有人救得杨太傅者，千金赏，万户侯。"被贾后宫中人拾得，将来呈与贾后。贾后因宣言太后同杨骏谋反，即令孟观催东安王，以殿中兵出，以火烧杨骏公府。杨骏大惊，逃入于厩中，被兵拥入，就杀之。遂收杨济、杨珧及张劭、段广等，皆夷三族。珧临刑告东安王繇曰："吾昔有表，收在石函，可问张华。"繇不听，叱左右斩之。

贾后谋害皇太后

早有人进宫中，来报皇太后杨氏，说贾后夷其三族之事。杨后大怒，即诣其宫，责骂贾后曰："无端贱人！先帝不肯娶汝泼贱，是吾抬举取你。今日得志，反害绝吾家，有何道理！"贾后亦对曰："老贱人！你父谋反，故将诛之，何如骂我！"二后相骂，将欲交手，左右宫人急劝解之，送皇太后杨氏回宫。贾后愤怒不息，使人密召孟观入问曰："杨骏虽死了，皇太后不仁，必有复仇之心。吾欲害之，卿有何计？"观曰："今杨骏兄弟死了，皇帝无为，大权诏命，皆出娘娘之手。娘娘何不矫诏徙于金墉，有甚难乎！"贾后闻计大悦，曰："我即书诏，卿可代吾徙之。"于是贾后做矫诏命孟观赍诏入后宫，来徙杨氏。

孟观领诏，即入后宫，杨后谓孟观曰："吾无宣唤，汝何直入！来此何干？"观曰："奉圣上诏旨，废娘娘，不许在宫，命日下徙居金墉。"杨后大惊曰："我实无罪，何如见废？"观曰："圣上以娘娘不合与杨骏谋叛。贾后奏知，一人造叛，九族皆诛。圣上以娘娘与其母子之亲，不忍加诛，是以废焉。"杨后闻之大哭，欲出金銮亲见惠帝。孟观使宫人扯住，不放其行，喝将乘舆至监，令杨后上舆，喝令从人拥出宫门，使人送至金墉。

居止已定，孟观始入宫回报。贾后大悦，以帛百匹赏之，因谓观曰："卿与我启惠帝，称皇太后同杨骏谋反，宜诏令其自绝，不可遗患于后。"观曰："不须娘娘懿旨，臣见圣上，见可而进，使其弑之。"于是孟观与李肇、董猛出殿奏曰："今皇太后图危社稷，自绝于天。陛下虽有无已之情，臣下不敢奉诏。宜早绝之，免贻后患。"惠帝问有司，如何所议。当中书监张华议曰："皇太后非得罪于先帝，今党其所亲，为不母于圣世，宜依汉废赵太后故事，称武皇后，居异宫，以全始终。"惠帝未决，有司奏曰："一人造反，九族皆诛。以其与圣上有母子之亲免死，宜废为庶人。"惠帝未及对，贾后命即书诏下金墉，废杨太后为庶人。有司又奏："昨诏原杨骏妻庞氏，以慰皇太后之心。今皇太后即废，请陛下以庞氏付廷尉行刑。"惠帝从之，廷尉官来金墉，押庞氏上市曹，杨太后抱持号叫，截发稽颡上表。贾后知，即出，诈谓杨后曰："妾当请全你皇母之命，你可回金墉，必不至刑。"杨后以为实，即回。贾后反使人促廷尉官斩之，将太后废为庶人。

却说贾后心欲干预政事，乃召黄门董猛、孟观等入曰："吾欲总专朝政，得一能臣同辅佐之可好？朝中大臣谁可堪任？"观曰："汝南文成王亮，字子翼，乃宣帝第四子，先封为扶风王也。又有尚书卫瓘字伯正，极善草字，人皆仰慕也。此二人乃宣帝元老，足服群臣。娘娘若能用之，朝政安定，可使天下太平。"贾后闻言大喜，即从其言。

司马亮专权执政

次早，惠帝设朝，贾后在后殿出奏曰："杨骏谋叛，今已诛之，无人参辅朝政。汝南文成王亮、尚书卫瓘二人，乃先朝元宰，忠义慨然，使其辅政，国家幸甚。伏望陛下睿临亲决，刚明不惑，未知圣意云何？"惠帝曰："皇后所奏，正合朕心。"言讫，即以汝南文成王司马亮为太宰、录尚书事，以尚书卫瓘为太保，同辅朝政。汝南王司马亮既辅政，欲悦众，论诛杨骏功，诸将侯者千八十一人，亮皆增封赏。御史中丞傅咸曰："无功而获厚赏，则人莫不乐国之有祸，是祸源无穷也。依臣所论，不可为之。"亮不从，亮颇专权执政。

八王用事相图害

却说文成王专权，凡有军国大事，不议于众，只与卫瓘独断。当御史中丞傅咸谏曰："往从驾，殿下见语：'卿不识韩非逆鳞之言耶，而欬摩天子逆鳞！'自知所陈，诚领领触猛兽之须耳。所以敢言，庶殿下当识其不胜区区。前摩天子逆鳞，欲以尽忠，今触猛兽之须，非欲为恶，必将以此见恕。望殿下听臣，以察微言也。"汝南王司马亮怒而不纳，愈肆横行。

先是，司马亮与东安王司马繇不相推服。司马亮及此秉政，乃密启贾后，称东安王司马繇兵权太重，更有异志，宜早废之，免贻后患，然后使楚隐王司马玮代领其兵，万无一失。贾后从之，即矫诏称东安王司马繇谋叛之故，废为庶人。司马繇受枉，见亮势大，莫敢谁何，只得忍气吞声而已。

东安王既废，贾后即召楚王司马玮，入代其职。楚王玮既代东安王领兵，专立威名，惠帝亦忌之。更常忤汝南王司马亮意，因此司马亮欲将夺其权柄。而司马玮勋多威猛，内外惮之。乃召太保卫瓘谓曰："楚王司马玮用事，专立刑威，每忤吾意，欲削其权，诚恐不及，卿有何计，杀此跋扈？"卫瓘曰："司马玮其实无过，焉能害之？要削其权，臣有一计。"汝南王亮曰："何计？请出言之。"瓘曰："殿下来日入朝，奏圣上，称楚王司马玮功多，更兼勇略双全，可封其为大将军，令其之国，使镇西地，盗贼不敢扰境。玮既出外，国事任殿下所行。"亮曰："卿计正合我心。"计议已定，未及所奏。

司马玮杀亮夺权

却说文成王欲削楚王权，早被楚王司马玮手下采听人窃知，密地来报。司马玮闻知，心痛恨亮，乃思一计，密地入宫见贾后道曰："臣闻汝南王司马亮、太保卫瓘同谋，欲行伊、霍之事，娘娘知未也？"贾后大惊曰："汝何得其言？我实未闻。"司马玮曰："臣心腹人窃而知之，以报臣耳。"贾后骂曰："吾重用汝二人，何敢异谋害我耶！必杀此贼。"司马玮曰："若欲杀，宜先下手；若迟，事必泄漏，反遭祸矣。"贾后曰："谁人可杀此贼？"司马玮曰："臣部下有一大将，姓李名肇，有万夫不当之勇，可使去收二人，必然克也。"贾后即宣李肇至，密嘱以语，使其持矫诏，引禁兵五百人，持诏先诣围住太保卫瓘府，口称太保谋叛，奉诏收拿。言讫入内，将卫瓘并其子卫恒及孙九人，尽收执押去市曹斩讫。领兵复至汝南王府，将司马亮擒住，司马亮曰："汝等小人何如执我？"李肇曰："奉圣旨杀公。"司马亮曰："我之忠心，可破示天下也，如何无道在无辜耶！"言讫，被李肇执出，斩于市曹。勒兵入内，报知贾后。贾后大悦，因问李肇曰："汝南王死有何言？"肇曰："汝南王临死道：'我之忠心，可破示天下也，如何无道，枉杀不辜！'"贾后闻言，方悟司马玮之佞，亦有杀司马玮之意，无计可施，闷闷不悦焉。

帝用华计杀楚王

却说贾后在宫愁闷烦恼，贾谧送惠帝归宫，因见贾后不悦，遂问之。贾后以前事一一对惠帝、贾谧说之。惠帝曰："汝南王乃创制旧臣，若有变异，岂待今日？"因之泪盈满颐。又曰："朕见楚王隐谗佞多猛，屡逆诏旨，目今赏功罚罪，皆非朕意，若不早除，后必为异，汝反杀汝南王耶！"言讫又泪。贾谧曰："死者岂能复生，悔之无及，楚王如此，宜速计之。"惠帝曰："楚王权重，何计可制？"贾谧曰："黄门侍郎张华，有王佐之才，公辅之器，更兼足智多谋，何不与其商议，必能讨玮矣。"惠帝闻说，即使人召华入内，问曰："今楚王司马玮掌握重权，多立刑威，朕恐有异，难以制之。吾欲诛此强恶，怕人议论，未有计谋，卿有高策代朕为之。"张华曰："楚王既诛太宰、太保，则威权尽归之矣。人主何以自安，臣亦寒心矣。圣上宜此时，道他何以专杀二公之罪，诛之，谁敢乱也。"贾后曰："然。卿用何计？"华曰："可遣殿中将军王宫赍驺虞幡麾众曰：'楚王司马玮矫诏，屈杀汝南王司马亮及太保卫瓘。圣上闻知，使我招回大小将军，速回龙虎二营，不许卫从。如违诏旨，的系同恶，尽队处斩。'如此，谁敢从乱。"惠帝曰："其计大善。"

　　于是惠帝依张华之计，宣殿中将军王宫入内，说与计策，命其持驺虞幡，领卫兵五百人出宫，直入帅府，带领胄士拥从楚王司马玮乘舆而出。王宫持幡高叫曰："楚王矫诏，谋杀汝南王及太保，圣上已知，诏命我等持此幡收执。汝等大小将士军校，各回龙虎二营，不许护送。"言未毕，胄士数百人皆释仗而走。楚王司马玮左右无复一人，窘迫不知所为，被王宫使从军执之，斩于府前。乃勒兵回宫，奏知惠帝。惠帝大悦，乃拜张华为少傅，开府仪同三司、侍中、中书监，金章紫绶。张华固辞，不受其职。贾后欲劝，惠帝罢之。当贾谧上言曰："张华庶族，儒雅又有筹略，进无逼上之嫌，退为众之所依，可以托六尺之孤，亦可以寄百里之命。依臣之愚，宜倚以朝纲，共访政事，不可与辞。"因此惠帝不从其辞，委以朝政。于是华只得领职谢恩，与贾模、裴𬱖同心，尽忠匡辅，弥缝补阙，虽当暗主虐后之朝，而海内赖之晏然，是华之力也。后进封为壮武郡公。太保卫瓘女卫氏上书与国臣张华等书曰："妾先公名谥未显，一国无言，《春秋》之失，其咎安在？希明与公议而奏之，庶九泉无屈含之人耳。"张华等正欲启帝，会太保主簿刘繇等执黄幡，挝登闻鼓，被武士捉入见帝。帝曰："卿有何屈？"繇曰："臣窃为太保与太宰，尽忠佐陛下，被潜屈死，望陛下念昔前功，勿削其爵，复加议谥，则太保、太宰虽在九泉之下，亦衔恩矣。"帝未及决。国臣华等亦上言："二公尽忠无贰意，果受枉屈，宜复爵谥。"于是帝从之，谥汝南王亮曰文成王，谥卫瓘曰成侯。

　　却说陆机字士衡，吴郡人。祖陆逊，为吴丞相。父陆抗，为吴大司马。陆机身长七尺，声音如钟。少有异才，文章冠世，服膺儒术，非礼不动。抗卒，领父兵为牙门将军。年二十而吴灭，退居旧里，闭门勤学，积有十年。其弟陆云字士龙。六岁能属文，少与兄陆机齐名，虽文章不及于机，而持论过之，故时人号曰"二陆"。幼时，吴尚书广陵闵鸿见而奇之曰："此儿若非龙驹，当是凤雏。"至是时，机、云兄弟二人，闻朝廷举贤良方正，思欲匡扶明时，乃相邀入洛阳，来造张华。张华素重其名，及见陆机诣，握手顾语，欢若平生，胜如旧识。因曰："昔伐吴之役，利获二俊，未及得见，何期今日命驾一临。"又曰："贤弟士龙如何不见？"时云好笑，故机曰："云有笑疾，未敢趋见。"俄而云至，相见礼毕，云忽大笑不已。时张华为人多姿制，又好帛绳缠须，是以云见大笑，华亦不怪之。时上宾荀隐，字鸣鹤，亦善谈论，尝闻"二陆"之名，素不相识，不在言示。张华笑指云兄弟谓荀隐曰："汝今日诸贤相遇，可勿为常谈。"陆云就出座，因执荀隐手曰："吾乃云间陆士龙。"荀隐即应曰："我是日下荀鸣鹤。"云又曰："既开青云，睹白雉，何不张尔弓，挟尔矢？"应曰："我本谓是云龙騤騤，乃是山鹿野麋。兽微弩强，是以发迟。"华见二人嘲难成实，乃抚手大笑令止之。时华阳卢志，乃卢毓之孙，卢珽之子，亦是说客。见华重陆机兄弟，于于众中问陆机曰："陆逊、陆抗于君宗远近？"机曰："如君于卢毓、卢珽耳。"卢志默然，未敢复问。其弟云谓机曰："殊邦遐远，客不相悉，何至如此直白其祖父之名讳耶！"机曰："我之祖父名播四海，彼岂不知，故乃直讳，吾亦故以是对之。"因此二人辞华而出。

次日，张华入朝，荐于惠帝，以陆机为参军，以陆云出补浚仪令。

陆云县治若神明

却说陆云领职，到任肃然，下不上欺，市无二价。一日，祭祀归厅，忽见一人被杀在地，无人告发。云即使人拘唤邻众，究问死者姓名，因拘死者之妻，临禁十日，故无所问，而遣其妇出，密令从人随妇后窃听。从人欲行，云谓曰："其妇人去，不出十里，当有男子候之，若与妇人语，便缚来见我。"从人领其言，私跟妇人而去，不过数里，果有一男子候其妇人，问曰："因何得出？"妇人未及答，被窃听人缚了送来见云。云问曰："你如何杀人？"其男子不肯招认，云怒谓曰："汝分明与死者之妻通奸，共杀其夫，何得抵赖！"因是其男子、妇人默然，不敢争论，遂供招偿命。由是军民百姓皆称其为神。因此郡守嫉其贤能，屡谴责之，云乃去官归政。百姓追思，图画形像，配食县社焉。

却说陆机自过江以来，家音断绝，信息无通。时机有骏犬，名曰黄耳，甚爱之。既而羁寓京师，久无家问。机笑谓犬曰："我家绝无书信，汝能赍书取消息否？"其犬摇尾作声肯去。于是机乃作书，以竹筒盛之而系其颈，犬果寻南路走，遂至其家，得通消息，又带回书，以还洛阳。自此以后，得犬送书，家音频通，不劳人送矣。

壬子，二年，春正月，贾后使人矫诏，绝故皇太后杨氏膳，八日而终。《纲目发明》云："子不可以废母，妇不可以废姑，前已书废太后为庶人，而此犹书故太后者，不与其废也。"

却说皇太后屈死之后，天下大饥。东海雨雹，荆、扬、兖、豫、青、徐等六州大水。十月，武库发火。识者以为天道已变，王道乱应，果若矣。

赵王伦征胡三寇

六年，正月，惠帝以张华为司空。五月，匈奴郝度元与冯翊、北地马兰羌、卢水胡各以兵五万俱反，杀北地太守，自称为大王。诏征西大将军、赵王司马伦，与雍州刺史解系起兵五万讨之。

次日，雍州刺史解系见征西大将军、赵王伦曰："今匈奴郝度元、马兰羌、卢水胡分作三处侵掠，吾与殿下亦宜以军分作三队，去镇要害。若不分军去守，则两处百姓必降，北地皆为匈奴所有，再难与争。"赵王伦未及对，嬖人孙秀密谓赵王伦曰："殿下既为大将军，宜自主事，何听调遣于臣妾。今之将军皆殿下之家人，要发即发，要止即止，解系何等人，反受他节制！殿下宜自己督其军，无分迎进，可必大胜。"赵王伦然其说，因谓解系曰："不可分军，分军则兵势不振。卿可与吾先讨郝度元，再以得胜之军去讨二羌，三难自然可平，何必分军而进。"解系不从，因此赵王伦信嬖人孙秀，与雍州刺史解系争论军事，于是二人各以表奏闻朝廷。惠帝问群臣，张华曰："陛下可使梁王司马肜去代赵王伦领兵，征伦还朝，不然两虎相斗，必有一伤。目今羌人侵境，若自内乱，彼必乘隙而入，深为未便。"惠帝依华言，即召梁王司马肜至殿谓曰："今赵王与解系不睦，卿可往西，代赵王领兵，令赵王还朝。"梁王既受诏，辞帝来边，见赵王伦，称诏代彼还朝之事。赵王心中烦恼，痛恨解系，只得将兵印交付与肜讫，自与孙秀还朝。

先赵王伦与解系各上表时，解系表道："宜诛孙秀以谢氐、羌，则胡人收兵。"因此张华奏惠帝，诏梁王司马肜代伦领兵。梁王肜临起行，张华见梁王曰："殿下若到边，可先收嬖人孙秀诛之，分兵镇静，不可与战。"及此梁王肜受征西大将军兵印，欲诛孙秀，孙秀大惊，急投梁王参军傅仁为救，原来傅仁与孙秀友善。傅仁即见梁王肜曰："孙秀乃赵王重臣，殿下若诛之，则赵王怪而构隙。依臣愚见，不若休息。"于是梁王肜从之，孙秀始得性命，同赵王司马伦入朝。孙秀因说赵王伦曰："今观朝廷大权在贾后，欲厚爵者，必须结其腹心。殿下何不以千金深交贾模，浼其荐爱于贾后，后若信之，必委以朝政，因而求录尚书事，指日可以取得。"赵王伦曰："卿谋正合我心，吾以金七百斤、玉带一条，即可将此物代我谋之。"

秀领命，即将金并玉带私入贾府，拜见侍中贾模曰："赵王司马伦在边新回，无有奇物相送，今有黄金七百斤、玉带一条，令某拜奉足下，托为善言，一荐于圣后，求为录尚书事，重谢在后，斯物聊为引忱。"贾模大悦曰："你回拜上赵王，此物本欲返璧，诚恐却之不恭，权收贮之，候别回奉。早晚管取入宫。代见皇后，为求其事，不须呈累。"于是孙秀去讫。贾模因入宫见贾后曰："赵王司马伦乃先帝元老，有宰相才，更兼意敬娘娘，诚实恳笃，若以为录尚书事，必有善政，可保娘娘终始无穷。"因此贾后信之。

次日，惠帝设朝，贾后欲以赵王伦为录尚书事，张华、裴頠固执曰："赵王虽先帝元老，信用小人，若使参政，必害朝纲。故《易》辞曰：'德薄而位尊，力小而任重，智小而谋大，鲜不及矣。'言不胜其任也。依臣等实未可也。"贾后从之，因此赵王伦不得预政，痛恨张华、裴頠等，而生欲报贾后之心。

周处合兵讨氐羌

八月，秦雍氐、羌齐万年以七万之众谋反，大掠泾阳各州郡。表文入朝，奏请动兵去讨。至十一月，惠帝设朝，近臣奏知此事。惠帝问群臣曰："氐、羌谋反，谁可去征？"张华奏曰："御史中丞周处勇略双全，陛下委其征讨，不日平静。"帝曰："朕正欲用此人。"即召周处至金阶，封为建威将军，领兵五万，令其与安西将军夏侯骏并梁王肜等，合兵共讨之。当中书令陈准陈曰："不可。若用周处，臣料其必败，不得生还，必遭梁王之并。"惠帝明曰："何如被梁王之并？"准曰："夏侯骏与梁王皆贵戚，非将帅之才，进不求名，退不畏罪。周处忠直勇果，有仇无援。望陛下诏孟观以精兵万人为处前锋，使处自为主将而讨之，必能殄寇。不然，梁王肜初在朝违法行事，被周处弹劾，深恨于处，今使处受制于梁王，梁王必使处为前驱，而不救以陷之，其败必也。"惠帝不听，周处只得与夏侯骏以五万军前来边地，参见梁王。司马肜果怀前仇，谋谓周处曰："今氐兵雄盛，屡战不分胜负，你可以本部军为前锋与战，吾自以兵后应。"于是处与梁王自兵出屯泾阳。

却说氐、羌齐万年闻朝廷以周处为将来边，谓诸酋长曰："周府君有文武才，专制而来，不可当也。或受制于人，此成擒耳。"正论间，细作人回报，朝廷以梁王肜与夏侯骏与周处，共兵而来，齐万年曰："可高枕无忧矣。"遂以七万人迎敌。

周处战死在羌阵

七年，正月，将军周处领军至泾阳，氐、羌齐万年以兵七万屯梁山。梁王肜、夏侯骏谓周处曰："今氐兵皆屯梁山，你可以五千兵去击之。"处曰："军无后继必败，不徒身亡，为国取耻。今我以五千兵去攻，必须以精兵后应，方可获胜。"梁王曰："你速去攻，吾自以大兵后应。"于是周处以五千人欲传餐，梁王肜故使人促令曰："今氐兵甚弱，不必先食，令速进军。"处无奈，只得驱军向前，攻齐万年于六陌坡。处自全身披挂，手执长枪出阵，与齐万年交锋，战上五十余合，胜负未分。又自旦战至暮，齐万年兵甚众，周处军弦绝矢尽，救兵不至。一者军士未食，二者氐羌甚众，将寡不敌。左右急劝处曰："眼见得梁王恨将军前仇，不发救军接应，若不退避氐锋，死在目前。"周处按剑曰："是吾效节致命之日也。"遂力战万年而死，残兵皆涕泣而散。梁王肜、夏侯骏见周处死，亦不敢出战，只是坚壁守住隘险，使人表奏朝廷。

史说，李特字玄休，巴西宕梁人，其先廪君之苗裔也。昔武落钟离山崩，有石穴二所，其一赤如丹，一黑如漆。有人出于赤穴者，名曰务相，姓巴氏。有出于黑穴者，凡四姓，曰：瞫氏、樊氏、柏氏、郑氏。五姓俱出，皆争为神，于是相与以剑刺石穴屋，能着者为廪君。四姓皆莫能着，独务相氏之剑悬焉。四姓不肯，务相氏又以土为船，雕画之而浮于水中，曰："若其船浮者为廪君。"四姓以土为船，放即沉，务相船又独浮，于是四姓遂尊称务相氏为廪君。五姓共上土船，当夷水而下，至于盐阳。盐阳水神女子出止，廪君不得行，廪君以箭射之，中盐神，盐神死。复乘土船下及夷城，因居之。秦并天下，以为黔中郡。巴人呼赋为賨，因谓之賨人焉。汉高祖更名其地为巴郡。汉末，賨人自巴郡之宕渠迁于汉中，魏武帝克汉中，特祖将五百余家归之武帝，迁之于洛阳，因居之，后易姓李氏焉。

孟观以兵伐万年

却说洛阳巴氏李特、李庠、李流兄弟三人，皆有才武，善骑射，性任侠，州党皆附之。因齐万年反，关中荐饥，洛阳、天水等六郡之民，流移入汉川者数万家。道路有疾病穷乏者，李特兄弟赈救之，由是颇得众心。后与其流民至汉中，上书朝廷，乞寄食巴蜀，有司奏知惠帝，诏群臣朝议。张华议曰："今流民甚众，宜遣人持节慰劳，且监察之，勿令入剑阁，无至于乱也。"帝曰："然。"于是遣侍御史李苾持节入汉川，慰劳流民。苾既入川，流民特等以倡金千两赂苾，乞表与众入蜀。苾既受其赂，上表言："流民十余万口，非汉中一郡所能赈赡，蜀有仓储，宜令就食。"朝廷从之。由是流民散在梁、益，不可禁止。李特至剑阁，太息曰："刘禅有如此地，面缚于人，岂非庸才耶！"遂起窥窃蜀中之意。

却说梁王肜恨周处初劾己仇，故不以兵接应，周处力战死之。梁王肜坚壁不战，使人持表奏知朝廷。惠帝甚忧之，张华奏曰："陛下勿虑，臣举一人可讨平氐、羌。"帝曰："卿举谁人？"华曰："殿中将军孟观，沉毅有文武才，若用之，可克万年。"于是惠帝以孟观为征讨将军，领兵三万去讨万年。孟观既受兵符，即日收拾起行，至泾阳五十里外下寨。次日，大驱军马前进。齐万年已知其来，亦以兵出迎。两军相见，俱各矢石交攻。孟观身骑骏马，手搦长枪，亲挡矢石，出与齐万年交战。两马相接，兵器齐发，战上十余合，齐万年大败而逃。孟观奋不顾身，勒军赶杀，一边大战十数阵，杀得氐兵十损七八，无复阻前，直赶至梁山。齐万年势穷力尽，驱残兵回，谓孟观曰："赶人不可赶上，我今与你死战，挡我者死，迟我者生。"言讫飞刀便战，孟观举枪便迎，未几合，氐兵自溃，晋兵拥前，把齐万年擒住。于是孟观始令鸣金收军，监送齐万年凯奏回朝。次早面君，惠帝诏斩万年于市，加封孟观为大将军。

十一月，贾谧侍讲东宫，对太子倨傲，甚不以礼。成都王司马颖入见，叱之曰："太子乃天下之副，汝何得慢？"因是贾谧怀恨。次日，入宫见贾后曰："成都王勇健过人，众僚有望，不若出之镇外，免生内忧。"贾后曰："既如此，若出之，亦宜备之。"谧曰："可封河间王司马颙为镇西将军，使镇关中以防之。"贾后曰："卿且退，吾告圣上为之。"是夜，贾后以贾谧言告惠帝，惠帝亦惊。次日，诏出成都王司马颖为平北将军，令其镇邺；以河间王司马颙为镇西将军，使镇关中。二王受诏，各之镇。初武帝做石函之制，非至亲不得镇关中，司马颙乃安平献王司马孚之孙，孚乃懿之弟也。颙轻财爱士，朝廷以为贤，故用之镇关中也。

却说贾后淫虐日甚，裴頠与贾模及张华议曰："贾后淫污后宫，吾奏帝废之，更立谢淑妃为后，此事如何？"模、华曰："主上自无废黜之意，若吾等专行之，倘上心不以为然，将若之何？且诸王方强，朋党各异，废之且祸起，身死国危，无益社稷。"頠曰："诚如公言，然宫中逞其昏虐，乱可立待也。"华曰："卿二人为中宫亲戚，言或见信，宜数为陈，倘因之戒，庶无大悖，则天下尚未至于乱，吾曹得以优游卒岁而已。"于是頠旦夕入说其从母广成君郭槐，令戒谕贾后以亲厚太子，模亦数为后言祸福。贾后反以模为败己而疏之，贾模因此得疾，忧愤而卒。贾后奏惠帝以裴頠为尚书仆射，又诏专任门下事。頠虽后亲属，然雅望素隆，四海惟恐其不居权位。頠上表固辞，迎僚谓頠曰："君可以言，当尽言于宫中，言而不从，当远引而去。倘二者不立，虽有十表，难以免矣。"頠不能用。

贾后谋废皇太子

史说，愍怀太子司马遹字熙祖，乃惠帝长子，母曰谢氏才人。遹幼聪慧，武帝甚爱之，尝对群臣言太子似宣帝，于是令誉传于天下。时望气者言广陵有天子气，故封为广陵王。元康元年，出就东宫。及长，不好学，惟与左右嬉戏，不能尊敬保傅。而贾后素忌太子遹有令誉，因此以密计敕黄门李巳、阉宦刘才媚谀于太子遹曰："殿下富有天下，贵为天子，诚可及壮时极意所欲，何为恒自拘束？"太子遹于是慢弛益彰，或废朝侍。性拘小忌，不许缮壁修墙，正瓦动屋。而于宫中为市，使人屠酤，手揣斤两，轻重不差。因此名誉侵减。遹母谢氏乃屠家女也，故太子遹好之。又令西园卖葵菜、蓝子、鸡、面之属，而收其利。当洗马江统陈五事谏之曰："古之圣王莫不以俭为德，故汉文身衣弋绨，足履革舄，以身先物，政治太平，及到末世，则有玉杯象箸，熊蹯豹胎云云。殿下何如不思他日临御九五之尊，亲万机之政，而为市道之利，奢侈之用，自弃之甚耶！"太子遹不纳。时舍人杜锡以太子非贾氏所生，而后性凶暴虐，深以为忧，每尽忠规劝太子遹修德进善，远于诽谤。太子遹大怒，使人以针着锡常所坐毡中而刺之。因是人不敢谏，言路塞矣。

却说贾后母广成君郭槐以贾后无子，因劝贾后曰："汝年将暮，不幸无王器者。今太子遹虽不汝生，宜加慈爱，身安而国家可保也。今汝妹贾午，嫁与韩寿，生有女儿，汝可求为太子妃，不然后必有变，族难保也。"贾后闻言，即召其妹贾午入宫商议。贾午入宫，贾后以母言与说。贾午曰："太子非汝生，吾不许也。闻说太尉王衍有二女，长女妍，次女媸，娘娘可主娶哪一个替他聘之。"贾后曰："既如此，长女美，代贾谧聘之；次女丑，代太子聘之。"午曰："娘娘先为谧聘，后为太子聘之。"于是使人通王衍，即将聘礼先为谧聘长女，后始与太子聘次女。太子闻知王衍次女貌丑，而心不能平，颇以为言，无计奈何。时广成君郭槐病笃，唤贾后至卧所，执其手谓曰："汝宜尽心慈爱太子，勿可疏之。赵粲、贾午必乱汝家，勿可亲之。"言讫而终。贾后举哀承服，吊祭，而以后妃之礼葬祭之。

【西晋卷之二】

起自西晋惠帝永康元年庚申岁,止于西晋惠帝太安二年九月,首尾共十三年事实。

贾后谋害皇太子

永康元年,正月,太子遹见贾谧恃中宫骄贵,心有不平之鸣。贾谧闻知其怨己,乃潜于贾后曰:"今太子多畜私财以结小人者,为贾氏故也。不如早图之,免累三族。"后曰:"然。"乃使人召其妹贾午入宫,谓曰:"今闻人言,太子私结小人,欲害贾氏,吾欲废之,恨我未有亲生。"贾午曰:"此事容易,娘娘可诈为有妊,待十月足,内橐物产,以瞒朝臣。妹今即日孕满欲产,权在你宫中住几时,待生下将为你子,养大承器,有何不可。然后娘娘扬太子之短而害之,则吾贾氏三族,安若泰山也。"贾后大悦曰:"吾妹计策大善。"于是贾后依贾午之计,诈娠。十月足,以贾午生下子,内橐物产,具以为己生下的,养在宫中,朝野咸知。

贾后屡起谋害太子之意,当左卫率刘卞知之,以谓张华曰:"今贾后不仁,欲废太子,太子若废,天下谁归?"华曰:"君欲如何?"卞曰:"东宫俊乂如林,四率精兵万人,若得公命,皇太子因朝入录尚书事,废贾后于金墉城,两黄门力耳。"华曰:"不可。今天子当阳,太子,人子也,吾又不受阿衡之命,忽相与行,此是无君父,而以不忠示天下也。虽能有成,犹不免罪,况权戚满朝,威柄不一,成可必乎!"贾后窃知刘卞欲废己,问贾午求计。午曰:"不可杀之,可升而出之。"于是,后以刘卞为雍州刺史。刘卞亦知事泄,乃自饮药而死。贾后又问贾午曰:"今事急矣,宜害太子,你有何计?"贾午乃附贾后耳畔言计曰:"如此如此。"贾后曰:"其计大善。"

十二月,贾后诈计称惠帝疾不豫,使黄门召太子司马遹入宫。太子遹不知是计,即入内。贾后使人监于别宫。使婢陈舞诈说惠帝命赐酒枣二升与食。太子推故不食,陈舞逼劝尽饮而食之,遂大醉。贾后即召黄门侍郎潘岳作诬太子谋为犯上之

书。书草讫,使宫人说帝诏,使太子书之。太子遹大醉,不醒人事,未知甚稿,照草誊写,其书曰:

　　陛下宜自了;不自了,吾当入了之。中宫又宜速自了;不自了,吾当手了之。并与谢妃共要克期两发,扫除患害。

　　其时,太子醉迷,遂依而写之,字半不成,贾后使人补成之,令人扶太子回东宫去讫。
　　次日早朝,惠帝幸式乾殿,贾后佯涕哭,将太子书持上,与帝观之。惠帝大怒,召公卿诸王入,以太子书示之曰:"今太子不孝,故书如此欲弑朕意,今宜赐死。"诸王公莫有言者。惟张华曰:"此国之大祸。自古帝王,因废黜正嫡,以致大乱也。愿陛下详之。"裴頠亦曰:"可先检校传书者,及比校太子手书,必有诈妄。"诸王公议至日西不决。贾后惧事变,忙上表曰:"太子虽不仁,且赦以死,免为庶人。"惠帝下诏从之。贾后使人将太子司马遹并其子司马彪、司马臧、司马尚,皆幽于金墉城,又使人杀才人谢玖。当太尉王衍上表,请太子离婚,惠帝诏许之。

王氏惠风守贞节

　　太子妃王氏字惠风,乃太尉王衍之女,有贞婉志节。当司马遹见废,王衍上表,不与惠风说要绝婚,令其休随司马遹徙金墉,别行改嫁豪士。惠风曰:"忠臣不事二君,烈女岂嫁二夫。妻生为皇太子之妃,死为皇太子之鬼。"言毕大哭,流泪为雨,即讨车仗随行,同居金墉。时行路之人径其贞节,为之流涕,莫不伤感。
　　史说,阎缵字续伯,巴西人也。博览坟典,诚通物理。父早世,继母不慈,缵恭事之弥谨。后国子祭酒邹湛荐为秘书监,未就。及闻愍怀太子被贾后废之,阎缵使家人舆棺诣阙,上书理太子之冤。惠帝设朝,缵自至御前上书,惠帝览之。曰:

　　臣缵伏念前太子遹生于圣父而至此者,由于长养深宫,沉沦富贵,受饶先帝,父母骄之。每见选师傅下至群吏,率取膏粱击钟鼎食之家,希有寒门儒素如卫绾、周文、石奋、疏广，洗马、舍人亦无汲黯、郑庄之比者，使不见事父事君之道，所以致败也。臣素寒门，无力仕宦，不经东宫，情不私通。念昔楚国处女谏其主曰"有龙无尾"，言年四十未有太子。臣尝备近职，虽未能自结天日，情同阍寺，悾悾之诚，皆为国计。以死献忠，伏须刑诛。

惠帝览毕，流涕而惧。贾后终不能纳，而遣缵还。缵号泣出朝，群臣无不欷歔也。

太子既废，众情愤怒，卫督司马雅尝给事东宫，与殿中中郎士猗等欲谋废贾后，以复太子。当士猗谓雅曰："若行此事，必须交当权者方为得，不然祸反累族。"雅曰："右将军、赵王司马伦执兵权，性贪冒，可假以济事。赵王府中有一宠士，姓孙名秀，可往与求见而说之，必然克济。"士猗曰："既如此，吾即往说之。"于是士猗来见孙秀曰："今国无嫡嗣，社稷将危矣。臣将举大事，而明公奉事中宫，与贾、郭亲善，太子之废，皆云豫知之，若事起，祸必相及，何不与赵王先谋之乎！"秀曰："君言是也，且退，待吾自见赵王白之。"

因是孙秀入府，以士猗之言与赵王白之。赵王伦大悦曰："正合吾心。"即使人请通事令史张林至告知，请为内应，林随从之。期日将发，孙秀入止之曰："且缓之。窃见太子，聪明刚猛，若还东宫，必不受制于人。明公素党于贾后，今虽建大功，太子谓公特逼于百姓之望，以免罪耳，必不深德于公。不若迁缓其期，贾后必害太子，然后废后，为太子报仇，岂徒免祸，更可以大得志矣。"赵王伦然之。于是孙秀因使人反间，言殿中欲废贾后，迎太子。贾后闻知大惊，恐再复太子，先指使人将司马遹更幽于许昌宫之别坊，矫诏使黄门孙虑来害太子遹。虑奉贾后矫诏至许昌宫，谓遹曰："今圣上有诏，命杀殿下。臣不敢刃，上药酒，请殿下自裁。"言讫，捣药倾于酒内，请遹饮。遹不肯服，走如厕，被孙虑以药杵锥弑之。于是太子被害，天下之人尽皆冤之。自此以后，贾后恣意专制矣。

自太子死后至三月，尉氏雨血，妖星见南方，太白昼见，中台星坼。当张华少子张韪劝华曰："天道此变，然应大人，宜早逊位，免受大患。"华曰："天道幽远，岂能尽应，不知静以待之。"是以不听。

王戎与世同浮沉

丁巳，元康七年，九月，惠帝、贾后以尚书左仆射王戎为司徒，阮瞻为太子舍人，王戎弟王衍为尚书令，乐广为河南尹，胡毋辅之为乐安太守，谢鲲为长史，毕卓为工部侍郎。此数人皆以清谈任显，故贾后用之。

史说，王戎字浚冲，琅邪人也。父王浑，乃凉州刺史。戎幼而颖悟，神采秀彻，视日不眩。裴楷见而目之曰："戎眼烂烂，如岩下电。"年六七岁，尝与群儿戏于道旁，见李树多实，童辈竞趋之，戎独不往。人问其故，戎曰："树在道旁而多子，必苦李也。"童辈取之，果苦，人皆异之。阮籍素与浑为友，时戎年十五，随浑在郎舍。戎少籍二十岁，而籍一见，与之交结。阮籍每适浑家，俄顷辄去，过见戎，良久然后出。谓王浑曰："浚冲清赏，非卿伦也。共卿言，不如共阿戎谈。"及浑卒，西凉州故吏赙赠钱帛数百万，戎辞而不受，由是显名。其时，王戎既为三公，与时浮沉，无所匡救，委事僚朋。轻出游畋，性好兴利，广收八方，田园水碓，周遍天下。积宝聚钱，不知纪极，每自执牙筹，昼夜算计，恒若不足。而务俭啬，不自奉养，故天下之人谓之膏肓之疾。戎家好李，常出货卖，恐人得种，恒钻其核，以此获讥于世。凡所赏拔，专事虚名。

却说阮咸之子阮瞻，字千里。性清虚寡欲，自得于怀。读书不甚研求，而默识其要。善弹琴，人闻其能，多往求听，不问贵贱长幼，皆为之弹也。与司徒王戎乃通家，因来造谒王戎。戎命坐待，茶罢，因问瞻曰："圣人贵名教，老庄明自然，其旨同异？"瞻答曰："将无同。"戎奇之，嗟叹良久，即辟之为掾吏。时人谓之"三语掾"。后为太子舍人。不信阴阳，素执无鬼论，物莫能难，每自谓此理足以辩正幽明。忽一日，有一客来相访，通名姓，问寒暄之礼讫，卿谈名理。客甚有才辩，与之言良久，又谈鬼神之事，反覆甚苦。客遂屈，乃作色曰："鬼神之事，古今圣贤所共传，君何独言无也！汝不信，仆便是鬼。"言终，客变异形，须臾消灭不见。瞻默然，意色甚恶。后岁余而亡，年三十岁。

却说惠帝、贾后闻王衍、乐广二人，皆善清谈，宅心事外，名重当时，乃征衍为尚书令，广为河南尹。二人谈论终日，义理愈精，言如瓶泻，口若悬河，朝野之人，多慕效之。

王衍专意事清谈

史说，王衍字夷甫，乃司徒王戎之弟也。衍有盛才美貌，明悟若神，常自比子贡。声名藉甚，倾动当世。妙善玄言，惟谈《老》、《庄》为事。每捉玉柄麈尾，与手同色。义理有所不安，随即改更，故世人号其"口中雌黄"。朝野翕然，谓之"一世龙门"矣。后进之士，莫不景仰。

乐广字彦辅，南阳人也。幼孤贫，侨居山阳，寒素为业，人无知者。尤善谈论，每以约言析理，以厌人心，其所不知，默如也。凡论人，必先称其所长，则所短不言。先，卫瓘见广而奇之，曰："自昔诸贤既没，常恐微言将绝，而今乃复闻斯言于君矣。"因命诸子造焉，曰："此人之水镜，见之莹然，若披云雾而见青天也。"时王衍自言："与人语甚简至，及见广便觉自己之烦。"其为识者所叹羡如此。而广善言，而不长于笔。广为任满，欲为表见上，不能写，请潘岳为之。岳曰："当得君意，方可上书。"广乃做二百句语，述己之志。岳因取次，便成名笔。时人咸云："若广不假岳之笔，岳不取广之旨，无以成斯美也。"

先，赴任，有亲客造去，久不复来，岁余又至。广问其故，客答曰："前岁在贵坐，蒙赐酒，方欲饮，见杯中有蛇，意甚恶之，既饮而成斯疾，因此久失奉训耳。"于时河南听事壁上有角，漆画做蛇，广意杯中蛇即角影也。复置酒于前处待客，因而又问曰："杯中复有所见否？"客答曰："杯中所见，蛇复如初。"广乃告曰："其蛇非真，乃角影也。"因指与客，豁然意解，沉疴顿愈，其明辨如此。

广与王衍齐名，故天下人言风流者，谓王、乐为首焉。其时乐广与王澄、阮咸、阮修、胡毋辅之、谢鲲、王尼、毕卓，皆以任放达。史说，王澄字平子，生而警悟，虽未能言，见人举动，便识其意。乃长，勇力绝人，与王敦、谢鲲、庾敳、阮修最善，号为"四友"，后为荆州刺史。

阮咸叔侄效放达

阮咸字仲容，妙解音律，善弹琵琶。处世不交人事，惟共亲知弦歌酣饮而已。时咸与叔阮籍居道南，宗室诸阮居道北，北阮富而南阮贫。七月七日，俗例曝衣，北阮盛晒衣服，锦绣粲目。咸以竿挂大布犊鼻于庭，人或问之，咸答曰："未能免俗，聊复尔耳！"人皆讥之。后出补始平太守，放达无拘。

阮修字宣子，善清言。性简任，不修人事。绝不喜见俗人，遇便舍去。常步行，以百钱挂杖头，至酒店，便独酣畅，虽当世富贵之人而不肯顾。修家无担石之储，晏如也。与兄弟同志，自得林阜之间。修居贫，四十余年而未有室，王敦等名士敛钱为婚，时慕之者求入钱而不得。后王敦为鸿胪卿，谓修曰："卿尝无食，鸿胪承差有禄，汝能为否？"修曰："亦复可耳！"遂为鸿胪承差焉。

胡毋辅之字彦国，泰山人。少擅高名，有知人之鉴。性嗜酒，任放不拘小节。与王澄、王敦、庾敳俱为太尉王衍所昵，号曰"四友"。澄尝与人书曰："彦国吐佳言如锯木屑，霏霏不绝，诚为后进领袖也。"为家贫，求试为繁昌令，后为乐安太守。

谢鲲字幼舆，陈国阳夏人也，以儒素显。鲲少知名，通简有高识，不修威仪，好《老》、《易》，能歌善鼓琴。后东海王司马越闻其名，辟为掾。邻家高氏女有美色，鲲尝挑之，女投梭，折其两齿。故时人为之语曰："任达不已，幼舆折齿。"鲲闻之，傲然长啸曰："犹不废我啸歌。"后为长史。

毕卓字茂世，新蔡铜阳人，少希放达。太兴末，求为吏部，尝饮酒废职。比部郎酿酒熟，卓因醉，夜至其瓮间盗饮之，为掌酒者所缚，至明旦视之，乃毕吏部也，乃遽释其缚。卓遂引主人宴于瓮侧，偿其酒钱，致醉而去。常谓人曰："得酒满数百斛船，四时甘味置两头，右手持酒杯，左手持蟹螯，拍饮酒船中，便足了一生矣。"因此好酒，为人所讥。乐广闻而笑之曰："名教中自有乐地，何必乃尔！"

是时，何晏等祖述《老》、《庄》，立论以为："天地万物皆以无为本。无者，开物成务，无往不存者也。阴阳恃以化生，贤者恃以成德。故无之为用，无爵而贵矣。"故王衍之徒皆爱重之。由是朝中士夫皆以浮诞为美，弛废职业。

史说，裴頠字逸民。弘雅有远识，博奇稽古，自少知名。御史中丞周弼见而叹曰："頠若武库，五兵纵横，一时之杰也。"累迁侍中。乐广尝与頠谈清言，欲以理服之，而頠词论丰博，广笑而不言。时人谓頠为言谈之林薮。其时俗放荡而不尊儒术，浮虚而不遵礼法，尸禄耽宠，仕不事事。王衍之徒，声誉太盛，不以物务自婴，遂相仿效，风教陵迟。是故裴頠著《崇有论》，以释其蔽，众皆然之，犹不能救当时也。其论曰：

> 利欲可损而未可绝有也，事务可节而未可全无也。谈者深列有形之累，盛称空无之美，遂薄综世之务，贱功利之用，高浮游之业。埤经实之贤。人情所殉，名利从之。于是立言籍于虚无，谓之玄妙；处官不亲所职，谓之雅逸；奉身散其廉操，谓之旷达。故悖吉凶之礼，忽容止之表，渎长幼之序，混贵贱之级，无所不至。夫万物之生，以有为分者也。故心非事也，而制事必由于心，不可谓心为无也。匠非器也，而制器必须于匠，不可谓匠为无也。由此而观，济有者皆有也，虚无奚益于已有之群生哉！

江统进上《徙戎论》

己未，元康九年，惠帝设朝，群臣皆集。君臣礼毕，太子洗马江统以中原半为夷居，匈奴刘渊居晋阳，羯戎石勒居上党，羌人姚弋仲居扶风，氐人苻洪居临渭，鲜卑慕容廆居昌黎，种类日繁，恐其有变，故上表曰：

> 戎狄之人，人面兽心，宜早绝其原，不然必乱中华。

惠帝不能行之。统又作《徙戎论》以警朝廷。因上惠帝书，帝览之曰：

> 夫夷蛮戎狄，地在要荒，禹平水土，而西戎即叙，其性气贪婪，凶悍不仁。四夷之中，戎狄为甚。弱则畏服，强则侵叛。当其强也，以汉之高祖而困于白登，孝文军于灞上。及其弱也，以元、成之微，而单于入朝。此其已然之效也。是以有道之君牧夷狄也，惟以待之有备，御之有常，虽稽颡执贽，而边城不弛固守；强暴为寇，而兵单不加远征。期令境内获安，疆场不侵而已。魏兴之初，与蜀分隔，疆场之戎，一彼一此。武帝徙武都氐于秦川，欲以弱寇强国，捍卫国家。此盖权宜之计，非万世

之利也。今者当之，已受其敝矣。夫关中土沃物丰，帝王所居，未闻戎、狄宜在此也。非我族类，其心必异。而因其衰敝，迁之畿服，士庶玩习，侮其轻弱，使其怨恨之气毒于骨髓。至于蕃育众盛，则坐生其心。以贪悍之性，挟愤怨之情，候隙乘便，辄为横逆。而居封域之内，无障塞之隔，掩不备之人，收散野之积，故能为害滋蔓，暴害不测。此必然之势，已验之事也。犬马肥充，则有噬啮，况于夷狄，能不为变！但顾其微弱，势力不逮耳。夫为邦者，忧不在寡，而在不安。以四海之广，士民之富，岂须夷虏在内，然后取足哉！此等皆可申谕发遣，还其本域，慰彼羁旅怀土之思，释我华夏纤芥之忧。惠此中国，以绥四方，德施永世，于计为长也。

鲁褒伤时作钱论

是时，惠帝为人戆骏，是日朝散，即入华林园闲玩。忽虾蟆叫，乃问左右曰："此鸣者，为官乎，为私乎？"左右对曰："在官地为官，在私地为私。"时天下饥馑，百姓饥死，左右奏知，惠帝曰："何不食肉糜？"由是权在臣下，政出多门，势位之家更相荐托，有如互市。贾、郭恣横，货赂公行。

南阳隐士鲁褒字元道，好学多才，以贫素自立。见元康之后，纲纪大坏，褒伤时之贪鄙，乃隐姓名而著《钱神论》。其略曰：

钱之为体，有乾坤之象，内则其方，外则其圆。其积如山，其流如川。动静有时，行藏有节，市井便易，不患耗折。故能长久，为世神宝。亲之如兄，字曰"孔方"。失之则贫弱，得之则富昌。无翼而飞，无足而走，解严毅之颜，开难发之口。钱多者处前，钱少者居后。钱之为言泉也，无远不往，无幽不至。京邑衣冠，疲劳讲肆，厌闻清谈，对之睡寐，见我家兄，莫不惊视。钱之所佑，吉无不利，何必读书，然后富贵！由此论之，谓为神物。无德而尊，无势而热，排金门，入紫闼。危可使安，死可使活，贵可使贱，生可使杀。是故愤争非钱不胜，幽滞非钱不拔，怨仇非钱不解，令闻非钱不发。洛中朱衣，当涂之士，爱我家兄，皆无已极。执我之手，抱我终始。故谚曰："钱无耳，可使鬼。"凡今之人，惟钱而已。

此论盖疾时而作，朝士亦不察廉，朝政务以苛察相高，每有拟议，各立私意，刑法不一，狱讼繁滋。尚书刘颂上疏曰：

> 近世以来，法渐多门，令甚不一，吏不知所守，下不知所避。夫君臣之分，各有所司。法有必奉，故令主者守文；理有穷塞，故使大臣释滞；事有时宜，故人主权断。主者守文，若释之执犯跸之平也；大臣释滞，若公孙弘断郭解之狱也；人主权断，若汉祖戮丁公之为也。自非此类，皆以律令从事。然后法信于下，可以言政矣。

惠帝览之，终不能用，朝臣不肯为，故寝也。

却说韦忠平阳人，少慷慨，有不可夺之志。闭门修己，不交当世。仆射裴頠闻之，慕而造谒，忠在家，托以出远，故不相见。愈重慕之。次日，因见侍中张华曰："平阳韦忠有公辅之器，廊庙之才，人皆仰敬，明公可于此时擢之，必有匡济当时之务。"华曰："闻名久矣，未曾见面，今如此，吾即辟之。"于是张华使人辟之，韦忠辞疾不起。友人问其故何不出仕，忠曰："吾本茨檐贱士，本无宦情。张茂先华而不实，裴逸民欲而无厌，弃典礼而附贼后，此岂大丈夫之所为哉！逸民每有心托我，我常恐洪涛荡漾，余波见漂，其溺及我，况我褰裳而就之哉！"——人服其高。

史说，索靖字幼安，敦煌人也。少有逸群之量，与乡人汜衷、张蠉、索纱、索永俱诣太学，驰名海内，世人号称"敦煌五龙，惟靖最雄"。后四人亡。惟靖在，时张华重其名，除为雁门太守。索靖知下将乱，出朝因指洛阳宫铜驼曰："会见汝在荆棘中耳！"

赵王起兵诛贾后

庚申，永康元年，四月，却说赵王司马伦字子彝，乃宣帝司马懿之第九子也。

见愍怀太子被贾后所害，欲起兵，恐力不及，谓孙秀曰："今惠帝无道，贾后专制，弑害太子，淫乱后宫。先曾与卿谋之，恨力未及。吾思宣帝尽忠仕魏，南拒孙权，北抗刘备，幸有大勋，德及武帝，平蜀灭吴而有天下。未及三世，遭此贱人暴虐，鹿将欲失之，吾欲起兵尽诛贾氏，诚恐刻鹄不成，反类鹜耳。汝有何策？"孙秀曰："殿下欲立盖世之功，难以独力。臣见齐王司马冏每有不愤贾后之意，请其同讨贾氏，方有大济。其余碌碌等辈，切莫泄漏与知。"赵王伦曰："然。"

于是司马伦即使人请司马冏至，置酒相待。至酒酣，赵王司马伦哭谓冏曰："今惠帝戆骏，贾后专权。君之太子弑之于许昌，后之贼党委之以重任。若不早救晋鼎，则吾与卿等，亦有患矣。今之召卿，欲与卿戮力共诛贾氏，以正纪纲，卿意何如？"司马冏曰："吾欲杀此贱人久矣，恐不能济，既若如此，吾有一计。"司马伦曰："卿有何计？"司马冏曰："不如吾二人起兵，矫诏废贾后及诛其族，以清朝廷，谁敢拒之？"伦曰："此计亦善，奈无兵权。"孙秀曰："此事易耳。来早殿下可入朝奏帝，称说东安王司马繇因罪见废，今在东安甚得民心，屡怀不平之鸣，将欲起兵，若不使人以兵去戍预防，诚恐有变，难以征讨。不如乘其未动，使人镇之，不然祸至无日矣。主上必然问谁人可去镇守，殿下便荐齐王。齐王若授兵符，即勒其兵，矫诏先废贾后，后诛其党，大功成矣。"齐王司马冏曰："此计妙极，可速为之。"于是二王相辞各自歇息。

次日，赵王司马伦披公服、执牙笏，入朝奏惠帝曰："臣闻先废东安王司马繇，今居东安，怨望朝廷，阴结力士，将欲谋叛。陛下可速使人以兵去镇，捕其恶党，庶得东地宁息，不然乱废将兴。"惠帝曰："司马繇既叛，谁人可去镇之？"伦曰："齐王司马冏有文武才略，可使他去，万无一失。"惠帝从之，即召齐王司马冏至，封为车骑将军，授以兵符，发二万五千人，与其出镇东安。

齐王司马冏既得兵，来见赵王司马伦商议。孙秀曰："来日待圣上坐朝，齐王殿下矫惠帝诏，废贾后为庶人。赵王殿下领兵拒住宫门，以防外兵，然后请旨诛张华、裴頠、贾谧等党。"因是赵王伦等各依孙秀之计而行。计排已定，赵王伦佯使司马雅去告张华曰："赵王欲与公共匡社稷，为天下除害，公意如何？"华拒之曰："天下已定，百僚奉职，贾氏虽虐，未至大患，除甚大害？子莫妄乎！"司马雅怒曰："刃将加颈，犹为是言耶！"不顾而出报伦。伦大怒。是夜，乃自矫诏，敕三部司马曰："中宫与贾谧等杀太子，今奉圣旨使车骑司马冏入废中宫，汝等从命，爵赐关内侯；不从者诛及三族。"众皆从之，开门而入。至天明，赵王司马伦又以兵一千人入宫，拒住内外，宫人不得出进。齐王司马冏自披甲执锐，领甲士五百人在宫内矫诏责贾后曰："皇太后何罪见废？皇太子甚辜见诛？汝淫乱宫室，污秽朝廷，今圣上有密诏在此，废汝为庶人，火速收拾，迁去金墉去住。不许久延掖庭！"贾后大惊曰："诏当从我出，汝诏从何而来？"齐王冏曰："诏书乃圣上亲出，不必争论。"言讫，喝令军士拥而出之。贾后走上台阁，遥望金銮殿上大呼曰："陛下有妇，使人废之，你久后亦行自废。"齐王冏大怒，挥军士上阁，将贾后推扯下来，以宫车仗使军士护送，迁于金墉去讫。勒兵出宫，会同赵王司马伦、梁王司马肜等请帝上殿。

贾氏淫风毒且愚，谋绝皇嗣却必诛。
今朝司马伦兵起，犹说诏当从我为。

时惠帝见诸王各执兵入，心中大惊，战栗不已。当赵王司马伦俯伏殿下奏曰："臣等为社稷之计，必无谋异之心，陛下不劳圣恐。"惠帝方且定心。司马伦又奏曰："今贾后凶悍淫虐，废太后，弑太子，臣等故废之。今有侍中张华、仆射裴頠、太常贾谧，助后为虐，陛下可下诏诛夷。"惠帝见赵王等如此，不得不从，连忙诏许之。于是赵王伦迎惠帝幸东堂，执贾谧斩之。召八座以上皆夜入殿，于是裴頠等皆至，又令收赵粲、贾午等尽诛之。乃令张林执张华、裴頠、解结于殿前。张华谓张林曰："卿欲害忠臣耶？"林称诏诘之曰："卿为宰相，太子之废，不能死节，何也？"华曰："式乾之议，臣谏事具存，可覆按也。"林曰："谏而不从，何不去位？"华无以对。林遂出来，将裴頠等皆夷三族。又收董猛、孙虑、程据等，皆诛之。赵王伦见张华不至，复使孙秀去收诛其三族。

于是赵王伦自为都督中外诸军事、相国，以侍中孙秀为中书令，并据兵权，文武封侯者数千人。奏惠帝诏，追复太子司马遹位号，更立其子司马臧为临淮王。时有司奏："尚书令王衍备位大臣，太子被诬，志在苟免，可禁锢终身。"诏从之。时伦欲收人望，选用海内有德之士，以李重、荀组为左、右长史，以王堪、刘谟为左、右司马，束皙为记室，荀崧、陆机为参军。李重知伦有异志，辞不就，赵王伦逼之不已，忧愤成疾，扶曳受拜，数日而卒。

五月，惠帝诏立临淮王为皇太孙。此时朝野震悚，士民恐避。独阁缵闻知，径入市曹，抚张华尸恸哭曰："吾曾语君及早逊位而不听，今果不免也。"复见贾谧尸，叱曰："小儿乱国之由，诛之晚矣！"哭讫，上疏表张华之死屈。惠帝善其忠烈，乃擢为汉中太守。

史说，初，张华少子张韪颇识天文，夜观乾象，见中台星坼。次日，见华曰："今中台星坼，正应大人，宜早逊位，免祸临身。"华不听而曰："天道玄远，惟修德以应耳。不如静以待之。"未数日，孙秀以兵入府曰："奉诏斩公。"华大惊曰："臣先帝老臣，忠心如丹。不爱生而惧王室之难，祸不可测也。"言未终，孙秀使人推出市曹斩之，诛其三族。

张华性好人物，至于穷贱侯门之士有一介之善者，便咨嗟称咏，为之延誉。雅爱书籍，身死之日，家无余财，惟有文史溢于几箧。尝徙居，载书三十乘。秘书监挚虞撰定官书，皆资华之本以取正焉。天下奇秘，世所希有者，悉在华所。由是博物洽闻，世无与比。陆机尝与华宴，于时宾客满座，华在席上发器，见鲊便曰："此龙肉也。"众客未之信，华曰："汝不信，试以苦酒灌之，必变异象。"众依其言，以苦酒灌之，而五色光起，众始默然。席散，机问鲊主，果云："园中茅积下得一鱼，质状殊常，以作鲊。过美，故以相献耳。"时武库封闭甚密，惠帝使人开搬，点视宝物，其中忽有雉雏。诸人皆以密固，何有此物？惟华曰："此必蛇化为雉也。"众视雉侧，果有蛇蜕焉。吴郡临平岸崩，出一石鼓，捶之无声。郡守进入朝廷，惠帝问华，华曰："可取蜀中桐材，刻如鱼形，扣之则鸣矣。"帝如其言，即取蜀桐刻形，打之声闻数里。先吴之未灭也，斗牛之间常有紫气。及吴平，紫气愈明。华闻豫章人雷焕妙达纬象，乃召焕至，与宿，乃屏人谓曰："可与汝共寻天文，知将来之吉凶。"因同登楼，仰观天象，问焕紫气之故。焕曰："仆察之久矣，惟斗牛之间颇有异气。"华曰："是何祥也？"焕曰："宝剑之精，上彻于天耳。"华曰："君言得之。吾少时有相者言，吾年出六十，位登三公，当得宝剑佩之。斯言岂效与！"因问曰："在何郡？"焕曰："在豫章丰城。"华曰："欲屈君为宰，密共寻之，可乎？"焕曰："从命。"于是华即补焕为丰城令。焕到县，掘狱屋基，入地四丈余，得一石函，光气非常，中有双剑，并刻有题，一曰龙泉，一曰太阿。自得其剑，其斗牛间之气不复见矣。焕以南昌西山北岩下土以拭剑，光芒艳发。因此遣使送一剑并土来与华，留一自佩。华回书谓焕曰："得两送一，雷公得无欺乎？"焕谓使人曰："本朝将乱，张公当受其祸。此剑当系徐君墓树，灵异之物，当化去，不永为人服也。"时华得剑，宝爱之，常置坐侧。华以南昌土不如华阴赤土，令人报焕书曰："详观剑文，乃干将也，莫邪何不复至？虽然，天生神物，终当合耳。"因以华阴土一斤致焕。焕更以拭剑，倍益精神。张华既诛，剑失所在，并不见踪。焕亦卒，其子雷烨为州从事，持剑行经延平津，忽于腰间其剑跃起堕水。即使从人没水取之，不见剑，但见两龙各长数丈，蟠萦有文，没者惧而返。须臾光彩照水，波浪惊沸，于是失剑。烨叹曰："先君化去之言，张公终合之论，此其验乎！"张华博物如此类甚多，不可详载。

华著《博物志》十篇，及文章并行于世。先是华与赵王司马伦有隙，司马伦故乘此诛华。华死，年六十九岁，朝野莫不悲恸。

赵王司马伦执权

却说赵王司马伦既废贾后，及诛张华等，乃自专国政，总握兵权，自为相国，以孙秀为侍中。时百官俱听命于伦，而伦素庸下，无智策，复受制于秀，于是孙秀威权震于朝廷，天下皆事秀而无求于伦。

却说孙秀乃琅邪小史，累官于赵国，以谄媚自达。秀既执机衡，遂恣其奸谋，多杀忠良，以逞私欲。于是京邑君子不乐其生。秀之诸党皆登卿相，并列大封。其余同谋者，皆超阶越次，不可胜记，至于奴卒厮役，亦加以爵位。每朝会，貂蝉盈坐，时人为之谚曰："貂不足，狗尾续。"而秀以苟且之惠取悦人情，府库之储不充于赐，金银冶铸不给于印，故有白版之侯，君子耻服其章，百姓亦知其不终矣。

孙秀既立非常之事，司马伦愈敬重焉。当孙秀入见赵王伦曰："斩草不除根，萌芽依旧发。今贾后虽废为庶人，犹在金墉，若不除，后必有患。殿下可速矫诏诛之。"赵王伦曰："卿计正合孤心，你可密地使人持诏杀之。"于是孙秀使人以矫诏赏金屑酒来金墉杀贾后。使者领命到金墉，入内请贾后跪听读诏，贾后不听，使王全亦读其诏曰：

贾后专权，废弑皇太后，无妇之道；谋杀皇太子，无母之慈。祸乱国家,淫恶昭著。至忠之臣,见遭诛戮;谗佞之辈,反授权委。致使天下人人谤朕不君,实天地所厌,人神共怒。今赐以金屑酒一壶,赐其自尽,勿得推故。

贾后虽不肯跪,然耳听其读诏。听讫,大骂赵王司马伦逆贼,将酒饮之而死。王全收敛,方始还都,报知赵王司马伦。伦大悦,重赏王全。

淮赵二王相攻害

秋八月,却说赵王伦以淮南王司马允为骠骑将军、领中护军。司马允性沉毅,宿卫将士皆畏服之。知赵王伦、孙秀有异志,欲谋讨之。伦、秀密知议计,即转司马允为太尉,外示优崇其爵,内实夺其兵权。淮南王司马允乃大怒,遂率国兵数百人直出,大呼曰:"赵王与孙秀谋反,我今讨之,肯从者左袒。"于是从者甚众。司马允以其兵遂围相府,赵王伦亦引兵数千人,出与淮南王允战。两军相交,战不五合,赵王伦败死者数百人,伦走入府内,坚壁不出。允乃结阵于承华门前。中书令陈淮欲应允,言于帝曰:"今日淮南王司马允与赵王司马伦为争权,各以兵相战,望陛下委臣禁兵前去解和,不然必有一伤,而乱及中。"惠帝曰:"卿不可去,朕使别将去。"于是帝遣殿前将军伏胤以兵三百,持白幡前去解斗。在相府前过,赵王伦长子汝阴王司马虔,在门下省见胤以兵过,即出,阴与胤誓曰:"君能为我,富贵当共之。"胤答曰:"殿下息言,吾乘此幡,入内杀之。"言讫,胤即驰至承华门,诈言曰:"臣奉诏以兵来解和,殿下火速开阵,与吾进之。"淮南王允以为是实,不之觉,令开阵门受诏。伏胤直入,将淮南王允杀之,收其兵来见赵王伦。伦大喜,拜伏胤为大将军。即入朝奏惠帝,言淮南王允谋反,夷灭允族数千人。

孙秀害潘岳石崇

却说潘岳字安仁,荥阳人也。少以才颖见称,乡邑号为奇童,谓是终、贾之俦也。先是武帝时，武帝躬籍田，潘安仁作赋以美其事，曰：

> 五路鸣銮，九旗扬旆。有邑老田父，或进而称曰："盖损益随时，理有常然。高以下为基，人以食为天。正其末者端其本，善其后者慎其先。今圣上图匮于丰，防俭于逸，展三时之弘务，致仓廪于盈溢，固尧、汤之用心，而存救之要术也。"

潘岳因此才名冠世，为众所嫉，遂栖迟十年。出为河阳令，自负其才，郁郁不得志。后迁为给事黄门侍郎。

岳性轻躁，趋世利，与石崇等谄事贾谧。每候谧出，与石崇辄望尘而拜。构愍怀文，岳之辞也。谧二十四友，岳为其首。谧《晋书》限断，亦岳之辞也。其母数诮之曰："尔当知足，而乾没不已乎？"岳终不能改。既仕宦不达，乃自作《闲居赋》，其赋曰：

> 岳读《汲黯传》至司马安四至九卿，而良史书之，题以巧宦之目，未尝不慨然废书而叹也。曰：嗟乎！巧诚有之，拙亦宜然。仆自弱冠涉于知命之年，八徙官而一进阶，再免，一除名，一不拜职，迁者三而已矣。虽通塞有遇，抑亦拙者之效也。昔通人和长舆之论余也，固曰"拙于用多"。称多者，吾岂敢；言拙，则信而有征。方今俊乂在官，百工惟时，拙者可以绝意乎宠荣之事矣。太夫人在堂，有羸老之疾，尚何能违膝下色养，而屑屑从斗筲之役乎？于是览止足之分，舒浮云之志，筑室种树，逍遥自得。池沼足以渔钓，春税足以代耕。灌园鬻蔬，供朝夕之膳；牧羊酤酪，俟伏腊之费。孔子曰："孝乎，惟孝友于兄弟。"此亦拙者之为政也。

潘岳美姿容，少时常挟弹出洛阳道游，妇人遇之者，皆连手萦绕，投之以果，遂满车而归。时张载生甚丑陋，每行遇小儿，以瓦石掷之，委顿而返。

岳先事贾谧，谧荐为黄门侍郎。而岳常轻孙秀，因此构隙。秀既得志，每有杀岳之心，未得其便。至是贾谧被诛，赵王司马伦专权，孙秀秉政。闻石崇家有婢，名曰绿珠，美色而艳，又善吹笛。秀使人来崇家求之。此时石崇正与绿珠在金谷园别馆，方登凉亭，临清流，集群妇在侧。使人直入凉台，见崇曰："孙侍中闻足下家有美妾，极善歌舞，使其求一，足下意允否？"崇曰："有。"乃尽出其妇数十人以示之，皆蕴兰麝，披罗縠。崇谓使人曰："子所择佳者，即以奉承。"使人曰："君侯服御，丽则丽矣，然吾受侍中之命，只索绿珠，不识谁是？"石崇勃然曰："绿珠乃吾所爱，不可得也。"使人曰："君侯博古通今，察远照迩，侍中之暴，君侯已知，愿加三思，勿使噬脐无及。"崇曰："不必多言！"使者出而又返，崇竟不许。于是使人回报孙秀，说崇推不肯。孙秀大怒，入见赵王司马伦曰："昨闻石崇与潘岳二人密谋，要与淮南王允等报仇。若不早除，将至乱矣。"司马伦曰："岳、崇有异，卿可诛之。"秀既得命，即出府堂，矫诏使介士二百人，收石崇与潘岳二家。时石崇正与绿珠宴于楼上。介士到曰："奉诏收君，火速下楼。"石崇大惊，哭谓绿珠曰："我今为汝得罪，不知税驾何所？"绿珠亦泣曰："君侯为妾得罪，妾当效死君前，岂敢奉事二姓，为君羞耶！"言讫，自投于楼下而死。介士逼崇急行，崇曰："吾不过流徙交、广，何相逼耶？"言讫与行。及执至东市，方知处斩。石崇大哭，叹曰："奴辈利吾家财耳。"收者答曰："知财能为祸，何不早散之？"崇默然。不一时，介士执潘岳至，崇谓之曰："安仁，卿何亦复尔耶！"岳泪曰："可谓'白首同所归'矣。"岳先题崇《金谷诗》云："投分寄石友，白首同所归。"今果应其谶，故潘岳言之。俄而监斩官到，将二人并家属尽斩之，籍没崇之家财焉。

却说河内太守刘颂见政出群下，付托非人，乃草具所陈于惠帝曰：

> 顾惟万载之事，理在二端。天下大器，一安难倾，一倾难正。故虑经后世者，必精下之政，使万世赖耳。

表上及陈政要，休付与人，宜亲万机。惠帝曰："不能行矣。"因此朝野不安，天下乱焉。

赵廞起兵据蜀城

冬十一月，赵王伦以齐王司马冏有废贾后之功，升为游击将军。齐王冏大怒曰："废贾后，吾戮力共成，汝为相国，吾当游击！"心甚不平。孙秀闻知，惧其有变，乃计使赵王伦，出齐王冏为平东将军，令其镇许昌。齐王冏意亦不满。次日，赵王伦使孙秀议废贾后之功。孙秀乃集众在朝堂，议加赵王伦九锡。吏部尚书刘颂曰："昔汉之锡魏，魏之锡晋，皆一时之用，非可通行。周勃、霍光，其功至大，不闻九锡之命也。"张林欲杀之，孙秀曰："杀张、裴已伤时望，不可复杀颂。"乃止。百官看见张林欲杀颂，惧不敢逆，俱各从议，奏帝下诏，加赵王伦九锡之礼，复加其子司马荟及孙秀、张林等官，并居显要。赵王伦及诸子顽鄙，无有识见。而孙秀狡黠贪淫，所与共事者，皆邪佞之士，惟竞荣利，而无有深谋远略，志趣乖异，互相憎疾。孙秀子孙会形貌短陋，如奴仆之下者。秀乞帝女河东公主而为驸马，众为耻之。时贾后已诛，后宫久虚，孙秀奏过惠帝，以其党尚书郎羊玄之女羊氏，立为皇后。

却说赵王伦欲篡位，恐贾氏之亲在外为变，矫诏征益州刺史赵廞为大长秋，以成都内史耿滕代之。赵廞乃贾后姻亲，闻朝廷征甚惧，恐入朝见害，心下自思晋衰乱，阴有据蜀之志。乃为一计，即倾仓廪以赈流民，厚遇李特兄弟，以为爪牙。特等恃势，聚众为盗。耿滕密使人上表道："流民刚剽，蜀人软弱，主不能制客，必为乱阶，宜使还本地。"廞闻之大怒，屡欲攻滕。会朝廷诏至，以滕代己为刺史，乃乘此以计，使益州文武千余人，迎滕于少城，待至杀之。时滕守成都少城，廞守益州大城，益州文武千余人至小城迎滕，滕欲取装去。功曹陈恂谏曰："今使君与刺史构怨已深，彼还在未离，岂可即去？不如留少城，以睹其变，然后檄诸县合村堡，以备秦氏，方可为行也。不然，死期且至矣！"滕不从，收拾本部起行，至益州，赵廞遣兵五千伏城内，滕入无备，被杀之，余众尽降。于是赵廞就以滕兵来攻西夷校尉陈总，总甚忧，主簿赵模曰："彼兵未至，今当速行招众，助顺讨逆，谁敢动者？"总缘道停留，比至鱼涪津，军已至，廞只隔一百余里。模又曰："事急迫，火速散财募兵以拒，不然我寡敌众，难以决战。"总又不听，众遂自溃。廞兵大至，总出马与战，未十合，被斩于马下，招集其众，遂降。于是赵廞始勒兵还益州，自称为益州牧，置僚属，易守令。李痒等亦以四十骑归之，赵廞委以心膂，使其招合六郡壮勇二万余人，以断北道。

却说散骑常侍张轨以时方多艰，阴有据河西之志，因见赵王伦曰："西凉盗贼生发，屡屡攻陷诸郡，臣请为将去讨，不日平之。"赵王伦从之，即以张轨为凉州刺史，令其去讨。于是张轨即出朝，以宋沘瑗为谋主，以军二万人来凉州，与鲜卑寇狼交战。当日狼自与轨对敌，不十合，轨斩狼于马下，其众尽降。轨与宋沘瑗等，引军入据凉州，招集军马，粮草堆山，因此威名震于西土。

司马伦废帝自立

辛酉，永宁元年，却说赵王司马伦召侍中孙秀入谓曰："吾为废帝自立，如何？"孙秀曰："今朝廷至弱，权在殿下，不就此时行事，迟则有变矣。来日殿下可于府堂，聚合百官商议其事，若有不从者立斩之。则昔指鹿之谋，宜在今日。"司马伦大喜，便交大排筵会于府堂，次日，请百官饮宴。

是日，飞骑往来于城中，遍请公卿，公卿皆惧司马伦势，谁敢不到。司马伦见百官到了，令各入席，自亦徐徐带剑入席。各讲礼讫，伦令从人执盏劝酒，酒行数巡，司马伦自举杯，劝诸大臣饮酒毕，令停酒止乐。伦曰："今日大事，众官听察。"于是众官起身。伦曰："天子为万人之主，以治天下，今帝戆骏而无威仪，不可以奉宗庙社稷。况先帝有密诏，言惠帝昏愚，未可为君。吾欲以帝为太上皇，吾自权监国，侯有德者居之，其事若何？"当百官立于筵前曰："殿下所见差矣。昔商朝太甲不明，伊尹放之于桐宫；昌邑王登位，方二十七日，造罪三千余条，霍光告太庙而废之。今上皇帝虽昏，无有罪过，莫非不可。"司马伦大怒曰："天下乃吾家之天下，汝等何得逆吾！若顺者生，如忤必诛！"群臣莫敢再言。于是百官自出还第。

次早，赵王司马伦使孙秀领兵列于朝门外，自仗剑带甲士数百人直入殿上，群臣皆惧。司马伦请帝升殿，大会文武，示有不到者斩。是日，大臣皆列班次。司马伦擎剑在手曰："惠帝昏庸，不堪掌理天下。今告太庙，以惠帝为太上皇，令其徙居金墉。今有交天策诏，群臣静听。"言讫，令孙秀披读其诏曰：

昔武帝不幸崩世，孝惠嗣位承绍，海内仰望太平。而惠帝昏蒙，政出后宫。废皇太后，不孝于母；害皇太子，不慈于亲。凶德彰露，昏庸发暗，似此岂堪继其大统？今公卿大臣孙秀等，请告太庙，以惠帝为太上皇，限日下迁徙，不许迟延。赵王司马伦素有仁德之风，成周之亲，朝野仰识，天下共知，宜登大位，以任社稷。是斯诏示群众，各宜应天顺人，以慰生灵之望。知悉。

孙秀读诏讫，命左右扶惠帝下龙座，解其玺绶，令其北面而立。惠帝号哭，群臣发悲。孙秀自扶赵王司马伦登位，群臣拜舞，皆呼万岁。君臣礼毕，赵王伦谓惠帝曰："废一帝，立一帝，古来有之。汝虽不德，朕念至亲，必不加害于卿。汝速徙金墉，非宣呼不许入朝。"谕讫，命介士至，取车仗，护送惠帝并宫妃人等于金墉城居止，改金墉为永昌宫，月给粮食而与供膳。

赵王司马伦既登帝位，孙秀专政，总领内外兵权，由然赵王伦益重孙秀，凡下诏令，秀辄改革，有所予夺。自书青纸为诏，或朝行夕改者数四，百官转易如流。赵王既登大位，吏在职者皆封侯，因府库之储，不足以供应，侯铸印不结，或以白版封之。

五王会兵讨赵王

三月，齐王司马冏因废贾后得权，见赵王司马伦篡位，乃密召偏将军王义入内而谓曰："今司马伦篡位，吾欲起兵讨伦，返正车驾，汝等有何高谋，复安天下？"王义曰："若举大义，可传檄召河间王司马颙、成都王司马颖、常山王司马义及新野公司马歆并匈奴左贤王刘元海，令其纠率诸侯，同讨篡逆。若诸侯王领兵至阙下，声赵王司马伦篡位之罪，中外夹攻，可诛其党，复迎惠帝返位，桓、文之勋矣。"司马冏曰："汝谋正应我意。"于是冏乃使人持檄往各诸王侯处，命各以兵讨伦。其檄曰：

逆臣孙秀迷误赵王，当共讨之。有不从命者，诛及三族。

齐王司马冏即发檄往各处去求兵。

却说成都王颖得檄书，使人召邺令卢志入内问曰："孙秀构逆，使赵王篡位。今齐王传檄诸镇，欲以兵讨秀，孤疑恐兵少不及济，此事如何？"志曰："伏顺讨逆，百姓必不召而自至，宜从之。"于是成都王颖立起招军旗，远近皆应，至期众集至十余万，然成都王颖心中犹豫不敢发，嬖人王绥曰："今殿下起兵讨伦，而赵王亲而且强，齐王疏而尤弱，依臣之谋，不如助赵攻齐。"当参军孙询大言曰："赵王凶逆，天下当共诛之，何亲疏强弱之有耶？汝等小人，何进谗言！"于是成都王颖即发兵，应齐王共讨赵王。

却说河间王颙与齐王冏有隙，虽传檄至，反遣张方拥兵去助赵王。忽探事军人回说："齐王冏与成都王颖兵威大盛，至四十万众。"河间王颙即召张方还内曰："今成、齐二王军盛，你莫助赵，且以兵去应齐王。"于是张方以兵五万来应齐王。常山王司马乂及新野公司马歆、左贤王刘元海，亦各以兵来应。因是齐王兵威大振，号为一百万众，俱各至都下安营。赵王伦闻知大惊，急召孙秀问之。秀曰："军来将对，水来土掩，何须惊恐，宜遣将迎之。"于是赵王伦遣孙辅、张泓、司马雅率兵十万拒齐王；遣孙会、士猗、许超率兵十万拒成都王。兵已分拨，出城去迎。

却说张泓出阵与齐王冏交战，未十合，张泓大败，退走三十余里，损兵四万五千。司马雅谓张泓曰："敌众我寡，战则不胜。今日彼胜，必然无备，不若今夜以兵去劫其营，可以获冏。"泓曰："然。"于是一更造饭，二更以兵来攻。齐王司马冏引得胜兵还营，谓诸将佐曰："今日虽赢他一阵，彼必谓我今夜不备，必来攻我营。你等各以兵二万人埋伏营外左右，待吾放号炮一响，各出接应。"计排已定。三更前后，张泓领兵至齐王营前，见内外肃静，以为中计，乃大喊鼓噪杀入寨来。寨中并无一人，泓大惊，急回身杀出时，四下号炮响，左右齐兵合出，围住张泓在中，两下混战至天明，张泓在中，无门杀出，忽司马雅以生力兵万人来接，泓方得出，同雅领残兵而逃。齐王冏以兵连追，杀死张泓等兵甚众。司马雅等见势头不利，折去大兵九万人，乃领残兵退还。

却说成都王颖前锋至黄桥，正遇孙秀子孙会、士猗等兵至。两下交战，卢志出马与许超交锋，未五合，卢志敌不住超，因此大败，连走四十里下营。成都王颖曰："敌兵甚盛，不知归镇。"卢志曰："胜败乃兵家常事，安可以一负为惊！今日我军失利，敌有破我之心，不若更选精兵，星行倍道，出敌不备，此用兵之奇也。"成都王颖从之。志选精兵一万人，星夜从小路抄赵兵之前，埋伏溴水之侧讫。

却说赵王伦闻孙会得胜，遣人以节封会、猗、超等为大将军，赍银二百斤，赏黄桥之功。因此会、猗、超皆持节，由是军政不一，且恃胜不设备。旦日，成都王颖引军直攻其营，会、猗兵未得食，闻敌至，皆慌而溃，成都王挥军一击，大破之。会、猗、超等引兵急退至溴水之上，卢志以精兵出截，两下夹攻，杀得赵兵损去七万余人。孙会、士猗领众走退，成都王乘胜追至城下，下营。

朝廷将士百官闻齐王冏起兵，皆欲诛赵王伦及孙秀，及知河北军败，左卫将军王舆率营兵五千人入宫，时三部司马为内应，即共来攻中书省，执孙秀斩之。王舆、王催率营兵五千，开四城门，尽纳五王军马，冏自部甲骑十万，收执赵王司马伦。

却说王舆等已开城门，成都王颖等五王率兵入城屯扎。时齐王司马冏动兵共执赵王伦等入殿，与河间王等相见，各讲礼毕。依尊卑坐次朝堂，使王舆等尽收孙秀三族及恶党，斩于市曹。大会文武百官，废赵王司马伦为庶人，使王催即押囚于金墉别宫。齐王司马冏、成都王司马颖、河间王司马冏、左贤王刘元海等，同百官出迎惠帝回洛阳。次日设朝，群臣皆集，顿首谢罪。惠帝曰："非卿等之过，乃赵王之逆也。"言讫，赦大臣群下数百人，命赐平身，凡百官为赵拜者皆斥免。

齐王擅权拒众谋

次日，惠帝以四王等有反正之功，以齐王司马冏为大司马，加九锡，备物典策，如宣、景、文、武辅魏故事；以成都王司马颖为大将军、都督中外诸军事、假黄钺、录尚书事，加九锡；以河间王司马颙为侍中、太尉；以常山王司马乂为抚军大将军；进新野公司马歆为王。齐、成都、河间王府，各置掾属四十人，武号森列，文官备员而已。

却说新野王司马歆说齐王冏曰："窃见成都王兵权太重，若有变，难以制之，不如早削，免虑后患。"齐王冏曰："然，容以谋夺之。"时常山王乂说成都王颖曰："齐王专政，必不容亲，不若早图，免致后悔。"成都王颖以其语问卢志，志曰："大王径前济河，功无与二。然两雄不俱立，不如因大王太妃微疾，求还定省，委重齐王，以收四海之心，待其有罪而讨之，则大功可成。"于是成都王颖上表，称颂齐王功德，宜委以万机，乃自辞归邺。由是颖之德誉，天下皆闻。

齐王既执权，辟刘殷为军谘祭酒，曹摅为记室，江统、苟晞为参军事，张翰、孙惠为掾，顾荣、王豹为主簿，何勖为中领军，董艾典枢机。又封其将佐者葛旟等为县公，委以心腹，号曰"五公"。

却说成都王还邺，让九锡殊礼。表论兴义功臣，乞运河北邸阁米以赈阳翟饥民。敛祭黄桥战士，旌显其家。皆卢志之谋，令成都王得成其美誉也。

次早朝会，帝谓齐王冏曰："司马伦谋叛大逆，罪不容诛。卿可明正其罪，以彰律法，庶使臣下不敢互相仿效，而乱朝廷。"齐王冏曰："司马伦罪应赐死。陛下宜下诏，送金屑苦酒，令其自尽。"于是惠帝使袁敞持诏，以金屑苦酒来金墉，赐与司马伦自死。敞既奉命，侍诏即来金墉，入宫见司马伦曰："臣奉圣旨，责持金屑苦酒，请殿下自裁。圣旨至紧，望赐早决，与吾回复，休累小臣愆限不便。"伦大哭曰："孙秀误我！孙秀误我！"连道数声，执金屑苦酒在手，徘徊数四，流泪满面，一饮而尽，以巾覆面，又曰："孙秀误我！"言讫而死。袁敞方始驰还京都去讫。诗曰：

  赵王司马伦，奸邪素下慵。有谋诛贾后，无义篡晋君。
  不慕周公德，专凭孙秀凶。今日金墉死，徒恨嬖人终。

顾荣诈酒远齐王

却说齐王司马冏即得志，选举不公，任用嬖佞。忠谋者远，直谏者诛，仗义之功，反成罪衅。因是中外失望，士不倾心。时齐王冏初征顾荣为大司马主簿，辟张翰为大司马东曹掾，二人皆应命而至。

史说，顾荣字彦先，吴国人也。因就职见齐王冏擅权骄恣，恐失势祸延及己，于是终日酣醉，不综府争。因上言谏齐王司马冏曰："臣忝在治下，不敢不告。窃闻古人有言曰：'谦受益，满招损。'又曰'汝惟不矜，天下莫与汝争能；汝惟不伐，天下莫与汝争功。'今殿下举动之间骄恣，势压群下，此岂君子之盛节也？如以学业骄人与，则仲尼曰：'如有周公之才之美，使骄且吝，其余不足观也已。'如以富贵骄人与，则子方曰：'贫贱者骄人耳，富贵者安敢骄人乎？'伏望殿下居谦有终，永保令誉，勿使马援之笑子阳也。"又曰："且势有时而尽，势尽则倾，如扬雄所谓旦握兵权而为卿相，夕失势则为匹夫者。转眼宠辱，反掌荣枯，岂不畏哉。惟殿下安分见几，平易自处，则鬼神亦将害盈而福谦矣。臣以此故，不避斧钺之诛，以献逆耳之言也。"齐王怒而不纳。顾荣忧患，来造友人冯熊。熊闻荣朝夕饮酒，不理政事，乃见其至，以言谏曰："兹蒙足下过爱，以献药语，切莫见怪。夫酒之为物，固可合欢，亦能丧性。故古人比之狂药，非佳味也。古今以嗜酒致祸者，往往可鉴。此刘伶荷锸自随，毕卓盗酿被缚，君子所以不取也。今闻足下湛于曲蘖，日夜衔杯，此非贤君子之所好者。愿足下察古善恶，自示劝惩，勤于听事，休败骏德也。"荣答曰："予读一卷儒书，知得千古遗事，岂不识酒之为祸败德也。子知其一，不知其他。今齐王冏骄恣擅权，不久必败，败则吾在其府主事，诚恐'城门失火，殃及池鱼，楚国亡猿，祸延林木。'是以放性酣醉，以消忧患耳。"熊曰："既若此，吾有脱君之计，不必忧虑。"荣曰："何计？"熊乃即于荣耳畔言不数句，语未一时，只见顾荣曰："妙矣。"因语毕各散。数日，冯熊因见齐王长史葛旟曰："顾荣好酒，不综府事。王府大事，固非酒客所能办，君何不言之齐王迁其外耳，免误政务。"旟曰："吾正欲言，幸卿先施。"因此葛旟入府，以其事告与齐王冏，冏曰："吾重其名，以故用之。今既如此，便宜迁之。"因是以顾荣改授中书侍郎。顾荣用冯熊之计，出为中书侍郎，在职廉能，不复饮酒。葛旟因见问曰："君何前醉而后醒耶？"荣恐事觉，怕齐王疑诈以罪，又复更饮。因与州里杨彦明曰："吾为齐王主簿，怕虑祸及，见刀与绳，每欲自杀，但人不知耳。"

史说，张翰字季鹰，乃吴下人也。见齐王司马冏专制骄奢，擅用小人，故遇同郡顾荣曰："今齐王自用，不纳忠谏，久必为祸败。吾欲求去，故来造乱执事，且日定行矣。"荣见其说，执翰手怆然曰："吾亦欲与子采南山之蕨，饮三江之水耳。"言讫，因见秋风起，乃思吴中菰菜、莼羹、鲈鱼鲙，叹曰："人生贵得适志，何能羁宦数千里，以要名爵乎？"语毕，二人过数日，相邀命驾而归。

却说齐王司马冏宴会群臣，议军国之事。酒行三巡，董艾言于齐王曰："侍中嵇绍善于丝竹，殿下可使其为一操，以助欢乐。"齐王冏促命左右进琴，命绍品操。嵇绍推而不受，冏曰："今日为欢，卿何若此？"绍进对曰："明公匡复社稷，当轨物作则，垂之于后。绍虽虚鄙，忝备常伯，腰绂冠冕，鸣玉殿省，岂可操执丝竹，以为伶人之事！若释公服从私宴，所不敢辞也。"由是齐王冏不敢强命其弹，尽令大臣畅饮至夜方散。

李特造反攻巴蜀

却说李庠骁勇，而得众心，赵廞深忌之，欲杀而无罪。会庠劝廞称尊号，廞乘此以庠为大逆，命斩之，以其兄李特为督将。特大怒，遂以其兵入攻，执赵廞而斩之。乃遣使诣洛阳上表，陈赵廞违诏杀耿滕之罪状，特故诛之，请以令调吏守益州。

初，梁州刺史罗尚闻廞谋反，上表称："廞素非雄才，不须以讨，败亡可待。"以此朝廷不曾致讨。廞被诛，朝廷以罗尚为益州刺史。诏去讫，罗尚即以家属往任益州。李特使弟李骧以珍宝金银迎罗尚，尚受之，以骧为骑督。使人请李特二人并郡守等会筵于成都。时广汉太守辛冉入蜀，因说尚曰："李特兄弟为盗贼，后必有异，宜因此会而斩之，不然后必为患。"尚先受其赂，故不从。

初，朝廷以兵符下秦、雍，令其召还流民，又遣御史冯该督之。李特兄弟辅等始至蜀，言："中国方乱，不足复还。"李特然之，乃造阎式诣罗尚，求权流民延至秋。李特使式催罗尚，尚以其言白与冯该，该许之。以玺书下益州，条列六郡流民与特同讨赵廞有功，该奏朝廷，欲加功赏。辛冉欲以为己功，不以实上，众咸怨之。至是，冉等与李特兄弟构怨。

当罗尚督流民，七月初起行，而流民布在梁、益州间，为人佣力。闻州郡逼遣，人人愁怨。且水潦方盛，年谷未登，无以为行资，特复求停，至冬而行。辛冉及犍为太守李苾以为不可。冉性贪暴，欲杀流民首领，取其资货，乃与李苾曰：

"罗尚设关搜索,特为流民请留,流民皆感,而特之思想帅归。特今不以行,久则有变,宜先讨特。"苾然之,曰:"可出榜召募构特兄弟者以重赏,必有人执来诛之。"于是辛冉写榜,使人各处分挂。李特密知,使人私取以归,与弟李骧改之为"募六郡豪杰侯王,得流民一首者,赏帛百匹"。于是流民大惧,皆归特,旬日间至二万人。特复遣阎式去求罗尚申期,尚许之。式还谓特曰:"罗尚威刑不立,冉等各拥强兵,与我等不睦,必怀害我之心。一旦为变,非尚所能制,宜为自备。"特从之。与弟李流以兵分二营,缮甲治兵,以待冉等至。

时冉闻李特分兵以备,乃与李苾率步骑二万,至夜来袭李特营。特放炮,发二营伏兵出击之。冉、苾之军,死者甚众。于是流民推特行镇北大将军,承制封拜李流及兄弟李辅并弟李骧,皆号将军。攻辛冉于广汉。次日,辛冉以兵出城,大骂:"流贼焉敢谋反!"李特大怒,骂曰:"吾尽忠于国,汝何无故加兵夜攻?"于是二下各拍马持刀,掩杀不十合,冉大败而逃奔德阳城。李特以兵入据广汉郡。居数日,进兵攻冉都,与蜀民约法三章,施舍赈贷,礼贤拔滞,军政肃然,蜀民大悦。

却说辛冉与李苾大败,来见罗尚曰:"使君以李特兄弟为心膂,今日如何?"尚曰:"特本无反意,因卿等促劫流民,推其为乱。事既成,宜火速攻讨。一面使人求救于梁州及南蛮校尉。"冉曰:"然。"于是罗尚自将兵围郫水,作营连延七百里,与特相拒。

太安元年,夏,河间王司马颙闻流民李特兄弟为乱,即遣督护衙博前来讨特。衙博以军至梓潼,李特探知,使其子李荡以兵五千来迎,两军皆遇于德阳。次日,两下结阵交战,李荡出马与衙博交锋,未三合,博败走,其众悉降。李特乃自称为大将军、益州牧,招军以攻罗尚。

却说齐王司马冏久欲专政,以惠帝子孙俱尽,大将军颖有次立之势;清河王司马覃,武帝孙也,年方八岁,冏乃上表请立为皇太子。惠帝从之,以齐王冏为太师,东海王越为司空,尽领中书监。

至八月,闻蜀李特谋反,复以张征为广汉太守,令其起兵讨特。张征既受诏,即以军至德阳,抄小径来攻李特大营。被李荡闻知,以兵塞截中隘,张征兵不得出,尽被李兵上山以石木滚下,征兵皆死之。李特使李骧进兵攻成都之北,又使李流进兵攻成都之南,约会合兵共击罗尚。时罗尚闻张征被陷,令辛冉率精兵二万人,前来攻李骧。时骧前驱已到成都之北,辛冉即以兵迎战,与李骧交锋。连战十数合，胜负未分。又战间，忽东南征尘起处，一彪人马飞至。冉起颈视，旗上写得分明，乃李流之兵，急欲以兵拒敌，前兵已至。骧见流兵到，大驱兵众来战，两下夹攻，冉措手不及，拨马自逃，余兵尽被杀死，得遁还者什一二耳。因此骧、流进攻成都。

十二月，齐王冏骄奢擅权，起府第与西宫等，中外失望。侍中嵇绍上疏曰：

存不忘亡，《易》之善义也。臣愿陛下无忘金墉，大司马无忘颍上，大将军无忘黄桥，则祸乱之萌，无由而兆矣。

惠帝弗能用。齐王冏耽于宴乐，不入朝见；坐拜百官，符敕三台；选举不均，嬖宠用事。南阳处士郑方上书谏曰：

大王安不虑危，燕乐过度，一失也；宗室骨肉，互相疑贰，二失也；蛮夷不静，不以为意，三失也；百姓困穷，不闻谋救，四失也；义兵有功，久未论赏，五失也。有此五失，若不早救，诚恐家国难保厥终矣。

齐王冏不能用之。当孙惠亦上书曰：

天下有五难、四不可，明公皆居之。冒犯锋刃，一难也；聚致英豪，二难也；与将士均劳苦，三难也；以弱胜强，四难也；兴复皇业，五难也。大名不可久荷，大功不可久任，大权不可久执，大威不可久居。大王行其难，而不以为难；处其不可，而谓之可，惠窃所不安也。明公宜思功成身退之道，委二王长揖归藩，则太伯、子臧不专美于前矣。

齐王冏不能用，孙惠辞疾而去。冏谓曹摅曰："孙惠劝吾委权还国，何如？"摅曰："物禁太甚，大王诚能居高虑危，褰裳去之，斯善之善者也。"冏不听。王豹亦致笺于冏曰：

河间、成都、新野三王以方刚之年，并典戎马，处要害之地，而明公挟震主之威，独据京都，专执大权，未见其福也。请悉遣王侯之国，依周、召之法，以成都王为北州伯，治邺；河间王为南州伯，治宛；分河为界，各统王侯，以夹辅天子可也。

时长沙王乂见豹持笺，因见谓冏曰："小子离间骨肉，何不铜驼下打杀！"冏乃鞭杀之。豹将死曰："可悬吾头大司马门，见各兵之攻齐也！"言讫而死。

长沙王杀齐王冏

却说河间王颙亦恨齐王冏久专大权，欲以兵攻，恐力不效，当长史李含因说颙曰："成都王至亲有大功，推逊还藩，甚得众心。齐王越亲而专政，朝廷侧目。今檄长沙王使其讨齐，齐王必诛长沙，吾因以为齐罪而讨之。去齐立成都，除疏建亲，以安社稷，大勋也。"颙曰："然。"于是颙遣使入朝，上表陈齐王冏罪恶，请长沙王乂废冏，以成都王颖辅政。使人去讫，遂举兵。遣李含、张方以军趋洛阳。

十二月，颙表至京师，齐王冏见大惧，忙会百官议之。尚书令王戎曰："二王兵盛，不可当也。若以王就第，委权崇让，庶可求安。"言未毕，冏从事中郎葛旟怒曰："汉、魏以来，王侯就第，宁有得保妻子者耶？议者可斩之！"冏震栗。王戎伪疾发堕厕，得免而出。时李含以兵屯阴盘，张方军屯新安。使人持河间王檄与长沙王乂，乂见檄，即遣董艾袭之。乂自将左右百余人驰入宫，闭诸门，奉迎天子攻大司马府，齐王冏亦持府左右兵众出战。是日，城内大战，惠帝惊得面如土色，亲幸东门，矢集御前，群臣死者相枕。连战三日，齐王冏与长沙王乂交锋，未经一合，大败而逃，余皆溃。冏被乂执而斩之。挥兵入府，收其党并夷其三族。令李含、张方等，以兵还长安，长沙王乂奉天子还宫，自执朝政。然乂虽在朝廷，事无巨细，皆使人诣邺，咨成都王颖。

罗尚以军讨李特

二年，春二月，却说李特以兵潜渡江击罗尚，水上之军皆散走。蜀郡太守以小城降，李特入据之。惟取马以供军，余无侵掠百姓，赦境内，自号建初元年。蜀民见两下交兵，恐兵人扰乱乡村，咸相聚为坞，以保二境。因见李特杀马为食及赦境，不干于民，诸坞皆送牛酒款于李特。特恐粮食不敷，分流民于诸坞就食。李流大惊，急入谓特曰："诸坞新附，宜执其大姓子弟，聚兵自守，以备不虞，何故散兵就食于坞？"而特怒曰："大事已定，但当安民，何为更逆加疑忌，使之离叛乎！"

时朝廷已知李特占去州郡，遣荆州刺史宗岱等率水军三万来救罗尚。军势稍盛，况诸坞闻尚军益振，皆有二志。参军任睿献计于尚曰："李特散众就食诸坞，骄怠无备，此天亡之时也。宜遣人密约诸坞，克期同发，内外击之，破之必矣！"尚从之，使人说诸坞，诸坞大姓皆愿应之。罗尚至二月，始发兵三万来攻特营，李特急召诸坞，诸坞起兵返应罗尚，共击李特。特兵大败五十里，罗尚自引五千人马出益州来迎敌军。李特先自怯战，又值初春阴云布合，雪花乱飞，军马皆冒风雪。罗尚骤马提刀出阵，与李特打话，特曰："汝何人，到此缘何不降？"尚大怒，纵马向前，李特挺枪来迎。两骑相交，尚拨回马斜刺便走，李特赶来，转过山坡，尚回马大喝一声，舞刀直取李特，特早拦截不住，却拨回马走。尚右手倒提宝刀，左手将套索把李特勒拖下鞍，横担马上回本阵。两军呐声喊，特军便走，尚军赶上，夺得百十匹马，其余走脱。尚交休赶，绑缚特回益州，押在厅下。尚大怒骂曰："吾待汝不薄，命汝权督流民，汝何谋叛！今日被执，有何言说？"特无言对。尚怒，命左右牵出斩之，传首洛阳。

李流、李荡、李雄收集余众，还保赤祖。李流自称为益州牧，守东营。李荡、李雄守北营。罗尚使督护何冲以兵二万，来攻南北二营。李流驱流兵出战，交马只三合，李流之众大败而走。何冲乘胜以军进抵成都，流入，闭城自守。查点部下，李荡中矢而死，雄等皆哭伤情，要与兄荡报仇。

时李流虽是坚守，甚惧宗岱军至，难以拒迎，心下欲主降尚。因与李骧等商议，李雄等迭谏休降，流勿听。李雄乃诱流民曰："今李益州欲降，若降，汝等何得全生？辛冉恨汝，必被坑之。不若火速从我，尽力一战，杀退罗尚等军，可安性命。"流民踊跃答曰："生死愿从将军之命。"于是李雄即大呼流民，各执兵器出城，与何冲交锋。大战十余合，杀退何冲，诸军连退一百余里。方还，闻宗岱起军至半路而卒，其众无主退还。李流甚惭，因谓李雄曰："吾前日议降，今得汝杀退敌军，甚是壮健，凡百后事，可与子谋。"由是李流奇雄之才，凡军事悉以任之。流又说使李雄取郫城，汶山太守以军拒迎，被雄杀之。李流徙军屯郫坡，蜀民皆保险结坞以防之。时南入宁州，东下荆州，先被李特劫掠，城邑皆空，野无烟火，李流之众皆饥乏无食。惟涪陵千余家依青城山处士范长生，据之，流不敢攻。平西参军徐舉献计罗尚曰："某虽不才，望使君委以守汶山，邀结范长生共讨李流，不日可平。"罗尚不许，舉大怒，去降李流，流使舉说长生以粮应给其军。长生从之，因此李流之兵复振。

张昌攻杀新野王

五月，却说新野王歆都督荆州，为政严急，失蛮夷心。因此义阳蛮张昌聚党五千人欲为乱，会荆州以诏发武勇兵讨李流。兵民惮远征，皆不欲行，诏书督逼。

却说张昌初得石冰以兵五千降，以其为前部，来寇扬州。刺史陈徽调兵出战皆败走，于是陈徽引腹心数百逃遁。因是诸郡尽没，江州、武陵、零陵、豫章、武昌皆陷之，皆为张昌所据。昌更置牧守，皆桀盗小人，专以劫掠为务。刘弘大惊，急使陶侃等领军三万，去击张昌。侃引军至竟陵，驱军出战，张昌以众拒迎，两下各自结阵。侃自将出阵前大骂："张昌逆夷，何敢谋反！"张昌大怒，舞刀便砍。侃以枪便迎。二人在阵斗至二十余合，张昌气力不加，勒马便走。陶侃挥军追杀，杀得张昌大败，逃于下隽山而屯，其众悉降陶侃。惟石冰尚据临淮。

却说陶侃初少孤贫，为郡督邮。长沙太守万嗣见而异之，命其子与结交。后举孝廉，至洛阳，郎中令杨晫荐之于顾荣，侃由是知名。既克张昌，刘弘谓曰："吾昔为羊公参军，谓吾后当居其处。今观卿，必继于老夫矣。"

时荆部守宰多阙，弘请补选，朝廷诏许之。弘叙功铨德，随才授任，人皆服其公，当上表以皮初为襄阳太守，朝廷议以初望浅，更用弘婿夏侯陟补。弘下教曰："夫治一国者，宜以一国为心，必若姻亲然后可用，则荆州十郡，安得十女婿然后为政哉！"乃复表："姻亲旧制，不得相监；皮初之勋，宜先酬之。"朝廷诏听之。于是劝课农桑，宽刑省赋，公私给之，百姓爱悦。

桓穆二帝并诸国

却说北魏神元帝自太子沙漠汗死后，宠爱诸子，思慕沙漠汗成疾，于是年崩，享国共五十八年，寿一百单四岁。神元既崩，诸部大人乃立文帝少子弗政为帝。帝刑政宽简，百姓怀服，在位一年而崩。诸部大人又立神元帝少子禄官为昭帝。禄官既承天位，选日朝会百部大人，时诸部大人皆至，俱各拜起立两边。昭帝与诸部大人议曰："我欲分国为三部：一居上谷北，濡源西，东接宇文部，我自统之。一居代郡之参合陂北，使文帝长子猗㐌统之。一居定襄之盛乐城，使文帝少子猗卢统之。其议如何？"诸部大人曰："大王所为，无可无不可也。"于是昭帝即降诏，封猗㐌为桓帝，封猗卢为穆帝，各授以兵五万人，命其部领诸部大人往一处去讫。先是神元与晋和好，并不刀兵。

却说穆帝猗卢引所部军马出并州，迁杂胡去北，自徙都云中五原朔方城。其地乃是匈奴乌丸国王所统，被穆帝引众霸居之，匈奴主乌丸国王闻知，乃引所部大兵十万，前来争夺。穆帝猗卢亦领兵五万出迎。乌丸国王兵分两路掩至，猗卢身先出阵，来杀匈奴之兵。诸部大人见穆帝当先向前，众领军尽力击之。乌丸国王兵大败，诸部连追一百余里。乌丸国王势孤力寡，引残兵走回国去了。猗卢追赶至杏城之北八十里，迄长城，与晋分界而还本国。招军畜马，积草聚粮。

却说桓帝猗㐌所部皆行，人马度漠北，占两路为都，分军守住险隘。其地乃乌弋国王所统，乌弋国王闻知猗㐌占据西地，心中大怒。乃引所部人马及兵十万前来攻讨。猗㐌王大惊，遂唤曾供、余光先带一万人马守西关。临行嘱供、光曰："如十日内失了关防，必斩你二人；十日外失了关，不干你二人事。我亲率大军，随后便至也。"二人领了将令，星夜便行。曾仁进曰："兄弟曾供性躁，恐误大事，某当代往。"猗㐌王曰："你与我押送粮草，随后也起。"

却说曾供、余光到关上坚守关隘，只不出战。乌弋国王选军人能言快语者，来关下大骂猗㐌王，毁辱太甚。曾供大怒，要提兵下关厮杀。余光谏曰："此是乌弋国王见我军不出，故来相激，将军不可出战，待主公大队军马来时，自有主意。"因此止住。乌弋国使军人日夜轮流数番来骂，曾供大怒，只要厮杀，被余光苦苦哀告。当时已过九日了，曾供在关上看时，乌弋军都下了马，坐在关前草地上骂。曾供见了，交备马，战起五千军马，开关杀将下来。余光闻知，恐供有失，领兵随后接应。乌弋军弃马抛戈而走，曾供得胜，迤逦赶去。余光急骤人马来赶，请供回。乌弋大队军杀来，曾供抵挡不住，折军大半，杀出重围。曾供、余光急奔关上，回时山背后两军截住，左是乌弋王，右是西水王。曾供等见腹背合击，不能复关，乃弃关引众而走。乌弋王等引兵随后追赶。其时，桓帝倚㐰拘集各处军马已齐，次日起行，曾仁为前锋。军行之际，正遇曾供、余光败回，曾仁方知失了西关。乃下住营寨，与曾供、余光于路接文，行两程，迎着桓帝猗㐰，道失了西关。猗㐰慌忙下住帝寨，唤曾供、余光问曰："与你十日限，缘何九日失了关防？"供曰："乌弋军无般不骂，某等因见彼军懈怠，乘胜赶去，不想中贼机关。"猗㐰曰："曾供年幼躁暴，余光你须晓事！"光曰："我累谏不听。当日光在关东点视粮草，比及知道小将军已自下关去了，光恐有失，因此亦引兵接应。"猗㐰大怒，喝斩曾供，一班儿诸将皆跪下告饶。猗㐰方曰："权且记罪，后有功可准，如无功必诛。"因此曾供伏罪而退。

　　猗㐰次日传令进兵，直叩西关。曾仁曰："可先下定寨栅，然后打关未迟。"猗㐰方始交军斫砍树木，立起排栅，分作三寨。左寨曾仁，右寨夏渊，中寨自领。

　　次日，西军哨马直到寨前，猗㐰并三寨大小将校，赶追西军哨马。未上十数里，西军全队亦到，两边各自布阵。猗㐰自出，立于门旗下，看西兵人人勇健，个个英雄，各执长枪，排列阵脚。门旗开处，中间涌出一员大将，红袍银铠，白马大刀，生得面如傅漆，唇若涂朱，腰细膀阔，声雄力猛，乃即乌弋国王。上首乃西水国王，下首代山国王。一见猗㐰在阵前，高声大叫曰："汝何故侵占我之国土？此仇必与汝贼势不两立！"言讫，三人各舞大刀，杀过阵来。猗㐰欲出迎敌，背后王示出曰："杀鸡焉用牛刀，大王请还，小将出战。"王示拍马持枪出迎，与乌弋国王两骑交锋。战不数合，王兵大败，曾供等杀出助战，皆敌不住，被西军赶杀，却得曾供引一军，死拒定寨栅，西军方退。猗㐰传令固守，乱动者斩。诸将告曰："西兵甚是强壮，尽使长枪，若非选择前锋以迎之，则难当也。"猗㐰曰："战与不战，皆在于我，虽有长枪，安能便刺汝等也！诸将但坚壁观之，贼自退矣。"诸将退而言曰："主人自来征战，勇敢当先，如今一败乌弋，何如此弱也！"因是各不知其主意。

　　次早，细作报来："西关昨日又添十七个国王，共合兵七万相助乌弋，乃是羌胡部落人也。"猗㐌大喜。至日映时，细作又报入中军来说："乌弋添十三个国王，共兵六万相助。"猗㐌在帐大笑，置酒作贺。诸将问曰："乌弋添兵，大王欢喜何也？"猗㐌曰："待吾破了，却对汝说。"诸将皆暗笑之。自此相持三个月日。忽一日，猗㐌集诸部将佐至帐下，谓曾仁曰："今乌戈盛兵皆在西关上，此去西陇，必无准备，是贼之无谋也。卿等领二万人，从北径渡岭西，直入陇中截之。吾自与部佐，穿西关左路烧其粮草。夏渊先引五万大军，打关搦战，待其出战，举火为号。三下进兵，可破西军矣。"计议已定，诸将各依计而行。是夜，曾仁、曾供以军二万，渡岭西去了。猗㐌自以兵亦穿关左，去烧粮屯。

次日，夏渊以兵五万，杀上西关。乌弋王与西水王、代山王见军至，各点起大兵出战。未及交锋，夏渊便走，乌弋国王率诸国王驱兵追赶，未上十里之程，追兵传报，"猗㐌引军抄左路上关，放火烧了粮蓄。"乌弋王心中正欲回兵，又报到称说："曾仁兄弟阴入西陇，截我归路。"乌弋大惊，急引诸王杀还关上。比及至关，已被猗㐌横拦接住相杀。乌弋王传令，交休要恋战，退复西陇。于是诸国王各尽力冲过西关。猗㐌与夏渊合兵后追。乌弋王大兵至西陇，被曾仁以军敌住，不能前进。乌弋国王乃自引本部兵，穿阴谷而逃，走还本国。西水十余国见乌弋王走了，急欲奔逃，已被截住归路。欲杀取关外，后有追兵。无奈只得弃戈卸甲，伏道投降。猗㐌一见，命起身同还大寨。猗㐌置酒款待三十余国诸王，皆以善言抚慰其心，令其各还本国去讫。诸部问曰："前日乌弋王添兵，大王何如喜也？"猗㐌王曰："前日乌弋王添兵，兵无纪律，兵多心必不一，吾用火计，焚其粮料，食绝难备，众心不同也。其三十余国，若一一从头去征，非十年安可服也？今全集在此，一计破之，功成一旦，吾故喜也。"于是诸将曰："大王天资高远，智量宏深，我等不及也。"猗㐌王曰："非吾之能，皆赖卿等之力也。"言讫，传令班师还国。猗㐌王人物生得英杰魁伟，马不能胜其坐，乘车驾大牛而行。

【西晋卷之三】

起自晋惠帝太安二年癸亥岁九月,止于晋怀帝永嘉五年辛未岁六月,首尾共九年事实。

二王兵攻长沙王

九月，却说河间王颙初用李含计，欲俟齐王冏杀长沙王，因而讨之，遂废帝，立成都王颖，以己为相。既而不如所谋，心甚不乐。颖亦恃功，骄奢恣侈，百度废弛，嫌乂在内，不得遂其欲，欲与颙共攻乂。卢志谏曰："明公委权辞宠，时望美矣。今宜顿兵关外，文服入朝，此伯王之事也。"颖不听。参军邵续谏曰："人有兄弟，如左右手。今明公欲当天下之敌，而先废一手，可乎？"颖亦不听。乃使人会河间王颙，一同上表，道长沙王乂论功不平，与仆射羊玄之、将军皇甫商专权朝政，请遣乂还国，及诛玄之等，如不从，即举兵。使人以书来见颙，颙大喜曰："吾久欲为此矣，惧力不加。"即回书与颖共上表，后各起兵，使人去讫，于是二王同遣人上表于朝。惠帝览之大怒，即颁诏与使回曰："颖、颙敢举兵向阙，吾将亲率六军以讨之！"因是以长沙王乂为太尉，都督中外诸军事，令其点军，豫防守城。

却说使人回以手诏示颙。颙大怒，以张方为都督，将精兵七万人，东趋洛阳。颖引兵屯朝歌，以陆机为前锋都督，督王粹、牵秀、石超等军二十余万向洛阳。机以羁旅事颖，一旦居诸将之右，粹等心皆不服。孙惠劝机让都督于粹，机曰："彼将谓机首鼠两端，所以速祸也。"因此不听。

惠帝闻二王兵至，即召长沙王乂督六军。帝自亲征，军至十三万。乂使皇甫商将一万军拒张方，两军会于宜阳。时皇甫商出阵，与张方交战十数合，商不能敌方，因此大败而走。惠帝得卫兵保，走于芒山。羊玄之忧惧而卒。帝无食，投一庄安下。其庄上一太公，出接入内，以酒食款待，又以粮给军饷。惠帝问其姓名，太公道："臣姓缑，祖居在此。年已六十余，无嗣，只生一女，年纪十八，能通十八般武艺，未曾许聘他人。"帝悦之，命女见。緱公即唤女儿出来，山呼拜讫，帝命平身。緱氏曰："陛下在上，臣妾不敢。"帝见緱氏生得美容妍嫩，因与緱公曰："朕自才人谢氏被贾后害后，未曾选聘，朕欲以汝女为才人，卿意云何？"緱公曰："恐不堪幸。"帝曰："朕意已悦，卿勿容辞。"于是緱公命女儿与帝成亲，因留帝在庄歇数日。时牵秀闻知帝在此庄，乃引兵五千，前来围住庄院。帝大惊，緱氏曰："陛下勿惧，臣妾自能退兵。"帝稍心安。緱氏亲自披挂，带庄客五百人，各持兵器出战。牵秀以兵排开，与緱氏交锋，军器并举，一战二十余合，緱氏颜容不变，气力愈强，牵秀恰好遮拦得住，不能取胜。二人又战数合，牵秀气力不加，拨开军器，勒转马头，望本阵便走，被緱氏驱庄客一击，杀得秀兵大败而逃。

却说张方既杀败皇甫商，引兵杀入京城，纵兵大掠，城内百姓死者万计。长沙王乂在自宜阳战败，不知帝之下落，使人探知在緱家庄，遂引军寻至庄上，君臣相见俱各流涕。乂请帝还宫，惠帝与緱氏一同回至建春门。会成都王颖遣将军马咸，助陆机攻城，正遇帝军回，咸以兵拦住归路。长沙王乂急使司马王瑚以五千精兵出突。咸举刀拍马，直取王瑚，王瑚持戟出迎，两马相交，兵器并刺，刀来戟拨，戟去刀闪，二人约斗十合，咸被王瑚一戟刺于马下，众军勇突向前，将咸斩之。长沙王乂谓瑚曰："兵贵神速，汝即以此得胜之军，去攻陆机，吾保圣上回宫。"瑚然之，大喊一声，乘胜杀入大营，引五千军来攻机营。机令坚壁，妄动者斩。孟超不听，以兵出迎，与王瑚战，被杀之。机措手不及，被王瑚以精兵一冲一突，攻入大营。机兵莫能抵敌，大败而逃。赴七里涧，被瑚军赶上，又杀一阵，死者如积草，涧水为之不流。

初，宦人孟玖有宠于成都王颖，玖自请于颖，欲用其父为邯郸令，陆机固执不许，曰："此县公府掾资，岂有黄门父居之耶！"玖深恨之。玖弟超，是机小督，未战，纵兵大掠，机录其主者欲斩之。超将铁骑直入麾而夺之，顾谓机曰："貉奴能做督否！"机司马孙拯劝机杀之，机不能用。及王瑚来攻，超不受节度，轻兵独战，败死于阵。及此孟玖疑超被机杀之，因谮于成都王颖曰："陆机有贰心于长沙，宜早为之。"颖未信，牵秀、王粹等素谄事于玖，相与证之，曰："机怀贰意。"于是颖大怒，使秀将兵收机。

却说陆机闻牵秀至，释戎衣，着白帢，与秀相见，为笺辞颖，既而叹曰："华亭鹤唳，可复闻乎？"秀遂杀之。颖令收陆云及孙拯下狱。记室江统、蔡克等流涕固请，颖恻然有宥云之色。玖扶颖入内，催令杀之，夷其三族。又使狱吏究拷孙拯招二陆贰心之谋。狱吏掠孙拯数百，两踝骨见，终言机冤屈。吏知拯义烈，谓曰："二陆之枉，谁不知之，君何不爱身乎？"拯仰天叹曰："陆君兄弟，世之奇才，吾蒙知爱；今既不能救其死，忍复从而诬之乎！"狱吏对玖言，孙拯不肯招认二陆贰心之谋。玖等令狱吏诈为拯招之辞，进颖，亦夷三族。拯门人费慈、宰意诣狱明拯冤屈，拯譬遣之曰："吾义不负二陆，死自吾分，卿何为尔耶？"慈、宰曰："君既不负二陆，仆又安可负君！"固言拯冤。玖怒，将同杀之。天下人人皆为含冤。

十一月，长沙王乂奉帝以六军过张方营，时方兵见帝乘舆至，而退出城，不敢交锋，方遂大败，退五十余里。众惧，欲夜遁，方急谓众曰："胜负乃兵家之常事，今虽一败，不足为惊，况善用兵者，因败为成。今我更前作垒，出其不意，此奇策也。"于是乃夜以兵渐进逼洛城七里，筑垒数重，外引廪谷以足军食而守之，意待城内粮尽入攻之，必克洛阳也。乂既战胜，以为方不足忧，及闻方垒成，遣军攻之，不利。成都王颖兵进逼京师，公私穷踧，米一石值万钱。诏命所行，一城而已。犹豫之际，骠骑主簿祖逖言计于乂曰："臣举一计，可退方兵。"乂曰："何计？"祖逖曰："雍州刺史刘沈，忠义果毅，其兵力足制河间，宜启圣上，命沈举兵袭河间王颙。颙窘急，必召张方以自救，此孙子围魏救赵之良策也。"乂从之，即以其计奏惠帝，使人持诏令刘沈发兵去攻河间。刘沈奉诏，合七郡之众，二万余人，促攻长安。

十二月，却说议郎周玘等起兵江东，欲讨石冰，未有主将，乃推前吴兴太守顾秘为扬州都督，传檄州郡，命杀石冰所署将吏。于是前侍御史贺循、庐江内史华谭及丹阳尹葛洪、甘卓皆起兵以应。顾秘兵势大振，来攻冰，冰大惊，乃使部将黄仁，以兵二万五千拒战，与周玘交锋。未三合，被玘斩于马下，余兵溃走，玘以军长进。石冰见闻黄仁被斩，乃退兵，促攻寿春。征东将军刘准闻知冰至，大惧不知所为。广陵度支陈敏统众在寿春，谓准曰："此等小人，以不乐远戍，因朝廷逼迫，成贼为群。乌合之众，其势易离。将军何必忧虑，请为公破之。"准大悦曰："如卿所言，贼无难制。更调五千人，益卿为前锋，去拒讨之。"于是益敏军五千人出拒石冰。

李雄攻尚夺成都

闰十二月,却说李流偶然染疾将笃,因谓诸将曰:"李雄英武天所相,可共受事,宜尽忠仕之。"言讫而卒。诸将即请李雄为益州牧,代流以领其众。将李流营葬毕,雄以其众入据郫城。屯数日,李雄以其众攻成都。罗尚以军出战,亲与李雄对阵,俱各射住阵脚。罗尚拍马出阵前大骂:"流贼,朝廷有何负汝,无故大逆?"李雄亦骂:"吾父遭你所害,誓不与你同天地共日月!"言讫,驱兵交战。不三合,罗尚大败,即走入城。恐寡不敌众,乃与陈坚商议,领家属百余人走回许都。李雄领众入据成都。

却说罗尚被李雄杀败,逃至江阳,遣使上表奏失益州之事。惠帝颁诏,令罗尚权统巴东、巴郡、涪陵,以供军赋。尚虽得三郡,粮草不给,即遣别驾李兴诣荆州刘弘借粮。弘以三万斛给之,尚赖此以存。李兴见刘弘兵盛粮多,乃言于弘曰:"兴虽不才,愿留为帐下一参军,使君肯容乎?"弘夺其手板而遣曰:"罗公孤军狼狈,无人戮力讨贼,安敢夺卿,火速回去!"于是李兴满面羞惭而回去讫。于是流民在荆州者十余万户,羁旅贫乏,各为盗贼,弘大给其田,与之耕种,擢其贤才,随资叙用,流民遂安,不为盗矣。

却说幽州都督王浚,即王沈之子也。浚以天下方乱,欲结援夷狄,乃以一女妻务勿尘;一女妻宇文苏恕延。又表以辽西郡封务勿尘,朝廷许之。于是王浚与夷狄树党而立,以观天下。

张方炙杀长沙王

永兴元年(是岁,僭国号二:汉高祖刘渊,元熙元年;成太宗李雄,建兴元年),却说长沙王乂屡破颖兵,而未尝亏奉惠帝之礼。城中粮食日窘,士卒无有离心。张方以为洛阳未可克,欲引兵还长安。

却说东海王司马越亦妒疾长沙王乂执政,恨力不及,见成都、河间二王起兵,围城日久,意欲内应杀乂,闻张方欲退兵,虑事不济,潜谓殿中诸将士曰:"今成都、河间二王,各以强兵外攻,非为圣上,乃恨长沙王乂为政不均,故来讨之。今城里内无粮草，外无救兵，不久皆为擒矣。何不今夜卿等护我收长沙王乂，则二王之兵不战而自去，可保国家无危。"诸将士闻言从之。于是退与诸将士，至一更集五百人，驰入营中，将乂执之。次早，入朝奏帝曰："今成都、河间二王谋反，皆为长沙王之故，起兵至关。目今粮草日尽，救军无诣，臣等请废长沙乂为庶人，二王始肯退兵，不然社稷将危。望陛下火速降诏，以安众心。"帝曰："长沙忠于寡人，不有过舛，岂可废之？"越与将士皆奏曰："长沙虽无罪，宁可废一人以安社稷，不可因一人以害苍生。"帝被越并诸将士所逼，不得已，下诏免长沙王入宫，令其徙居金墉城，改年永康，大赦满城百姓。命开城门，放成都王颖入城。

时诸将士既开城门，见外兵不盛，心甚悔之，欲更谋劫出长沙王乂为将，以拒成都王颖。东海王越大惧，连忙遣心腹人密告张方，使其将长沙王乂杀之。方得其语，即令军士攻入金墉，将乂缚至军前。张方命左右斩之，乂曰："吾无罪，况乃金枝玉叶，谁敢杀我？"方大怒，命左右将乂绑于柱上，四围以火炙杀之。方之军士见之，亦为之流涕。成都王颖既入京师，朝见惠帝，自为丞相，以东海王越为尚书令，乃以颖众复还镇于邺城，遣石超率兵屯十二坡门。殿中宿卫将士，颖所忌者，皆令杀之，悉代去宿卫之兵，以布其腹心。

刘沈战死于长安

却说河间王颙顿兵于郑邑，为东军声援，闻刘沈兵起，急退入长安，急使人召张方回军。方闻知，掠洛中官私奴婢万余人而回，沈军已渡渭水。颙急领兵出城，与沈交战。二十余合，颙兵大败，走入长安。沈使衙博、皇甫澹，以精兵五千漏夜追袭。颙兵大半入城。衙博等混战已入城门，后军未至。颙将张辅见其大军未至，急令闭城门，四下涌战。衙博、皇甫澹独力难敌，措手不及，被张辅杀之。乃领得胜之兵出城，正遇沈军来，辅勇为身先，沈军望后便退，被辅挥兵一击，杀得沈军十死其七，各自溃散。刘沈犹自死战，与张辅交锋三十余合，寡不敌众，被辅获之，余众各自逃散。

却说刘沈被辅获之，押在河间王颙帐前，颙招其降。沈犹谓颙曰："知己之惠轻，君臣之义重，沈不可违天子之诏，量强弱以苟全。投袂之日，期之必死，苊醢之戮，其甘如荠。"颙大怒，命左右斩之。新平太守张光数为沈划计攻颙，颙使人执至，诘之曰："汝与刘沈设计攻我，今日何如？"光曰："雍州不用鄙计，故令大王得有今日。"颙壮之，乃表为右司马。

不说张光归顺于颙，且说成都王颖使张方以兵废皇后羊氏，并太子司马覃于元城，因此朝野失望，民心骚动。

却说广陵度支陈敏及周玘，以兵合攻石冰。兵至建康，冰犹未降，以军拒战。当日陈敏出马，与冰相杀，二人战未十合，东北周玘一彪人马抢风般来。正欲分军，西南一路贺循一彪人马先至军前，冰措手不及，被陈敏冲突入阵斩之，余众尽伏地而降。于是扬、徐二州平静，周玘、贺循等，皆散众还家，不言功赏。朝廷以陈敏为广陵相。

成都王独执权政

却说河间王颙使人上表，推成都王颖为皇太弟，自为太宰、雍州牧。惠帝下诏从之。秋七月，成都王既为皇太弟，僭侈日甚，嬖小人用事，大失众望。东海王司马越怒之，因谓右卫将军陈眕曰："今成都王颖废皇后、太子，自为太弟，后必有废立之心。若不讨之，其谋反成矣！卿可助我一臂之力，杀此跋扈。"眕曰："殿下肯主，臣愿效力。"于是东海王越与陈眕勒军入云龙门奏帝，以诏三公百僚戒严讨颖。颖、石超闻知，奔走还邺去讫。越乃复皇后羊氏，太子司马覃监国，请帝自上銮驾，诏集百官皆戎装，以六军起行。前侍中嵇绍随驾欲行，侍中秦准谓绍曰："今往安危不测，卿有佳马乎？"绍正色曰："臣子扈从乘舆，死生以之，佳马何为？"言讫即行。

东海王奉驾讨颖

时东海王越遣人檄召四方之兵，比至安阳，众至十余万人。军未至，太弟颖闻知甚忧，急会群僚问计。东安王司马繇曰："天子亲征，宜释甲缟素，出迎请罪。"颖不从，乃使石超率兵五万，出城拒战。陈眕弟陈昭在颖部下，闻帝亲征，其兄为将，乃私自逃回，归降东海王越。因问邺中虚实，言邺中军闻圣上亲诣，俱各离散。由是东海王越不甚设备，以为颖可为擒。大军至荡阴县，忽然石超五万兵掩至，越等措手不及，急令点军，超兵已驰突入中阵，矢石如雨，众军溃散，越亦逃窜，越军大败。惠帝颊中三矢，百官侍御皆散，惟嵇绍朝服登辇，以身卫帝。兵人引绍斩之，帝曰："此忠臣也，卿等勿杀！"众兵对曰："奉太弟令，惟不犯陛下一人耳，余者不留。"遂杀之。绍血溅帝衣服，帝亦堕于草中，众乱争扶，亡失六颗玉玺，急诏跟寻，无存。

于是石超奉帝车驾幸其营，帝饥馁甚，求食于下，超进水，左右进秋桃。时颖闻超得胜，杀败东海王越，乃自领众僚佐，迎帝入邺城，以酒食拜奉，改元建武元年。左右侍臣见帝龙服有血，请脱浣之，帝流涕曰："此忠臣嵇侍中之血，勿得浣也。"

颖既败越，执天子在邺，不与还宫。陈胗、上官已乃集残兵，回奉太子覃守洛阳。越自以残军还东海，孙惠谓越曰："殿下今虽大败，尚可复振。"越曰："用何计？"惠曰："宜邀结藩镇，同奖王室，候再共举，可保无危。"越从之，以惠为记室参军。

王浚讨伐司马颖

却说东海王越用孙惠计，遣人结党幽州都督王浚及其弟州刺史、东瀛公司马腾等，各起兵讨颖。二人得越檄，俱各募兵候应。先是齐王冏、成都王颖、河间王颙等募兵共讨赵王伦时，王浚拥众挟两端，所部士民不得赴三王召募，颖深恨之，欲图害不克。至是又诈称诏，征浚入邺来害之。浚已料知，乃遂遣人会鲜卑段务勿尘、乌桓、羯朱及并州刺史东瀛公腾，同起兵二十余万，前来讨颖。

却说颖在邺，人报王浚结遣乌丸国王及鲜卑段务勿尘等，起大军前来攻邺都，可紧急拒敌。颖急聚文武议事。时王戎上言曰："对乌丸、鲜卑，不可轻敌，只宜求和。"颖问众谋士曰："战与和，二者孰利？"石超曰："王浚等无用之辈耳，何必求和！"戎曰："将军错矣！吾观王浚任用贤才，更兼士广兵强。田坚、田许乃智谋之士，为之谋主。藩已、逢纪尽忠臣也，任其军事。贡良、宋丑勇冠三军，何以为无用之人也？"石超笑曰："公知其一，未知其二。浚兵虽多，立法不整。

田坚刚而犯上，田许贪而不治，藩己专而无谋，逢纪果而无用者，势不相容，必生内变。贡良、宋丑匹夫之勇，一战而可擒矣。其余碌碌等辈，纵有数百，何足道哉！是以知王浚无用矣。"戎默然。颖曰："皆不出石君之所料耳！唤前后两营军官听令，差前将军刘伐、后将军田忠领兵五万，打吾旗号，出北以防王浚，当吩咐田忠不可轻进。吾自引十万大军，出城拒敌，待我杀退，方勒兵来破王浚。"刘伐、田忠领兵去了。

却说颖领兵离都，两军隔八十里，各深沟高垒而守之。次日，颖遣石超领兵五万，去击王浚。超得令，领众即行。

八月，颖恨东安王繇前议令彼释甲请罪之仇，乃命左右执繇斩之。繇兄子琅邪王司马睿，沈敏有度量，现为左将军，与东海参军王导善。导识量清远，以朝廷多故，每劝睿令之国。及繇被杀，时睿从帝在邺，恐祸及己，自将逃归。颖先敕关津，但有贵宦过者，无得放出。睿私逃至河阳，为津吏所止，从者宋典自后来，以鞭佯拂睿而笑曰："舍长！官禁贵人，汝亦被拘耶？"吏被诈，以为果是庶民，听与去之。于是睿是宋典以计瞒守吏，得至洛阳，迎太妃夏侯氏归国去讫。张方勒兵复入京城，废皇太后羊氏并太子覃而自守之。

却说惠帝在邺城，以公府为宫室。一日，颖闻五部寇边，即入内伏地奏曰："今朔方匈奴之外，五部数十余国不服王化，屡屡掳掠边境，杀害军民。今有刘渊者，乃匈奴冒顿之后，汉朝之甥，现为冠军将军。有次子刘聪，骁勇绝人，博涉经史，又善属文，能拔三百斤弓，文武皆通，现为积弩将军。此父子二人，有万夫不当之勇，可封他为左贤王，令其总摄诸部，则五部不敢再犯矣。望陛下圣鉴。"帝从之。当群臣议曰："不可。彼夷狄之人，人面兽心，见利则弃君亲，临财则亡仁义。投之遐远，犹惧外侵；处以封畿，窥我中原。昔幽后不纲，胡尘暗于戏水；襄王失御，戎马生于关洛。至于示强弱，妙兵权，体兴衰，知利害，于我中华，未可量也。况元海乃人杰，必致青云之上；许以殊才，不居庸劣之下。今委之以兵，令之归国，若策马鸿骞，乘机豹变，非为我用，乃为我患也。以臣等鄙见，实为未可。"太弟颖曰："现今东瀛公腾等二子为乱，况且朝廷兵衰将老，若不封增此人为敌，谁人能讨二子乎？"时帝曰："卿从便而行，不必再议。既如此，即以刘渊为左贤王，令其统领诸部。"言讫，颖谢恩。即宣刘渊至，封为左贤王，渊即谢恩出朝。群臣曰："乱天下者，此人也。"珠帘放下，文武退班。

匈奴元海称汉王

史说，前赵先号汉王，刘渊字元海，乃匈奴人。名犯高祖庙讳，故称其字焉。初，汉高祖以宗女为公主，以妻冒顿，约为兄弟，故其子孙遂冒姓刘。元海父名豹，为左贤王，然皆居于晋阳、汾、涧之滨。妻呼延氏，无嗣，乃备牲酒至龙门祈子。祝讫，俄而有一大鱼，顶有二角，轩鬐朱须，跃鳞浮至祭所，久之乃去。巫觋皆异之，皆贺曰："此乃嘉祥，必生贵子。"及回，其夜梦其所见之鱼，变为一人，左手把一物，大如半鸡子，光景非常，授与呼延氏，曰："此是日精，服之生贵子。"呼延氏服之，寤而告刘豹，豹曰："此乃吉征也。"果有孕，十三月，生元海，左手文有其名，遂以名焉。幼好学，尤好《左传》、《孙吴兵法》，略皆诵之；《史》、《汉》诸子，无不综览。尝谓同门生曰："吾每观书传，尝鄙随、陆无武，绛、灌无文。道由人弘，一物之不知者，固君子之所耻也。"于是遂学武事，妙绝于众。猿臂善射，膂力过人。仪伟，人皆敬之。

渊既为左贤王，聚集宗室饮宴，当从祖刘宣指刘渊谓众族人曰："自汉亡以来，我单于徒有虚号，无复尺土，自诸王侯，降同编户。今吾众虽衰，犹不减二万，奈何敛手受杀，奄过百年！今左贤王英武超世，天不欲苟兴匈奴，必不虚生此人也。今司马氏骨肉相残，四海鼎沸，复呼韩邪之业，此其时也。"众昆侄曰："谨听约束。"于是刘宣乃相与谋推刘渊为大单于。宣又曰："今议已定，不能还国，其事若何？"班部中转出一人，姓呼延名攸，言如瓶泻，口若悬河，言曰："某愿见皇太弟司马颖，以三寸不烂之舌，说其令大王归国，如何？"宣曰："得君高论，说得还乡，大事济矣。论将安出？"攸遂近宣，附耳低言数句。宣大喜曰："妙矣！"言讫，使攸来见皇太弟颖。颖正坐府堂，忽呼延攸至，拜讫，立在一边。其时正值王浚、东瀛公腾起兵攻颖，颖即遣将拒战，皆败而还。当攸将此为由，入说曰："今闻王浚、东瀛公腾二子在外为乱，屡次与战不利。今左贤王祖在匈奴已故，今欲回国奔丧，命臣告知殿下，请为殿下还国，就说匈奴五部国王以兵来赴国难，同讨二子，则二竖之首，可指日而悬邺门也。不知殿下意思如何？"颖闻其说大悦，乃诺曰："吾就拜他左贤王为北单于、参丞相军事。你可令他速去速回，不必面君，吾自奏知。"于是攸归告刘渊。

渊次日辞颖，因说颖曰："今二镇跋扈，恐非宿卫及近郡士众所能御也。臣请还国说五部来救国难，可克二贼。"颖曰："吾欲奉乘舆还洛阳，传檄天下，以逆顺制之何如？"渊曰："殿下武皇帝之子，有大勋于王室，恩威远著。王浚竖子，东瀛疏属，岂能与殿下争衡耶！但殿下一发邺宫，示弱于人，洛阳不可得至。虽至洛阳，威权不复在殿下也。愿抚勉士众，靖以镇之，渊为殿下以五部可讨二人也。"颖大悦，乃拜渊为北单于，参丞相军事。

因是渊辞颖，与攸招集宗人所部，即忙起行。至左国城，刘宣与众立渊为大单于，招军买马，积草聚粮。二旬之间，得胡晋之兵一十余万。当宣谓群臣曰："昔汉有天下世长，恩结于民。吾汉氏之甥，约为兄弟，今兄亡弟绍，不亦可乎？不如建号大汉，汝等道之何如？"群臣曰："大善。"于是乃建国号曰汉，推左贤王为汉王，改元元熙元年。追尊汉安乐公为孝怀皇帝，设庙四时祭之。以右贤王刘宣为丞相，崔游为御史，阵元达为黄门，以族子刘曜为建武将军，招集军马，以候大举，不在话下。

河间奉帝还洛阳

却说石超以兵来击王浚，兵至平棘，正遇浚军。两下交战二十余合，后军忽然喊起，兵众各各逃溃。超急欲回马，一军抢近，前视之，乃东瀛公腾至。超见两下夹攻，心慌不敢恋战，乃冲出垓心，退至邺城下屯住。

次日，王浚与腾合军追赶，赶至邺城，两下交兵大战。是日，石超领兵出阵，王浚以乌桓遣西土大人引兵出战，与石超相斗。斗一十余合，石超抵敌不住，拨开军器，走回本阵，被乌桓王见，亲领大兵，漫山塞野，泼乱杀来，杀得晋兵抛戈弃鼓，大败而逃。乌桓恐诈，乃收兵回营。是时，成都王颖见石超迎敌不住，慌走入城，令三军坚守城门，不与交战。即入见帝，同众文武商议，当司徒王戎曰："今建邺城不坚固，粮食又少，倘乌桓诸部围城，里无粮草，外无救兵，必被所困。不如乘此胡人未逼城下，走还洛阳，调天下之兵迎敌，方退得兵。"帝曰："其计大善。"于是令王妃人等各出宫门，与百官开城门，望洛阳而走。其时颖等与百官五千骑，保帝南奔。浚、腾暴至，众各惊慌而走，仓促无赀，只有中黄门布被囊中赍私钱三千，帝诏贷之，将于道中买饭，食以瓦盆。至温，而行至先武帝之陵，帝自下犊车，谒武帝陵。帝先因乱中，丧履赤足，乃纳从者之履着之，下拜先陵，流涕哭迷在地，百官扶起复行。

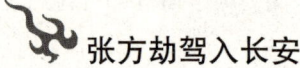 张方劫驾入长安

河间王颙闻晋王车驾还洛阳，聚众谋士商议，将到洛阳。李含进曰："昔晋文公纳周襄王，而诸侯影从。汉高帝为义帝缟素，而天下归正。近自天子蒙尘，将军首兴义兵，徒以河间扰乱，未遑远赴。銮舆旋转，建都榛芜。诚因此时奉主上以从人望，大顺也；秉至公以服天下，大略也；迎其主入长安，以致英俊，大功也。四方虽有逆节，其何能为？若不早走，使英雄生心，后虽为虑，亦无及矣。"颙乃大喜，收军起程。

忽仆射荀藩自外入来，颙便请问朝廷其事若何，藩曰："殿下兴义兵以除暴乱，入朝天子，辅翼王室，此五霸之功也。以下诸将人殊志异，未必服从。今留匡弼，事势不便，惟有移驾去长安。然朝廷播越，新还旧京，远近观望，冀得安生。今复移驾，不厌众心。夫行非常之事，乃有非常之功，愿算其多者行之。"颙执其手大笑曰："此孤之本志也。"又曰："王浚在北，大臣在朝，事节若何？"藩曰："易也。以书与浚，且安其心，大臣闻之，则曰：'洛阳无粮，欲车驾暂幸长安，转运粮食稍易，可无缺乏悬隔之忧。'大臣闻此，皆欣然也。"颙大喜曰："愿公早晚相从，有不可行者教之，自当拜谢。"

颙意决，命张方率五千骑先去。临行嘱咐其计，方答曰："臣自能之。"于是方迎至帝前。帝问曰："卿何来？"方奏曰："臣奉河间王命，闻乌桓国王攻邺，使臣引兵五千，前来保驾，自随后引大兵来迎。"帝曰："河间王是朕之亲，可为社稷之臣也。"言讫，保帝还洛阳宫。奔众复还，百官复集。

却说王浚与腾见颖劫帝走还洛阳，乃引众入邺，暴掠一空，复各回镇。时刘渊闻颖去邺，叹曰："不用吾言，逆自奔溃，真无才也！然吾与之有言矣，不可不救。"因此渊欲发兵击鲜卑、乌桓。刘宣等谏曰："晋人奴隶御我，今其骨肉相残，是天弃彼，而使我复呼韩邪之旧业。鲜卑、乌桓，我之气类，可以为援，奈何

击之！"渊曰："善！大丈夫当为汉高、魏武，呼韩邪何足效哉！"宣等稽首曰："非所及也。"自是渊发兵救颖。

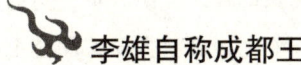
李雄自称成都王

却说李雄自杀败罗尚之后，威名日著。雄以范长生有名德，为蜀人所重，欲迎以为君，长生不肯受。其部将杨褒等推雄为成都王。雄乃约法七章，简刑爱民，于是蜀中望风降附，成都大治，百姓安堵，国富兵强。雄既即大位，国号建兴元年。以世子李期为太子，以叔父李骧为太傅，以兄李始为太保，以李离为太尉，李国为太宰，杨褒为大将军。李国、李离二人有智，雄谋事必咨而行，然国、离事雄弥谨矣。自此蜀地悉被李雄所据。

十一月，张方先授颙迁都之计，来洛阳既久，剽掠百姓殆竭，军粮不敷，恐难住坐，乃集将士商议，劫驾回长安。将士皆从之。于是乃引兵入，因奏曰："洛阳废弛已久，不可修葺，更兼转运粮米甚艰，臣料长安地面城郭宫室、钱粮民物足备，可以幸銮舆。臣排办已定，请陛下登辇。"群臣皆惧方之势，莫敢言不可者，即日驾起。方分拨军马，尽载百官迁都而行。帝不肯行，方命诸军以乘车入内，逼帝上车。帝垂泪从之，谓方曰："卿宜讨车载宫人、宝物同行。"于是诸兵因掳掠后宫宫人为妻，分争府库，割流苏、武帐为马帐，魏、晋留积珍宝，扫地无遗。

张方以拥帝并皇太弟颖、豫章王炽等趋长安。驾至新安，天下大雪，寒冷之甚。帝身冻，忽堕于车下，伤了右足，众官急救登辇，不胜悲惨。来到灞上，以征西府为宫权歇。次日，入长安。河间王引文武百官出廓迎接。入城，以公府为朝堂，文武百官皆称贺。帝以河间王颙为录尚书事，以张方为司隶。自此大权尽归张方，自为行事。惟使仆射荀藩及司隶刘暾等，在洛阳为留台，承制行事。复称永安年号，复立羊后，号东西台。

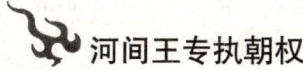
河间王专执朝权

十二月，河间王颙自专朝政，奏帝以诏废太弟司马颖，更立豫章王炽为皇太弟。帝准奏，诏贬皇太弟颖还第，更立豫章王司马炽为皇太弟。初惠帝兄弟二十五人，时存者惟颖、炽及吴王晏。晏才庸下，而炽冲素好学，故颙立之，诏颖还第。帝乃以颙自都督中外诸军事，以东海司马越为太傅，与颙夹辅帝室。王戎参录朝政，王衍为左仆射，张方为参军录尚书事。又下令州郡蠲除苛政，爱民务本，清通之后，当还东京。颙以四方乖离，祸乱不已，故下此诏和解之，冀获少安，而越上表辞太傅不受。

却说汉王刘渊遣刘曜寇太原郡，取泫氏县，又遣乔晞寇西河，取介休邑。二将领命，俱各以兵一万，前去取二邑。时乔晞以兵攻破介休，执其介休令贾浑，晞招其降，浑不从，晞命斩之。见浑妾生得美貌，逼纳为室，其妻宗氏骂晞而哭，晞又杀之。汉王渊闻之大怒曰："彼乃忠臣，何如诛之？使天道有知，乔晞望其种乎！"遣人追还晞，降秩四等，命收浑等尸葬之。

东海王檄讨张方

二年，四月，张方复废皇后羊氏。东海中尉刘洽，以张方劫迁车驾，复废皇后，心甚不平，因见东海王越曰："张方劫迁车驾，二废皇后，罪恶弥天。休道先帝之灵不可，天下人神共怒，明公如何不檄天下讨之，以迎天子复回旧都，而坐视其逆耶！"越曰："恨力不及，恐难讨之。"洽曰："东平王楙现督徐州，兵精粮足。若得徐州，可为大事。今有一人姓王名修，现为徐州长史，极能舌辩。明公召来，使其说东平王楙以徐州授明公，则大事成矣。"越从之。即使人召王修至，说与其事。修诺领命，即来说东平王楙："东海王欲举义，檄山东之兵讨张方，迎天子还旧都。恨力不及，欲借大王徐州都督诸军，以率义山东，大王意下云何？"东平王曰："彼既为国为民，吾安敢不从！"楙慨然从修之说，即使人请越至，以徐州授越，楙自为兖州刺史。于是越以司空领徐州都督，纠率义兵，欲起兵去讨张方。

史说，范阳王司马虓字武会，少好学驰誉，研考经史，言论清新，官拜散骑常侍。闻知惠帝被河间王颙令张方劫驾迁都长安，心甚不愤。长史冯嵩知其意，恩谓虓曰："今河间王司马颙使张方劫帝入长安，废成都王颖，久必篡逆。殿下若肯与令兄平昌公起义兵，保驾还洛阳，其功可比周公，勋业必成。"虓曰："吾在宗室之末，眼前无有可为者。"嵩曰："东海王司马越有英雄之志，可为命世之英。不如推东海王为盟主，聚义起兵。大事可成。"虓曰："君言正应我心。"于是范阳王虓使人会东海王越议起义之事。越欣然从之，引兵而至。次日，虓大排筵会，平昌公司马模、长史冯嵩等，刑白马祭天地，歃血而盟，推东海王越为盟主，扯起招军旗。不旬日，得兵二万人，出屯西河，商议进兵。当冯嵩言曰："今我聚义之兵，乌合之众，难以出战。今见豫州刺史刘乔部下多有精兵，可使人持节招其来降，同起义兵，方可得安。"越曰："然。"于是使人持节，来招刘乔。刘乔不受节度，返又起兵来并。使人见刘乔起兵，急忙回报东海王越。越拜虓为都督河北诸军事、骠骑大将军、领豫州刺史，令其引兵讨乔。

却说成都王颖既废，河北人多怜之，其故将公师藩等，因而自称为将军，起兵赵、魏，众至数万人。

初，上党武乡羯人石勒，有胆力，善骑射。并州大饥，东瀛公腾执诸胡于山东，卖充军实。勒亦被掠，卖为茌平人师欢为奴，欢奇其壮貌而免之。勒乃与牧师汲桑结壮士为群盗。及闻藩起，桑与勒率数百骑赴之。桑始命勒以石为姓，以勒为名矣。藩既得桑、勒为副将，攻陷州郡县堡坞，无敢迎敌，又来攻邺城。东海王越与范阳王虓使部将苟晞，领二万军去击藩。藩闻苟晞来，大惧，更又兵皆溃去，于是藩不敢交锋，领其众走之。晞以军还，东海王越大会诸将，期日兴师。是日，诸将士皆集，筵罢，越调拨诸将，乃留琅邪王睿为平东将军，监徐州军事，守下邳。睿领命曰："请参军王导为司马，与吾同理军事。"越从与之，自率甲兵三万，西屯萧县，使范阳王虓自许屯于荥阳。时越承制，使人以豫州刺史刘乔为冀州刺史，使虓领豫州。刘乔以虓非天子命，亦不肯发兵。虓闻细作回报刘乔以兵拒命，虓大怒，即忙整点军马，大驱前进。

初，虓以刘琨为司马，越以刘藩为淮北护军，刘舆为颍川太守。刘乔闻舆兄弟党越为逆，心甚恨之，于是遣人封上见帝，道刘舆兄弟罪恶于尚书省。乃令其子刘佑，以兵二万人，屯于灵璧县以拒虓，自引兵夹攻许城以讨舆。分拨已定，各以兵行。

却说东平王楙在兖州，征求不已，郡县百姓不堪命。虓闻知，遣苟晞还兖州，徙楙于青州。晞领命来兖州，白之于楙，楙不受命，曰："吾以徐州授东海，方成大事。今日负吾,又欲易之,彼何不足耶!若要易,除以徐州还我,方让兖州!"睎见不肯,乃还之。因此楸阴使人结刘乔,合兵攻虓。时楸闻知山东兵起,心中大惧,即入朝上表奏帝曰:"山东大乱,百姓不安。望陛下诏复成都王颖都督河北诸军事,以镇于邺,可保山东。"帝从之。遣人持诏往邺,以颖都督河北诸军事。颖得诏,复集旧将士,镇于邺城。楸已知越、虓起军,无计可施,乃奏帝以诏往山东,命越、虓等各以兵就国,毋许为乱。越、虓等不从。会刘乔封上事,称刘舆兄弟协虓造逆。楸即入内,奏过惠帝,诏其令镇南将军刘弘、征东将军刘准起兵,与乔戮力,先讨刘舆。又以张方为都督,率兵五万共会许昌,诛舆兄弟。又遣人持书,使成都王颖与石超等,以众据河桥,为刘乔继援。

却说刘弘既得诏,使人遗乔及越书,使解纷释兵,各还归镇,同奖王室,乔、越皆不听。弘乃遣使入朝上表曰:

顷自兵戈纷乱,构于群王,翩其反而,互为戎首。载籍以来,骨肉之祸,未有如今者也!万一四夷乘虚为变,此亦猛虎交斗自效于卞庄者也。谓宜速诏越等,令两释猜疑,各保分局。自今有擅兴兵马者,天下共伐之,以此为示,谁敢勿从也。

帝览表犹豫。颙方拒关,东倚刘乔为助,故不纳,奏帝曰:"陛下先曾有诏,令越、虓各就国,尚且未听,今诏彼岂肯从,不若讨之。"帝从其奏。

却说刘乔闻朝廷遣张方以兵助己,乃集诸将士商议进兵,长史刘荣曰:"张方大兵,计日将至许昌。今刘舆兄弟与范阳王在许五十里外下营拒方。彼谓我孤军坚壁,无敢出境,料其必无准备。此去不远,使君亲持甲卒五千,星夜抄小路驰去攻许,指期得矣。彼既失穴,安能恋战?必走回镇。张方激于前,使君攻其后,不独得许,而虓亦可为擒矣!"乔大善其计,即引五千甲卒,漏夜至许昌,果无务。乔乘虚袭许,破之,分军定成。使人打书回报。张方大军将至虓营,因此乔以四千甲卒,挟攻虓营。虓闻许都城陷,更又张方兵至,腹背受敌,恐难拒战,乃与刘舆兄弟领兵俱奔河北。张方见虓等走,亦不之追,乃引众入屯许昌,令刘乔还豫。张方出军无律,群下残掠百姓,民不堪命,众心俱离,不乐其屯。时刘弘见张方残暴,知颖等必败,乃率诸军受越节度,不听方命。

十一月，将军周权矫诏立羊后，于是颙矫诏敕留台赐后死。司隶校尉刘暾上奏，固执得免。颙恨之，欲收暾。暾奔青州去讫，被颙将周权追及诛之。

司马虓击斩石超

十二月，颖以兵据洛阳。时范阳王虓与刘琨等走至冀州，无处安身。刘琨曰："冀州刺史温羡与某有半面之交，吾请命入说其人，以冀州让与殿下，权且屯扎，以候再举。"虓曰："卿去宜紧慢说之，如不从，可速还，别作一计。"于是琨即入冀州，拜见温羡。羡见其来，握手欢若平生，胜如至亲，以酒相待。半酣，问琨何来。琨以实对，说："范阳王虓兴义兵，欲清朝野，共讨张方。被刘乔乘虚攻陷许昌，无处安身，今避至此。范阳王意请足下一同举义，故使某入拜，未审尊意何如？"羡曰："张方劫驾，暴掠百姓，孰不思醢其肉，何况范阳王乎？吾欲讨久矣，恨力不及。既范阳王至，吾让此州，共讨跂扈，卿出去请进。"

于是琨出邀虓入冀州，刺史温羡让位与虓，同发兵。又使刘琨结连王浚，命浚领兵击成都王颖，取洛阳，迎回车驾。刘琨即以书见浚，浚即发兵济河，至荥阳。颖使石超引兵三万拒迎。是日，石超与浚交锋，战上十余合，超兵大败，浚挥军一击，杀得超兵尸横遍野，血滚如流。超势穷而入一山寨，被浚追及斩之，以军进逼洛阳。东海王越闻王浚击石超，乃以二万军进击刘佑。时佑在谯县屯扎无备，被越军驰至，佑惊溃，被越执而杀之。刘乔闻知其子佑被杀，引残兵逃走。东海王越引军进屯阳武，王浚遣别将祁弘将三万兵助越，自以众攻洛阳。

陶侃为将讨陈敏

却说陈敏初以兵讨克石冰，自谓勇略无敌，遂据历阳以叛。吴王常侍甘卓，弃官归养。敏闻卓有一女，未许他人，乃使人为媒说之，娶卓女与子陈景为妻。卓许以与成亲。于是敏谋使卓假称皇太弟令，拜敏为扬州刺史。敏乘此发兵，使钱端以兵南略江州，使弟陈斌东略诸郡，遂据江东。以顾荣为右将军，以贺循为丹阳内史，周玘为安封太守，豪杰名士，咸加收礼。循佯狂得免，周玘称疾不来。敏疑诸名士不为己用,欲尽诛之,顾荣曰:"将军神武不世,若能信任君子,散芥蒂之怀,塞谗谄之口,则上方数州,传檄而定。不然,终不济也!"敏乃止。敏既谋叛,朝廷闻知,河间王颙以张光为顺阳太守,命其率步骑三万,前来讨敏,军马即日起行。

刘弘亦知陈敏造反,谓江夏太守陶侃曰:"今陈敏大逆,使钱端寇掠本境,众心未附,卿宜乘此时击之,不然养成大祸。"陶侃然之,乃引兵五万出屯河口。弘又使南平太守应詹督水军二万以继之。陶侃与陈敏同郡,又同岁,左右谓刘弘曰:"今日明公以陶侃为将讨敏,然侃与敏同乡,侃脱有异志,则荆州无东门矣。"弘曰:"侃之忠能,吾得之已久,必无是也。"早有人报侃,侃遣其子陶洪为执以自固,弘引为参军,资而遣还,曰:"匹夫之交,尚不负心,况大丈夫乎!"侃见洪还,问之。洪以弘语俱白与侃,侃大悦,无生异心。陈敏闻侃以军来,乃遣陈恢引兵二万寇武昌,侃已知。时侃皆是步骑,无有战船,忽运粮船至,侃即以运粮船为战船。左右以为不可,侃曰:"用官船击官贼,何为不可!"言讫,领步骑尽上运船,与恢交战。侃身先矢石,士卒争锋,于是大胜。恢兵大败,死者不计其数,被侃追杀,恢等乘船而走。侃即以军前来会张光。光初合兵屯于长岐,时钱端兵至,张光以军出迎,两下交战十数合,钱端败走,其众尽降于光。于是张光率众还顺阳,侃亦还江夏,使人报知刘弘。左右或说弘曰:"张光乃司马颙腹心,明公今既与东海合义,宜斩张光以明向背也。"弘曰:"公辅得失,岂张光之罪!危人自安,君子弗为也。"乃遣人上表,称张光杀破钱端之勋,乞加迁擢。

司马颙谋杀张方

光熙元年(汉元熙三年,成晏平元年),却说东海王越初起兵时,使人说司马颙,令奉帝还洛阳,约与分陕为伯,即便回兵。颙欲从之,张方自思罪重,恐为诛首,乃谓颙曰:"今大王据形胜之地,国富兵强,奉天子以号令,谁敢不从,奈何拱手受制于人!"颙乃止。及闻刘乔败,颙心下大惧,欲罢兵,恐方不从,乃密召方帐下督郅辅至,诱之曰:"东海王等起兵之故,非我之过,乃恨张方劫帝来长安,并废皇后、太子之罪,故来讨也。今山东军盛,难以抵敌。今东海王使人入朝上奏道，杀张方，奉驾还洛阳，即罢兵。今圣上有密诏在此，有能诛张方之首，解得山东之兵者，封万户侯。我故召卿议之，杀方非卿不可也。"郅辅曰："既圣上有诏，吾即斩之，送首前去与东海王，说其解兵。"颙曰："卿若斩得张方，退得此兵，吾保奏汝为万户侯。"郅辅从之，领其谋回。至夜，引心腹五十余人入宫中，将张方杀之，取其首级，漏夜送与东海王越，请和罢兵。越不肯，遣祁弘等领军兵西迎车驾，弘引兵去讫。

却说王浚与宋胄等攻洛阳，成都王颖见石超死了，去其右臂，不敢出战，乃点卫兵开西门，走奔长安，胄等入城屯扎。

李毅女秀破五夷

三月，宁州刺史李毅病，五苓夷以兵围宁州，夷兵强盛，莫敢出敌，李毅疾笃。毅生有一女，名李秀娘；一子李钊，年幼。秀娘亦通韬略，有父风。毅唤女秀娘入卧前，嘱曰："今五苓夷大逆，无人出敌，汝弟年幼，眼见得吾命死在旦夕。吾死，汝共保家属走回郪城。"秀娘曰："大人宽心养病，吾自差人坚壁守城，候其稍息，吾亲出击之。"言未尽，毅点头气绝身死。秀娘大哭，使人收敛，停柩于公厅，涓日葬之。丧事毕，诸将士推秀娘领州事，秀娘奖励战士，婴城固守。时五苓夷攻城紧急，城中粮尽，秀娘令炙鼠拔草而食之。五苓夷闻李毅死了，不以为意，因大会酋长，赏劳兵卒。众因大醉。秀娘在城上见其稍息，乃即自披挂，引军大开城门掩击。五苓夷皆醉，莫能拒战，大败溃散，被秀娘驱军赶杀，杀得五苓夷片甲不回，只留其主及百余骑而逃远去。于是秀娘自领守州。

祁弘奉驾还洛阳

四月，颙闻祁弘以兵来攻长安，遣将林成以兵五万出迎。兵至湘西，与弘军相接，两下各自立住阵脚。弘执大刀出阵，大骂："河间王谋劫圣驾，专政害民。火速献其首级，免吾动手。半声不允，玉石俱焚！"成亦大骂："祁弘逆贼，国家有何负汝，助越谋反！"持枪便刺。弘以刀便接，两下斗上二十余合，成气力不加，跑马走回本阵，被弘挥军一掩，杀死成众大半。祁弘以军乘势遂西入关。

时颙闻知林成大败，自以兵三万前来接应。兵至霸水，会弘军亦至。两下各自安营下寨。次日，颙亲自披挂与弘交锋，战不十合，颙兵大败，被弘驱军一掩，杀得颙兵十亡其九。颙见弘军势大，更兼鲜卑军又至，不敢归长安，乃单骑逃入太白山。

于是祁弘以众入长安，所部鲜卑大掠，杀长安三万余人，百官奔散，入山中拾橡实食之。弘等入内奏曰："臣等奉东海王命，引兵至此，迎请陛下车驾还洛阳旧都。"帝曰："游子思故乡，朕欲还洛久矣。卿等既来保朕，目下即行。"于是惠帝诏集百官，文武皆起行。山径又狭，不堪车驾，帝乃乘牛车而行，百官步走，跋涉艰难。当东海王越引群臣左道拜迎，帝车驾入洛阳，还宫，命王虓葺宫室殿宇，复太庙社稷台省。六月，立皇后羊氏，以东海王越为太傅、录尚书事；以范阳王虓为司空，命其镇邺城。帝辄与群臣论众务，考经籍。

晋室悠悠百二秋，何事干戈战未休？
只因骨肉相残害，致使胡人窃位羞。

却说李雄占据益州，国富兵强，群臣劝进大位。于是雄即帝位，国号大成，追尊父李特曰景皇帝。时范长生至成都，雄感前恩，门迎执板入内，拜为丞相，尊之曰范贤。至是以为天地太师。时诸将恃恩，互争班位。尚书令阎式请考汉晋故事，立百官制度，雄从之。

司马越执权秉政

自此关中皆服于越，河间王颙保长安而已。东海王越既为太傅，以颖川人庾敳为军咨祭酒，以泰山人胡毋辅之为从事中郎，以河南郭象为太傅主簿，以陈留人阮修为行军参军，以阳夏人谢鲲为掾。数人皆尚虚玄，不以世务撄其心，清言放诞。越以其名重，故辟之。

八月，荆州都督新城刘弘卒。时天下大乱，弘专督江汉，威行南服。事成，则曰某人之功；如败，则曰老夫之罪。每有兴废，手书守相，叮咛款密，人皆感悦，争赴之。咸曰："得刘公一纸书，贤为十部从事也。"辛冉说弘以纵横之事，弘怒斩之。至是卒，谥曰元。

太弟司马炽登位

九月，却说初，祁弘入关，成都王颖自武关奔新野。会刘弘卒，司马郭励作乱，欲奉颖为主，不克被诛。颖遂北济河，收故将士，欲赴公师藩，被顿丘太守冯嵩引兵围之，执而使人送入邺，范阳王虓将颖幽之。其故将公师藩欲以兵来救，虓将苟晞领军出袭破之。藩众大溃，只得以残骑交锋，战未三合，藩被苟晞斩之，余众尽降，晞分军戍镇，自以兵还邺。

时范阳王虓已病卒，长史刘舆以颖素为邺人所附，恐其有变，伪称诏，以药酒赐颖死。颖官属闻知，皆先逃散。惟卢志不去，至是颖饮药酒而死，志流涕哭泣，收而殡之。太傅越闻虓先卒，颖亦死，心中大悦，乃使人召卢志为军咨祭酒，志赴领职。又将召刘舆，左右曰："舆犹腻也，近则污人。"越虽不听，使人召至，而疏未用之。舆密视天下兵簿及仓库、牛马、器械、水陆之形，皆默识之。每越会僚佐同议是事，舆应机辩划，无不符合于理。于是越倾膝酬接，即以为左长史，军国之务，悉以委之。

十一月，太傅越意在立炽，而帝尚在，乃以金赂帝左右，以毒置饼中而上，惠帝食之，中毒而崩。时年四十八岁，在位十七年。百官举哀发丧，葬于太阳陵。

却说惠帝先为太子时，朝廷咸知帝不堪政事，武帝亦自疑焉，悉召东宫官属，使以尚书事，令太子决之，帝不能对。贾妃遣左右代对，令多引古书。给事张泓曰："太子所学，圣上所知。臣代对，宜事断，不可引书也。"妃从之。泓代对以草令，帝书之，上与武帝，武帝览之大悦，太子遂安。及居大位，政出群下，纲纪大坏，货赂公行，忠贤路绝，谗谀得志，更相荐举，天下谓之"互市"焉。

却说惠帝既崩，羊后自以于太弟炽为嫂，恐不得为太后，将立清河王覃。侍中华琨露板驰告太傅越，越即入宫集百官，即使人请太弟炽入宫即位。炽固辞不受道："清河王覃，本太子也，可宜立之，孤不敢当。"当典令修肃曰："太子幼冲多疾，不堪摄政。令殿下固辞，必欲立之，若立，政出臣下，倘有异乱，殿下何安？不如因文武之心受之，则祖宗之祚可保万年矣！"炽方诺曰："卿乃吾之宋昌也。"乃即出，与太傅越入宫，即皇帝大位，改元永嘉。岁在丁卯。尊羊后为惠皇后，居弘训宫；立妃梁氏为皇后；越复为太傅，总摄朝政。按《鉴》，晋孝怀皇帝名炽，字丰度，武帝二十五子，惠帝立为太弟。因东海王司马越立之，在位六年。为汉将执归杀之，寿三十，谥怀。帝既立位，始遵旧制，于东堂听政。每至宴会，辄与群臣论众务，考经籍。黄门侍郎傅宣叹曰："今日复见武帝之世矣！"

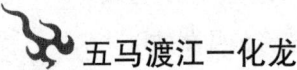 五马渡江一化龙

　　东海王越既复为太傅，总摄朝政，恐诸王在内有异，复以司马睿为琅邪王，以司马羕为西阳王，以司马佑为汝南王，以司马宗为南顿王，以司马纮为彭城王，诏各就国。于是五王不敢停留，各领家眷，同舟渡江之国去讫。越又恐河间王颙在外为乱，奏帝诏征颙为司徒，颙就征。南阳王司马模闻征颙至，时模在许昌，闻朝廷征颙为司徒，恐颙再预政，不利于己，即遣将梁臣以千人半路邀杀之。时朝廷已知颙被模杀，以颙罪重，故不责模。

　　时越大会谋臣，计议北藩之事，当长史刘舆曰："东燕王腾守并地，今北州饥馑，人民离散，更兼胡寇连年入掠，深为可忧。明公欲为静天下之计，宜令一能将替镇之，不然并州非复国家之有。"越曰："谁人可去镇之？"舆曰："刘琨智勇双全，使之就镇，可寄北面之重。"于是越即遣人使刘琨镇并州，以为北面之重。而进东燕王腾为新蔡王镇邺。琨至上党，腾即自井陉东下。时并州饥馑，数为胡寇所侵掠。吏民万余人，悉随腾就谷冀州，号为"乞活"。所余户不满二万，寇贼纵横，道路既塞。琨募兵上党，得五百人，转斗而前。至晋阳，府寺焚毁，邑野萧条。琨抚循劳徕，流民稍集，并州稍安。

 顾荣周玘杀陈敏

　　孝怀皇帝永嘉元年，二月，初，玄县县令刘柏根反，王浚以兵讨斩之。其长史

王弥遂为群盗,集众来寇青、徐,杀东莱太守,劫掠府库一空。

却说陈敏刑政无章,子弟凶暴,顾荣、周玘等忧之。庐江内史华谭亦以陈敏为忧,遣人持书与友人顾荣等,其书曰:

> 陈敏盗据吴、会,命危朝露。今皇舆东返,俊彦盈朝,将举六师以清建业,诸贤何颜复见中州之士耶!

顾荣素有图敏之心,及见其书甚惭,乃密遣人报征东将军刘准,使发兵临江,愿为内应,乃剪发为信。

刘准得其信息,即遣扬州刺史刘机等起军二万,前来讨敏。敏大忧,问荣,荣曰:"可遣明公弟陈昶将兵屯乌江,陈宏将兵屯牛渚而拒之。"敏从之,分兵与二弟去了。兵及行,周玘密嘱昶、司马钱广曰:"今立新君,贤俊满朝,故遣刘机来讨陈敏,而敏刑政无律,不久必败。若败,吾与君等皆陷。不若杀邪归正,免自取臭于万年。今日敏以君与其弟昶将兵屯乌江,君可乘此杀昶,勒兵还来攻敏,共图归正。"广曰:"吾亦有心,恨力未备。今既如此,吾即谨领号令。"于是钱广即出,与陈昶将兵起行,至夜安营。广使左右将昶杀之,因勒兵朱雀桥东屯扎。敏闻广杀其弟,即遣甘卓以兵三千讨钱广。

时顾荣与陈宏将兵去牛渚,虑敏疑之,故即还见敏说:"钱广大逆之事,宜讨之。"敏曰:"卿当四出镇卫,岂得就我耶!"荣乃出,密来与周玘说甘卓曰:"敏即常才,政令反覆,其败必矣。而吾等安然受其官禄,事败之日,使江西诸军函首送洛阳,题曰'逆贼顾荣、甘卓之首',此万世之辱也!不若早决。"卓曰:"君言必欲诛敏,正合我心。"于是卓称疾不行,使人迎女回家,断桥,收船南岸,与周玘、顾荣、幻瞻等共攻陈敏。敏闻荣、玘、卓、瞻等变乱,即自率一万五千人来讨卓等。卓使军人隔水语众将士曰:"本所以戮力陈公,正以顾丹阳、周安丰。今皆异矣,汝等何为!"敏众狐疑未决,荣以白羽扇麾之曰:"陈敏反背,朝廷大怒,故使刘机讨之。旦日,大军继到。我等亦奉密诏诛敏。汝等何如不去,自取灭族之患哉!"言讫,众皆溃去。敏见众离,单骑而走,被荣等驱兵追执斩之,夷其三族,使人传首京师。怀帝大悦,乃诏顾荣为侍中,纪瞻为尚书郎。太傅越辟周玘为参军。荣等至徐州,闻北方愈乱,乃逃归。

却说怀帝诏立清河王覃弟司马诠为太子，使居东宫。时怀帝亲览大政，留心庶事。太傅越不悦，奏帝固求出藩去镇许昌。帝从之。越即出许昌，诏以南阳王模都督秦、雍军事。

琅邪王收用贤俊

七月，怀帝遣诏以琅邪王司马睿为安东将军，都督扬州诸军事，令其镇建业。睿受诏镇建业，以安东司马王导为谋主，令其招纳俊杰，延揽英雄，委以腹心，政事谋之。睿名论素轻，吴人不附，居久之，士大夫莫有至者，甚患之。其时乃三月上巳，皆当祭被鬼神主，睿自出观禊，导见之曰："今殿下招贤纳士，皆不肯至，臣有一策。殿下自坐乘舆，多具威仪，部从与导骏骑并从而行，则吴士观之，道殿下爱士，则吴人豪杰皆来恐后矣。"睿从之。出祭回来，果有高士顾荣、贺循等见之惊异，谓众说睿礼贤，乃相率拜于道左迎之，扶而送之。导急下马，因与睿曰："古之王者，莫不宾礼故老，存问风俗，虚己倾心，以招俊义。况天下丧乱，九州分裂，大业之兴，急于得人，始此数人，皆吴人之所望，宜引之以结人心。二子若至，则士无不来至。"睿大悦归府，乃使人造请顾荣、贺循二人，二人皆应命而至。睿拜贺循为吴国内史，顾荣为军师兼散骑常侍，凡军府政事，皆与谋之。又以纪瞻为三军祭酒，卞壶为从事。导又说琅邪王曰："谦可以接士，俭可以富国，宜以清静为政，抚绥新旧，则天下归心焉。"睿纳之，故江东百姓归心附之。睿颇好酒废事，导以为言，睿遂命将酒瓿覆之，于是绝不饮酒。

史说，琅邪王司马睿字景文，宣帝曾孙，琅邪恭王司马觐之子也。生于洛阳，有神光之异，一室尽明。及长，白毫生于目角之上，隆准龙颜，目有精曜，顾盼炜如也。年十五，位琅邪王。幼有令誉，侍中嵇绍谓人曰："琅邪王毛骨非常，殆非人臣之相也。"后果为晋帝。

五月，先公师藩既死，其党汲桑逃还苑中，聚众声言为成都王报仇。以石勒为前驱先锋，所向辄克，遂进攻邺城。时邺中空竭，而新蔡王腾资用甚饶，性吝啬，无所赈惠，临急，乃赐将士米各数升，帛各丈尺，以是人不为用。因是桑等遂攻入邺，杀腾烧宫，大掠而去，南击兖州。越闻腾被杀，乃遣将军苟晞，以军三万去讨。晞军行数日到兖，与桑交战五十余合，胜负未分，自此相持数月，大小二十余战，互有胜负，亦各安营相持。

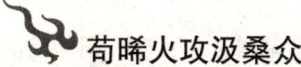 苟晞火攻汲桑众

却说苟晞与汲桑相持数月，互各胜负。苟晞心甚大忧，夙夜无寐，思生一计，谓诸将佐曰："贼人与我相持日久，今分八垒，依林避暑，其意怠也。汝等亦宜分作八队，至夜各持火炬烧林而攻之，则贼可破也。"众然之。

是夜风清月朗，各分队伍。二更时分，晞以火炬至其营垒放之，须臾火起，八垒皆灼，如同白日。汲桑之众急起，无有斗志，俱各乱窜奔走。苟晞驱军迫击，杀得汲桑之众十去其九，尸积肉山，血染红土。汲桑单骑奔马牧，为众所杀。石勒走奔乐平去讫。

自是苟晞威名大振，朝廷诏加苟晞都督青、兖诸军事。晞屡破强寇，雄名甚盛，善治繁剧，用法严峻。其从母依之，奉养甚厚，其子求为将，晞不许，曰："吾不以王法贷人，将无后悔耶！"固求之，乃以其子为督护。后犯法，晞杖节斩之。从母扣头救之，不听。既而素服哭之曰："杀卿者，兖州刺史也；哭弟者，苟道将也。"因此人皆怕犯其法，各效忠心，为之用也。

时胡部大人张匐督等，拥众壁于上党郡，石勒既走乐平，无处投奔，乃往见张匐督，请降汉。张匐督从其说，即引勒去见汉王刘渊。渊奇其壮貌，以勒为辅汉将军、平晋王。勒大悦，志得行焉。

十一月，帝以王衍为司徒。衍既为司徒，乃思自全之计，因说太傅司马越曰："朝廷危乱，当赖方伯，宜得文武兼资以任之。今王澄、王敦二人，智勇俱备，明公何不委之二方，可保国家、明公后安也。"越从之，以王衍弟王澄为荆州都督，以王衍族弟王敦为青州刺史。二人领职临行，王衍语之曰："荆州有江、汉之固，青州有负海之险。卿二人在外，而吾居中，足以为三窟矣。若其有不测，可以为救耳。"二弟然之而去。王澄至镇，日夜纵酒，不理庶务，虽寇戎交警，不以为怀，民甚忧之。

史说，王衍字夷甫，乃王戎之从弟也。衍生得神清目秀，丰姿端雅。尝造山

涛，涛嗟叹良久。既去，目而送之曰："何物老妪，生此宁馨儿！然误苍生者，未必非此人也。"武帝时闻其名，问戎曰："夷甫当世谁比？"戎曰："未见其比，当从古人中求之耳！"帝因是以为元城令，后入为黄门侍郎。至此太傅越秉政，以为司徒焉。

却说太傅越初与苟晞亲善，引晞升堂，结为兄弟。至是晞威名日盛，司马潘滔说越曰："兖州冲要，魏武以创业。晞有大志，非纯臣也。若迁之于青州，明公自牧兖州，经纬诸夏，藩卫本朝，此所谓为之未乱者也。"越以为然，乃自领兖州牧，改为苟晞为征东大将军、青州刺史。晞虽受诏去青州，而心不悦，由是越、晞有隙。晞至青州，以严刻立威，日行斩戮，州人谓之"屠伯"。

却说王弥及其党刘灵，因乱招集亡众，劫掠青、徐，众弱不能自立，恐藩众来攻，乃引其众俱降于汉。刘渊以二人为左右将军。而刘灵少贫贱，力制奔牛，走及奔马，时人虽异之，莫能举也。灵抚膺叹曰："天乎！何当乱也。"及公师藩起，灵亦起，自称为将军，寇掠赵、魏，与王弥俱降汉。刘渊复以为将，亦命寇赵、魏。

石勒以兵下赵魏

戊辰，二年，正月朔，日食。汉王渊遣辅汉将军石勒领兵五万下赵、魏。幽州都督王浚心甚忧之，朝廷亦知，遣使诏王浚讨之。王浚既受诏，恐力不及，即忙使人往朔方穆帝处借兵同讨。当穆帝得浚书，与诸部大人商议，回书与使人还，随即点兵起行，亦至赵郡。王浚闻朔方兵至，即忙发军，亦至赵地。次日间，忽见尘头蔽日，军马漫山塞野而来。浚视之，乃五原穆帝之兵。浚大喜，直至中军，下道拜迎。穆帝亦下马答之。浚说前日乞师之事，帝曰："君休烦恼，吾兄弟代你雪耻。"言讫，下令安营，以酒相待。穆帝言曰："吾托将军为前部，吾自引大兵至后应。"浚曰："谨听尊命。"言讫，即辞出，收拾军马，迤逦前行。

却说石勒军至上党，忽听得狼烟炮响，阵后喊起，使高贡探之。北军杀到，当先一将，豹头环眼，燕额虎须，乃朔方西乡人也，姓许名诸，持刀杀来。高贡战不利，退入阵内。北将冲入阵来，呼延攸大怒，来斗许诸。正斗之间，阵外喊声起，大军来到。攸倒拖画戟，引军东走，北军两下杀来，人困马乏。又一彪军来当头拦路，乃王浚也，横刀跃马，截住去路。攸与浚交锋，背后张目赶上，攸冲开走路，慌忙奔走。石勒引军接至，走入上党城中。王浚与穆帝直追至城下，高叫石勒打话。勒令坚壁四门，自上城头。王浚在马上以鞭指勒，勒以手答之。浚曰："近闻卿降汉掠赵，故领兵至此。若能倒戈投降，共扶晋室，不失封侯之爵，若复愚迷不省，打破城池，玉石俱焚，悔之晚矣！"勒曰："汝且暂退，尚容商议。"穆帝曰："限汝三日，不降，以兵攻城。"言讫，退兵下寨。当石勒亦退归内，与呼延攸、高贡等议曰："不如乘其下寨未定，冲出走回至国城去。若在此，里无粮草，外无救兵，必被所擒耳！"攸等曰："即今日便行。"石勒曰："今日乃凶神之日，不可出城，待来日戌亥之时，可以上马，领兵开西门走。"计议已定，各各准备走路。

次日传令，约束行李、器械。至夜，令呼延攸为前部，自领后军，开西门大喊杀出。呼延攸当先，听得一声鼓响，一将当先，拦住去路，大叫："休要走了石勒！"攸视之，乃许诸。攸与战十数合，乃冲开血路而逃。石勒亦领后兵杀出，遇许诸拦路，无心恋战，冲路而走。许诸乃引兵赶杀。石勒引兵赶着王弥，一处同走，又遇王浚，杀一阵，冲开血路，奔走回国去讫。王浚、穆帝见勒兵去远，亦不追赶，鸣金收军，各自安营。

次日，王浚以牛酒犒劳代兵，以金帛拜谢穆帝，穆帝乃引兵还国去讫。王浚亦收军还镇。

三月，太傅越奏怀帝废清河王覃，帝不敢阻，群臣无不嗟咨。

王弥集兵寇洛阳

五月，汉王刘渊闻勒、弥败回，复遣王弥引兵二万寇洛阳。王弥得令，收集亡散，兵复大振。分遣诸将，攻陷郡县，遂入许昌屯扎。

却说凉州刺史张轨，乃安定乌氏人，汉赵王张耳十七世孙。闻汉王遣王弥入寇洛阳，乃使督护北宫纯将三万人，入卫京师。时王弥入轘辕关，与北宫纯军会战于伊水。北宫纯败走，王弥引兵遂至洛阳，怀帝大惊，急聚文武商议。群臣皆曰：

"宜司徒亲督诸军，可退弥兵。"于是怀帝以王衍为都督，督诸军出战。时王衍即出殿点集三军，未及出城，王弥军马攻城，放火烧建春门。北宫纯自伊水一败，乃募勇士五百人，继后突杀王弥后阵。城中王衍望见弥后军自乱，亦引军使左卫将军王秉为前锋，杀出城来。两下夹攻，弥兵大败，望风远窜，王秉以军追至七里涧，又杀一阵，弥兵无心恋战，大败而走，奔归平阳，不敢归国。北宫纯亦引兵还洛阳。汉王渊闻弥败羞不敢归。渊使侍中郊迎，令曰："胜败兵家常事，卿有何耻？孤亲行将军之馆，拂席洗爵，敬待将军，如何逗留！"于是王弥入见，甚称惭愧。汉王渊乃拜弥为司隶校尉。

却说王衍得张轨遣督护北宫纯以兵来解洛阳之围，杀败王弥，乃入奏朝廷。怀帝遣使持诏去西凉，封张轨为西平郡公。轨辞不受。时诸郡之使，莫有至者，惟轨独贡献不绝，因是朝廷重之。

七月，汉王刘渊与群僚商议，迁都于蒲子城中。平阳渔人在汾水打鱼，拾得玉玺一颗，献与汉王刘渊。渊大悦，重赏渔人，以为祥瑞。乃集百官即皇帝大位，国号大汉，改元永凤元年。以其子刘聪为大将军，总领诸军；以族子刘曜为龙骧大将军，领北兵，威振单于；遣石勒与刘灵寇魏、汲、顿丘三郡。石勒、刘灵率众来寇三郡，百姓望风降附者五十余垒。勒皆假垒主将军都尉印绶，简其强壮五万为军士，其老弱者安堵如故。

却说蜀成尚书令杨褒卒，成王李雄深痛惜之。杨褒好直言，成王雄初得蜀，用度不足，诸将有以金银得官者，褒谏曰："陛下设官爵，常网罗天下英豪，何有以官买金耶！"雄谢之。由此天不知名耳。

己巳，永嘉三年，正月朔，荧惑犯紫微。汉太史令宣于修之，以星变言于汉王渊曰："今元荧日，荧惑犯紫微，应不出三年，必克洛阳。今蒲子崎岖，难以久安，平阳气象方昌，请陛下徙而都之。"渊即从其请，领百官迁都平阳城。

三月，晋帝诏以山简都督荆、襄等州诸军事。简乃山涛之子也，嗜酒，不恤政事。初，荆州寇盗不禁，诏起刘弘子刘璠为顺阳内史，江汉翕然归之。简恨之，使人上表称璠得众心，恐百姓劫以为主，为乱不浅。于是朝廷又诏征璠为越骑校尉，南州由是遂乱，父老莫不追思刘弘。

何曾一日食万钱

却说太傅司马越集诸将士商议国事，当刘舆、潘滔因说越曰："散骑常侍王延、尚书何绥、太史令高堂冲并参机密，公若不早除之，后必有谋明公之心。"越曰："此数人皆无罪，何计杀之？"舆、滔曰："若不诬人之谋反，何以诛之？"越曰："然。"于是越引一班儿谋士并甲士三千回朝。越既入京师，中书监王敦谓所亲曰："太傅越专执威权，而选用表请，尚书犹以旧制裁之，今来必有所诛。初，帝为太弟也，与缪播善，及即位，委以心膂。帝舅王延、尚书何绥、太史高堂冲等，帝皆亲用之。此数人量必难保。"越及至，果遣甲士三千入宫，执播、延、绥等十余人于帝侧。帝问越："何以收此数人？"越答："此十余人谋反，故来诛之。"言讫，越命将播、延十余人付廷尉，明正其罪而杀之。帝叹息流涕而已，莫敢谁何。

绥乃何曾之孙也。初，何曾侍武帝宴，退谓诸子曰："主上开创大业，吾每宴见，未尝闻经国远图，惟说平生常事，非贻厥孙谋之道也。及身而已，后嗣其殆乎！汝辈犹可以免。"指诸孙曰："此属必死于难。"及绥死，其兄嵩哭之曰："我祖殆圣乎！"曾日食万钱，犹云无下箸处。子邵，日食二万。绥及弟机、羡，汰侈尤甚。与人书疏，词礼简傲。王尼见绥书，谓人曰："伯蔚居乱世而矜豪乃尔，其能免乎！"人曰："伯蔚闻卿言，必相危害。"尼曰："伯蔚比闻我言，自已死矣。"伯蔚者，乃绥之字也，及此果死耳。

却说太尉刘寔见朝廷危乱连年，请老，朝廷不许。刘坦言："古之养老，以不事为优，不以吏之为重，宜听寔所守。"于是帝下诏寔以侯就第，复以王衍为太尉。太傅越以顷来与事，多由殿省，乃奏宿卫有侯爵者皆罢，帝只得从之。于是越更使将军何伦、王秉引东海国兵数百人宿卫，以防内变。

却说汉主渊又遣刘景将兵五万，入寇黎阳县，县令王堪引军拒之，大败而逃，走奔延津，于是景以众入城。怒百姓不开门纳其大兵，乃令诸兵将黎阳男女三万余人沉之于河，皆淹死之。汉王渊闻知，大怒曰："刘景何面目来见朕耶！且天道岂能容乎！吾所欲除者司马氏也，细民何罪，而故黜之也？"由此刘景未敢归国焉。

石勒寇巨鹿常山

　　史说，石勒字世龙，其先匈奴别部羌渠之胄。勒生时，亦光满室，白气自天属于中庭，见者咸异之。年十四，家贫，乃随邑人行贩洛阳，倚啸上东门之柱，忽司徒王衍过，见而异之，顾谓左右曰："向者胡雏，吾观其声视有奇志，恐将为天下之患，不如杀之，免其后乱。"言讫，驰遣人收之，会勒已去了，人还说走去了。使人回去，勒后回家。年长，而壮健有胆力，雄武好骑射。里中父老相之，皆曰："此胡状貌奇异，志度非常，其终不可量也。"因劝邑人厚遇敬之。时人多嗤笑，不听其说。惟邬人敦敬、阳曲宁驱以为信然，并加资赡赠之。勒感其恩，与其人作田，常在田中，每闻鞞铎之声，以为有患，走归以告其母，母曰："汝作劳耳鸣，非不祥也。"于是勒心少安。

　　太安中，并州饥乱，刺史东瀛公腾无措，恐军变乱，计执诸胡人于山东发卖，以充军实。当勒在其中，亦被卖与平原人师欢为奴，见忽有一老父谓勒曰："君鱼龙发际上四道已成，当贵为人主。"勒曰："若如公言，不敢忘德。"忽然不见。每与家奴数人耕作于野，常闻鼓角之声。及归，勒与诸奴说，诸奴归以告与欢，欢奇其状貌，遂免之，不取卖身之钱，纵之与还。勒无盘缠不行，有师欢邻居为马牧之官，姓率名汲桑，勒与之往来。勒言能相马，汲桑收之家，使其佣田于武安临水。忽一队游军过，怪勒不回避，随执囚而行。忽有一群白鹿经过，游军忙撇下勒，相竞逐鹿去之，勒乃得走脱。俄而又见一父老谓勒曰："向群鹿者乃我也，君应为中州王，故相救耳。后自宜保重。"勒拜而受命曰："多感指迷。"言未了，父老不见。时天下起兵为乱，汲桑始命勒姓石名勒。与马牧数百人，乘苑马以赴之。后汲桑去与战败，石勒乃归降刘元海。元海见其奇伟，乃以为辅汉将军，数有功，令其攻巨鹿、常山二郡，始得志焉。

　　却说汉王渊大宴将士于平阳，报石勒寇魏、汲、顿丘归来，渊唤勒至，拜于殿下，问劳已毕，便令饮宴。原来石勒自降之后，居左国，礼贤纳士，惜民养军，数四出征，无有不胜。因此汉王甚爱之，常叹曰："使吾有子如此，即死复何恨！"因此以勒为辅汉将军，先使引兵去伐流部大人，得胜而回。复使寇魏、汲、顿丘，又得胜而回。

当席散，勒归营寨，心中转闷。是夜月明，勒自思如此英雄，不能独霸一方，今日倒居于人下，因放声大哭。忽一人自外入帐，大笑曰："世龙何故如此，今日有何不决之事，何不与我商议，而自苦也！"视之，其人姓张名敬。勒请坐而问之，勒曰："所哭者，恨不能继先人志也。"敬曰："公何不问汉王乞兵征巨鹿、常山，从中取其大业。居人之下，非大丈夫之志也！"正商议间，又六人倏然而入曰："公等所谋，吾等已知之。吾手下自有精壮之人百余，暂助将军一马之力。"勒大喜，请坐而问之，乃夔安、孔苌、支雄、呼延莫等。勒大喜，八人共议。敬曰："只恐汉王不肯动兵。"勒曰："吾自代他征讨，如何不肯？"于是次日入见汉王，拜于阶下。渊问其故，勒曰："吾欲借兵攻巨鹿、常山二郡，取钱粮回来，以报大王知遇之恩，未审圣意如何？"汉王渊曰："卿若肯出力，如何不从，且目今正缺粮草。"于是渊即以精兵三万，马千余匹，封勒为征东将军、并州刺史、汲郡公，命其攻巨鹿、常山二郡。勒领命，谢恩毕，即出，领兵速行。以刁膺为股肱，及张敬、夔安、孔苌、桃豹、逯明为爪牙，并州诸胡羯多从之。

史说，张宾字孟孙，赵郡中丘人。博涉经史，不为章句，胸次阔达有大节，好智多谋，有大志，机不虚发，算无遗策。常自谓："不后子房，但不遇高祖耳！"闻勒动兵攻巨鹿，因谓所亲曰："吾历观诸将，无如此胡将军者！可与共成大业。"言讫，乃提剑诣勒军门，大呼请见。勒闻叫，即请入，亦未之奇也。宾数以策上，勒由是奇之，引为谋主。

时勒众至十余万，集衣冠人物别为君子营。于是勒军威大振。次日起行，来攻巨鹿、常山二郡。刘宠闻知，以军来迎。次日，石勒引大队军马来到，刘宠引军出迎。两阵完处，石勒自于阵前，令众军大叫："何不早降！"刘宠令军士杀进，两阵呐喊，这边夸能，那边道胜。支雄出马，搦刘宠决胜负，定输赢，宠当先出马。张英曰："不须主公劳力，吾自擒之。"英出到阵前，支雄曰："汝非是敌手，只交刘宠出马。"张英大怒，挺矛直取支雄，两马相交十余合，刘宠急鸣金收军。张英曰："我正欲擒收贼将，何故收兵？"宠曰："吾闻张宾引军袭取本城，有一人乃松江人也，姓吴名豫，内应石勒。入去吾家，城已失，不可久留，宜速还城，会薛礼军马急来接应。"张英跟着刘宠还寨。石勒不赶，收住军马。长史孔苌曰："张公已取巨鹿，彼军无战心，今夜正可劫寨。"勒然之。当夜分兵，长驱大进。刘宠军兵大败，众皆四分五落，张英独力难加，引数十骑，连夜投别处去了。刘宠与谋士诸子亦走陵城去了。

　　石勒连夜进兵至巨鹿。时城被张宾诈称刘宠军马败回，诱开城门，接勒入城坐定，出榜安民。勒取数万之众于巨鹿，安民惜众，投者无数。巨鹿之民初闻兵至，老幼皆失魂丧魄，官吏尽弃城郭，逃避山野。及勒至，治军士，军士奉命，并无一人敢出掳掠，鸡犬果木分毫不动，民心大悦，竞送牛酒到寨劳军，勒以金帛答之，欢声遍野。其有刘宠等旧军，愿从军者，并除门户；不愿为军者，赍发粮米，尽自归家生理。四方之民闻勒清政，谁不仰羡？由是形势大振。

　　勒使逯明守本郡，自领兵进取常山。太守程晟令严兴出战，交兵于枫桥。兴横刀立马于桥上，勒军望见，报到中军，勒便欲出，张宾谏曰："夫主将乃筹谋之所主，不可自出；三军之所系命，不宜轻出。愿明公重天授之资，副四海之望，无令国内上下危惧。"勒谢曰："先生之言如金玉，但恐将士不用命当先耳。"随遣王阳出马，比及骤马桥下时节，支雄、桃豹各从河内早杀过桥里去了。乱箭射到岸上，军士飞身上岸，严兴退走。支雄引军直杀到城门下，贼退入城中去了。王阳大兵并进，围住常山，一围三日。勒引众将到城门外招谕。城上一个裨将左手执定护梁，右手指着城下骂。王阳在马上拈弓搭箭道："看我射这厮左手。"一箭去，正透手背，钉手在护梁上。城上下见者，无不喝彩。群贼救了人去，见程晟说："城外有一人如此神箭。"晟大惊，商议求和。次日，使严兴出城，来见石勒。勒请入寨中，同坐饮酒。酒酣，勒拔剑欲砍严兴所坐之席，兴惊倒在地。勒笑曰："聊作戏耳，勿惊！"问兴曰："汝主求和，欲何如也？"兴曰："欲与将军平分常山。"勒大怒曰："鼠贼怎敢与吾等辈也。"兴急起，勒掷剑砍之，应手而倒，割头，令从者送回城中。程晟料敌不过，弃城而走。勒进兵追袭，势如劈竹，生擒程晟，领众入城。

　　是时，石勒取得巨鹿、常山等三十余城，及并州诸胡羯之众来附者，共聚兵三十余万，战将一千余员，威声大振。石勒聚众宴会，问众将相曰："吾得群贤辅佐，攻必取，战必胜，又得降兵二十余万，意欲回国，其事如何？"当张宾出曰："重寄者不归，功多者不赏。今明公威名，天下所知，不如因此自立一方，亦不逆汉王之命，结为兄弟，横行四海，谁敢不遵乎？"于是勒意乃决，与众商议进兵攻讨襄阳城。次日，石勒谓将士曰："吾始受命于汉，安可就背？"于是使人还国报捷，请益粮兵。至次日，使人入汉报捷，汉主渊大悦，又遣楚王刘聪与王弥来，共石勒去攻洛阳，命勒为前锋都督。军至壶关，壶关守将见其势大，莫敢当锋，引众退还。时刘琨闻汉军至，即遣兵来救援，不克，勒军已入关了。群臣急奏，怀帝大惊，请太傅越商议。越奏曰："不须圣虑，臣等与百官调将拒之。"于是越即出朝入公府，遣河南内史王旷、将军施融，以兵五万出拒之。时旷兵济河，欲长驱而前，融曰："彼乘险间出，且当阻水为固，以量形势而拒之。"旷怒曰："胡寇入关，主上卧不安席，今委我等击之，恨不得一战擒掳。君欲阻众耶！"言讫，遂以兵逾太行山，与汉军相遇于长平。刘聪见有敌兵，乃自拍马便出，与战不数合，晋兵大败，王旷等皆战死于乱军之中，败众尽降于汉。

垣延诈降败刘聪

八月，汉刘聪军将至洛阳，晋将军曹武引兵拒之。刘聪亦自出马，与武交战。未经三合，武兵大败各散。武见自众逃溃，乃单骑走还洛阳。汉军长驱至，攻洛阳，刘聪连胜数阵，息不设备。时弘农太守垣延以兵五千拒聪，恐寡不敌众，乃设计诈降于聪，聪以为实，至次夜以牛酒劳军，军士皆醉歇息。半夜，垣延乃与自众散去各营放火，大叫："晋兵全队在此！"汉军因醉，见火冲天，乃各持刀，自相残杀。及至天明，聪军死其大半。垣延以兵击杀，汉军大败而逃二十里屯住，招集残军。至十月，又以其众来攻洛阳，屯军于西明门。卫将军北宫纯谓诸将士曰："敌众我寡，难于拒战。今彼远至，有劳无逸，宜乘其劳未定而击之，可以取胜。"众然之。至夜，北宫纯亲自率勇士三千人攻汉壁。时汉兵初至，行路辛苦，闻晋兵至，皆自奔溃，无敢当锋。汉将军呼延颢连忙跨马出拒，已被北宫纯驰至，大喝一声："休走！"轮刀当头便砍，呼延颢遂死于非命。刘聪见晋兵甚盛，乃收众屯于洛水，计点诸将，始知呼延颢被杀，大司空呼延翼亦为晋兵杀之。刘聪势穷，连忙遣使回国，取救兵。汉王渊欲发兵前来，当宣于修之上言曰："岁在辛未，乃克洛阳。今晋气犹盛，大军不归必败，不如召还。"汉王渊曰："然。"于是遣人乃召楚王刘聪回国。聪闻召还军，乃引众归平阳，使王弥以军出辕辕关。流民之在颍川、襄城、汝南、南阳、河南者数万家，素为居民所苦，皆杀长史，以应王弥。

四年（汉刘聪光兴元年），正月，却说琅邪王睿以周玘有三定江南之功，拜玘为吴兴太守，玘奉命受职。汉王渊又遣曹嶷为将，寇东平、琅邪，又使刘灵寇幽州。四月，汉刘灵以二万众来寇幽州，王浚急忙点军，分二队，埋伏险津两畔，灵兵直过险津，被伏军出截，正欲交锋，浚大军又至，三下夹攻，灵死于乱军之中，杀余兵，俱各走还。

刘聪杀兄为汉主

　　却说汉主刘渊寝疾，以陈留王欢乐为太宰，楚王聪为大司马、大单于，并录尚书事，安昌王刘盛、安邑王刘钦、西阳王刘璇分典禁兵。初，盛少时，不好读书，惟诵《孝经》、《论语》，曰："诵此能行足矣，安用多诵而不行乎？"李喜见而叹之曰："望之如可易，及至肃而严，君可谓君子矣！"渊以其忠笃，故临终付以要任。渊既卒，众臣立太子刘和即位。和性猜忌无恩，宗正呼延攸、侍中刘乘、西昌王锐说和曰："先帝不惟轻重之势，使大司马拥十万众，屯于近郊，陛下今便为寄坐耳，宜早为之计。"和信之，至夜召刘盛、刘钦告之。盛曰："陛下勿信谗言，以疑兄弟。兄弟尚不可信也，人谁足信哉？"攸、锐闻知大怒，命左右将二人杀之，遂将兵五千攻聪于单于台。聪听知攸、锐为乱，命即起兵出台，与呼延攸、刘锐等交战。攸、锐等大败，走入南宫。聪前锋诸军随追入南宫，遇汉王和，和大喝："休得无礼！"诸军将和杀之。入内执住呼延攸、刘锐、刘乘等，皆杀之。遂出迎大司马刘聪入内即位。以北海王刘乂乃刘渊之子也，聪以位让之，刘乂涕泣固请，聪遂即位。以乂为皇太弟，领大单于；以子刘粲为河内王，都督中外诸军事；以石勒为并州刺史；又立妻呼延氏为皇后；以刘殷为太保，李弘为大鸿胪；其下群臣，皆有封赠。

　　史说，刘聪字玄明，乃刘渊第四子也。母张氏，初孕聪之时，梦日入怀，寤而告渊，渊曰："此乃吉祥也，慎之勿言。"至十五个月而生聪。年十四，究通经史，兼综百家之言及孙吴兵法，无不诵之。既杀兄自立，后在位八年，改元者四。

　　却说皇太后单氏生得姿色绝美，聪爱其丽，故立为皇太后。每退朝幸其宫，与通。后事露，被其子刘乂以为言，谓其"不正可污"。单氏惭愧。诗叹曰：

【东西晋演义】

堪叹胡人专恃强，杀兄自立做君王。
孰知七八年间事，孤子由然亦被伤。

却说氐酋蒲洪骁勇多权略，群氐皆畏服之。汉主聪遣人拜为平远将军，不受，乃自称为秦州刺史、略阳公。史说，蒲洪家池中蒲生，长五丈，五节如竹形，时人咸谓之蒲家，因为氏焉。先是，陇右大雨，谣曰："雨若不止，洪水必起。"因名洪。后以晋穆帝永和间谶文有"草付应王"，又以其孙坚背有"草付"字，遂改苻氏矣。

却说雍州流民因难逃避在南阳，朝廷闻知，遣使持诏书来南阳，遣流民还乡里。流民以关中荒残，皆不愿归。荆州都督山简见流民不肯归，遣兵五千促发其还。京兆王如潜结壮士二千余人，夜袭简兵大破之，攻城镇，杀令长，众至四五万，乃自号为大将军，使人称藩于汉。

猗卢大破铁弗氏

初，匈奴刘猛死，刘虎代领其众，居新兴，号铁弗氏，与白部鲜卑皆附于汉。并州刺史刘琨将讨之，恨力不加。

史说，刘琨字越石，中山魏昌人。少得隽朗之目，自负志气，有纵横之才，而颇浮夸。与范阳祖逖为友，俱以雄豪著名。永嘉元年，惠帝以为并州刺史。至是白部、铁弗为乱，意甚忧之。

却说北胡白部大人结连铁弗刘虎，共计狄兵十万人，大掠边城。刘琨闻知白部大人并铁弗氏刘虎为乱，连兵扰境，急忙写表，令人升奏朝廷。晋怀帝闻知，发诏回并州，令刘琨随便起军征讨。琨大恐寡不敌众，与王平商议。平曰："今北魏穆帝拓跋氏部下有雄兵百万，战将千员，与本朝和亲，不如割西河之地与北魏穆帝，他必然起兵前来助战，里应外合，可擒白部大人矣。"琨曰："恐他不肯动兵。"平曰："可使使君公子刘导与质，彼自肯动兵。"琨曰："既如此，事急矣。我就作书，你与公子导即行。"言讫，即唤刘导出，道："今白部大人统兵犯境甚急，你可同王平去北魏处为质，借兵征讨，候杀退白部，我即将西河之地换汝而还，汝宜小心。"导垂泪，与王平便行。不数日，到北五原，呈上文书。代主看讫，即留刘导为质，回书与王平回去。乃聚集文武，计议起兵五万，乃使太弟之子郁律为将，出并州助战。

却说郁律姿质雄壮，甚有威略，后号为平文帝。郁律以蒋琰为参军，又用江夏津为长史，差赵延为大将，总督军马，用西渠为副将，又用北将数十员，不及一一载名，共起两部甲兵，总计十万，前往并州起发。大队人马各依队伍，夜住晓行，所过之地，秋毫无犯。

却说白部听知平文自引兵来，与铁弗商议，分兵二路迎敌。铁弗取左路，白部居右路，共有五六万军马。且说铁弗一军前来迎敌，为头先锋姓郎名焕，生得身长九尺，面貌丑恶，使用大戟，有万夫不当之勇。离了大寨，前来拒敌北兵。

却说平文大兵已到境界，第一前部大将西渠、副将张延前入界分，早与焕军马相列成阵。张延出马，与焕交锋，战到数合，延诈败，焕随后赶来。走不数里，张延、王兴齐出，绝其后路，延复回，三将齐出，生擒郎焕，解至大寨，来见平文，平文交斩。

却说铁弗刘虎见部将被捉，大惊，急来与白部大人商议进兵。当白部大人领金单、花奴、阿会三大人各领兵五万，分三路迎敌平文军马。三人得令，即出营寨。金单大人领兵取左路进；花奴大人以兵取中路进；阿会大人以兵取右路进。各带五万胡兵，分路而进。

却说平文军行五十里下寨，三路左右中，各有报马报胡兵三路而来迎敌。平文在帐中见说，唤赵延至帐前，却待吩咐，故不开言。又唤西渠至帐前吩咐，又不开言。却又焕王平、伯恭至，即吩咐曰："今胡兵分三路而来，吾欲使赵延、西渠二人去敌，为此二人不识地理，吾不敢用。王平汝可往左路迎敌，伯恭可往右路迎敌，吾令赵延、西渠随后接应。汝二人今整顿了军马，来日平明进兵。"王平、伯恭听令去了。又唤张疑吩咐："你领一支军马取中路，却敌胡兵。今日整顿了军马，来日平明约会左路王平、右路伯恭，一齐进兵。赵延、西渠随后接应。"皆听令去了。赵延二人面有怒色，平文曰："吾非不用汝二人，恐失锐气也。"赵延曰："倘我等识得地理如何？"平文曰："若如此，吾用汝为大将。"赵延二人辞退。平文随即唤回吩咐曰："你二人是中年人物，休被胡兵所算，自宜小心。"赵延二人到自己寨中，商议曰："吾二人是中年人，不用我等为先锋，却用后辈！言吾二人不知路径，因此羞辱于我辈，真可气也！"西渠曰："我二人各人上马，亲自去探路，拿住土人，叫他引路。"赵延从其言。二人上马，径取中路而来。行不数里，远远望见尘头起，二人策马上山坡看时，早见胡兵哨马数十骑来往巡哨。赵延、西渠分为两路冲出，胡兵见了，大惊而走。赵延、西渠各生擒一人回寨，问其路径。胡兵曰："前面是金单元帅大寨，正在山口。寨边东、西两路，却通五溪元帅花奴寨并诸洞使阿会寨之后。"赵延二人听知这话，当晚点起五万精兵，交擒来二人引路。二更左侧，明月当空，赵延二人同去劫寨。来到金单寨时，已及四更，诸胡方起造饭，准备日间厮杀。赵延、西渠两路杀入，胡兵大乱，延直到中军，正遇金单，交马只一合，刺杀金单于马下，割了首级，余军溃散。赵延便分一半军与西渠，抄东路花奴寨，自领一半军投西路抄阿会寨。赵延二人却从胡兵寨后杀出，比及到寨时，天色微明。

却说西渠杀奔花奴寨，花奴已自知了，引军出寨后拒敌，只听前寨门大喊，原来王平军马已到。两下夹攻，胡兵大败，花奴冲两条路走脱，背后西渠赶不着。

却说赵延杀到阿会寨时，伯恭引军先到，内外攻击，胡兵乱窜，阿会死战得脱。白部知三路败亡，随引本部兵迎敌，北兵四下围裹将来，左右冲突。白部、铁弗又逢刘琨引大兵拦住去路。后兵赶着白部大人、铁弗刘虎，众将一发齐上，生擒押赴大寨，来见主平文。兵降者无数，平文尽收之，命将白部大人、铁弗刘虎尽斩之。次日，并州刺史刘琨引一班儿将官，以牛酒粮米来北寨谢平文，犒劳北军。平文大悦，留坐，备酒相待，要索西河之地。琨答曰："大王暂且引兵还国，吾写表奏过晋帝，降诏前来交割其地，必然有丹诏来国封赠殿下矣。"平文曰："君言亦是，吾来日退兵还国，不可失信。"于是送刘琨还州。次日，自领众还国，朝见穆帝去讫。

刘琨归州，即时使人上表入朝，奏与晋怀帝，称拓跋助国大破白部大人，及陷铁弗刘虎之功。怀帝大悦，使使奉诏入北，进穆帝为代公，封为大单于国，割西河五县马邑、阴馆、楼烦、繁畤、崞，陉南与北单于。穆帝大喜，置酒相待来使，就请刘导同饮。次日，各以珍宝贡贺晋帝，又使刘导与使归还并州。因此穆帝又得其地，东接代郡，西连西河、朔方，地方数千里，其时与白部争战，五县人民逃散，猗卢乃徙人十万家充之，于是大霸匈奴之地。时北地属幽州王浚管，穆帝遣将来守代郡，王浚方知刘琨表以其北封猗卢。浚由是与琨有隙，深恨之。乃以兵出拒猗卢之众，被猗卢杀败，走归幽州，不敢复出。

猗卢即得志，以封邑去国悬远，民不相接，乃率部落万余家，自云中入雁国，从琨求陉北之地。琨不能制，且欲倚之为援，以其地与之。由此猗卢益盛。琨遣使入朝，言于太傅越，请兵共讨刘聪。越忌苟晞为后患，遗书不许。

时京师饥困日甚，太傅越遣使以羽檄征天下之兵，入援京师。怀帝亲谓使者曰："为我诏诸征镇，今日尚可救，后则无及矣。"使人去了，卒无至者，只有荆州都护将军王万以兵五千入援，又被汉王如杀败走还，王如遂大掠沔、汉，进逼襄阳。时怀帝大惊，急问文武，文武皆议迁都，以避其难。王衍以为不可，乃令卖车牛以定众心。汉石勒以兵击并州，王如以兵寇襄阳。

十一月，太傅越见胡寇益盛，内不自安，乃戎服入内，见帝曰："今石勒以胡寇占去州郡日甚，臣请出讨石勒！"帝曰："今胡虏进逼郊畿，公岂可远去，以孤根本？"越对曰："臣出幸而破贼，则国可振，犹强于坐待困穷也！"言讫乃出，率甲士四万向许昌，留何伦防察宫省，以行台自随，用王衍为军司，朝贤素望，悉为佐史，名将劲卒，咸入其府。于是宫省无复守徼，饥死日甚，盗贼公行，府寺营署，并掘堑自守。越既出，东屯项城，自领豫州牧。

初，李毅死，其子李钊自洛往宁，州人奉之，以为主州事，遣使诣京师，求为刺史，朝廷不许，乃以王逊为宁州刺史。逊奉诏至宁州，复表以李钊为朱提太守，朝廷许之。时宁州外逼于成，内有夷寇，城邑丘墟，逊乃自恶衣菜食，招集离散，劳来不倦。数年之间，州境复安，又诛豪右不奉法者十余家，于是州境大治。乃点部兵三万余，出击五苓夷。五苓夷无备，被王逊率众，入其营垒，尽族灭之，因此内外震服，宁州始安。

却说汉主聪自以越次而立，忌其兄恭为乱，乃密使人杀之。时单皇太后年少有美色，汉主聪烝焉。太弟刘乂屡以为言，单后惭愧，至是而死，刘乂之宠由是惭衰。呼延后言于聪曰："父死子继，古今常道，太弟何为者哉？陛下百年后，粲兄弟必无种矣！"聪心然之。刘乂舅冲谓乂曰："疏不间亲，而主上有意于河内王矣，殿下何不避之。"乂曰："天下者，高祖之天下，兄终弟及，何为不可？粲等既壮，犹今日也。且子弟之间，亲疏距几，主上宁有此意乎？"遂不听。

五年（汉嘉平元年，成玉衡元年），正月，汉曹嶷以兵五万寇青州，苟晞以六万人出拒险隘，曹嶷不能入境，乃退归汉，被晞出追杀，嶷大败走还去讫。

石勒寇江夏，江夏吏民闻风皆逃，被其陷之。勒意初欲保据江、汉，张宾以为不可，会军中饥死者大半，乃渡沔，寇江夏守之。

却说谯周之子居巴西，为成太守马脱所杀。其子谯登逃诣刘弘，请兵复仇。弘乃表登为梓潼内史，使其自募民兵去讨。于是谯登募巴蜀流民得二千人，西上攻宕渠。马脱无备，被登攻陷而获之，遂斩马脱，哭祭其父，而食其肝，遂据涪城。成主李雄闻知，遣王节以兵一万人来攻涪城，屡为登所败。至是连围三年，登食尽援绝，士民熏鼠食之，饥死甚众，无一人离叛者。及是成兵攻陷其城，登被成兵获之，来见成主雄，雄欲宥之，登词气不屈，遂被杀。

却说巴蜀流民在荆、湘间，为土民所困苦，湘州参军冯素与蜀人汝班有隙，言于刺史荀眺，欲尽诛流民。流民大惧，四五万家一时俱反，以醴陵令杜弢为湘州刺史，以领其众以拒荀眺。

却说扬州都督周馥以洛阳孤危，表请迁都寿春。太傅越恨馥不先白己，大怒，使人召馥，馥惧不行。太傅越密使人命琅邪王睿攻之，于是睿遂引兵攻馥，馥大败而走。琅邪王睿以王敦为扬州刺史，都督征讨诸军事。

三月，苟晞恨太傅越易其镇，移檄诸州，陈越罪状。怀帝亦恶越专权违命，所留何伦等抄掠公卿，逼辱公主，密遣人赐晞诏，使讨之。晞由此兴兵，欲来讨越，越亦知其檄罪状。晞遣兵攻越，先令骑兵收越党尚书刘曾、侍中程延斩之，越忧愤成疾，乃招集诸将士王衍等到卧所，谓曰："吾自起兵讨颖、颙至今，得卿等戮力，攻战必克。今为强汉所困，无能解救，是以忧虑成疾，量必不起，汝等各效忠义之心，毋怀懈怠之意，杀退汉兵，保辅少帝。"言讫，泪下如雨，遂以后事付王衍，而次日卒。越既卒，收剑讫，众将士共推王衍为元帅，衍不敢当，奉越丧欲还葬东海。何伦闻知越卒，以裴妃及世子司马毗自洛阳东走，城中民争随之，来奔越丧。怀帝亦知越卒，乃追贬越为县王，诏以苟晞为大将军，都督青、徐、兖、豫、荆、扬诸军事，晞得志焉。

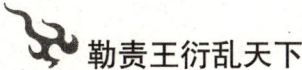

勒责王衍乱天下

四月，太傅越卒，王衍保丧还国。石勒使孔苌率轻骑追至苦县，东郡将军钱端出与孔苌交战，十余合，钱端被苌杀于马下。苌挥骑围而射之，十万晋兵无一免者，皆被射杀。将司徒王衍并东海王棺椁，皆擒执回寨见石勒。石勒坐幕下，孔苌押王衍跪在地下，勒问衍曰："晋之国事，虚实君知，可为我言之。"衍曰："城内虚实，祸败之由，计不在我。今将军威名日振，天下归心，不如乘此立尊号，三分天下，谁敢阻并？且衍少无宦情，不豫世事，未觉其因。晋国虚实，明公已知，何须用问？"勒曰："君少壮登朝，名盖四海，身居重任，何得言无宦情？不晓动静，破害天下，非君而有谁人？"当勒意留其降，故谓孔苌曰："吾行天下多矣，未尝见如此之人，当可活不？"苌曰："彼乃晋之三公，必不为我尽力。"勒曰："既不可留，加以锋刃。"言讫，叫左右牵衍出斩。衍临刑言曰："呜呼！吾曹虽不如古人，向若不祖尚浮虚，戮力以匡天下，犹可不至今日矣！"勒令氐人排墙杀之。又令剖越柩，焚其尸，曰："乱天下者，此人也，吾为天下报之。"其世子毗及宗室四十八王，皆没于勒。惟裴妃为人所掠卖，久之渡江。初，琅邪王睿之镇建业，裴妃意也，故睿德之，及闻裴妃被人掠卖渡江，寻至，厚加存抚，以其子冲，继越之后。

史臣断八王曰："昔高辛抚运，衅起参商；宗周嗣历，祸缠管蔡。详观囊册，遐听前古，乱臣贼子，昭鉴在焉。有晋郁兴，载崇藩翰，分茅锡瑞，道光恒典；仪合饰衮，礼备彝章。汝南以纯和之姿，失于无断；楚隐习果锐之性，遂成凶狠。或位居朝右，或职参近禁，俱为女子所诈，相次受诛，虽曰自贻，良可哀也！伦实庸锁，见欺孙秀，潜构异图，煽成奸慝。乃使元良构怒酷，上宰陷诛夷，乾耀以之暂倾，皇纲于焉中圮。遂裂冠毁冕，幸百六之会；绾玺扬纛，窥九五之尊。夫神器焉可偷安，鸿名岂容妄假！而欲托兹淫祀，享彼天年，凶暗之极，未之有也。同名父之子，唱义勤王，摧伪业于既成，拯皇图于已坠，策勋考绩，良足可称。然而临祸忘忧，逞心纵欲，曾不知乐不可极，盈难持久，笑古人之未工，忘己事之已拙。向若来王豹之奇策，纳孙惠之嘉谋，高谢衮章，永表东海，虽古之伊、霍，何以加焉！长沙材力绝人，忠概迈俗。投弓披门，落落标壮夫之气；驰车魏阙，懔懔怀烈士之风。虽复阳九数屯，在三之情无夺，抚其遗节，终始可观。颖既入总大权，出居重镇，中台藉以成务，东夏资其宅心，乃协契河间，共图进取。而颙任李含之狙诈，杖张方之陵虐，遂使武闵丧元，长沙授首，逞其无君之志，矜其不义之强。銮驾北巡，异乎有征无战；乘舆西幸，非由望秩观风。若火燎原，犹如扑灭，矧兹安忍，能无及乎！东海纠合同盟，创为义举，匡复之功未立，陵暴之衅已彰，罄彼车徒，固求出镇。既而帝京寡弱，狡寇凭陵，遂令神器劫迁，宗社倾覆。数十万众，并垂饵于豺狼；三十六王，咸殒身于锋刃。祸难之极，振古未闻，虽及焚如，犹如幸也。自惠皇失政，祸起萧墙，骨肉相残，黎无涂炭，胡尘惊而天地闭，戎兵接而宫庙隳，支属肇其祸端，戎羯乘其间隙，悲夫！《诗》所谓"谁生厉阶，至今为梗"，其八王之谓矣。

石勒引兵攻襄阳

却说石勒引兵来攻襄阳，襄阳守将李德闻知勒起军马来取襄阳，慌引军出。两军完阵，李德出马见勒曰："汝何故起兵？"张宾曰："我奉天命，来诛贼也！"李德曰："汝乃胡人，与人做奴，今始得志，便来相吞！"言讫，支雄曰："环眼贼汉，何敢辱我主人！"言讫，亦挺戟骤马与其大战。两个酣战一百余合，未分胜负。李德见胡军四面渐渐围裹将来，恐有疏失，急急鸣金收军入城。张宾分兵四面围定。德谓众曰："今胡兵围城甚急，如何是好？"众议曰："不若弃城走还洛阳，此为上策。"德曰："谁可杀开此围？"小将陈仁曰："某愿当先。"于是德令仁领兵在前，自保家小在后，当夜三更乘月明，大开西门，正遇支雄，杀开血路，保着家小，走奔洛阳。石勒见李德带家小走了，命诸将休赶。次日平明，引众入城安民谕讫，命逯明守镇，自领诸将，带兵来攻江西。江西险隘，余营尽被张宾用计破之。江西郡守等官，闻其兵威势大，不敢迎敌，皆自溃逃。只有军民举众投降，是以得据江西。张宾劝勒还北，勒意欲有雄据江、汉之志，弗从。由是封张宾为参军都尉，领记室，专居中总事。

城陷怀帝被汉掳

却说汉主聪设朝，谓群臣曰："自辅汉将军征南，积岁不还，未知胜负如何？"群臣奏曰："前日有表来奏说大捷，连得臣鹿、常山、江西等郡，目今军屯洛阳，未曾轻进。"汉主曰："朕欲另差一将，领军前去助辅汉将军石勒攻洛阳。谁敢代朕此行？"言未毕，一人出班奏曰："小弟愿往。"聪视之，乃其父养子刘曜也。

史说，刘曜字永明，刘元海之族子也。少无父母，刘元海养之为子。曜幼聪慧，有奇度。年八岁，从元海猎于西山，遇雨止树下，迅雷震树，傍人莫不颠仆，曜神色自若，不动。元海异之曰："此吾家千里驹也。"及长，为人性磊落亮宽，与众不群，雄武过人。铁厚一寸，他以铁胎弓立射之而洞入，时人号神射。尤好读兵书，略皆暗诵。常轻侮吴、邓，而自比乐毅、萧、曹。时人轻之，莫之许也，而刘聪每曰："永明，乃世祖、魏武之流，何数公足道哉！"尝隐迹管涔山，以琴书为事。夜闲居，忽二童入跪曰："管涔王使小臣奉谒赵皇帝，就献宝剑二把，与皇帝留出军用。"言讫，置前地再拜而去。曜惊以烛照，其剑长二尺，光华非常，赤玉为鞘，背上有铭云："神剑御，除众毒。"曜出拜谢神人。遂佩之。剑随四时而变为五色，可以出阵，无不胜也。

当曜出班肯去，汉主聪以兵五万，使曜去与石勒攻洛阳。曜既得军马，即出朝门。次日，领军就行，来至南地，入见石勒。石勒闻知，出来迎接入府，置酒洗尘。及曜叙汉王差某同君共攻洛阳之事，勒大喜曰："殿下同力，南可图矣！"言讫，又饮酒至晚，方送刘曜下营。勒来曜营商议，次日平明，分作二队而行。石勒自为前部，刘曜为后部，乃长驱大军，来攻洛阳城。其时是正月，汉刘曜与石勒领大兵二十万至城下围住。晋怀帝大惊，急聚文武商议，使军民上城，日夜守护。勒、曜攻打月余不下，石勒乃请始安王刘曜到营相见，以酒宴相待。礼讫，勒开言曰："今攻洛阳未下，可使人回国，请添兵再来攻之必克。况且目今缺少粮草，不如退兵，殿下可去攻三台城，某自打邯郸城，取二邑钱粮，以资军急。待来年春暖，主上军至，却又复攻洛阳。殿下主意何如？"曜曰："君言正合我心，不如分兵退攻三台、邯郸二城屯扎，此计大善。"于是曜即使使回国起兵。次日，拔寨起行，领军来打邺、三台，离城三十里下寨，屯扎三军。石勒领部下大兵来襄国城，离城五十里安营，商议攻城。

却说大单于、汉主聪设朝，太保刘殷奏曰："始安王昨日表到，奏请添兵益将，攻打洛阳，陛下圣意若何？"汉主问曰："谁可领兵征南？"当大将呼延晏出曰："臣请行。"汉主曰："得卿引兵即行，朕甚喜悦，来日即行。"于是呼延晏领精兵二万七千来攻洛阳，军马尽至城下，人说石勒、始安王分兵攻三台、襄国城去，晏即传令不安营，限五日攻下洛阳，如不下者，斩众部长。于是三军齐心攻打，晋帝大惊，急使前将军张进急领御林军出城迎敌。张进出马，呼延晏来迎，两将于阵前斗到四五十合，不分胜负。北军曹奇愤怒挥刀，纵马直出。南军高见挺枪来迎，四员将未见输赢。晋军阵内夏洪引一军出冲。北军阵潘仁在将台上见晋军来，交军中放起号炮，两下弩手齐发，中军弓箭手都涌出前面乱射，晋军如何抵当，望城中急入去。晏驱兵掩杀，晋兵大败，尽走入城，坚守不出。晏移军径近城下寨。潘仁言曰："可拨兵去城下近边筑起土山，令军人上视城中放箭，下头令军攻城，可得洛阳。"晏从之。于是各寨内选调生力军人，用铁锹土担，皆来城下垒土成山，周围筑二十余里，限旬日完成，如迟即斩。晋军见北军垒土为山，张进等皆要出战，被潘仁以弓弩手挡住要路，不能前进。十日之内，筑成土山五十座，上立马櫓，即云梯也。分一半弓弩手于其上乱射之，晋军大惧，皆顶牌遮箭守御。一声梆子响处，矢下如雨。晋军皆蒙楮伏地。楮，即遮箭牌也。城中乱窜，城外北军呐喊而笑。晋军见皆心慌。侍中王俊入内奏帝曰："可做急造发石车以破之。"帝令俊造样，连夜造发石车数百乘，分布城门内，正对土山。候土山上云梯排列，弓弩手皆上放箭时，城内一齐按动炮车，车势大，炮石飞空击打云梯，人无躲处。击碎其梯，弓弩手死者无数。北军皆号其车为"霹雳"也。潘仁又献一计，令军人用铁锹打地道，直透城内，号为"穿地道"而入。于是又掘土坑。俊见奏帝曰："此是北军明不能攻，故暗掘地道，必透城而入。"帝曰："何以御之？"俊曰："绕城内可掘长堑，使百姓守之，则伏道无用也。"帝令俊差军连夜掘堑，使百姓守之，伏道将至堑边，听见有人守之，遂不敢入。空费了多少军力，不能得入也。

自是，相持一个月余，城中粮尽，百姓饿死一半。帝曰："城中粮尽，百姓皆饿死了，如之奈何？"王俊又曰："前日苟晞有表，请陛下迁都仓坦以避之。"怀帝曰："然。"帝将欲从之，公卿犹豫不果。况城中饥困，人民相食，百官流亡者十八九。帝将行,而卫从皆散,又无车舆,乃自步出西掖门,至铜驼街,为盗所掠,不得进。时度支魏浚率流民数百家,保河阴之硖石,掠得麦谷甚多,见帝至无食,乃献供给之,送帝还宫。

时刘曜、石勒、王弥闻知洛阳将陷,乃会兵皆至城下安营。次日,呼延晏见各人皆至,乃集部下三万余人,飞马身先攻破平昌门,遂放火焚其府寺,司空荀藩及光禄大夫荀组,皆奔辕辕去讫。次日,王弥见晏克平昌门,乃引部下军同来攻宣阳门。时汉兵齐心,并力大喊,以弩箭射杀守门军士,骁勇争先,攻破宣阳门。呼延晏、王弥诸军皆入,城中大乱。

先是,怀帝自知城不能守,与庾珉、王俊等于洛水备舟数百,欲走长安。俄而城陷,被呼延晏至洛水,见船无数,命军士放火焚之,不留一个。当晋帝与庾珉、王俊闻北军杀入,帝走入洛水,其船已被烧毁,只得走还。入得宫中,北军涌入午门,帝急走华林园,欲出奔长安,被汉兵赶入,追执之,押来见呼延晏。其时,晏入居金銮殿,传令鸣金收军,屯于城内,见众军押晋帝、庾珉、王俊等来,晏命左右监之。至次日,晏将后宫金宝、珠玉、库藏,一应收拾,装载上车,传令将怀帝、大臣庾珉、王俊等尽监上车,领兵还国而去。其时洛阳只存虚城,所有怀帝及大臣金宝,尽被呼延晏俘掠归左城去了。

先是,晏使人会始安王曜并王弥、石勒,皆未曾至,晏只得以二万七千人,与晋兵交战于河南,连胜一十二阵,杀死晋兵三万余人。及陷城,只走了镇东将军顺荣、前太子洗马卫玠等,逃入长安,其余尽被掳还左城。

却说刘曜自西明门入,杀太子司马诠等,士民死者三万余人,遂又遣人发掘晋帝诸陵,焚其宫庙,见羊后美容,纳之为妃。石勒乃自引兵出屯许昌。

却说刘曜恨王弥不待己至,自先入洛阳,心甚怨之。当王弥闻曜至,出迎入内,说曜曰:"洛阳天下之中,山河四塞,城池宫室不假修营,殿下宜请皇上,自平阳徙来都之。"曜曰:"天下未定,洛阳四面受敌,何能守也?"于是不用弥策,命诸军放火焚其宫殿。弥见曜不听其策,乃骂曰:"屠各子,岂有帝王之意耶!"由是弥与曜有隙,乃自引兵东屯项关。当刘暾说弥曰:"将军建不世之功,又与始安王相失,将何以自容?不如东据本州,徐观天下之势,上可以混一四海,下不失鼎峙之业。"弥遂从之。

却说左城国汉主刘聪登朝,聚集文武,正问南征之事,忽呼延晏领军还国,押晋怀帝、庾珉、王俊等入朝，拜见汉王聪。聪大喜，就以晏为镇南大将军。晏谢恩起立一傍。聪命押晋帝及大臣庾珉、王俊等至，令放其缚，赐其平身，而谓曰："朕父与汝先帝有恩，故不加刃，恕汝在部下为臣，休得走。"晋帝听见，只得与臣下谢恩。汉命有司讨宅子与住，使兵外监之，于是晋帝不得复还。聪又使使以书来南，遣始安王刘曜等以军攻长安。加曜为车骑大将军，取镇长安。曜得命，领军前去攻长安。

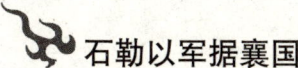石勒以军据襄国

却说石勒既屯许昌，集诸谋士商议，欲攻三台以据之。遂与众将商议，当张宾急进曰："夫得地者昌，失地者亡。邯郸、襄国，乃赵之旧都，依山凭险，形势之国，使君可择此上邑而都之。然后命将授以奇略，惟亡固存，兼弱攻昧，则群凶可除，王业可图矣！"勒谢曰："右候之计是也。"右侯，张宾之号也。于是勒即从之。

司空荀藩因洛阳陷，乃逃在阳城，得汝阴太守李矩输给之。藩乃建行台于密，传檄四方，推琅邪王司马睿为盟主，以李矩为荥阳太守，集众以图兴复晋室。

却说豫章王司马端，乃太子司马诠之弟也，洛阳既陷，乃奔仓坦。荀晞使人迎之，奉为皇太子，置行台，徙众屯于蒙城，招集散亡将士。

却说秦王司马业，乃吴孝王司马晏之子，荀藩之甥也。年十二岁，闻荀藩在密，乃南奔至密，来见母舅荀。藩奉之为主，欲取许昌、天水。阎鼎聚西州士民五千人于密，欲还乡里。藩见鼎有才而拥众，用鼎为豫州刺史，以安成人周顗为参佐，同佐秦王业，欲讨群胡。

【西晋卷之四】

起自晋怀帝永嘉五年辛未岁七月，止于东晋中宗元皇帝建武元年丙子，首尾共六年事实。

司马睿招百六掾

是时，海内大乱，独江东地面差安，中国士民避乱者多南渡江，从之琅邪王睿。值镇东司马王导说之曰："今天下大乱，殿下宜收其贤俊，与之共事，可御群凶也。"睿曰："然。"于是从之，招纳忠贤，得辟掾属百余人，故时人谓之"百六掾"。刁协字玄亮，渤海人也。少好经籍，博闻强记，琅邪王睿以为长史。卞壹字望之，济阴人也。壹弱冠有名誉，转迁御史中丞，睿以为司马。庾亮字元规，美姿容，善谈论，睿以为西曹掾。贺循字彦先，会稽山阴人也。言行进止军，与兵一千二百，令其屯于浔阳。又得陈烦、陶侃、甘卓数十人，皆相附焉。

睿既承荀藩之檄，承制署置，独江州刺史华轶及豫州刺史裴宪二人不从其命。睿大怒，使人命王敦、甘卓、周访合兵去击裴宪、华轶。宪、轶闻王敦、甘卓等来，二人乃合兵来迎。次日，两军相遇，大战三十余合，轶、宪之众大败而走。华轶被周访追及斩之。裴宪单骑逃走幽州，其众尽被王敦杀散。三将收军入城屯住，遣人报知琅邪王睿。于是睿大喜，以甘卓为湘州刺史，以周访为浔阳太守，又以陶侃为武昌太守，命王敦总督其军。

七月，大司马王浚在幽州设坛告类，立皇太子，称受中诏，承制封拜，备置百官，列署征镇，自领尚书令。告类如泰誓。武王伐商，王制言：天子将出。皆告类于上帝也。

刘曜攻模入长安

却说南阳王司马模闻汉遣刘曜来寇长安，急遣牙门将赵染以二万人出戍蒲坂，以防汉兵。染见汉军甚盛，不敢交锋，乃以众降于曜。曜即使染为前锋，来攻长安。司马模闻赵染降汉，乃自以兵三万，出拒潼关，与赵染交战。模大败，走回长安，于是刘曜、刘粲与赵染合军，长驱下邽城。时凉州将军北宫纯在长安，见模败归，亦引凉兵降刘曜，曜以为将，共攻长安。时长安仓库虚竭，士卒离散。司马模恐不能守，乃诣刘曜营投降，被粲杀之。

时关西饥馑，白骨蔽野，士民存者百无一二。刘曜等既克长安，使人报知汉主。聪大悦，使使以曜为雍州牧，封中山王，命其守长安。

却说南阳王模被害，世子司马保走据上邽城，都尉陈安见模遇害，乃率众入上邽而归，保遂据有泰州。寻称大司马，承制署，陇右氏羌皆来从之，保众稍振矣。

石勒陷蒙执苟晞

却说石勒以军来攻蒙城，时苟晞在蒙城，骄奢苟暴。前辽西太守阎亨谏曰："明公居乱世，欲效中兴，不可奢暴，使天下有归也。"晞怒，命左右杀之。时从事明预有疾，闻亨谏被杀，亦使家人备轝，自入谏曰："阎亨所谏，乃天下之公，亦明公之福也。何以杀之以失士望！"晞怒曰："我杀阎亨，何关汝事，而轝病骂我！"预曰："明公以礼待预，故预以礼自尽。今明公怒预，其如远近怒明公何！桀为天子，以骄暴而亡，况人臣乎！愿明公且置是怒，思预之言。"晞不从，由是众心离怨，加以疾疫饥馑，城内虚困。石勒军到攻城，将士离散，无人守把。勒军攻入城，如入虚境。石勒既入内，将苟晞、豫章王瑞皆执之。勒招晞降，晞不从，勒以铁锁锁晞颈，晞方从之，以晞为左司马。

石勒诱王弥杀之

却说汉大将军王弥与石勒外相亲而内相忌，会其将徐邈叛去，弥兵渐衰，闻石勒擒苟晞，心甚恶之，佯以书贺勒曰：

公获苟晞而用之，何其神也！使晞为公左，弥为公右，天下不足定也。

勒见书，以示张宾曰："王公位重而言卑，其意图我，此事如何？"张宾曰："王弥与明公外亲内相忌，不若乘其小衰，诱而取之。不然，终为明公之患。"勒然之。时王弥与刘瑞相持，会徐邈叛去，弥众遂衰，屡战不利，使人请救于勒。勒未之许，张宾密谓勒曰："明公常恨不得杀王公之便，今天以王公授我矣，如何不听？"于是勒命使人还，乃自以军来救王弥。刘瑞乃撇王弥而与石勒交战，不五合，被勒斩之。以众来见王弥，弥大喜，心谓勒实亲己，不复疑也，遂排宴待之。次日，石勒与张宾用计复请王弥，弥不之疑，而诣其营。勒迎入，宴酒半酣，将弥执住。张宾使将士出，将王弥斩之，数王弥之罪，以并其众，尽归石勒，军威大振。

却说汉主闻石勒杀王弥及并其众，大怒，欲讨之。当陈元达曰："不可！勒虽杀王弥，必有他故。况此用人之际，若讨之，彼必归晋，则天下何年可定？不如加其爵秩，以慰其心。让其不理，以禁后令。"聪听之，遣使加勒为镇东大将军，而让勒曰："卿何专害公辅，有无君之心。"勒惭愧称谢于汉，而受其职。

却说苟晞欲谋叛，被石勒杀之。讫，勒乃引大众掠豫州诸郡，临江而还归，屯于葛陂。

初，石勒幼年未遂时，被东瀛公司马腾卖与平阳师欢为奴，遂与母相失。先是，刘琨闻石勒得志，乃收其母王氏并从弟石虎，在府养之。至此闻勒威名日振，四方威从，乃遣张儒送其母王氏、并其弟石虎于勒，请其归附晋室。张儒奉命送王氏并子至见勒，勒大喜，请母入内，拆琨书，读书曰：

将军用兵如神。所以周流天下，而无容足之地者，盖得主则为义兵，附逆则为贼众故也。成败之数，有似呼吸，吹之则寒，嘘之则温。今相受侍中、领护匈奴中郎将，将军其受之！

勒读毕，谓张儒曰："你还代拜于主，道我言：'吾本羯人，今仕于汉，岂敢贰心。'"言讫，以名马、珍宝厚礼并回书与儒，使谢刘琨而绝之。其书曰：

事功殊途，非腐儒所知。君当逞节本朝，吾自夷，难为效。

琨得其书，亦不相逼。

却说石虎年十七，残忍无度，勒入内白知母王氏，欲除之。母曰："快牛为犊，多能破车，汝小忍之。"及长，便弓马，勇冠当时。每屠城邑，鲜有遗类。然御众严而不烦，莫敢犯者，指授攻讨，所向无前，由是勒遂宠用之。

贾疋复晋取长安

却说安定太守贾疋与冯翊太守索綝、安夷护军麹允尽散家财，召募义兵，谋复晋室。旬日间，募得义兵五万，来取长安。时雍州刺史麹特闻索綝兴义兵，亦率众十万会之，同攻长安。刘曜大惊，急使刘粲以兵五万屯新丰，自以大众出黄丘，正遇索綝之军至。两下各立阵脚。兵阵中麹允出马，阵前大骂："戎犬当吾者死，避吾者生！"恼得刘曜性发，亲自持刀，拍马走出阵前。更不打话，直取麹允。二人交战十数合，被麹特拍马出，夹攻刘曜。双拳难敌四手，孤身怎当两人。刘曜拨开兵器，勒马走回本阵，被索綝驱军一击，杀死汉兵大半。刘曜亏输，大败而逃。刘粲在新丰闻曜败，引兵来救，又被麹特、允等杀败而逃。粲兵亦损去大半而还。因此义兵之势大振，关西胡晋之兵翕然响应。阎鼎在密，听知索綝在长安谋复晋室，乃奉秦王业入关，来据长安，以号令四方，共讨刘聪。荀藩、周顗等，皆山东人，不欲西行，至中途逃散，周顗逃奔江东。独鼎与众与秦王业至蓝田，遣人告贾疋，疋遣兵五千迎之。入于雍城，使梁综以兵一万卫之。疋复自同綝等攻长安。

彝指王导管夷吾

却说司徒掾周顗字伯仁，乃安东将军周浚之子也。因洛阳陷，晋帝被掳，秦王西行，闻琅邪王睿招贤，乃来投奔于睿。是日，睿正与王导等文武同议兴复之事，忽门吏报司徒掾周顗来投。睿即令请入，顗即入府堂，拜见琅邪王曰："臣为帝被北掳，故来投奔殿下，同谋兴复。"睿大喜曰："吾正商议起兵，今得卿为戮力，其事成矣。"言讫，以顗为军咨祭酒、前车骑都尉。言未毕，门吏又报谯国桓彝来投。睿命人，拜见讫，睿以为安东将军。

桓彝字茂伦，性通朗，早获盛名，亦因避乱，过江来投。见睿微弱，忧惧不乐，而谓周𫖮曰："我以中州多故，来此求全。今见主上单弱如此，将何以济？"正论间，忽见王导劝睿曰："殿下谋兴复之计，宜急收其贤人君子，与之图事。荆、扬晏安，户口殷实，为政务在清静，克己励节，匡主宁邦。于是情好日隆，朝野倾心，天下可图，大业必成矣。"睿从容谓导曰："卿乃吾之萧何也。"于是号王导为"仲父"，加为辅国将军。导又上笺曰：

> 今者临郡，不问贤愚豪贱，皆加重号，辄有鼓盖，动见相准。时有不得者，或为耻辱。天官混杂，朝望颓毁。导忝荷重任，不能崇浚山海，而开导乱源，叨窃名位，取紊彝典，谨送鼓盖加崇之物，请从导始。庶令雅俗区别，群望无惑矣。

睿观之曰："从卿所云。"须臾，又上言十数条，皆立国安邦之策。桓彝见其言大喜，复谓周𫖮曰："向见管夷吾，无复忧矣！"

导指流涕似楚囚

次日，琅邪王睿做新亭，始大排筵席，会集诸多贤士同饮。至晚，又命设灯烛来饮，至半醉，忽司徒周𫖮举杯欷歔而言曰："风景不殊，举目有江河之异！"言讫，潸然泪下。诸名士曰："足下何故发悲？"𫖮曰："吾泪者为晋天下也。今遭单于，毒流中国，残害百姓，吾等朝夕难保。想着先帝降吴灭蜀，定有天下，子孙相承数十余年，不想今日丧于单于，圣主被掳，不能复仇。吾等欲舍此七尺无用之躯，与胡人死战雪耻，诚恐孤力不加，无益于国，犹然发悲耳！"诸多旧臣名士，皆掩面大哭。座中一人愀然变色曰："诸公所哭，还能哭得胡兵退邪？不也！汝等当共戮力王室，克复神州，何至做楚囚对泣耶！"众视之，乃仲父王导，各收泪羞愧而言曰："承君良言也。"于是席散。

次日，陈颛遗王导书曰：

中华所以委敝者，正以取才失所，先名望而后实事，浮竞驱驰，互相贡荐。加有老、庄之俗，倾惑朝野，养望者为弘雅，政事者为俗人。夫欲制远，先由近始。今宜改张，明赏信罚，拔卓茂于密县，显朱邑于桐乡，然后大业可举，中兴可冀耳！

王导览之，竟不能从。

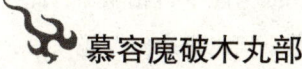
慕容廆破木丸部

却说辽东附塞鲜卑素喜连、木丸津攻陷诸县，屡败郡兵。东夷校尉封释病不能讨，民皆失业，而归慕容廆者甚众。廆少子慕容翰言于廆曰："自古有为之君，莫不尊天子以从民望，得成大业，今连、津寇暴不已，不若数其罪而讨之，上则兴复辽邦，下则并合二部，忠义彰于本朝，私利归于我国，此霸王之基也。"廆笑曰："孺子乃能及此乎？"遂使翰为前锋，自便接应，来讨连、木丸津二部。连、木丸津以兵迎敌，与翰交战一阵，被翰斩之，二部之众尽降于廆。

时东夷校尉封释疾病，得慕容廆以除连、津二部，心中大喜，遂使人请廆入城，排宴待之，谓曰："释屡遭二部寇患，未能殄灭，今得将军绝之，无恩可酬。释今病笃，料不能起，倘吾死后，吾孙封奕颇谙武艺，望将军收留之！"言讫，叫奕拜廆，廆亦还半礼。廆曰："足下善养贵恙，不必虑后，吾即回兵。"释将金宝谢廆，廆受之。还镇后，释卒，廆闻知，乃遣人召封奕至，与语终日不倦，应对如流。廆说之曰："此乃奇士也。"称为小都督。释又有二子，封浚、封抽，闻父卒，亦奔丧。廆亦召见之，曰："此家抚挓千斤犍也。"以道不通，皆留之。以浚为参军，以抽为长史。

六年（汉嘉平二年），正月，汉王聪闻太保刘殷二女美色，欲纳之为贵嫔。当太弟刘乂固谏曰："刘殷与陛下同姓，与先帝有连枝之派。今此二女，与陛下有兄妹之亲，不可立也。"聪谓乂曰："此女辈姿色绝世，淑德冠时。且太保于朕，自有不同，卿意何固谏耶！"乂曰："五百年中共一家，安可乱伦乎！"当李弘议曰:"太保胤自有周,与圣源实别,殿下何以同姓为碍?且魏司空王基,当世大儒,岂不达礼乎!为子纳司空王沉女为妻,以其姓同而源异,故尔谐耳,今何必拘此也。"刘义又谏。聪问太宰,延年对曰:"太保自云刘康公之后,与陛下殊源,纳之何害?"于是太弟义无对。聪大悦,赐金六十斤,曰:"卿当以此意论道与子弟辈耳!"于是命李弘以玺册立刘殷二女为左右贵嫔,又纳刘殷孙女四人为贵人,因此六刘之宠,冠于后宫。聪恋色,稀出设朝,百官奏政事,皆由黄门决之。

忽一日,汉王聪朝会,谓怀帝曰:"卿昔为豫章王,朕与王武子造卿,卿赠朕拓弓银研,卿颇记否?"怀帝曰:"臣安敢忘之!但恨尔日不早识龙颜。"聪曰:"卿家骨肉,何相残如此?"帝曰:"大汉将应天受命,故为陛下自料驱除,此殆天意,非人事也。且臣家若能奉武帝之业,九族敦睦,陛下何由得之?"聪大喜,以小刘贵人妻帝曰:"此名公之孙也,卿善遇之。"

却说故新野王牙门将胡元聚众于竟陵郡,以杜曾为竟陵太守,曾能披甲游于水中不溺,人莫能获。凡出军交战,胜则追掩,败则入水。以此人皆畏服,勇冠三军。与胡元寇掠荆土,招集亡众,威名益振。

琅邪遣将讨石勒

二月,石勒筑垒于葛陂,课农造舟,将攻建业。琅邪王睿大惊,急集江南之众将士于寿春,商议讨勒。乃以纪瞻为扬威将军,领兵五万去讨之。瞻既领兵欲行,会大雨三个月日不止。石勒军中饥疫,军士死者大半,闻江南兵至,集将士议之。刁膺进曰:"司马睿据有长江之固,更且贤士归为之用,民心附,兵粮足,今若与其战,难以求胜。不若送款于睿,求扫平河朔以自赎,候其军退,徐图之可也。"勒愀然长啸。孔苌曰:"明公何思何虑,请以兵五万,委臣分道,夜攻寿春。据其城,食其城粟,江南今年,必能定也。"勒笑曰:"是勇将之计也!"顾胃张宾曰:"于君意何如?"宾进曰:"将军攻陷京师,囚执天子,杀害王公,掳掠妃主,擢将军之发,不足以数将军之罪,奈何复相臣奉乎!今天降霖雨于数百里中,示将军不应留此也。邺有三台之固,西接平阳,山河西塞,宜北徙据之,以营河北,河北既定,天下无处将军之右者矣!宜使辎重从北道先发,将军引大兵向寿春,辎重既远，大兵徐还，何忧进退无地乎！"勒攘臂鼓掌曰："张君计是也。"于是黜膺，擢宾为右长史，号曰"右侯"。于是勒引兵退，遣石虎以兵五千向寿春。

却说纪瞻闻石虎引兵来，会将士听计曰："石虎既引兵至，吾料胡人好掠而贪财。汝等各以兵埋伏船内，傍岸上面皆放粮草于上，装作粮船，得其上船来抢，汝等尽力而拒之。吾自上岸埋伏，以待接应，放炮为号，两下夹攻，可以擒石虎也。"众各领计去，准备船只而行，瞻引军上岸埋伏。

次日午后，石虎兵至，见江边一个个皆是运船，又见粮草在上，虎兵饥久，见粮如何不抢，众各争上运船抢粮，石虎不能禁止。须臾一声炮响，江边两岸战船俱进，岸上纪瞻军杀至，两下夹击，石虎措手不及，被纪瞻杀死一半，大败而逃。赶上石勒前军。勒见虎败，即抽回兵，结阵以待之。纪瞻追至，见石勒大众在彼，不敢交战，只令众军安营以持之。

却说主簿马鲂说刺史张轨曰："今晋室破坏，琅邪王司马睿为盟主，檄天下之兵，共讨石勒、刘曜，明公安可坐视，从其自定！依某之见，宜命将出师，翼戴帝室，即遣使驰檄关中，共尊辅秦王。且言今遣前锋宋配率步骑二万，径趋长安。诸军络绎继发，乘兹集兵，上可不失封侯之位，下可以保凉州。"轨从之，驰檄关中，发兵二万人来长安，会众讨曜。

却说汉王聪以鱼蟹不足供给宫廷，乃斩其左都水使者襄陵王摅，又做温明、徽光二殿未成，斩将做大匠望都公靳陵。观鱼于汾水，昏夜不归。王彰入谏曰："今愚民归汉之志未专，思晋之心犹盛。刘琨咫尺，刺客纵横。帝王轻出，一夫敌耳。"聪大怒，命将彰斩之。时彰女为上夫人在边，即叩头乞哀，始乃囚之。太后张氏闻知，以聪刑罚过差，三日不食。太弟刘乂大单于粲舆榇切谏。聪怒曰："吾岂桀、纣，而汝辈生来哭人耶！"太保刘殷等百余人皆免冠涕泣而谏，聪慨然曰："朕昨太醉，非其本心，微公等言之，朕不闻过。"各赐帛百匹，使侍中持节，赦王彰，进封为定襄郡公。于是群臣谢恩而起。

却说雍州刺史贾疋以大众来攻长安，刘曜闻知大惊，急聚众将商议。曜曰："贾疋、索綝聚各处军马，直抵城下，众将有何妙策？"王直挺身言曰："大王勿虑，吾见贾疋之兵众多，诸卒如草芥耳。小将提狼虎之师，定斩其首，悬于军门，直之愿也。"曜大喜曰："吾有王君，高枕无忧矣。"言未绝，王直后一人高声而出曰："割鸡焉用牛刀，不必将军有劳虎威。吾观斩晋诸兵之首，如探囊取物耳！"曜视之，其人身长九尺，面如喋血，虎体狼腰，豹头猿臂。关西人也，姓华名权，是帐前一员骁将。曜听其言大喜，加为骁骑校尉，拨马步军五万，一同李轸、赵本连夜飞奔出城来。

却说众晋兵有胡忠先将马步军三千，径抄小路，直到搦战。华权引骁骑五百，飞出大喝："贼将休走！"胡忠手起刀落，斩权于马下，生擒将校极多，将华权首级，直来大寨显功。疋喜，重赏胡忠，又与铁甲马军三千前来攻城。刘曜见斩了权等，乃引众开城门，走离长安。贾疋传令诸军勿追，迎接秦王业入长安屯住，招纳四方之兵。

汉太保刘殷卒。殷不为犯颜忤旨，然因事进规，补益甚多。汉主聪每与群臣议事，殷无所是非，群臣出，殷独留，为聪敷畅条理，商榷事宜，聪未尝不从之。殷尝戒诸子孙曰："事君当务几谏。凡人尚不可面斥其过，况万乘乎！夫几谏之功，无异犯颜，但不彰君之赤，所以为优耳。"殷在公卿间，常恂恂有卑让之色，故能处骄暴之国，保其富贵，不失令名，所以考终寿也。

却说刘琨亦招集军马以伺大举，时琨长于招怀，而短于抚御。一日之中，虽归者数千，而去者亦相继。于是琨使刘希往中山郡去招军买马。希从命来中山郡，招集民兵一万余人，又买马数千匹。时中山属幽州所统，代郡、上谷、广宁之民多归希，由此将集三万人。王浚闻知大怒，即令胡矩以书邀段疾陆眷称曰："刘希没理，何得越境招军？中山乃吾之所统，汝何得专，公可将五万人同去袭之。"矩等会段疾陆眷兵驰至中山，希不之备，被矩与段疾陆眷两人分兵夜攻之。希措手不及，被矩杀死，大掠其众而还。

琨闻知希死，心甚忧之，又恐石勒取三台并邺，乃令兄子刘演以兵五万镇邺。石勒大众济河，刘演以兵出保三台，勒诸将欲攻之，张宾曰："攻之未易猝拔，舍之彼将自溃。方今王彭祖、刘越石，公之大敌也，宜先取之，演不足顾也。且天下饥乱，明公拥兵羁旅，人无定志，非所以保万全，制四六也。不若择便地而据之，广聚粮储，西禀平阳以固幽、并，此霸王之业。"勒从之，乃以众进据襄国。分布诸将，攻冀州郡县，运谷以输襄国。汉王闻勒在襄国，乃使使以勒为冀州牧。

却说刘曜自长安一败，无处屯扎，以众走回平阳。时刘琨移檄州郡，期十月会兵平阳击汉，未及行。而琨索奢豪，喜声色，徐润以音律得幸，骄恣干预政事。护军令狐盛数以为言，固谏之。琨大怒，令人收盛杀之。琨母曰："汝不能驾御豪杰以恢远略，而专除胜己，祸必及我！"琨不能改。令狐盛子令狐泥乃私走奔平阳降汉，具言晋阳虚实。汉主聪大喜，封泥为将，即以书遣刘粲与刘曜将兵来寇并州，以泥为向导使。刘琨闻之，急东出，收兵于常山，一面使人来求救于代公猗卢。琨既东出收兵，晋阳空虚，被刘粲与曜用令狐泥引路，抄小路袭破晋阳而据之。琨闻之，急以兵还救晋阳，城已陷，乃率众复奔常山。琨之父母被泥杀之矣。

九月，贾疋奉秦王业为皇太子，建行台，登坛告类，建宗庙社稷。

代公大破刘曜众

十月，代公猗卢得刘琨书，发兵来救晋阳。猗卢以其子六修率军十万为前锋，自率二十万为继后。刘琨知代动兵，乃随路迎接代公猗卢，甚称惭愧失镇之因。猗卢亦以善言以慰其心，就令刘琨收散卒为向导，特进晋阳。刘曜亦引兵屯于汾东拒之。次日交战十数合，刘曜莫能抵挡，大败坠马，身中七枪。曜见代军雄盛，乃夜以众逾蒙山逃归，被猗卢催军追之，战于蓝谷，汉兵大败，被代公杀得伏尸数百里。刘曜及粲只余二千余人，走还去讫。猗卢因大猎寿阳等山，陈阅皮肉，山为之赤。刘琨自营门步入拜谢，固请进军讨汉。猗卢曰："吾远来，士马疲弊。况百年之寇，未可尽除，且待后举，而刘聪未可即灭也。留大将戍晋阳，吾暂还国。"言讫，留其将箕澹等戍晋阳，自回去讫。刘琨乃自徙居阳曲屯扎。

十二月，却说初，贾疋入关，杀汉梁州刺史彭仲荡，至是其子彭天护率群胡前来报仇，疋以兵与护战三合，中间被天护杀之而去。疋既死，其众推麹允为雍州刺史。

王浚遣军攻襄国

却说王浚遣督护王昌以五万众，会段疾陆眷与弟匹磾文鸯、从弟末柸等一十五万众，来攻襄国。石勒闻知，遣将领兵去拒，皆败而还。勒大惊，召将佐曰："吾欲悉众出战，何如？"诸将皆曰："不如坚守，俟其退而击之。"张宾、孔苌曰："鲜卑段氏最为勇悍，而末柸尤甚，其锐卒皆属焉。今闻刻日来攻此城，必谓我孤弱，不敢出战，意必懈堕，宜且勿出，示之以怯。凿北城为突门二十余道，俟其来至，列守未定，出其不意，直冲末柸，彼必震骇，不暇为计，破之必矣。末柸败，则其余不攻自溃矣。"勒从其计，传令诸军，密凿突门于北城二十余处，又遣军埋伏其突门处。计排已定，段疾陆眷等兵果至，见北城崩突二十余处，以兵北屯城下，欲攻北面，见其城上皆无守卫军士，心疑之，传计令军外士卒诈懈以试城内动静，待其军出而击之。时石勒见段疾陆眷兵至，乃登城望之，见其将士皆释伏而寝，石勒即命孔苌督锐卒五千，从突门出击之，被段疾陆眷从中军杀出，苌大败而退，从突门走入。末柸不知是计，杀得性发，引兵从突门逐苌杀入，被众伏兵一拥而至，获住末柸。孔苌乘胜分门杀出，追击段疾陆眷等兵，死者枕尸三十余里，苌方收军入城。段疾陆眷走脱，招集亡众，使人以铠马金银五千斤献勒，求赎其弟末柸，永为其藩，再不敢犯。勒从之，将放末柸还，诸将劝勒杀之，以除后患，石勒曰："辽西鲜卑，健国也，与我素无仇雠，为王浚所使耳。今杀一人而结一国之怨，非计也。归之必深德我，不复为浚用矣。"言讫，乃遣石虎出与段疾陆眷盟于渚阳，结为兄弟。段疾陆眷大喜，引兵还国。王昌见段疾陆眷归盟附勒，乃引兵亦走还蓟。石勒、段疾陆眷退兵，乃召末柸出，与之宴饮，誓为父子，令人送其还国。由此段氏专心附勒，王浚之势遂衰矣。

却说王澄少与兄王衍名冠海内，刘琨谓澄曰："卿形虽散朗，而内实动侠，以此处世，难得其死。"及在荆州，屡为杜弢所败，望实俱损，犹傲然自得，与内史王机日夜纵酒博弈，上下离心。故山简参军王冲拥众自称刺史。澄惧，徙治沓中。琅邪王睿闻之，使人召澄为军咨祭酒，以周顗代之。王敦以兵方讨杜弢。进屯豫章，澄过之，自以名声当出敦右，犹以旧意侮敦。敦怒，诬其与杜弢通信，遂杀之。

却说羌酋姚弋仲，乃南安赤亭羌也。集众东徙榆眉，戎夏襁负随之者数万，因而自称扶风郡公，招集羌众，大霸其地，威名日甚。

孝愍皇帝建兴元年，汉嘉平三年，正月朔，汉王刘聪大会文武宴于光极殿，使晋怀帝着青衣行酒，劝其群臣。当晋臣庾珉、王隽等亦随帝掳在此，见帝着青衣劝酒，不胜悲愤，因相谓曰："主忧臣辱，主辱臣死，吾等不能杀此胡狗，安用全生观此耻乎！"言讫，大骂汉主，号啕大哭。汉主聪大怒，命左右牵晋帝与庾珉、王隽十余人出外，尽皆杀之。

晋朝庚珉十余臣，同君俘陷在胡庭。
当时不哭主辱死，忠义安留万古名。

是时，只有侍中辛勉因疾未曾赴宴，不曾被害。当汉王聪使人以印绶拜为光禄大夫。使人得旨，以是语诱之，令降汉。勉固辞不受，惟愿死节，无怀贰心。使得其言，复回见汉王聪，道其不降无异之志。聪欲爱其降，吩咐黄门乔度曰："你将此鸩酒逼他来降，不可与他饮之，只可逼之。"因此黄门乔度赍药酒来见勉，逼之曰："若降，贵不可言；若逆，可饮此鸩。请君自裁，随便而行。"辛勉曰："大丈夫岂以数年之命而亏高节，如事二姓，何面目下世见晋武皇帝哉！"言讫，持药酒欲饮，乔度遽止之曰："主上相试耳，君真高士也！"于是叹息而还，俱以勉言回奏于汉王。聪大喜，嘉其贞节，深敬异之，使人为筑室于平阳西山，月奉酒米供给，勉亦辞而不受。后年八十，卒于平阳。有诗曰：

司马君王遭此擒，侍中辛勉亦随行。
甘偕国难随君主，不辞身害逆胡鳞。
愿饮药鸩为晋鬼，岂贪美禄做刘臣。
遍观晋史忠贞士，如君高节几何人？

元达锁腰谏汉王

三月，汉王刘聪立其贵嫔刘娥为后，欲起凰仪殿与居。廷尉陈元达切谏曰："天生民而树之君，使司牧之，非以残兆民之命，穷一人之欲也。是以先帝身衣大布，居无重茵，后妃不衣锦绮，乘舆马不食粟。陛下践祚以来，已做殿观四十余所，加之军旅数兴，馈运不息，饥馑、疾疫，死亡日继，而益思营缮，岂为民父母之意乎！"聪大怒曰："朕为天子，营一殿，何关汝鼠子乎，不杀此奴，沮乱朕心，此殿何能得成！"即命左右曳出斩之，并其妻子枭首东市。时聪在逍遥园李中堂，元达先锁腰而入，即以锁锁堂下树，呼曰："臣所言者，社稷之计，而陛下杀臣。朱云有言：'臣得与龙逢、比干游于地下足矣！'"聪喝左右曳出，左右曳之不能动。大司徒任顗等叩头出血曰："元达为先帝所知，尽忠竭虑，知无不言。臣等每见之，未尝不发愧。今言虽狂直，愿陛下容之。"聪默然。刘后闻之，密敕左右停刑，即忙做手疏一言曰：

  今宫室已备，无烦更营。四海未一，宜爱民力。廷尉之言，社稷之福也，宜加封赏，而更诛之，四海谓陛下何如哉！夫忠臣进谏者，固不顾其身也；而人主拒谏者，亦不顾其身也。陛下为妾营殿，而杀谏臣，使忠良结舌者由妾，远近怨怒者由妾，公私困弊者由妾，社稷贴危者由妾，天下之罪皆萃于妾，妾何以当之！妾观自古败国丧家，未始不由妇人，心常疾之。不意今日身自为之，使后世视妾，由妾之视昔人也！妾诚无面目自奉巾栉，愿赐死此堂，以免后议也！

聪览之大悦，请后归，命任顗等冠履就坐，引元达以表示之曰："外辅如卿，内辅如后，朕复何忧！"乃更命逍遥园为纳贤园，李中堂为愧贤堂。聪谓元达曰："卿当畏朕，而反使朕畏卿耶！"

怀帝被害立愍帝

  四月，怀帝被害，凶闻至长安，皇太子业与百官举哀。索綝等请太子业加元服而即帝位。太子既即大位，改号为建兴元年。以梁芬为司徒，麹允、索綝为仆射。
  是时，长安城中户不盈百，蒿荆成林，公私有车四乘，百官无章服、印绶，惟桑版署号而已。寻以索綝为卫将军、领太尉，军国之事，悉以资之。史说，索綝字巨秀，敦煌人也。少有逸群之量。其父索靖每曰："綝廊庙之材，非简札之用，州郡吏不足污吾儿也。"至是，果应其言。
  孝愍帝名业字彦旗，吴王晏之子，武帝之孙也。初，封秦王，及怀帝遇害，大臣立以为帝。在位四年，后为汉将执而弑之。寿四十八。按谥法，在国遭忧曰愍。

石虎引兵陷邺台

　　却说辅汉将军石勒以从弟石虎为先锋，领兵十万，来攻邺都三台城。兵至城下，团团围绕，水泄不通。

　　史说，石虎字季龙，乃勒之从子也，名犯太祖庙讳，故称字焉。勒父朱幼而子季龙，故或称勒弟焉。季龙性残忍，好驰猎，尤善弹，数以弹打死人命，军中以为毒患。勒白母王氏，欲将杀之。王氏谏曰："快牛为犊子时，多能破车，汝当小忍之。"于是留之。年十八，稍折节，勇冠三军。当时将佐亲戚，莫不敬惮。勒始嘉之，为娶将军郭荣之妹为妻。季龙攻讨，所向无前，故勒宠之，得以专征伐之任耳。

　　此时季龙攻三台城，三台军民皆溃，大将军谢胥势穷，乃率三台流人诣石勒处投降乞活。勒欲准其降，偏将李恽上曰："南人奸诈多般，倘若有变，吾等无类矣！"勒深然其言，即命将谢胥斩之，自上马出来，欲坑其降卒，忽见郭敬在内，勒认识之，乃恩人郭季子，即问曰："汝莫非郭季子乎？"敬叩头曰："是也。"勒忙跳下马，执其手而泣曰："今日相遇，岂非天耶！"赐其衣服车马，署敬为上将军，悉免降者以配之，与敬统领。昔勒幼贫，得郭敬资给，是故报之耳。

　　于是勒领众入邺，问于右侯张宾曰："邺城乃魏之旧都，吾将营建，须贤望以绥之，谁可信也？"宾曰："晋故东莱太守赵彭忠亮笃敏，有佐时良干，若任之，必能允副神规。"勒从之，使人征彭，署为魏郡太守。彭至，入见勒，泣辞曰："臣往策名晋室，食其禄矣。犬马恋主，切不可忘，诚知晋之宗庙鞠为茂草，亦犹洪川东逝，往而不返。明公应符受命，可谓攀龙之会。但受人之荣，复事二姓，臣志所不为，恐明公之所不许，若赐臣余年，全臣一介之愿者，明公大造之惠也。"勒默然。张宾进曰："自将军神旗所经，衣冠之士靡不变节，未有能以大义进退者。至如此贤，以将军为高祖，自拟为四皓，所谓君臣相知，亦足成将军不世之高，何必使之？"勒大悦曰："右侯之言，得孤心矣。"于是赐安车驷马，养以卿禄，令其还宅，乃辟其子赵明为参军。命石季龙为魏郡太守，镇邺三台，勒自领兵还屯襄国。

　　却说华谭尝在寿春依周馥，及闻琅邪王霸有江东，乃来从之。至是，琅邪王睿问谭曰："周祖宣（周馥之字）何故反？"谭曰："周馥虽死，天下尚有直言之士。馥见寇贼滋蔓，欲移都以靖国难，执政不悦，兴兵讨，馥死未逾时而洛阳沦没。若谓之反，不亦诬乎！"睿曰："馥位为征镇，召之不入，危而不持，亦天下之罪人也。"谭曰："然，危而不持，当与天下共受其责，非但馥也。"睿无以对，乃以谭为军咨祭酒。

时睿参佐多有避事自逸，参军陈頠言于睿曰："洛中承平之时，朝士以小心恭恪为凡俗，偃蹇倨肆为优雅，流风相染，以至败国。今僚属皆承西台余弊，养望自高，是前车已覆，而后车又将随之也。请自今临使称疾者，皆免官。"睿不从。以三王之诛赵王伦也，制《己亥格》以赏功，自是循而用之。頠又曰："昔赵王篡逆，惠皇失位，三王讨之，故厚赏以怀向义之心。今功无大小，皆以格断，乃至金紫佩士卒之身，符策委仆隶之门，非所以重名器，正纪纲也，请一切停之！"頠出寒微，数为正论，府中僚佐多恶之，于是睿以頠出为谯郡太守。

却说吴兴太守周玘宗族强盛，琅邪王睿颇疑惮之。睿左右用事者，多中州亡官失守之士，驾御吴人，吴人颇怨。玘自以失职，又为刁协所轻，阴与其党谋诛执政，以南士代之。事泄，忧愤而卒。将死，谓其子勰曰："杀我者，诸伧子也；能复之，乃吾子也"。言讫而卒。时镇东将军顾荣、太子洗马卫玠皆卒。

史说，顾荣字彦先，吴国人也。荣机神朗悟，祖姓吴，丞相雍之后也。吴平，与陆机兄弟同入洛，时人谓之"三俊"。奉例拜为郎中，历尚书郎、廷尉正。恒纵酒酣畅，常谓友人张翰曰："惟酒可以忘忧，但无如作病何耳！"

初，荣与同僚宴饮，见从人执炙食者状貌不凡，其人有爱炙食之色。荣即割其炙食，与从人啖之。坐者问其故，荣曰："岂有终日执之，而不知其味者也！"及赵王伦败，荣为伦长史，亦被执，将诛，而前执炙食者幸为督率，救之，得免。后仕琅邪王睿，以为散骑常侍，年五十七卒。

史说，卫玠字叔宝，年五岁，丰神秀异。祖父瓘曰："此儿有异于众，顾吾已老，不能见其长成耳！"总角乘羊车入市，见者皆以为玉人。骠骑将军王济，玠之舅也，俊爽有丰姿，每见玠，辄叹曰："珠玉在侧，觉我形秽。"又尝语人曰："与玠同游，炯若明珠之在侧，朗然照人耳。"及长，好言玄理。时王澄有高名，每闻玠言，辄叹息绝倒。故时人为之语曰："卫玠谈道，平子绝倒。"澄及王玄、王济并有盛名，皆出玠下。世人云："王家三子，不如卫家一儿。"玠妻父乐广，有海内重名，议者以为妇公冰清，女婿玉润。久之拜为太子洗马。玠以天下大乱，移家南行，转至江夏。妻先亡。征南将军山简见之，甚相钦重。玠知其有女淑德，使人说亲。简欣然曰："昔戴叔鸾嫁女，惟贤是与，不问贵贱，何况卫氏权贵门户，令望之人乎！"于是以女妻焉。成亲遂进豫章。

其时王敦镇豫章，长史谢鲲先重玠，见玠欣然，言论弥日。敦谓鲲曰："昔王辅嗣吐金声于中朝，此子复玉振于江表，微言之绪，绝而复续。不意永嘉之末，复闻正始之音，何平叔若在，当复绝倒矣！"由然人士皆相重之，年二十七岁，卒于南昌，晋王睿闻知，不胜之悲。

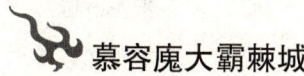

慕容廆大霸棘城

却说慕容廆字弈洛瓌，棘城鲜卑人。其先有熊氏之苗裔，世居北夷，邑于紫蒙之野，号曰东胡。秦、汉之际，为匈奴所败，分保鲜卑山，因以为号。曾祖莫护跋，魏初率其诸部，入居辽西，从司马宣帝伐公孙氏有功，拜为率义王，始建国棘城之北。时燕代多戴步摇冠，莫护跋见而好之，乃敛发袭冠，诸部因呼之为步摇，其后音讹，遂为慕容焉。或云慕二仪之德，继三光之容，遂以慕容为氏，始以为姓。慕容廆幼而魁梧，美姿貌，雄杰有大度。安北将军张华雅有知人之鉴，廆童冠时尝谒之，华甚叹异，谓曰："君至长，必为命世之器，匡济时难者也。"因以所服簪帻遗廆，结纳殷勤而别。

至元康四年，廆以大棘城乃帝颛顼之旧墟，乃与父涉归徙居，教民以农桑，法制同于上国。其时镇北将军王浚政法不立，不能存抚士民，避乱来奔者，往复去之。闻慕容廆政事修明，爱重人物，故士民多来归之。廆举其英俊，随才授任，众至十数万，威名日盛，大霸棘城。

西戎吐谷浑，乃慕容廆之庶长兄也。其父慕容涉归存时，分部落一千七百家以隶之，后不料涉归死了，慕容廆嗣其大位。廆既即位，聚集诸部议事，忽马奴来报，称说御马出浴于河，因见吐谷浑所乘之马，各相狠斗，御马反输踅，请大王令人医之。廆听见其说，大怒。谓吐谷浑曰："先公分封有别，奈何不相远离而令斗马！"吐谷浑曰："马为畜，斗者其常性也，何怒于人？"廆转怒曰："远别甚易，当去汝于千里之外矣。"吐谷浑闻言曰："远别甚易，恐后会为难！"言讫，愤气即出外，领家属遂西行。廆怒不息，忽长史楼冯入内问廆曰："大王何怒？大公子吐谷浑，今领所属诸部西行矣。"廆以马斗之事言之，楼冯曰："兄弟者，手足也。且与人相斗，去其右手，安必胜乎？夫弃兄弟而不亲，而天下其谁亲之？安可以马斗而远疏至亲之骨肉耶！"廆心悔之，急曰："卿可速去追请吾兄还之！"于是楼冯即出追着，言："大王令小臣请殿下还国，不可远离！"吐谷浑勒住马曰："先公称卜筮之言，当有二子克昌，祚流后裔。我卑庶也，理无并大，今因马为弟所怒而别，殆天所启乎？诸君若请吾还，诚驱我马令东，马若还东，我当相随还耳，若西，不归矣。"言未毕，楼冯即遣从人拥马东去，数百步，马辄悲鸣，复西走不去。吐谷浑对楼冯曰："我不归耳！"冯跪下曰："此天意，非人事也。"于是吐谷浑策马西去。楼冯回见廆，以吐谷浑之言不归之意说知。廆心悔念，思兄吐谷浑谓为阿干，乃自作《阿干之歌》，岁暮穷思，常歌之，悲涕不胜。

吐谷浑西至阴山，就居其地。据有西零、西极、白兰数千里，戎人多附之。时吐谷浑卒，有子六十人，长子吐延嗣雄姿魁杰，羌虏诸部戎人尽皆惮之。号曰此乃项羽复生。而吐延性倜傥不群，常慷慨，忽一日闲坐，谓其左右曰："大丈夫生不在中国，当高、光之世，当与韩、彭、吴、邓并驱中原，定天下雌雄，使名垂竹帛，而窜处穷山，隔在殊俗，虽偷观日月，独不愧于心乎！"于是羌人咸服其言。

只有羌酋姜聪心嫉其能，每欲起害吐延之意，而吐延性虽猜忌，而自负其智，不之防耳。因一日饮酒大醉，与从人数十出猎至阴山小谷，被姜聪伏草中，背标一枪，正中后心，落马身死。左右从人各持兵刀搜山，捕得姜聪，即斩之，取首级，抬吐延尸首归府，见其夫人燕氏。燕氏痛哭，哀号终日，命安葬之。命将姜聪首级，砍为肉酱，狗食之。时吐延之子叶延年十岁，见父遭姜聪所害，缚草为人，做姜聪之象，大哭以箭射之，中之则号泣，不胜悲哀；不中则瞋目大呼骂，又射之。其母燕氏入后园见之如此作为，哭谓叶延曰："姜聪逆贼，诸将已屠鲙之矣，汝何为如此耶！"叶延泣曰："父母之仇，不同天地，逆贼虽死，我恨难消，诚知射草人不益于先仇，以申罔极之志耳！"言讫，母子相抱而哭。

初，中国士民避乱者多依王浚，浚政法不立，往往去之。段氏兄弟专武勇，不礼士大夫，惟廆政事修明，爱重人物，故归之。廆以裴嶷、阳耽为谋主，游邃、逢羡、封柚、裴开为股肱，宋该、皇甫岌、岌弟皇甫真及封弈、封裕典机要。

裴嶷清方有干略，兄武为玄菟太守，卒。初，嶷与武子开以其丧归，过谒廆，庞敬礼之。行及辽西,道不通,巍欲还从庞,开曰:"且等流寓,段氏强,慕容氏弱,何必去此而就彼也?"巍曰:"欲求托足之处,岂可不慎择其人。汝观诸段,岂有远略且能待国士乎!慕容公修仁义,有霸王之志,加以国富民安,今往从之,高可以立功名,下可以庇宗族,汝何拒焉!"言讫,复还就庞。庞大悦,以为谋主。

初,游邃尝避地于蓟,后归庞,王浚屡以手书招其兄游畅,畅欲赴之,邃曰:"彭祖必不能久,且宜盘桓以俟之。"畅曰:"彭祖忍而多疑,今手书殷勤,而稽留不往,将累及卿,且乱世宗族宜分,以冀遗种。"邃从之,卒与王浚复殁。五月,愍帝设朝,群臣奏请以诏封琅邪王睿为左丞相、南阳王保为右丞相,分督陕东西诸军,去讨刘聪。帝从之,诏曰:

今当扫除鲸鲵,奉迎梓宫。令幽、并两州勒卒三十万,直造平阳。右丞相宜率秦、梁、凉、雍之师,径诣邺中。左丞相所领精兵造洛阳。同赴大限,克成元勋。

又诏睿以时进军,与乘舆会除中原。
琅邪王睿集僚佐商议。谋臣以方平定江东,未暇北伐,宜推故却之。于是睿以表辞而不行,乃以刁协为丞相左长吏,以刘隗为司直。隗雅习文史,善伺候睿意,故特亲爱之。时主簿熊远以睿以下法律久废,乃上书于睿曰:

军兴以来,处事不用律令,用者不敢任法,每辄关咨,非为政之体。愚谓凡为驳议者,皆当引律令、经传,不得直以情言,无所依准,以亏旧典。若开塞随宜,权道制物,此人君之所得行,非臣子所宜用也。

睿览之,不能从。

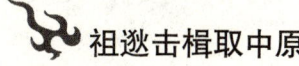

祖逖击楫取中原

史说,祖逖字士稚,范阳道人。世吏二千石,为北州旧姓。逖性豁荡,不修仪检。年十四五，犹未知书，诸兄每忧之。后乃博览书记，该涉古今，往来京师，见者谓逖有赞世之才。先与友人刘琨俱为司州主簿，情好绸缪，共被同寝，中夜闻荒鸡鸣，蹴琨觉曰："此非恶声。"因起舞焉。逖、琨二人并有英气，每语世事，或中宵起坐，相谓曰："若四海鼎沸，豪杰并起，吾与足下当相避于中原耳！"及京师大乱，乃率亲党百余人来江南，投奔琅邪王睿。

时睿正与刁协、卞壸、陈頵、庾亮、甘卓、周访、陶侃一班儿文武议事，忽左右人说门外有范阳逖特来相投，睿命进来，祖逖入见，行礼毕，睿曰："君来戮力，必有见教于吾乎！"祖逖言曰："诚恐鄙言，大王不听。臣思晋室之乱，非上无道而下怨叛也。由宗室争权，自相鱼肉，遂使戎狄乘隙，毒流中土。今遗民既遭残贼，人思自奋，大王诚能命将出师，使如逖者统之，以复中原，郡国豪杰必有望风响应者矣，何患中兴不在此时耶！"睿大喜曰："孤本无北伐之志，得君之壮，令人有意中原矣。孤就拜卿为奋威将军、豫州刺史，廪千斛、布三千匹与卿招募兵，渡江北进。"逖欣然拜领，出招募兵，得三千余人。

次日，引众登舟渡江，至中流击楫而誓曰："祖逖不能清中原而复济此者，有如大江！"辞色壮烈，众人皆慷慨。

次日，行至淮阴，铸器械甲胄，又募得二千余人，进屯豫州，安民阅武，大兴攻讨，北地士民，皆来归之。于是北地遂平，由是黄河以南尽为晋土矣。逖使人去见琅邪王睿报捷，睿大喜，复使使拜祖逖为镇西大将军，自此逖威名远播，胡人不敢窥兵矣。

史说，并州刺史刘琨，闻知友人祖逖为豫州刺史，转升镇西大将军，心忧自不能先，乃移书临家遗其亲故，曰："吾枕戈待旦，志枭逆虏，常恐祖生先吾着鞭，未审何如耳！"

却说周顗以兵屯浔水城，被杜弢围之。陶侃闻知，即遣将军朱伺领军二万来救。弢已闻知朱伺来，乃退兵保泠口。侃又使人令伺逆击之，伺得令引军至泠口，弢以兵拒战。次日交锋，大战不数合，弢败走，被朱伺驱军追击，大破之。弢势孤遁归长沙，伺引军还。王敦使人上表奏侃之功，朝廷以侃为荆州刺史，命屯沔江城。侃既受诏，屯沔江招集士众，商议去击杜弢。

张光视死如登仙

十月,羌氏杨茂搜之子杨难敌,遣养子贩易于梁州,被梁州刺史张光杀之。及光与王如余党杨虎相攻,光不能胜,使人求救于杨茂搜。茂搜遣难敌以兵来救光,被杨虎窃知,密使人持金宝厚赂难敌,返与虎夹击,张光大败,婴城自守,愤激成疾。僚属劝光退据魏兴,光按剑曰:"吾受国重任,不能讨贼,今得死如登仙,何谓退也!"声绝而卒。难敌知光死了,城中无主,驱兵攻拔梁州,入屯扎之。

却说陶侃既受荆州刺史屯沔江,与诸将谋,兴兵来长沙,击杜弢。杜弢亦引军出迎,两下交战不十合,弢又败,被侃挥兵大破之,弢逃入城,坚守不出。

刘曜阴入攻长安

却说刘曜与麹允相持数月,乃阴使赵染率精兵三万,密来袭长安,自为后应。染得令,漏夜驰至,攻入外城。内城军民鼎沸惊奔,愍帝大惊,奔射雁楼。染骑至龙尾坡,使人尽放火烧晋诸营,见内坚闭不出,恐有埋伏,亦不敢进,乃勒众退屯逍遥园。

次日天明,将军麹鉴率兵二万来救长安,与曜众遇战于灵武,鉴兵大败。曜恃胜不为防备,与赵染合兵而屯。麹鉴败归,麹允曰:"汉既胜,谓我不敢再至,必无准备,正可袭之。"言讫,传令三军尽起,来袭曜营。曜果未设备,被允军袭之,汉兵大败。刘曜见势头不好,引腹心弃营先逃,只有一将乔智明以众出拒战,被麹允杀之,其众大败,损去大半。刘曜既走脱大难,招集残兵,复归平阳去讫。

石勒奉表于王浚

十二月,幽州都督王浚自谓英雄无比,豪杰无贰,欲反晋,自称尊号,当刘亮、高柔切谏,皆被杀之。时燕国霍原志节清高,屡辞征辟。浚使人召至,以尊号事问之。原不答,浚诬以罪杀之,而枭其首。于是士民骇怨,而浚矜豪日甚,不亲政事，所任皆苛刻小人。枣嵩、朱硕贪横尤甚，北州谣曰："府中赫赫朱丘伯，十囊五囊入枣郎。"石勒闻知，乃集军将士商议欲袭之。未知虚实，将遣使觇之。当参佐刁膺等，请用羊祜、陆抗故事，致书于浚。勒以问张宾，宾曰："浚名为晋臣，实欲废晋自立，但患四海英雄莫之从耳。将军名振天下，今折节事之，犹惧不信，况为羊、陆之亢敌乎！夫谋人而使人觉，其情难以得志矣！"勒曰："善，子之言，正合孤心。"于是勒遣舍人王子春奉表于浚。浚大悦，览之曰：

勒本小胡，遭世饥乱，流离屯危，窜命冀州，窃相保聚，以救性命。今晋祚沦夷，中原无主，为帝王者，非公复谁？愿殿下应天顺人，早登皇祚。勒奉戴殿下，如天地父母，殿下察勒微心，亦当视之为子也！

浚读罢甚喜，谓子春曰："石公可信乎？"子春曰："殿下中州胄望，威行夷夏。自古胡人为辅佐名臣则有矣，未有为帝王者也。石将军非恶帝王不为而让于殿下，顾以帝王自有历数，非智力之所取故也，又何怪乎？"浚大悦，遣使以重礼报聘于勒，勒受之。时游纶兄游统为浚将，镇范阳城，遣使私附于勒，勒斩其使，遣人以其书及使人首级送与浚，浚虽不罪统，益信勒之忠诚，无复疑矣。

二年（汉嘉平四年），正月，有日陨于地，又有三日相承东行。又有流星陨于平阳北，化为肉，人视之，则长三十步，广二十七步，臭息闻于平阳。肉傍常有哭声，昼夜不止。汉王聪闻知，心甚恶之，以问公卿，陈元达曰："陛下女宠太盛，此应为亡国之征，宜修省之。"聪曰："此乃阴阳之理，何关人事！"言讫，忽后宫宫人奏："皇后刘氏产下一条大蛇、一只猛兽，在宫中伤人。"聪急使人捕之。军人即带兵刃去捕蛇兽，蛇兽飞走不见，寻之不得。军人急出奏知汉王聪，聪正烦恼，出榜去寻，忽群臣奏说："百姓道其蛇、兽走在前陨肉之旁，如今其陨肉、蛇兽不知何处去了，哭声亦止。"正论间，忽后宫宫人来奏："皇后刘氏死了。"聪流泪入宫去讫，文武退班。刘聪入宫举哀，敛葬毕，自此之后，嬖宠进御无序矣。

却说王浚遣使者送玉麈尾与石勒，勒在襄国，闻浚使至，尽匿其劲卒、精甲，以羸师虚府以示之，北面拜使者而受书。浚送勒麈尾，勒不敢执，悬之于壁，朝夕拜之，曰："我不得见王公，见其所赐，如见王公也。"使人见勒如此殷勤，以为是实。时勒复遣董肇奉表同使人去见王浚，期以三月中旬亲诣幽州，奉上尊号。又修笺将金帛送与枣嵩，求并州牧。枣嵩受勒赂，甚称勒德于浚，浚又得勒表，心中大悦。又问使人虚实动静之事，使人俱以勒形势寡弱款诚无贰及言拜麈尾之语语浚，浚亦以为实，中心不疑，不为设备矣。

却说石勒问浚于王子春虚实何如，子春曰："幽州去岁大水，人不粒食。浚积粟百万，不能赈赡，刑政苛酷，赋役殷烦，忠贤内离，夷狄外叛。人皆知其将亡。浚意气自若，曾无惧心，方更置台阁，布列百官，自谓汉高、魏武不足比也。"勒抚几笑曰："王彭祖真可擒也。"

却说汉嘉、涪陵、汉中之地，皆为成有。成主李雄虚己好贤，随才授任。命太傅李骧养民于内，李凤等招怀于外。刑政宽简，狱无滞囚。兴学校，置史官。其赋，民男丁十岁谷三斛，女丁半之，疾病又半之；户调，绢不过数丈，绵数两。事少役稀，民多富实，新附者给复除。是时天下大乱，而蜀独无事，年谷屡熟，乃至闾门不闭，路不拾遗。然朝无仪品，爵位滥溢；吏无禄秩，取给于民；军无部伍，号令不肃，此其所短也。

时梁州张咸闻知，乃与民众谋集五万人，欲逐杨难敌，以州来降于成。难敌见兵起，亦不敢战，引兵退还。于是张咸以梁州降于成，成主李雄封咸为将，就镇梁州。

石勒袭蓟杀王浚

三月，石勒欲袭王浚而未敢发，而惧刘琨、乌桓为后之患，张宾曰："明公欲图王浚趑趄，岂非畏刘琨及鲜卑、乌桓为吾后患乎？"勒曰："然。"宾曰："彼三方智勇，皆不及明公。明公虽远出，彼必不敢轻动，且彼不谓明公便能悬军千里取幽州也。轻车往返，不出二旬，藉使彼有是心，比其谋议出师，吾已还矣。刘琨、王浚虽同名晋臣，实为仇敌。若修笺于琨，送质请和，琨必喜我之服，而快浚之亡，终不救浚而袭我也。用兵贵神速，勿后时也。"勒曰："吾所未了，右侯已了之。"遂遣使奉笺于刘琨，自陈罪恶，请讨浚自效。琨大喜，移檄州郡，言勒已降，当袭平阳，以除僭逆。

军未及发，三月，勒军达易水。浚督护孙纬见勒兵驰至，遣人白浚，自以兵拒之。游统禁之，勿拒。王浚闻纬遣人说石勒至；遂传令勿拒，与其来见。浚将佐曰："胡人贪而无信，必有诡计，请击之。"浚怒曰："石公来，正欲奉戴我，自前日表至，约在此时，岂有诈乎！敢言击者斩！"言讫，令诸将设飨以待之。

勒次晨至蓟，叱守门者开门，犹疑有伏兵，先驱牛羊马千头，声言上礼，实欲塞诸街巷，使兵不得发。浚始悔。时勒诸将已升其听事堂，王浚出，与勒相见，被勒叱令执之于前。浚骂曰："胡奴调乃公，何凶逆如此！"勒曰："公位冠元台，手握强兵，坐观本朝倾覆，曾不之救，乃欲自尊为天子，非凶逆乎！"言讫，传令左右即监送还襄国斩之。

浚之将佐皆至勒军门谢罪。前尚书裴宪、从事中郎荀绰独不至，勒使人召而让之，宪、绰对曰："宪等世家晋朝，荷其荣禄，浚虽凶粗，犹是晋之藩臣，故从之，不敢有贰。明公苟不修德义，专事威刑，则宪等死自其分，请就死。"不拜而出。勒谢之，待以客礼。勒数朱硕、枣嵩等以纳贿乱政，责游统以不忠所事，皆令斩之。籍浚将佐、亲戚家，资皆巨万，惟宪、绰只有书百余卷，盐米各十余斛而已。勒曰："吾不喜得幽州，喜得二子耳。"于是以宪为从事中郎，绰为参军。分遣流民，各还乡里。勒停蓟二日，焚浚宫殿，以故尚书刘翰行幽州刺史，戍蓟，置守宰而还。

孙纬闻知王浚被害，以军拦住石勒归路，勒众与战不利，退寻别路而归，得还襄国。遣使奉王浚首，献捷于汉，汉主聪大悦，使使以勒为东单于。刘琨闻知勒杀王浚，献首于汉，方知勒无降意，遣使请兵于代公，会击平阳。代公拓跋猗卢得琨书，即起兵。其所部杂胡欲谋应勒，猗卢密知，悉诛之。因此迟滞，不果赴约。琨见北兵不至，亦未敢行。却说刘翰见勒军退还襄国，驱边戍守之，乃以蓟城归段匹䃅，匹䃅引众入据蓟城讫。

邵续弃子归晋室

却说王浚所署乐陵太守邵续，因王浚死而附石勒，勒以其子邵义为督护。渤海太守刘胤闻浚被杀，乃弃郡依续，谓续曰："君晋之忠臣，奈何从贼以自污乎？"言未讫，会段匹䃅使人以书邀续同归江东，续从之，回书使人还去。左右曰："君归江东，其如令嗣邵义何？"续泣曰："我岂得顾子而为叛臣乎！"因杀异议者数人。石勒闻知邵续归江东，乃杀邵义，于是续已知，决意，使刘胤来江东，见左丞相睿，具说归晋之事。睿大悦，以刘胤为参军，遣使拜邵续为平原太守。石勒见邵续归江东，自率众来围续。续遣人求救于段匹䃅，匹䃅自以五万军来救，勒乃引兵退还襄国。续出城谢段匹䃅，及犒劳其卒，匹䃅亦还蓟讫。时襄国大饥，谷二升值银一斤，石勒甚忧之。

五月，太尉凉州牧西平公张轨寝疾，集文武将佐于卧内，吩咐曰："吾将不豫，汝等文武将佐，可尽忠辅吾世子张寔，务安百姓，上思报国，下以宁家。"言讫而卒。长史张玺主丧事讫，乃使使入朝，表世子张寔摄父之位。愍帝诏寔为都督刺史、西平公，谥轨曰武穆。

刘曜赵染寇长安

六月，汉王聪使大司马刘曜、赵染以兵十万，来寇长安。却说汉始安王刘曜使将军赵染寇新丰城。晋愍帝设朝，近臣奏知，帝遣卫将军索綝领兵五万出迎。索綝得诏，点军即行。

却说赵染出战常胜，累建大功。闻索綝领兵来迎，有轻綝之色。当长史鲁徽谏曰："晋之君臣，自知强弱不敌，将致死于我。索綝若来，将军勿轻之，其智略多般，武艺亦不在将军之下，宜坚壁勿战，观彼动静，然后出奇兵胜之。故兵法曰：'知彼知己，百战百胜'耳！"染大怒曰："以司马模之强，吾取之如拉朽；索綝小竖，岂能污吾马蹄刀刃耶！"

次日，率轻骑数千逆之曰："要当获綝而后食。"索綝见赵染在阵前搦战，令精兵出前，以箭射住阵脚。急唤偏将王文至曰："你可与王武二人速退，各引守寨之兵，伏于三十里西北屏山谷内，待吾败回，彼必赶来，候彼军入谷，你二人杀出截住，吾复杀回，两下夹攻，可擒赵染。"王文二人得计退去，领兵埋伏讫。索綝亲自披挂，持刀出阵前大骂："胡贼焉敢入境！"染大怒，执枪杀过阵，索綝与交锋，斗上十合，綝佯败便走。染不知是计，引兵赶来。未上五里之程，忽听得一声鼓响，伏兵四起，前有索綝拦路，后有王文、王武杀来，杀得汉兵十去其七，大败奔溃。赵染死战得脱而归,悔曰:"吾不用徽言至此,何面目见之!"先命斩徽,徽大怒曰:"将军愚愎以取败,乃复忌前害胜!犹有天地,其得死于枕席乎!"言讫自杀。后染攻北地,中弩而死。此是后话。

冬,汉王聪以子刘粲为相国。粲少有隽才,自为丞相,骄奢专恣,远贤亲佞,严刻愎谏,国人始恶之。

三年(汉建兴元年),正月,周勰以其父遗言,因吴人之怨,谋作乱。使吴兴功曹徐馥,矫称勰叔父周札之命,收合徒众,以讨王导、刁协。豪杰翕然附之。是月,馥杀吴兴太守袁琇,欲奉札为王。周札闻之大惊,以告义兴太守孔侃。勰知札意不同,不敢发。馥党惧事不成,乃攻馥,杀之。札子周续亦聚兵应馥,闻馥死,亦退不发。左丞相睿闻续为乱,集诸将议发兵讨之。王导曰:"今若少发兵,则不足以平寇,多发兵,则根本空虚。续族弟黄门侍郎周莚,忠果有谋,请独使莚往,足以诛续,何必纷纷起兵劳民乎!"睿从之,即使莚去同孔侃诛逆。莚得命,兼行至义兴郡,将入府,遇周续于门,莚逼续与俱诣府与侃相见。礼毕,分列而坐,莚指续谓侃曰:"府中何以置贼在坐!"续即出衣中刀逼莚,莚叱令傅教格杀之。因令收集周勰至,谓曰:"汝等何如谋叛,累我宗族?吾奉左丞相命,敬来同孔府君诛汝!"勰曰:"非干我事,乃兄周邵命勰用徐馥之谋,徐馥虽已死,邵还在宅。"于是莚引百余人,令收邵诛之。莚不归家省母,遂长驱而去,报左丞相睿,睿大悦,以札为吴兴太守,以莚为太子右卫率。睿以周氏吴之豪望,故不穷究,勰如旧矣。

却说愍帝聚集文武,商议中兴之策,群臣奉曰:"臣等闻单于平阳拓跋猗卢聚有雄兵百万,猛将千员,与先帝有恩,不如命使封其为王,命藩屏救应,可保国家无危,不惧胡兵也。"帝曰:"卿等所奏,正合朕心。"于是使使赍诏来平阳,封猗卢为代王。

却说猗卢与诸部大人商议边庭之事,闻中国愍帝有诏至封王,即命左右排香案跪听。宣读毕,方知封他为代王,谢恩讫,受其印绶,排宴款待使人,以金宝回贡晋主,赏赐使人回朝去讫。

猗卢既为代王,乃置官属,分君臣之礼。其时国俗宽简,人皆不畏,至是代王明刑峻法,以示群下。诸部人多以违命得罪,代王升殿复集文武谓曰:"今吾以法示,何如故违?再有违命者,皆举部戮之,决不恕免。"群臣曰:"自后再不敢干。"于是中外肃然，无有再犯。

三月，晋愍帝发二使，以左丞相睿为丞相，都督中外诸军事；以南阳王保为相国，以刘琨为司空。

却说代王闻并州从事莫含贤，乃遣人至并州见刘琨，求莫含为长史，刘琨从之。莫含不欲去，琨谓曰："以并州单弱，吾不才，而能自存于胡、羯之间者，代王之力也。吾倾身竭资，以长子为质而奉之者，庶几为朝廷雪大耻也。卿欲为忠臣，奈何惜共事之小诚，而忘徇国之大节乎！往事代王，为之腹心，乃一州之所赖也。"于是含遂来见猗卢，猗卢甚重之，常与参大计。猗卢用法严苛，一人犯法者，举部就诛，老幼相携而行，人问："何之？"答曰："往就死。"无一敢逃匿者。

周访击斩贼张彦

三月，却说王敦遣陶侃等讨杜弢。侃既以兵出讨杜弢，前后数十战皆胜，弢将士多死。于是弢使使来江东请降于丞相睿，睿受其降，遣人以弢为巴东监军。弢既受睿命为东监，陶侃攻之不已。弢不胜愤怒，复反，遣其将张彦攻陷豫章郡。

周访以军来击张彦，彦即出城拒迎，与访交战不十合，彦被周访拍马冲阵而斩之，彦众遂降于访，访遂入屯豫章。

时平阳血雨三日于汉东宫延明殿，太弟刘乂心甚恶之，太子太傅崔玮、太子太保许遐说乂曰："今相国威重，逾于东宫，殿下非徒不得立也，朝夕且有不测之危，不如早为之计。"乂弗从。舍人出告于汉主聪，聪大怒，即选一人诛之，使将军卜抽将兵五千，监守东宫。乂大惊，急遣人上表乞为庶人，且请以刘粲为嗣。卜抽监住弗为出通。

时汉青州刺史曹嶷尽得齐、鲁间郡县，自镇临淄，有众十余万，临河置戍。石勒闻之，使人入平阳，称曹嶷有专据东方之志，请为讨之。汉主聪与近臣议，恐勒灭嶷不可复制，因此弗许，勒遂不敢行。

却说汉主刘聪纳中护军靳准二女月光、月华，立月光为上皇后，以刘贵妃与月华为左、右皇后。当陈元达知立三后，入内极谏曰："自三皇五帝以至于今，未有一国而立三后，非为礼也。今陛下不思求贤，专宠女色，诚恐社稷危矣。"汉主怒而不听，元达又奏："月光有秽行。"聪不听，不发之。月光知元达所奏，惭愧自杀。聪以是恨元达，乃迁元达为御史大夫，喝令即出。元达满面愧惭而出曰："忠言逆耳，庸君不纳。"于是闷闷回第去讫。

陶侃击破杜弢死

却说陶侃与杜弢相攻，弢屡败。是日，韬使王贡出挑战，侃亦领军出阵前，遥谓王贡曰："弢为益州小吏，盗用库钱，父死不奔丧。卿本佳人，何为随之？天下宁有白头贼耶！"贡听见，遂弃戈投降，侃与并马而还，以酒相待。次日，用贡为前部，自为合后，以军来击杜弢，弢众不战自溃，弢不能敌，乃单骑逃走，至湘州，因发愤恚死于道中。陶侃以军进克长沙，湘州悉平。

于是丞相睿进王敦为镇东大将军，都督江、扬、荆、襄、交、广六州诸军事，江州刺史。敦始自选置刺史，刺史以下寖益骄横。

初，王如之降也，敦从弟王棱爱如骁勇，请敦将如配己麾下，敦从之，棱甚加宠遇。如数与敦诸将角射争斗，棱杖之数十下，因此如深以为耻。及敦潜畜异志，棱每谏之，王敦大怒，密使人激如杀棱，如果恨杖己之怨，乃夜持刃入内杀之。敦闻之，暗喜而佯惊，亦使人捕如诛之。

王敦意欲害陶侃

初，朝廷以第五猗为荆州刺史，杜曾迎猗于襄阳，聚兵万人，与猗分据汉、沔。时侃既破杜弢，乘胜进击杜曾，而侃有轻曾之志，反为曾所败，死者数百人，遂以兵屯住不战。时荆州都督荀崧屯宛城，杜曾乃撇侃，以兵来围宛城。时崧军少食尽，恐不能敌，欲求援于故吏襄城太守石览，无人敢往，心内大忧。当崧小女荀灌娘年十三岁，有胆志，见父烦恼，进曰："父亲大人休忧，小女愿往石太守处，求取救兵，来解此围。"崧执不与行，灌娘只管率勇士五十余人，逾城突围夜出，与曾交战，且战且前，冲出重围，直至襄阳拜见石览，说求救之事。览曰："荀使君被困，下官理宜发兵，奈治下兵少粮稀，无将领兵。今既令嫒自诣，其困甚危，汝且休忧，吾兵虽少，亦只得行。吾有友人周访，吾作书与汝去周访请借兵，彼必能同吾救之。"于是写书令灌娘持见周访，访得览书视之，即命其子周抚率军二万，来与览同救襄阳。杜曾闻二处救兵至，乃引众遁去。抚、览之军闻曾走去，亦引兵还。杜曾无城可据，恐无倚凭，使人于荀崧处求自效。崧恐其再攻，故许之。陶侃闻知，遗崧书曰：

　　杜曾凶狡，所谓鸱枭食母之物。此人不死，州土未宁。足下当识吾言，早为之计。崧自思兵少，籍为外援，不从侃言。杜曾过数月果反，复率流亡二千余人，来围襄阳。崧坚壁不出，相持月余，曾量不能克襄阳，引众而还。

　　却说王敦手下嬖人钱凤，嫉陶侃之功，屡毁之不止。因此侃久沉在外，不得录用。侃遂亲自来见王敦，陈上功勋。敦留不遣，以侃左转广州刺史，以其弟王廙为荆州刺史。侃所统荆州将吏郑攀等诣敦留侃复刺史荆州，敦留侃不许。于是郑攀等众情愤怒，遂迎杜曾、第五猗以拒王廙。廙不敢入荆州，乃遁还。王敦意郑攀等必承陶侃风旨始叛，乃自披甲持矛将杀侃，出而复还者数四。陶侃在外正色曰："郑攀等来见使君，吾尽未知，亦不曾一会。今虽谋反迎曾，非吾所知，使君雄断，当裁天下，何处不决乎！"敦始解甲如厕。参军梅陶即入言于敦曰："周访与侃亲姻如左右手，安有断人左手，而右手不应者乎！"敦意解，即出，转怒为欢，乃设盛馔以钱之曰："今日是吾不明，显有小失，卿勿为恨。谨陈薄酌，代卿送行，来日卿可速往广州赴任。"侃拜谢，饮醉即出。至夜，领自部属驰入广州。时王机盗据广州，侃至始兴，州人皆言宜观察形势，且停数月而去，侃不听，直至广州。侃既入广州，安民阅武，分守戍边，又遣督护将军郑正以军二千去讨王机。机闻知，遂逃去，广州遂平。

　　史说，陶侃字士行，本鄱阳人，吴平，徙家庐江之浔阳。故父陶丹娉妾生侃，嫡母湛氏。侃贫贱，其母湛氏每纺绩资给之，使子侃交结朋友，胜己者为从。侃少为浔阳县吏，奉官差，尝监鱼梁，尝以一坩鲊使人送归与母湛氏，湛氏不受，即封鲊寓书责侃曰："汝为吏，以官物遗我，非惟不能益吾，乃以增吾忧矣！"侃得书自觉愧怍，不能立身扬名以显父母，悒悒而怅。复鱼于雷泽，因网得一织梭，归至宅，以挂于壁。有顷雷雨大作，其梭自化为龙而去，侃又闷闷不已。

是夜，梦身生八翼，飞而上天，见天门九重，比登八重，惟一门不得入，被阍者以杖击之，因坠地折其左翼。及寤，左腋觉痛。次日，思想其梦恐不祥，因出外行走，遇相者师圭，侃请其相，师圭相侃至左手，因谓曰："君中指有竖理，当为公。若更彻于上，贵不可言。"侃拜谢归家，以针决之，见血洒壁而为"公"字，以纸裹手，"公"字愈明矣。侃自是益喜。

因与友人鄱阳孝廉范逵归家，留逵宿歇，贫无所措，侃入与母说留逵之事，其母湛氏乃撤卧所新荐，自剉给养其马，又自密截发，卖与邻人，买酒，供淆馔。逵闻之叹息曰："非此母不生此儿也。"称赞不已。次日，逵辞去。侃从送百余里，逵问曰："卿欲仕郡乎？"侃曰："困于无津耳。"言讫，二人相辞而别。

后范逵过庐江，入探太守张夔共话，逵称奖湛氏之德、陶侃之贤，赞羡不已。夔大喜，送逵出府，即使人召陶侃至，以为督邮，又迁主簿。偶张夔妻某氏有疾，夔出堂，闻鄱阳郑医者用药如神，即问："谁人肯去鄱阳请医？"此时天飘大雪，寒不可当，况庐江到鄱阳百余之程，诸官吏皆不答。侃独应声而出曰："资于事父以事君，小君犹母也。安有父母之疾而不尽心乎？某请行。"言讫即去，请医人至，疗夔妻疾愈。由然众眼其义，夔举侃以为孝廉，举至洛阳。

时郎中令羊晫与侃同州里人也，侃谒之。晫闻其贤，甚敬之，曰："《易》称'贞固足以干事'，陶士行是也。"于是与侃同乘来见中书郎顾荣。荣亦素知其贤，甚奇之，荐于朝廷，因此知名。先时与羊晫同乘而行，有吏部郎温雅谓晫曰："君何与小人共载？"晫曰："此人非凡器，乃国之柱石也。"后母死，即卸职回家居忧，朝夕涕哭，庐于墓侧。忽有二客来吊，不哭而退；化为双鹤，冲天而去。人皆异其孝感天地，无不敬之，因此孝名闻于州里。

陶侃既在广州，无事，辄朝运百甓于斋外，暮运百甓于斋内，人问其故，侃曰："吾方致力中原，过尔优游，恐不堪事，故习劳耳。"人皆尚之。

十月，汉刘曜以兵五万寇北地，进拔冯翊。麹允军于灵武，以兵弱不敢进。愍帝大惊，屡征兵于相国司马保，保左右皆曰："蝮蛇螫手，壮士解腕，今胡寇方盛，且宜断陇道以观其变。"从事中郎裴诜曰："今蛇已螫头，头可断乎？"于是保以胡崧为行前锋都督，须诸军集乃发。愍帝见保军不至，心中大惧，麹允与索綝商议，欲奉帝往就保，綝曰："保得天子，必逞其私志。"允意遂止。于是自长安以西，不复贡奉，百官饥乏，采稆以自存。

却说凉州军士捡得玉玺，文曰"皇帝行玺"，献与张实，僚属皆贺。实曰："是非人臣所得留。"遂献之于国。

汉杀陈休等七人

四年（汉麟嘉元年），二月，汉中常侍王沈、郭猗等宠幸用事，汉主聪游宴后宫，或百日不出，政事一委相国粲，惟生杀除拜，乃使沈、猗入白之，沈等多以私意决之。而郭猗有怨于太弟乂，谓刘粲曰："太弟与大将军谋，因上巳大宴作乱，今祸期将近，宜早图之。殿下如不信臣言，可召大将军从事王皮、刘惇，许其归首以问之，必可知。"粲许之。猗密出谓皮、惇曰："二王反状，主上及相国具知之矣，卿闻之乎？"二人惊曰："无之。"猗曰："兹事已决，吾怜卿亲旧必并见族耳！"因佯为歔欷流涕。二人大惊，叩头求救。猗曰："倘相国问卿，卿但云有之，无事惊惶。"惇许诺。次日，粲召王皮、刘惇入问之，言皆同时而其辞若一，粲以为信然，靳准复说粲曰："人告太弟为变，主上必不信。宜缓东宫之禁，使宾客得往来。太弟雅好待士，必不以此为意，轻薄小人不能无迎合为之谋者。然后下官为殿下露表其罪，收其宾客拷问之，狱辞既具，则主上无不信之理也。"粲然之，乃命卜抽引兵离东宫去讫。

时东府少府陈休、左卫将军卜崇，为人忠直，王沈深疾之。侍中卜干密知其事，因谓休、崇曰："沈等势力足以回天地，卿辈自料亲贤孰与窦武、陈蕃？"休、崇曰："吾辈年逾五十，职位已崇，惟欠一死耳！死为忠义，乃为得所，安能俯首低眉以事阉竖乎！"至是靳准表太弟与东宫佐属谋欲为乱，汉王聪大怒，令收休、崇及特进綦毋达等七人诛之。此七人皆群宦所恶，故使汉王诛之。卜干泣谏，王沈叱之曰："卿莫不同谋乎？"汉王聪亦怒，免为庶人。河间王刘易及陈元达等谏曰："今遗晋未殄，巴、蜀不宾，石勒谋据赵、魏，曹嶷欲王全齐，陛下心腹四肢何处无患！乃复以王沈等助乱，诛巫咸，戮扁鹊，臣恐遂成膏肓之疾，虽救之不可及矣。"又上表曰：

臣伏惟天下所以有逆不正者，皆由黄门。常侍王沈侮慢天常，窃权承宠，浊乱海内，擅握王命。父子兄弟据州郡，一至出门，便获大赏。京畿诸郡，数百万膏腴美田，皆沈等所据。致使怨气上蒸，盗贼蜂起。士民皆言先诛阉宦，以诛民害。从台阁求乞，资直臣随尉抚，以至新安。臣闻扬汤止沸，不如去薪，溃痈虽痛，胜如养毒。临溺呼船，悔之无及。臣谓诛沈等，则社稷幸甚，天下幸甚矣！

时汉主聪在上秋阁见表，反以表示沈等，笑曰："群儿为元达所引，益成痴也。"聪问沈于粲，粲盛称其忠清。聪大悦，封沈等为列侯。刘易又上疏极谏，聪大怒，手裂其疏，易愤恚而卒。刘易素忠直，元达倚之为援，得尽谏诤。及卒，元达哭之恸，曰："'人之云亡，邦国殄瘁。'吾既不复能言，安用此默默苟生乎！"归宅遂自杀而死。士民闻者，莫不悲叹。

史说，陈元达字长宏，后部人。本姓高，以生月妨父，故改云姓陈。自幼孤贫，躬耕诵书，年至四十，不与人交通。先，刘元海为左贤王时，闻名而召之，元达不答。及元海僭号，征为黄门郎。既至引见，元海曰："卿若早来，岂为郎官而已！"元达曰："臣惟性之有分，盈分者颠。臣若早叩天门者，恐陛下赐处于九卿、纳言之间，此则非臣之分，是以抑情盘桓，待分而至。大王无过授之谤，小臣免招寇之祸，不亦可乎！"元海大悦。元达在朝忠謇，屡进谠言，退而焚草稿，子弟莫有知者。汉王聪常谓元达曰："卿当畏朕，反使朕畏卿乎！"元达叩头谢之。及其死也，人人冤之。

陈元达已死，汉王聪大宴群臣，传旨引太弟刘乂同宴。见乂憔悴而涕泣陈谢，甚称被诬之事，聪亦大哭，待之如初。

代王兴命讨六修

却说代王猗卢先爱其少子比延，欲以为嗣，使长子六修出居小平城，而黜其母。是岁六修来朝，猗卢以比延为嗣，使六修拜比延，六修不从而去。猗卢大怒曰："吾行法律以制群下，何敢逆之！"即唤西渠、赵延二部大人，各领兵十万，为左右先锋。代王自领羽林军五千为合后，杀奔小平城而来。六修有人打探，知得备细，回报六修，说代王亲征。六修在小平城，先分曹屯以兵守西陵，以为犄角之势，深沟高垒，却不出战。忽人报代兵已渡江，必须迎之。修曰："但坚守勿战为上。"骁将朱金愤然而进曰："代兵临城而不出战，是怯也。况吾军新旺，若不重仗锐气，军皆情矣！愿借五千军士，某愿决一死敌。"修从之，令朱金点马步军五千，出城迎敌。两阵对圆，朱金出马，与西渠更不打话，将战四五合，西渠败走。朱金引五千军一发赶入阵去，被赵延指麾五各兵一裹，围朱金于阵中。左右冲突，不能得出。六修在城上望见朱金困于垓心，急使左右备马。长史陈僖谏曰："殿下保重，不可自出军。今朱金不听约束，妄自出战，致败如此。假使便弃此数百人，何将军轻出而救乎！"修曰："不然。若朱金一失，小平则不可保也。"遂披甲上马，引手下壮士数千骑出城，陈侨于城上助喊擂鼓。修引军隔代军百余步，通于一沟之上。陈侨将为六修只就那里扎住，遥与朱金为声势，只见六修大呼一声，骤马飞渡浅沟，众皆奋力而过。修独当先执刀，杀入代阵，代兵迎之不能当而走。修直至垓心，救出朱金，回顾阵中，尚有数十骑不能得出。修复回突入重围，所到莫敢阻拦，遂救出这一彪人。又遇赵延拦路，被修奋武冲散代兵，朱金助威，代兵大乱。修将曹屯亦引兵出，大杀代兵一阵，缓缓而回。陈侨举杯迎门出接，赞修曰："殿下真天人也！"言讫，调兵坚守四门，不出与战。

却说赵延兵败，伤折太多，回见代王。代王大怒，欲斩西渠、赵延，数部大人告免，方免二人。代王自此烦恼得病，渐渐加重。将危，诸部大人人见，言于代王曰："今大王病重，况又屡战失利，不如退兵还都，待大王疾瘥，再来征讨未迟。"代王曰："既卿等所劝，暂且回兵，来春再举。"言讫，传令部众引兵即还北都。代王由是发愤成病而卒。众部以比延年幼，故不立，遂推猗迤子普根为主将，率军五万，来攻六修。次日，交战十数合，六修被普根斩于马下，尽收其众归国。会将军卫雄、箕澹与刘琨质子刘遵谋归，率晋人及乌桓三万军马、牛羊十万头，归于刘琨，琨兵因此复振。普根忧恨成疾而卒。国人与诸部乃立郁律为王，袭晋爵为代王，总摄诸部，威名复振矣。

却说西平公张寔下令，所部吏民有能举其过者，赏以布帛羊豕。当时曹佐隗瑾曰："明公为政，事无巨细，皆自决之。群下畏威，受成而已。如此虽赏千金，终不敢言也。明公宜稍损聪明，延访群下，使各尽所怀，然后采而行之，则嘉言自至，何必赏也！"寔悦而从之，增隗瑾之位三等。又遣将军王该率步骑五千人，入援长安，又送诸郡贡税入朝。索綝奏愍帝降诏，拜张寔为都督陕西诸军事。

却说石勒引兵攻廪丘，刘演恐寡不敌众，乃弃城而走段匹磾去讫。因此石勒又得廪丘城，使人戍之。

梁纬夫妻死恩义

七月，汉刘曜攻围北地郡，以兵进至泾阳，麴允欲以军救之，被刘曜计使百姓于道，反间给允曰："郡城已陷，往无及也！"因此允逗留，众惧而溃，被曜引众来追，允军寡弱，大败而还。曜复集将士万人来取北地郡。允性仁厚，无威权，专以爵位悦人。诸郡太守皆领征镇，村坞主帅小者犹假银青将军之号。然恩不及下，故诸将军骄恣，而士卒离怨。

于是刘曜进至泾阳，河北诸城悉溃，如入无人之境。忽诸将获晋将军鲁充、梁纬至，曜命释其缚，与酒饮之曰："吾得子，天下不足定也！"充曰："身为晋将，国家丧败，不敢求生。若蒙公恩，速死为幸！"曜曰："忠义士也。吾不杀汝。"因赐剑与其自裁。鲁充、梁纬二人接剑皆自杀而死。曜深惜之，嗟叹不已。诸将又获梁纬妻辛氏至，曜见辛氏美色，欲以为妻。辛氏不从，哭之曰："妾夫已死，义不独生。且一妇人而事二夫，明公又安用之？"曜曰："此贞女，亦听其自裁。"辛氏亦求剑自杀，曜悲哀不已，皆以礼葬之。

却说汉主聪立故张皇后侍婢樊氏为上皇后，三后之外，佩皇后玺绶者复七人。嬖宠用事，刑赏紊乱。大将军刘敷数涕泣切谏，聪怒曰："汝欲乃公速死耶？何以朝夕生来哭人！"敷归忧愤而卒。汉大蝗，民流殍者什五六。石勒闻知，遣将屯并州，招纳流民，归之者二十万户。聪觉，遣使让之，勒不受命。

愍帝出降于刘曜

汉刘曜既陷北地诸郡，乃集大众来攻长安。时安定太守焦嵩、新平太守竺恢引兵来救长安，皆畏汉兵强盛，不敢进兵。相国司马保遣胡崧以二万人入援长安。至灵台，正遇汉兵至，两下交锋，连战五十余合，被崧出奇兵冲阵，汉兵大败，十伤其六。刘曜不敢恋战，引众冲入长安。胡崧既胜，破曜之众，恐国复振，则麴、索势盛，乃引兵退还槐里，坐观胜败。

　　刘曜引兵寇长安，胡崧如何不救观。
　　其时借得龙泉剑，将此奸臣不义剁。

　　刘曜闻胡崧退去，乃驱兵攻陷长安外城。麴允、索綝引军退守小城，内外断绝，城中饥甚，百姓将士亡逃不可制，惟凉州义众千人守死不移。太仓有麴数十饼，允屑之为粥以进，至是愍帝泣谓允曰："今穷厄如此，外无救援，当忍耻出降，以活士民。"因叹曰："误我者，麴、索二公也。"近臣奏曰："长安军民扶老挈幼，哭声震动天地，各自逃生溃去。目今兵微将寡，难以逆敌。若投降，可保百姓。"言未了，御屏风后转出一人，乃愍帝太子湛，官封北地王。帝生子五人，皆懦，惟湛自幼英气过人，当出殿前大喝曰："偷生腐儒，岂敢妄议社稷大事，自古岂有降天子哉！可斩此人。臣请出战！"帝曰："今大臣议皆可降，汝仗血气之勇，欲令满城流血耶！"湛曰："昔先未尝见其干预政事，今妄起乱言，甚非其理。臣窃料长安之兵有数万，琅邪王全师皆在江南，若有人去召，必来解救。内外夹攻，可获全胜。岂听腐儒之言，轻弃先君之基业乎！"帝叱之曰："汝小儿岂识天时也。"湛叩头大哭曰："若理穷力极，祸败必至，便当父子背城一战，同死社稷，以报先君可也。"帝令拖下殿阶，湛叩头大哭曰："吾祖翁不容易得社稷，一旦弃之，吾宁死不降也。"

　　愍帝庸才信浅谋，不思守国欲降仇。
　　当时若听太子语，未必山河扫地休。

　　愍帝令推湛出宫门，便令做降书，使侍中宗敞送降书于曜。索綝闻知潜留敞，在府密使其子去说曜曰："殿下若许索綝以车骑、仪同、万户郡公者，请以城降。"曜即斩其子，使人送之曰："帝王之师，以义行也。孤将兵十五年，未尝以诡计败人，必穷兵极势，然后取之。今綝所言如此，天下之恶一也，辄相为戮之。"綝大惊,遂放敞见曜,曜受之降。

次日,愍帝自乘羊车,肉袒衔璧舆櫬出降。群臣号泣攀车,帝亦悲不自胜。御史中丞吉朗叹曰:"吾智不能谋,勇不能死,何忍君臣相随,北面事贼虏乎!"言讫,乃自杀。帝亦哭,与辛宾出东门,诣大司马曜军前投降。其时曜知晋主降,领兵入城,至东门道旁,见愍帝与群臣伏道请降,曜下马扶起晋主,令左右焚櫬受璧,迁晋帝及公卿于其营,令兵卫之,自入长安,屯扎三军。

次日,令中将军李益送愍帝及公卿并库藏宝贝玉璧来平阳见汉王聪。聪大喜,临光极殿,愍帝稽首于前。麹允伏地恸哭,聪大怒,命囚之。允大哭一场,乃自杀。聪叹悔不及,以愍帝为光禄大夫,封怀安侯。以刘曜为太宰、假黄钺、督陕西诸军事,封秦王。赠麹允车骑将军,谥节愍侯。将索綝斩于市曹。聪赐晋帝与公卿居馆驿,使军卫之,月给俸米。

史说,先,愍怀太子妃王氏,乃太尉王衍之女也。字惠风,贞婉有志节。先与愍怀太子为妻,后太子既废,惠风与父王衍居于金墉,其父王衍因太子废,请绝婚,惠风不肯,道:"忠臣不事二君,烈女不嫁二夫。"即对乘舆号哭而归为太子行,行路人皆为之流涕,称其烈女。其时汉刘曜既得长安,又领兵来攻洛阳。洛阳吏士军民闻风奔溃,无人守城。汉刘曜入洛阳,尽收晋之宗室,悉行诛戮。因见王氏惠风有貌,曜不忍杀之,以惠风赐其部将乔属为妻。属大喜,拜谢,领惠风归帐,命左右整备筵席,要与成亲。因携惠风手同坐,惠风拔其所佩剑在手,拒属曰:"吾乃晋太尉公之女,皇太子之妃。生为晋妇,死做晋鬼,安肯从汝胡狗为妻!"言讫,以剑刺乔属。乔属大怒,取左右利刀,将惠风杀之。可怜忠烈女,到此一命休。有诗叹曰:

> 晋亡宗室尽遭擒,堪叹王妃贞烈行。
> 朝中徒有许多士,岂及金墉一妇人。

干宝断曰:晋之亡也,树立失权,托付非人,四维不张,而苟且之政多也。夫基广则难倾,根深则难拔,理节则不乱,胶结则不迁。昔之有天下者,所以能长久,用此道也。今晋之兴也,创基立本,固异于先代矣。而本朝寡纯德之人,乡乏不二之老,风俗淫僻,耻尚失所。学者以庄、老为宗，而黜《六经》；谈者以虚荡为辨，而贱名检。持身者以放浊为通，而狭节信；进仕者以苟得为贵，而鄙居正；当官者以望空为高，而笑勤恪。是以刘颂屡言治道，傅咸每纠邪正，皆谓之俗吏；其倚仗虚旷，依阿无心者，皆名重海内。礼法刑政，如此大坏，国之将亡，本必先颠，其此之谓乎！故观阮籍之行，而觉礼教崩弛之所由；察庾纯、贾充之争，而见师尹之多僻；考平吴之功，而知将帅之不让；思郭钦之谋，而寤戎狄之有衅；览傅玄、刘毅之言，而得百官之邪；核傅咸之奏、《钱神》之论，而睹宠赂之彰。民风国势如此，虽以中庸之君，守文之主治之，犹惧致乱，况惠帝以放荡之德临之哉！怀帝承乱得位，羁以强臣；愍帝奔播之后，徒守虚名。天下之势既去，非命世之雄才，不能复取之矣！"

《历年图》曰："武帝既迁魏祚，席卷全吴，缵禹旧服。恃其治安，荒于酒色，以开基之始，不为远图，崇尚浮华，败弃礼法。惠帝昏愚，不辨菽麦。譬之万金之宝，委之中衢，无人守之，安得不为他人有乎！祸生于闺阃，成于宗室，骨肉相残，胡、羯、氐、羌、鲜卑争承其敝，剖裂中原，斋盐生民，积骸似丘，流血成渊，凡三百年，岂不哀哉！"

西晋始武帝乙酉，篡魏自立，终愍帝丙子。四帝，共五十二年，为五胡刘聪所灭。

刘琨失据奔蓟州

却说石勒以五万之众围乐平，乐平太守韩据使人请救于刘琨。琨新得猗卢之众，欲因其锐气以讨勒。箕澹谏曰："此虽晋民，久沦异域，未习明公恩信，恐其难用。不若闭关守险，务农息兵，岂可远出与战！"琨不从，命澹速行。澹不得已，率骑二万前驱。琨以军屯广牧，为之声援。

却说石勒闻刘琨使箕澹将兵来救，与张宾商议先据险要，设疑兵于山上，使支雄、刁膺各以军五千出与澹交战，佯为不胜而走。澹不知是计，纵兵追之，至伏兵之处，勒引军杀回，刁膺在左手下冲出，支雄在右手下冲出，三下来攻，澹兵大败，伤其大半。澹拼死走出奔代郡。韩据见救兵大败，亦弃城而逃，并土震骇。

十二月,刘琨长史李弘见勒兵雄盛,刘琨势弱,乃以并州降勒,勒又得并州。刘琨进退失据,段匹䃺闻知,遣人以信邀之曰:"足下进退若难,可来同义,以图再复之计。"于是琨恐勒来攻,率众奔蓟,投附匹䃺。匹䃺甚相亲重,与之结婚,约为兄弟。而勒既得并州,遣孔苌持兵二万攻贼帅冯䏻,久而不克。时流民数万户在辽西,迭相招引,民不安业,勒遂问计于张宾,宾曰:"冯䏻本非公仇,流民亦皆恋本。为今之计,宜班师振旅,选良牧守使招怀之,则幽、蓟之寇,可不日而清,辽西流民将相率而至矣。"于是勒然之,使人召孔苌归。以李回为高阳太守,䏻率其众来降,流民归者相继于道。

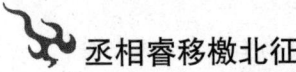 丞相睿移檄北征

却说丞相司马睿闻长安不守,急集诸谋士,商议出师。躬擐甲胄,移檄四方,克日北征。以漕运稽期,传令斩督运令史淳于伯。刑者以刀拭柱,血逆流上至柱末二丈余而下。观者咸以为冤。同直刘隗上谏:"淳于伯罪不至死,请免从事中郎周莚等官。"于是王导等引咎,请解职。睿曰:"刑政失中,皆吾暗塞所致,一无所问。"时刘隗性刚讦,当时名士多被弹劾,睿率皆容贷,由是众怨归之。中郎将王含,王敦之兄也,以族望位高,骄傲自恣。隗劾奏含,文致甚苦,事虽被寝,而王氏深忌之。是时,丞相睿以邵续为冀州刺史,以续女婿刘遐为平原内史,命二人各以众前去守据城池。

中宗元皇帝建武元年(汉麟嘉二年,凉元公实称建兴五年。旧大国一,并成小国一,新小国一,凡三僭国),正月,黄门郎史淑自长安奔凉州,称愍帝出降前一日,使淑赍诏赐实,拜凉州牧,承制行事,且曰:"朕已诏琅邪王统摄大位,君其协赞,共济多难。"淑至姑臧,张寔大临三日,辞官不受。

初,张实叔父张肃为西海太守,闻长安被汉危逼,请为先锋入援,寔老弗许。及是闻长安失陷,悲愤而卒。寔等哀痛不已,即遣司马韩璞等率步骑一万,东击汉境,使人遗相国司马保书曰:

王室有事,不忘投躯。前遣贾骞,瞻公举动。中放符命,敕骞还军。会

闻朝廷倾覆,为忠不遂,愤恸之深,死有余责。今遣璞等,惟公命是从。

相国保得书,惭愧而已。韩璞等以兵出击,汉有准备,卒不能进,其众悉还西凉。先是,长安小儿有谣言曰:"秦川中,血没腕,惟有凉州倚柱观。"至是果汉兵覆关中,氐、羌掠陇右,雍秦之民死者十八九,独凉州安全。

二月,汉主聪使刘畅率兵三万,攻荥阳。太守李矩未及为备,乃与众议,以计诈降。畅信之,不复设备,以兵退五里屯住,候矩来降。时李矩见汉兵退去讫,急集将士,欲乘其无备,至夜袭之。士卒皆疑惧,矩遣其将郭诵备祭仪祷于子产祠,诵祷讫还府,子产显灵,使巫扬言于矩诸将士卒曰:"子产有教,汝等今夜火速进兵,吾当遣神兵相助。"于是士卒踊跃争进,掩击畅营,杀死畅兵二万人,存者惟刘畅,仅以身免。因此汉主不敢复兵来寇荥阳。

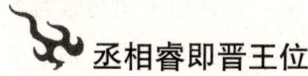 丞相睿即晋王位

史说,东晋元帝讳睿,字景文,宣帝曾孙,琅邪恭王司马觐之子也。咸宁二年,生于洛阳,有神光之异,一室尽明,所籍藁如始刈。及长,白毫生于日角之左,隆准龙颜,目有精曜,顾眄炜如也。年十五,嗣位琅邪王。幼有令誉。侍中嵇绍谓人曰:"琅邪王毛骨非常,殆非人臣之相也。"永嘉初,用王导计,始镇建邺。愍帝即位,进位丞相、大都督中外诸军事。其时琅邪王睿自知愍帝被掳,朝夕涕泣,与王导商议起兵复仇。导曰:"可移檄四方,征天下之兵,方可进计。"睿从其计,使使移檄天下各处之兵,进讨胡人。

于时有玉册见于临安,白玉麒麟神玺出于江宁,其文曰"长寿万年",日有重晕,皆以为中兴之象。民人拾得玉册、神玺,知琅邪王有德,将来呈上与睿。睿受而赏之。时西阳王司马羕以祥瑞,遂见军师王导。导曰:"吾意已定夺了也。"乃设座灵殿,遂引诸将入见琅邪王。王导曰:"方今晋室倾弱,胡贼专权,天下百姓无主。主公年过半百,德及四海,东除西荡,奄有金陵,可以应天顺人,法尧禅舜,即皇帝位,名正言顺,以讨国贼。此合天理,事不宜迟,便请择日。"琅邪王曰:"军师言者差矣。睿虽然忝居皇族,实乃臣下,未为二帝报仇,安敢为此!"

王导曰："方今天下分崩，英雄并起，各霸一方。四海有才德之士，同声相应，同气相求，舍死忘生而事其主，非为名即为利也。今主公苟避嫌疑，守义不举，手下之士皆无所望，其心皆惮，不久自去矣。愿主公熟思之。"琅邪王曰："僭居尊位，吾实不敢。"慨然流涕曰："二帝之仇不能克报，孤本罪人也。惟持节守义，以雪天下耻，庶赎铁钺之诛。吾本琅邪王，诸贤见逼不已，当归琅邪耳。"言讫，欲命驾返国，诸将留之。

会弘农郡太守哲为汉所攻，弃郡奔建康，称受愍帝诏，令丞相睿统摄万机。睿因即素服出次，举哀三日，未肯登位。诸将官属又集议，请睿上尊号，睿又固执。王导乃谓众曰："主公平生以义为重，安肯便居尊位？请依魏晋故事，推为晋王，以安百姓。"于是睿乃许之，遂即晋王位，改元建武。置百官，立宗庙社稷。有司请立太子，睿爱次子宣城公司马裒，欲立之，谓王导曰："立子当以德。"导曰："宣城公虽有朗俊之美，而世子年长。主器者，莫若长子矣。"晋王从之，立世子司马绍为王太子，封裒为琅邪王，嗣泰恭王之后，镇广陵。以西阳王司马羕为太保，封谯王司马逊之子司马承为谯王。王敦为大将军。王导为扬州刺史，领中书事。以刁协为仆射，周𫖮为吏部尚书，贺循为太常。时承丧乱之后，江东草创，协久宦中朝，谙练旧事；循为世儒宗，明习礼学，凡有疑议，皆取决焉。

却说刘琨与段匹磾相与歃血同盟，翼戴晋室。于是琨檄告华夷。遣右司马温峤，奉表诣建康，劝晋王进尊位。峤临行，琨谓曰："晋祚虽衰，天命未改，吾当立功河朔，使卿即奉表南行矣，勉之！"峤诺，至建康，奉表劝进，晋王睿受表，亦不肯登大位。王导、周𫖮、庾亮皆爱峤有才，争与之交，峤遂留在建康。

时晋王与百官议，降诏以慕容廆为龙骧将军、大单于、昌黎公。使人奉诏去见，廆辞不受。处士高诩曰："霸王之资非义不济，今晋室虽微，人心犹附之。明公宜遣使江东，示有所尊。然后仗大义以征诸部，不患无辞矣。"廆大悦，从之。乃遣长史王济浮海诣建康，见晋王劝进尊号，晋王亦不从。

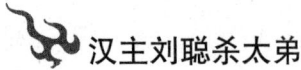
汉主刘聪杀太弟

四月，却说汉主聪子刘粲欲杀太弟刘乂无计，因与左右计议，使太弟党谓乂曰："适奉中诏，云京师将有变，宜裹甲以备。"乂信之，命宫臣皆裹甲，粲以其计告靳准、王沈，王、沈二人次早白汉主聪曰："太弟将为乱，自与宫臣皆裹甲矣。"聪大惊，使人探观东宫宫臣，果皆裹甲，因此信之，大怒，命靳准持军诛东宫官属，坑士卒万五千余人，废刘乂为北部王，刘粲寻使靳准杀之。乂形神秀爽，宽仁有器度，故士心多附之。汉主聪闻其死，哭之恸曰："吾兄弟只余二人而不相容，安得使天下知吾心耶！"言讫，命厚葬之。

六月，豫州牧荀组及冀州刺史邵续、青州曹嶷、宁州王逊等，皆上表劝进尊号，晋王不许。

祖逖取谯击石虎

初，流民张平、樊雅各聚众在谯城，为坞主。晋王先为丞相，遣行参军桓宣去说而下之。及祖逖屯庐州，使参军殷乂诣谯城，说张平、樊雅。殷乂意轻张平，视其屋曰："可做马厩。"见大镬曰："可铸铁器。"平曰："此乃帝王镬，天下清平方用之。"又曰："卿未能保其头，而爱镬耶！"张平大怒，命人将乂斩之，勒兵固守谯城。因此逖攻之，岁余不下。逖乃诱其部将至，使杀之。雅、平犹据谯城，逖攻之不克。南中郎将王含闻逖攻谯经岁不下，乃遣桓宣将兵五千前来助逖，逖待宣甚厚，因谓宣曰："雅众被困穷极，卿信义已著于彼，今复为我说雅，雅必能从降。"宣欣然领诺，单马从两人诣谯城下，叫开门，入内，说雅曰："祖豫州方欲平荡刘、石，倚卿为援。前殷乂薄卿，非豫州之意，卿能降，可保无危也。"雅从之，即开城门与宣诣逖营请降。逖受之，乃引众入谯城屯住，桓宣以兵还去。

石勒闻知，遣其子石虎以兵五万来围谯城，王含复遣桓宣以兵五千来救，与祖逖约会夹攻。石虎大惧，以兵解去。祖逖使使表宣为谯国内史，晋王从之。晋王又遣使传檄天下，称"石虎敢率犬羊，渡河纵毒，今遣琅邪王裒等，水陆四道，径造贼场，受祖逖节度"。寻复召裒还建康，数月而卒。晋王恸哀不已。

七月，汉王聪与群臣议，立子相国刘粲为太子，命入东宫。

却说段匹䃅与众推刘琨为大都督，传檄其兄辽西公疾陆眷及叔父涉复辰，并弟末杯等共讨石勒。兵皆会集欲行，其弟末杯不服其兄匹䃅，乃说复辰、陆眷曰：

"今匹碑不与叔父兄弟等同议，而与他人盟讨贼。今父兄而从子弟调遣，可不耻也！不若罢兵而还。"众默然。来日，眷、辰、枢各引兵还去。匹碑见叔父兄弟各解去，不能独留，亦还蓟城讫。

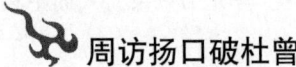周访扬口破杜曾

却说郑攀等因王敦留陶侃，乃与杜曾诸将拒王廙，众心不一，攀惧请降。于是攀、曾降王廙，请以兵击第五猗以自赎罪。廙从之，自将赴荆州，留长史镇扬口垒。竟陵内史朱伺谓廙曰："杜曾猾贼也，外示屈服。宜以大部分，未可便西。"廙矜厉自用，以伺为老怯，遂行而去。荆州杜曾果还攻陷扬口，乘胜径造沔口。晋王睿闻知，使豫章太守周访击之。访集众八千，进至沌阳，使将军李桓督左甄，许朝督右甄，自领中军。

次日交战，杜曾以众先攻左右甄，访自阵后射雉，以安众心。传令其众曰："一甄败，鸣三鼓；二甄败，鸣六鼓。"曾与二甄战，自旦至申，两甄皆败。访始选精锐八百人，自行酒与众饮之，敕不得妄动，闻鼓音乃进。杜曾之兵未至三十步，访遂亲鸣鼓，将兵皆腾跃奔出。八百精锐踊出冲阵，曾众大溃，访追击之。曾兵大败，十伤其七。访追杀至夜，诸将请待明日。访曰："杜曾骁勇能战，向者吾以计使彼劳我逸，故克之，若待来日，安得胜也！宜及其衰乘之，可灭也。"言讫，鼓行而进，遂定汉沔。杜曾走保武当县而据之。王廙始得至荆州，以功表知晋王。晋王迁访为梁州刺史，命其屯襄阳。又遣使以刘琨为太尉。

十一月，征南将军司戴邈上疏，请立太学，其疏曰：

丧乱以来，庠序隳废。议者或谓平世尚文，遭乱尚武，此言似之，而实不然。今王业肇建，万物权舆，谓宜笃道崇儒，以励风化耳。

晋王览之犹豫。王导亦上曰："宜设庠序，择臣子弟，并入于学，选博学修礼之士而为之师，化成俗定莫尚于斯。"晋王睿始纳之。令设太学，命宿儒师之。

史说，郭璞字景纯，河东人也。好经术，博学有高才，而讷于言论，词赋为中

原冠。好古文奇字，妙于阴阳算历。有郭公者，客居河东，精于卜筮，璞从之受业。公以《青囊中书》九卷与之，由是遂洞五行、天文、卜筮之术，禳灾转福，通致无方，虽京房、管辂，不能过也。璞门人赵载尝窃《青囊书》，未及读，而为火所焚。

璞既精通天文及卜筮之术，见惠帝时政出群下，乃与筮之，知难将作，于是避地东南未闻。抵将军赵固，因死所乘良马，惜之，忧闷不出府堂。璞善能法活，乃至门下，唤门吏入报。吏曰："赵将军因死良马，心忧不乐，岂遑迎接宾客乎！足下暂退，来日相见。"璞曰："敬为此事而来，你可通报，我能活马耳！"吏惊入通报赵固曰："门外有一先生要见将军，我道将军死马，心下烦恼，你可来日相见。其先生道，他能令此马再活。"固曰："既有此人，与吾请进。"吏即出曰："将军在堂上，请先生入见。"璞进与固相见，礼毕，固问曰："先生高姓贵表，愿闻大名。"璞曰："学生姓郭名璞，乃河东人也。闻将军良马已死，特来医治。"固曰："马已死了，何以能活？"璞曰："须得健夫二三十人，皆持长竹竿，往东行三十里，有一丘林，社庙者处其中，有一神物似兽在于中林巢树，使众人持竿打拍，必得此物，将归，能救此马即活。"赵固曰："若还活得此马，重酬先生。"言讫，使三十余人依璞所言，各持长竿至丘林打拍，果获一兽似猴，将归，放马尸边。此兽一见死马，便嘘吸其鼻。顷之马起，奋迅嘶鸣，食亦如常。其兽忽然不见。因此赵固奇之，将银十锭酬谢，欲留之。璞不从，受其酬礼，复出游行。

来至庐江汪吉家，借宿开店卜筮。见吉家有一少婢，生得娇美，心甚爱之，无由而得，乃私取小豆三斗，至夜绕吉宅前后撒之，不知念甚咒文。次日，汪吉早晨出来开门，见赤衣人数千围其屋，吉急入内，取兵器与众出来，奄忽不见，心甚恶之。乃请璞卜卦，璞投卦曰："君家不宜畜此少婢，其婢主招邪耳！可令人将于东南二十里卖之，慎勿争价，吾代君书符去捉，则妖怪可除也。"吉从之，令人将婢去东南发卖，璞密使从人将银去买之。时璞与吉书符投于井中，数千赤衣人皆反自缚，投于井中，遂不见之。吉大悦，以钱酬谢郭璞。璞出东南，取其婢为妾。

始渡江南来谒王导。导素闻其名，深重敬之，引为参己军事。次日，王导令其筮江南之事，所言皆验，如眼亲见。因入内荐于晋王曰："有一贤士，自北而来，姓郭名璞，乃河东人也。通圣好术，博学多才，上晓天文，下识地理，诸子百家、阴阳历数、卜筮术数，无所不晓。现在臣家，望大王可重用之。"晋王曰："既有此人，何不召来见吾！"导即使从人召郭璞至，朝见晋王。晋王曰："孤闻王导谈足下之德，敬召以问德政得失何如。"时阴阳错谬，刑狱繁兴，璞上疏曰：

　　夫寅畏所以享福，怠傲所以招祸，宜荡除瑕衅，赞阳布德，则士民仰戴归心矣！

　　晋王纳之，以璞为尚书郎，其后璞数言便宜，多所匡益。而璞性轻易，不修威仪，嗜酒好色，时或过度。友人干宝，常诫之曰："君贪杯好淫，此非适性之道也。"璞曰："吾所受有本限，用之常恐不得尽，卿乃忧酒色之为害乎！"

愍帝平阳城遇害

　　十二月，汉主聪设朝，下诏命排銮驾，出畋平阳。汉主自坐车驾，又使愍帝行车骑将军，戎服执戟前导。出平阳门，百姓聚观，内有认得愍帝者，因指之曰："此故长安天子也。"由是百姓争前而观之，父老皆垂泪，无不恋涕者。汉主聪出猎罢回宫，太子刘粲言于聪曰："昔周武王岂乐杀纣乎，正恐同恶相求，为患故也。今日出猎，百姓见晋王前导，各有思泪，意尚附晋也。不若早除之，免贻后患。"聪曰："前杀庾珉辈，而民心犹如是，吾未忍也。宜少观之。"

　　次日，聪命排宴于光极殿，大会文武百官。酒行三巡，汉主又使愍帝劝酒，帝眼中垂泪，只得劝完。汉主又使愍帝洗爵，亦只得洗爵。污了服，欲推更衣而出，汉主不与出外。又使之执盖，愍帝泣而执之。当晋臣多被擒在此者，尽皆涕泣。有尚书郎辛宾抱住愍帝大哭曰："臣不能杀贼保国，使陛下遭辱，臣非贪生！"言讫，夺帝所执盖来撞汉主，汉主大怒，命武士牵辛宾出殿外斩之。平阳百姓无不嗟叹。

　　　　晋君忍耻在平阳，可惜辛宾尚书郎。
　　　　樽前抱主因身死，提起教人痛断肠。

时洛阳守将赵固、河内太守郭默，皆引兵侵汉，扬言曰："要当生缚刘粲，以赎天子。"刘粲大惊，言于汉主聪。命将愍帝弑之，因此晋帝遇害于平阳，谥曰孝愍。

晋王睿亲课督农工，二千石长吏以入谷多少为殿最，诸军各自佃作，即以为廪。

大兴元年（汉主刘曜光初元年），春，辽西公段疾陆眷卒，子幼，叔父涉复辰自立。末柸深恨之，乃诈奔丧，乘虚以众入内，袭杀复辰。复辰无备被害。于是末柸自称为单于，以统大众。

晋王睿即皇帝位

三月，愍帝凶闻至建康。晋王睿自斩缞居庐。百官请上尊号，不许。纪瞻曰："晋氏统绝，于今二年。今两都燔荡，宗庙无主，刘聪窃号于西北，而陛下高让于东南，北所谓揖让而救火也。"晋王犹不许，使殿中将军韩绩撤去御座。绩欲上殿，纪瞻叱之曰："帝座上应列星，敢妄动者斩！"绩不敢上，反退入班，晋王为之改容，欲奉朝请，周嵩上疏曰：

古之王者，义全而后取，让成而后得，是以享世长久。今梓宫未返，旧京未清，宜开延嘉谋，训卒厉兵，先雪大耻，副四海之心，则神器将安适哉！

晋王览毕，将从之。百官恨其忤旨，乃出嵩为新安太守。嵩乃周顗之弟也。

次日，晋王大会文武，去讨汉刘聪，以雪大耻。百官诸将不肯行，晋王望北而哭，情动万民。王导、刁协一班文武又表请即帝位，表曰：

臣导等上言：迩者刘聪掳弑愍帝，天下无主，万民咸思司马晋氏。今上无天子，海内遑遑，靡所仰戴，致各处守吏上书者五百余人，咸称符瑞图谶，名应大王。玉册见于临安，神玺出于江宁。其文曰"长寿万年"，日有重晕。又闻童谣云："五马浮渡江，一马化为龙。"此天命大王，以符中兴。武帝定有天下，国号大晋，到此不幸，遭胡所灭。惟大王乃宣帝琅邪王觐之胄，仁高德广，天下咸闻，民皆仰焉。伏望大王应天顺人，早登大位，以承宗庙，昭布天下，祚流万年，祖宗幸甚。

晋王览表，大惊曰："汝等皆欲陷孤为不忠不孝之人耶！"王导曰："非也。刘聪竖子尚自可立，何况君王乃大晋之苗裔乎？"晋王勃然作色曰："况愍帝被害，有服在身，吾岂能效逆贼之所为耶！"大怒而起，入于后宫，众官皆散。

后三日，王导又约百官，候晋王出皆拜于前。太傅卞壸曰："天子已被刘聪所弑，主上不即帝位而兴师讨贼，是不忠不孝也。今天下之民皆欲主上为君，与先帝雪仇。今主上不行，是失民望也。愿大王熟思之。"晋王曰："吾虽先帝之孙，今普天率土之滨，并不曾有半分德泽以及万民。今立为帝是篡逆也。愿死，誓不为不忠不孝之事。汝等欲陷孤万世骂名乎！"王导苦谏，又不听。次后，凡奏请立位，晋王并无半分应允。因此王导计，托病不出。晋王听知王导病，乃自驾到王导府，下车直至卧榻，问曰："军师所感何疾？"导答曰："忧心如火焚，恐命不久矣。"晋王曰："军师所忧何事？"导推托几次不肯言。晋王坚执请问，导喟然叹曰："导自得遇主上，相从到今，言听计从。幸主上有建业之地，不负夙昔也。今文武数百员，皆欲主上为君，共图爵禄，以耀祖宗。不期主上坚执如是，则文武皆有怨心，不久皆当散去矣。文武若散，戎人来攻，建业休矣，导安得不忧也！"晋王曰："非是推阻，但恐惹天下之议论耳！"导曰："圣人有云：'名不正，则言不顺；言不顺，则事不成。'今主上名正言顺，有何不可？岂不闻'天与不取，反受其咎？'"晋王曰："待军师病起，行之未迟。"王导把屏风一击，外面一班儿大臣皆入拜曰："大王既允，便请择日以受大位。"晋王曰："陷吾骂名者，皆汝等也！"王导奋然曰："大事已定，来日即位。"言讫各散。次日，百官具龙旗恭辂，整仗銮驾，迎请晋王登位祭天地。侍臣刁协于殿上读其文曰：

维大兴戊寅元年，四月丙辰，皇帝睿敢用玄牡，敢昭告于皇天上帝、后土神祇：晋有天下，历数无疆。于胡人篡盗，俘害二帝，社稷幸存。今刘聪兴兵，戮害生民，罪恶充积。群臣将士，以为社稷隳废，睿宜修之，嗣我二帝，代天行罚。睿以不惠，惧忝帝位，询于庶民，外及蛮夷，佥曰："天命不可以不答，祖宗不可以久替，四海不可以无主，率土咸望予一人。畏天之明命，又惧晋室将湮，于是谨择元日，与百僚登坛，受皇帝玺绶，循燔遍告类于天神，惟神享祚于晋，永绥四方。

晋王既受玺绶，捧于四面让之曰："睿无才德，请有德者立。"王导曰："王上平定天下，功德昭于四海，况是大晋嫡派，宜即正位，复何让焉？"于是百官皆呼万岁，拜舞已毕，改年为大兴元年，因号东晋。以其子司马绍为皇太子，以王导为司徒，以导兄王敦为大将军，其余大臣各有加封。

【东晋卷之一】

起自东晋建武元年四月丁丑岁,止于东晋太宁元年八月甲申年,首尾共八年事实。

元帝颁诏赦天下

却说晋中宗元皇帝司马睿字景文，乃宣帝曾孙，琅邪王司马觐之子。初，为安东将军，因愍帝被伪汉刘聪所弑，诸将固劝，乃即大位于建业，国号东晋，改元建武元年。在位十六年，寿四十六。

昔魏文帝篡汉，任司马氏为相，世执魏政。魏明帝时，宝石负图，有石马七及牺牛之像，时又有牛继马后之谣。按：司马懿启封于晋，至愍帝方及七代，应七马数也。怀、愍二帝，值五胡乱华，为贼刘聪所掳。帝乃琅邪王也，同西阳王羕等五王同渡江，父老裹粮而归之，遂据有建业而为都焉，是为东晋元帝。故有"五马渡江，一马化为龙"之说。其帝实非司马氏也，乃琅邪恭王妃夏后氏因与小吏牛氏通所生，而冒司马姓，实牛姓是也，是应"牛继马后"之谶也。

元帝既即大位，乃大赦天下，其余文武增二等。帝与文武商议，欲赐诸吏投刺劝进者加位一等，民投刺者皆除吏，凡二十余万人。散骑常侍熊远曰："陛下应天继统，率土归戴，岂独近者情重远者轻！不若依汉法，遍赐天下爵，于恩为普，且可以息检核之烦，塞巧伪之端也。"帝不从。群臣又请更立太子司马绍为皇太子，帝从之。

绍仁孝，喜文辞，善武艺，好贤礼士，容受规谏，与庾亮、温峤等，为布衣之交。亮丰格峻整，善谈老、庄，帝器重之，聘亮妹为绍妃，使亮侍讲东宫。帝好刑名家，以《韩非》书赐太子绍。亮谏曰："申、韩刻薄伤化，不足留圣心。"太子纳之。

史说，刘隗字大连，彭城人。少有文翰，因避乱渡江，帝以为从事中郎。帝既即位，委以重任，深器重之。时庐江太守梁龛，明日该除妇服，今日请客奏伎。当丞相长史周顗等数十余人，知龛有丧服未满而宴会非礼，乃会刘隗入见元帝，奏龛慢服之愆，因上曰："夫嫡妻长子皆杖居庐，故周景王有三年之丧。既除而宴，《春秋》犹讥。况龛匹夫，暮宴朝祥，慢服之愆，宜肃纪律，请免龛之官。"帝纳之，减龛俸一月。于是群臣无不惮之。

邓伯道弃子留侄

史说，邓攸字伯道，平阳人。祖父邓殷尝为淮南太守，梦行水边，见一女子，猛兽自后断其盘囊。请人圆梦，占者曰："水边有女，汝字也；断盘囊者，新兽头代故兽头也。子不做汝阴，当做汝南也。"后果应其梦，迁为汝阴太守。及至攸，父早丧，少孤，与弟同居，镇军将军贾混甚厚遇之。攸尝诣镇军将军贾混府，以人讼之事示攸，因谓曰："卿能为我一决乎？"攸不视，曰："孔子称：'听讼吾犹人也，必也使无讼乎！'"混因此奇之，以女妻攸。至是石勒兵至，百姓皆逃。时邓攸以牛马负妻子而遁，被勒兵掠去牛马，只得步走。以箩自担其儿及弟之子邓绥而行。攸自度盘缠稀少，恐不得两全，乃谓妻贾氏曰："路途遥远，盘缠稀少，宜减一口，方可保全到南。"贾氏曰："可弃绥也。"攸曰："吾弟早亡，惟有一息，理不可绝，只应弃我儿耳。幸而得存，我与你年纪未老，后当有子矣。"妻泣曰："恩不及如夫妇，亲不及如父子，君何舍子而留侄耶！"攸曰："今事急矣，不得不弃。若留子弃侄，弟必绝嗣，傍人谓我不义。"由是妻大哭，而从攸说，乃放子于路，抱绥同走。其子朝弃暮赶，及明日，攸以绳缚其子于树而去。来至江东，元帝闻其义，以攸为太子中庶子。时吴郡阙太守，人多欲之，元帝以授攸。攸至载米之郡，俸禄无所受，惟饮吴水而已。在郡刑政清明，百姓欢悦，为中兴良守，因称疾辞职归家。郡有常例，凡守辞致者，送迎钱数百万，因此吏民以其钱送攸，攸不受一钱。于是百姓数千人不忍其去，乃留牵攸船，船不得行，攸乃少停，至夜中密发遁去。故吴人歌之曰："纻如打五鼓，鸡鸣天欲曙。邓侯挽不留，谢令推不去。"攸归家，思自弃子之后，妻子不复孕，乃纳妾，甚宠之。讯其家属，妾说是北人遭乱，流落至此。因道父母名姓，乃攸之甥。攸遂嫁之，不复畜妾，因以无嗣。时人义而哀之，为之语曰："天道无知，使邓伯道无儿。"

时晋帝遣使，以慕容廆为龙骧将军、大单于。廆既受其爵，以游邃为龙骧长史，以刘翔为主簿，命邃创朝仪。裴嶷曰："晋室衰微，介居江表，中原之乱，非明公不能拯也。今诸部虽各拥兵，然皆顽愚相聚，宜以渐并取，为西讨之资，未可便尊以撰朝仪。"廆悦之，以嶷为长史，委以军务之谋。诸部弱小者稍稍击取之，皆嶷之力也。

李矩遣将夺汉营

却说荥阳太守李矩，闻洛阳太守赵固率兵攻汉，被汉太子粲等所败，乃遣将军郭默、郭诵领军一万来救赵固。诵等既领兵出，谓部将耿稚曰："今汉太子刘粲屡胜赵固，必不设备，更谓困穷无救，无知我等动兵。你可引精骑八千，夜行晓伏，去到汉营，待夜举火烧其积垒，击鼓呐喊，你道'晋兵百万在此劫营'，彼必自相残杀。乘乱而入，可得汉营。彼必逃散，若得其险要，则刘粲可擒。"稚得令即出，引精骑八千，依计而行，来到汉营，果无准备。至夜，耿稚令诸军放火，鸣鼓呐喊。汉太子刘粲闻知晋兵劫寨，乃引腹心，逾营先走，奔据阳乡。汉兵无主，俱各不知是计，以为晋兵已杀入营，更又夜黑，并不相认，俱各自相残杀，乱窜逃溃。稚等乘势杀散其众，入据其营，救灭其火。于是稚等获汉器械军资，不可胜数。汉王聪闻知大惊，急使太尉范隆率骑二万，来助太子刘粲，合兵攻围其营。稚见救兵不至，令诸军杀其所获牛马而食之，放火焚其军资，以兵突围而出，奔虎牢关屯住。于是赵固得此一军为救，随之而退屯住。朝廷闻知李矩遣将大破汉太子刘粲之兵，遣人持诏，以矩都督河南三郡诸军事。

却说都尉陈安举兵逼上邽县，相国司马保使使告急于张寔，寔遣步骑二万赴之。军至新阳，闻愍帝崩，司马保欲谋称尊号。破羌都尉张诜知而言于寔曰："南阳王保忘大体，而亟欲自尊，不能成功。晋王近亲，且有名德，当率天下以奉之。"寔从之，遣牙门将军蔡忠奉表诣建康。及至，晋王已即帝位，重赏蔡忠而还。然寔竟不用江东年号，犹称建兴。

四月，帝加王导骠骑大将军、开府仪同三司。于是导遣从事顾和等行扬州郡国。从事去而复返，各言二千石官长得失，独顾和无言。导问之，和曰："明公作辅，宁使网漏吞舟，何缘采听风闻，以察察为政耶！"导咨嗟称善。

时汉螽斯则百堂火灾，烧杀刘聪之子二十一人。聪痛哭不已，百官亦与伤悲。

汉以王沈婢为后

中常侍王沈养女有美色，汉王刘聪闻之，立以为其皇后。当尚书令王鉴、中书监崔懿之、令曹恂上书曰：

臣闻王者之立后也，将以上配乾坤之性，象二仪敷育之义。生承宗庙，母临天下；亡配后土，执馈皇姑。必择世德名媛，幽闲淑令，副四海之望，称神祇之心。是故周文造舟，姒氏以兴，《关雎》之化，缮祚百世。孝成任心纵欲，以婢为后，使皇统亡绝，社稷沦倾。有周之隆，既如彼矣；大汉之祸，又如此矣。奈何一旦以婢主之，臣恐无福于国家也。

汉王不纳。鉴等又谏曰："借使沈之弟女，刑余小丑，犹不可以尘污椒房，况其家婢耶！"聪大怒，命王沈收鉴等三人诛之。鉴等临刑，沈以杖叩之曰："庸奴，复能为恶乎！"鉴瞋目叱之曰："竖子！灭大汉者，正坐汝鼠辈与靳准耳！"懿之亦谓准曰："汝心枭獍，必为国患。汝既食人，人亦当食汝！"言讫而死。朝臣无不嗟叹。

匹䃅杀太尉刘琨

却说刘琨世子刘群为段末柸所得。末柸厚礼之，许以琨为幽州刺史，欲与袭兄匹䃅，密遣使赍群书，请琨为内应。使人为匹䃅逻骑所获，将其书来见匹䃅。匹䃅以其书示琨曰："吾意亦不疑公，因之以白公耳。"琨曰："吾与公同盟，庶雪国家之耻。若儿书密达，亦终不以一子之故，负公而忘义也，公可察之。"匹䃅初无害琨之意，将听其还屯。其弟叔浑谏之曰："刘琨虽无谋害之心，必定决谋归之意。若听其一面之虚词，放还其屯，决不可制矣。不若留之。"匹䃅遂留琨，不与还屯。会代郡太守辟间嵩潜谋欲袭匹䃅而取刘琨,事泄,匹䃅令人收刘琨缢杀之。刘琨从事卢谌等闻琨被匹䃅所害,率琨余众来依末杯,末杯受之。朝廷已知,以匹䃅尚强,冀其能守河朔,乃不为琨举丧。及让匹䃅之过。温峤闻琨被害,上表称:"刘琨尽忠帝室,家破身亡,宜在褒恤。"后䃅死,帝方加赠太尉,谥曰愍。于是夷、晋之人,皆不附匹䃅。

初,温峤奉刘琨命诣建康也,其母崔氏固止之,峤绝裾而去。既至,屡求返命,朝廷不许。会琨死,帝除峤为散骑侍郎。峤闻母亡,阻乱不得奔丧,固让不拜,苦请北归。诏曰:

今桀逆未枭,诸军奉迎梓宫犹未得进,峤可以私难而不从王命邪!

峤不得已,受拜为散骑侍郎。

六月,帝以刁协为尚书令,协性刚悍,与物多忤,与侍中刘隗俱为帝所宠任,欲矫时弊,每崇上抑下,排沮豪族,为王氏所疾。诸刻碎之政,皆云隗、协所建。协又侵毁公卿,见者皆侧目。

代王郁律破刘虎

七月,却说铁弗国刘虎,一名刘武。因先与猗卢在并州结仇,走回国去,聚得数万之众,前来复仇。其兵杀至北部,北部大人连忙使人告急于代王郁律,郁律尽起本部军兵,杀奔西部,虎知代兵来,亦引军出。二军会合于盘河之上。虎军于盘河布阵。代王引军于桥西布阵,横槊立马于桥上,大呼曰:"背主之徒,如何不见!"虎亦乘马至桥边,指代王曰:"你先助刘琨杀吾,我今自复仇耳!"代王曰:"昔日先帝以汝无忠无义之人,助桀为暴,故要杀你。今又狼心狗肺,尚欲来侵吾地耶!"刘虎大怒,策马挺枪直杀上桥。代王使东部大人交锋,战到十合,虎抵挡不住,拨回马便走。东部大人乘势追赶过桥,虎走入阵,东部大人跑马径入阵中,军不敢当,如入无人之境,往来在阵中追赶。虎手下健将四员齐战,被东部一枪刺一将下马,二将奔走,东部追刘虎透出阵后。虎望山谷而逃,东部骤马在后,厉声高叫:"快疾下马受降!"虎弓箭尽落,头盔坠地,披发纵马逃走,远出塞外,其部落尽降于代王。于是郁律有西域乌孙故地,东兼勿吉以西土,士马精强,雄于北方。

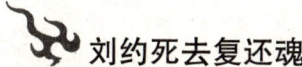 刘约死去复还魂

却说汉主聪子刘约死,只一指犹暖,遂不敢殡殓。忽然苏醒,对宫人言:见祖公刘元海于不周山,经五日,复从至昆仑山,三日而返于不周山,见诸王公卿将相死者悉在宫室,宫室甚宏壮丽,号曰蒙珠离国。当元海谓约曰:"东北有遮须夷国,无主久,待汝父为之主耳。汝父后三年当来,来后中国大乱。汝且还,后年当来,见汝不久。"约拜辞而归,道过一国,曰猗尼渠余国,国王引约入宫,与约皮囊一枚,曰:"与吾遗汉皇帝。"因谓约曰:"刘郎后年来必见过,当以小女相妻。"约归,置皮囊于机上。俄而苏起,使左右去机上取皮囊开之,有一方白玉,题文曰:"猗尼渠余国天王敬信遮须夷国天王,岁在摄提,当相见也。"刘约驰将此玉呈上聪看,及见元海之言,一一奏上。汉王聪听此说,大悦曰:"吾不惧死矣。"后聪死,果将此玉同葬之。

时东宫鬼哭,赤虹经天,南有一歧,三日并照,客星历紫宫入于天狱而灭。太史令次日奏汉王曰:"臣夜观天象,赤虹经天,天下当为三分。愿陛下早为之所。"汉王弗听,怒入后宫,闷闷不已,遂成寝疾。使使征刘曜、石勒受遗诏辅政。二人皆固辞不至。于是聪乃以刘曜为丞相,领雍州牧;石勒为大将军,领幽冀牧;上洛王刘景、济南王刘骥,并录尚书事;以靳准为大司空,皆迭奏事。次日将危,召太子刘粲并靳准入卧所,流泪满面,嘱以后事。准亦涕泣道:"陛下善保龙体,不须烦恼。"聪曰:"朕今不豫,以太子托卿,卿宜尽忠王室,休怀贰心。"准叩头曰:"臣安敢不竭股肱之力,效忠贞之志。陛下将息龙体,臣等必尽犬马之报。"是夜聪崩世,在位九年,改元者三。

宫人报知太子,太子与百官举哀发丧。已毕,靳准与群臣扶太子刘粲登位,为汉王,俱各山呼万岁,君臣礼毕,国号大汉。汉主封靳准为大将军、录尚书事,一应军国之事,皆决于靳准。汉主粲晨夜烝淫奸宿刘聪之后靳氏、宣氏、樊氏、王氏

等，此五皇后皆年未满二十，并有国色，故粲贪烝，不出理政。当靳准见汉王粲淫乱无道，阴有异志，私谓粲曰："迩闻上洛、济南诸王欲行伊、霍之事，陛下宜早图之。"粲信之，使人收刘景、刘骥杀之。游宴后宫，军国之事一决于准。

靳准谋灭汉王粲

八月，靳准与弟靳术商议曰："今汉王粲无道，烝乱宫室，不理朝政。吾欲勒兵诛之，取其天下，你可助我一臂之力，共享富贵。"术曰："愿从兄命。来日兄与吾二人勒兵入宫，尽诛刘氏，百官自从。"计会已定。

次日，靳准、靳术兄弟各披坚执锐，领甲兵二万人。术引兵突入宫廷，但见阉官，不论大小，尽皆杀了。靳准斩关而入，樊陵、许相出殿来呼："不得无礼！"术立斩二人，以下尽皆奔走。赵广、夏胜二个赶在翠华楼上放火，谁跳下楼，就楼前剁作肉泥。宫中火焰烧天，汉王粲同五皇后并内省官属，复从走北宫。靳准正在宫中，环甲持戟，立于阁下，望见汉王拥五后过来，大呼："烝贼休走！"喝众军向前，将汉王粲并五后擒住，又令军士入宫，将汉王宗室、刘氏男女少长，尽皆杀之。准自出坐殿上。靳术领甲兵环立四边，命手下军呼集百官至殿下，谓曰："今汉王粲不亲政事，淫乱太后，吾故杀之，自代其位。汝诸大臣，顺者高官，逆者必诛。汝等心下何如？"群臣皆不敢逆，只得山呼万岁。毕，准自谓曰："吾自称为大将军、汉天王也。"又谓胡嵩曰："自古无胡人为天子者，今以传国玺付汝，还如晋家。"嵩不敢受，准怒杀之。又命武士将汉王粲并五皇后、宗室男女，少长三百余人斩于东市。又使人发掘元海、刘聪墓，取出棺椁焚之，烧其宗庙，尽皆灭之。

靳准既即天王位，以弟为丞相，总督中外诸军事。又遣使告司州刺史李矩曰："刘渊屠各小丑，矫称天命，使二帝幽没。卿等辄率众服侍梓宫以还，请以上闻。"李矩得其语，驰遣人上表，奏闻晋帝。帝大悦，诏遣太常韩胤等前去奉迎梓宫。靳准欲以王延为左光禄大夫，延骂曰："屠各逆奴，何不速杀我，以吾左目置西阳门，观相国之入也；以吾右目置建春门，观大将军之入也！"准怒，杀之。

却说相国刘曜闻平阳大乱，每日涕哭，自长安发兵赴之。石勒闻知，亦率精骑五万以讨靳准，据襄陵北原。靳准探知二处动兵，亦引兵十万来挑战，勒坚壁以挫之。

十一月，呼延晏私奔来报相国刘曜。时曜兵至赤壁，呼延晏迎着，哭说靳准谋逆之事。相国曜大哭，昏倒在地，众将急曰："死者不可复生，痛之无益。"曜停哀，命将士各举哀数日。晏入内曰："今少帝遭贼所弑，殿下宜即大位，以安众心。"曜从之，乃即皇帝位于赤壁，改元戊寅为光初元年，使使以石勒为大司马，加九锡，进爵为赵公。于是勒始进兵攻准于平阳，巴及羌、羯降者十余万落，勒皆徙于所部。

刘曜石勒讨靳准

却说靳准自料不能迎敌石勒，使侍中卜泰送乘舆服御，请和于石勒。勒大怒，将卜泰囚之，使人送与汉主曜。曜释之，谓泰曰："先帝末年，实乱大伦，司空行伊、霍之权，使朕及此，其功大矣。若早迎大驾者，当悉以政事相委，况免死乎。汝可回与白之。"卜泰还以曜语与言之，靳准不从。将军乔泰等见准不从，率兵入阵，将准诛之，推靳明为主，又遣卜泰奉传国玉玺降汉。石勒大怒，进军攻靳明。次日，靳明亲率精骑，出与勒战，大败回城，不敢复出。

时十一月，日夜出，高三丈。晋帝以王敦为荆州刺史，又诏群卿各陈得失。御史中丞熊远上疏曰：

> 胡贼猾夏，梓宫未还，而不能遣军进讨，一失也。群官不以仇贼未报为耻，务在调戏、酒食而已，二失也。选官用人，不料实德，惟在门第，不求才干，惟事请托。当官者以治事为俗吏，奉法为苛刻，尽礼为谄谀，从容为高妙，放荡为达士，骄蹇为简雅，三失也。世所恶者，陆沉泥滓；时所善者，翱翔云霄。是以万机未整，风俗伪薄。朝廷以从顺为善，相违见贬，安得朝有辩争之臣，士无禄仕之志乎！古之取士，敷奏以言；今光禄不试，甚违古义。又举贤不出世族，用法不及权贵，是以才不济务，奸无所惩。若此道不改，求以救乱难矣！

先是，帝欲慰悦人心，州郡秀、孝，至者不试，皆署吏。尚书陈颜亦上言："宜循旧制，试以经策。"帝从之，仍诏："不中科者，刺史、太守免官。"于是秀、孝皆不敢行，其有到者，亦托疾，比三年无就试者。帝欲特除孝廉已到者官，尚书郎孔坦以为："近郡惧累君父，皆不敢行；远郡冀于不试，冒昧来赴。若加除署，是为谨身者失分，侥幸者得官，颓风伤教，恐从此始。不若一切罢之，而为之延期，使得就学，则法均而令信矣。"帝从之，听至七年乃试。

却说晋司马焕乃郑夫人所生之子，时年二岁矣，沾疾将危，晋帝甚爱之，封琅邪王而卒。帝命备吉凶仪服，营起园陵，功费甚广。右常侍孙霄谏曰："古者凶荒杀礼，况今丧乱，宪章旧制，犹宜节省，而礼典所无，顾崇饰如是乎！竭已罢之民，营无益之事，殚已困之财，修无用之费，此臣之所不安也。"帝不从。正欲退殿，忽闻报彭城内史周抚叛降石勒。帝大怒，即诏下邳内史刘遐、泰山太守徐龛二人引兵讨之。

却说石勒见靳明不出，亲驱大众攻平阳甚急。靳明遣使求救于刘曜，曜佯许之，使人以一万军迎之，明不知是计，以为是实况。石勒攻得甚紧，明乃率平阳士女一万五千人弃城奔汉，来降刘曜，被曜赚去，收靳氏男女二百人皆诛之。石勒见靳明奔曜，乃引众入平阳，焚其宫室，修其故陵，收粲以下百余口葬之，拨守置戍而归襄国去讫。

大兴二年（汉改号赵光初二年，后赵高祖石勒元年。旧大国一，成新小国二，新大国一，凡四僭国），二月，刘遐、徐龛各以兵二万，来击周抚，相持月余，互各胜负。初，掖人苏峻屡被汉兵搅扰，不能得安，乃率乡里结垒自保，远近之人多来附之，众至二万余人。曹嶷恶其强盛，将发兵攻之。峻惧，率众浮海来助刘遐，共击周抚。是日交战，苏峻骤马与周抚交锋，不两合，抚杀败被除，龛等各收兵还镇。刘遐表苏峻讨抚之功，晋帝降诏，以峻为淮陵内史、鹰扬将军，峻自是归晋。

石勒献捷于刘曜

却说石勒既克平阳，遣左长史王修持书，献捷于汉。汉王曜大悦，遣使授勒太宰，进爵赵王，加殊礼，称警跸。使人去讫，王修亦还。先，王修同舍人曹平乐来汉，刘曜留之为常侍，因此平乐为汉私言于曜曰："勒使王修来献捷，实觇陛下强弱，俟其复命，将袭乘舆。今陛下宜防之。"时汉兵疲敝，曜听其言，乃使武士追及，斩王修于市。探听人回报石勒，称曜将王修斩讫。勒大怒，曰："今事刘氏，于人臣之职有加矣。彼之基业，皆孤所为；彼既得志，将欲相图。赵王、赵帝，孤自为之，何侍于彼耶！"自此勒不受汉之用命矣。

时三月，该祭天地，南郊未曾建立，晋元帝集令群臣议郊祀。刁协等以为宜待还洛阳祭之，今且罢之。司徒荀组等曰："汉献帝都许，即行郊祀，何必洛邑！"元帝从之。立郊丘于建康城之南地，帝亲祀之，以未有北郊，并地祇合祭之。元帝诏："琅邪恭王宜称皇考。"贺循曰："按礼，子不敢以己爵加于父。"帝既而罢之。

四月，初，蓬陂坞主陈川自称陈留太守。先，祖逖攻樊雅也，陈川遣其将李头助之。头力战有功，逖厚遇之。头既还，每叹曰："得此人为主，吾死无恨。"川闻之，以头背己与逖有谋，将头杀之，遂大掠豫州诸郡县。祖逖大怒，自将兵来击陈川，川以众与战，被逖破之。川大败，只余一千余人，恐不能敌，乃以浚仪叛，使人降于石勒。勒受其降，拜为将军。

却说先徐龛与刘遐共讨周抚，周抚被苏峻杀败而走，徐龛部将追及斩之。朝廷论功，刘遐为先，徐龛居次。因此徐龛大怒，以泰山郡叛，亦降于石勒。勒受之，加龛秩位一等。

刘曜即位于长安

汉刘曜既即大位，徙都长安，立妃羊氏为皇后，立世子刘熙为太子，立宗庙、社稷、南郊、北郊，改国号为赵。以冒顿配天，光文配上帝，始是称为赵也。羊后讳献容，乃惠帝后也。遭奸人之废立，怀帝即位，羊氏为惠帝皇后。后洛阳败没于曜，执以为妻。曜既僭位，立为皇后，政事皆与决之。因问后曰："吾何如司马家儿？"后曰："胡可并言！陛下，开天之圣主，彼，亡国之暗夫。有一妇、一子及身三耳，不能庇之。贵为帝王，而妻子辱于凡庶之手。妾尔时实不思生，何图复有今日。妾生于高门，常谓世间男子皆然。自司中枢以来，始知天下有丈夫耳。"因此言赵王曜甚宠爱之，每旦宴饮，不思远图之计。

却说南阳王司马保自称为晋王。保既称王，改元建康，置百官。陈安先谋叛，保遣兵击之，使使告急于张寔，寔亦遣韩璞，以兵五千助之。陈安恐独力不敌，乃使人降于成王李雄，雄纳之，遣兵来助。于是陈安以众来逼上邽，保坚守不出。会城中大饥，又为安所困，会张寔遣韩璞引兵来救，因此城中得其消息，保出兵来应，两下夹攻，杀败陈安。陈安势穷，乃退上邽，百姓方才得安。

时江东亦大饥，元帝诏百官各言时事。益州刺史应詹上疏曰：

  无康以来，贱经尚道，以玄虚宏放为夷达，以儒术清俭为鄙俗，宜崇奖儒宫，以新俗化也。

元帝纳之，诏命崇儒。

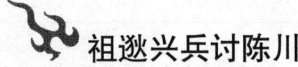
祖逖兴兵讨陈川

却说祖逖率五万步骑，攻陈川于蓬关，石勒闻知，遣石虎、桃豹将兵三万来救，祖逖始退屯淮南。石虎既至蓬关，令除川率众徙居襄国，留桃豹守陈川故城，自勒兵与川退还襄国去讫。却说石勒又得陈川之众，遂率兵五万来寇幽州，幽州无备，被攻陷之。段匹䃅在蓟城闻幽州失守，心下大惧，恐来攻蓟，乃率众奔乐陵县而据之。

却说梁州刺史周访率众击杜曾，曾勒众拒战。两下交锋，战上十五合，曾措手不及，被访斩之，其众尽降。初，王敦患杜曾，因谓周访曰："足下若擒得杜曾，当相论为荆州。"至是访破斩杜曾回，而敦不用。而王廙在荆州，多杀陶侃将佐，士民怨怒。朝廷已知，元帝征廙为散骑常侍，而以周访代之。王敦忌访威名难制，从事郭舒亦说敦曰："荆州虽荒敝，乃用武之国，不可以假人，宜自领之，访为梁州足矣。"敦从之，乃加周访安南将军，余如故。访闻大怒，敦手书譬解，并玉环、玉碗遗之。访抵之于地曰："吾岂贾竖，可以宝悦耶！"因此访去襄阳，务农训兵，有图敦之志，守宰有缺辄补，然后言上，王敦不能制。

却说徐龛既降石勒，以众寇掠济、岱诸境。近臣奏知元帝，深忧之，问群臣谁去讨之。王导奏以太子左卫率羊鉴，乃龛之州里冠族，必能制之，令其率军五万去讨。元帝从之，封羊鉴为都督，令率军讨之。羊鉴深辞曰："臣才非将帅，恐不克效，望陛下另选良将。"郗鉴亦上表羊鉴不可使。王导不从，以羊鉴为征讨都督，督徐州刺史蔡豹及临淮太守刘遐、鲜卑段文鸯等讨之。于是鉴不得已，领旨出朝，点过精兵五万，涓日起行。

石勒自称后赵王

却说石虎与张宾等上言于勒曰："今刘曜僭大位，弃汉自号赵，是逆宗统，荒淫不理政事，是无德也。吾等观其久必自败，定为人所擒。王侯本无植，帝王岂有根！明公宜加尊号，以安百姓，以绝刘曜耳。"石勒曰："孤本氐人，得诸君相扶，侥幸至此。天下未定，何敢为之！"张宾又曰："今有内十二郡、赵国十二郡，合有二十四郡为赵国，准《禹贡》，魏武复冀州之境，地方数千里，将佐数百员。主公若登大位，命将佐出讨，何坚不破，何敌不灭。主公再执不行，将士解体，民各生心，晋氏复起，谁人肯用命乎！不如主公且登后赵王位，以安众心，可保万全之计。"于是勒始从之。

石勒既即王位，称元年为后赵元年。以将军支雄等主胡人词讼，禁胡人不得凌侮华族，号胡人为国人。遣使循行州郡，劝课农桑。朝会始用天子礼乐。加张宾为大执法，总朝政。以石虎为骠骑将军，都督诸军，赐爵中山公。时张宾既遇优显，群臣莫及，而谦虚敬慎，开怀下士，屏绝阿私，以身率众，入则尽规，出则归美。勒甚重之，每朝，常为之正容貌，简辞令，称曰右侯而不敢名。

勒既以天子礼乐飨群臣，威仪冠冕，从容可观矣。勒宫殿及诸门始就制，法令甚严，讳"胡"尤峻。时有醉胡出入止车门，勒大怒，即召宫门小执法冯翥至，责其不弹白之故。翥惶惧忘讳，因对曰："有醉胡乘马驰，某呵御之，而又不可与语。"勒突曰："胡人正自难与言。"因是恕而不罪翥耳。

宇文氏攻慕容廆

十二月，却说平州刺史崔毖，以士民多归慕容廆，心甚不平，乃密遣人阴说高句丽、段氏、宇文氏，约使共攻之。毖所亲高瞻力谏曰："慕容氏部下军多将广，智足谋深，更兼霸地千里，粮料积山，攻之难克，退之结怨。莫若含忍以候其变，然后可为之。"毖不从，发使去二国讫。不旬日皆执兵而至，于是宰牛杀马，犒劳二氏之兵讫。三国合兵共五十五万。

次日起行，来伐慕容廆。兵至城下，廆诸将请击之，廆曰："彼为崔毖所诱，欲邀一切之利。军势初合，其锋甚锐，不能与战，当固守以挫之。彼乌合而来，未相归服，久必携贰，然后击之，破之必矣。"诸将默然。于是三国进兵攻棘城，廆令将士闭门自守，并不出战。过数日，计以牛酒使人独劳宇文氏，请和退兵，宇文氏受之。崔毖、段氏二国果疑宇文氏与廆有谋，各引兵归。

时宇文氏士卒三十余万，连营四十里，甘大人悉独官曰："二国虽归，吾独取之。"因是进兵。慕容廆遣人召使其子慕容翰，将兵入屯于徒河。翰归入城内，见父廆曰："彼众我寡，难以独胜。儿欲为奇兵于外，伺其间而击之，若并兵为一，彼得专意攻城，非策之得也。"廆从之。翰选精兵三千骑，屯于五十里之外，悉独官闻之曰："翰远归而不入城，或能为患，当先取之。"于是分遣五万骑击翰，翰设计以三千精兵伏于暗谷，又使人假为段氏使者，逆于道，诈说大路有伏兵，不可行。宇文兵信之，引兵从小路进。兵至翰设伏之处，将过大半，一声鼓响，伏兵从谷中杀出，翰自以兵出邀，塞住去路。宇文氏兵被翰杀死，十停去其七停，余者尽被获之。翰忙遣人入城报廆，使出兵击其前，又使部将乘胜径进袭其后，自于中间接应前后。于是廆始知翰乘胜进兵，乃自披挂，率众出城大战，前锋始交，后兵接战，两下夹攻，杀伤其众。战至十五合，翰率二千骑从旁直入其营，纵火焚之，风起火发，宇文之兵烧死大半，宇文之众大败，折去三十万人，悉独官仅以自免而还。廆尽俘其众，获皇帝玉玺三纽。崔毖闻知，惧奔高丽。廆入平州，不忍绝其类，返以其子崔仁镇辽东，官府、市里，安堵如故。

廆以高瞻为将军，瞻称疾不就。廆数临其家候之，抚其心曰："君之疾在此，不在他也。今晋室丧乱，孤欲与诸君共清世难，翼戴帝室，奈何以华夷之异，介然疏之哉！夫立功立事，惟问志如何耳！"瞻犹不起，廆颇不平。瞻以忧卒。于是廆引众还镇，使裴嶷奉表，并得玉玺，诣建康献之。

末柸以兵攻匹䃅

三年（赵光初三年，后赵二年，凉张茂先永元年），二月，段末柸疾兄匹䃅仕晋，以十万兵来攻兄。段匹䃅以军五万出迎。两下交战，不三合，匹䃅大败而逃，被末柸追杀，伤去大半，不敢入城。走至冀州城下，谓冀州刺史邵续曰："吾本夷狄，以慕义为晋破家。君不忘久要，请相与共击末柸。"续闻言，遂率三万生力军出城助匹䃅，与末柸相战。未十合，末柸大败，匹䃅与邵续追击大破之。匹䃅因胜，与弟文鸯率众来攻蓟城。邵续收屯军兵回冀州。后赵王勒探知邵续势孤，况匹䃅自去攻蓟，冀州空虚，乃遣石虎将兵五万来攻冀州。石虎既为将，率兵将至冀州，分一万人埋伏于青山谷内，自将兵去攻城。邵续自出击虎，交战二十余合，石虎佯败，落荒而逃。邵续以兵追赶，赶过伏兵之所，被伏兵断出其后，石虎杀回，两下夹击，邵续遂被石虎执之，押至城下，令其招城上出降。续大呼兄子邵竺等曰："吾志欲报国，不幸至此。汝等努力奉匹䃅为主，勿有贰心！"时匹䃅闻石虎攻续，率众来助冀州，匹䃅杀入城，与续子邵缉等固守冀州。石虎见城不下，使人送续还襄国，白之后赵王勒，以续为忠臣，释而礼之。因下令："自今克敌，获士，必生致之。"

初时，吏部郎刘胤闻邵续被石虎所攻，乃入内言于元帝曰："北方藩镇惟余邵续，如使为虎陷之，孤义士之心，宜发兵救之。"帝不从。及是闻续已殁，乃使人持诏，以续任位以授其子邵缉。于是缉领冀州刺史矣。

赵将尹安降李矩

却说赵将尹安及宋始四军屯洛阳，乃以城降于青州刺史李矩。矩使颍川太守郭默将兵入洛阳。后赵石生闻知，率众虏守将宋始一军，北渡河而去。于是河南之民皆相率归矩，洛阳遂空。

二月，却说裴嶷至建康，呈上表及玉玺。元帝大悦，因问廆之行状，嶷甚称廆之威德，贤俊皆为之用，朝廷始重之。帝欲留嶷在朝，嶷曰："臣少蒙国恩，出入省闼，若得复奉辇毂，臣之至荣。但以旧京沦没，山陵穿毁，虽名臣宿将，莫能雪耻，独龙骧竭忠王室，故使臣万里归诚。今臣不返，必谓朝廷以其僻陋而弃之，孤其向义之心，使懈于讨贼，此臣之所甚惜也。故不敢从。"帝然之。遣使随嶷去拜廆为安北将军、平州刺史。廆受命，极是欢悦。

五月，上邽诸将谋杀晋王保，保不能抚众任人，故遇害。保乃司马模之世子，体重八百斤，喜睡，好读书，而暗弱无断，是以及于难耳。先，司马故将陈安降于成，闻保已死，乃自据陇右，聚众五万余人，降于赵，赵王刘曜以陈安为秦州刺史。

羊鉴有罪以除名

却说王导举羊鉴为将，讨徐龛。鉴率众顿兵于下邳，不敢进。独徐州刺史蔡豹得命，率骑兵二万来击龛，龛引众拒，迎战不十合，龛大败，遣使求救于后赵王。石勒遣其将王伏都率兵一万来救之。时王伏都淫暴，不进助战，龛疑其来袭己，请来赴宴而斩之，令使人来后赵，称伏都罪状，请别为救。后赵王怒而不受。朝廷敕鉴进兵，鉴犹疑惮不敢进，于是刁协劾鉴之罪。元帝从其说，除名，诏以蔡豹代领其兵。王导自惭以失举，奏帝乞自贬。元帝不许。

却说京兆人刘弘客居凉州，以妖术惑众。张寔左右皆信而事之。弘自言："天与我神玺，应王凉州。"张寔帐下阎涉等欲谋杀寔而奉之。初，寔弟张茂密知其谋，告之。寔大怒，遣兵五百去收弘。未及至，阎涉等已夜入杀寔。寔已死，前遣五百之兵已入天梯山，将刘弘执之而还。寔已被害，其众将弘镮之，诛其党阎涉等数百人。左司马阴元等以寔子张骏尚幼，推其弟张茂为凉州刺史。茂以寔子骏为世子，茂代领其众，安抚凉州。

子远狱谏赵王曜

却说赵将解虎、尹车谋反，请巴酋句徐、库彭等至，以酒相结。酒至半酣，车与库彭言曰："今主上不思远图，专宠女色，不久必败。吾欲统所部之兵，出屯平阳，别作良图。恐独力难为，今请阁下同去兴义，公意若何？"库彭曰："吾熟思久矣，无人戮力，故沉至今。既将军亦有此谋，我等愿作前驱。"车曰："既阁下肯相护持，正月元宵夜，同引兵遁去。"言讫二人又饮，饮得大醉，至三更始散。

其时尹车、库彭饮得大醉，言来语去，说胜道强，早有察事人窃知，来报赵王曜。曜大怒。次早设朝，文武皆集，君臣礼毕，赵王命武士将尹车、库彭擒下，大骂曰："朕何负汝，汝今二人谋反！"喝武士执尹车斩之。又令太保呼延晏领御林军杀其部五千人，又欲杀库彭。光禄大夫游子远告赦，不听，又将句徐、库彭等部下五千人囚于阿房。过数日，赵王使人领兵欲去杀库彭五千人。游子远固谏："圣王用刑，惟诛元恶，不宜多杀。巴酋句徐、库彭虽然得罪，宜赦之，削其兵权。若杀之，其党必然谋反，关外之地，非复国家之有。"赵王不听。子远叩头流血苦谏，赵王大怒曰："你亦同谋，故相救耳！"使武士执子远幽于天牢，命御林军去尽杀句徐、库彭五千人。于是巴酋、氐人闻知尽叛，关中应之者三十余万。因此，关中大乱，城门尽闭，人不敢行。子远在狱不知库彭已杀，又使人上表苦谏道："若杀库彭，非安社稷之计，巴酋、氐人必然为乱。"赵王愈怒，呼左右曰："速与朕入狱，将子远杀之。"中书刘雅、朱纪、呼延晏等谏曰："子远幽而尚谏者，所谓忠于社稷。陛下纵弗能用，奈何杀之！若子远朝诛，臣等亦暮死，以彰陛下过差之咎。天下之人皆当去陛下蹈西海而死耳，陛下复与谁居乎！"赵王意乃解，赦出子远，封子远为车骑大将军，都督雍、秦征讨诸军事。大赦境内。赵王曜欲将讨之，子远又谏曰："彼非有大志，欲图非望也，直畏刑欲逃死耳。莫若大赦与之更始，其罪入者毕纵遣之，使相招引，听其复业。彼得生路，何为不降？若其自知罪重，屯结不散者，愿假臣弱兵五千，必为陛下枭之。"曜大悦，从之。即日大赦，使子远领兵征讨巴酋、氐人，大军至雍城城下屯住。次日，二军相迎，子远单骑出阵，谓氐人部长曰："前日句徐、库彭大逆，故赵王诛之。君等何如起兵？若肯倒戈投降，不致灭族之患；若拒逆命，必点倾国之兵，使汝氐人无种类矣。吾不与战，汝等三思回言。"言未尽，氐人即下马投降。惟句氏宗党保于阴密县不降，子远率众陷其城，尽执而灭之，于是关外悉平。子远振旅还都，徙氐、羌二十余万于长安。子远入见赵王曜，曜大悦，以子远为大司徒、录尚书事。子远请立太学，赵王曜从之。立太学，选民之可教者千百五人，择儒以教之。

赵王曜做酆明观及西宫、陵霄台，又营寿陵。侍中乔豫、和苞谏曰："前营酆明，市道细民咸曰：'以一观之功，足以平凉州矣！'今又欲拟阿房而建西宫，法琼台而起陵霄，其为费亿万鄞明。若以给军，则可以兼吴、蜀而一齐、魏。又营寿陵，周圆四里，铜椁金饰，其深三十五丈，殆非国内之所能办也。自古无不亡之国，不掘之墓，故圣人之俭葬，乃深远之虑也。"赵王曜大悦，下诏曰："二侍中恳恳有古人之风，可谓社稷之臣矣。其悉罢诸役。寿陵制度，一遵霸陵之法。"以豫、苞二人领谏议大夫，又省鄞水囿以与贫民矣。

祖逖计运土为粮

七月，却说祖逖以将韩潜与后赵将桃豹分据陈川故城。潜与豹相守四旬，逖军粮尽，恐豹视虚来攻，逖计以布囊盛土，使千余人运以馈潜。又使数十人担米，歇息于道，待豹兵逐之，即弃之而走。与其同时，豹兵亦粮尽，士卒久饥，见逖运粮，千余人过去了，后又数十人担米至，豹兵逐而获之，是米，将来见豹。豹果以为逖士众丰饱，因是大惧，连忙使人回襄国运粮。使人去了，运得粮米将至。祖逖闻知，又遣人密使韩潜率精骑五千，从小径邀之。运粮军人见兵至，皆弃粮车而逃。潜尽获其粮米，回以馈三军。桃豹粮尽数日，运来的粮，又被韩潜夺回，恐士卒散去，令众至晚遁走去讫。逖使韩潜回，率兵进屯封丘以逼之。逖自以众镇雍丘。于是后赵镇戍归逖者甚多。

先是，李矩、郭默等互相攻击，逖驰使人和解，示以祸福，二人遂皆受逖之节度。于是朝廷诏加逖镇西将军。逖与将士同甘苦，约己务施，劝课农桑，抚纳新附，虽疏贱者皆结以恩礼。河上诸坞，先有任子在后赵者，皆听两属，时遣游军伪抄之，明其未附。坞主皆感恩，后赵有异谋，辄相以告，由是多所克获，自河以南，多叛后赵归晋。逖练兵积谷，为取河北之计。后赵王勒闻知边境戍守之人反己附逖，心甚患之。

张宾计修祖逖墓

勒问计张宾曰："边戍之人，近皆附逖，将奈之何？"宾曰："祖逖乃范阳人，极有勇略，若与战，未得全胜。臣闻祖逖父母葬在吾成皋县东，大王使成皋县官吏修祖逖父母之坟墓，立起祠堂，使家人居之，代其四时享祭，彼必感吾之德，而不为边患矣。"后赵王勒大喜，使人以书来成皋见县令，示以其言。县令得其书曰：

　　祖逖屡为边患。逖北州士望也，倘有首丘之思，其下幽州，可代修其祖氏坟墓，为置祠祭茔冢，彼必感恩，不扰其境矣。宜速施行。

成皋县官吏见其书，即与祖逖修其坟墓，立起祠堂，四时致祭，使人守墓。早有人来报祖逖，祖逖闻知，感恩不已。

时逖牙门童建因与蔡内史周密有仇，至夜杀蔡内史周密。逖闻知，欲拘童建治罪，童建乃逃来降后赵王勒。勒审知是祖逖部下之兵，即令斩之，修书一封，使人持童建首级并书，来报祖逖。逖大喜，拆其书看曰：

　　叛臣逃吏，吾之深仇，将军之恶，犹吾之恶也。故不容而戮，使人呈之。外将军祖氏之墓，虽在吾界，即吾父母之茔，已令人营祠，守而祭之矣。

逖见书大喜，重赏使人，回书与去。自此以后，后赵有人来降者，逖皆不纳，始抽回境上之兵。于是后赵之民，边境之间，稍得休息。

八月，梁州刺史周访卒，朝廷知之，使使诏以甘卓代之。访字士达，汝南人也，少沉毅，谦而能让。周穷振乏，家无余财。及元帝渡江，命访参镇东将军事，智勇过人，讨贼屡建大功。每入朝见帝，未尝论功，同僚问曰："人有小善，鲜不自称，卿功勋如此，初无一言，何也？"访曰："朝廷威灵，将士用命，访何功之有？"因此朝野之士，皆重之。而访善于抚纳，士众皆为致死。知王敦有不臣之心，私常切齿，敦由是终访之世，未敢为逆。及卒，敦遣敦舒监其军，元帝以甘卓镇襄阳，征舒为左丞，敦留不遣。

却说徐龛战败，遂来降后赵，后赵王受之。后赵王勒用法严峻，使张宾定九品。命公卿及州郡岁举秀才、至孝、廉清、贤良、直言、武勇之士各一人。

司马承为湘刺史

十二月，却说元帝之始镇江东，王敦与从弟王导同心翼戴，元帝亦推心任之，敦总征讨，导专机政，群从子弟布列显要，时人为之语曰："王与马，共天下。"后敦恃功骄恣，元帝畏而恶之，乃引刘隗、刁协等以为腹心，稍抑损王氏之权，导亦渐见疏，请中书郎孔愉陈导忠贤，有佐命之勋，宜加委任，元帝出愉为长史。导能任真，澹如也，而敦益怀不平。其参军沈充、钱凤皆巧谄凶狡，知敦有异志，阴画策王敦，敦宠信之。而敦上疏为导讼屈，词语怨望。佐军谯王司马承，忠厚有志行，元帝亲信之。帝得敦疏，夜召承入内，以敦表示之。承曰："王敦权重心异，久则为患。今观其疏，词意怨望不逊，陛下宜早防之。"刘隗为言曰："敦疏谓陛下推腹心于我，其意将以我为名为乱也。不若委臣权而招义兵，待其显而讨之。"元帝不从，因是二人在宫未出。次日，会王敦使人表沈充为湘州刺史，元帝谓承曰："敦奸逆已著，朕为惠帝，其势不远。湘州据上流，控三州之会，敦欲以充居之为乱，何能抵之？朕且逆其欲，以叔父居之，何如？"承曰："臣奉诏命，惟力是视，何敢有辞！然湘州经蜀寇之余，民物凋敝，若及三年，乃可即戎。苟未及此，虽灭身无益也。"帝然之，诏以承为湘州刺史。承领诏命而行。过武昌，王敦闻知，只得出迎入内，以宴待之。酒半酣，因谓承曰："大王雅素佳士，恐非将帅才也。湘州久叛，地面恐致之难！"承曰："公未见之耳，铅刀岂无一割之用耶！孤虽不才，且看吾之治湘耳！"敦毋敢对，听其自去，送承离了。入谓钱凤曰："彼不知惧而学壮语，无能为也。且等后之如何。"谯王承即至湘州，时湘土荒残，公私困弊，承躬自俭约，倾心绥抚，湘地稍安，甚有能名。

四年（赵光初四年，后赵三年），正月，徐龛复使人入朝降晋，帝受之。三月，日中有黑子，元帝甚忧。著作佐郎郭璞上疏曰：

> 阴阳错谬，皆繁刑所致。赦不欲数，然子产如铸刑书非政之善，不得不做者，须以救弊故也。今之宜赦，理亦如之。

帝从之，发诏大赦境内。

段匹䃅死于忠义

却说后赵王勒使石虎以军五万，攻匹䃅于厌次。又使孔苌以军三万，攻其统内诸城，诸城悉拔之。虎兵至厌次围之，匹䃅使弟文鸯归兵出拒，与虎交战。自夕至夜，连战一百合，鸯力尽，被虎执之。鸯尤骂贼不已，虎使兵人监之。次日，又攻城，匹䃅见弟文鸯被执，已去右臂，心下大惧，集诸将商议，欲自单骑归晋。邵续之弟邵洎主降不听，复欲执朝廷使人送虎请降。匹䃅正色谓之曰："卿不能遵兄之志，逼吾不得归朝，亦已甚矣，复欲执天子使者，我虽夷狄，所未闻也！"邵洎与缉竺等不听其语，乃使人立降旗，开城门，迎石虎之军而入。虎入城，召匹䃅见，䃅曰："我受晋恩，志在灭汝，不幸至此，不能为汝敬也。"虎先素与匹䃅结为兄弟，见匹䃅至，即起迎之，及见其语，令人送匹䃅、文鸯、邵洎、缉竺等还襄国去。于是幽、冀、并三州皆入于后赵。匹䃅等既至后赵，后赵王勒以匹䃅忠义，故不害之。而匹䃅见勒不为礼，常着朝服，持晋节。久之，勒怒，乃将匹䃅、文鸯、邵洎皆杀之。

帝以戴渊拒王敦

七月，元帝见王敦凶逆，将显为乱，与刁协计议，以戴渊为征西将军，都督司、豫六州军事，以镇合肥；以刘隗为镇北将军，都督青、徐四州诸军事，以镇淮阴。皆假节领兵，名为征胡，实备王敦也。隗虽在淮阴，朝廷机事，进退士大夫，帝皆与之密谋。敦闻隗领兵镇淮阴，使人遗隗书言："欲与之戮力王室，共靖海内。"隗亦遣人答曰："'鱼相忘于江湖，人相忘于道术。'竭股肱之力，效之以忠贞，吾之志也。"敦见其书，甚怒之。元帝知敦有异，故以王导为司空、录尚书事，而实疏忌之。当御史中丞周嵩上疏以为："不宜听佞臣之言，放逐旧德，亏既往之恩，招将来之患。"帝颇感悟，导由是得全。

史说，戴渊字若思，广陵人也。有丰仪，性闲爽，少好游侠，不拘操行。常至洛为劫盗，因遇陆机赴洛，若思见其船装甚盛，遂与帮徒掠之。若思自登岸，据胡床，指麾同伴取物，皆得其宜。机察之，知非常人，在舫屋上遥谓之曰："卿才器如此，乃复劫耶！"若思感悟，因流涕投剑，还其行李而就之。机与言，深知赏异，遂与结交焉。后若思改举孝廉，入洛阳，机荐之于赵王伦曰："戴若思诚东南之遗宝，朝堂之奇璞也，何不用之？"因是伦乃辟之为主簿。及伦败，始过江归元帝。帝深信之，由然有此重任焉。

却说豫州刺史祖逖闻朝廷以戴渊都督六州，逖以戴渊吴士，虽有才望，无私致远识，且已剪荆棘，收河南地，而渊雍容，一旦来统之，意甚怏怏。又闻王敦与刘、刁构隙，将有内难，知大功不成，遂感激发病。至九月，卒于雍丘。豫州士女若丧父母，无不号涕，皆为立祠而祭之。其弟祖约发丧申奏朝廷。至十月，元帝闻奏祖逖身死，恐羯人犯境，乃使人奉诏，以逖弟祖约为平西将军、豫州刺史，代领其众。

初，有妖星见于豫州之分，历阳陈训谓人曰："今年西北大将当死。"逖亦见星，曰："为我矣！方平河北，而天欲杀我，此乃天不佑国也。"俄卒于雍丘。故史臣议：祖士稚慷慨忠义，有智略以行之，岂惟晋臣，亦自古难得之才也。惜其未闻道也。

王敦闻祖逖死，益无所惮，专意谋贰。逖弟祖约既领其众，无绥御之才，不为士卒所附。范阳李产避乱依逖，至是见约志趣异常，乃率子弟十余人，间行归乡里。

石勒召封仇人爵

却说后赵王勒，乃上党武乡羯人。思欲归以省亲，张宾谏之，乃止。勒乃使人悉召武乡耆老诸人赴襄国，耆老诸人皆至。后赵王勒大排筵会，自与耆老论年齿而坐欢饮，语及平生，无不快活。先，赵王勒未遂时，与邻居李阳居，岁常争麻池，迭相殴击，至是李阳不敢来见。勒因谓父老曰："李阳，壮士也，何以不来？沤麻，是吾布衣之恨，孤方崇信于天下，宁仇一匹夫乎？"即又使人去召李阳。李阳乃至，拜伏在地请罪。勒喜扶起，与其酬谑，引阳臂而笑曰："孤昔厌卿老拳，卿亦饱孤毒手。"言讫，赐甲第一区，拜阳为参军都尉。又与众曰："武乡吾之丰、沛，万岁之后，魂灵当游之耳！"复以资帛给赏父老，以武乡比丰、沛，复之三世。

　　时后赵王勒以民始复业，资储未丰，乃重禁酿，郊祀宗庙，皆用醴酒行之。于是数年无复酿者。

　　慕容廆闻中国无主，使使过海入建康，劝元帝即位。元帝既登大位，以廆忠慎，始遣谒者去大棘城，以慕容廆为督幽、平二州诸军事，封辽东公。谒者得诏前来棘城封公，廆闻知，使人迎接入城，排香案跪听披读诏书，受其迎绶，望南谢恩讫，大排宴会，款待谒者。次日，以金宝名马与谒者还朝，以作进贡之物。廆乃始立郡，以统流亡。准冀州人为冀阳郡，豫州人为成周郡，青州人为营丘郡，并州人为唐国郡。于是推举贤才，委以庶政，廆始承制除官府、置僚属，立子皝为世子，作东黉，使皝与诸生同受业，廆览政之暇，亲临教之。皝雄毅多权略，喜经术，国人称之。因是廆徙子慕容翰镇辽东，以慕容仁镇平郭，而翰抚安民夷，甚有威惠。

代贺傉谋弑其君

　　却说代王郁律大会群臣，闻探事人回报："中华晋愍帝被刘聪弑害。聪亦死，粲即位，亦被靳准所绝。今刘曜僭位，都于长安，石勒称主于襄国，晋元帝立于江南，天下大乱。"代王见说，大悦曰："今中原无主，天其资我乎！"言未毕，近臣奏："前赵王刘曜遣使至，请和结为唇齿之邦。"不一时，近臣又奏："后赵王石勒亦遣使至，乞和结为兄弟之国。"代王曰："吾正欲取中原，岂与汝和？"背命不纳，斩其使而绝之。自此代王郁律讲武练兵，欲平南复。有拓跋猗㐌之妻推氏，忌代王郁律之强，恐不利其子，乃令其子拓跋贺傉阴结代王郁律左右将佐，至夜入内，执律杀之，而自立为代王，尽领其众。郁律既被害，其次子什翼犍幼在褴褛，其母王氏知变，乃将什翼犍匿裤中而出逃，因祝之曰："天苟存汝，汝则勿啼。"久之不啼，因此私自逃奔外家，乃得免其大难，后长成人。

王敦举兵谋逆叛

　　永昌元年（赵光初五年，后赵四年），正月，王敦举兵谋叛。史说，王敦字处仲，乃司徒王导从父兄也。敦少有奇人之目。先，王恺、石崇以豪侈相尚，恺尝置酒会客，王敦与导俱在席，恺令女伎吹笛，小失声韵，恺便殴杀之，一座人咸改容，敦神色自若。恺又使美人行酒，吩咐道："劝客饮不尽，辄杀你美人。"行酒至敦、导面前，敦故不肯饮，美人悲惧失色，而敦傲然不视。导素不能饮，恐行酒美人得罪，遂勉强尽觞饮之。王导还，叹曰："处仲心怀刚忍，非令终也。"洗马潘岳见敦而目之曰："处仲蜂目已露，但豺声未振，若不噬人，亦必为人所噬。"

先时，王敦初事元帝，兀自矫厉，雅尚清谈，口不言财色。既素有重望，专任阃外，控强兵，遂欲专制朝廷，而有问鼎之心。因是元帝畏而恶之，乃引刘隗、刁协等以为心膂。敦益不能平，于是嫌隙始构矣。酒后辄咏魏武帝乐府歌曰："老骥伏枥，志在千里。烈士暮年，壮心不已。"以如意打唾壶为节，壶边尽缺。由然敦几欲怀异。

敦既与朝廷乖离，乃羁录朝中有时望者置己幕府，以羊曼、谢鲲为长史。鲲终日酣醉，故不委以事。时敦欲作乱，因谓鲲曰："刘隗奸邪，将危社稷，吾欲除君侧之恶，卿意如何？"鲲曰："隗诚始祸，然城狐社鼠，岂能为患耶！"敦怒曰："君庸才，岂达大体！"遂不听之。

史说，王充之字深猷，父王舒，丞相王导之从弟也。充之少最知名，总角来从伯王敦，敦甚爱之，谓之似己，恒以相随，出则同舆，入则共寝。其时王敦与钱凤、沈充及充之在帐中夜饮，充之佯醉，辞曰："侄已醉，欲先卧耳。"敦曰："你快帐后床上去睡，吾欲说话，一时间来。"于是充之就帐后凉床上卧。王敦以充之睡了，乃谓钱凤曰："吾欲以兵入建康，杀天子、诛大臣，自取大位，其事何如？"凤曰："今天下汹汹，人怀异望，欲得晋鼎。明公若不首谋，吾恐天下英雄先有此心。若他人先起，则鹿走未定。今夕之策，宜早为之，则大业必成。"敦曰："然。过旬日，可与吾调兵。"计议已定，钱凤辞去。王敦欲来同充之宿歇。先时，王敦与钱凤所议谋叛之时，充之已醒，悉闻其言，充之恐敦见疑，乃诈醉，便于卧处大吐，衣服并污。时敦果疑充之听见，乃以灯烛入，照视充之，见吐于卧处，遂以充之为大醉，不复疑之。至次日，充之辞敦曰："侄来此日久，欲回视亲。"敦曰："你既要回，吾使人送你回去。"言讫，唤十数军人送王充之还建康。

却说充之还家，以伯王敦与钱凤谋反之议，报知父舒。王舒惊曰："吾兄何如行此灭族之事！"舒忙说与从兄司徒王导，导曰："可速奏与主上，以做准备，免吾一族之众被其连累。"于是王导、王舒二人入朝，具以王充之所言王敦与钱凤谋反之议，奏知晋帝。晋帝曰："既王敦谋反，可兴兵讨之。"王导曰："只且准备，守护防之，未可动兵劳民耳！"因此帝令诸将调兵守护城池，日夜巡视。

却说王敦叛谋计定，乃使诸葛瑶、周抚等领兵为前锋，自与钱凤为后，共率兵二十余万。次日，前驱大进，当吴兴太守沈充亦引兵来应，迎着王敦曰："明公兴兵入建康，先用正名，然后可以起行，故兵法曰：'兵出无名，所以不胜。'故诸侯起兵，宜先以正名。可先使人上疏，称刘隗不臣，臣故起兵，则上可以昧群臣，下可以慰百姓。"敦曰："卿谋正合我心。"敦自武昌举兵，先遣人入建康，上疏称曰：

刘隗佞邪奸贼，威福自由。臣辄进军致讨，隗首朝悬，诸军夕退。昔太甲不能遵明汤典，颠覆厥度，幸纳伊尹之忠，殷道复昌。愿陛下深垂三思，则四海乂安，社稷永固矣。

元帝览之大怒，忙调兵守御建康。敦兵至芜湖，又上表罪状刁协。元帝见表，愈加大怒，下诏曰：

王敦凭恃宠灵，敢肆狂逆，方朕太甲，欲见幽囚。是可忍也，孰不可忍也！今朕亲率六军，以诛大逆，有杀敦者，封五千户侯。

降诏遍视百官讫，即使使往合肥，召大将军戴若思领兵入卫建康。

却说舂陵令易雄字兴长，乃长沙浏阳人。闻王敦作逆，朝廷有诏，有诛敦者封五千户侯。雄闻知，恨无兵力，寡不能去，乃自作檄书，数王敦罪恶，使人驰报远近起兵。时王敦闻探事人报知，大怒曰："竖子安敢无知！"即使将军魏义，以兵五千来攻，舂陵城陷，易雄被义所执，送至敦营。敦以檄白示雄，叱之曰："汝乃一邑小令，何敢妄诬大臣罪愆！今日见我，有何分辨？"雄曰："此实有之，惜雄位微力弱，不能救国之难。王室如有他日之事，雄安用生？请为即戮，得作忠鬼，乃所愿矣。"敦闻其言直，乃释之。

时太子中庶子温峤谓仆射周顗曰："大将军此举似有所在，当无乃滥耶？"

颉曰："人主自非尧、舜，何能无失，安可举兵以胁之！举动如此，岂得云非乱乎！"

却说敦初举兵，遣使告梁州刺史甘卓，约与俱下，卓许之。后更狐疑不赴，诸将问之，卓曰："且伪许敦，待至都下而讨之。"众问其故，卓曰："昔陈敏之乱，吾先顺而后图之，论者谓吾惧逼而思变，心常愧之。今若复尔，何以自明！"

敦见卓军不至，乃遣参军桓罴去说谯王司马承，请为己军，承不从，怒曰："得死忠义，夫复何求！"承闻长沙虞悝贤而多才，使人持檄召长沙虞悝为长史，会悝遭母丧，不至。承亲往吊之，曰："王室方危，金革之事，古人所不辞，将何以教之？"悝曰："鄙州荒弊，难以进讨，宜且收众固守，传檄四方。四方兵动，其势必分，分而图之，庶几可捷也。"承谢之而回。即因桓罴，以悝为长史、以其弟虞望为司马，移檄远近，列敦罪恶，州郡内皆应之。惟敦姊夫郑澹为湘东太守，不从命。承使望率众五千人攻陷湘东，执澹斩之，以徇四境。悝曰："必须得辩士入梁州说甘卓同举，可济大事。眼前无可往者。"承曰："主簿郑骞有辩才，可往之。"悝又遣主簿郑骞往梁州说甘卓曰："刘大连（刘隗字）虽骄蹇失众心，非有害于天下。大将军敦以私憾，称兵向阙，此忠臣义士竭节之时。公受任方伯，奉辞伐罪，乃桓、文之功。今谯王举义讨敦，邀明公共行，此事何如也？"卓欲从之，卓参军季梁谓卓曰："昔隗嚣跋扈，窦融保西河以奉光武，卒受其福。今但当按兵坐待，敦事若捷，必委将军以方面；不捷，朝廷必以将军代之。何忧不富贵，而释此庙胜，决存亡于一战耶？"骞即向前言曰："光武当创业之初，故隗、窦可以从容顾望。今将军之于本朝，非窦融之比也。襄阳之于太府，非河西之固也。使敦克刘隗，还武昌，增石城之戍，绝荆湘之粟，将军将安归乎？势在人手，而曰我处庙胜，未之闻也。且为人臣，国家有难，坐视不救，于义安乎！以将军之威名，杖节鸣鼓以顺讨之，举武昌若摧枯拉朽耳！武昌既定，据其军实，招怀士卒，使还者如归，此吕蒙之所以克关羽也。"卓从之曰："非先生之见教，则孤失其妙算也。"

未及发，敦闻之，恐卓于后为变，又遣参军乐道融往邀之，道融愤其悖逆，来梁州反说卓曰："王敦使某邀使君同讨刘、刁，而王敦背恩肆逆，举兵向阙。君受国厚恩，而与之同，生为逆臣，死为愚鬼，不亦惜乎！为君之计，莫若伪许应命，而驰袭武昌，必不战而自溃矣。"卓意始决，遂露檄数敦逆状，率所统大兵十万致讨。卓又遣参军至广州，约陶侃同攻武昌。侃遣参军高宝率兵一万北下。时武昌城中传卓军至，人皆奔散。

敦闻谯王承檄卓、侃攻彼，大怒，乃遣魏义率兵二万来攻长沙。时长沙城池不完，资储又阙，人情震恐。诸将说承曰："今城郭不完，兵甲不坚，粮草不敷，人心不固，何以迎敌？不若去投陶侃，或退据零桂为上也。若沉吟，死无葬身之地矣！"承曰："吾之志欲死忠义，岂可贪生苟免，为奔败之将乎！事之不济，令百姓知吾心耳！"乃婴城固守。魏义攻城，虞望率众出战，大败而死，城中甚急。甘卓知之，使人遗承书，观之固守，当以兵出沔口，截敦归路，则湘围自解矣。承即复书与卓曰：

　　足下能卷甲电赴，犹有所及；若其狐疑，则求我于枯鱼之肆矣。

卓不能从之，承只得固守湘东耳。

元帝封子司马昱为琅邪王，命其领兵出守城池。

却说赵王刘曜自以兵十万，去击杨难敌。难敌率众拒迎，与曜逆战，不胜，乃退保仇池。曜绝难敌粮道。难敌只得遣使称藩于赵。赵王曜许之，以杨难敌为武都王，难敌自此归赵。于是曜令退兵还长安。

却说赵秦州刺史陈安率众入长安，求朝于曜。曜恐其入为乱，乃辞以疾不与入见。安大怒，大掠而归。陇上氐、羌皆附之，有众十余万，自称凉王。赵王曜使呼延晏及鲁凭二人，引兵出追，被陈安获之，安招其降，二人不屈，安叱左右斩之。

王导待罪于阙下

元帝闻王敦兵将至，使人征戴渊、刘隗领兵入卫建康，二将皆应命而至。帝使百官出迎于道，刘隗岸帻大言，意气自若，与百官、刁协入朝元帝。君臣礼足，隗、协平身。帝曰："王敦作逆，故召卿等还迎王敦。"是时刘隗、刁协大惊，急奏曰："王敦作逆，其弟王导并家属数百人，今在建康城内，若敦兵至此，导必为内应，不如先诛王导等族众，然后以兵去迎。"帝曰："容朕三思后行。"隗、协见帝不许，心中愈惊。

当司空王导闻兄王敦作乱,见刘隗、刁协奏请尽诛王氏,心中大恐,乃率其从弟中领军王邃,左卫将军士廙,侍中王侃、王彬及宗族群从、昆弟子侄二十余人,每旦诣阙待罪。值仆射周𫖮入朝,导呼仆射谓曰:"伯仁,吾以百口累卿,望胥救耳!"𫖮直入不顾。既见帝奏曰:"司空王导闻兄王敦谋逆,今领兄弟宗族二十余人,阙下待罪。臣见王导平素忠诚,必无叛心。如与王敦私有异志,安肯身留建康自陷也?望陛下看先草创之功,以赦如今无贰之愆。"帝曰:"朕亦思王导无叛之意,不贰之心。"遂纳其言而赦之。周𫖮先是饮酒而入,及出辞,还未醒。当周𫖮见纳其奏即出,王导犹在阙前待罪,见𫖮出,又呼问之。𫖮不与言,而顾左右曰:"今年杀诸贼奴,取金印如斗大,系肘后。"言讫即出,又使人上表明导无罪,言甚切至。而王导不之知,心甚恨之。

元帝又见周𫖮上表,乃下赦,赦王导等二十余人无罪,赐朝报,召入见之。导稽首奏帝曰:"贼臣逆子,何代无之,不意今者近出臣族!"帝下殿执导手曰:"茂弘,朕方寄卿以百里之命,是何言耶!"于是君臣惠爱复初。

三月,帝以王导为前锋大都督,以戴若思为骠骑大将军,诏曰:"王导以大义灭亲,可以吾为安东时节假之将军。"又以周𫖮为尚书左仆射,王邃为右仆射。次日,帝乃命刁协、刘隗、戴若思等领军去迎。将军周札素矜险好利,帝使刘隗领军屯金城,使周札屯石头。二人领诏去讫。

时敦军至石头,欲先攻刘隗,杜弘谓敦曰:"刘隗死士多,未易可克。周札少恩,兵不为用,攻之必败。札若败,则隗走矣。"敦从之,使弘为前锋将军,以军二万先攻石头。札军果开石头纳弘,弘军一涌而入,于城屯住。于是王敦入据石头,叹曰:"吾不复得为盛德事矣!"谢鲲曰:"何为其然也!但使自今已往,日忘日去耳。"

元帝闻石头失守,诏命刁协、刘隗、戴渊、王导、周𫖮等分道出战,于是协、隗、渊等领兵来石头挑战。王敦闻探事人回报:"王导为都督、骠骑大将军,总领诸军事;又令刁协、刘隗、戴若思领兵两万,前来迎敌,目今军马将到石头。"敦唤周抚、邓岳二人整军马去战。于是二人以军出城排阵,是日两军相遇。刘隗出马大骂王敦:"朝廷有何负你,竟敢谋反!"周抚大怒,拍马出战,更不打话,挺枪便刺。刘隗以刀来迎,二人交战,战上二十余合,隗敌周抚不住,走回本阵。戴若思忙持刀,接住周抚交战,战三十余合,不分胜负。邓岳见周抚赢不得若思,亦拍马轮斧冲出阵，帮护周抚。三人在垓心交战，战不过五合，若思敌不过二人，勒马便走回阵，被王敦麾兵一击，杀得晋兵大败，抛戈弃鼓，倒旗失金，乱溃奔走，各自逃命。王敦等连追一十余里，方始下令收军还城。

当刘隗、刁协得若思保护，走还建康，入太极殿见元帝，道："王敦势大，难以迎敌，因此大败而归。"是时刘隗、刁协二人，在帝前流涕，帝亦执二人手垂泪，因谓隗、协二人曰："今王敦怀逆，为汝二人，汝二人乘其未逼，可引本属，朕给与兵避祸，免遭其难。"刁协泣曰："臣当守死，不敢有避。"元帝曰："事逼矣，安可不行！"乃命有司给兵符人马与二人，二人流涕，拜辞元帝各出，领家属带人马出城而逃。后刘隗走至淮阴，为刘选所击，乃携妻子二百人降于后赵，官至太子太傅而卒。刁协年老，不堪骑乘，素无恩惜下，逃至江，遂为人所杀。元帝见二人去了，心中忧闷，无人去退敦兵。当太子司马绍欲自率将士决战，温峤执鞚谏曰："殿下国之储副，奈何以身轻天下！"抽剑斩鞚，乃止。

敦虽知刘、刁走了，仍拥兵不朝，放士卒劫掠，宫省奔散，惟将军刘超按兵直卫，及侍中二人侍帝侧。元帝遣使谓敦曰："刘、刁二人皆奔外国去讫。公若不忘本朝，于此息兵，则天下尚可共安。如其不然，朕当归琅邪以避贤路。"敦部下禁军未肯退。当司空王导奏曰："陛下不须烦恼，臣请诏加王敦爵位，吾与百官去说其罢兵，彼自退矣。"元帝从之。

王敦杀周颛戴渊

于是帝令王导与百官俱至石头见敦，讲礼讫，导说："朝廷诏兄罢兵。"敦许之。时王敦谓戴渊曰："前日之战，有余力乎！"渊对曰："岂敢有余，但力不足耳。"敦曰："吾今此举，天下以为何如？"渊曰："见形者谓之逆，体诚者谓之忠。"敦笑曰："卿可谓能言。"又谓周颛曰："伯仁，卿负我！"渊曰："公戎车犯顺，下官亲率六军，不能其事，使王旅奔败，以此负公！"敦不答，心下以太子有勇略，为朝野所向，欲诬其不孝而废之。次日，大会百官，敦问温峤曰："皇太子以何德称？"声色俱厉。峤曰："钩深致远，盖非浅局所量。以礼观之，可谓孝义。"众皆以为信然，敦谋遂沮。

元帝召周顗谓曰:"近日卿见王敦大事,二宫无恙,诸人平安,大将军固副所望耶?"顗曰:"二宫自如明诏,臣等尚未可知。"元帝曰:"王敦怀逆,必然害卿,卿远避之。"顗曰:"吾备位大臣,朝廷丧败,宁肯草间求活,投胡越耶!"当敦参军吕猗素以奸谄,为渊所恶,因说敦曰:"周、戴皆有高名,足以惑众,近者之言,曾无怍色,公不除之,恐有再举之忧。敦然之,以问王导曰:"周、戴南北之望,当登三司无疑也。"导不答。敦又曰:"只应令仆耶?"导又不答。敦曰:"若不尔,正当诛尔!"敦遂遣部将收之。部将领五千兵,收周顗、戴渊二人回。路经太庙门首,顗大言曰:"贼臣王敦,倾覆社稷,枉杀忠臣,神只有灵,当速诛之!"收人以戟伤顗口,血流至踵,容止自若,观者皆为流涕。敦命押入市曹,并渊杀之。

元帝使敦弟王彬以牛酒劳敦,而彬素与顗善,闻顗被杀,先往哭之,然后见敦。敦怪其容惨而问之,彬曰:"因哭伯仁,情不得已。"敦怒曰:"伯仁自致刑戮,且凡人遇汝,汝何哀而哭之?"彬勃然数之曰:"兄抗旌犯顺,杀戮忠良,图为不轨,祸及门户矣!"词气慷慨,声泪俱下。敦大怒曰:"尔以吾为不能杀汝耶!"导劝彬起谢。彬曰:"脚痛不能,且此复何谢!"敦曰:"脚痛孰若颈痛?"彬殊无惧色,由是王导劝散去讫。

王导执表涕周顗

自此王导复预朝政,后因入中书省,行检中书故事,忽见周顗救己之表,殷勤款至,词意恳切。导执表流涕,归告其诸子曰:"吾虽不杀伯仁,伯仁由我而死。幽冥之中,负此良友也。"言讫,诸子弟人人皆泪,个个皆涕矣。

史说,周顗好酒多失,元帝初,中兴建,补吏部尚书。顷之,以醉酒为有司所纠,白衣领职。太兴初,转尚书左仆射。庾亮尝谓顗曰:"诸人咸以君方乐广。"顗曰:"何乃刻画无盐。唐突西施也。"帝宴群公于西堂,帝酒酣,从容谓各官曰:"今日名臣共集,何如尧、舜时耶?"顗因醉厉声曰:"今虽同人主,何得复比圣世!"帝大怒,诏付廷尉,将加戮,累日方赦之。

初,顗以雅望获海内盛名,后颇以酒失,为仆射,略无醒日,时人号为"三日仆射"。庾亮曰："周侯末年，所谓凤德之衰也。"顗在中朝时，时饮酒一石，及过江，虽日醉，每称无对。偶有旧识从北来，顗遇之欣然，乃出二石酒共饮，各大醉。及顗醒，使人视客，已腐胁而死。而顗性宽裕而友爱过人，其弟嵩尝因酒瞋目谓顗曰："君才不及弟，何乃横得重名！"以所燃蜡烛投之。顗色无忤，徐曰："阿奴火攻，固出下策耳。"先，王导甚重之，尝枕膝而指其腹曰："卿此中何所有也？"顗答曰："此中空洞无物，然足容卿辈数百人。"导亦不以为忤。而王敦素惮顗，每见顗辄面热，虽复冬月，扇面手不得休。敦使缪坦籍顗家，收得素簏数枚，盛故絮而已，及酒五瓮，米数石，在位者服其清约。顗被害时年五十四岁，人人尽叹息之。

史说，祖纳字士言，乃祖逖之兄也。幼有操行，能清言，文义可观。性至孝，少孤贫，常自炊爨以养母。时王敦闻之，乃使人遗其二婢，代奉养母。辟为从事中郎。时人戏之曰："奴价倍婢。"纳应之曰："百里奚何必轻五羖羊皮耶！"时敦既为相，以为军咨祭酒。时纳好与人弈棋，王隐谓之曰："禹惜寸阴，不闻数棋。"纳对曰："我以忘忧耳！"隐曰："古人遭逢，则以功达其道；若其不遇，则以言达其道。君少长五部，游宦四方，华裔成败，皆当闻见，胡不记述而有裁成，何必围棋而后忘忧也！"于是纳不复下棋。且日入朝，乃奏于帝曰："自古小国犹有史官，况于中华，安可不置？"帝纳之，使纳修晋史。

其弟平西将军祖约，领军镇守豫州，不能御众，边地多叛。闻长城人戴洋善风角，有才识，使人招至，以为中典军。是时，乃永昌元年四月庚辰，有大风起自东南，飞砂折木，洋出闻之，入谓约曰："今年十月，必有贼到谯城，将军宜防之。"约未应，当主簿王振诉曰："天道高远，岂人先知。今戴洋妄造妖言，煽惑民心，宜以洋收狱治罪。"约从之，乃命左右执戴洋收狱，不得与食，待其自死。因是左右执洋入狱中，一连绝食五十日不死。左右与说话，言语如昔。左右人报知祖约，约曰："吾知其有神术，安能害之？"乃赦其出，即骂王振曰："你进说言，险害神人。"传令左右，执振斩之。洋急救曰："不可，若杀此人，臣请归山。"约曰："振往日曾诉于你，君何以救之？"洋曰："振不识风角，非有夙嫌。振往时垂饥死，洋养活之，振犹尚遗忘。夫处富贵而不弃贫贱者，其难有矣。"约义而释之。

却说王敦在石头闻甘卓起兵，大惧。时卓兄子甘卬为敦参军，敦乃遣卬归说卓使旋军。卓虽慕忠义，而多疑少决。及印至说，犹豫逗留。比闻周𫖮、戴渊死，流涕谓印曰："吾之所忧，正为今日。若径据武昌，敦势逼必劫天子，以绝四海之望。不如更思后图。吾据敦上流，敦亦不敢复危社稷也。"于是即令旋军。乐道融曰："今分兵断彭泽，使敦上下不得相赴，其众自然离散，可一战擒敦也。将军起义兵而中止，窃为将军不取也。"卓不从，道融忧愤而死。卓本宽和，忽更强塞，径还襄阳，意气骚扰，识者知其将死也。

王敦既得志，改易百官及诸军镇，惟意所欲。将还武昌，谢鲲曰："公若朝天子，使君臣释然，则物情皆悦服矣。"敦竟不朝而去。四月，敦还武昌。

湘州谯王死忠义

却说魏乂攻湘州，百日拔之。义兵入城，执谯王司马承，囚之，又执虞悝等子弟于市曹。子弟对之号泣，悝曰："人生会当有死，今合门为忠义之鬼，亦复何恨！"言讫，被杀之。乂既得湘州，遣人以槛车载承送武昌。主簿桓雄、书佐韩阶、从事武延，皆毁服为僮从承，不离左右。乂见雄恣貌举止非凡，惮而杀之。时王敦闻魏乂执承送武昌，乃使弟王廙先候于道，将承杀之，不与入武昌，恐人议论。承既被害，韩阶、武延二人收敛，送承丧至都葬之而去。

五月，却说甘卓既班军还镇，悉散佃作，其家人皆劝曰："王敦贼臣，意在图谋社稷，而忌公居上流，故不敢行也。既还武昌，必有害公之心，岂可散兵释戎而不为备也。宜三思之，免累及族。"卓不从。

王敦还武昌，深恨甘卓，阴使人持书命襄阳太守周虑攻卓。虑承敦指，密地点兵三万，来袭甘卓。卓无备，措手不及，被袭杀之。使人传首于敦，敦大喜，重赏来使，以从事代卓镇沔中。敦既得志，暴慢滋甚，四方贡献多入其府，将帅岳牧皆出其门。以沈充、钱凤为谋主，二人所谮，无不死者。

却说郗鉴在邹山三年，有众数万。战争不息，百姓饥馑。为后赵王勒不时遣将率兵相逼，于是引众退屯合淝。仆射纪瞻，以鉴雅望清德，宜从容台阁，上疏请帝征之。于是元帝使使征鉴，拜为尚书，鉴始入朝。徐、兖间诸坞多降于赵王，赵王置守宰而抚之。

十月，却说祖逖既卒，后赵屡遣支雄、桃豹寇河南，拔襄城，城拔，又率众围谯城。祖约不能御，退屯寿春。雄、豹等遂取陈留，梁、郑之间复骚然矣。初，戴洋以风角占十月当有寇至，至是果然，约等始信洋占通神耳。

元帝崩太子即位

元帝因王敦作逆，忧愤成病，将笃，乃召司空王导入内，受遗诏辅政。王导入内，嘱曰："朕自琅邪得遇卿，至此不幸病笃，料已难逃天命。朕闻神尧以一旅取天下，吾以天下不能讨五胡而雪三帝之仇，朕所恨在此，愧见先帝于九泉之下耳！"言讫而昏，徐徐又醒，谓王导曰："太子笃厚，恭谨可任大事。汝等宜辅佐之，各尽忠义之心，以图灭胡之计，勿稍忘焉！"言讫而崩。帝年四十七岁，在位十六年而崩。帝性简俭冲素，容纳直言。初镇江东，颇以酒废事，王导深以为言，帝命酌，引觞覆之，于此遂绝不饮。有司尝奏太极殿广室宜施绛帐，帝曰："汉文集上书皂囊为帷。"遂令冬施青布，夏施青绨帷帐。将拜贵人，有司请市雀钗，帝以烦费不许。所幸郑夫人，衣无文彩耳。

始先，秦时有望气者云："五百年后金陵有天子气。"故始皇东游以厌之，改其地曰秣陵，堑北山以绝其势。及孙权之称号，自谓当之。孙盛以为始皇逮于孙氏四百三十七载，考其历数，犹为未及。元帝之渡江也，乃五百二十六年，真人之应在于此矣。天意人事，又符中兴之兆。太安之际，童谣云："五马浮渡江，一马化为龙。"识者以为吴越当兴王者。是岁，帝与四王司马氏共渡江，帝竟登大位焉。初，《玄石图》有"牛继马后"之说，故宣帝深忌牛氏，遂为二榼，共一口，以贮酒。帝先饮佳者，而以毒酒鸩其将牛金。而恭王妃夏后氏竟通小吏牛氏而生元帝，亦有符云矣。

元帝既崩，司空王导与百官举哀，发葬于建平。丧事毕，乃扶太子司马绍登基于太极殿，百官山呼万岁。礼足，分列两班，改年号为太宁，百官上尊号肃宗明皇帝。群臣皆上贺。帝命光禄司排宴赏群臣，加封王导为郡公，进位太保，剑佩上殿，入朝不趋，赞拜不名。导受职谢恩，尽忠王室，竭力辅政太子即位。尊所生母荀氏为建安君。

史说，明帝讳绍字道畿，乃元帝长子，在位三年，寿二十七岁。幼而聪哲，为元帝所宠异。年幼时，帝坐置膝前，适长安有使来，元帝因问明帝曰："汝谓日与长安孰远？"对曰："长安近。不闻人从日边来，居然可知也。"元帝异之。明日，宴群臣，又问之，明帝对曰："日近。"元帝失色曰："何乃异前者之言？"明帝又对曰："举目则见日，不见长安。"由是益奇之。元帝为晋王，立为王太子。及即大位，立为皇太子。帝性至孝，有文武才。时王敦欲诬以不孝而废焉，大会百官而问中庶子温峤曰："皇太子以何德称？"声色俱厉，必欲使有言。峤对曰："钩深致远，盖非浅局所量。以礼观之，可称为孝矣。"敦谋遂止。今元帝崩，乃即帝位。

郭璞葬致天子问

却说尚书郎郭璞因母死，居忧去职在家，将母柩衬卜葬于暨阳，近河漫水百许步。当友人王用谓璞曰："君何葬母近河，他日洪水漂荡，则母将为鱼矣。"璞曰："卿何我忧，不久当即为陆矣。"用不信，后因洪水走推别处，反沙涨，去墓十里皆为桑田，于是用深敬之。用自父棺未埋，亦请郭璞代他择地安葬。璞与择地葬其父于廓外东陵龙耳上埋讫。私谓王用曰："其地甚吉，不出三年，当致天子亲问也。"时明帝闻知郭璞尝与人择葬，吉效为神，由未深信，乃有微服装作庶人，引从者私出宫门，来观其所葬之地如何。恰好来至东陵，遇王用扫坟，帝问曰："此坟谁替你择葬？"用曰："乃是郭璞。"帝佯吓谓用曰："何以葬龙角，此法当灭族。既是，璞择葬，有何吉应？"用曰："郭璞道，此葬龙耳，不出三年，当致天子也。"帝曰："出天子耶？"用曰："能致天子问耳。"帝异其效，乃归宫。次日，诏郭璞，起复以为尚书郎，凡事皆与议之。

璞素与桓彝友善，彝常造之，或璞在妇间，便入相见。时值岁除，璞禳灯，知来年有大难，至正月欲行掩法，怕人窥见，正在妇间祷祝。彝又至，璞曰："卿来他处自可，但不可厕上相寻耳。必客主有殃。"彝笑辞归。旦日，璞正在厕行掩法，彝饮得大醉，谓璞家数寻不见，至厕，正遇璞在厕掩法，彝窃而观之，见璞裸身披发，口衔刀设醮，高首，忽见彝在，抚心大惊，出见曰："此天命不可逃也。

吾每嘱卿在厕勿来，反更如是，非但祸吾，卿亦有殃，不能免。"彝听言被吓，酒已半醒，因曰："我被酒误矣。"二人歔欷一回，各别去。是岁，璞因王敦反，被害。后彝因苏峻反，亦死。

史说，璞撰前后筮验六十余事，名为《洞林》。又抄京、费诸家要最，更撰《新林》十篇、《卜韵》一篇。注释《尔雅》，又注《三苍》、《方言》、《穆天子传》、《三海经》、《楚辞》。所作诗、赋、诔、颂，亦数万言，皆传于后世。

却说后赵右长史张宾卒，后赵王勒哭之恸，曰："天不欲成吾事耶。何夺吾右侯之早也！"因谓文武曰："张宾阔达大节，谋无不中，算无余策，成吾业者，宾之勋也。虽子房、萧何，不过其才耳。况卿辈年齿，与朕等辈，惟右侯年少，吾欲托以后事，不期如此夭灭，使朕心腹崩裂矣。"言讫，又泪如雨，亲往吊祭而哭之归。以程遐代为右长史。勒每与遐谋议有所不合，辄叹曰："右侯舍我而去，岂非酷乎！"因是流涕弥日矣。

肃宗明皇帝太宁甲申元年（赵光初元年，后赵五年），三月，后赵王勒使桃豹、孔苌等寇彭城、下邳，徐州刺史卞敦退保盱眙。

四月，王敦欲谋篡，使人讽朝廷征己，明帝果手诏征之。敦遂移镇姑孰，屯芜湖，以王导为司徒，自领扬州牧。敦欲为逆，弟王彬谏之甚苦。敦变色，目左右，将收之。彬正色曰："君昔岁杀兄，今又杀弟耶！"敦乃止之。

王逊怒甚冠裂卒

却说成主李雄使李骧率兵五万，来攻宁州。刺史王逊已知，遣将军姚岳领军三万拒战。次日，二军相遇，交战不十合，成兵大败。岳催军追至泸水而还，回见王逊。逊以岳不穷追李骧，乃大怒，鞭岳怒甚，冠裂而卒。逊在州十四年，威行殊俗，士民得安。于是朝廷已知其卒，诏以其子王坚为宁州刺史，代领其众。

平先以众击陈安

十月，却说赵王曜占据陇城，遣将军平先率劲骑十万，前来陇右讨陈安。军至陇右，陈安引兵来迎。其时安身骑高头骏马，左手奋七尺钢刀，右手执丈八蛇矛屯阵，平先亦身骑瓜黄马，手持点钢长枪，与陈安捕战，三交，胜负未分。次日，二人又战，当平先与陈安一来一往，无有胜败，三番四覆，没有输赢。看看战上五十合，陈安以丈八矛用力刺着平先左胁，被平先用手一接，夺住一扯，把陈安扯落下马。平先见安落马，便执其矛来刺。安弃马步走，走至涧曲，被平先拍马追着，斩之。杀散余兵，方令鸣金收军，回长安去讫。

其时，赵王曜不抚士众，专与嬖臣饮博；陈安在陇右，爱惜士卒，法令严明，故陇上作歌痛之曰：

  陇上壮士有陈安，躯干虽小腹中宽，爱养军士同心肝，蹑骢交马铁瑕鞍。七尺钢刀奋如湍，丈八蛇矛左右盘，十荡十决无敢前。战始三交失蛇矛，弃我蹑骢窜窜岩幽，为我外援而悬头。西流之水东流河，一去不还争奈何。

平先既斩陈安，回见赵王曜，以陇上之人作歌词奏知，曜闻之嘉伤，因而命乐府歌之。安既死，氐、羌皆送任请降于晋。晋明帝以赤亭羌酋姚戈仲为平西将军，封平襄公，使其领之。

八月，明帝畏王敦之逼，以郗鉴领兵为外援，使镇合淝。王敦忌之，乃使人上表，表鉴为尚书令。明帝不得已而从之，诏鉴还台。郗鉴既还，过姑孰，入见王敦，敦待之。饮罢，与论西朝人士，敦曰："乐彦辅，短才耳，考其实，岂胜满武秋耶！"鉴曰："彦辅道韵平淡，悯怀之废，柔而能正。武秋失节之士，安能拟之！"敦曰："当时危机交急。"鉴曰："丈夫当死生以之。"敦恶其言，遂入内，不复出见。鉴亦不辞而归。时敦手下将士入劝敦杀鉴，敦不从，曰："若杀鉴，则失朝士心。"鉴始得还台。次日入朝，遂与明帝道："王敦原谋欲起，宜早图之。"帝默然。

却说后赵石勒遣石虎率步骑四万击青州，郡县多降，遂进兵围广固。广固粮尽，曹嶷出降，被虎杀之，坑其众三万。虎欲尽杀其众，刺史刘征曰："今留征，使牧民也。无民焉牧，征将归耳！"于是虎乃留男女七百口，配征，使镇广固。

赵击凉州张茂降

却说赵王曜自陇上得胜，乃以其众西击凉州，戎卒二十八万，号为五十万。是日启行，凉州士民大震。参军马岌劝张茂亲出拒战，长史氾祎清斩之出降。岌谓茂曰："氾公糟粕书生，不思大计。明公父子欲为朝廷诛曜有年矣，今曜自至，远近观公此举，当立信勇之验以副秦陇之望，力虽不敌，势不可以不出。"茂曰："善。"乃率众出屯石头，乃问计于参军陈珍。陈珍曰："曜兵虽多，乃氐、羌乌聚之众，恩信未结，且有山东之危，安能旷日持久，与我争河西耶！若二旬不退，珍请得弊卒数千，为明公擒之。"茂沉吟。

时曜众至河西，诸将争欲济河。曜曰："吾军疲困，其实难用。今但按甲勿动，以威声震之，若出中旬，茂表不至者，吾为负卿矣。"至是茂果疑寡不敌众，密使人上表，称藩于曜。曜大悦，遣使拜茂为太师，封凉王，加九锡。茂使人贡财物劳兵。曜始振旅还军。

却说杨难敌闻陈安死，大惧，赵王曜来攻己，乃自请降于成主雄。李雄未允，难敌以金百斤，赂将军李稚。李稚与成主说之，方受其降，遣其还武都。难敌既还，闻赵王曜兵已退，遂差兵据险，不服于成。李稚自悔失计，亟请成主率兵讨之。于是成主遣稚同其兄李琀击难敌，稚、琀率兵长驱至下辨。难敌闻知，计遣部将引兵一万断琀、稚路，自将兵分三阵出迎，琀、稚深入难继，被难敌三面击之，大败而还。又被难敌先遣部将断住归路，不能出进。难敌四下夹攻，琀、稚皆被难敌所杀，其众悉降。

赵封世子永安王

却说初，赵王曜世子刘胤，年十岁，长七尺五寸。既长，多力善射，骁捷如风。靳准之乱，胤逃于黑匿郁鞠部。陈安既败，乃自言于郁鞠，郁鞠礼而使人送还于曜。曜悲喜，谓群臣曰："义孙，故世子也，才气过人，且涉历艰难。吾欲法周文王、汉光武，以固社稷，而安义光，何如？"左光禄大夫卜泰进曰："文王定嗣于未立之先，则可。光武以母失恩而废其子，岂足为法！向以东海为嗣，未必不如明帝也。胤文武才略，诚高绝于世，然太子孝友仁慈，亦足为承平贤主。况东宫民、神所系，岂可轻动！臣等有死而已，不敢奉诏。"曜默然。胤进曰："父之于子，当爱之如一。今黜熙而立胤，臣何敢自安！苟以臣颇堪驱策，岂不能辅熙以承圣业乎！臣请效死于此，不敢闻命。"曜亦以熙羊后所生，后已卒，不忍废也。卜泰即胤之舅也，曜嘉其公忠，以泰为光禄大夫，领太子太傅。而封胤为永安王，都督二宫禁卫、录尚书事。命熙尽家人之礼而见胤。

却说赵凉王张茂筑大城姑臧，兴役修灵钧台以备寇。别驾吴绍谏曰："明公所以筑城修台者，盖惩既往之患耳。愚以为苟恩未洽于人心，虽处层台，亦无所益，适足以疑群下之志，示怯弱之形。"张茂曰："亡兄一旦失身于物，岂无忠臣义士欲尽节者哉！顾祸生不意，虽有智勇无所恃耳。王公设险，勇夫重闭，古之道也。"言讫，大兴工役，卒为成之。

十一月，王敦欲谋反，先强宗族，故徙其兄王含都督江西诸军事，以王舒为荆州刺史，以王彬为江州刺史，各执重兵。

甲申，二年（赵光初七年，后赵六年），正月，王敦欲反，忌周氏宗族强盛。周氏一门五侯，况周嵩以兄周𫖮被敦所杀，心常愤愤，敦甚恶之。会道士李脱以妖术惑众，敦诬周嵩、周札、周莚等与脱同谋，收而杀之，于是从事周嵩、周莚皆遇害。惟札在会稽，敦又使沈充持兵一万，去袭会稽。札闻知，领兵出城交战，札军少，大败，战死于阵。因此充等收兵还镇，遂起霸鼎之心。

成立兄子为太子

却说成主雄后任氏无子，有妾子十余人，雄不立为嗣，乃立兄李荡子班为太子，使任后母之。群臣固谏不可，请立诸子，雄曰："吾兄，先帝之嫡统，有奇才大功，事垂克而早亡，朕常悼之。且班仁孝好学，必能负荷先烈。"当太傅李骧谏曰："先王立嗣必子者，所以明定分而防篡夺也。宋宣公、吴余祭，足以观矣！"雄不听。骧退而流涕曰："乱自此始矣！"李班为人谦恭下士，动遵礼法，雄每有大议，辄令豫之。

五月，赵凉王张茂疾病，执其子张骏手而泣曰："吾家世以孝友恭顺著称，晋室虽微,汝奉承之,不可失也。"且下令曰:"吾官非王命,苟以集事。死之日,当以白袷入棺,勿以朝服敛也。"言讫而卒。茂既死,赵王曜遣使立其子骏为凉州牧,封为凉王。

王敦举兵逆谋反

六月,王敦谋反,以沈充、钱凤为谋士,邓岳、周抚为左右先锋,统兵二十万准备待行。王敦偶发疾,传令屯住三军。时王敦无子,养兄王含之子王应为嗣。敦疾甚,乃与钱凤商议,矫诏拜王应为武卫将军,以代敦权领三军;以兄王含为骠骑大将军,令其笃战。当钱凤谓敦曰:"今丞相疾甚,脱有不讳,便当以后事付应耶?"敦曰:"非常之事,非常人所能为。且应年少,岂堪大事!我死之后,吾有三计,君等宜行之:莫若释兵散众,归身朝廷,保全门户,此第一上计也;退还武昌,收兵自守,贡献不废,此第二中计也;及吾尚存,悉众而下,万一侥幸,此下计也。"凤欲作乱,乃谓其党曰:"今丞相下计,乃上策也。汝等各宜尽忠,休怀贰心。"

明帝私视王敦营

明帝在宫,密闻近侍报道:"王敦复作乱,兵至湖。"帝不与百官商议,自密乘巴滇骏马,微行至于湖,阴探察王敦营垒。正观之际,敦营中有军士出,见帝单骑窥觑营寨。而军士见帝颜貌不俗,疑非常人,即入报王敦。时王敦病,正昼寝,梦红日环其营城,敦惊起,曰:"此必黄须鲜卑奴来也。"帝母荀氏乃燕代人,帝状类外氏,须黄,故敦谓黄须鲜卑奴也。正欲使人出察访捉,忽军士入报:"适间有一人单骑黄须在营外窥视,至今未去。"敦曰:"正是鲜卑奴耳!"急唤傅玩至,说与帝之物色,令其出领五骑,"各带利刃追着杀之,取得首级来,封千户侯与你。"玩得计即出,骑骏马,带长枪利刃,领五骑来追明帝。明帝见营内纷纭,想有人追,乃急驰走。时马有遗粪在地,帝恐追人察冷热追着不便,辄取水灌之为冷。见逆旅卖食老妪在门首立,以赶马七宝鞭与妪曰:"吾将此宝物送与婆婆,倘后有骑马人来追者，可以此示之，道吾去远也。"老妪接鞭在手，明帝忙拍马走去。俄而傅玩五骑追至，问老妪曰："适有一黄须后生，年纪二十余岁，骑一大马在此过么？"老妪以七宝鞭示之曰："去得好远，失落此鞭在地，被我拾得。"傅玩辨认之，乃帝之七宝鞭也。因此傅玩在此稽留遂久，心犹不信，因见马粪在地，以手试之，粪已冷矣，遂信老妪之说去远而止，不追，勒马而归。明帝仅得免其大难，自回归宫去讫。傅玩引五骑回营，报说明帝去远，追之不及。王敦闻知，病转加增。时钱凤与沈充定谋，以宿卫尚多，使人上表，奏令三番休二。

时明帝已归宫，亲以温峤为中书令，议讨王敦。王敦使人探知，心甚恶之，恐其为明帝谋己，乃使人请温峤为左司马。峤不敢辞，乃朝拜明帝辞别。帝欲阻之，峤曰："陛下休留臣，臣自能复返，就观动静耳。"峤即行事敦，敦悦之。峤乃缪为勤敬，综其府事，时进密谋以附其欲。结钱凤，为之声誉，每曰："钱世仪精神满腹。"峤素有藻鉴之名，凤甚悦，深欲结好。会丹阳尹缺，峤言于敦曰："京尹咽喉之地，公宜自选。"敦然之，问谁可者。温峤荐钱凤可，钱凤荐温峤可，峤伪辞，敦不听，遂使人表用峤，使觇伺朝廷消息。时王敦行事，不待朝廷应允，表入即除，朝廷亦不敢逆。敦遂使温峤为京尹。峤恐既去，而凤后间之，乃因王敦做宴，款峤饯别，酒至凤，凤未即饮，峤佯醉，以手版击凤帻坠地，作色曰："钱凤何人，温太真行酒乃敢不饮！"凤意不乐，敦以峤为醉，两释之。峤将别，拜敦，佯为涕泗横流，出阁复入者再三，似不忍离去之状而行。后凤果谓敦曰："温峤为朝廷甚密，而与庾亮深交。今此去，未可信也。"敦曰："太真昨醉，小加声色，卿何便尔相诮耶！"言罢不听。温峤既得脱身，至建康，尽以逆谋告知明帝，又与庾亮划计讨之。王敦闻知峤泄己之谋，大怒曰："吾乃为小物所欺！"因遣人与弟王导书曰：

　　太真别来几日，做如此事。当募人擒致之，自拔其舌，方息吾丹田一点火耳！

导以是书见明帝，帝乃加导为大都督，领扬州刺史。又使温峤与将军卞敦应援郗鉴，分督诸军讨敦。鉴奏请曰："臣等出讨，望陛下诏临淮太守苏峻、兖州刺史刘遐等，率军入卫京廷。"帝然之，诏峻、遐率兵入城。明帝自领禁兵屯于中堂。

王导计气王敦死

其时,朝野将士皆惮王敦,不肯向前去战,是以相推。当时王导复密谓帝曰:"今敦在,将士畏惮,不敢向前。今闻敦疾甚,其性极急,陛下可做诏书,使人送去见敦,暴敦罪恶。彼心受气,不死将次九分。臣归家,率子弟称敦见诏气死,代其发哀挂孝,然后下诏只讨钱凤、王含,休书王敦,则将士说王敦已死,必然奋志向前,可讨王敦。彼之将士,亦自散矣。"帝大喜,用其计。即使人持诏去暴王敦之罪。

敦得书,果怄气病增,卧床不起,使人催王含进兵。王导归家数日,率子弟举家挂孝发哀,称说王敦死了。兵以为王敦已死,咸有奋志。于是尚书省誊诏,遣人送下敦府曰:

敦辄立兄息以自承代,不由王命,顽凶相奖,以窥神器。天不长奸,敦已陨毙。凤承凶究,弥复煽逆。今遣司徒导等讨之。诸为敦所授用者,一无所问。敦之将士,从敦弥年,违离家室,朕甚悯之。其单丁遣归,终身不调。余皆与假三年,休讫还台,当与宿卫同例三番。

使人持诏下敦府。敦见诏大怒,而病愈笃,欲即起兵,使郭璞筮之。璞曰:"无成。"敦疑璞助温峤,欲杀之,恐人议论。敦又问曰:"吾寿几何?"璞曰:"明公起事,祸必不久,若在武昌,寿不可测。"敦大怒曰:"卿寿几何?"璞曰:"命尽今日日中。"敦怒甚,收璞杀之。乃即召兄王含及钱凤入内,曰:"吾今疾笃,难以御众。汝等可与邓岳、周抚率众五万,先向京师,吾自后随应。"凤问曰:"事克之日,天子云何?"敦曰:"尚未南郊,何称天子!便尽卿兵势,但可保获东海王、裴妃而已。"

七月,王含水陆五万掩至江宁南岸,人情汹涌。峤恐其兵过,放火烧了朱雀桥,以挫其锋。明帝欲尽将兵击含,闻朱雀桥已绝,双怒于峤。峤曰:"今宿卫寡弱,征兵未至,若贼豕突,危及社稷,且恐宗庙不保,何爱一桥乎!"明帝方息怒,命峤等同屯于桥岸矣。

司徒王导遣使遗兄王含书曰：

承大将军已不讳，兄之此举，谓可如昔年之事乎？昔年佞臣乱朝，人怀不愤，如导之徒，心思外济。今则不然，大将军来屯于湖，渐失人心。临终之日，委重安期。诸有耳者，皆知将为禅代，非人臣之事也。先帝中兴，遗爱在民；圣主聪明，德洽朝野。兄乃欲妄萌逆节，凡在人臣，谁不愤叹！导门户小大，受国厚恩，今日之事，明目张胆，为六军之首，宁为忠臣而死，不为无赖而生矣。

含见书，怒而不答。

明帝集诸将商议，诸将曰："王含、钱凤众力百倍，苑城小而不固，宜及军势未成，大驾自出拒战。"郗鉴曰："群逆纵逸，势不可挡，可以谋屈，难以力竞。且含等号令不一，抄盗相寻，旷延持久，必启义士之心。今决胜负于一朝，万一蹉跌，虽有申胥之徒，何补既往哉！"明帝从之。

明帝乃率诸军出屯南皇堂。癸酉夜，募壮士，使将军段秀等率千余人渡水，掩其无备。秀等领计，率一千二百人夜渡河。平旦，与含军相遇于越城，两下交锋，战未十合，含大败而逃，被段秀大破之而还。段秀乃匹䃅弟也。

王含既败，领残兵退屯别所。王敦闻知大怒，曰："我兄，老婢耳。门户衰，世事去矣！我当力行。"因作势而起，困乏复卧，乃谓其子王应曰："我死，汝便即位，先立朝廷百官，然后营葬。"应拜受其言。至夜，王敦心中愤惋而死。诸葛瑶谓王应曰："今丞相归天，不可发丧，若三军闻知，则在外将士不肯尽心出战。不如秘之，将铺席裹尸，埋于厅中。只管饮酒，调将去攻建康，待取得京师，然后发丧。"应曰："其计大妙。"于是使近侍将王敦尸以席蜡涂其外，埋于厅事中。每日与诸葛瑶饮酒淫乐，不理军事。

明帝虽胜一阵，心中犹疑寡众不敌，乃使人说沈充降，许以司空。充不奉诏，遂举兵与王含合兵来攻建康。当司马顾飏说充曰："今举大事，而天子已扼其咽喉，锋摧气沮，持久必败。若决破栅塘，因湖水以灌京邑，纵舟师以攻之，此上策也。藉初至之锐，并东、西军之力，十道俱进，众寡过倍，理必摧陷，此中策也。转祸为福，召钱凤入计事，因而斩之以降，此下策也。"充不能用。

刘遐、苏峻得诏，率精兵二万人至。次日，沈充、钱凤分兵出战，两下交锋，充、凤大败，被遐、峻大破之。

时浔阳太守周光率千余人赴敦营，求见王敦。王应辞以疾重，不能出见。光明知敦死，乃退谓兄周抚曰："王公已死，兄何为与钱凤做贼耶！"众愕然。抚方以实告光，光遂出，佯以为发兵助凤，因而入斩钱凤，付抚诣阙，自赎其罪。沈充为故将吴儒所杀，传首建康。王含见事不成，与王应烧营夜遁。次日，明帝闻沈充、钱凤已死，王含烧营而逃，方始收军还宫。

却说王含欲奔荆州，其子王应曰："不如投江州叔父彬。"含曰："大将军平素与江州不睦，何如欲归之？"应曰："此乃所以宜归也。江州当人强盛时，能立同异，此非常人所及。今睹困厄，必有悯恻之心。荆州叔父舒守文，岂能意外行事乎！"含不从，遂与应奔荆州。荆州刺史王舒遣军迎之，恐朝廷见罪，乃以酒款待王含父子。含父子二人饮得大醉，王舒使人执缚，沉其父子于江死之。遣使奉表入朝。

却说江州刺史王彬闻应大败，当来奔己，密具舟待，不至，深以为恨而退。

于是敦党悉平。有司奏明帝，使人发敦瘗，焚其衣冠，跽而斩之，与充、凤之首，同悬于南桁。百姓观者，莫不称庆。郗鉴曰："前朝诛杨骏等，皆先极官刑，后听私殡。臣以为王诛加于上，私义行于下，宜听敦家收葬。"明帝许之。敦家人乃收敦尸首葬之。王导等皆以讨敦功受封赏。有司奏王彬等当诛，明帝下诏曰："司徒导以大义灭亲，犹当百世宥之，况彬等皆其亲近乎！"悉无所问。帝诏："敦纲纪除名，参佐禁锢。"温峤上疏曰：

敦刚愎不仁，忍行杀戮，处其朝者，恒惧危亡，原其私心，岂遑晏处！其赞导凶悖，自当正以典刑。如其枉入奸党，宜施之宽宥。

明帝览之，未及问，郗鉴曰："先王立君臣之教，贵于伏节死义。王敦佐吏虽多逼迫，然进不能止其逆谋，退不能脱身远遁，准之前训，宜节义责。"明帝不从，乃听峤议而行矣。

【东晋卷之二】

起自东晋明帝乙酉三年,止于东晋成帝辛丑七年,首尾共十七年事实。

陶侃劝人惜分阴

乙酉，三年（赵光初八年，后赵七年），二月，明帝设朝，君臣礼毕，诏故谯王司马承、戴渊、周𫖮、甘卓、虞望、郭璞等赠官有差，因王敦谋逆，承等死于国难，故皆赠谥其官。时周札亦死国难，未蒙诏录，因是周札故吏上表为札讼冤。尚书卞壸议："札开门迎寇，不当赠谥。"王导上议曰："往年之事，敦奸逆未彰，自臣等有识以上，皆所未悟，与札无异。既悟其奸，札便以身许国，寻取枭夷。臣谓宜与周、戴同例。"郗鉴曰："周、戴死节，周札延寇，事异赏均，何以劝惩？如司徒议，则谯王、周、戴皆应受责，何赠谥之有！今三臣既褒，则札宜贬，明矣！"导曰："札与谯王、周、戴虽所见有异同，皆人臣之节也！"鉴曰："敦之逆谋，履霜日久，若以往年之举，义同桓、文，则先帝可为幽、厉耶！"诸臣虽各议不合，明帝卒用导议，诏札与周、戴同例有差。当群臣请立太子司马衍为皇太子，明帝大悦，从之。

五月，诏以陶侃都督荆、襄、雍、梁四州诸军事、荆州刺史，于是陶侃复领荆州。次日，率众去镇。其时，荆州士女闻陶侃来镇，各各欢悦，以香花迎接。

侃既至荆州，恭勤，终日敛膝危坐，军府众事，检摄无遗，未尝稍停。尝语人曰："大禹圣人，乃惜寸阴，至于众人，当惜分阴。岂但逸游荒醉，生无益于时，死无闻于后，是自弃也！"又尝造船，其木屑、竹头，侃皆令人上籍而掌之，不许失落，人咸不解所以。后正会积雪初晴，厅事前余雪犹湿，乃令人以木屑布地。及桓温伐蜀，以侃所贮竹头做钉钉船。其综理微密，人皆不知也。

初，侃参佐有博戏废事者，侃命取其酒器、蒱博之具，悉投之于江，将吏则加鞭扑，曰："摴蒲，牧猪奴戏耳！《老》、《庄》浮华，非先王之法言，不益实用。君子当正其威仪，何可蓬头跣足，自谓宏达耶！"有奉馈者，必问其所由，若力作所致，虽微必喜，慰赐参倍；若非理得之，则切厉诃辱，还其所馈。侃尝出游，见人持一把未熟稻，侃曰："用之何如？"其人云："行道所见，聊取之耳。"侃大怒曰："汝懒不佃，而贼人稻！"执而鞭之。是以百姓勤于农作，家给人足矣。

戴洋风角占通神

却说司徒王导有病，经月不愈。长史李仁因视导疾，因说曰："近闻长城有一人，姓戴名洋，字国流。年十二，遇病死，五日而苏，说死时天使其为酒藏吏，授符箓，给吏从、幡麾，将上蓬莱、昆仑、积石、太室、恒、庐、衡等诸山。既而遣归，逢一老父，谓之曰：'汝后当得道，为贵人所识。'及长，遂善风角。为人短陋无风望，然妙解占候卜数，无不应验，天下人人敬之为神。司徒何不使人召来，问卜吉凶？"导曰："既有此人，烦卿召来。"于是李仁去请戴洋来见王导。参拜讫，导问疾之因，戴洋曰："君侯本命在申，金为土使之主，而为申上石头立冶，火光照天，此为金火相烁，水火相煎，以故受疾耳！若能迁乔，疾即瘥耳。"导即移居东府，病瘥，遂重赏戴洋。

却说后赵王勒遣将军石生率众三万，寇掠河南，青州刺史李矩、颍川太守郭默领兵拒战，数败于生。矩、默乃使人持书降于赵，赵王曜使刘岳、呼延谟率兵五万，围石生于金墉城。生被困，遣人回襄国求救。后赵王勒使石虎率二万精骑来救石生。虎兵至金墉与刘岳交锋，大战五十余合，岳大败而退。呼延谟又出战，不十合被虎斩之。赵王曜闻呼延谟被杀，自率禁兵二万，前来救岳。与虎交战未三合，曜军无故惊溃，曜亦败，遂归长安。刘岳被虎执而杀之，曜因此愤恚成疾。郭默南奔建康，李矩亦率众南归，卒于鲁阳。于是青、豫、徐、兖之地，率皆入于后赵，以淮为境矣。

却说代王翳始亲国政，以诸部多未服，乃弃城于东木根山自徙居之。

明帝托孤与王导

闰七月，明帝疾，召右卫将军虞胤、左卫将军南顷王司马宗至。明帝亲任典禁兵，直殿内，多聚勇士以为羽翼。王导、庾亮入内视疾，颇以为言，帝待之愈厚，宫门管钥，皆委之宗等。时帝寝疾，庾亮夜有所表，使人从司马宗求钥，宗不与，叱亮使人曰："此汝家门户耶！何故夜深而得入宫？"使人回白与庾亮，亮益愤之。

及次日，帝疾笃，群臣无得进者。亮疑宗、胤二人有异谋，拉王导等排闼入见明帝，请黜宗、胤。帝不纳。

是夜，召引太宰、西阳王司马羕，司徒王导，及尚书令卞壶，将军郗鉴、庾亮、陆晔，丹阳尹温峤，并受遗诏辅太子。王导、庾亮、卞壶等入宫内卧所，帝嘱咐曰："朕欲与卿等平复天下，扫清海内，不幸遇斯疾厄。今太子年幼，不得不召卿等托之，以致事也。"言讫，泪满交颐。王导亦涕泣曰："愿陛下万岁，以副天下之望，将息龙体，臣等稍尽犬马之劳。"帝又曰："卿等早晚管觑幼子，勿负朕言。"乃执太子手，付与王导曰："可念朕躬，勿效王敦。"导汗流遍体，手足无措，泣拜于地，以头叩地流血，曰："臣等安敢不竭尽忠之心，效元节之志，继之以死，难报今日托付之重耳！"帝命太子扶起王导，又谓庾亮，卞壶等曰："吾死之后，褒进大臣。"又曰："诸大臣，朕不能一一嘱咐，皆当保爱。"言讫而崩。在位三年，寿二十七，谥曰明帝。帝敏有机，故能以弱制强，除剪逆臣，克复大业，规模宏远。明帝已崩，卞壶等率百官收敛，举哀发丧。孝事毕，葬于武平陵。

时太子司马衍生五年矣。群臣扶其即位，请太后临朝称制。是日，群臣进玉玺，司徒王导辞疾不至，卞壶正色于朝曰："王公非社稷之臣，大行在殡，嗣皇未立，岂人臣辞疾之时耶！"导闻之，乃即舆疾而至，上玺。

太后临朝，以导录尚书事，与卞壶、庾亮参辅朝政，然大事要决于亮。尚书郎乐广子乐谟为郡中正，庾珉族子庾怡为廷尉评，二人各称父命不就。卞壶曰："人非无父而生，职非无事而立；有父而有命，居职必有悔。若父各私其子，则王者无民，而君臣之道废矣。广、珉受宠圣世，身非已有，况后嗣哉！"谟、怡不得已就职。太子衍既即大位，乃大赦天下，改元咸和，号显宗。史说，显宗成皇帝名衍，字世根，乃明帝长子，在位十七年。

史说，葛洪字稚川，丹阳句容人也。少好学，家贫，躬自伐薪以贷纸墨，夜辄写书诵习，以儒学知名。性寡欲，无所爱玩，不知棋局几道，摴蒱齿名。为人谨讷，不好荣利，闭门却俗，未尝交游。时或寻书问义，不远数千里，崎岖跋涉，期于必得，遂览究典籍，尤好神仙导养之法。先吴时，从祖玄，学道得仙，号曰葛仙公，以其炼丹秘术授弟子郑隐，洪就隐学，悉得其法焉。

先，司徒王导知其儒名，召补州主簿，亦有节政。时导又选入朝，为散骑常侍，领大著作。葛洪至入朝，朝见帝，固辞曰："臣今年老不堪重用，欲炼丹以祈遐寿。闻交阯句漏县有丹，臣请出为其令。"帝见洪姿高质异，而曰："交阯远隔，虽有奇宝，朕不舍卿远行。"洪曰："臣此行非欲为荣，以其有丹，故求出耳！"帝见其恳辞，始从之。洪遂出，将子侄俱行。行至广州，广州刺史邓岳闻知其至，欲往交阯，使人留之，意欲受学其炼丹之术，洪不听而去。到句漏县，入罗浮山炼丹积年，优游闲养，著述不辍，乃著内、外经一百一十六篇，作序曰：

洪体乏进取之才，偶好无为之业。假令奋翅则能凌厉玄霄，骋足则能追风蹑景，犹欲戢劲翮于鷃之群，藏逸迹于跛驴之伍，岂况大块禀我以寻常之短羽，造化假我以至驽之蹇足？自卜者审，不能者止，又岂敢力苍蝇而慕冲天之举，策跛鳖而追飞兔之轨哉！是以绝望于荣华之途，而志安乎穷圮之域；藜藿有八珍之甘，蓬荜有藻棁之乐也。世儒徒知服膺周孔，莫信神仙之书，不但大而笑之，又将谤毁真正。故余所著子言黄白之事，名曰《内篇》，其余驳难通释，名曰《外篇》，大凡内、外经一百一十六篇。虽不足藏诸名山，且欲缄之金匮，以示识者。

自号抱朴子，因以名书。

洪博闻深洽，江左绝伦。著述篇章富于班、马，又精辨玄赜，析理入微。年八十一，自知天命该返，乃使人召广州刺史邓岳，授以丹法，与岳疏云："若求神仙之术，当远行寻师，克期便发，若缓恐不相见耳！"而岳得疏，狼狈往别，久延，洪坐至日中，兀然若睡而卒，及岳行至，遂不得见。因此未曾授得丹法。视其颜色如生，体亦柔软，岳使其子弟敛殡，举尸入棺甚轻，如空而已，世人皆谓尸解，是谓得仙矣。邓岳来迟，莫得其传，叹息而去耳。

却说段氏自务勿尘以来，日益强盛。其处地西接渔阳，东界辽水，所统胡晋三万余尸，控弦四五万骑。末杯先卒，其子段牙代立。至是疾陆眷之孙辽自聚众一万五千人，来攻段牙，牙率诸将亲出与战，被辽杀之，尽收其所统，而代之为主矣。其时北代王贺傉卒，其百官立其弟拓跋纥那嗣为主。

亮征苏峻为司农

晋显宗成皇帝咸和元年（赵光初九，后赵八年），六月，成帝设朝，以郗鉴领徐州刺史，于是郗鉴次日启行。时司徒王导称疾不朝，而私送郗鉴。卞壶闻之，是日入朝奏导亏法从私，无大臣之节，请免官。成帝不听。壶奏虽寝不行，举朝惮之。壶俭素廉洁，裁断切直，当官干实，性不弘裕，不肯苟同时好，故为诸士所少。阮孚谓壶曰："卿常无闲泰，如含瓦石，不亦劳乎！"壶曰："诸君子以道德恢弘，风流相尚，执鄙吝者，非壶而谁！"时贵游子弟多慕王澄、谢鲲为放达，壶厉色于朝曰："悖礼伤教，罪莫大焉；中朝倾覆，实由于此。"欲奏推之，王导与庾亮不听，乃止。

八月，初，王导以宽和得众，及庾亮用事，任法裁物，颇失人心。祖约自以名辈不后郗、卞，而不预顾命，遗诏褒进大臣，又不及。约与陶侃二人皆疑庾亮删之。

史说，历阳内史苏峻，字子高，长广掖人。少为书生，有才学，年十八举孝廉。永嘉之乱，百姓流亡，所在屯聚，峻乃纠合数千家结垒于本县。元帝时闻之，假峻为安集将军，后峻率其所部数百家泛海南渡。既到广陵，朝廷嘉其远至，转为鹰扬将军。后讨王敦有功，进使持节、冠军将军、历阳内史，封为广陵公，令其出屯历阳。峻本单家，聚众于扰攘之际，归顺之后，志在立功，既而有功于国，威望渐著。至是有锐卒万人，器械甚精，而峻潜在异志，抚纳亡命，众力日多，皆仰食县官，运漕者相属，稍有不如意，便肆愤言。

是时庾亮秉政，恐苏峻在历阳终为祸乱，欲下诏征之，乃访司徒王导曰："今苏峻握兵屯于历阳，不肯归兵于朝廷，恐为后患。欲以大司农征峻入朝，稍削其权。司徒意以云何？"导曰："苏峻骄溢，必不奉诏，不若且包而容之。"亮问群臣，群臣皆以为不可，亮不听。时亮既疑峻、约，又畏侃之得众，乃奏成帝，以温峤为都督，督江州诸军事，镇于武昌，以王舒为会稽内史而守会稽，以广声援。又修石头城以备之。当丹阳尹阮孚谓所亲曰："江东创业尚浅，主幼时艰。庾亮年少，德信未孚。以吾观之，祸将及矣。"次日，入朝奏帝，遂求出为广州刺史，成帝从之。孚遂刺于广州矣。

十月，却说南顿王司马宗自以失职怨望，又素与苏峻善，庾亮欲诛之，无罪，不敢行，而宗亦欲废执政亮等。中丞钟雅劾宗谋叛，亮乘之遣人收宗杀之，降其兄太宰西阳王羕为弋阳县王。宗，帝室近属；羕，乃先帝保傅。亮一旦蔑黜，由是愈失远近之心。宗之死也，成帝不知，久之，成帝以朝问亮曰："当日白头公何在？"亮对曰："因谋反伏诛。"帝泣曰："舅言人做贼，便杀之；人言舅做贼，当何如？"亮惧，变色而退朝。

却说后赵王勒用程遐之谋，营邺宫，使养子石虎镇之，守邺城。石虎自以多功，无去邺之意，及修三台，迁其家室而居之，虎由是怨望。

十一月，后赵王勒使石聪率二万骑攻寿春，祖约坚守不出，使人屡表请救，朝廷不为出兵。聪遂进寇阜陵，建康士民大震。苏峻闻知，直遣将韩晃领三万骑来拒战。石聪闻救兵至，乃走之。朝廷欲做涂塘以遏胡寇，祖约闻知曰："朝廷为此，是充我也！"益怀愤恚。

二年（赵光初十年，后赵九年），五月朔，日食。却说张骏闻赵兵为石氏所败，乃去官爵，复称晋大将军、凉州牧，遣辛岩领军二万，攻赵秦州。赵王曜大怒，遣刘胤将兵五万，出击辛岩。二军交锋，战未数合，辛岩大败而走。胤乘胜追奔，济河，拔令居，据振武，因此河西大骇，金城、枹罕降之，骏遂失河南之地。

苏峻祖约举兵反

却说庾亮以苏峻在历阳，终为祸乱，欲下诏征之。司徒王导执之曰："以吾见必不奉诏，且包容之。"亮曰："今纵不顺命，为祸犹浅，若复经年，不可复制，犹七国之于汉也。"卞壶曰："峻拥强兵，逼近京邑，路不终朝，一旦有变，易为蹉跌，宜深思之。"亮勿听。时温峤在江州闻知此事，使人以书来止亮，亮犹不听。亮又与群臣议征苏峻，举朝文武以为不可征，亮皆不听。

时苏峻在历阳，亦闻之，遣司马诣亮府固辞，亮不许，乃命有司书诏，使人征苏峻为大司农，以其弟苏逸代领部曲。使人既持诏至历阳，苏峻待之于府，遣人上表固辞，亮俱不许。峻遂不应命，举兵谋反。温峤闻之，即欲率众下卫建康，三吴亦欲起义兵讨峻。亮见峻不肯应命，温峤即欲率众下卫建康，亮使人报温峤书曰："吾忧西陲过于历阳，无过雷池一步也。"峤始未动。

亮知峻起兵，使人以书谕峻，峻回书云："台下云峻欲反，岂得活耶！我宁山头望廷尉，不能廷尉望山头。"使人得是书回见亮。亮不惧，预备拒敌。

却说苏峻竟欲谋反，乃与副将刘仁商议曰："今吾不受诏命，疑吾谋反。吾欲起兵，此事若何？"仁曰："闻豫州祖约亦与庾亮不睦，怨望朝廷。祖约部下兵精粮足，明公遣人持书，推崇为盟主，同讨庾亮，共除君侧之恶，则大事可成。"峻曰："此计大善。"于是峻使人持书请约共讨庾亮。祖约大喜，回书与来人归，约在目下起兵相应，使人去了。谯国内史桓宣谏曰："不可！使君欲为雄霸，助国讨峻，则威名自举。今乃与俱反，安得久乎！"约不从，宣遂绝之，后不与相见。因此祖约遣兄子祖沛、祖涣，女婿许柳以兵二万，前来会峻。峻使人迎沛、涣等入城，排宴款待。次日，峻与沛、涣合兵五万人，来袭姑孰。

是时十二月，峻兵长驱而行，朝廷已知。庾亮集文武于朝堂议之，当尚书左丞孔坦、司空司马陶回言于司徒王导曰："请及峻未至，急断阜陵，守江西当利诸口，彼少我众，一战决矣。今不先往，而峻先至，则人心危骇，难与战矣。"导然之，庾亮不从。至是峻遣其将韩晃袭陷姑孰，取其盐米，以给诸军。亮始悔，使左将军司马流将兵三万，据慈湖以拒之。

时宣城内史桓彝欲起兵赴朝廷，长史裨惠曰："郡兵寡弱，山民易扰，且宜按甲以待之也。"彝厉色曰："'见无礼于其君者，若鹰鹯之逐鸟雀。'今社稷危逼，义无宴安，何敢坐视也！"乃慷慨流涕，将兵遂进屯芜湖。峻将韩晃将兵前往，至芜湖，与彝交战。彝兵寡弱，不三合，大败而还，退回宣城。晃乘之因攻宣城，彝不敌，又退保广德。时徐州刺史郗鉴欲率所镇之兵赴国难，朝廷知之，恐北寇入扰，下诏不许动兵，于是鉴未敢行。

卞壶父子死忠孝

戊子，三年（赵光初十一年，后赵太和元年），温峤欲救建康，以军集屯于城外。峻将韩晃兵至慈湖，司马流素懦怯，闻峻兵至，将出战，食饭不知口处，慌忙驱兵出阵，未及两战，兵溃大败而死。

时苏峻自将兵横江而济，亮兵出拒屡败。陶回谓庾亮曰："苏峻颇达兵机，知石头有重戍，不敢直下，必向小丹阳南道步来，宜伏兵邀之，可一战擒也。"亮又不从。时峻果惧石头有重戍，不敢下，乃令诸军弃舟，从小丹阳步行，夜迷失道，无复部分，至天明，方寻路径而来，整列队伍，至青溪栅，屯住传餐。早有人探知回报，亮始悔之曰："吾不听陶回之计，果中贼人之谋。"言讫，以兵列于宜阳门内待战。

时朝士多遣家人入东避难，惟左卫将军刘超独迁妻孥入居宫内，以安上心。成帝大惊，急诏卞壶大纵诸军出战。壶忙集诸军，出西陵与峻交战。壶兵大败，峻兵攻青溪栅，壶又拒击之。峻因风纵火，烧台省诸营皆尽。卞壶背痈新愈，疮犹未合，听诏即起出军拒战，至是力疾苦战，与峻交锋，斗上十合，背上疮发而死。其二子卞眕、卞盱闻父战死，领部从赴敌交战亦死。眕母裴氏使人寻还三尸，抚尸哭曰："父为忠臣，子为孝子，夫何恨乎！"当征士翟阳闻之，叹曰："父死于君，子死于父，忠孝之道，萃于一门。"

> 苏峻奸臣乱建康，惟有卞壶是忠良。
> 单身为国为民死，二子俱同忠孝亡。
> 英名烈烈扬中国，赤胆乾乾烛上苍。
> 可怜一家殉主难，教人怎不泪汪汪。

时苏峻既害卞壶父子，引兵杀入城来。庾亮见峻兵混杀入城，急令军士排开待战。未及成列，士众见峻兵势大，皆弃戈溃走。亮见军士逃散，料不能敌，乃引腹心数百人奔走浔阳。将行，顾谓侍中钟雅曰："吾之此去，后事深以相委。"雅曰："栋折榱崩，谁之咎也！"亮曰："今日之事，不容复言。卿当期克复之效耳！"雅曰："想足下不愧荀林父耳！"言讫，亮去。

雅入内宫，成帝大惊。左卫将军钟雅与右卫将军刘超尽侍帝左右，有黄门李义欲逃，私谓钟雅曰："见可而进，知难而退，古之道也。今苏峻入乱，何不随时之宜，与吾同去，而在此坐待其毙也！"雅曰："国难不能救，君危不能济，若逊遁以求免，吾惧董狐执简而尽矣。"遂不行。时丹阳尹羊曼、黄门侍郎周导、庐江太守陶瞻（乃陶侃之子也），仍力战峻而死。

峻兵入台城，司徒王导谓侍中褚翜曰："至尊当御正殿。"翜即入抱成帝登太极前殿，导及光禄大夫陆晔、荀崧、尚书张闿共登御床卫帝。刘超、钟雅及翜皆率百官侍立左右。太常孔愉朝服守宗庙。峻兵既入，叱翜令下。翜呵之曰："苏冠军来觐至尊，军人岂得侵逼！"于是诸兵不敢上殿，突入后宫，宫人皆见掠夺。驱役百官，裸剥士女。宫有布二十万匹，金银五千斤，钱亿万，绢数万匹，峻尽费之。

苏峻领甲士数百至太极殿前，司徒王导喝曰："圣上在此，不得无礼！"苏峻与军士同呼万岁。当成帝问曰："卿兵不候宣调，辄入京师，欲何为也？"峻奏曰："中书令庾亮为政不均，赏罚不明，苦虐百姓，欲杀小臣。臣今起兵，亦为社稷之计，岂敢叛乱朝廷！"帝曰："今庾亮逃不在朝，卿等何不退兵？"峻曰："臣今入朝，辅政陛下，未曾封爵，故不退兵。"帝曰："卿欲何授，自择奏请。"峻曰："司徒王导德望于民，宜先复职。祖约廉能，可为侍中太尉、尚书令。臣为骠骑将军、录尚书事。其余百官守旧爵，独庾亮兄弟不许原例。"于是帝从之。

祖约、苏峻把握朝政，极暴残酷，驱役百官，光禄勋王彬等皆被棰挞，逼令担泥负土登筑蒋山。裸剥士女，皆以坏席苦草自障，坐地以土自覆，以此哀号之声震动内外。弋阳王司马羕先被庾亮废，至是诣峻，称峻功德，峻复以为太宰、西阳王。

却说庾亮被苏峻杀败，无处安身，乃引从人来浔阳，投奔友人温峤。

史说，温峤字太真，性聪敏，有识量，能属文。风仪秀整，善于谈论，见者皆爱悦之。平北大将军刘琨举为参军。元帝初，镇江左，琨诚系王室，遣峤将命。既至引见，帝器而嘉焉。于是江左草创，纲维未举，峤殊以为忧。及见王导共谈，欢然曰："自有管夷吾，复何虑！"会琨死，除峤为散骑常侍。

初，峤奉将命来江左，辞母崔氏。崔氏以老固止之，峤绝裾而离。其后母亡，峤阻乱不获归葬，由是固让不拜，苦请北归葬母。诏不许，峤不得已，乃受命。明帝即位，拜侍中，机密大谋皆所参综，诏命文翰亦悉预焉。咸和初，代应詹为江州刺史、持节都督平南将军，镇武昌，甚有惠政。在镇见王敦画像而曰："敦大逆，宜加斫棺之戮，受崔杼之刑。古人阖棺而定谥，《春秋》大居正，崇王父之命，未有受戮于天子，而图形于群下。"命削去之。

先，峤与庾亮同为侍讲东宫，因为布衣之交。是时，亮败无处投奔，来浔阳见温峤曰："苏峻与祖约谋叛，攻陷建康，京师倾覆。吾奉太后明诏，以卿为骠骑将军、开府仪同三司，檄兴义兵共讨逆峻。"峤闻之，号恸曰："汝今离建康，主上幼弱，倘被贼害，何有所凭？太后虽诏，为今之计，当以灭贼为急。吾未功而先拜，何以示天下？吾未敢当！"言讫，因与庾亮相对悲哭，士人闻之者，莫不流涕。温峤素重亮，亮虽奔败至此，峤愈推奉，分兵给之。

三月，皇太后庾氏因庾亮违众议，生厉阶，及为元帅，兵败身窜，恐祸及族，忧虑而崩。百官举哀葬之，谥曰明穆皇后。苏峻恐诸镇起兵，自率众南屯于湖，深虑后变。

亮峤推侃为盟主

夏四月，温峤将兴兵讨峻，而不知建康声闻。会范汪至，言"二宫无事，而峻政令不一，贪暴纵横，虽强易弱，宜时进讨。"峤深纳之。庾亮辟范汪参护军事。次日，庾亮来推峤为盟主，请兴义兵讨峻。峤不敢当，推及于亮。二人互相推让。当峤从弟温充曰："今汝二公相推，谁肯为之主盟，恐不敌峻也。吾闻征西大将军陶侃，位重兵强，宜共推之，可济大事。"于是二人皆从之。乃遣督护王愆期至荆州，推奉陶侃为盟主，请其兴兵，同赴国难。王愆期奉命诣荆州入见陶侃，称说："温平南同庾公推明公为盟主，同讨峻、约之事。"言讫，呈书封。侃观其书曰：

峻、约跋扈，欺天谋逆，入乱宫廷，鞭挞百官，贪暴纵横，人不忍言，朝野士民，岂乐其生哉！峤今集兵送马，欲为扫清帝室，恨力不及，未敢轻举。公乃仁者，忠义慨然，素为江左士望，请为盟主，望乞兴兵，同赴国难，兵讨不义。如有驱使，即当奉行。

侃见书，犹以先帝不预顾命为恨，答王愆期曰："你见温平南，说吾疆场外将，不敢越局以兴大兵。"愆期领其言语，回报温峤，称说陶侃不肯兴兵之事。庾亮听之曰："今主上有燃眉之急，社稷有倒悬之忧，彼不肯为，吾与卿当自兴兵，不然幼主何安耶？"峤曰："既如此，吾一面使人起请兴兵，吾与公先行。"乃又吩咐使人去见陶侃曰："仁公且守，仆当先下。"使人得其语，行二日，参军毛宝闻之，入见峤曰："闻公使诣陶侃，称自先行，大不可也。师克在和，不宜异同。假令可疑，犹当外示不觉，公可急遣人追使改书，言必俱进。若不及，则更遣使可也。"峤始遣人星夜追回先使，改书称与俱进。于是侃得催书，遣督护龚登率兵一万诣峤。峤自率众七千人，与庾亮、龚登等起行。先使人列上尚书，陈峻、约罪状，移告征镇，共发讨峻。峤既登舟，泣涕谕众欲行，陶侃使人追龚登引众还镇，峤苦留之，又使王愆期去与侃书曰：

行军有进而无退，可增而不可减。近已移檄远近，言于盟府，惟须仁公军至，便齐进耳！今乃返退还，疑惑远近，成败之由，将在于此。假令此州不守，则荆楚将来之危，乃当甚于此州之今日。仁公进当为大晋之忠臣，参桓、文之业；退当以慈父之情，雪爱子之痛。且峻、约无道，人皆切齿。今之进讨，如石投卵，若复召兵还，是为败于几成。而或者遂谓仁公缓于讨贼，虽悔难追，愿深察之。

侃得书犹豫，愆期上言曰："峻，豺狼也，如得遂志，公宁有容身之地耶？依吾之言，明公火速自行，则诸镇同赴，大功可成！"于是侃感悟，即戎服登舟，起兵而行。时侃子瞻，因与峻战死，家人收骸敛棺送还荆州，是日至荆州，侃遂不顾，兼道而进。

郗鉴王舒赴国难

史说，郗鉴字道徽，高平人。少孤贫，博览经籍，躬耕陇亩，吟咏不倦，以儒雅著名。初，鉴值永嘉之乱，在乡里，贫甚饥馁。乡人黄长者以鉴名德，传请供饴之。时兄子迈、外甥周翼并小，鉴常携之就食。黄长者曰："今各自饥馑，吾以君贤，欲供相济耳，恐不能兼有所存。"于是鉴后独往食。食讫，以饭著两颊边还家，吐与二儿食，因此养得二人复存。后同过江，迈位至护军，翼位至剡县令。

鉴投事元帝，帝以为广陵太守。其时，鉴任广陵，城孤粮少，逼近胡寇，人无固志，俱各散心。忽得檄书至，即流涕谓众曰："今主上幼小，被苏贼叛逆，污乱朝廷。吾欲起兵，以死报国，汝等尽忠，同赴国难，不得推延。"于是将士争奋向前。因是遣将军夏侯长等间行谓峤曰："或闻贼欲挟天子，东入会稽，当先立营垒，屯据要害，既防其越逸，又断贼粮，然后清野坚壁以待贼。贼攻城不拔，野无所掠，必自溃矣。"峤闻其计，深以为然。

五月，陶侃自将兵至浔阳。温峤同庾亮商议出兵，当诸将谓峤曰："陶公此来，必诛庾公以谢天下，然后讨峻。庾公宜且避之。"亮闻其言大惊，欲往别镇，峤止之曰："不可。公可负棘自责见侃，侃必不伤于公。今若去，反构成怨。"

于是亮用峤计出迎，诣侃拜谢。侃惊，止曰："庾元规乃拜陶士行耶！昔君侯修石头以拟老子，今日反求见耶！"亮引咎自责曰："主上遗诏托辅，司徒王导及中书令卞壸等，诸大臣亲自所见，岂敢裁除？修筑石头，以防诸有，岂疑于君？若有此，天地不容！"言讫泪下。侃乃释然曰："前言戏之耳！"因此温峤亦来相见会议。次日，三人遂同起军取建康，共率兵四万，旌旗七百余里。

峻已知，恐建康不固，乃自姑孰还朝。次日，入内集百官谓曰："今陶侃起兵，要劫天子，必伤百姓。今建康兵甲未精，城郭不固，难以坚持，不如暂徙石头，候太平还都。"王导出曰："建康虽则兵城未备，乃兴王之所。况太庙诸陵在迩，岂可一旦离之！石头虽固，宫省台司全无可居，甚不可移！"苏峻要徙，王导固争不从。峻曰："吾意已决，逆命者斩！"于是百官不敢吐声，成帝哀泣从之。

次日，峻备车请帝升车。时大雨泥泞，刘超、钟雅步侍左右，峻给马与之，二人皆不肯乘，而悲哀慷慨，峻心恶之。帝与群臣既至石头，峻以仓屋为帝宫室，与成帝居之。峻党日肆丑言，当超、雅与荀崧、华桓、卞潭等常侍，不离帝侧。时饥馑米贵，峻问遗，超一无所受。缱绻朝夕，臣节愈恭，虽居忧厄之中，犹启成帝，授《孝经》、《论语》。

王导见峻逆众而劫上迁都，乃密令张闿以太后诏谕三吴，使起义兵。会稽内史王舒得太后诏，使督护庾冰将兵一万西渡浙江，前来讨峻。于是吴兴太守虞潭、吴国内史蔡谟、义兴太守顾众等，皆起兵应之。虞潭母孙氏性聪敏，识鉴过人，闻各处起兵讨峻，乃谓潭曰："主上受困于石头，汝当舍生取义，勿以吾老为虑，火速起兵讨峻。"言讫，乃尽遣家僮从军，鬻其环佩以给军费。苏峻闻之大惊，忙遣部将管商等，引兵五千拒之。

侃峤会兵讨苏峻

时侃、峤军至茄子浦，峤以南兵习水，峻兵便步，传令："军中将士不许上岸，有逆者死！"时苏峻遣人送米一万斛馈祖约，峤参军毛宝闻之，乃告其众曰："兵法，'军令有所不从'，温公虽令将兵无得上岸，人有送米与祖约拒吾，又无大将护卫，岂可视其可击而不上岸击之耶！"言讫，乃引兵大喊上岸，往袭取之。峻送米军人见宝兵至，乃尽掷轻重粮食而逃，宝获之以济二军。祖约由是饥乏。温峤录宝之功，遣人表毛宝为庐江太守。陶侃亦遣人表王舒、虞潭监浙东西军事，郗鉴都督扬州八郡军事，朝廷从之。于是郗鉴遂率众渡江，与侃、峤等会，舟师直诣石头。

苏峻望侃、峤、亮、鉴等兵大至，面有惧色。乃令其弟苏逸守城，自执兵五万出城屯住，以为犄角。陶侃既大集各路军马皆至石头，侃部将李相请筑白石垒，使人上岸守之。于是侃传令三军筑垒于白石，使庾亮将军一万守之。苏峻屡遣将攻白石垒，不克而退。峻心下大忧，急集诸将士商议。当参军匡孝曰："今侃筑白石垒，甚得其宜，进能攻我，退可为居。虽得其计，然白石南寨其将赵胤守其寨，势孤，易为克之。今夜我引一军，抄小路去袭寨后，明公可使公子硕以兵攻其前，两下夹击，胤便成禽矣。若克南小寨垒，白石易破耳。"峻然之。至夜，匡孝率三千士卒，抄小路而去。峻使其子硕率五千人，去攻其寨前。硕兵至半夜，鼓噪直进，胤慌忙披挂上马，正遇苏硕，两马相斗，不到数合，寨后匡孝军已至，大放火。赵胤军人四下乱窜，拨马回走四十里，喊声不绝。众军相杀，只有祖茂跟定王舒骑突围而走。背后匡孝赶来，胤勒马又战十余合。胤连放两箭，被匡孝躲过，尽力放第三箭，力气太猛，折了箭与弓，弃弓纵马，穿林而走。去远，匡孝始放火烧其营寨，苏硕鸣金收军而还。苏峻大喜，重赏二人。

温峤见南寨有失，救之未及，于是使王愆期领战船一百、军五千人出战，峻使匡孝来迎，与愆期交战。战上二十余合，愆期大败，损去战船三十只，折去水军千余人。

赵胤等失南寨，到晚来见陶侃，侃甚忧之。侃将孔坦曰："本不须召郗公，遂使东门无限，今宜遣还京口，虽晚犹胜也。"侃然之，乃令郗鉴率部下还据京口，立大业、曲阿、陵亭三垒，以分峻兵势，鉴从其计。苏峻果疑之，分兵去攻三垒，又使人持书命祖约攻之。祖约得书，遣祖涣、桓抚率七千兵袭湓口。涣、抚兵卒至，毛宝急令民兵共三千人，与涣、抚交战。毛宝中矢出血，流髀彻鞍，宝忍痛，急使人蹋鞍拔箭，血流满靴，又复出战，勇敢当先。于是士卒尽力一击，涣、抚大败走还。毛宝追数十里，杀伤其众五千余人，方始收军还屯。

史说，王育字伯春，少孤贫，每过小学，必歔欷流涕。尝为人牧羊，时有暇，即折蒲学书，忘而失羊，为羊主所责。育将鬻己以偿之。同郡许子章，敏达之士也，闻而嘉之，以钱代育偿羊，给其衣食，使与子同学，遂博通经史。子章以兄之女妻之，为立别宅，分之资业。因是本州太守杜宣命为主簿。俄而杜宣左迁万年令，有杜令王攸过诣宣邑，宣不迎之，攸见怒曰："卿往为二千石，吾所敬也。今吾侪耳，何故不见出迎？欲以小雀遇我，使我畏死鹞乎！"王育在边，执刀叱攸曰："我府君以非罪黜降，如日月之蚀耳，小县令敢轻辱吾君乎！"以刀欲前杀之。杜宣惧，跪下抱育，乃止。自此知名。后迁为武阳令。为政清约，宿盗逃奔他郡。又迁并州督护，后征讨有功，朝廷复以为破虏将军。闻知苏峻作逆，温峤奉檄起兵，王育遂率所部兵五千人，来会温峤等讨峻，峤以为前锋。

却说苏峻使韩晃率兵攻宣城，内史桓彝闻之，以军进屯泾县，方知京城不守，被峻所破，心中烦恼，朝夕忧国。时长史裨惠劝桓彝曰："苏峻势大，朝廷莫能制之，今吾孤军在此，焉能拒战？不如使君遣人以书伪与通和，以纾交至之祸，可保军民耳！"彝曰："吾受国恩，义在致死，焉能忍垢蒙羞与苏贼相通！如其不济，此乃命也。"言讫，即遣副将军俞纵以兵三千出屯兰石，以拒峻军。时韩晃以兵五千来追桓彝，兵至兰石，正遇俞纵军至，两军大喊，二将交锋，战上二十余合，俞纵大败，退守兰石，不敢出战。晃军不知地理，亦未敢前。当俞纵左右劝纵曰："今韩晃之兵十分精锐，与战不胜，不如退回宣城，另作良图。"纵以刀砍案曰：

"吾受桓侯大恩，本以死报。吾之不可负桓侯，犹桓侯之不可负国也。若有再言退兵，定按军法！"言讫，即出驱兵出战，纵亲与韩晃力战五十余合，纵力怯，被韩晃斩于马下。晃麾军大进，来攻宣城。彝调兵守护城池，并不出战，与晃相持卒岁，粮尽城中自乱。韩晃探知城内备细，大驱人马攻城，城陷，桓彝被晃所害。彝妻刘氏，次子温、冲五人逃走外家，得免其难。晃既克宣城，使人戍之，自以兵还归石头。

七月，却说祖约部下诸将，阴与后赵通谋，许为内应。后赵王勒遣将军石聪引兵二万人济淮，攻寿春。祖约闻知，急勒兵众回战，大溃。于是祖约领家属，奔走历阳。

石虎率众击前赵

八月，后赵王勒遣石虎率众四万击赵。石虎军至蒲阪，赵王曜闻知，自为将，领十万余人来迎。石虎大惧而退，曜催军追及，与虎交战，大破之，斩其将石瞻，横尸二百余里。虎奔朝歌，曜以众回攻石生于金墉，石生坚闭固守，不出与战，使人回国，取兵来救。使人去了。曜见生不出，计令诸军决千金堨，引水而灌之，于是荥阳、野王诸城皆降，襄国大震。

侃峤诛峻于石头

九月，却说苏峻腹心路永、贾宁二人，劝峻尽诛朝中诸大臣，更树腹心，而峻雅敬司徒王导，故不许之。于是永、宁二人以峻不听其计，更贰于峻，及有离峻之心。王导窃知之，使袁耽诱永、宁曰："卿二人忠事苏公，苏公无重于卿，故卿虽进忠言，反见逆耳！今天下兵集，岂能拒之，不久必败。卿为其党，将安归乎？依吾虑见，不若早投西军，则身安而家可保也！"永、宁二人默然。至晚，皆奔白石西军而降，温峤受之。

峤与峻久相持不决，而峤军食尽，见贷于陶侃，侃怒曰："若屡战失机，粮草又尽，焉可以决胜负？吾虽有粮草，留应自军，若少，更假于谁？君既食尽，暂且罢兵，吾自西归，任君何如。"峤曰："凡师克在和，古之善教也。光武之济昆阳，曹公之拔官渡，以寡敌众，仗义故也。峻、约小竖，凶逆滔天，何忧不灭！仁公奈何舍垂立之功，设进退之计乎！且天子幽逼，社稷危殆，乃臣子肝脑涂地之日。峤与公尽受国恩，事若克济，则臣主俱存；如其不捷，当灰身以报先帝耳！今之事势，义无旋踵，譬骑虎，安可中下哉！公若违众西返，人心必沮，沮众必败事，义旗将回指于公矣。"毛宝亦说侃曰："军政有进无退，非直整齐三军，示众必死而已，亦谓退无所据，终至灭亡。可试与宝兵断贼资粮，若不立效，然后公去，人心不恨矣。"侃然其说，委兵五千，遣之去断峻贼粮道。宝既引兵去了，竟陵太守李阳说侃曰："温公贷粮，仁公执不假与，设若大事不济，仁公虽有粟，安得而食诸！"侃然之，乃分粟五万石，以饷峤军。峤军得食，众心始安。

却说毛宝引兵五千，使人探知峻军粮草，皆聚积句容、姑孰，宝引兵背道追入句容、姑孰等处，放火烧之。于是峻军乏食，侃遂不去。

时苏峻使韩晃领兵二万，急攻大业垒。郗鉴参军曹纳曰："大业，京口之捍蔽也，一旦不守，则贼兵至矣。请还广陵，以俟后举。"鉴大怒，会僚佐，责纳，将欲斩之，纳久哀告，众请得释。因然众心固守。鉴使人求救于侃，侃将分兵救大业，长史殷羡曰："吾兵不习步战，不如急攻石头，峻必抽回其军，则大业自解。"侃从之。

于是侃督水军二万攻石头。庾亮、温峤见侃向石头，亦率步兵一万从白石南上，攻峻旱寨。峻见亮、峤步兵南上，自将同匡孝引兵二万来迎。时侃将赵胤当先掩至，峻令匡孝出战。两马相交，未上十合，赵胤败走回阵。峻见匡孝杀败赵胤，言曰："孝能破贼，我更不如邪！"时峻先未出阵，饮酒大醉，及见孝得胜，乃亲自拍马持刀，将八千人迎战，乘醉突阵，三冲不得入，忙跑马趋至白木陂，马蹶，被侃牙门将军彭世、李千等见着，率步兵三千追及，斩之。众军皆称万岁，余众大溃。世、千等既斩苏峻，碎割之，以焚其骨。世、千持首级来见陶侃，侃令号令军门。

峻既死，其部下司马任让等立峻弟苏逸为主，听其自守。峻虽已死，其众犹强，温峤乃创建行台，广设坛场，布告远近，凡故吏二千石以下，皆令赴台告祭皇天、后土及武帝之灵，以期三军要得石头，于是至者云集。峤与侃、亮等祭讫，声气激扬，流涕回复，情动三军，皆欷歔愿以死战。

佛图澄起死回生

却说后赵王石勒爱子石斌暴病身死，勒悲涕不息，连日不出宫门。当大臣程遐等入内，见其泣涕，因问曰："大王何故发悲？"勒曰："昨日不幸，爱子石斌暴病而死，因此伤恸。"将欲葬之，遐等曰："近闻有一异人，姓帛氏，名佛图澄，乃天竺人也。少学道，通玄术，今来洛阳。自言百有余岁，常服气自养，能积日不食。善诵神咒，能役使鬼神。佛图澄腹上有一孔，大如酒杯，常以絮塞之，每夜读书，则拔去孔中之絮，则孔中出光，能烛一室如昼。又尝朔望斋时，平旦致流水于腹侧，从腹孔中引出五脏六腑洗之，讫，还内腹中。人人皆说道此人能起死还生。既殿下病死，何不使人召来救之，或可活也。"勒曰："此人现在何处？"遐曰："现在城外云游。"勒即使人召至，问曰："闻卿乃当世神仙，必有奇术，有何妙法，请试一观。"佛图澄曰："贫僧无法，聊作一戏耳。"言讫，取出钵盂一片，盛水一盏，焚香诵咒。须臾，钵盂内生出青莲花一朵，光色耀目。勒信之，曰："卿乃活佛耳！昨日爱子石斌暴病身死，将殡葬之。朕闻虢太子死，扁鹊能生之，今此子亡，大和尚能救之乎？"图澄曰："大王莫忧，能令即生，可抬尸来。"勒即令人抬石斌尸至。澄取杨柳枝沾水洒而咒之，执斌手喝曰："可起矣！"顷之，斌随手遂苏。因此勒敬重佛图澄，使石斌及宫中诸子拜谢图澄，又命有司起造寺观与图澄居之。及以诸子在澄寺中养之。凡有机事，必咨于澄而后行之。

石勒既得图澄救活石斌，心中大欢喜。次日，出狩近郊，主簿程琅谏曰："目令禾苗栖亩，农夫甚艰。今大王出狩，人马纷纭，践踏田殖，百姓何堪！况此山谷，崖岩峻漏，恐不吉。"勒不纳，领百官拥行。行至郊谷，忽远见群鹿衔花前过，勒令放猎犬逐之，犬畏不往，乃令左右赶御马去逐之，左右大驱御马，奔得猖狂，触岩而死。勒见大悔，乃曰："吾不用忠臣言，而有此咎，吾之过也。"乃赐琅朝服，封为关内侯，领众还都。于是朝臣谒见，忠言竞进。

后赵王勒获刘曜

冬十二月，后赵王石勒欲自将兵去救石生、石虎。程遐等谏曰："大王乃一国之主，不可擅离，宜命将救之。"勒大怒，按剑叱遐等书诏，谓记室参军徐光曰："庸人之情皆谓刘曜锋不可当。昔曜为将时带甲十万，攻一城而百日不克，师老卒怠。以我初锐击之，一战而擒也。若洛阳不守，曜必自河以北席卷而来，吾事去矣。卿以为何如？"徐光曰："刘曜乘高候之势而不能进临襄国，更守金墉，此其无能为。悬军三时，亡攻战之利。以大王威略临之，彼必望旗奔败。今此机会，所谓天授，授而弗应，祸之攸集。平定天下，在今一举矣！"勒笑曰："光言是吾志也。"勒又问于佛图澄，佛图澄曰："大军若出，必擒刘曜，何必问也！"

于是勒乃使内外戒严，命石堪等会荥阳，石虎进据石门，勒自统步卒四万，济自大堨。谓徐光曰："刘曜盛兵于成皋关上，上策也；阻洛水，其次也；坐守洛阳，此成擒耳。"大堨先是流澌风猛，人皆难渡，及勒军至冰泮，风停浪息。勒军过毕，流澌大至，狂风亦起。勒乃大喜，以为神灵之助，乃改其地名灵昌津，领兵复行至成皋。勒见赵无守兵，大喜，举手加额曰："天助吾也！"传令士卒卷甲衔枚，诡道兼行，出于巩、訾之间。

时赵王刘曜专与嬖臣饮博，不抚士卒，左右或谏，曜以为妖言，斩之。俄而洛水候者与后赵前锋交战，擒羯送之。曜闻之，知勒自来，色变，使摄金墉之围，陈于洛西，众十余万，南北十余里。勒望见曰："可以贺我矣！"率步骑四万入洛阳，令石虎引步卒一万攻赵中军，石堪以精骑二万击其前锋，勒自将后应。

次日，曜见洛阳城内兵出，料必来战，大惊，急使平先领兵二万为前锋，自统大众后应。平先与石堪大战于西阳门，石勒亦自贯甲胄，引兵五千，出闾阖门夹击之。曜闻之，乃自饮酒数斗，率步兵一万至西阳门。两军呐喊交锋。忽山背后一彪军出，门旗两路分开，一队马出，打龙凤日月旗、四斗五方旌旄、金爪银钺、黄钺、白旄，黄罗绡金凉伞盖下石勒浑身金甲，腕悬宝刀，立马阵前，骂曜："弑君逆贼，背主家奴！"曜大怒，挺戟向前来杀石勒，副将李丰挺枪纵马出迎，战不三合，曜伤其手，弃戟而走。曜从少淫酒，末年尤甚，是日交战，又饮酒而出，因此昏醉，大败奔逃，走至石渠，醉堕冰上，被石堪追及执之。当石勒见执了刘曜，乃急下令曰："吾所擒者刘曜耳，今已获之，其余降众，随纵其归命之路。"于是其众尽降。前赵王曜太子刘熙见父被执，乃率百官，领家属余兵，开城门奔走上邽去讫。勒鸣金收军，将刘曜监归襄国，使严兵围守。勒使刘曜与其太子刘熙书，谕其来降。曜不听，但敕熙与诸大臣匡维社稷，勿以吾易意。勒大怒，乃命左右杀之。

己丑，四年（赵光初十二年，后赵太和二年。是岁，赵亡，大一小二，凡三僭国），正月，先苏峻反时，逼居民聚之后苑，使其将匡术守之。至是光禄大夫陆晔及弟玩说术，以苑城附于西军，百官皆赴。钟雅谋奉帝出赴西军，事泄，苏逸使任让将兵入宫，收刘超、钟雅。成帝抱持悲泣曰："还我侍中、右卫！"让夺而杀之。因此帝不能出。

却说祖约闻峻已死，备据历阳。温峤使冠军将军赵胤率一万众，攻拔历阳，约势穷，乃走奔后赵，降于石勒。

却说赵刘曜已死，其太子刘熙恐勒再至，乃与南阳王胤商议，走保泰州。当尚书胡勋曰："今虽丧君，境土尚完，将士不叛，当并力拒之，不能拒，走未晚也。"胤以胡勋为阻众谋，激太子斩之。遂领百官奔上邽，关中大乱。右卫将军蒋英拥众十万据长安，遣使降于后赵王勒，勒使石生率众赴之。

诸军讨苏逸诛之

二月，陶侃、温峤、庾亮、郗鉴等诸军攻石头，连三日不下。建威长史滕含募健卒五千人，在城中东击苏逸，与任让交战。让大败，其众自溃。含兵获苏逸及韩晃，斩之。大开城门，引诸军入城。含引将士入保后妃、公卿百官。含步将曹据抱成帝奔温峤船，请侃、亮、鉴等以兵卫之。成帝既登温峤舟，侃、亮诸大臣皆顿首号泣，请罪曰："臣等不能早发义兵，使陛下为贼所困。"帝泣曰："若非卿等尽忠，朕安得复见今日。"言讫，君臣皆喜。时滕含执任让及西阳王羕至，帝命杀之。陶侃与任让有旧，为请其死。成帝曰："是杀吾侍中刘、钟右卫者，不可赦也。"于是乃杀之。司徒王导等请成帝入城。百官随。王导既接帝入城，令取故节，陶侃笑曰："苏武节似不如是。"导有惭色，心甚不悦。

即日，成帝与百官还建康，时宫阙被峻烧为灰烬，帝以建平园为宫。当温峤谓群臣曰："今宫阙为峻贼烧为灰烬，若将营造，民皆贫乏，库无余积，国以不足。吾欲奉銮驾西迁都于豫章，公等以为何如？"三吴之豪皆请都于会稽。司徒王导出曰："夫建康古之金陵，旧为帝里。孙仲谋、刘玄德俱言'王者之宅'。古之帝王不必以丰俭移都，苟务本节用，何忧凋敝！若农事不修，则乐土为墟矣。且北寇游魂，伺我之隙，一旦示弱，窜于蛮越，求之望实，惧非良计。今宜镇之以静，群情自安。"群臣皆曰："司徒见者是也。"由是不复徙都，而以褚翜为丹阳尹。翜收集散亡，京邑遂安。

三月，成帝宴会群臣，论平苏峻功，以陶侃为太尉，郗鉴为司空，温峤为骠骑将军、开府仪同三司，庾亮为豫州刺史，侃、鉴、峤以下封拜有差。谥卞壶曰忠贞，其二子眕、盱及桓彝、刘超、钟雅、羊曼、陶瞻，皆加赠谥。又以滕含为襄阳太守。路永、匡休、贾宁皆峻党，先归朝廷，司徒王导奏欲赏永。峤曰："不可。永等首为乱阶，晚虽悔悟，未足赎罪，得全首领，为幸多矣！"于是乃止。

侃以江陵偏远，移镇巴陵，朝廷从之。时温峤欲还江陵，群臣朝议留峤辅政，峤以王导先帝所任，固辞之，又以京邑荒残，留资蓄，具器用，而后还藩。庾亮顿首谢罪，欲阖门投窜山海，成帝以手诏谕曰："此社稷之难，非舅之责也。"因是亮入内奏曰："前臣误及国难，今幸复平，而不臣罪。臣愿出镇武昌，抚其土民，积草聚粮，以伺北征，当前驱效死，以报今日。"成帝从之。于是亮领豫州刺史，出镇武昌。亮出朝，陶侃谓曰："公与侃戮力破贼，同起共功，何故辞之？夫赏罚黜陟，国之大信，公何独为矫然？"亮曰："此功乃元帅指挥，武臣效命，亮何功之有！因然愿出一方耳。"于是亮出镇武昌，拜殷浩为参军。

史说，殷浩字深源，陈郡长平人。浩识度清远，善于谈论，人或问曰："将莅官而梦棺尸，将得财而梦粪土，何也？"浩曰："官本臭腐，故将莅官而梦尸。钱本粪土，故将得财而梦秽。"时人以为名言。年四十，府辟皆不就，屏居墓所，将十年余，时人拟之管葛。长山令王濛、江夏相谢尚犹伺其出处，以卜江左兴亡之事。因相与省之，知浩有确然之志。既返，相谓曰："深源不起，当如苍生何！"是时亮知其名，召至，当浩见亮所乘的卢马，告亮曰："使君所乘之马，乃的卢也，不利于主，可卖之耳。"亮曰："易有己之不安，而移之于人，大不义耳！吾不为也。"浩惭，退之而不出。

时庾亮染病，闻戴洋善风角卜候，乃使人召至而问曰："吾初镇武昌，闻卿善于风角，敬召卿至，以卜吉凶，切莫隐谜，幸直言之。"洋曰："武昌土地，有山无林，政可图始，不可居终。山作八字，数不及九。昔吴用壬寅来上，创立宫城，至己酉，还下秣陵。陶公亦涉八年。土地盛衰有数，人心去就有期，不可移也。公宜更择吉处，武昌不宜久住。"亮曰："卿言极甚有理，吾今疾作，代吾卜之。"

洋观风讫，便道曰："昔苏峻乱时，公于白石祠中祈福，许赛其牛，愿至今未解，故为此鬼所考，宜急还之。"亮曰："君是神人也，其愿果有，未曾酬之。"言讫，使人以牛酒去白石祠中解愿。解后，亮病果瘥，更敬重于洋矣。

却说初侃之讨峻也，独湘中刺史卞敦拥兵不赴，又不给军粮。侃奏曰："请槛车收赴廷尉。"司徒导曰："丧乱之后，宜加宽宥。"乃以敦为广州刺史。敦自知过，乃忧愧而卒。

时库藏空竭，无有支给，只存练帛三千端。导命将数匹鬻之，民皆不售。导因计谓百官曰："今库藏空乏，无有支给，只存练帛三千端。吾使人出鬻，民皆不愿，来日诸贤俱各要制练帛单衣着之，则练必有人增倍而买。"于是百官朝贤即散，各归家做练帛单衣而着。因此士庶看见，翕然竞买服之。练遂踊贵。导使人将库内练帛三千端出卖，每一端卖得金五两，共卖一万五千两，易银八万余两，以充国用，而修葺宫殿始完。

四月，始安公峤既受江州刺史之职，领军还藩，行至牛渚矶，自登舟行，令军人践水过去，左右禀曰："其下多怪异，水深不可测，人难以渡。"峤不信，遂毁犀角而照之，须臾见水族覆火，现奇形异状，有乘马车着赤衣者而过之。峤见，遂令军人讨舟而渡。其夜，梦一人谓己曰："与君幽明道别，则何意相照也？"醒觉齿痛，心甚恶之，因拔其齿，而中风，至江州一旬而死。江州士庶闻之，莫不相顾而泣。峤卒时，年四十二，朝廷谥曰忠武。

峤既卒，王导奏以刘胤为江州刺史，胤乃峤军师也。侃、鉴出曰："刘胤恐非方伯才，不若易之。"导不从。其子悦谓父导曰："自江陵至于建康，三千余里，流民万余，布在江州。江州，国之南藩，要害之地，而胤以忕侈之性，卧而对之，不有外变，必有内患矣。"导不听。

八月，赵南阳王刘胤闻石生入据长安，乃自率众十万，自上邽至长安，陇东戎、夏皆应之。胤众至长安，石生璎城自守。石虎闻之，领步骑二万来救，与刘胤交战。胤大败，被虎大破之，乘胜追击，枕尸千里。虎追至上邽，上邽军民皆弃城，大溃。虎遂入城，执赵太子刘熙，及南阳王刘胤等三千余人，皆杀之，徙其台省文武、关东流民、秦雍大族于襄国，秦、陇悉平。蒲洪、姚弋仲俱降于虎，虎表洪监六夷军事，弋仲为六夷左都督。徙氐、夷十五万落于司、冀州。前赵王曜在位十年而败，自汉元海至曜三世共二十载，没于后赵。

十二月，却说晋刘胤既领江州刺史，矜豪纵酒，不恤政事。时郭默被征为右军将军，求资于胤，胤不与。会有司奏："朝廷空竭，百官无禄，惟资江州运漕，而胤商旅继路，以私废公。"于是成帝诏免胤官。胤方自申理，默诬胤大逆，领部众袭斩之，遣使传首京师。招引谯国内史桓宣为党，宣固守不从。

却说初，代王郁律被贺傉所害，其长子拓跋翳槐出奔别部，招集勇士数万，至是来取大位。代王纥那闻知，乃出奔宇文部去。百官复迎翳槐，立为代王，以统朔方。兵威复振，诸部来应之。

陶侃兴兵讨郭默

庚寅，五年（赵建平元年），正月，时郭默使人传刘胤首至建康。王导明知郭默诬害刘胤，而以默骁勇难制，乃枭胤首于大航，以默为江州刺史。陶侃闻知。投袂起曰："此必诈也。"即自将兵讨之。上表言罪状，日与司徒导书曰："默杀方州，即用为方州；害宰相，便为宰相乎？"导乃收胤首，答侃书曰："默据上流之势，加以船舰成资，故包容以伺足下，岂非遵养时晦以定大事者耶！"侃得书叹曰："是乃遵养时贼也！"侃兵至江州，默部下将缚默以降，侃命斩之，收兵还镇。

二月，后赵群臣请勒即皇帝位。勒乃称大赵天王，行皇帝事；立妃刘氏为王后，世子弘为太子，子宏为大单于；中山公虎为太尉，进爵为王。虎怒，私谓其子邃曰："吾躬挡矢石，二十余年以成大赵之业，大单于当以授我。乃与黄吻婢儿，念之令人气塞，不能寝食，待主上晏驾后，不足复留种也。"

赵诛祖约夷其族

却说祖约被赵胤攻陷历阳，无处安身，乃奔襄国降于赵王勒，勒容纳之。时仆射程遐言于勒曰："天下初定，当显明逆顺，故汉高祖赦季布，斩丁公，以正律法。今祖约犹存，臣窃惑之。"姚弋仲上书亦以为言。勒始命族诛。

初，祖逖有胡奴曰王安，甚爱之。在雍丘，逖谓安曰："石勒是汝种类，汝宜奔之，必有荣显。"于是厚资遣之，王安出奔，仕后赵为左卫将军。至是诛约，安叹曰："岂可使祖士稚无后乎？"乃往观刑，窃取逖庶子道重匿之，养大成人，后及石氏亡，复归江南。

五月，朝廷诏太尉陶侃兼督江州，侃遂移镇武昌。六月，张骏因前赵之亡，复收河南地，至于狄道，立五屯护军，与赵分境。赵王勒遣使拜骏为言州牧，骏不受命。后赵王勒大怒，遣徐光以兵攻破休屠王羌，骏始惧，乃使人称臣入贡。

九月，赵群臣又劝勒始称皇帝尊号，大宴群臣。宴讫，郭敬率兵五万去寇襄阳。南中郎将周抚率众拒之，敬退兵屯于樊城。计令偃藏旗帜，寂若无人，见侦者则告之曰："汝宜自爱坚守，后七八日，大骑将至，相禁不复得走矣。"使人浴马于津，周而复始，昼夜不绝。侦者还告抚，以为赵自兵大至，抚惧，奔许昌，敬遂得入，毁襄阳，迁其民于沔北，城樊城以戍之。朝廷闻之，抚坐免官。

辛卯，六年（赵建平二年），三月，赵主勒令公卿以下岁举贤良、方正，仍令举人更得相荐引，以广求贤之路。又起明堂、辟雍、灵台于襄国城西。

九月，初，赵主勒如邺，将营新宫，廷尉续咸苦谏不可。勒大怒，敕御史冯翥执咸去斩。中书令徐光曰："咸言不可用，亦当容之，奈何一旦以直言斩列卿乎！"勒回怒作喜而叹曰："为人君不得自专如是！岂不识此言之忠乎？向戏之耳。匹夫家资满百匹，尚欲市别宅，况富有天下万乘之尊乎！此宫终当营之，且敕停作，以成吾直臣之气也。"因赐咸绢百匹，至是复营邺宫，以洛阳为南都，置行台。闻参军樊坦清贫有才，用擢授章武内史，坦入辞，勒见坦衣冠弊坏，大惊曰："樊参军何贫之甚耶？"坦惟诚朴，率然而对曰："顷被羯贼，资财荡尽。"勒知其敦笃，不之怪也，乃笑曰："羯贼乃尔暴掠耶？今当相赏耳！"坦知语失，大惧，叩头泣谢。勒曰："孤律自防俗士，不关卿辈老书生也。"反赐车马、衣服、钱三百万，以励贪俗。

冬，成帝蒸祭于太庙，诏归胙于司徒导，且命无拜，导辞疾不敢当。初，帝即位冲幼，每见导必拜，与导手诏则云"惶恐言"，中书作诏则曰："敬问。"有司议："元会日，帝应敬导不？"博士郭熙曰："为礼，无拜臣之文。"侍中冯怀曰："为天子，临辟雍，拜三老，况先帝师傅，谓宜尽敬。"侍中荀奕曰："三朝之首，宜明君臣之礼。他日小会，自可尽礼。"诏从之。

却说慕容廆僚属会议，共表进廆官爵。参军韩恒驳曰："立功者患信义不著，不患名位不高。宜缮甲兵，除凶逆，功成之后，九锡自至。比于邀君以求宠，不亦荣乎！"廆不听。于是遣使与陶侃笺，劝以兴兵北伐，共清中原。而东夷校尉封抽等疏上侃府，请封廆为燕王。侃复回书曰：

夫功成进爵，古之成规也。车骑虽未能为国摧勒，然忠义竭诚。今誊笺上听，可不迟速，断在天台也。

石勒自问古何主

七年（赵建平三年），赵王勒大飨群臣及高句丽、宇文屋孤使。酒至酣，谓徐光曰："朕方自古帝王何等主也？"光对曰："陛下英勇，筹略迈于汉高，雄艺卓荦，超于魏祖。自三王以来，无可比也！其轩辕之亚乎。"勒笑曰："人岂不自知，卿言亦太过。若遇汉高祖，当北面而事之，与韩、彭竞鞭而争先耳！若遇光武，当并驱于中原，未知鹿死谁手。大丈夫行事，宜磊磊落落，如日月皎然，终不效曹孟德、司马仲达，欺人孤儿、寡妇，以取天下也。朕在二刘之间耳。轩辕岂所拟乎！"言未毕，群臣顿首呼万岁，曰："陛下神武，虽二刘不及也。"勒虽不学，然常使儒生读史书而听之，每以其意论古帝王善恶。尝使人读《汉书》，至闻郦食其劝立六国后，大惊曰："此法当失，何得遂成天下？"至闻留侯谏止，乃曰："赖有此耳。"

却说赵太子石弘好属文，亲敬儒生。勒谓中书令徐光曰："大雅愔愔，殊不似将家子。"大雅，弘之字也。光曰："汉祖以马上取天下，孝文以玄默守之，圣人之后，必有胜残去杀者，天之道也。"勒甚悦，光因说曰："中山王虎雄暴多诈，陛下一旦不讳，臣恐社稷非太子所有也。宜渐夺其权，使太子早参朝政。"程遐亦曰："中山王勇悍残忍，威震中外，诸子皆典兵权，志愿无极，若不除之，臣见宗庙不血食矣。"勒皆不听。徐光他日承间言曰："今国家无事，而陛下若有不怡，何也？"勒曰："吴蜀未平，恐后世不以吾为受命之主。"光曰："陛下包括二都，平荡八州，帝王之统不在陛下，复当在谁！且陛下不忧腹心之疾，而更忧四肢乎！中山王资性不仁，见利忘义，父子并据权位，而耿耿常有不满之心。近于东宫侍宴，有轻慢太子之色。臣恐陛下万年，亦不可复制也。"勒默然，始命太子省可尚书奏事，以中常侍严震参综可否，惟征伐断斩大事乃奏之。于是震权过于主相，虎之门可设雀罗矣。虎愈怏怏。

却说郭敬既克襄阳，使人戍之。乃引兵南掠江西，太尉陶侃使人探知，谓桓宣曰："郭敬为寇陷襄阳而掠江西，樊城必虚。卿以一军先拔樊城，敬闻失橐，还救不及，敬众必溃，然后乘胜而击之，可复襄阳也。"桓宣然之。于是侃乃遣中郎将桓宣率众一万，乘虚去攻樊城。宣得命引一万兵诣樊城，果无备，遂攻拔其城，悉俘其众。郭敬闻知，抽兵回救不及，城已破矣。敬遂挑战，宣即领所部人马出迎。两军会战涅水之上，敬众自溃，被宣大破之。敬惧遁而去，宣乘胜复拔襄阳而守之。

宣使人持书报侃，侃复命桓宣镇之。宣招怀初附，简刑罚，略威仪，劝课农桑，或载钼耒于轺轩，亲率民耘获。在襄阳十余年，赵再攻之，宣以寡弱拒守，赵不能攻而去。时人以为亚于祖逖、周访。

却说赵凉州牧张骏僚佐皆劝骏称凉王，置百官。骏曰："要待朝廷之命，此非人臣所宜言也。敢言此者，罪不数赦！"然境内皆称之为凉王。骏乃立重华为世子。

癸巳，八年（赵建平四年）春，赵主勒遣使来修好，成帝大怒，诏焚币，使人被辱而还。

五月，辽东公慕容廆病危，召其子慕容皝等至帅前，谓曰："吾今疾重不可复事，听吾嘱付：狱者，人命之所悬也，不可以不慎。贤人君子，国家之基，不可以不敬。稼穑者，国之本也，不可以不急。酒色便佞，乱德之基也，不可以不戒。吾死之后，休忘其告。"言讫而死。百僚举哀，葬讫，乃立慕容皝为辽东公。史说，慕容皝字元真，廆之第三子也。龙颜版齿，雄毅多权略，尚经学，善天文。廆既卒，而嗣其位焉。

却说赵王勒正服于东堂，召百官问曰："朕昨收得西河郡守表章，大雹起西河介山，大如鸡子，平地深三尺，洿下深丈余，行人被打，禽兽死者万余数，不知主甚吉凶？"当侍中徐光对曰："周、汉、魏、晋皆有之，虽天地之常事，然明主未始不为变，所以敬天之怒也。去年陛下禁寒食，介子推，帝乡之神也，历代所尊，或者以为未宜替也。然介山左右，晋文之所封也，宜任与百姓奉之。"时黄门郎韦谀驳上言曰："按《春秋》，藏冰失道，阴气发泄为雹。自子推以前，雹者复何所致？此自阴阳乖错所为耳。今虽为冰室，惧所藏之冰不在固阴沍寒之地，多在川池之侧，气泄为雹也。以子推忠贤，令绵、介之间奉之为允，于天下则不通矣。"勒曰："汝二公所言，亦各有理。"于是使人迁冰室于沍寒之所，令并州复寒食之节。

赵主勒卒太子立

自此赵主勒寝疾，中山王石虎入侍，矫诏，群臣亲戚皆不得入。时秦王石宏、彭城王石堪将兵在外，虎恐其拥兵在外，不能行事，乃计皆召使独还。勒疾小瘳，见宏，惊曰："吾使王处藩镇，正备今日。有召王者邪？何在此耶？"虎惧，前奏曰："秦王思慕陛下，暂还视疾耳，今遣还之。"宏出内，虎仍留之不遣。至是勒疾笃，遗命曰："大雅兄弟，宜善相保，司马氏，汝曹前车也。中山王宜深思周、霍，勿为将来口实。"勒言讫卒，年六十岁，在位十五年，改元者二：太和、建平。勒未卒时，天静无风，而塔上一铃独鸣，佛图澄谓众曰："铃音云：国有大丧，不出今年。"至是果应其言。大臣徐光等领百官举哀发丧，将勒灵柩行于东阳山谷，未及安葬。是夜，潜瘗忽不见，莫知何去，意者以其为神。因是光等复备其仪卫文物，虚葬于高平陵。

却说石虎欺勒已死，乃与子邃谋劫太子弘，使人收程遐、徐光，下廷尉，召其子邃使将兵入宿卫。弘大惧，急让位于虎。虎曰："汝休辞让，且登其位。汝若不堪重任，天下自有大义，何足预论！"弘乃即位，改元延熙元年。时虎即杀程遐、徐光，自为丞相、魏王、大单于，加九锡。

石虎杀刘后石堪

石虎既自为相，以旧臣皆补散任，虎之亲党者要职。勒太后刘氏谓彭城王石堪曰："先帝甫晏驾未冬，而丞相遽相陵藉如此。将若之何？"堪曰："宫省之内，无可为者，请奔兖州，举兵诛之。"言讫，辞太后，微服轻骑，以随兵百人袭兖，不克，乃南奔谯城。石虎闻之，遣将军林因率兵五千，追而获之，解还襄国。虎大怒，执太后刘氏并石堪杀之。文武暗嗟，莫敢谁何。太后刘氏有胆略，佐勒建功业，有吕后之风。

时石生镇关中，石朗镇洛阳，闻勒死，石虎为变，杀太后及彭城王，各举兵二万讨虎。石生遣使降晋，而蒲洪西附张骏。石虎乃自率兵攻朗，朗与虎交锋，被执斩之。虎乘胜向长安，来攻石生。石生麾下将吏叛，斩生降虎。关中既平，虎遣麻秋领其兵去讨蒲洪，洪惧来降虎，说虎徙关中豪杰及氐羌以实东方。虎从之，徙十余万户于关东。以洪为龙骧将军、流民都督，居枋头；以弋仲为奋武将军、西羌大都督，居滠头。虎自还，建魏台，如魏武辅汉故事。

却说慕容皝初嗣位，用法严峻，国人不安，主簿皇甫真切谏，不听。皝之兄翰、母弟仁，皆有勇略，屡立战功，得士心，有宠于廆。皝忌之，遂有相图之意。翰知，乃与其子出奔段氏。段辽素闻其才，甚爱重之。仁据平郭，皝遣兵去讨，大败而还，于是仁尽有辽东之地。段辽及鲜卑皆应之，皝无奈其何。追思真言，以真为平州别驾。

却说段辽得慕容翰，甚爱重之，翰亦倾心吐胆，说皝国中虚实，因是段辽遣其弟段兰与慕容翰，将兵二万共攻柳城。二人领命，引兵起行，来攻柳城。慕容皝闻之，遣慕容汗为将，点军一万来救。与兰兵相遇交战，汗军大败而逃。兰欲乘胜穷追，慕容翰恐遂灭弟国，止之曰："吾与受命之日，只求此捷。若贪进取败，何以颜面！不若罢之。"兰曰："此追则汗已成擒矣。卿时虑遂灭弟之国耳。"翰曰："吾投身相依，无复还理，国之存亡，于我何有？但欲为大国计！"乃命所部欲独还。兰不得已从之，回兵来见段辽。段辽大喜，重赏二人。

张淳假道通建康

却说张骏欲假道于成，以通表建康，使人求问成主。成主李雄不许，骏乃遣治中从事张淳称藩于成，以假道去建康。雄与百官计议，欲伪许之。将诈使盗覆诸东峡杀淳。计议已定，次日淳入见成主，说称藩假道之事。雄曰："汝主既称藩于吾，任从卿去而返。诚恐有盗覆诸东峡，阻卿不前。"淳闻言，知其有谋，乃谓雄曰："寡君使小臣行无迹之地,通诚于建康者,以陛下嘉尚忠义,能成人之美故也。若欲杀臣,当斩之都市,宣示众曰：'凉州不忘旧德,通使琅邪,主圣臣明,发觉杀之。'如此,则义声远播,天下畏威。今使盗杀之江中,威刑不显,何足以示天下乎！"雄大惊曰："安身此耶,前言戏之耳！"于是罢其计矣。当司隶景骞言于成主曰："张淳壮士,请留仁成。"雄曰："壮士安肯留！且试以卿意观之。"骞谓淳曰："卿体丰大,天热,可且停,遣下吏先往,待凉而行。"淳曰："寡君以皇舆播荡,梓宫未返,生民涂炭,莫之赈救,故遣淳通诚上都。所论事机,非下吏所能传。使下吏可,则淳亦不来矣。虽火山汤海,犹将赴之,岂寒暑之足惮哉！"雄亦谓淳曰："贵主英名盖世,土险兵强,何不称帝,自娱一方？"淳曰："寡君祖考以来,世笃忠贞,以仇耻未雪,枕戈待旦,何自娱之有！"雄甚惭,厚为礼而遣之。淳至半路卒,下吏遂致命于建康。

甲午,九年（赵石弘延熙元年）,正月,仇池杨难敌卒,其子杨毅嗣位,遣使称藩于建康,成帝从之。

时二月,张淳下使奉表诣建康,朝见成帝,及奏淳之假道,与初卒之事。成帝叹息不已,重赏下使,复以张骏为大将军,命使之国。自是,使者每岁往来建康。

六月,太尉、长沙公陶侃卒。侃晚年深以满盈自惧,不预朝权,屡欲告老归国,佐使等苦留之。至是疾笃,上表逊位。奉送所假节、麾、幢、曲盖、侍中貂蝉、太尉章、八州刺史印传、棨戟、军资、器仗、牛马、舟船,皆有定簿,封印仓库,自加管钥。以后事付右司马王愆期,舆车就船,将归长沙,顾谓愆期曰："老子婆娑,正坐诸君！"及薨,谥曰桓。侃在军四十一年,明毅善断,识察纤密,人不能欺。自南陵迄于白帝,数千里中,路不拾遗。尚书梅陶尝谓人曰："陶公机神明鉴似魏武,忠顺勤劳似孔明,陆抗诸人不能及也。"谢安每言："陶公虽用法,而尤得法外意。"安,鲲之从子也。

成主卒李班即位

却说成主李雄生疡于头,身素多金创,及病,旧痕皆脓溃,诸子恶而远之。独太子班昼夜侍侧,不脱衣冠,亲为吮脓。雄自料不起,召建宁王寿受遗诏辅政,谓寿曰："卿乃朕之至亲，国之元忠，今我将归，托汝后事。吾闻传国以嗣，嗣不肖以德。今诸子皆非鼎器，故不立，而立班。班有仁孝，可以为君，卿善事之，勿负朕言。"言讫，又谓班曰："建宁王忠智有余，卿可举国委之。"言毕而卒。李班治丧讫，居数日，寿等扶班即位，而政事皆委于寿及司徒何点、尚书令王瑰。时班居中行丧礼，一无所预。百官备礼，举哀发丧。

却说李雄在位三十一年，雄性宽厚，简刑约法，时海内大乱，而蜀独无事，百姓多实，闾门不闭。雄尝无事出外行游，忽见丞相杨褒于后持矛驰马过，雄怪问之："何如佐作？"褒对曰："夫统天下之重，如臣所乘恶马而持矛也，急之则虑自伤，缓之则惧其失，是以马驰而不制也。"雄悟，即还，而不复出。

班既立为后蜀成都王，李雄庶子李越先出屯江阳，闻雄死，乃奔丧至成都，与其弟李期欲谋作乱。成主班弟李玝窃知，密告于班，劝遣越还江阳，免其在此为患。又以期为梁州刺史，使往镇，庶无内变。成主班以雄未葬，不忍推心待之，而曰："既二人为谋，卿可待吾领兵五万，出屯涪城，彼必不敢为变。"于是玝领兵出屯于涪。是时，李越谓李期曰："蜀地，乃吾家天下也。今班嗣立，你有何计将班杀之？我虽居长，愿让位与汝，汝心下何云？"期曰："吾有此意久矣。明早待班来殡宫朝哭父王，吾与兄领心腹二十余人，各藏利刃，伏而杀之，而后取其大位。其计可么？"越曰："此计虽善，恐百官不服。"期曰："易耳，只诬班谋弑君父，自夺大位，吾故杀之，谁敢忤耶！"二人计议已定。

次日平旦，越、期二人领心腹二十余人，各藏利刃入殡宫埋伏。不一时，班果至，望灵柩拜哭在地，被李越一刀砍在地下。左右欲持兵器向前，被李期大喝曰："不得无礼！李班谋弑吾父，速夺大位。吾等受太后诏故杀之，其余人等皆尽赦免。"于是众随宫人各散。李越即出前殿，聚集文武百官，谓曰："李班欲速得位，谋弑君父，我故杀之。我弟李期有仁有德，可以登基，汝等群臣速行君臣之礼。有不愿者，以班为例！"言讫，扶李期上座，期推让再四，方上龙座。越率群臣山呼万岁。期既即位，改号为玉恒元年。以兄越为相国加大将军，李寿为大都督，皆录尚书事。寿，乃李骧之子也。

却说成帝设朝，遣使加庾亮为征西将军、假节钺，督江、荆、豫、益、梁、雍六州诸军事。亮在武昌得诏旨，受征西将军印绶节钺，重赏使人还都，以殷浩为记室参军，以褚裒为豫章太守，杜乂为丹阳丞。

史说，褚裒字季野，少有简贵之风。昔谯国桓彝因见尝谓之曰："季野有皮里《春秋》。"言其外无臧否，而内有褒贬也。时谢安亦推重之，恒曰："裒虽不言，而四时之气备矣。"初，裒总角谒亮，亮使郭璞筮之。卦成，璞骇然，亮曰："莫非不祥乎？"璞曰："此非人臣卦，不知此少年何以得表斯祥？此乃大贵之卦，二十年外，吾言方验。"后其女为康皇后，乃拜侍中、录尚书事，其卦果验。杜乂字弘理，性纯和，美姿容，有盛名于江左。王羲之见而目之曰："肤若凝脂，眼如点漆，此神仙中人也。"昔桓彝亦曰："卫玠神清，杜乂形清。"殷浩，乃陈郡长平人，羡之子也。褚裒，阳翟人也。杜乂，桂陵人，预之孙也。此三子皆以识度清远，善谈《老》、《易》，擅名江东。而浩尤为风流所宗，故庾亮录用而重之。

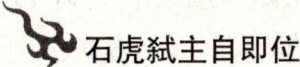石虎弑主自即位

十一月，赵丞相石虎欲篡位，乃集百官于朝堂，谓曰："孤自受将略以来，南征北讨，东荡西除，百战而有千伤，十死侥幸一生。论吾之勋，足高一时，成大赵之业者，乃我也。若无吾一人，安得至于今日耶！今圣人晏驾，不遗诏立我，而立弱弘，倘外窥兵，谁能当之？吾欲废之，汝诸大臣，其意如何？"其时石弘懦弱，石虎强盛，党多，更兼父子并执大权，群臣皆畏其势，乃对曰："臣等正欲上请废立，未敢发言。丞相言者，无不可也。"虎见百官听从，乃退还府。赵主石弘闻知其议，恐祸灭种，乃自赍玺绶步诣魏宫，请禅其位与虎。虎曰："帝王大业，天下自当有议，何为自论耶！"虎不受玺绶。弘见推却，乃流涕还宫，谓太后程氏曰："石虎欲谋大位，先帝种真无复遗矣！"言讫，母子对泣。于是尚书省奏魏台请依唐、虞禅让之事。虎曰："弘愚暗昧，居丧无礼，不可以君万国，便当废之，何禅让也！"言讫，即领府兵入内，命武士扶赵主弘下殿曰："汝素居丧无礼，不谙政事，难奉宗庙，是以废之。"弘并不辞，乃下阶立于臣列，于是丞相虎自登御座，百官与弘同拜山呼。虎以弘为海阳王，自称居摄赵天王，改号建武。

时尚方令做司南车成，构思精微，虎赐其爵关内侯。时众役繁兴，军旅不息，加以久旱，因此谷贵，金二斤买米二斗。虎闻长乐卫国有田畴未辟，桑业不修，下

诏贬其守宰。

虎既即大位已定，阴使人弑程太后及石弘一家，不留一人，由然勒种无遗。姚弋仲闻之，称疾不贺，虎累使召之乃至，正色谓虎曰："弋仲常谓大王命世英雄，奈何把臂受托，而返夺之耶！"虎心虽不平，然察其诚实，亦不之罪矣。

却说慕容仁反据辽东，慕容皝亲率三军去讨。军至辽东城，仁亦率兵出迎。两下会战，仁大败，乃入城引家属出奔别处。皝遂领众入城，欲悉坑辽东之民，高诩谏曰："今元恶犹存，始克此城，遽加夷灭，则未下之城，无归善之路，不若赦之为安矣。"皝犹然疑之。

乙未，成康元年（赵太祖石虎建武元年，成主李期玉恒元年），正月朔，成帝加冠，群臣朝贺。

三月，司徒王导羸疾，不堪朝会，帝与群臣幸其府，导排宴待帝与群臣于内室，帝拜导及其妻曹氏。侍中孔坦密谏曰："陛下初加元服，动宜顾礼。"时帝方委政于导，坦复言曰："陛下春秋已长，圣敬日跻，宜博纳朝臣，咨询善道。"而导恶之，即出坦为廷尉。坦明知，即辞以疾，去职还第，于是罢之。成帝还宫。

时桓景谄巧，导亲爱之。会荧惑守南斗经旬，导谓将军陶回曰："荧惑犯南斗，而南斗乃扬州分野。今妖孽处之，吾当逊位，以厌天谴。"回曰："明公以明德作辅，与桓景造膝，使荧惑何以退舍！"导深愧之，略疏桓景，使人辟太原王濛为掾吏，王述为中兵属。

史说，王述字怀祖，年三十，尚未知名，人或谓之痴。时导以门第辟为中兵属。及见，导无他言，惟问江东米价如何。述张目不答。导曰："王掾不痴，人何言痴也！"尝见导每发言，一坐莫不赞美，述正色曰："人非尧、舜，安能每事尽善！"导改容谢之。

王濛字仲祖，善隶书，美姿容，尝览镜自照，称其父字曰："王文开生如此儿耶！"居贫，帽败，自入市买之，妪悦其貌美，遗以新帽，不问取价，时人以为达。与沛国刘惔齐名友善。惔常称："濛性至通，而自然有节。"濛每云："刘君知我，胜我自知。"当司徒王导闻二子之名而辟之。

四月，赵王石虎亲领六军及百官南游，临江而还。有游骑十余至历阳，太守袁耽大惊，以为石虎必来为寇，忙使人入建康上表称："虎军至近，不言多少，宜速为救。"朝廷震惧，成帝即加司徒王导为大司马、都督征讨诸军事，令其备拒赵兵。是日，帝自观兵广莫门，分命诸将去救历阳，及分兵戍慈湖、牛渚。郗鉴闻知，亦使广陵相陈光将兵五千入卫朝廷。俄闻赵骑至少，又已去了，成帝遂解严，导亦解大司马。诏坐耽轻妄免官。

九月，赵王石虎与百官商议，乃迁都于邺城。

却说初，赵主石勒以天竺僧佛图澄预言成败，数有验，敬事之。及虎即位，奉之尤谨，衣以绫锦，乘以雕辇。朝会之日，太子、诸公扶翼上殿，国人化之，争造寺庙，削发出家。至是百姓或避赋役为奸宄，诏中书曰："佛，国所奉，里间小人无爵秩者，应得事否？"著作郎王度等议上言曰："王者祭祀，典礼俱存。佛，外国之神，非天子所应祠也。汉魏惟听西域人立寺都邑，汉人皆不得出家。今宜禁公卿以下毋得诣寺烧香礼拜，其赵人为沙门者，皆返初服。"虎不听，反诏曰：

> 朕生自边鄙，忝君诸夏，至于飨祀，应从本俗。其夷赵百姓乐事佛者，特听之尔。

于是百姓争入寺出家。

却说成太子李班之舅罗演等欲谋杀成主期，复立班之子。事觉，期遂收演等及班母罗氏杀之。期自得志，轻旧臣，信任景骞、姚华、田褒、中常侍许涪等，刑赏大政，皆决于数人。褒无他才，先尝劝雄立期为太子，故此有宠。由是朝纲隳紊，雄业衰矣。

却说代王纥那先入宇文部，招集亡散五万人，复来争位。翳槐闻之，莫敢当其锋，乃引众奔赵去讫。于是纥那复占朔方。

张骏上疏请北伐

初，张轨及二子寔、茂，保据河右，军旅之事无岁不之。及骏即位，境内渐平。骏勤修庶政，总御文武，咸得其用，民庶兵强，远近称为贤君。骏遣将伐龟兹、鄯善，于是西域诸国皆诣姑臧朝贡。而骏意有兼秦、雍之志，乃遣使特入建康，上疏曰：

勒、雄既死，虎、期继逆，先老消落，后生不识，慕恋之心，日远日忘。乞敕司空鉴、征西亮等泛舟江、沔，首尾齐举，则大业获以大兴矣。

丙申，二年（赵建武二年），成帝与群臣议而未行，骏疏由然浸矣。

却说慕容皝欲讨其弟慕容仁，与百官议之。当司马高翔出曰："仁叛弃君亲，民神共怒。前此海未尝冻，自仁叛以来，冰冻者三矣。天其或者欲使吾乘冰以袭之也，夫王宜速应天讨也。"皝曰："卿言正合孤心。"于是皝从之，自将兵五万，从昌黎东践冰而进，凡三百余里。至历林口，舍辎重，轻兵取平郭，去城七里屯下。候骑见皝兵至，乃驰入城以报仁。仁忙整军出击，被皝令大将高翔伏兵于路，诈败获之。皝驱兵入城，先收仁党斩之，后赐药与仁自裁。仁因怒饮药而死，皝始分兵戍守，自勒兵还国。

二月，晋成帝立皇后杜氏，帝自临轩遣使，备六礼迎之。群臣毕贺，帝宴之。杜后乃杜预孙女也。

却说前廷尉孔坦疾笃，庾冰省之流涕。坦慨然曰："大丈夫将终，不问以济国安民之术，乃为儿女子相哭耶！"冰谢之而问曰："吾见使君疾重，未敢轻触。君百岁后，中原可复否？相中谁可为将尔？"坦曰："勒、雄虽死，余党更强，二都急未可得。莫若爱民养兵、分戍险要、屯田讲武，待十年后，可议北矣。"冰曰："承此金石之言，铭刻肺腑。"言毕，谢之而去。坦叹数声而卒。

赵做太武东西宫

却说赵主石虎兴工，做太武殿于襄国，又做东、西宫于邺。皆砌以文石，以漆灌瓦，金铛银楹，珠帘玉壁，穷极技巧。选士民之女以实之，眼珠玉、被绮縠者万余人。教宫人占星云气、马步射。以女骑千人为卤簿，皆著紫纶巾，蜀锦裤，执羽仪，鸣鼓吹打，游宴以自随。于是境内大旱，粟二斗值金一斤，百姓骚然。而虎用兵不息，百役并兴。徙洛阳钟虡、九龙、翁仲、铜驼、飞廉于邺。又于邺南投石于河，以做飞桥，工费数千万亿，竟不能成。其时白虹出自太社凤阳门，虎大惊，下书曰：

　　盖古明王之理天下也，政以均平为首，化以仁义为本，故能允协人和，缉熙神物。朕以眇薄，君临万邦，台辅百官，其各上封事，极言无隐。

书虽下示，人无敢言。

　　丁酉，三年（赵建武三年），赵王虎自称赵天王。初，赵左校令成公段做庭燎盘炙人，虎试而悦之。至是五百余人入上尊号，庭燎油灌下盘，死者二十余人。虎恶之，腰斩成公段。

　　却说晋国子祭酒袁环、太常冯怀，以江左寝安，入朝请兴学校，成帝从，而立太学，征集生徒。而士大夫习尚《老》、《庄》，儒术终不能用。

赵王虎杀太子邃

　　却说太子邃，赵王虎爱之，常谓君臣曰："司马氏兄弟自相残灭，故使朕得如此。如朕有杀阿铁理否？"阿铁乃太子邃小字，群臣皆默而不言。既而邃骄而残忍，好装饰美姬，斩其首与宾客传观，又烹其肉共食之。时虎亦荒耽酒色，喜怒不常，因使邃省可尚书事，诮责笞捶，月至再三。邃私谓中庶子李颜等曰："官家难称，吾欲行冒顿之事，卿从我乎？"颜等伏不敢对。邃遂称疾不视事。虎欲去视邃疾，佛图澄谓曰："陛下不宜往东宫。"虎问之，澄故不答。虎思其东宫有谋，乃自还宫，命所亲信女尚书亲为己往视察之。邃以虎至，抽剑击之。虎知大怒，收颜等诘问，颜具言状。邃遂杀颜三十余人，即诏废邃，杀之，并其男女二十六人同埋一坑。虎于是召次子石宣，立为东宫。

燕王称藩于赵国

　　却说慕容皝威名日盛，当镇军左长史封弈等说曰："今雄杰并起，天下分争，大王以千里之乡，当五胡之劲，抚剑顾盼，亦足以为人豪，而反受制于人，不自称尊号乎？"皝从之，乃涓吉集辽佐于殿堂，乃自称为燕王，封弈为相国，乃谓群臣曰："吾欲伐段氏，汝等有何高见？"封弈出曰："段氏数侵赵边，虎必恶之，大王若能称藩于赵，赵必纳之。然后使人乞师讨辽，赵必从吾，可破必矣。"皝然之，乃修书遣人称藩于赵。赵主虎大悦，厚加慰答，期以明年大举。

却说代王翳槐因纥那入侵，乃逃，遣使降赵。赵王纳其降，以兵助之。纥那闻之，奔燕，因此翳槐复立于代。

却说杨毅难敌族兄初杀毅，自称仇池公，降于赵，赵王纳之。

四年（赵建武四年，成改号李寿汉兴元年，代高祖什翼犍建元年），春正月，赵王石虎欲攻段辽，使桃豹等将舟十万出漂渝津，与支雄等将步骑十万为前锋。燕王皝闻知赵动兵，亦引兵五万，攻掠令支城之北。段辽集诸将商议以兵追之，当慕容翰曰："今赵兵在南，当并力御之。而更与燕国斗，万一失利，何以御南敌乎！"段兰怒曰："吾前为卿所误，以成今日之患，今不复堕卿计中矣。"言讫，乃悉众追之，被皝设伏邀击，大破之，掠五千户而归。段兰始悔不听慕容翰之言。赵王虎兵进屯金台，与支雄军长驱入蓟，辽所署渔阳、上谷、代郡宋将皆降，因是虎取四十余城。时北平相阳裕率数千家登燕山以自固。诸将恐其为后患，欲攻之。虎曰："裕儒生，矜惜名节，耻于迎降，无能为也。可速进兵，且勿攻之。"诸将遂引兵直过燕山，段辽亦不敢复战，弃令支，奔密云山。慕容翰乘乱奔走，投降宇文氏去讫。于是虎得入令支宫，徙其民二万余户于司、雍、兖、豫四州。其士大夫之有才行者，虎皆擢叙之。虎分定署守，振旅还都，其署城尽被皝取而成之。

李寿杀其主李期

四月，成主期骄虐日甚，多所诛杀，大臣皆不自安。而期忌李寿威名，使其出屯涪城。寿惧不免，每当入朝，常诈为边书，辞以警急。既而使出屯涪，乃起装即行。

却说李寿字武考，乃李骧之子也。官封车骑将军，因成主期疑忌其威名，使出屯涪，心甚怨望，于是欲自立，恐力不及，而问长史任调曰："主上托孤与我，以期不堪嗣国，是以班为东宫，嘱吾立之。今期弑班代之，骄虐残杀，果应主上易篑之言。吾欲废此残主，自取天下，其事若何？"任调言曰："李期逆父弑主，骄虐残害百姓，明公若兴义兵讨之，孰不来应？"寿曰："吾恐谋事不成，反招其咎。"任调曰："可使卜者占之。"寿曰："然。"于是遣使出府，召卜者入内筮之。卜者投卦成曰："乾卦。"因贺曰："将军主有数年天子之分，恐后不延。"任调曰："一日尚为足，而况数年乎！"寿曰："'朝闻道，夕死可矣。'任侯之言，策之上也。"因此每日论策画策，商议自立之计，而犹豫未发。

初，巴西处士龚壮，父、叔皆为李特所杀，欲报仇，积年不除丧。寿闻其贤，数以礼辟之，而壮不应。其时，闻期刑政紊乱，而来见寿。寿问自安之策，壮曰："蜀民本皆晋臣，足下若能发兵，西取成都，称藩于晋，不但自安，则福流子孙，名垂不朽，岂徒脱今日之祸而已哉。"寿然之。次日，领兵五万来袭成都。时寿世子李势为翊军校尉，闻父起兵至，乃率众开门纳寿，遂克成都，屯兵宫门，奏杀大臣数人，纵兵大掠，数日乃定。用任调计，矫太后任氏令，废期为县公，幽之，期愧自缢而卒。当罗恒、解思明等劝寿如壮策而立，寿遂用任调等言，自称为帝，改国号曰汉兴元年。追尊父骧帝号，更以旧庙为大成庙。尽杀成主李雄诸子，不留一人。以李势为王太子，以任调为大将军。以安车束帛征龚壮为太师，壮不至，誓不出仕。寿见其不诣，又以厚赠，壮一无所受。

赵王虎伐慕容皝

却说赵王虎以燕慕容皝不会而攻段辽，而自专其利，使赵览为左将军，侯招为右将军，遣使四征，招诱民夷二十万，分为二队，来击辽东。时燕辽东诸郡县，返应赵者三十六城，因此赵兵不血刃，直抵棘城城下屯扎，分兵四面进攻。时慕容皝大惊，欲逃往东胡避之，急吩咐其子慕容恪带兵保护家小先走。其父慕容廆遗有骏马一匹，色赭白，有奇相逸力。时皝避难，欲乘其马，其马悲鸣踟蹰，蹑不能近。皝意决，乃曰："此马见异先朝，孤尝杖之，得济大难；今不欲孤骑者，盖是先君之意不许吾出也。"言讫即出。将军慕容根闻皝欲出奔，忙谏曰："彼强我弱，大王一举足，奔走之气势遂成，不可复振矣。今固守坚城，其势百倍，事之不济，不失于走。奈何望风委去,为必亡之理乎!"皝曰:"孤方欲取天下,何有出去?"皝遂止,然犹惧形于色。玄允太守刘佩曰:"事之安危,系于一人。大王当自强以厉将士,不宜示弱。事急矣,臣请出击之,纵无大捷,足以安众。"皝从之。佩将敢死骑七百人出冲赵兵,所向披靡,斩获二百余人而还,于是士气百倍。皝意乃安。佩等昼夜力战,凡十余日,赵兵不能克而退。皝唤其子慕容恪,谓曰:"汝可领军追之。"又曰:"国家安危,在此一举。若一不捷,则吾等无种类矣。火速用心。"于是恪率五千精骑追击之,赵兵大败,斩获三万余级而归。赵兵皆溃,惟游击将军石闵一军独全。闵本姓冉,虎养以为子,骁勇善战,多策略。虎爱之,比诸孙。虎既败还邺,以功拜苻洪为都督六夷诸军事,闵言于虎曰:"洪雄略,得将士死力,诸子皆有非常之才,且握强兵据近畿,宜密除之,以安社稷。"虎曰:"吾方倚其父子以取吴、蜀,奈何杀之!"待之愈厚。

却说慕容皝使子恪追杀石虎之兵远去讫,乃自整兵讨诸叛城,皆下之,诛灭甚众。虎闻之,遣曹伏将青州之众戍海岛,运粮三十万斛以给之。又以船三百艘运谷诣高句丽,使王典率众万余屯田海滨。又令青州造船千艘,谋复击燕。时赵冀州八郡大蝗,司隶奏请坐罪守宰。赵王虎曰:"此朕失政所致,而欲委咎守宰,岂罪己之意耶!司隶不进谠言,佐朕不逮,而欲妄陷无辜,汝可白衣领职!"司隶满面羞惭而退。

庾亮欲攻王导止

却说成帝以司徒王导为太傅,都督中外诸军事,郗鉴为太尉,庾亮为司空。六月,更以导为丞相,罢司徒官。而导性宽厚,委任诸将赵胤、贾宁等,多不奉法,大臣患之。庾亮闻知,欲率众入朝黜导,先使人奉笺会郗鉴,同起其书曰:

主上自八九岁以及成人,入则在宫人之手,出则惟武官、小人,读书无从受章句,顾问未尝遇君子。秦政欲愚其黔首,天下犹如不可,况欲愚其主哉!人主春秋既盛,不稽首归政,甫居师傅之尊,多养无益之士,公与下官并荷托付之重,大奸不扫,何以见先帝于地下乎!

鉴得书,知亮欲共起兵废导,乃不听,急使人奉书止亮曰:

闻公率众黜导,仆以为不可。何也?昔王敦入讨刘隗,天下以为谋反;苏峻嫉公事,却亦然。此二者公亲见,非远闻也。公宜罢之。

亮得其书,犹未止。鉴急来劝导,密为之备。导曰:"吾与元规休戚是同,悠悠之谈,宜绝智者之口。则如君言,吾便角巾还第,复何备哉!"因此二人不成大隙,而亮常有欲黜导之意,孙盛谏曰:"主公尝有世外之怀,岂肯为凡人之事耶!此必佞邪之徒欲间内外耳。"亮始止。是时,亮虽居外镇,而遥执朝权。既处上流,拥强兵,趣势者多归之。然导内不能平,尝遇西风尘起,举扇自蔽,徐曰:"元规尘污人!"元规乃庾亮字也。

却说王导为丞相,以李充为掾。充以时俗崇尚浮虚,尝以老子"绝仁弃义",盖患乎精仁义者寡,而利仁义者众耳!而凡人见形逐迹,离本逾远,乃作《学箴》曰:

名之攸彰,道之攸废,及损所隆,乃崇所替。非仁无以长物,非义无以齐耻,仁义固不可远,去其害仁义者而已。

由然士大夫亦不能改其前俗。

龚壮上封得失事

却说秋,汉霖雨百日,百姓饥疫。汉主寿命群臣极言得失。龚壮因上封事曰:

陛下起兵之初,上指星辰,昭告天地,歃血盟众,举国称藩,天应人悦,大功克集,而论者未谕,权宜称制。今淫雨百日,饥疫并臻,天其或者将以监示陛下。故愚谓宜遵前盟,推奉晋室,彼必不爱高爵以报大功,虽降阶一等，而子孙无穷，永保福祚，不亦休哉！

汉主寿省书内惭，秘而不宣。

十月，晋光禄勋颜含以年老逊位，致仕在家。时论者以王导帝之师傅，百僚宜为降礼。太常冯怀敬以问含，含曰："王公虽贵重，礼无偏敬。降礼之言，或是诸君事宜，鄙人老矣，不识时务。"怀诺诺而出。人问其故，何不答之，含告之曰："吾闻伐国不问仁人，向冯祖思问礼于我，以岂有邪德乎！"初，郭璞尝欲为之筮，含曰："年在天，位在人。修己而天不与者，命也；守道而人不知者，性也。自有性命，无劳蓍龟。"因不与筮。含致仕二十余年，九十三岁而卒。

翳槐卒立什翼犍

却说代王翳槐之弟什翼犍因先被纥那来攻，与翳槐俱奔投赵，槐以什翼犍质于赵，请师击走纥那，而复北代，方得归国。至此翳槐疾病，召各部大人入卧内受顾托曰："朕今疾笃，恐未能起，召卿嘱之。朕弟什翼犍丰骨不常，才智高度，若亡后可立此人，则社稷乃安耳。令幸质在于赵，卿等可使人召之。"言讫而卒。诸部大人以什翼犍在远，来未可必，谋立次弟孤。孤度不可，乃自诣邺见赵王虎，己身晋为质，替兄什翼犍归国领众。赵王虎悦其仁心，义而俱遣之归。兄弟二人归国，诸部各集，立什翼犍为代王，即位于繁畤北，分国之半与弟孤也。

却说什翼犍生而奇伟，宽仁大度，身长八尺，隆准龙颜，立发委地，卧则乳垂至席。什翼犍既立，乃改号建国，始置百官，分掌众职。初，代王猗卢卒，国内多难，部落离散。什翼犍雄勇有智略，修祖业，以代人燕凤为长史，许廉为郎中令。制反逆、杀人、奸盗之法，号令明白，政事清明，无鞭挞连逮之烦，百姓安之。于是东自秽貊，西及破落那，南距阴山，北尽沙漠，率皆归服，有众数十万人。

十二月，却说段辽自败与燕、赵，逃入密云山，不能归故地，惧燕来攻，乃遣使降于赵，使人去讫，既而又悔，复遣使降于燕。燕王皝自将兵迎辽，未及行，赵王虎先得其降状，乃遣将军麻秋率众三万迎之。秋将行，虎敕秋曰："卿去受降如受敌，不可轻也！"秋诺而去。段辽探知燕、赵皆来相迎，乃暗遣人与燕谋覆赵军。于是皝遣慕容恪伏精骑五千于密云山。麻秋不知有谋，未为备防，引众而入，被恪指挥伏骑齐出，秋措手不及，大败而逃，获其司马阳裕，尽得辽众而还。段辽既归燕，燕王皝待以上宾之礼，以裕为郎中令。后辽谋叛，皝觉斩之，此后事也。

己亥，五年（赵建武五年），三月，庾亮与僚佐商议，欲开复中原，遣使上表，以桓宣镇襄阳，弟怿镇魏兴，翼镇江陵，毛宝、樊峻戍邾城。又上疏，欲率大众十万移镇石城，遣诸军罗布江、沔为伐赵之规。帝下其议，丞相导请许之。太尉鉴议，以为"资用未备，不可大举"。太常蔡谟议曰：

  时有否泰，道有屈伸，苟不计强弱而轻动，则亡不终日，何功之有！为今之计，莫若养威以候时。时之可否，系胡之强弱，胡之强弱，系虎之能否。自石勒举事，虎骁为爪牙，百战百胜，遂定中原。勒死之后，虎挟嗣君，诛将相，内难既平，剪削外寇，四境之内，不失尺土。以是观之，虎为能乎，将不能也？今征西欲率大军席卷河南，虎必亲率其众来决胜负。欲与之战，何如石生？若欲城守，何如金墉？欲阻沔水，何如大江？欲拒石虎，何如苏峻？石生猛将，关中精兵，征西之战殆不能胜也！金墉险固，刘曜兵数十万众不能拔，征西之守殆不能胜也！又当是时，兖州、洛阳、关中皆举兵击虎，今此三镇反为其用，方之于前，倍半之势也。石生不能敌其半，而征西乃欲当其倍，愚所疑也。苏峻之强不及石虎，沔水之险不及大江，大江不能御苏峻，而欲以沔水御石虎，又所疑也。昔祖士稚在谯，佃于城北界，豫置军屯以御其外。谷熟胡至，丁夫战于外，老弱获于内，多持炬火，急则烧谷而走。如此数年，竟不获利。当是时，胡惟据沔北，方之于今，四分之一耳。士稚不能捍其一，而征西欲以御其四，又所疑也。然此但论征西既至之后耳，尚未论道路之虑也。自沔以西，水急岸高，鱼贯溯流，首尾百里。若胡无宋襄之义，及我未阵而击之，将如之何？今王土与胡，水陆异势，便习不同，胡若送死，则敌之有余。若弃江远进，以我所短，击彼所长，惧非庙胜之算也。

帝览表默然，而问群臣，朝议与谟皆同。于是帝使人持诏止之，而亮不听，乃移镇石城。

却说代王什翼犍会集诸大人商议，欲迁都湿源川，其母王氏曰："吾自先世以来，以迁徙为业。今国家多难，若城廓而居，一旦寇来，无所避之。"因此乃止。时什翼犍初质于赵，未曾婚娶，至是使人求婚于燕王，燕王皝以其妹与妻之，由此两国通婚，结为唇齿。

何充庾冰参政事

七月，丞相、始兴公王导卒，以何充为护军将军，庾冰为中书监、扬州刺史，参录尚书事。却说王导先卧病在床，上疏荐妹子丹阳尹何充于帝曰：

> 何充器局方概，有万夫之望，必能总录朝端，为老臣之副。臣死之日，愿引充内侍，则外誉惟缉，而社稷无虞矣。

成帝览疏从之。即以何充为侍中，使人诏充至，以为侍中。充谢恩领之。导于是月而薨，年六十四。导简素寡欲，善因事就功，虽无日用之益，而岁计有余。辅相三世，仓无储谷，衣无重帛。

王导既卒，帝不胜哀感，诏丧葬祭，用天子之礼。谥文献，以其长子为中书侍郎。遣使征征西将军庾亮为丞相，亮固辞不诣，始以充及亮弟庾冰为参录尚书事。冰经营时务，不舍昼夜，尊礼朝贤，升擢后进，于是朝野翕然称为贤相。初，导辅政，每从宽恕，至冰颇为威刑，丹阳尹殷融谏之曰："前相之贤，犹不堪其弘，况如吾者哉！"范汪谓冰曰："顷天文错度，宜尽消御之道。"冰曰："玄象岂吾所测，正当勤人事尔。"又隐实户口，料出无名万余人，以充军实。冰好为纠察，近于繁细，后益矫违，复存宽纵，疏密自由，律令无用矣。

八月，改丞相为司徒。太尉南昌公郗鉴疾笃，上疏曰：

> 臣所统错杂，率多北人，迁徙新附，皆有归本之心。臣宣国恩，示以好恶，处与田宅，渐得稍安。闻臣疾笃，众情骇动，若当北复，必启寇心。太常臣蔡谟，平简贞正，素望所归，可为徐州牧。

成帝览疏，问使人病躯若何？奏已薨矣。帝伤悼不已，敕命葬之，拭泪以蔡谟代鉴都督徐、兖军事。

时左卫将军陈光上疏请伐赵，帝遣攻寿阳，蔡谟上疏曰：

寿阳城坚而固，又王师在路五十余日，前驱未至，声息久闻，贼河北之骑，足以来赴。况停船水渚，引兵造城，前对坚敌，顾临归路，此兵法之所诫也。今光所将皆殿中精兵，以国之爪牙击寇之下邑，得之则利薄而不足损敌，失之则害重而足以益寇，非长策也。

帝省之，诏止。

赵人入寇陷沔邾

九月，赵王虎将军夔安率兵七万，来攻沔南及邾城。初，陶侃在武昌，议者以江北有邾城，宜分戍之。侃每不答，而言者不已。侃乃渡水猎，引将佐语之曰："我所以御寇者，长江耳。邾城隔在江北，内无所倚，外接群夷。夷中利深，晋人贪利，夷不堪命，必引虏入寇。此乃致祸之由也。若羯虏有可乘之会，又不资于此矣。"众服其言。至是庾亮欲伐赵，使毛宝、樊峻戍之。虎果使夔安等将兵来攻。

毛宝遣将陈忠五人，率众五千出拒。军至江北岸畔，忽然尘头起处，一军挡住，为头首将夔安挺枪跃马而出，与陈忠不相通话，便互交战，三十余合，未分胜负。忽然东南角上喊声大振，桃豹引军冲突而来，忠急分兵未及，又与雄一军冲横而来。忠与四将共五人，尽力死战，不能挡抵，大败而逃。忠等五将被三路军马包围而来，皆被杀死，余兵无主，尽皆逃溃。夔安得胜，将二万轻骑来攻邾城。毛宝闻前军已陷，不敢出战，急遣人求救于庾亮，亮不即时遣将去救，因此被安等攻陷邾城。毛宝、樊峻二人突围出城，赵兵后追，前无船渡，皆赴江而死。夔安既陷邾城，率众进寇江夏，义阳一城皆降。安等又进围石城，竟陵太守李阳以兵七千人拒击，大败乃退。时庾亮犹欲迁镇，闻邾城陷，乃止。

却说赵王贵戚豪恣，石虎患之，知李臣忠直，不惮豪恶，虎擢臣为御史中丞，由是内外肃然。虎曰："朕闻良臣为猛虎，高步旷野而豺狼避路，今得中丞，信然！"

十月，却说燕王皝自以称王，未受晋命，遂遣长史刘翔来建康献捷论功，且言权假王位之意，更请克期大举，共平中原。晋帝从之。时燕王皝又遣子慕容恪、慕容霸击宇文别部。霸年十三，勇冠三军，所向无敌。

丁亥，六年（赵建武六年），正月，司空庾亮疾笃，召弟庾翼至卧所，嘱翼曰："吾历年官至司空，人臣之位极矣。吾死之后，汝善事主上，勿生异心，负我清名也。此兵权交付与汝，其柄不可移许他人，自取祸戾。"言讫而卒。

史说，庾翼字稚恭，乃庾亮弟也。丰仪秀逸，少有经纶大略，因是庾亮临死以权付彼。翼既代兄亮领其众，举哀收殓，殡葬于武昌定金山。此时友人何充闻知亮死已葬，郗歔叹曰："埋玉树于地中，使人情何能已。"亮既卒，成帝即以何充为中书令，庾翼都督江、荆等州军事。时人疑翼年少，不能继其兄。翼悉心为治，戎政严明，数年之间，公私充实，人皆称其才。

却说慕容翰自密云山外，入宇文部，降于逸豆归。豆归忌翰才名，欲害之。翰佯狂乞食，举国贱之，不复省录，以故得往来自遂，山川形胜，皆默记之。时燕王皝以翰因猜嫌出奔，虽在他国，常潜为燕计，乃遣商人王车通市于宇文部，因而得入宇文部见翰，称说："燕王使车迎殿下归国。"翰与王车遂窃逸豆归名马，携其二子逃归。皝大喜，厚遇之，翰亦无二志矣。

三月，却说赵王虎遣使遗汉王寿书，欲连兵入寇于晋，中分江南。寿大喜，即回书赏使，约定大举，使使去讫。寿集士卒为舟师，大阅于成都。龚壮谏曰："陛下与胡通，孰若与晋通？胡，豺狼也。既灭晋，不得北面事之。若与争天下，则强弱不敌，危亡之势也。"群臣亦皆叩头泣谏，寿乃止。

龚壮以为人之行，莫大于忠孝。既报叔、父之仇，又欲使寿仕晋。寿不从，乃诈称病，辞归。以文籍自娱，终身不复至成都矣。

赵王发兵伐燕国

却说赵王虎恨燕与段辽在密云击败其将麻秋，乃合兵五十万，具船一万艘，自河通海，运谷千一百万斛于乐安城。徙辽西、北平、渔阳万余户于兖、豫、雍、洛城。自幽州以东至白狼山，大兴屯田。括取民马，敢匿者腰斩，凡得四万匹。率众大阅于宛阳，欲击燕。

燕王皝闻知大惊，集僚佐商议拒虎之计，而谓其子慕容恪曰："石虎自以乐安城防守重护，蓟城南北必不设备，汝宜率众诡路出其不意，去烧其积聚，屠其城池，可尽破也。"恪然之，即出。密统一万人，入自蜥蜴塞，直抵蓟城。破武遂津，入高阳，所至焚烧积，略三万余家而去。石虎闻之大惊，恐失巢穴，果勒兵退还，伐燕之谋始停。

虎既归国，又命太子石宣及以次子石韬为太尉，与宣迭相省可尚书奏事，不复启旨。司徒申钟谏曰："庆赏刑威，后皇攸执，名器实重，不可以假人，庶可以防奸杜渐，以示轨仪。太子职在视膳，不当预政，庶人遂覆车未远也。且二政分权，鲜不阶祸。爱之不以道，适所以害之也。"虎不听。中谒者令申扁有宠于虎，宣亦昵之，使典机密。虎既不省事，而宣、韬皆好酣饮畋猎，由是除拜生杀之权，皆决于扁。自九卿以下，望尘而拜。

初，汉主寿致书于后赵王虎，署虎曰："赵王石君。"虎不悦，中书监王波曰："寿既僭大号，今以制诏与之，彼必酬返，不若复为书与之。今挹娄国献楛矢、石砮于陛下，何不以之遗汉，使其知我能服远方也。"虎然之。遣汉亡将李闳以书矢缣归报。闳至成都，寿下诏曰："羯使使庭贡其眂矢，赏其来使。"使人归，告虎，虎闻之，大怒，黜波以白衣领职。

刘翔代求封燕王

却说燕使刘翔至建康，晋帝命黄门引见，问慕容镇军平安。翔对曰："臣受遣之日，朝服拜章，未闻其若。"翔因就启为皝求大将军、燕王章玺之事。帝命群臣参博，群臣朝议曰："先王故事：大将军不处边，异姓不封王。其实不可。"翔对曰："自刘、石备乱，长江以北，剪为戎薮，未闻中华公卿之胄有能摧破凶逆者也。独慕容镇军，心存本朝，屡殄强敌，使石虎畏惧，威国千里。功烈如此，而惜海北之地不以为封邑，何哉？吾非苟尊所事，窃惜圣朝疏忠义之国，使四海无所劝慕耳。"

尚书诸葛恢乃翔之姊夫也，独主异议，以为："夷狄相攻，中国之利，惟器与名，不可轻许。"乃谓翔曰："借使慕容镇军能除一石虎，复得一石虎也，朝廷何赖焉？"翔曰："婪妇犹知恤宗周之陨。今晋室阽危，君位侔元凯，曾无忧国之心？慕容镇军枕戈待旦，心恒念之，而君更唱邪惑之言，四海所以不一，良由君辈耳！"因此朝命未下。翔留岁余，众议终不决。会燕王皝复遣人上表，罪庾氏兄弟，又与冰书，责其当国不能雪耻。冰惧，乃与何充奏从其请，以皝为大将军、幽州牧、大单于、燕王，备物典策皆从殊礼。以翔为代郡太守，翔固辞不受。

翔疾江南士大夫以骄贵酣纵相尚，尝因宴集，谓何充等曰："四海板荡，奄逾三纪，宗社为墟，黎民涂炭，斯乃庙堂焦虑之时，忠臣毕命之秋也。而诸君宴安江左，肆情纵欲，以奢靡为荣，以傲诞为贤，謇谔之言不闻，征伐之功不立，其何以尊主济民乎！"充等甚惭。乃奏帝遣使持节册命，与翔偕北封燕。公卿饯之，翔曰："昔少康资一旅以灭有穷，勾践凭会稽以报强吴。蔓草犹宜剪除，况寇仇乎！今石虎、李寿志相吞并，王师纵未能澄清北方，且当从事巴、蜀。一旦虎先入举事，并寿而有之，据形便之地以临东南，虽有智者，不能善其后矣。"中护军谢广曰："是吾心也！吾当奏王为之，君率兵来应，共成大功。"翔语毕而行。

成修宫室杀仆射

翔归燕，呈上玺绶，百官朝贺。皝大悦。燕王皝既受封为王，乃以子恪为度辽将军，率一万五千人去镇平郭。恪既受命至镇，抚旧怀新，屡破高丽之兵。高丽畏之，不敢入境。自此边地安静，民皆乐业。

却说初，成主雄以俭约宽惠得蜀人心。及李闳还，盛称邺中繁庶，宫殿壮丽。又言赵王虎以刑杀御下，故能控制境内。寿慕之，亦大修宫室。人有小过，辄杀以立威。当仆射蔡兴、李嶷谏之，皆坐直谏而死。因是民疲于赋役，思乱者众矣。

【东晋卷之三】

起自东晋康帝壬寅八年,止于东晋穆帝丙辰十二年,首尾共十五年事实。

成帝崩立琅邪王

康帝壬寅，八年（赵建武八年），正月朔，日食。豫州刺史庾怿与江州刺史王允之有隙，会允之回朝，因过豫州，怪以毒酒送王允之，允之觉其毒，以其酒与犬，饮即毙。允之即归朝，密奏其过恶，成帝怒曰："大舅已乱天下，小舅复欲尔耶！"怿使人窃听闻之，恐帝加罪，乃自鸩而卒。

六月，成帝不豫。时帝有二子丕、奕，皆在襁褓。帝自幼冲嗣位，既长颇有勤俭之意。至是疾笃，或诈为尚书符敕宫门，无得内入。宰相庾冰、何充等入内视疾，至宫见此符敕，皆不敢入。庾冰曰："此必诈也。"急遣人先入，推问果然。众僚始入卧前，庾冰问曰："陛下龙体若何？"帝曰："朕想旦日必归，正欲召卿托以后事。朕今崩后，丕、奕幼冲，难以临朝，欲遗诏，诏太后垂帘，卿宜尽心辅政，休负朕言。"冰半响未答，自思帝二子皆在襁褓，恐上易世之后，亲属愈疏，为人所间。乃对曰："目今石氏在赵，甚是猖狂，李寿居蜀，屡怀不仁，天下未安，西海纷纭，若立幼冲，恐非社稷之计。先圣有云：'国有强敌，宜立长君。'今陛下之弟琅邪王岳，有仁德之风，不若立其为嗣，天下万幸也。"帝曰："卿言至当。"何充曰："父子相传，先王旧典，且今将如孺子何！"于是帝诏冰、充并武陵王晞、会稽王昱、尚书令诸葛恢，并受顾命而崩。冰代为举哀发丧，立帝同母弟琅邪王岳为康帝，改号建元。

孝康皇帝名岳字世同，乃成帝同母弟也。初，封琅邪王，在位二年。

岳既即皇帝大位，谅阴不言，委政于冰、充二人，而谓曰："朕嗣洪业，乃二公之举也！"充对曰："陛下龙飞，臣冰之力也；若如臣议，不睹升平之世。"帝觉惭色，退归后宫。帝时年二十二，颇留心万机，务在简约。雄武之度，虽有愧于前王；勤俭之德，足追踪于往烈矣。何充出朝，谓庾冰曰："公劝先帝嗣康帝，果应郭璞之谶云。"冰曰："郭璞云何？"充曰："先璞有言曰：''立始之际，丘山倾立。'立者，建也，始者，元也，丘山，主上讳也！然倾者恐不吉。"冰遽然叹曰："如有吉凶，岂改易所能救乎！君可勿露。"二人言罢而散。七月，康帝封成帝子丕为琅邪王，奕为东海王。就葬成帝于兴平陵，康帝自徒行送丧至阊阖门，始坐素舆，既葬毕，方自归宫。

十月，燕王皝乃领百官带家属迁都于龙城，时有黑龙、白龙各一，见于龙山。近侍奏知燕王，既皝亲率群臣观之，备仪以太牢祀之于山下，须臾二龙交首嬉翔，解角而去。皝大悦归宫，号新宫曰"和龙宫"。又命建造佛寺于山上，名曰"龙翔寺"。赐大臣子弟为官，又立东庠于旧宫，以行乡饮之礼。皝常亲临东庠考试学生，其有经通秀异者，擢充近侍。是岁，始不用晋年号，自称十二年。

慕容皝击高句丽

时高句丽犯境。慕容翰言于燕王皝曰："宇文屡为国患，今逸豆归篡窃得国，群情不附，加之庸暗，将用非才，国无防卫，军无部伍。臣久在其国，悉其地形，今若击之，百举百克。然高句丽去国密迩，必乘虚掩吾不备。此心腹之患也，宜先除之，还取宇文，如反手耳。二国既平，利尽东海，国富兵强，无返顾之忧，然后中原可图也。"皝大喜曰："卿谋至善。然高句丽有二道，北道平阔，南道险狭，从何可往？"众将曰："宜从北道。"翰曰："不可。虏必重北而轻南，宜率锐兵从南道击之，出其不意，丸都不足定也。别遣偏将出北道，纵有蹉跌，其腹心已溃，四肢无能为也。"皝从之。自将精兵四万出南道，以翰及慕容霸为前锋。别遣长史王寓等，将兵一万五千，出北道以伐高句丽。其主王钊闻知燕兵犯境，果遣弟武率精兵五万拒北道，自率赢兵五万备南道。时慕容翰已先至，与钊合战，未分胜负。燕王慕容皝大兵继至，高句丽兵不敢交锋，望风而溃，因此大败。翰、霸诸将乘胜，兵不血刃，直入丸都。高句丽王钊单骑走遁山谷。燕王皝入丸都城，获其主王钊母、妻，使人去探北道之兵，回报王寓与王武战于北道，尽皆败没，武今勒兵还救丸都。皝大惊，命诸军休追王钊，使人去招其降。钊不出，皝欲穷追获钊。韩寿言曰："高句丽之地，不可戍守，今其主亡民散，潜伏山谷，大军既去，必复纠集，收其余烬，犹足为患。不若发其墓，取其父尸，及生母妻子而归，俟其束身来降，然后返之，抚以恩信，策之上也。"皝从之。使人发钊父墓取其尸，及母妻子载归。又虏其男女五万余口，毁丸都城，振旅而还国矣。

十二月，晋康帝立皇后褚氏，就遣使征后父豫章太守褚裒为侍中，裒以后父不愿居任事，康帝除江州刺史命镇半州，裒始就镇。

却说赵王虎无道，苦虐晋民，做台观四十余所于邺，又营长安、洛阳二宫，工作者四十余万人。又敕境内治南伐、西讨、东征之计，皆三五发卒，造甲者五十余万人，船夫十七万人。公侯、牧宰，竞营私利，因是百姓失业。贝丘人李弘，因众怨，欲谋作乱，事发被虎诛之，连坐者数千家矣。时近侍奏："济南平陵城北石虎忽一夕移于城东南，有狼狐千余迹随之，迹皆成蹊。"赵王虎喜曰："石虎者，朕也。自西北徙而东南，天意欲使朕平荡江南也。"于是虎敕诸州兵："明年悉集，朕当亲董六师，以奉天命。"群臣皆贺，上《皇德颂》者，一百单七人。因制："征士五人，出车一乘、牛二头、米十五斛、绢十匹，不办者斩。"民皆鬻子以供，犹不能给，自经于道树，死者相望。

拟殷深源如管葛

癸卯，康皇帝建元元年（赵建武九年），二月，高句丽王钊见燕军退，复还丸都。备礼朝贡于燕，燕王皝大悦，抚以善语，还其父尸，留其母为质，命其归丸都，永为高句丽主。钊拜谢而去，其母后数年亦还之。

七月，晋康帝设朝，诏群臣议经略中原，会庾翼遣人上表，遣梁州刺史桓宣伐赵，帝许之。却说翼在武昌，数有妖怪，欲移镇乐乡。王述闻知，使人与庾冰笺。笺曰：

乐乡去武昌千有余里，数万之众一旦移徙，兴立门壁，公私劳扰。又江州当溯流数千，供给力役增倍。且武昌实江东镇戍之中，非但捍御上流而已。缓急赴告，骏奔不难。若移乐乡，远徙西陲，一朝江州有虞，不相接救。方岳重将,固当居要害之地,为内外形势,使窥觎之心不知所向。昔秦忌"亡胡"之谶,卒为刘、项之资;周恶檿弧之谣,而成褒姒之乱。是以达人君子,直道而行,禳避之道,皆所不取。且当择人事之胜理,社稷之长计耳。

冰得述笺,转付庾翼,移镇之事乃止。翼为人沉毅,喜功名,不尚浮华。琅邪内史桓温字元子,彝之子也。尚南康长公主,豪爽有风概,初生未期岁,太原温峤见之曰:"此儿有奇骨,可试使啼。"及闻其声,而贺彝曰:"真英物也!此郎必大贵,吾等不及也。"彝以其赏叹,名之曰温。温峤曰:"果尔,后将易吾姓也。"后温长成豪爽,姿貌奇伟,面有七星。少与沛国刘惔善,惔尝称之曰:"温眼如紫石棱,须作猬毛磔,孙仲谋、晋宣王之流亚也。"自此知名,袭父爵为琅邪内史,与庾翼甚善。翼上疏荐温于康帝曰:"温有英雄之才,愿陛下勿以常吏遇之,宜寄以方、召之任,必有弘济艰难之勋也。"帝纳之,以温为荆州刺史。

时杜乂、殷浩并才名冠世,翼独弗之重也,左右或问之,翼曰:"此辈宜束之高阁,俟天下太平,然后徐议其任耳。"朝廷知浩,数下征书,浩累辞不就。屏居十年,时人拟之管、葛。谢尚、王濛尝伺其出处,以卜江左兴亡,尝相与省之,知浩有确然之志,既退,相谓曰:"深源不起,当如苍生何!"当翼请浩为司马,朝廷诏除为侍中、安西军司,浩不应。翼使人遗浩书曰:

  王夷甫立名非真,虽云谈道,实长华竞。明德君子,遇会处际,宁可然乎?

浩犹不起。
浩父羡为长沙相,在郡贪残,庾冰与翼书属之。翼报书曰:

  殷君骄豪,亦似由有佳儿,弟故小令物情容之。大较江东之政,以妪煦豪强,常为民蠹,时有行法,辄施之寒劣。如往年偷石头仓米数百万斛,皆是豪将军辈,而杀仓督监以塞责。山遐为余姚长,为官出豪强所藏二千户，而众共驱之，令不得安席。虽皆前宰憨谬，江东事去，实此之由。兄弟不幸，横陷此内，不能拔足于风尘之外，当共明目而治之。荆州所统二十余郡，惟长沙最恶，恶而不黜，与杀督监者又何异哉！

时翼以灭胡取蜀为己任，亦遣使约燕凉克期大举。康帝集群臣商榷，朝议多以为难，惟冰意与之同，而桓温、谯王无忌二人，皆赞成之。至是帝诏翼经略中原。翼欲悉众北伐，表桓宣督诸军于丹水，桓温为前锋小督，率众入临淮，并发所统六州奴及车骡驴马，因此百姓嗟怨。

八月，却说庾翼欲移镇襄阳，恐朝廷不许，乃遣使奏移镇安陆。帝使人譬止之。翼勿听，违诏北行，至夏口，复表求镇襄阳。时翼有众四万，康帝以庾翼都督征讨诸军事，遣兵出镇武昌，以为继援。征何充辅政，又征褚裒为卫将军，领中书令。惟充应命，而裒以近戚畏嫌，寻复督充镇金城。

甲辰，二年（赵建武十年，汉主李势太和元年），正月，赵王虎享群臣于太武殿，有白雁百余只，集马道之南，时诸州贡集者百余万欲南侵。太史令赵览奏曰："白雁集庭，宫室将空之象，不宜南行。"虎乃临宣武观，大阅而罢兵。

燕王击灭宇文部

却说燕王皝与左司马高诩，谋伐宇文逸豆归。诩曰："伐之必克，然不利为将。"皝即招集诸将，率兵起行。诩出告人曰："吾此往，必不能返，然忠臣不避也。"于是率兵与慕容翰为前锋，长驱而进。宇文逸豆归闻知燕王率众犯境，即遣南罗大涉夜干将兵二万迎战。皝素闻涉夜干之勇名，犹自失色，谓兄翰曰："涉夜干勇冠三军，不可轻敌，宜小避之。"翰曰："涉夜干素有勇名，一国所赖，今吾克之，其国不攻自溃矣。然吾熟知其人，虽有虚名，实易敌耳，不宜避之，以挫吾兵锐气。"皝曰："既如此，兄可与战。"于是翰与高诩等驱兵出战。涉夜干亦挥军出阵，两下交战。涉夜干持枪跃马，出阵搦战。慕容翰同高诩各舞刀迎战，未十合，涉夜干佯输而走。高诩拍马追赶，不过三十步，被涉夜干伏流弩于阵内，一时俱发，诩中流矢而退，翰亦中其流矢而退还阵。涉夜干随后追杀入燕阵，被翰躲过一傍，涉夜干马急，抢先至中，被翰提刃斩之，尸横落马。宇文士卒见涉夜干已死，不战而溃。燕兵大胜逐之，遂克其都城。逸豆归走，死于漠北，宇文氏由此散亡。皝徙其部众于昌黎，得地千余里。高诩因先中流矢，至是而卒。燕王皝不胜伤悼，命厚殓葬之。诩善天文，皝尝谓曰："卿有佳书而不见与，何以为忠。"诩曰："臣闻人君执要，人臣执职。执要者逸，执职者劳。是以后稷播谷，尧不与焉。占候天文，晨夜甚苦，非至尊之所宜亲，殿下将安用之。"皝默然。皝灭宇文氏，振旅还都。

　　时荧惑守房心，赵太子宣怒领军王朗，会荧惑守房心，使太史令赵揽诉于赵王虎曰："今荧惑为怪，宜以贵臣王姓者当之，可禳国家之患。"虎曰："谁可者？"揽曰："无有贵于王领军。"虎曰："次更谁可？"揽无以对。虎因曰："惟王波耳！"即下诏追罪波前议楛矢事，腰斩王波。群臣奏其无罪，虎悯之，追赠司空。

孝宗穆帝即龙位

　　却说桓宣率众五万伐赵，军至丹水，赵王虎遣将李黑，以兵三万拒之。次日交战，桓宣为黑所败而退，惭愤而卒。庾翼闻宣已死，恐诸军亡散，急遣其子庾方之去代领宣兵而屯之。因此两下相持，坚守不战。

　　九月，康帝疾笃，招集诸大臣入宫，议立后嗣。庾冰、庾翼欲立会稽王昱为嗣，何充建议立皇子聃为皇太子，帝从之，乃立子聃为皇太子讫。康帝崩，年二十三岁。何充等代为丧事毕，奉太子聃即大位。聃年方二岁，尊皇后褚氏为皇太后，请皇太后临朝称制；加何充为侍中、录尚书事，总摄朝政。由是庾冰、庾翼深恨何充。却说充荐后父褚裒宜总朝政，裒固辞，请居藩镇。于是改调裒都督徐、兖，使镇京口。尚书奏裒见太后在公庭则如臣礼，在私室则严父。后从之。时皇太后设白纱帐于太极殿，抱穆帝垂帘。孝宗穆皇帝名聃字彭子，康帝之子也。在位十七年，寿十九岁而崩。

　　十月，荆江都督庾冰卒，庾翼闻兄冰已死，乃留子方之戍襄阳，自还镇夏口。朝廷诏翼复督江州。翼既督江州，缮修军器，大佃积谷，以图后举伐赵。

乙巳，孝宗穆皇帝永和元年（赵建武十一年，燕十二年），正月，赵王虎发诸州四十余万人，治长安未央宫，造猎车千乘，克期校猎。自灵昌津南至荥阳，数千里为猎场，若人犯其禽兽者，罪至死。虎又增置女官二十四等，大发民女三万余人以配之。由是郡县媚其旨，务择美淑之女，因是夺人妇者九千余人。百姓妻有美色，豪势遂胁之，卒多自杀，十州军民俱有怨声。石宣及诸公，又私令采发美女，亦有一万余人，总会邺宫。虎与百官共阅简第诸女，虎大悦，封使者十二人，皆为列侯。光禄大夫逯明切谏曰："内作色荒，外作禽荒，酣酒嗜音，峻宇雕墙，有一于此，未或不亡。今天下未定，而大王淫乐若此，犯先圣之模范，恐非国家之久计也。"季龙大怒，遣龙腾侯招执明杀之。自是朝臣杜口，为禄仕而已。时虎贪而无礼，有十州之地，金帛珠玉及外国珍奇异货，不可胜计，而犹以为不足；又使军人发掘历代帝王及先贤陵寝，取其宝货入内，由然大失民心。

燕罢苑囿给新民

却说燕王皝以牛假贫民，使苑中税其十之八，自有牛者税其七。记室参军封裕谏曰："古者十一而税，天下之中正也，降及魏、晋，仁政衰薄，犹不取其七八也。今殿下拓地三千里，增民十万户，其无田者，十有三四。是宜悉罢苑囿，以赋新民，无牛者官假之牛，不当更收重税也。今官司猥多，皆宜澄汰；工商末利，宜立常员；学生三年无成，当令为农。参军王宪、大夫刘明近以言忤旨，免官禁锢。长史宋该阿媚苟容，轻诉良士，不忠之甚也。此数事，皆关国家之利害，若明证法律，管取身安，国家可保也。"皝默然，乃即下令悉从其言。仍赐裕钱五万，宣示忠良，欲陈过失者，勿有所讳。

却说皇太后褚氏称制，以会稽王司马昱为抚军大将军、录尚书六条事，又诏征后父褚衰辅政。衰欲卸政归镇，眼前无可托者。当尚书刘遐说之曰："会稽王昱令德雅望，足下宜以大政授之。"于是衰固辞与昱，而自归藩。昱清虚寡欲，尤善玄言，常以刘惔、王濛、韩伯为谈客，郗超、谢万为掾属。超乃郗鉴之孙也，少卓荦不羁，父习愔，简默冲退，而啬于财，积钱至数千万，常开库任超所取，超散施亲故，一日都尽。谢万乃安之弟也，清旷秀迈，亦有时名。十月，江州都督庚翼病笃，遣人表桓温为荆州刺史，委以后任。及是翼卒，朝廷已知，时朝议以诸庾世在西藩，人情所安，欲从其请，以温代之。何充出曰："荆楚，国之西门，户口百万，北带强胡，西邻劲蜀。得人则中原可定，失人则社稷可忧，陆抗所谓存则吴存，亡则吴亡者也。岂可以白面少年当之哉！"会稽王昱曰："桓温英略过人，有文武器干，西夏之任，无出于温者。"当丹阳尹刘惔，亦奇温才，然知其有不臣之志，谓会稽王昱曰："温不可使居形胜之地，其位号常宜抑之，明公宜自镇上流，以惔为军司，可保社稷无后日之忧。"昱不听，使人以温代翼；又以惔监沔中军，以代庾方之。

汉王杀其弟李广

汉自李寿于癸卯岁卒，群臣立其太子李势为汉王。其时，势弟李广以势无子，求为太弟，势不许。当解思明谏曰："陛下兄弟不多，若复有所废，将益孤危，固请许之。"势疑其与广有谋，收斩之。袭广于涪城，广遂自杀。思明被收，叹曰："国之不亡，以我数人在也，今其殆矣！"思明有智略，敢谏净，素得民心，及其死，士民无不哀之。

却说姚弋仲清俭耿直，不治威仪，言无畏避。赵王石虎甚重之，以为冠军大将军。

丙午，二年（赵建武十二年，汉嘉宁元年，张重华永乐元年），正月，扬州刺史、都乡侯何充卒。充有器局，临朝正色，以社稷为己任，所选用皆以功效，不私亲旧。及卒，朝廷惜之，谥曰文穆。

却说燕王皝率众二万袭夫余，夫余国王玄以兵扼之，被皝用伏军计邀战，虏其王玄以归，灭其国为郡。

三月，后父褚裒表荐顾和、殷浩于朝廷，朝廷诏以和为尚书令，以浩为扬州刺史。和有母丧，固辞不起，亲属劝之起，和谓所亲曰："古人有释衰绖从王事，以其才足干时故也，如和者，正足以亏孝道伤风俗耳。"浩亦固辞，会稽王昱遣人以书与浩曰：

属当厄运,危弊理极。足下沉识淹长,足以经济。若复深存抱退,苟遂本怀,恐天下之事,于此去矣。足下去就,即时之兴废也,国家不易,宜深思之。

浩得是书,乃就职,领扬州刺史。

史说,前凉张轨,安定乌氏人也,汉赵王张耳十七世孙。晋惠帝永宁元年,为凉州刺史,因据之,安帝拜其为凉州牧、西平公。后轨生寔,寔生茂,茂生骏,骏于是年四月卒,僚佐立其子重华为凉州牧、西平公、假凉王。

 凉州谢艾破赵兵

却说赵黄门严生恶朱轨,会久雨,因见赵王,谮轨不修道路,谤讪朝政。赵王虎囚之。薄洪谏曰:

陛下德政不修,天降淫雨,七旬乃霁。霁方二日,虽有鬼兵百万,未能去道路之涂潦,而况于人乎!愿止作乐,罢苑囿,出宫女,赦朱轨,以副人望。

虎虽不悦,亦不之罪,为之罢长安、洛阳作役,而竟诛轨。又立私论朝政之法,听吏告其君,奴告其主。公卿以下朝觐以目,不敢相遇谈话。

是时,虎欺凉州张骏卒,重华新立,乃遣将军王擢、麻秋领兵三万,出击凉州。大兵起行,至界,张重华已知,悉发境内兵,使裴恒为将御之,久而不战。当司马张耽上言曰:

国之存亡在兵,兵之胜败在将。今议举将,多推宿旧。夫韩信之举,非旧德也。盖才之所堪,则授之以事。主簿谢艾,兼资文武,可用也。殿下若用,必克赵兵也。

于是重华召艾，问以方略。艾曰："愿请兵七千人，必破赵而后言。"华拜艾为中坚将军，给步骑五千与行，艾遂引兵出郭。夜有二枭鸣于牙中，诸军皆以为凶。艾曰："六博得枭者胜，今枭鸣牙中，克敌之兆也。汝等何疑！"次日，率众身先出与赵交战，未上十合，大破之。王擢却军二百里。

却说麻秋以一军攻陷金城，获其县令车济，秋招其降，济不从，伏剑而死。又遣人以书致宛城都尉守李矩来降，矩曰："为人臣，功既不就，惟有死节耳。"先杀妻子而后自刎。秋叹息曰："义士也！"命人收而葬之。

李奕举兵攻成都

十月，却说汉王势骄淫不恤国事，罕接公卿，信任左右，谗说并进，刑罚苛滥，于是中外离心。太保李奕自晋寿举兵反，众至十万围绕成都。汉王势自率禁兵登城拒战。李奕见势自登城上，亲自披挂至城下，数势之罪，被势拽弓射之，中奕项而死。汉兵见射死奕，乃开城门出击，大败奕众退。自巴西至犍为、梓潼，布满山谷，十余万落，掳掠四野，不可禁制，大为民患，加以饥馑，四境萧条。

桓温率师入伐蜀

十一月，桓温召诸将商议伐汉，诸将佐皆以为不可。惟江夏相袁乔曰："夫经略大事，固非常情所及，智者了于胸中，不必待众言皆合也。今为天下患，胡、蜀二寇而已。蜀虽险固，比胡为弱，将欲除之，宜先其易者。李势无道，臣民不附，且恃险远，不修战备。宜以精兵万人轻赍疾趋，比其觉之，我已出其险要，可一战擒也。蜀地富饶，户口繁庶，诸葛武侯用之抗衡中原，若得而有之，国家之大利也。"温曰："论者恐大军既西，胡必窥觎。"乔曰："此似是而非。胡闻我万里远征，以为内有重兵，必不敢动。纵有侵轶，沿江诸军，足以拒守，必无忧也。"温大悦曰："君谋乃吾志也。"戒严旦日，不待朝命，拜表即行。委长史范汪以留事。朝廷得表，闻温伐汉，皆以蜀道险远，温众少而深入，多以为忧。惟刘惔以为必克。众问其故，惔曰："以博知之。温，善博者也，不必得则不为。但恐克蜀之后,专制朝廷耳。"众服其论。

汉主面缚舆梓降

丁未,三年(赵建武十三年),三月,晋兵前望夔关不远。桓温在马上观看,见前面沿江傍山一阵杀气腾起。温勒马不进,言曰:"三军不得前进,前面必有埋伏。"随即把军倒退十余里外地势空阔处摆开,以备战敌,使战马十余骑前去哨探,回报无军。桓温不信,下马登高观望,杀气从地而起。温又使人仔细观望,回报江边只有乱石七八十块堆着,内无军马。桓温大疑,寻土人问之。须臾寻到数人,温问乱石作堆何故?土人告曰:"吾听得老者说,此石乃诸葛丞相入蜀之时,特来此处,运石垒成阵势于沙滩之上,常常气从内起。此处地名鱼腹浦是也。"温听罢,上马引数十骑来看,乱石乃立正于山坡上下,四面八方,皆有门户,其石皆八行,行相去二丈。时诸将皆不识,不识者笑曰:"此惑军之术耳,有何异哉!"惟桓温曰:"此乃八阵图,按常山蛇势,何特陆逊不因此也。"遂引从骑下山坡,直入石阵中观看。看时日且将坠,但见怪石嵯峨似剑,重叠如墙,江涛汹涌,却似战鼓之声。桓温观罢,赞叹不已,引兵直出。史官有诗赞八阵图曰:

孔明施妙用,布阵向沙堤。已许桓温识,先教陆逊迷。江声喧鼓角,山景吐云霓。庙貌今犹在,应须不用疑。

却说温军至青衣县,汉主势闻知大惊,遣将军昝坚大发兵趋合水以拒之。诸将进曰:"今晋兵大来,地理必疏,宜设伏兵于江南,待其过半击之,则温成擒矣。"昝坚曰:"桓温能博,彼必料伏,安能破之?不如引兵向犍为,先处以抗之,可保万全。"于是引众向犍为。

温军先至彭模。桓温闻汉以坚为将向犍为,集诸将商议,时诸将议欲分两军,两道俱进,以分汉兵之势。袁乔曰:"不可。今悬军深入,当合势力,以取一战之捷。万一偏败,大事去矣。不如全军而进,弃去釜甑,持三日粮,以示士卒无还之心,胜可必也。"温从之,依计而行,留后军孙盛将羸兵二千守辎重,共步卒二万，直指成都。进遇汉将李权，温大骂："无端匹夫！今吾大兵百万，战将千员，已入窠穴，为何不降，犹敢抗拒？"权与温将袁乔战，乔佯败而走，权追五里，炮声响，伏兵齐出，权兵大败，望山路而走。桓温催军追赶，三战三捷，汉兵走散。昝坚兵至犍为，方知为温军从异道至成都之十里陌矣。昝坚急领兵还，坚众自溃，不敢交锋。汉主势见温军至近，乃悉集将军出战。两下皆至笮桥，二军合战。温前锋不利，石矢至及温马首，众惧欲退，而鼓吏惊慌，误鸣进鼓。袁乔拔剑亲督卒，士卒力战十余合，大破之，汉兵溃走，李势勒马走回归。桓温乘胜长驱至成都，纵火烧其城门。汉人惶惧无复斗志。李势知不能拒，集文武舆榇面缚，诣温军门投降。温遂引众入城，差人送汉主势于建康面君。朝廷诏封李势为归义侯。温既克蜀，引汉司空谯献之等以为参佐，举贤旌善，蜀人悦之。温留成都三十日，始振旅还江陵。蜀自李特至势，凡四十六年，至是灭之。

却说晋后垂帘，论平蜀之功，欲以豫章郡封桓温。左丞嵝雓言："温若复平河洛，将何以赏之？"于是乃加温为征西大将军、开府仪同三司，封临贺郡公。温既灭蜀，威名大振，朝廷惮之。而温自平蜀之后，雄姿丰气，自谓其是宣帝、刘琨之俦。诸将将为王敦之比，温意甚不平，而恨诸将。诸将设一计，使一老妇伪作刘琨妓女，入访桓温，一见温潸然而泣。温问："汝乃何处妇人，敢来此发悲？"老妇答曰："吾乃刘司空琨之妾也。昨见郡公游街，甚似刘司空，因来访见，果似无比，令人见鞍思马，睹物伤情，而致泣耳。"温闻老妇说其貌似刘琨，心中大悦，即入内再整衣冠，又呼老妇问曰："吾与刘司空何如？"老妇曰："面甚似，恨薄；眼甚似，恨小；须甚似，恨赤；形甚似，恨短；声甚似，恨雌。"温微闷，喝退老妇，于是入内解带，昏然而睡，不怡者数日。

温既灭势，朝廷惮之。晋后亦惮其威，遂问群臣曰："睹桓温掌握重兵，恐有异志，何以制之？"当会稽王司马昱曰："今有扬州刺史殷浩，天姿英杰，智识高明，时人号为'管、葛'，天下闻名，朝野推服。陛下降诏，宣其入朝，使之都督内外诸军，参综朝权，足以抗温。"后然之，于是使人以诏，诏扬州刺史殷浩入朝，以浩为中军将军，假节钺，都督中外诸军事，总领六军。昱引为心膂，参综朝权，欲以抗温，由是与温常相疑贰。浩以王羲之为护军将军，羲之以为内外和协，然后国家可安，劝浩不宜与温构隙，浩不从。

却说赵将麻秋既克金城，率众来攻枹罕。晋昌太守郎坦欲弃外城，武城太守张俊曰:"弃外城,则动众心,大事去矣,宜固守之。"于是旦夕守御。秋率众八万,围堑数重,云梯地突,百道皆进,城中以死御之,秋众死伤数万,料不能克,退保大夏。郎坦使人求救于凉主张重华,重华遣谢艾率步骑三万,进军临河。艾自乘轺车,戴白帢,鸣鼓而行,秋望见,怒曰:"艾年少书生,冠服如此,是轻我也。"即命黑稍龙骧三千人,驰击之。艾左右惊慌大扰!艾据胡床,指挥处分,使张瑁以三千人从间道截赵军之后。赵人见艾端坐不动,以为有伏兵,惧不敢进。相持半日,张瑁兵出赵兵之后,赵军忙退,艾乘势进击,大破之。

麻秋坚守大夏,不敢轻出,即使人报知赵王虎。虎大怒,即遣将军孙伏都率步骑三万,会秋军马,长驱济河。谢艾埋伏弩手二千于谷左右,日将交战,诈败,伏都与秋追及谷口,弩矢如雨,赵兵少退,艾身先率精骑杀出,乘退一击,杀得赵兵十去其七,伏都等引残兵退还本境,艾亦屯住别险以持之。赵王虎闻知伏都兵败,叹曰:"吾以偏师定九州,今以九州之力困于枹罕,彼有人焉,未可图也。"有沙门吴进言于虎曰:"胡运将衰,晋当复兴,大王宜益营建工役,劳苦晋人,以厌其气,方保国昌。"虎从之,下诏使尚书张群发近郡男女九十六万、车十万乘,运土筑华林园及筑长墙于邺北,广长数千里,燃烛而作,暴风大雨,死者数万人。当御史赵揽切谏曰:"今王初迁诣邺,不施仁惠于百姓,而行残虐于万民,营建无益之园墙,大兴有劳之民力,诚恐祸起萧墙之内,徒筑万里之城。"虎大怒曰:"墙朝成夕没,吾无恨矣,汝何多言!"于是不听。

时扬州太守进黄鹄雏五只,颈长一丈,其鸣声闻十里之外,虎命泛之于玄武池,以为祥物。又命石宣祈谢于山川,因使其游猎,乘大辂、羽葆、华盖,建天子旌旗,十有六军,戎卒十八万,自金明门出,虎自登云霄楼观望,笑曰:"季龙父子如是,自非天崩地陷,世人安能害我?从今高枕而卧,当复何愁,但抱子弄孙日为乐耳!"石宣引戎卒十八万,所过三州十五郡之地,供给以后,资储靡有孑遗,宣游过复还朝。虎又命秦公石韬亦如之,乘大辂、羽葆、华盖,建天子旌旗,领六军,戎卒十八万出游。韬辞虎出,引众游于秦雍。宣怒其与己均敌。宦官赵生曰:"殿下要嗣大位,宜早除韬,不然后患继至矣!"宣深然之。

十一月,朝廷闻张重华屡破赵兵,遣侍御史俞归去凉封重华为西平公。归领旨,至凉封公。重华欲称凉王,未肯受诏,使所亲私谓归曰:"主公奕世为晋忠臣,今曾不如鲜卑,何也?"归曰:"吾子失言,昔三代之王也,爵之贵者,莫如上公。及周之衰，吴、楚始僭号王，而诸侯不之非，盖以蛮夷畜之也。借使齐、鲁称王，诸侯岂不四面攻之乎！汉高封韩、彭，寻皆诛灭，盖权时之宜，非厚之也。主上以贵公忠贤，故爵以上公任以方任，宠荣极矣，岂鲜卑、夷狄所可比哉！且吾闻之，功有大小，赏有重轻，今贵公始继世而为王，若率河右之众，东平胡羯，修复陵庙，迎天子返洛阳，将何以加之乎？"所亲以归云告重华，重华乃受公封。是时，雍州杨初闻晋封凉西平公，亦遣使人入建康称藩。朝廷君臣议以诏封初雍州刺史、仇池公。杨初自此归晋矣。

石宣谋父不遂诛

戊申，四年（赵建武十四年），八月，赵王虎次子秦公石韬，有宠于虎，常欲立之，以太子宣居长，犹豫未决。宣知虎意欲立韬，乃谓左右杨柸、赵生曰："今上欲立韬，汝能为我杀韬，吾当以韬国邑分封汝等。韬死，主上必临丧，吾因行大事，蔑不济矣。"柸、生诺出，各藏利刃，闻韬出游龙华寺佛舍中，柸、生随入，将韬杀之而逃。亲随人各无寸兵，不敢追捕，即收敛其尸，回朝奏知赵王虎。虎大哭，哀惊气绝，久之方苏。欲自临观其丧，司空李农谏曰："害秦公者未知何人，銮舆未宜轻出。"既而乃止，使人出访其事，方知是太子石宣谋杀之。虎即出殿集文武，囚宣杀之。积柴邺北，使韬所亲宦者纵火焚讫，虎登中台观之，取灰分置诸门交道中。杀其妻子九人。宣幼子才数岁，虎素爱之，抱之而泣。虎欲赦之，大臣李农等不肯，取杀之，儿挽虎衣，大叫至于绝带。虎因此发病。东宫卫士高力等十余万人皆谪戍凉州。

却说燕王慕容皝庶兄慕容翰，性雄豪，多权略，猿臂工射，膂力过人。皝深忌之，先因廆崩世，皝嗣位，翰乃奔投段氏，后又奔宇文归。为思家乡，与商人王车而逃，宇文归闻知，乃使劲骑百余，追促慕容翰。翰见后有追兵，急遥谓追兵曰："吾之弓矢，汝曹足知，莫来相逼，自取死也。不然，汝可立于百步之外竖刀，看吾射中刀镮，汝便宜返；如不中刀，可来前也。"追兵乃立百步之外，以刀竖起，翰便以左手按弓，右手搭箭，一发三矢，皆中刀镮，追兵惊异，乃散走回去。因是翰得逃命归国，来见燕王皝。皝大喜，以为右卫将军。因伐宇文部为流矢所中，卧病数月,后便瘥,因在家试马演刀,被人密告燕王皝,称翰在家演武,将欲为变。皝虽藉翰勇略,然心终忌之,因是诬其谋逆,使人以鸩酒赐死。翰曰:"吾负罪出奔,既而复还,死已晚矣!然羯贼跨据中原,吾不自量,欲为国家荡一区夏,此志不遂,殁有遗恨。"言讫,饮药而卒。可怜有志士,遭害抱恨亡。是时,翰饮药酒而死,国人尽冤之。

　　时燕王慕容皝引兵出畋于西鄙山,至济河,忽见二父老,身着朱衣,乘坐白马,立于其前,举手麾皝曰:"此非猎所,王宜还也。"言讫,奄忽不见。皝秘之在心,不与众言,遂过济河,连日大获走兽。又见一白兔走过,皝驰射之,忽马失脚,身翻跌落崖下。众官救起,身带重伤,方对文武诉说前见父老指挥之事。文武曰:"既如此,火速还朝。"言讫,即时换马归宫,因此得病,十分沉重,唤太子慕容俊入内,嘱之曰:"吾闻'人之将死,其言也善;鸟之将死,其鸣也哀'。故以语汝,今中原未平,方资俊杰以经世务,智勇兼济,才堪任重,汝其委之。阳士秋志高行洁,忠干贞固,可托大事也。尚其切记吾言,不可忽忘,汝善待之!"嘱讫,徐徐气绝身亡。百官举哀发丧,立俊为燕王。

　　史说,慕容俊字宣英,皝之第二子也。初,廆尝言:"吾积福累仁,子孙当有中原。"既而皝生慕容俊,廆一见曰:"此儿骨相不恒,吾家得之,必有兴王者矣。"俊姿貌魁伟,博览图书,有文武干略。及皝身死,众臣立之,僭即燕王之位,谥父皝曰文明。

赵立子世为太子

　　却说赵王虎大集群臣于中殿,议立太子。太尉张举曰:"燕公有武略,彭城公博有文德,惟陛下所择者。"虎之拔上邽也,将军张豺获前赵王刘曜幼女,有殊色,纳于虎。虎嬖之,生齐公世。张豺乃说虎曰:"陛下再立太子,其母皆贱,故祸乱相寻。今宜择母贵子孝者立之。"虎纳其言,令公卿上疏请之,大司农曹莫不肯署名。虎问其故,莫顿首曰:"天下重器,不宜立少,故不署。"虎称其忠,而不能用,遂立世为太子,以刘昭仪为皇后。

　　十二月,晋后以蔡谟为司徒,谟上疏固让,谓所亲曰:"我若为司徒,将为后代所哂，义不敢拜也。"

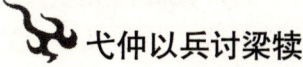弋仲以兵讨梁犊

己酉，五年（赵太宁元年），赵王虎自称皇帝，虎既即大位，大赦境内，故东宫高力等万余人谪戍梁州，行达雍城，不在赦例。高力督梁犊率众作乱，攻拔下辨城，掠民财，梁犊出战，执斧施一丈柯，攻战若神，所向崩溃，人无敢拒。因长驱而东，北至长安，众已十万。乐平王石苞领众五万拒之，一战而败。犊遂以众杀入洛阳。赵王虎急遣李农率步骑十万来讨之，与犊交锋，战未一合，犊持长斧，横扫冲阵，杀人如同拉韭，斩将似若撮葱，人迎人死，马挡马亡，杀得农兵十损其七，大败而逃。李农既败回，虎惊大惧，即以其子燕王斌为大都督，统姚弋仲、蒲洪、石闵等，率大兵二十万去讨之。

时姚弋仲闻虎有命讨犊，率本镇兵八千余人，至邺求见赵王虎。虎未出见，使宦官引内赐食，弋仲怒曰："主上召我击贼，当面授方略，我岂为食来耶！且主上不见我，我何以知其存亡？"虎忙力疾见之。弋仲让虎曰："儿死愁耶，何为而病？儿初时不择善人教之，使至于为逆，既诛之，又何愁焉！且汝久病，而立幼儿，汝若不愈，天下必乱，当先忧此，勿忧贼也！彼等穷固思归，相聚为盗，何所能制！老羌为汝一举了之。"弋仲性狷直，人无贵贱皆敬之。虎虽被其面抑，亦不之责，反赐铠马与之。弋仲曰："汝看老羌堪破贼否？"言讫，乃披铠跨马于殿中，因策马南驰，不辞而去，遂与斌、洪、闵等，领众至荥阳。次日，弋仲手持铁鞭，亲出前锋，与梁犊交战，不二合，斩犊于马下。杀入犊阵，斩获万计。贼众大溃，被蒲洪等驱众一掩，贼众各亡散讫。于是梁州安宁。虎闻之，遣使命弋仲剑履上殿，入朝不趋，封平西郡公；以蒲洪为雍州刺史，封略阳郡公。

图澄葬石归天竺

却说赵王虎倾心事佛及重佛图澄，百姓因澄，故多奉佛，相竞出家，真伪混淆，多生过愆。时著作郎王度奏曰："佛乃外国之神，非中华所应其有奉祠，请除

年禁。"季龙弗听。当佛图澄知石氏将灭，乃自启茔墓于邺西紫陌，因焚香静坐，唤弟子法祚至而谓曰："石氏当灭，吾及其未乱，先从化矣。吾死之后，可将吾棺葬于吾建墓所也。"言讫而卒。法祚举哀吊孝，收澄入棺，殡葬于邺西紫陌茔墓。过六十日满，变服奏赵王季龙。

季龙心甚烦恼，忽有一沙门从雍州入，闻赵王奉佛好施，因而见赵王季龙。季龙不悦而谓曰："朕自佛图澄升天之后，不胜悲怆，欲求再会，不能一见，正此思忆。你可暂退，再日设素来请。"沙门曰："吾从雍州来，见佛图澄西入关去，何故言死？"赵王季龙大惊，即令僧人退，使人去邺西紫陌，掘开茔墓视之，惟有一石，而无棺尸。使人以其事回奏赵王虎，虎心甚恶之，曰："石者朕也，葬我而去，吾将死矣！"果然疾重。

四月，虎疾甚，以子彭城王石遵镇关右，以燕王石斌为丞相，张豺为镇卫大将军，并受遗诏辅政。刘太后恐斌为相，不利于太子，矫诏免斌归第。石遵在幽州闻诏命镇关右，即归邺，欲入宫省疾。刘后诈敕命朝堂受拜遣之，遵涕泣而去。虎扶病坐西阁，龙腾中郎三百余人列拜于前曰："圣体不安，宜令燕王入宿，卫典兵马。"虎曰："燕王不在内耶？可召来。"然虎不知刘后已废丞相斌了，故命人去召。而左右皆刘后之用人，当左右对曰："燕王酒病不能入。"虎曰："汝等速驰辇迎之，当付玺绶。"亦竟无行者。虎再四命人去召斌，左右只得行，先报与刘后。刘后令张豺矫虎诏在内，待斌入杀之。于是豺从后计，在内至昏，使左右人召斌来，豺矫称虎诏，诬斌之罪，执而杀之。斌遇害，虎亦卒。张豺扶太子石世即位，刘氏临朝称制。

时石遵已到河内，闻父石虎已丧，世即大位，及杀石斌之事，朝夕痛泣。会姚弋仲、蒲洪及征虏将军石闵等讨灭梁犊还，遇石遵于季城，因相见共说其事。石闵等曰："殿下长而且贤，先帝亦有意以为嗣，末年愍惑，为豺所误。今若声豺之罪，鼓行而讨之，其谁不开门倒戈以迎殿下者！"遵从之，曰："汝能努力，事成以尔为太子，以承大统。"闵诺，遂与姚弋仲等率众还邺，称暴张豺之罪。率众将欲攻城，城中耆旧羯士皆开门出迎之。豺亦惶怖出迎，遵命执之，擐甲耀兵，入升前殿，躄踊尽哀，斩豺于市，夷其三族。计假刘氏令以遵嗣位。封世为谯王，废刘氏为太妃，寻皆杀之。遵既即大位，以石闵为都督中外诸军事。于是邺中暴风拔树，震雷，雨雹大如盂升。太武、晖华等殿，皆为雹打折破而毁。灾及诸门观阁，荡然无余，金石皆尽。

时沛王石冲镇蓟州，闻石遵弑刘后太子而自立，乃起兵讨遵。遵即使石闵等讨之，于是闵率兵十万，去讨石冲。两军会战于蓟县之西五十里，及交锋，冲士卒不敢进，被闵追及入阵，获冲杀之，又得士卒三万人，领众还都。次日，入见遵曰："冲反，吾已获杀之，而蒲洪人杰也，今镇关中，恐秦雍之地，非复国家所有，宜改图之。"遵从之，罢洪都督。洪大怒，领家属私归枋头，遣人入建康降晋，朝议许之。

晋燕率师伐赵国

却说慕容霸上书于燕王俊曰："石虎穷凶极暴，天之所弃，余烬仅存，自相鱼肉。今中国倒悬，企观仁恤，若大军一振，势必投戈弃甲而走。"俊曰："卿言至当，吾国不幸，新遭大丧，恐有不利季将，莫若渐待来春，会晋大举。"霸曰："难得而易失者，时也。万一石氏复兴，或有英豪，据其成资，岂惟失此大利，亦恐更为后患矣！"俊犹豫未决，将军封奕、慕容根曰："用兵之道，敌强用智，敌弱则用势。今中国之民，困于石氏之乱，人咸思易主，以救汤火之灾，此千载一时，不可失也。自我宣王以来，而招贤养民，务农训兵，正俟今日，若复顾虑，岂天意未欲使海内平定耶？将大王不欲取天下耶？"俊从之，遂以慕容恪、慕容评、阳骛为三辅将军，慕容霸为前军都督，选精兵二十五万，讲武戒严，为进取之计。

七月，桓温亦闻赵乱，率众十万，出屯安陆，遣诸将自营北方。赵将扬州刺史王浃举寿春来降，朝廷纳之。使西军中郎将陈逵，进据寿春。征北大将军褚裒上表请伐赵，朝廷许之，裒即日戒严，率军直指泗口。时朝议以裒事任贵重，不宜深入，宜先遣偏帅前进。裒又奏言："前已遣前锋王颐之等引兵径造彭城，后又遣督护糜嶷进据下邳，今宜速发以成声势。"于是朝廷加裒为大征讨大都督。裒率众五万，径赴彭城。北方士民降附者，日以千计。朝野皆以中原指期可复，惟蔡谟谓所亲曰："胡灭诚为大庆，然恐复贻朝廷之忧。"其人曰："何谓也？"谟曰："夫能顺天乘时，济群生于艰难者，上圣英雄乃能为也。其余则莫若度德量力。观今日之事，殆非时贤所能及，必将经营分表，疲民以逞。既而才略疏不能副心，财殚力竭，智勇俱困，安得不忧及朝廷乎！"

却说鲁郡民五百余家起兵附晋，遣人求援于裒，裒遣部将王龛将骁卒五千迎之。时赵王遵闻晋兵扰境，使李农引兵二万来拒。兵至代陂，遇王龛兵至，两下交战，晋兵大败，王龛被害，余兵尽殁无还。裒闻王龛败没，率众退屯广陵。陈逵知裒已退，恐独力难拒，亦焚寿春积聚，毁城遁还。因此裒领诸将还镇京口，解征讨都督。时河北大乱，赵民二十余万口渡河欲来归附，会裒已还，威势不振，皆不能自救，死亡略尽。

九月，张重华自称为凉王，而重华屡以钱帛赐左右，又喜博弈，颇废政事。索振谏曰：

先王勤俭，以实府库，正以仇耻未雪，志平海内故也。今蓄积已虚，外难方兴，军旅之符，屡年不息。臣恐国家不给，支用未敷，况今急而寇仇尚在，岂可轻有耗散，以与无功之人乎！汉光武躬亲万机，章奏诣阙，报不终日，故能隆中兴之业。今章奏停滞，下情不得上达，沉冤困于图圄，殆非明主之事。

重华谢之，始俭赐揽政改德。

却说赵乐平王石苞谋率关右之众攻邺，而苞贪而无谋，雍州豪杰知其无成，并遣使告请晋梁州刺史司马勋率众赴之。勋遂从其请，率兵出骆谷，破赵长城戍，壁于悬钩，隔长安二百里。三辅豪杰多杀守令以应之。赵王遵闻知，与文武议，遣王朗率精兵二万，以拒勋为名，而实讨苞，苞不备，王朗因过其地，驰入获苞送邺而赦之。司马勋兵少不敢进，因攻拔宛城，杀赵南阳太守而还。

石鉴杀遵而自立

十一月，昔赵王遵之发李城也，谓石闵曰："汝努力事我，获大位，以汝为太子。"既定而立其子衍为太子，闵犹未以为恨。而闵素骁勇，屡立战功，既总内外兵权，乃抚循殿中将士。中书令孟准劝遵诛之，先除后患。遵见闵权重，眼前无与计者，密召义阳王石鉴等入宫，于郑太后前商议诛闵。太后曰："不可。石闵屡有大功，国之所赖，更兼未有过恶，若诛之，晋、燕必来干境。"遵犹豫，令鉴且退，容再计议。石鉴出内，石闵闻遵召鉴入宫，乃自诣宫外等候。鉴果出，闵问："主上与君所议何事？"鉴不敢瞒，以实告闵。闵大怒曰："吾以德立汝，汝以怨报我！"即归第，使人召李农至，谓曰："今主上无道，欲杀我与卿，吾欲废立，请卿议之。"农曰："明公何得其语耶？"闵曰："今日主上召义阳王入宫，议欲诛我及卿，义阳王告我。"农曰："经目之事，犹恐未真；背后之言，岂足深信。明公息怒，容某试问之。"闵曰："其事是实，不必去问。"农欲出，闵劫之不与出第。于是李农只得与闵同谋，使将军苏彦、周成率甲士五千人，先入宫执赵王石遵及太子衍弑之。后李农与石闵率百官入殿，推义阳王石鉴即位。鉴既登大位，以石闵为大将军，李农为大司马，并录尚书事。时遵在位一百八十日，俄而被害。

却说流民相率西归，路由枋头经过，闻蒲洪为赵王所废，其流民入推蒲洪为王。洪纳之，于是洪威名大振，众至十数万。赵王鉴闻知，惧其逼邺，与百官朝议，以计遣之，于是乃遣使以洪为雍州牧，令其往镇。洪得鉴命，会官属议，当主簿程朴请曰："使君权且与赵连和，分境而治，然后图之。"洪怒曰："吾不堪为天子耶！"引朴斩之，不受赵命。

十二月，却说褚裒伐赵不克，还至京口，每闻哭声甚多，以问左右。左右对曰："皆代陂死者之家也。"裒惭愤，发疾而卒。僚佐奏闻朝廷，褚后哀哭，尔因朝廷以荀羡代监除、兖军事，羡时年二十八岁，中兴方伯，未有如羡是年少者也。

冉闵监主杀胡羯

却说赵王石鉴既即大位，其兵权尽属石闵、李农二人，而鉴立坐不安，乃密谓乐平王石苞曰："闵、农二人欺朕太甚，庆赏刑律，皆非朕意。卿若能率部下讨之，必以其职附卿。"苞诺而出，即点部下五百人，各持兵器，密夜攻闵府。石闵已知，使府内卫兵坚闭不出。苞欲放火焚烧，恐延及宫殿，攻不克而退。赵主鉴惧，伪若不知者，反欲杀苞，召将军孙伏都、刘铢等入，曰："闵、农二人甚实猖狂，朕欲讨之，故使乐平王苞去攻。卿等若怀忠义，亦宜戮力讨之。"伏都、铢等曰："臣等亦结有羯士三千，欲诛闵、农久矣，未得尊旨，莫敢自行。既陛下欲诛此跋扈，吾即讨之。"鉴曰："卿好为之，勿虑无报也。"于是伏都等出宫，率二千人来攻闵、农。其时石闵被石苞所攻，不克而去，已知石鉴之谋。又遣孙伏都、刘铢来攻，乃急漏夜招集诸将士卒，各披挂俟候。而谓李农曰："今石鉴遣孙伏都、石苞等攻我，不得不下手为强。奈六军大半羌、胡、羯人，怎肯从吾。君有何谋，可急施之。"农曰："大权在明公掌握，孰敢不从？可遣偏将军王简，领甲士五千，先入宫围住石鉴，不与其出入，亦不许百官入朝，下令于城中曰：孙、刘构逆，反党杀诛，良善一无预也。今日以后，与官同心者留，不同者各任所之。敕城门不禁去者，任其所之。愿者引同讨灭石氏，然后尽诛羯氏，明公自取鼎业，有何不可。"闵曰："将军之策，符合我心。"于是二人计议已定，吩咐王简诸将，各领计而行。计排已定，孙伏都、刘铢率羯士三千人来攻，石闵大开府门，驱甲士一击，杀死羯士三千，不留一人，伏都、刘铢亦被闵斩之。孙、刘既死，王简领兵入宫围住赵主石鉴。鉴私逃入御龙观，王简亦率众守鉴于御龙观，石闵悬食给之。乃下令于城中曰："羯贼纵暴戕刘百姓，今将灭之，愿同心者留，不从者任从其行。"于是赵人百里内悉入城，胡、羯去者填门竞出。闵、农知胡之不为己用，遂率赵人诛胡、羯，无贵贱，妇女、少长皆斩之，死者二十余万。其有屯戍四方者，闵皆命赵人为将帅诛之。其有高鼻多须滥死者，又何止十万余人。

却说燕王俊闻石氏内乱，乃遣人来见凉王张重华，约会击赵，重华许之。

冉闵弑鉴改号魏

庚戌，永和六年（赵主石祗永宁元年，魏主冉闵永兴元年），闰正月，冉闵欲灭去石氏之迹，托以谶文有"继赵李"，更国号曰魏，易姓李氏。时新兴王石祗镇襄国，赵之公侯、卿校，皆出奔从祗，祗咸抚纳之一万余人。祗始知冉闵之谋，欲招集胡、羯，将欲讨之，恐寡不敌，未能速进。赵之诸将张沈、张贺度等拥众各数万，亦皆别屯，不附于闵。汝阴王石琨闻闵幽其主鉴，率兵二万前来伐邺，闵即率三军出城北拒迎。两军相遇，交锋大战，不数合，琨兵大败，离城五十里下营。时鉴被王简监在御龙观，闻汝阴王琨兵至，密召张沈入观，私谓曰："卿乃社稷之臣，先君亦曾德汝。今冉闵因朕，必有害我之意，愁坐卿等，故未敢行。今闻汝阴王率众来讨，闵出外迎，卿若能灭邪返正，乘虚袭邺，救朕脱斯罗网，誓与卿等子孙同荣。"张沈曰："屡有不平之鸣，欲诛此贼，恨未有便。今出城外拒战未回，臣即点军，明旦闭门先剿绝其友党，后获石闵，以报陛下知遇之恩。"言讫即出，与张贺度等商议。

早有随鉴宦者私告闵。闵大惊，忙入城内，与李农定计。次早，即入御龙观，废赵王石鉴，杀之。又杀赵王石虎三十八孙，尽灭石氏之族。时百官皆惊，士民骇异。当司徒上尊号于闵，闵以让李农，农固辞不受。闵谓农等曰："君既不受，吾等故晋人也，请与君分割州郡，各镇牧守，共俟迎天子还都洛阳，何如？"尚书胡睦曰："陛下圣德，应天宜登大位。晋氏衰微，远窜江表，岂能总驭英雄，混一四海乎？"闵大悦曰："尚书可谓识机知命矣。"于是闵即皇帝大位，国号大魏，改元永兴元年，以李农为大将军，都督诸军事。

　　按石鉴在位一百零三日，被石虎养子冉闵杀之。始于石勒以晋大兴二年僭位，二主四子，凡三十一年，至此而灭。

史说，冉闵字永曾，小字棘奴，乃石虎之养孙也。父冉瞻，字弘武，魏郡内黄人。闵幼而果锐，季龙抚之为孙。至是，杀鉴而立为魏。

却说朝廷因中原大乱，褚后命郡臣复谋进取。朝议以浩为中军将军，督扬、豫、徐、兖、青州诸军事；遣使以蒲洪为征北大将军，督河北诸军事，诏各道进兵。时姚弋仲、蒲洪各有据关右之志，弋仲遣其子姚襄率众三万来击蒲洪。洪已知其来，亦引军二万出迎。两下交兵合战，襄失地利大败，死者过半而还。洪击破姚襄，威名愈震，乃自称为大都督、大将军、大单于、三秦王。始改姓苻氏，以雷弱儿、梁楞、鱼遵、段陵为将相，各执兵分讨不降。

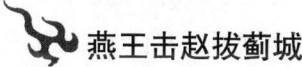

燕王击赵拔蓟城

却说燕王慕容俊与慕容霸、慕容舆将兵二十万，分三道出塞以伐赵，赵守将皆走。俊遂拔蓟城，集诸将，欲悉坑其士卒。慕容霸谏曰："坑之不可。赵为暴虐，王兴师伐之，将以拯民于涂炭，而抚有中州也。今方始得蓟，而坑其士卒，恐不可以为王师之先声，而求大功之首务。"俊乃释之，迁徙其都于蓟城。时中州士女相继而至，俊抚纳之。次日，又催军至范阳，太守李产欲率兵为石氏拒燕，而众兵莫为其用，燕率军入城，令长出降。俊纳之，悉置幽州郡县守宰，乃引兵还蓟。却说魏王石冉先以谶文改姓李氏，至是复改自姓冉氏。因以李农为太宰、录尚书事，遣使持节，敕诸军屯，以为己用，诸军皆不从。

却说初，赵故将麻秋为苻洪所获，以为军师将军。秋说洪曰："冉闵、石祇方相持，中原未可平也，不如先收关中，基业已固，然后东争天下。"洪深然之。麻秋身虽归洪，而心欲自立，乃思谋以鸩匿馔与酒中，请洪赴宴饮食之，待洪死以并其众。谋排已定，令人请苻洪。洪果至，因饮酒中毒而归，将死，急呼其子苻健入卧榻前，嘱之曰："吾今日因麻秋所请赴宴，饮酒中毒，想必难起。吾所以未入关者，以为中州可定。今不幸为竖子所困，中州非汝兄弟所能办。我死，汝急率众入关。"言终而卒。健大哭，收葬其父，使人收麻秋斩之，以祭父魂。健代统其众，乃去王号，称晋征北大将军官爵，遣使入建康告丧请命。

却说新兴王石祇镇襄国，赵之旧臣、公侯、伯尉，因闵坑灭胡、羯，皆逃奔襄国，劝石祇即位。于是祇即皇帝大位，改元永宁，以姚弋仲为右丞相，待以殊礼。弋仲子襄，雄略多才，祇以为骠骑大将军。又遣使以苻健为镇南大将军。祇既称帝，诸夷据州郡拥兵者皆应之。

却说魏主冉闵既登大位，士民未附，乃谋将李农杀之，遣使持首临江告晋曰："逆胡乱中原，今已诛之。能共讨者，可遣军来也。"朝廷莫辨真伪，不应。

六月，却说王朗闻赵乱，乃自率众离长安，以赴洛阳。其司马杜洪反，即称晋征北将军，以据长安。时西夷夏众皆应之。当苻健欲取之，未暇，乃先治宫室于枋头，课民种麦，示无西意。既而自称征西大将军，都督关中诸军事、雍州刺史。与诸将议谋悉众而西，以鱼遵为前锋，引兵五千，为浮梁以济孟津；又遣弟辅国将军苻雄率众五千，自潼关入；遣兄子苻菁率众七千，自轵关入。临别，健谓菁曰："若汝不捷，汝死河北，我死河南，不复相见。既济，汝可焚桥，吾自率大众随苻雄而进。"言讫，菁引众相辞而去，健亦起兵而行。

却说鱼遵既为前锋，率众伐木，起造各处浮桥，苻雄以五千众打破潼关。时杜洪闻苻健使雄自潼关来，急遣张先领五千军来潼关迎战。两军会战于潼关之北，张先失地利，大败走还长安。杜洪大惧，分兵固守长安，不敢复出。

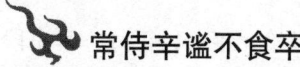 常侍辛谧不食卒

却说故赵将张贺度等闻冉闵杀太宰李农，乃会兵于昌城，将攻邺。魏主闵已知，乃自将兵二十万出击之。二军相遇，战于苍亭，度兵稀少，未及三合，大败而去。闵尽俘其众而归。有戎卒三十余万，旌旗钟鼓蔽鸣百余里，虽石氏之盛无以过也。闵既归国，闻陇西故晋散骑常侍辛谧有高名，遣使备礼征谧为太常侍，使人诣谧，固辞弗去，因回书与使人遗闵云：

物极则反，致至则危。君王功已成矣，宜因兹大捷，归身晋朝，必有由、夷之廉，以享松、乔之寿。

使人以其书与闵，闵观之竟不从其议而寝。谧闻闵不从其请，恐其再逼，因不食而卒。

九月，初，渤海人贾坚少尚气节，仕赵为殿中督，及赵亡，坚还乡里，拥部曲数千家，以保据卿邦。时燕慕容评徇冀州至渤海，使人招坚降，坚不从，率兵拒抗。评大怒，亦引军与战。两下交战，不十合，坚大败，被评获之。贾坚被擒，只得投降。评大喜，以坚为乐平太守。十一月，苻健见杜洪不出，乃长驱军马，杀入长安。杜洪自知不能敌，乃率众夜开城门，引家属走出。苻健遂得长安居之。健以民心思晋，乃遣参军杜山伯奉表入建康朝帝献捷。又健使奉书修好于桓温，于是秦雍夷夏皆附之。

十二月，晋穆帝临轩，遣侍中黄门复征蔡谟为司徒，谟陈疾笃，自旦至申，使者十余返，谟不至，辞愈切。谟除司徒，三年不就职，诏书屡下其第，终不受。于是帝始临轩复征，不见其来。帝年方八岁，自旦至申，待之甚倦，问左右曰："所召人，何以至今不至？临轩何时当竟？"太后见其固辞不至，乃诏罢朝。会稽王昱令曹曰："蔡公违圣上命，无人臣之礼。若人主卑屈于上，大义不行于下，不知所

以为政矣。"于是公卿乃奏穆帝，请将谟送廷尉。帝未下诏，谟已知，大惧，乃率子弟素服诣阙稽颡，自到廷尉待罪。殷浩与众朝臣议，欲加谟大辟。会荀羡入朝闻其议，即语浩曰："蔡公今日事危，明日必有桓、文之举矣。"浩乃止，奏请诏免谟为庶人。

辛亥，七年（赵永宁二年，魏永兴二年，秦主苻健皇始元年），正月，鲜卑段龛使使以青州来降。晋帝与群臣议，以龛为镇北将军，封齐公。初，段兰死于令支山，龛领其众，因石氏之乱，乃率众南徙广固，至是来降。

却说苻健集诸将佐议征进之策，左长史贾玄硕等谓健曰："天下悬倒，豪杰各有霸王之意。今将军功盖四海，地有三秦，宜依刘备称汉中王故事，遣人入建康上表，表将军为都督关中诸军，为大单于、秦王，如何？"健怒曰："吾岂堪为秦王邪！且晋使未返，我之官爵，非汝曹所知也。"于是诸将佐各散。健心悔，密使梁安讽玄硕等上尊号，玄硕不知其意，乃从之。次日，引将佐只上号为秦天王、大单于。健遂即王位，心中不悦，宴会群臣上贺，国号大秦。

魏主冉闵围赵王

二月，魏主冉闵亲率大军二十万，围赵王石祗于襄国。赵王祗大惊，调兵固守城池。闵连驱士卒，攻百余日不下。祗危急，乃去帝号称王，遣太尉张举乞师于燕，许送传国玺于俊。张举去讫，又遣将军张春求救于姚弋仲。春奉命见弋仲，称赵王求救之事。弋仲从之，遣子姚襄执兵一万五千，去救襄城。临行，弋仲戒曰："冉闵弃仁背义，屠灭石氏。我受人厚遇，当为复仇，老病不能自行，故命汝去。汝才十倍于闵，若不能枭擒，必不复见我也！"襄拜领其言，即领兵前去。

却说张举至蓟城，次日，入见燕王俊，称石祗说乞师退魏兵及许送传国玉玺之事。俊大喜，即使悦绾将兵一万，去救襄国。魏王闵闻知大惊，亦使中郎常炜至燕见俊，请抽兵勿救于赵，亦许送玺。俊乃使封裕诘玺所在。裕问炜曰："前日赵使张举至，说玉玺在襄国，今子至，又道玉玺在汝邺，子言诈乎？"炜曰："玺实在邺，公能奏过燕王抽兵，吾回即将送至。"燕王俊曰："张举言在襄国，何也？"炜曰："彼求救，妄诞之辞也，大王岂可信之也！"俊乃又使裕私诱炜，炜词不变。左右文武请杀之。俊曰："彼不惮杀身以救其主，忠臣也。"使人引出，就馆安下。又使其乡人往劳之，且曰："君何以不实言玺之所在？燕王怒，欲处君于辽远之地，奈何？"炜曰："吾结发以来，尚不欺布衣，况人主乎！曲意苟合，性所不能；直情尽言，虽投东海，不敢避也。"遂向壁不复言。俊闻其言，乃囚之于龙城，后既知张举之妄，乃杀举而释常炜之囚。

三月，姚襄及赵汝阴王石琨各引兵东救襄国，二处之兵长驱而进。魏主冉闵闻知有救兵至，大惊，即忙遣将军胡睦引兵一万出长芦，拒姚襄；孙威引兵一万出黄丘，拒石琨。胡睦至长芦，被姚襄用火攻，杀败而回。孙威至黄丘，被石琨用伏兵计，杀败而还。魏主闵见二将败还，大怒喝退，欲自出击之。卫将军王泰谏曰："今襄国未下，外救兵云集，若我出战，必腹背受敌，此危道也。不若固垒以挫其锐，徐观其衅而击之可也。"言未毕，忽道士法饶进曰："太白入昂，当杀胡王。大王若出，百战百克，不可失也。"闵信其说，攘袂大言曰："吾战决矣，敢阻众者斩！"言讫，乃悉众出战。

时襄、琨合兵来攻，次日，二下交兵大战，未见胜负。忽燕悦绾适以燕兵至，闻二处交战，乃驱士卒于魏兵阵后，隔数里，疏布骑卒，曳柴扬尘，以恐魏兵。魏兵望之，疑有伏兵，惶惧欲退。襄、琨挥军追战，悦绾以军拦击。赵王石祇见救兵到，亦引兵出城后冲之。因是魏兵大败，闵与十余骑出垓心，走还邺城。魏之将士死者十万余人。赵主得三处救兵至，得解其危，即备牛酒劳军，及重赏二将而去。留汝阴王石琨同保襄国。

却说姚襄还，入见父弋仲。弋仲问获得冉闵否，襄告闵走回邺城。弋仲大怒其不擒冉闵，喝左右将襄杖一百，襄被责微闷而退。

却说闵之为赵相也，所徙青、雍、幽、荆之民，及氐、羌、胡、蛮数百万口，以赵法禁不行，各还本土，道路交错，互相杀掠，其能达者十有二三。中原大乱，因以饥疫，人人相食，无复耕者。赵王祇闻之，遣其将刘显率兵七万人攻邺。兵未至邺，魏主闵已使人探知，乃集诸将，悉众出屯城外，用埋伏步卒五千人于谷中，以待显至。刘显自持志意，不以闵为意，驱士卒直抵城外，只隔十里之程。闵见其兵，谓众曰："今刘显远来，必来传食，以我逸之众，而击彼劳之兵，可获刘显，料必无难。"诸将踊跃称善，遂扬声播鼓，耀武驱兵出战。显果无备，被闵一击，大败而退五里，伏兵大起，被闵击斩首三万余级。显走还，又被谷中埋伏之兵出拦，回拒恐又不能，心中大惧，乃密使腹心人去请降，闵不允。显又使去求杀赵王祗以自效。闵始从之，乃引兵还邺，遣人抽回伏兵与归，显方得脱，引残兵回赵去讫。

却说秦王健分遣使者问民疾苦，搜罗俊异，宽重敛之税，弛离宫之禁，罢无用之器，去侈靡之服，凡赵之重刑，不便民之政，皆除之。四月，杜洪遣使，会梁州刺史司马勋起兵击秦，使人直至梁州告勋。勋大悦，即率步骑三万赴之。秦主健已知，乃遣梁安领军五万，御之于五丈原。两军交战，勋不能胜，相持十数日，勋屡败，乃退归南郑。秦王健恨长史贾玄硕始者不上尊号，衔之，至此，计使人告玄硕与勋通谋，收而杀之。

却说刘显自攻邺败还归赵，与部伍谋，以兵夜攻入内，弑其赵主石祗而自立为赵王，以统其众。是以魏徐、兖、荆、洛诸州，复归于晋室。

桓温移军驻武昌

却说慕容恪既取得中山，迁其将帅土豪数千家诣荆城，余皆安堵，军令严明，秋毫不犯。却说姚弋仲遣子襄败冉闵之后，使使来江东降晋。穆帝命群臣议，遣人诏以弋仲为车骑大将军、六夷大都督，以其子襄为平北将军，督并州。

时桓温先闻石氏内乱，上疏请出师经略中原，事久不委其行。温使人入朝探知，闻朝廷仗殷浩以抗己，温甚愤之，因谓诸将曰："浩之抗我，吾不惮之。少时吾与浩共骑竹马，我弃去，浩辄取之，故当出我下也。"又谓郗起曰："浩有德有言，向使作令仆，足以仪刑百揆，朝廷用违其才耳。"因此相持弥年，虽有君臣之迹。羁縻而已，八州士众资调，殆不为国家之用，乃自收入府。又使人上书求出北伐，帝降诏不许。至十二月，温见诏书不从，乃拜表即行，率众五万人顺流而下，军至武昌，入城屯扎。晋帝设朝，近臣奏曰："征西大将军桓温，屡上表求出北伐，见陛下不听，今引大军十万，顺流而下，屯于武昌，不知何意为也？"穆帝大惧，急问会稽王昱求计。昱曰："可调兵守卫建康、石头二处，任其所往可也。"殷浩亦知，奏帝曰："桓温此举，却乃疾臣位重于彼，岂可以臣一人误国家，而苦天下元元也。臣愿辞位避职，以保社稷。"帝未许。群臣议曰："桓温久怀不臣，不若令侍中黄门以驺虞幡驻温之军,则温无敢为也。"朝臣纷纷,议不能决。当吏部尚书王彪之,乃琅邪人,见朝廷所决犹豫,乃言于会稽王昱曰:"诸臣所议,皆非奇策。若浩去职,人情离骇,必有任其责者,非殿下而谁乎!"又谓浩曰:"彼若抗表问罪,卿为之首,欲做匹夫,岂有全地耶!依吾肤见,自当静以待之。令相王与手书,示以款诚,为陈成败,彼必旋师;若不从,则遣中诏;又不从,乃当以正议相裁。奈何无故偬偬,先自猖蹶乎!"浩鼓掌悦曰:"决大事正自难,项日来使人闷。今闻卿此谋,意始得了。"会稽王昱即命抚军司马㧑草书,使人送去武昌与桓温。温得书拆读,其书曰:

寇难宜平,时会宜接,此实为国远图,经略大算,能弘斯会,非足下而谁!然异常之举,众之所骇,游声噂喈,想足下亦少闻之。苟或望风振扰,一时崩散。则望实并丧,社稷之事去矣。吾与足下,虽职有内外,安社稷,保国家,其致一也。当先思宁国家,而后可以攘外。区区诚怀,岂可顾嫌而不尽哉!

桓温读其书,中心有惧色,即上疏惶恐致谢,乃回军还镇去讫。上其疏曰:

臣窃睹赵之自乱,欲乘厥衅而伐之,由然下驻武昌,以诏待行,非有异为,乃安社稷,讵有外望?陛下既不委臣,即戎臣亦何敢攸往,领众还镇,以待罪耳。

穆帝得疏,复遣人以诏谕温,以安其心。
壬子,八年(魏永兴三年,秦皇始二年,燕元玺元年),秦主苻健集群臣议,乃自称皇帝,即帝位,改元皇始,以苻苌为太子。时健既即大位,以单于统一百蛮,非天子所宜领,以授太子苌领之。
却说杜洪与司马勋既败,洪与张琚屯宜秋城,洪自以右族轻琚,琚谋与众遂杀洪而自立。却说魏主冉闵闻刘显弑其主祇于襄国,乃率兵五万来攻破襄城,获刘显斩之,迁其民于邺。赵汝阴王石琨见闵杀显,恐不能敌,乃引残众来投降晋,晋穆帝怒其祖父凶毒天下,故诏斩之,因此石氏遂绝。于是殷浩使督统谢尚、荀羡以兵进屯寿春，上疏请出师许、洛，穆帝从之。当有左丞孔严见浩与桓温不和，而欲自将北伐，因言浩曰："观温妒忌之情，良可寒心，不知使君将何以镇之？愚谓宜明授任以方任，韩、彭专征伐，萧、曹守管龠，深思廉、蔺屈身之义，平、勃交欢之谋，必穆然无间，然后可以保大定功。观近日趋附之徒，皆人面兽心，恐难以义感也。"浩不从。时王羲之闻殷浩出师北伐，使人以书止之，浩亦不听。

史说，王羲之字逸少，乃司徒王导从子也。极善草隶，论者称其笔势，以为飘若浮云，矫若惊龙。未出仕时，与谢士安同学，常集于会稽山阴之兰亭，羲之自为之序，其文多不录。羲之性最好鹅。会稽有姥养一鹅善鸣，羲之求市不得，乃携亲友往观，姥闻羲之至，遂烹以侍之。羲之叹息弥日。又山阴有道士养一好鹅，羲之闻而往观之，果好，意甚悦，固求市之，道士曰："先生肯为写《道德经》，当举鹅相赠，若市，不肯耳。"羲之欣然代写，写《道德经》毕，遂笼鹅而归。又在蕺山见一老姥，持六角竹扇出卖。羲之讨其扇，著书各五字。姥有愠色，羲之因谓姥曰："你但言王右军书以求百钱，必有人买。"姥持扇去，如其言，人竞买之。他日姥又持扇来求写，羲之笑而不书。每自称"我书比钟繇，当抗衡；比张芝草，犹当雁行也"。曾与人书云："张芝临池学书，池水尽黑，使人耽之若是，未必后之也。"羲之书初不胜庾翼，及暮年方妙。当以章草答庾亮，而翼因见深叹服，因与羲之书云："吾昔有伯英章草十纸，过江亡失，常叹妙迹永绝。忽见足下答家兄书，焕若神明，赖还旧观耳。"因此朝廷知名，以为右将军。时浩不听羲之所陈，引兵便行。却说谢尚、荀羡二人进屯寿春，时魏豫州牧张遇初以本州来降，至是尚等不能抚慰，反加轻慢。遇怒据许昌叛，降于秦。由是浩军不能进，浩命羡以军镇下邳。

三月，姚弋仲有子四十二人，及病将危，谓诸子曰："石氏待吾甚厚，本欲为之尽力，今已灭矣。中原无主，自古以来未有戎狄做太子者。我死，汝曹自归于晋，当执臣节，无为不义也！"言讫而卒。长子襄代领其众，将父灵柩安葬讫。率众来击秦，以报前仇。秦主健知备，引军与战，襄莫能取胜，遂率众归晋。穆帝诏襄，以其众权屯谯城。襄既至谯城，闻谢尚在寿春，乃单骑渡淮来探尚。尚闻其名，乃命去其仗卫，幅巾待之，欢若平生。襄本善谈论，由然江东人士皆重之。

燕王兴兵执魏主

四月,魏主闵既克襄国,襄国大饥,因游食常山、中山诸郡。燕王俊遣将军慕容恪等,将兵三万来击之,闵知恪引兵来,乃率众急趋常山。恪以兵后追,魏主闵勒兵回与恪战,恪军大败,闵连十战皆胜,恪皆败。闵素有勇名,所将兵精锐,燕人惮之。恪见自己部下士卒惧闵,因而巡阵谕将士曰:"闵勇而无谋,一夫敌耳。其士卒饥病,甲兵虽精,其实难用,不难破也,汝众何惧之有!"谕讫,引众复追。闵所将多步卒,将趋林中,恪参军高开谓众曰:"吾骑兵利平地,若闵得入深林,不可复制,宜遣轻骑邀之。既合而阳走,诱至平地,然后可击也。"恪从之,即调兵邀击。闵果引兵还驻,恪又以军分三部与战,因谓诸将曰:"闵性轻锐,又自以众少,必致死于我。我厚集中军之阵以待之,俟其合战,卿等从旁击之,无不克矣。"众诺其计。恪又择鲜卑善射者五千人,以铁锁连其马,为弓阵而前。魏闵乘千里马,号曰朱龙,左操双刀矛,右持钩戟,以击燕兵。燕将与战,皆莫能敌。闵斩燕人三百余级,燕兵不退。闵望见恪之大幢,知其为中军,乃挥众直冲入,燕两旁之兵夹击之。闵一者兵少,二者夹攻,欲入中阵,箭发如雨;欲退,四围重厚,因是被燕兵大破之。闵料不能胜,乃溃围东走,行二十余里,其马忽毙。闵即弃马步走,不过百步,燕兵追及,至此被执。燕将恪将魏主冉闵押至蓟城,来见慕容俊。俊问闵曰:"汝奴仆之才,何自妄称天子?"闵曰:"天下大乱,尔曹夷狄,人面兽心,尚欲篡逆。我一时英雄,何为不可做帝王耶!"燕王俊大怒,使武士策金鞭之三百,犹未死。俊使人送于龙城遏陉山斩之。其山左六七里内,草木悉枯而死。五月至十二月,大旱无雨,郡守遣人奏知燕王俊。俊大惊,乃使人立祠于其山,备太牢祀之,谥曰悼武天王,是日方下大雪。燕王之遣慕容评率三万精骑攻邺右城,魏太子冉智已知魏主被害,朝夕涕泣,忽兵又来攻邺,心下大惧,急问诸将。大将军蒋干出曰:"燕兵势大,难以拒迎。城中粮草颇有,不若坚守,待其懈怠,然后击之。"太子智从其计,拒守城池。城外百姓皆已降燕。

五月,秦王健兴兵五万出击张琚,琚以二万众拒迎。次日交锋,各挥兵战,斧来戟对,枪去刀迎,战上二十余合,琚兵大败而逃。琚恋战不退,被秦兵斩之。于是秦主收兵还城。

却说魏太子智与慕容评相持数月，燕兵愈添，况又城中大饥，人民相食，故赵宫被食略尽。太子智大惊，蒋干谓太子曰："事急矣！宜使使降晋，乞师来救，方且解得此围。"太子智从之。蒋干即遣侍中缪嵩奉表请降于晋，一面整备守城，又使人求救于晋谢尚。初，谢尚使戴施据枋头，施闻蒋干求救，奉表请降，乃率壮士百余人入邺，助守三台。因说干曰："公言降晋，可速将传国玺与我，令人送入建康，见主上发大兵来救，方保此地，不然终为所擒。"干然之，问太子智求印与施。施使督护何融怀玺送与尚，宣言使督护何融迎粮，阴令怀玺送至枋头与尚。尚迎送至建康呈与帝。帝纳之，百僚俱贺，皆称万岁。却说谢尚遣姚襄共攻秦张遇，秦王健知，亦遣丞相、东海王雄等率兵二万人救之，战于颍水之诫桥，尚等大败，奔回淮南。殷浩闻知尚败，自许昌退屯寿春。雄徙张遇及陈、颍、许、洛之民五万余户于关中，以杨群为豫州刺史，令其领许昌。

八月，慕容评领兵攻邺都，时魏王冉闵已被慕容恪所擒，送于蓟州斩讫。评挥兵攻陷入城，收冉闵妻子家属及官僚文物宝贝，正欲遣人送来，正遇燕王亦领群僚迁都，将至建邺。评将冉闵妻子等送燕王俊，燕王已欲神其事业，言历运在己，乃诈称云："闵妻献玉玺。"反赦之，赐号曰"奉玺君"，置居后宫。因谓诸文武曰："吾初入邺，得此玉玺，吾若不有中原之福，安得此祥。吾欲自即帝位，卿等云何？"时诸文武皆曰："大王得此嘉瑞，可登九五，何必言论。"因是群臣下拜，皆呼万岁。

十一月，燕王慕容俊即皇帝大位，国号前燕。建元元玺元年，都于邺城。封慕容恪为大司马，慕容评为大司徒，其下文武各有加封。当时赵王石季龙之伐棘城也，俊父慕容皝欲乘骏马避难，其马悲鸣蹄啮，不肯从行，皝不能近，因此主意与战，击败季龙。皝亦奇爱之，至是四十九岁矣，骏逸不亏。燕王慕容俊复并奇之，比之鲍氏骢，因是命铸铜以为其像，亲为铭赞，勒于其旁，置之蓟城东掖门。是岁，像成而马已死，俊甚惜之。时燕太子晔死，燕王俊恸哭，惜之，乃立次子慕容晔为太子。

却说殷浩之北伐也，中军将军王羲之以书阻，不听，既而无功，复谋再举。羲之又遣人遗浩书曰：

今以区区江左，天下寒心，固已久矣，力争武功，非所当作。自顷处内外之分者，未有深谋远虑，而疲竭根本，各从所志，竟无一功可论，遂今天下将有土崩之势。任其事者，岂得辞四海之责哉！今军疲于外，资竭于内，保淮之志非所复及，莫若还保长江，督将各复旧镇，自长江以外，羁縻而已。引咎责躬，更为修治，省其赋役，与民更始，庶可以救倒悬之急也！若犹以前事为未工，复求之于分外，宇宙虽广，自容何所！此愚所不解也。

浩曰："吾自有奇谋而进，汝岂识之。"因是不纳，遂又进兵。羲之见浩不听，又上会稽王昱笺曰：

今虽有可喜之会，内求诸己，而所忧乃重于所喜。功未可期，遗黎歼尽，以区区吴、越，经纬天下十分之九，不亡何待！而不度德量力，不弊不已，此封内所痛心叹悼者也。愿殿下先为不可胜之基，须根立势举，谋之未晚。

浩亦弗听，时浩进屯夏口，遣戴施据石门，刘遁戍仓垣，以候进取。

却说晋帝设朝，文武山呼讫。近臣奏知："燕王俊取去关中之地，及报燕主俊今据邺城为郡，未知其意若何？陛下可使人赍诏旨前去，封其为燕王，看其如何。若受诏称藩，且置之度外；若拒诏旨，乘其未定，兴兵讨之。"帝然之，即遣使持诏旨来邺城，封慕容俊为燕王。俊果不受封，而谓使者曰："汝还，白汝天子，我承人乏，为众所推，已为皇帝矣。"使人即归，以是言奏与晋帝。帝大怒，使人催殷浩进兵去讨。

却说姚襄字景国，弋仲第五子，因见父姚弋仲死了，恐孤不能自立，领其众降晋。晋帝大喜，封襄为右将军，使为前锋，同殷浩伐燕。

殷浩兴兵去伐燕

癸丑，九年（秦皇始三年，燕元玺二年），五月，姚襄领兵屯于襄城。次日，入参大将军殷浩，浩以酒相待，因与谈论时事，襄对答如流，部下诸将士见其善谈论,皆重之。惟浩见其勇略多能,心甚恶之。时襄酒醉辞归,因出军外歇。浩唤许敬至,谓曰:"今姚襄来降,吾观非真,必有诈耳。你可密地藏利刃,私入彼所寝刺之。你若杀得其人,吾自保奏朝廷,立汝为将。"许敬曰:"将军有令,吾请即行。"言讫即出,取利刀藏在身边,漏夜潜入姚襄军中。时姚襄未寝,正在中军燃灯读书。许敬从背后而入,正欲下手,姚襄抬头,观见有一人影,持刀近前。襄乃拍案大喝一声:"有贼!"帐外诸军抢入,将许敬擒住,押在案前。襄问曰:"谁人教汝刺吾,好好说来,我便饶你。"敬曰:"大将军殷浩嫉将军之能,使小人刺之。"襄大怒,将许敬杀之。襄心有忧惧,乃心恨殷浩,遂以兵退屯历阳,自疑燕秦方强,难以伐之,却按兵不动,令三军屯田,训厉将士。

殷浩闻知,恐其有异,潜遣将军魏憬率众五千袭之。襄闻知,乃将兵分左右翼,埋伏山阴谷,待其过半击之。憬不知,将五千人入山阴,被放号炮,伏兵大起,获住魏憬,襄怒斩之,及并其众。浩知愈恶之,乃遣人入建康奏帝,迁襄蠡台,表授梁国内史,使至历阳。姚襄始知,谓诸将曰:"朝廷今以吾迁于蠡台,则吾大事去矣,此事如何?"权翼曰:"此必殷浩之谋。可使一能言者去参之,必知其详。"襄曰:"卿可与吾一行。"于是襄益疑惧,遣将军权翼来见浩,浩曰:"吾与姚平北共为王臣,平北每举动自专,甚失辅车之理。"翼曰:"平北英姿绝世,拥兵数万而远归晋室者,以朝廷有道,宰辅明哲故也。今将军轻信谗慝,与之有隙,谓猜嫌之端在此,而不在彼也。"浩曰:"平北生杀自由,又掠吾马,王臣之体固若是乎!"翼曰:"奸宄之人,亦王法所不容也,杀之何害?"浩曰:"然则掠马何也?"翼曰:"将军谓平北雄武难制,终将讨之,故取以自卫耳。"浩笑曰:"何至是也,令其莫疑。"翼参探是实,连忙归报姚襄。襄大怒曰:"吾以实心归晋,遭汝屡次谋害,吾必报之。"

却说殷浩阴遣人诱秦梁安、雷弱儿使杀秦王健,许以关右之任。弱儿等伪许之,且请兵应接。浩闻张遇作乱,以为安等事成,却自寿春率众七万北伐,欲进据洛阳,修复园陵。当王彪之闻知,乃以人上会稽王昱笺,以为容有诈伪,未可轻进。昱与浩议,浩不从。遣人会同姚襄起兵北伐,以襄为前锋。襄急集诸将议计曰:"今浩北伐,以吾为前锋。吾欲乘此攻浩,卿等有何高见?"权翼曰:"正可就此攻之,过后无计可乘。可速遣回书与浩,道吾起兵前行,明公火速以大兵接应。彼必为实,必自领众来,其来必从此路去。吾将三军伏诸险,待其过了后追击之，浩必败矣"。襄从其计，即遣人以回书见浩，道："吾以兵先起，火速令大兵接应"。殷浩果不疑，率大兵前来，过诸险，被襄伏兵四起攻击，殷浩之众大败溃乱。浩与诸将保会稽王昱，弃辎重走奔谯城，被襄挥兵一击，俘斩一万余人。襄见浩走，乃收兵尽得粮草资仗。令兄姚益以五千人守山桑，自率大众屯淮南。会稽王昱遗王彪之书曰："君言无不中，张、陈无以过也。"

江逌献计破姚襄

却说殷浩自此威名日损，士民皆怨。浩耻其败，乃收集大军屯扎，乃谓诸将曰："今被羌贼攻败，损去人马，何颜归见江东。"一人挺身而出曰："今姚襄得胜，必然无备，正可乘此时以计攻之，可复前仇。"浩视之，乃长史江逌，字载道，乃陈留圉人也，博学多智。浩因问曰："卿有何计教我，攻此羌贼？"逌曰："今兵非不精，而众少于羌，且其堑栅甚固，难以校力，吾当以计破之。"浩曰："何计破之？"逌至浩耳畔，如此如此。浩抚掌笑曰："其计大妙。"浩即令江逌行计。逌即出，乃令军人捕野鸡数百，以长绳连之，又取核桃镂去中肉，以火药藏内对合，开一小孔入火心，外以铁绳缚之，系住鸡足上。安排已了，是夜传令，交军人全装披挂伺候。姚襄营中火起，以兵乘乱攻之。三军得令，各自准备厮杀。至二更时，逌使一百军人，将前野鸡各带火药，去姚襄大营前后左右，点起火心，把鸡一放，放入姚襄寨中。须臾火着，群鸡骇散，飞集襄营，栅内惹火，一时火发，营中大乱，自相残杀。比姚襄急起，与丁零寻马，杀出营来，正遇江逌，以军来战。襄与逌交马斗上十余合，襄见自军大乱，无心恋战，乃拍马杀出而走，丁零各自逃遁。逌以军与羌兵相杀，混战至天明，逌方收军，杀死羌卒一万余人。姚襄与丁零收拾残兵三万余人，不敢追浩，入据关中。江逌兵少，不敢追赶，收军还寨。请浩南还，于是殷浩领军还镇谯城。

十月，凉西平公张重华有疾，次子曜灵才十岁，立为世子。重华庶兄张祚有勇力才干而倾巧善事内外，与嬖臣赵长等结为异姓兄弟。初，谢艾以枹罕之功，有宠于重华，左右谮之，出为酒泉太守。闻重华疾重，又令人上言："权幸用事，公今至将危，乞听臣言，命臣入侍。"且言："祚及长等将为乱，宜尽逐之。"重华疾甚，手书令人征艾辅政，祚、长等匿而不宣。重华卒，曜灵立，称凉州刺史、西平公。长等矫遗令以祚辅政，不征谢艾。曜灵立未三十日，被赵长等以言谓众将曰："方今时难未夷，四方鼎沸，幼主焉能御众讨贼，宜立长君，可保境土。今西平庶子张祚，有文武才，不如废曜灵立之，乃西境之福也。"众将皆然之，于是乃废曜灵而立祚。祚既得志，恣为淫虐。重华妃裴氏及谢艾上书谏，而弗从，反将杀之。西土振动，民皆骇异，而祚自谓得志，乃自称凉王，改元和平元年，置百官，郊祀天地。尚书马岌切谏不可，坐免官。郎中丁琪复谏曰："自武公以来，世守臣节，抱忠履谦，故能一州之众，抗举世之虏，师旅岁起，民不告疲。今而自尊，则中外离心，安能以一隅之地，拒天下之强兵乎！"祚闻之，大怒曰："吾意已定，汝何阻谏！"命武士斩之，以此士民解体。

十二月，姚襄与权翼议曰："今军新败，倘建康晋帝闻知，浩又来攻，何以抵敌？"翼曰："火急令人提表入建康见帝，说浩无故遣魏憬攻我，被我杀之。今又以兵袭我，退屯谯城，不思北伐，专欲攻害臣等。如此数浩之罪，然后将兵济淮，收集亡散，以候其来，必无虑矣。"襄然之，即作表遣人入建康见帝，于是襄济淮，屯盱眙，招纳流民，得众至七万，分置守宰，劝课农桑，遣使诣建康，数殷浩罪状，并自陈过责。

桓温率众出伐秦

甲寅，十年（秦皇始四年，燕元玺二年，凉王张祚和平元年），却说扬州刺史、大将军殷浩连年北伐，师徒屡败，粮械都尽，朝野生怨。

却说征西将军桓温少与殷浩齐名，及长，温素忌于浩，忽闻殷浩北伐被降人姚襄杀败山桑，乃遣人入朝上疏，数浩之罪。晋帝得疏，读曰：

按中将军殷浩过蒙朝恩叨窃非据，以兵北伐，三年损折军将过其半，未曾取得尺寸之土。空竭国家，无余斗斛之存，致使华夏鼎沸，黎元殄悴，社稷倾危之忧将及，若不加罪，则海内士民怨变。臣请废浩，江左始安。

却说晋帝看疏毕，不得已降诏，遣使免浩为庶人，徙之于东阳信安县，以王述为扬州刺史。

却说殷浩被帝遣使降诏，贬为庶人，徙来信安。浩虽被黜，谈咏不辍，虽家人不见其有流放之戚。但终日书空作"咄咄怪事"四字而已。时浩外甥韩伯随至徙所，经岁辞归。浩送韩伯至渚侧，咏曹颜远诗云："富贵他人合，贫贱亲戚离。"因而泣下，分手回归。

却说征西将军桓温谓掾郗超曰："浩有德有言，向为令仆，足以仪刑百揆，朝廷用违其才耳。"桓温欲以浩为尚书令，遣人以书告之。浩得书大喜，欣然回书，写已了，虑谬误，闭开十数次，竟达空函与来人归。温见大怒，由是遂绝之。浩久不得温书，以为惑己，后忧而卒。

二月，桓温自黜殷浩之后，内外大权一握在手，事无巨细，要行即行，要止即止。朝中大臣各惧其势，凡有万机，皆先咨知。桓温既握重权，行事皆不奏帝。是时，桓温有平天下之志，遂问谋于参军孟嘉。史说，孟嘉字万年，江夏人也。先事庾亮，亮死桓温拜为参军，温甚重之。九月九日，温宴诸将于龙山，时僚佐毕集，军士尽着戎服，忽有大风至，吹落孟嘉头上之帽，嘉不之觉，诸官皆笑。温因命孙盛作文嘲嘉，嘉即答之，其文甚美。嘉好酣饮，愈多不乱。温因谓嘉曰："酒有何好，而卿嗜之？"嘉曰："公未得酒中取耳。"时桓温问之曰："孤今聚有豪杰之众，胸蕴文武之才，幸挟震主之威，意欲经营天下，愁有不赏之功，此事如何可以保全后世也？"嘉曰："窃见晋室不可复业，胡人不可尽除，为将军计，不如挟天子而令诸侯，收三秦，取关中，如不克，即入蜀而据其地，且鼎足而立，以观天下之衅。今者北方诚多务，不如因其多务，剿除三秦，进伐苻氏，尽关中所极，据而有之。然后建号以图天下，此裔帝之业也。"温曰："今尽力一方，冀以辅晋室耳，此言非所及也。"嘉曰："人皆可以为尧、舜，但恐将军不肯为耳。"温大喜，披衣起谢曰："承教诲，同享富贵也。"于是桓温意决，乃统步骑四万伐秦。使人上表，不待诏允，拜表即行。自以兵从襄阳入均口南乡，步兵自淅川趋武关，又命司马勋以军出子午道伐秦。军将至霸上，桓温遣司马勋以兵五千，倍道而进，攻上洛，比无备，被勋攻陷，获秦荆州刺史郭敬。又进击青泥，破之。

秦王健闻知大惧，乃遣太子苻苌等，率众五万拒温，战于蓝田，秦兵大败。温转战而前,进至灞上,苌等兵五千退屯城南。健与老弱六千,屯守长安小城,悉发精兵三万,遣大司马雷弱儿等,与苌合兵以拒温。温以精兵二万,分二翼而进,与秦兵相遇,复战于蓝田,雷弱儿大败,退五十里别屯。温大军进屯灞上,时三辅郡县,皆来降温。温抚谕居民,使安堵复业,民争持牛酒迎劳,男女夹路观之。耆老有垂泣者曰:"不图今日复睹官军矣。"

却说姚襄闻知桓温大败秦兵于蓝田,恐其攻己,乃遣人降燕。燕王慕容俊纳之,方知桓温败秦,与群臣议封诸王,以待拒晋。群臣皆奏可。于是燕王俊以恪为大司马、录尚书事,封太原王,评为司徒,封上庸王,霸为吴王,德为梁公,昨为中山王,阳骛为司空。初,燕王皝奇霸之才,故名之曰霸,将以为世子,群臣谏而止,然宠遇犹逾于世子。由是俊恶之,以其尝坠马折齿,更名曰缺,寻以其应谶文,更名曰垂,迁侍中,录留台事,徙镇龙城,垂大得东北之和,燕王俊愈恶之,遂召还京。

五月,却说江西流民郭敞等千余人,执陈留内史官刘仕降于姚襄。建康震骇,帝以尚书周闵为中军将军,以兵屯中堂。谢尚自历阳还,帝诏入卫京师,固江备守。

王猛披褐谒桓温

史说,王猛字景略,北海剧人。少贫贱,以鬻畚为业。尝货畚于洛阳,乃有一人贵买其畚,而云无银,自言家去此行无远,可随我去取银与你。猛利其贵而从之,行不觉路远,忽至深山,见一父老髭发皓然,据胡床而坐,左右十余人,其人引猛进,猛拜之。父老曰:"王公何缘拜也?"因此乃十倍赏其畚银,遣人送之。猛既出,返视之,乃嵩岳高山也,猛始知其人父老是嵩之神,称其王公,自晓后必当贵,由然自重也。猛丰姿俊伟,谨重严毅,器度雄远,尤善好学,倜有大志,不屑细务,是以浮华之士,咸轻笑之。而猛悠然自得,隐于华阴山从师王佐先生,是以胸怀佐世之才,希遇龙颜之主,由然敛翼待时,候风云而起。

时,猛忽闻桓温入关,而披褐谒之,直入中军,一见桓温,便谈当世之务,扪虱而言,旁若无人。温异之而问曰:"吾奉天子之命,将锐卒十万,为百姓除残贼，而三秦豪杰未有至者，何也？"猛答曰："公不远千里深入敌境，今长安咫尺而不渡灞水，百姓未知公心，所以不至也。"温听讫，默然无以应之。徐曰："江东无卿比也！"于是温重猛，赐其车马，欲署猛为谋军祭酒。猛辞曰："本欲辅佐明公，扫灭妖尘，奈本师年老，无人奉养，且今病重，待其百岁后，即来听教耳。"言讫，拜辞而去。温坚意留之不住，只得与回。

时王猛辞桓温，回见师父王佐先生曰："我谒桓温，桓温赐车马，拜我高官，吾以师父年老，力辞得还。"王佐曰："你与桓温岂并世哉！不必怀忧，更在此间一年，必有人来聘你，富贵非轻，何用远涉而诣他人乎！"猛从其言。

却说桓温初起兵时，粮食不敷，诸将以为言之，温曰："诸军勿忧，大军若到秦境，麦熟可取为粮，何必为虑乎。"诸将以为然。及至此而麦悉被秦人芟之，因此温军乏食。至六月，长史孟嘉上言曰："三军无食，难以进兵，不如暂退，待年冬成熟，再整兵来与战。"温曰："奈关中百姓相随归我，安忍弃之。"嘉曰："可令人遍告百姓，有愿相随，同行；不愿者留下。"于是使人城市上高叫百姓曰："今秦兵不久至此，必行不仁，残害百姓。此处不可久守，百姓愿相随者便可同行，不愿者从便。"时关中百姓若老若幼，皆齐声应曰："我等就死，亦随将军还晋。"言讫，关中计有三千余户，皆号泣先行。此后，桓温下令三军拔寨起行。

却说秦王健闻知桓温退，乃遣丞相苻雄等，率兵一万追温赶至，战于白鹿原。桓温兵思归，无心恋战，因是不利大败，死者万余人。初，温指望秦麦为粮，既而清野以待之，温军乏食，徙关中三千余户而归，又被秦太子苻苌等随后追击温至潼关，温军屡败，失亡以万数。时苻雄率兵方击司马勋，勋亦大败，并还汉中。昔温之屯灞上，顺阳太守薛珍劝温径进逼长安，温弗从，珍以偏师独济，颇有所获，及温退乃还，显言于众，自矜其勇，而咎温之持重。温闻知，杀之。秦太子苌追桓温中流矢死。

秦淮南王生，幼无一目，性粗暴，其祖蒲洪常戏之曰："吾闻瞎者无泪乎！"生怒，引佩刀自刺目出血，曰："此亦一泪也。"洪大惊，鞭之。生曰："性爱刀槊，不堪鞭扑！"洪谓健曰："此儿狂悖，宜早除之，不然必破人家，可将杀之。"健曰："儿自应改，何乃遽尔。"及长，力举千钧，手格猛兽，走及奔马，击刺骑射，冠绝一时。强后欲立太子晋王柳，秦王健以谶文有三羊五眼，至是乃立生为太子。

秦苻生妄杀大臣

十月，秦王健弟东海王苻雄卒。健哭之呕血，谓百官曰："天不欲吾平四海耶，何夺吾元才之速也！"雄以佐命元勋，位兼将相，权侔人主，而谦恭泛爱，遵奉法度，故健重之，常曰："元才，吾之周公也。"雄既卒，乃以其子苻坚袭爵。坚性至孝，幼有志度，博学多能，交结英豪吕婆楼、强汪及略阳梁平老，皆与之善。其时秦国大饥，民皆饿死。

乙卯，十一年（秦王苻生寿光元年，燕元玺四年，凉去年号），春二月，秦大蝗，食百草无遗，牛马无食，皆相啖毛。却说秦王苻健勤于政事，数延公卿，咨讲治道。承赵人苛虐奢侈之后，易以宽简节俭，崇儒礼士，由是秦人悦之。至是寝疾，引太师鱼遵、丞相雷弱儿、司徒毛贵、司空王堕、尚书令梁楞、仆射梁安、段纯等，受遗诏辅政，谓太子生曰："六夷酋帅及大臣执权者，若不从命，宜渐除之。"言讫卒。生即位，大赦。改元寿光。群臣奏曰："君父新丧未逾年而改元，非礼也。"生怒，乃将议主纯杀之。

九月，有中书监胡文见天文屡变，乃言于秦王生曰："北有孛星于大角，荧惑入东井，不出三年，国有大丧，大臣戮死，愿陛下修德以禳之。"生曰："皇后与朕对临天下，可以应大丧矣，毛太傅、梁车骑、梁仆射受遗诏辅政，可以应大臣矣。"文未及对。秦主生即召武士杀皇后及毛贵、梁楞、梁安等数十人。由此百官惧怕，内外惊骇。

却说苻生是苻健第三子也，幼而无赖，健死僭即大位。生虽在谅阴，游饮自若，荒耽淫虐，杀戮无道。长安大风，发屋拔木，秦宫中惊扰，或称贼至，宫门尽闭，五日乃止。如此灾异迭见。强太后弟左光禄大夫强平谏曰：

> 今天数示灾异，陛下初登大位，宜亲万机，揽行政事，何故荒于淫饮，而效无道之桀纣耶！若尊性不易，诚恐祸起萧墙，灾生嫔宫也。

秦主生大怒，曰："汝何自妖言，以惑朕言也？"言讫，即令武士将强平凿其顶而杀之，强太后忧恨而卒。

自太后、强平死后，潼关以西，至于长安，虎狼大暴，昼则断道，夜则发屋，惟害人而不食六畜，人莫能捕，伤人殊甚，百姓皆逃入城而居，因此遂废农桑。群臣又奏秦王生曰："今狼犬无故伤人，人不能制，此乃天灾所应，望陛下设醮禳之！"苻生曰："野兽饥则食人，饱当自止，何禳之有！天岂不予爱群生，正以百姓犯罪不已，专助朕而杀，以施刑教故耳。"复下诏曰：

  朕受天命，君临万邦，有何不善，而谤渎之音扇满天下！杀不过千，而谓之残虐！行者比肩，未足为稀。方当峻刑极罚，复奈朕何！

时有司天台太史令又奏曰："臣夜观天象，见太白犯东井。东井，乃秦之分也；太白是罚星，必有暴兵起于京师。"苻生又曰："星入井者，必将渴耳，何所怪乎！"又弗听。秦司徒王堕性刚峻，董荣及侍中强国皆以佞幸进，堕疾之如仇，会有天变，荣、国言于生曰："今天星屡变，宜以贵臣应之。"生曰："何人可当？"荣、国对曰："贵臣无如王堕可。"生即将司徒王堕杀之。于是群臣战栗，民皆离心。

却说凉王张祚淫虐，上下怨愤。祚恶河州刺史张瓘之强，使索孚前去代之。孚来河州，入见瓘曰："秦凉王命孚代公刺河州，请足下还京。"瓘大怒曰："吾知凉王无道，淫虐百姓，今召我还，必有害我之心。"因令左右执孚斩之，遂起兵一万传檄州郡，称说祚罪，再立曜灵。会将军宋混合兵三万人，杀奔前来。凉王祚闻知，令卫兵五百，执曜灵杀之。混等闻知，为之发哀，情动三军。众至姑臧，张瓘弟张琚率众开门纳之，瓘众入城。当赵长惧罪，奔走入阁，呼张重华母冯氏立曜灵弟玄靓为王，以安众心。诸将不服，攻长杀之。时祚失众心，诸将莫肯为之斗者，反将祚杀之，枭首号令，城内咸称万岁。时张琚、宋混收兵内殿，上玄靓为大将军、西平公。复称建兴四十三年。时玄靓年始七岁，张瓘安抚百姓已了，乃入殿推玄靓为凉王，自为都督中外诸军事、尚书令，宋混为尚书仆射。

十月，却说秦丞相雷弱儿性刚直，以仆射赵韶、董荣乱政，每公言于朝，见之常切齿。韶、荣谮之于秦王生曰："丞相弱儿接外国金多，欲使外国来攻，许为内应。"秦王生信之，遣卫兵五千，攻杀弱儿，及其九子、二十七孙。于是诸羌皆有离心，民皆嗟怨。生虽在谅阴，游酣自若，弯弓露刃以见朝臣，锤钳锯凿备置左右，即位未几，后妃、公卿下至仆隶，凡杀五百余人。

丙辰，十二年（秦寿光二年，燕元玺五年），正月，段龛遣人上书与燕王俊，语言无礼，燕王大怒，遣慕容恪去讨。恪即以大兵起发前来击段龛。兵将至近，当段龛弟罴骁，勇有智谋，言于龛曰："慕容恪善用兵，加之众盛，若听其济河，进至城下，恐虽乞降，不可得也。请兄固守，罴率精锐拒之于河，幸而战捷，兄率大众击之；若其不捷，不若早降，犹不失于千户侯也。"龛不从，罴固请不已。龛怒，将罴杀之。恪遂引兵济河，龛率众五千人拒战，恪大破之。龛友辟闾蔚被创，恪闻其贤，遣使求之，则已死矣。龛走还入城固守，恪进军围之。

负殊以舌下西凉

却说秦王苻柳遣参军阎负、梁殊使于梁，说张瓘以梁来降。二人受命来见之，瓘曰："我，晋臣也，臣无境外之交，二君何以来辱？"负、殊说曰："晋王与君藩邻，故来修好，君何怪焉！"瓘曰："吾尽忠事晋，于今六世矣。若与征东通使，是上违先君之志，下隳士民之节，其可乎！"负、殊曰："晋室衰微久矣，凉之先王，北面二赵，惟知机也。今大秦威德方盛，凉王若欲自帝河右，则非秦之敌；欲以小事大，则易若舍晋事秦，长保福禄乎！"瓘曰："中州好食言，向者石氏使车适返，而戎骑已至，吾不敢信也。"负、殊曰："张先、阳初皆阻兵不服，先帝讨而擒之，赦其罪戾，宠以爵秩，固非石氏之比也。"瓘曰："必如君言，秦之威德无敌，何不先取江南，天下尽为秦有，征东何辱命焉！"负、殊曰："江南文身之俗，道洿先叛，化盛后服。主上以为江南必须兵服，河右可以义怀，故遣行人先申大好。若君不达天命，则江南得延数年之命，而河右恐非君之土也。"瓘曰："我跨据三州，带甲十万，西包葱岭，东距大河，伐人有余，况于自守，何畏于秦！"负、殊曰："贵州山河之固，孰若崤、函？民物之饶，孰若秦、雍？杜洪、张琚因赵氏成资，有囊括关中、席卷四海之志，先帝戎旗西指，冰消雪散，旬月之间，不觉易主。主上若以贵州不服，赫然愤怒，控弦百万，鼓行而西，未知贵州将何以侍之？"瓘笑曰："兹事当决之于王，非身所了。"负、殊曰："凉主虽英睿夙成，然年在幼冲，国家安危，系君一举耳。"瓘惧，乃以是言见玄靓。靓惧,乃以瓘之命,遣使称藩于秦,因以玄靓所称官爵而授之,因此北凉遂降于秦。

却说晋穆帝与群臣议,诏遣人封桓温为征讨大都督,督诸军讨姚襄。军未行,襄正攻洛阳。初,魏将周成降晋,反据洛阳,姚襄攻之,逾月不克。长史王亮谏曰:"今顿兵坚城之下,力屈威挫,或为他军所乘,此危道也!不如解此还屯。"襄不从。时桓温自江陵北伐,遣督护高武据鲁阳,将军戴施屯河上,自率大兵断后,与僚属登平乘楼望中原,慨然曰:"遂使神州陆沉,百年丘墟,王夷甫诸人不得不任其责!"记室袁宏曰:"运有兴废,岂必诸人之过!"温作色谓四座曰:"颇闻刘景升有千斤大牛,啖刍豆十倍于常牛,负重致远,曾不若一羸牸,魏武入荆州杀以享军士。"温意以况宏,而坐中皆失色。温从容作笑而谓袁宏曰:"闻卿长于赋,为我著《北征赋》而歌之。"宏即取笔思半晌,即为尽之而呈上与温。温令伏滔读其赋云:

云获麟于此野,诞灵物以瑞德,奚授体于虞者!疾尼父之洞泣,似实恸而非假。岂一性之足伤,乃致伤于天下。

温听之曰:"卿乃当今文章之美也。"于是各下楼而归。
史说,袁宏字彦伯,有逸才,文章绝美,曾为咏史诗,是其风情所寄,人皆重之。

八月,桓温与众将议,计先取洛阳,乃复进兵至伊水。却说姚襄自杀败殷浩之后,欲图关中,闻桓温军至,下令三军,解洛阳之围拒之。时桓温闻姚襄拒住前路,乃亲自结阵而前,亲披甲执锐督战。当阳钦出马,与姚襄交战,战上二十余合,襄兵大败溃散。襄见自军溃乱,乃鸣金收数千骑,奔于北山之中而屯。桓温见姚军败走,亦不追赶,引兵入洛阳。时洛阳守将周成率众出降,温以军入城,屯于故太极殿前。先姚襄遣使谓温曰:"承亲率王师以来,襄今奉身归命,愿敕三军小却,当伏路左。"温曰:"我自开复中原,展敬山陵,无豫军事,欲来便前,何烦使人?"襄拒水战,败奔北山。襄勇而爱人,虽战屡败,民知襄所在,辄扶老携幼,驰而赴之。温追之不及。弘农杨亮自襄所来降,温问襄之为人,亮曰:"神明器宇,孙策之俦,而雄武过之。"温点首应之。温移屯金墉,谒诸陵寝,修复毁坏,各置陵令。表谢尚镇洛阳,令颍川太守毛穆之等戍之。徙降民三千余家于江、汉之间。襄败奔平阳，秦并州刺史尹赤复以众降襄，襄遂据襄陵。

十一月，燕大司马慕容恪以兵五万围广固，段龛紧守其城，并不出战，燕诸将请急攻广固。恪曰："用兵之势，有宜缓者，有宜急者，不可不察。若彼我势敌，外有强援，恐有腹背之患，则攻之不可不急。若我强彼弱，无援于外，当羁縻守之，以待其毙。兵法十围五攻，正谓此也。龛兵尚众，未有离心，今凭阻坚城，上下戮力，我尽锐攻之，计旬日可拔，然杀吾士卒必多矣。自有事中原，兵不暂息，吾每念之，夜而忘寐，奈何轻用其死乎！要在取之，不必求功之速也！"军中闻之，人人感悦。于是为高墙深堑以守之。龛婴城自守，樵采路绝，城中人相食。龛大惧，乃面缚出降，恪亲释其缚，以恩抚之。恪抚安新民，悉定齐地，遣人送龛见燕王俊。俊将龛斩之，又坑其从三千人。

【东晋卷之四】

起自东晋穆帝升平元年丁巳岁，止于东晋孝武帝丁丑二年，首尾共二十一年事实。

太后归政与穆帝

丁巳，升平元年（秦王苻坚永兴元年，燕光寿元年），晋穆帝加冠设朝，太后归政，自徙居于崇德宫。文武百僚集贺，于是帝命排筵，宴赏群臣，不在重叙。

却说姚襄将图关中进兵屯杏城，羌、胡及秦民归之者，五万余户，遂据黄落。秦王生遣广平王苻黄眉、东海王苻坚二人，以兵讨之。襄坚壁不战，邓羌谓黄眉曰："襄为桓温所败，锐气丧矣。然其为人强狠，若鼓噪扬旗，直压其垒，彼必愤怒而出，可一战擒也。"眉从之，率骑五千压其垒门而陈，扬武奋威，叫喊发骂，索襄出战。襄怒，以兵出战。羌阳败走，襄追至三原，东海王兵亦至，羌回骑击之，黄眉等以大众继战，襄兵大败。姚襄被擒而斩之，弟苌率其众降秦，求以郡公礼葬襄。秦王许之，于是黄眉等还长安，生不之赏，数众辱之。黄眉怒，欲谋弑生，生密知，反将黄眉诛之。

苻坚备仪聘王猛

却说秦王苻生夜梦大鱼食蒲，又闻长安谣言："东海大鱼化为龙，男皆为王女为公。"生疑谣应鱼遵，将遵杀之，及夷其子孙十余人。时生饮酒无昼夜，多任杀戮，自以眇目，讳言残、缺、偏、只、少、无、不具之类，误犯而死者，不可胜数。剥人面皮，使之歌舞以为乐。群臣得保一日，如度十年。时宗室及大臣、亲戚、忠良杀害略尽，死者不可胜记。

史说，东海王苻坚字永固，乃苻洪季子，苻雄之子也。其母苟氏尝游漳水，祈子于西门豹祠，其夜梦与神交，因而有孕，十二月而生坚焉。生坚时，有神光自天烛其庭。坚背有赤文,隐起成字,曰:"草付臣又土王咸阳。"及长,臂垂过膝,目有紫光。祖洪奇而爱之。坚幼年七岁,聪敏好施,举措不失机。徐统遇之曰:"此儿有霸王之相。"又密谓之曰:"苻郎,你后当大贵。"坚曰:"诚如公言,不敢忘德。"八岁,请就家学。洪曰:"汝夷狄异类,世知饮酒,今乃求学耶!"欣然许之。初,健之入关也,梦天神遣使者送朱衣赤冠,命拜坚为龙骧将军,健至翌日就拜坚为龙骧将军。坚博学多艺,有经济大志,后封为东海王。与薛赞、权翼善。于时苻生为长夜之饮,诛杀大臣。当赞、翼二人密说坚曰:"主上猜忌暴虐,中外离心,方今秉主奉祀者,非殿下而谁!愿早为计,勿使他姓得之!"坚曰:"主上虽无道君也,若杀之自取,则成天下之骂耳!"赞、翼曰:"殿下执小义,后必噬脐无及。"坚犹豫,以问尚书吕婆楼曰:"主上无道,薛赞、权翼教孤自取其业,其事若何?"婆楼曰:"此事可行。仆刀镮上人耳,不足以办大事。仆里舍有一贤士,北海人也,姓王名猛,其人有王佐之才,谋略不世之出,征西大将军桓温屡请不起,现隐华阴山,殿下宜请而咨之。"坚曰:"吾备聘礼,卿可代我请之。"婆楼欣然领诺,于是坚备金帛之礼,作书使尚书吕婆楼往华阴山聘王猛。吕婆楼即出上马,带从人来华阴山,到庄门外下马扣门,问曰:"王先生在庄上否?"童子入去,不一时,王猛出迎入内,在草堂讲礼讫,呈上礼物而言曰:"今东海王苻坚久闻先生大名,无缘拜会,敬备薄礼,命予来聘,望乞就行。"猛曰:"山野狂夫,无甚奇才,何劳贵人亲降。若有下问,召仆趋至,甚令惶恐!"言讫,置酒相待,在庄上同宿一宵。

次日,王猛收拾琴书,与吕婆楼一同前来入见东海王苻坚。苻坚一见猛,遂握手相语,欢若平生,谈论少顷,胜如旧识,邀入后堂讲礼,问寒温毕,苻坚下拜曰:"秦室鄙胄,单于愚人,久闻先生大名,如雷灌耳,是以昨日使尚书吕婆楼敬造仙庄,已呈贱名文几,未审览否?"王猛答礼曰:"北海田夫,触事疏慵,累蒙大人见召,下情不胜感激!现大王有爱民忧国之心,但恨猛年幼才疏,不堪治政,有误下问。"苻坚曰:"吕尚书之言,权参军之语,岂虚谬哉!望先生不弃鄙贱,曲赐见教。"王猛曰:"吕尚书世之高士,猛乃一村夫耳,安可以谈天下之事。二公差举,而大王舍美玉就顽石,此乃误矣!"苻坚曰:"夫古圣贤,学成文武之业,当立身行道,扬名于后世,以显父母,此谓孝矣!救民于水火之中,致君子尧舜之化,此谓忠矣!世人望先生久矣。坚愚鲁得赐教之,实为万幸也!"王猛笑曰："大王慨然欲闻愚论，尽当剖露，愿闻其志。"

苻坚乃屏去左右，起席而谢曰："今主上无道，戮杀无辜，士民生怨，中外离心。孤不度德量力，欲信大义于天下，诚恐不然。吾志在天下，而智术短浅，遂用猖獗，至于今日，志犹未已，请计将安出？"王猛答曰："主上失德，吏民各怀贰心，可早图之，免彼晋、燕来侵。若缓延之，久则乱生。"坚又曰："吾欲经一六合，自赵末以来，豪杰并起，跨州连郡者，不可胜数。"猛曰："桓温比于姚襄，则名齐而众寡。然温能克襄，以弱为强，非为天时，亦人谋也。今温已拥百万之众，挟天子而令诸侯，然诚不可与争锋。晋王连据有江东之地，已立数世，国俭而民富，贤能为之用，此可与援而不可图也。今邺城千里，为慕容俊所据，此乃用武之处，而其俊先立长子，有才而死之，今立次子慕容暐为嗣。吾闻邺城人谈，暐好游丝竹之乐，却无德略之声。慕容俊一死，彼必不能守，而其智能之士思得明君。大王既帝室之胄，信义著于四海，揽召英雄，思贤如渴，若跨有关中，保其险阻，外结晋王，内修政理，天下有变，则命一上将，将邺中之军，以向平城，大王举长安之众以出建襄，百姓各箪食壶浆以迎大王，则北方之域尽为大王有也。诚如是，霸业可成，秦国大可兴矣！"坚离坐扳手而谢之曰："先生之言，金石之论，使坚拨云雾而睹青天，恨见先生之晚矣。"又谓曰："孤之遇卿，若刘玄德之遇孔明也。"苻坚自此重猛，食则同几，卧则同榻，终日议论天下之事。其时，王猛年三十二而出仕也。

当秦太史令康权言于秦王生曰："昨夜三月并出，孛星入太微，连东井，自去月上旬，沉阴不雨，以至于今，将有下人谋上之祸。"生大怒曰："汝以妖言惑朕！"令武士扑杀之。乃入宫饮酒，夜醉，谓宫女曰："苻法兄弟，亦不可信，明日当除之。"苻法亦苻雄之子，苻坚之兄。是夜，苻坚身体困倦，屏几而卧，梦见神人告之说："苻生明日必弑汝也。"惊寤而心悸之。忽宫女来报知苻法，法大惊，急出问梁平老，平老邀法同见苻坚。当梁平老等谓坚曰："今主上失德，上下嗷嗷，人怀贰志。目今燕、晋伺隙而动，臣恐祸发之日，家国俱亡。闻宫女报说，主上明日要杀皇兄苻法，今皇兄邀臣来见殿下，此殿下之家事也，宜早图之，否则必遭其害。"坚谓苻法曰："你先引亲随之人，各执利刃入宫。吾后便来。"于是苻法与梁平老等率壮士三百人，潜入云龙门；苻坚亦率麾下兵三千人，鼓噪继进。时宿卫将士皆执兵器而立，见是苻坚，各舍杖归坚，同法入宫。苻生犹昏寐未寤，被坚令胄士执出杀之。苻生死年二十三岁，在位二年，至此被坚弑之。

次日，王猛与吕婆楼等，立东海王苻坚为秦皇帝，坚让兄苻法，法不受曰："汝嫡嗣且贤，吾何敢当！"于是坚去皇帝号，而为大秦天王，改号永兴元年。遣人尽诛佞臣赵韶、董荣等三十余人。以子苻先为皇太子，兄苻法为丞相，弟苻融为阳平公，次子丕为长乐公，王猛、薛赞为中书侍郎，权翼、吕婆楼为给事黄门侍郎，与猛、赞并掌机密。以梁平老为尚书郎，以李威为左仆射。威，苟太后之姑子也。秦王生屡欲杀坚，赖威营救得免。威知王猛之贤，常劝坚以国事任之。坚谓王猛曰："李公知君，犹鲍叔牙之知管仲也。"猛以兄事之。

却说坚母苟氏思苻法为坚之长，德而后贤，又甚得众心，惧后为变，乃遣人召入宫内，以鸩杀之。少顷，坚入宫，见杀苻法在地，急问左右。左右具苟氏之言对之，坚哭涕泗滂沱，呕恸吐血。左右劝曰："死者不能复生，何必哭之，以伤贵体。"坚拭泪而言曰："吾兄贤明有德，何故弑之？"言讫，遂令收殓殡葬，谥曰哀王，又封其子阳为东海公。

秦王坚与文武出游，自临晋登龙门，顾指而谓群臣曰："美哉，山河之固！娄敬有言'关中四塞之国'，真不虚也。"权翼、薛赞对曰："吴起有言：'在德不在险。'愿陛下追踪唐、虞，怀远以德，山河之固不足恃也。"坚大悦，乃领众还长安。十一月，秦王坚私行至尚书省率问诸政之事，丞相程卓无以为对，以是见其文案不治，次日免左丞相程卓，以王猛代之为左丞相。于是王猛亲宠愈密，朝政莫不由之。

戊午，二年，二月下旬，时王猛趋朝出来，因遇特进樊世，乃氐之豪杰也，先有大勋于苻氏，自负气倨傲，乃辱猛曰："吾辈与先帝共兴事业，不预时权；君无汗马之劳，何敢专管大任？是为我耕稼，而君食之乎！"猛曰："方当使君为宰夫，安直耕稼而已！"世大怒曰："要当悬汝首于长安城门，不尔者，终不处于世也！"猛忍气回家。次日侵早先入朝，奏知樊世辱己之事与秦王坚。坚怒曰："必须杀此老氐，然后百僚可整。"俄而世至，便与王猛争论于坚前，欲以牙笏击猛。秦王坚大怒曰："击鼠须当避其器，我跟前尚如此逞强！"发命武士将世斩之。世被斩讫，传首至殿前，于是公卿以下无不惮猛。是日，又改甘露元年，又以王猛为中书令、京兆尹。猛与中丞邓羌协规齐志，数旬之间，有贵戚强豪者，被猛、羌按察其过，以罪诛死二十余人，于是豪右屏气，路不拾遗，风化大行，百姓安堵。坚始叹曰："今日始知治天下之有法，天下之为尊也！"九月，秦境大旱，秦王坚自减膳撤乐，命后妃以下悉去罗纨。使守宰开山泽之利，公私共之，息兵养民，后旱不为灾矣。

燕王购虎尸鞭浸

十一月，燕王俊集百官会议徙都于邺城，百官皆言可。于是迁都于邺城，至夜，梦见故赵王石虎啮其臂，至天明，集百僚使人去发石虎墓，使人掘墓，不见虎尸，空棺而已。使人回报，燕王俊以百金购其尸，有人知其尸在东明观，直来报知。燕王俊又使人去东明观下掘浔其尸，僵而不腐，呈与燕王俊，数其残暴之罪，令武士鞭之三百，投于漳水浸之。燕王俊因是得疾，闷闷不悦。

戊午，二年（秦永兴二年，燕光寿二年），二月，却说故赵将冀州牧张平，据新兴、雁门、西河、太原、上党、上郡之地，壁垒三百余，夷、夏十余万户，赵既亡，先降燕，至是又降秦，燕王欲以兵攻，却又使人降燕。秦王坚闻知，自将兵五万，令邓羌为前部先锋，军至境上，张平大惊，急召养子张蚝至曰："今秦王苻坚自将兵来攻我，非小可之敌。吾儿火速领众御之，勿使彼临城难以解矣。"蚝曰："大人休忧，小儿即退秦兵。"史说，蚝多力骄健，曳牛却走，超越高城，因此勇冠三军，人莫敢近。秦王坚亦知其名，因谓诸将曰："张平之子张蚝，勇力绝人，卿若生擒得之，重赏不轻，则平自降。"邓羌曰："主上如何长他人之志气，灭自己之威风？看某生致之。"言讫，即与诸将各持兵刃出阵，正遇张蚝，就战，连斗五十合，不分胜负。诸将见羌战蚝不下，各奔出阵，蚝全无惧怯，又战数十合。羌大喝一声齐进，诸将直奔蚝。蚝撇羌来敌诸将，被羌以红绵套索抛起，将蚝拖下马来，诸将擒之，缚来见秦王坚。坚大悦，赏邓羌，赦张蚝，令其归降。于是蚝降于秦王，坚以蚝为虎贲中郎将，常置左右。秦王坚曰："吾得邓羌、张蚝二人，皆万人之敌，天下不足定也。"其时张平见蚝被擒，亦面缚出降。秦王坚命解其缚，拜平为右将军，收兵还都。

八月，会稽王昱欲以桓温弟云为豫州刺史，仆射王彪之曰："温居上流已割天下之半，其弟复处西藩，兵权萃于一门，非深根固蒂之宜也。"于是昱乃更以谢万代之。王羲之与温笺曰："谢万才通经济，使居廊庙，固是后来之秀。今以之俯顺荒余，则违才易务矣。"又遗万书曰："以君迈往不屑之韵而俯同群碎，诚难为意也。然所谓通识，正当随事行藏耳。愿君每与士卒之下者，同甘共苦，则尽善矣。"万不能用。

却说晋泰山太守诸葛攸集军一万余人，攻拔燕东郡，入据武阳，燕王俊闻知，命大司马慕容恪率兵五千击之。兵至武阳，诸葛攸亦以兵出城，两下交战数十合，攸兵自溃，被恪催兵一击，攸兵大败，不能挡敌，于是攸败走还泰山。恪遂渡河略地，分置守宰而归。俊遂欲经营秦、晋，令州郡校实现丁，户留一丁，余悉发为兵，欲使步卒满一百五十万，期来春大集军马于各郡。刘贵上书，极陈："百姓凋敝，发兵非法，必致土崩之变。"俊善之，乃更令三五发兵，以来冬集邺。时燕调发繁数，官司各遣使者，道路旁午，郡县苦之。太尉封奕奏请："非军期严急，不得遣使，其余赋发，皆责成州郡。"俊从之。

燕泰山太守贾坚以兵七百人屯于山茌，晋荀羡引兵一万击之。坚所将才七百余人，羡兵十倍。贾坚叹曰："吾自结发，志立功名，而每值穷厄，岂非命耶！与其屈辱而生，不若守节而死。"乃开门与兵直出。羡兵四集擒之，遂拔山茌。羡请坚曰："君父祖世为晋臣，奈何背本不降？"贾坚曰："晋自弃中华，非吾叛也。民既无主，强则托命。既已事人，安可改节！吾束修自立，涉赵历燕，未尝易志，君何匆匆相谓降乎！"羡怒，执置雨中数日，坚愤恨而卒。燕青州刺史慕容尘遣司马悦明，以兵万余集泰山，羡与战，兵大败，燕复取山茌。燕主以坚子贾活为任城太守。荀羡疾笃，晋帝已知，遣使征之，以郗昙督徐、兖，以军镇下邳。

初，燕吴王慕容垂娶段末柸女，生子令、宝。段氏才高性烈，自以贵姓，不尊事可足浑后，后衔之。中常侍涅皓希旨，告段氏为巫蛊毒后，后觉，欲以连汗垂，收下廷尉考验，段氏终无挠词。故垂得免祸，而段氏竟死狱中。燕王俊贬垂为平州刺史，出镇辽东。垂以段氏女弟为继室，可足浑后黜之，以其妹妻垂，垂不悦，由然益恶之，出镇辽东。

己未，三年（秦甘露元年、燕光寿元年），四月，凉丞相张瓘猜忌苛虐，专以爱憎为赏罚。郎中殷郁谏之，瓘曰："虎生三日，自能食肉，不须人教也。"由是人情不附。宋混性忠鲠，瓘惮之，欲杀混，因废凉王玄靓而自代之。混知，率壮士五百人，掩入南城，宣告诸营曰："张瓘谋逆，受太后令，我以兵诛之。"乃率兵出战。张瓘亦以兵与混战，大败，与张琚皆自杀。混既弑瓘兄弟，请玄靓去王号，复称凉州牧，而降晋。

燕王托孤慕容恪

冬十月，诸葛攸复将水陆二万击燕，入自石门，屯于河渚。燕王俊使上庸王慕容评率步骑五万与战东阿。攸病，三军无主，因此大败。晋穆帝闻知，遣迎诏书前来，使谢万、郗昙去讨，万、昙复伐之。万矜豪傲物，但以啸咏自高，未尝抚众。兄安深忧之，谓万曰："汝为元帅，宜数接对诸将，以悦其心，岂有傲诞如此而能济事也？"万乃招集诸将，一无所言，直以如意指四坐云："诸将皆劲卒。"诸将益恨之。安虑万不免，乃自队帅以下，无不亲造诸将，善言抚谕，厚相亲托。既而万不敢进，率众入涡、颍，以援洛阳。昙以病退屯彭城，万以为燕兵大盛，故昙退，即引兵还，众遂惊溃。万狼狈单骑归，军士欲图之，以安之故止。晋帝闻知，以诏废为庶人，降昙号建武将军，于是许昌、颍川、谯、沛诸城相次陷没，遂为燕所有。

庚申，四年（秦甘露二年，燕幽帝慕容暐建熙元年），正月，燕王慕容俊宴群臣于蒲池阁，酒酣赋诗，因与群臣谈经史，语及周太子晋，潸然流涕，顾谓群臣曰："昔魏武追痛仓舒，孙权悼登无已，孤尝谓二主缘爱称奇，无大雅之体。自晔亡以来，孤鬓发中白，始知二主有以而然。卿等言晔定何如也？孤今悼之，得无遗怪将来乎！"时长史李绩对曰："献怀之在东宫，臣为中庶子，圣质志业，臣实不敢不知。先太子大德有八，未见有阙也。至孝自天，性与道合，此其一也；聪敏慧悟，机思若流，此其二也；沉毅好断，理诣无幽，此其三也；疾谀亮物，雅悦直言，此其四也；好学不辍，不耻下问，此其五也；英姿迈古，艺业超时，此其六也；虚襟恭让，尊师重道，此其七也；轻财好施，勤悉民隐，此其八也。有此八德，境内士民寔感慕无极。"燕王俊闻言，泣曰："卿虽褒誉，然此儿若在，吾死无忧。今景茂幼冲，器艺未举，卿以为何如？"绩曰："皇太子天资岐嶷，圣敬日跻，而八德阒然，二阙未补，雅好游畋，娱心丝竹，所以为损耳。"燕王俊顾谓太子暐曰："伯阳之言，药石之惠，汝宜戢之。"言毕，罢宴归宫。

是夜，燕王俊寝疾，谓太原王恪曰："今二方未平，景茂幼冲，社稷属汝，何如？"恪曰："太子虽幼，胜残致治之主也，臣何敢干正统？"俊怒曰："兄弟之间，岂虚饰耶！"恪曰："陛下若以臣能荷天下之任者，岂不能辅少主乎？"俊喜曰："汝能为周公，吾复何忧！李绩清方忠亮，汝善遇之。"召吴王垂还邺，至是疾笃。召恪及司空阳骛、司徒评、将军慕舆根受遗诏辅政，谓曰："朕欲与卿等平一天下，不幸到此难逃，此亦天命也。"又指太子与恪曰："此子年幼，今托付与卿，卿宜以骨肉为重，以慕周公之德而辅之，则吾于九泉之下，不忘贤弟。"言讫，泪下如雨。慕容恪曰："陛下善保龙体，不可怀忧。太子虽幼，吾辅之岂待致祝耶？"俊点首而崩，寿四十二岁，在位十三年，改元者三。

却说慕容暐，字景茂，慕容俊之第三子也，俊因长子慕容晔死之，故乃立为太子也。燕王俊既死，百官举哀，殓葬讫。大司马、太原王慕容恪率百官立太子慕容暐为燕王，即皇帝位，改元曰建熙元年。以慕容恪为太宰、录尚书事，行周公之事。暐既即大位，而庸弱，国事皆委之于恪耳。当恪奏少主曰："李绩清方忠亮，堪任大事，先帝临终以为恪言，陛下可以绩为尚书右仆射，同辅朝政。"时燕王憾绩往在先帝之前辱己之言，不许而谓恪曰："万机之事，委之叔父，伯阳一人，朕请独裁，何如再升？"时李绩闻少主之言，遂忧疾而死，临终谓家人曰："吾不听先人之训，果有今日之故也。"言讫而卒。先是李绩之父李产，字子乔，初仕石氏，后始仕燕，历位尚书。前后固辞年老，不堪理剧。燕王俊不许，转拜太子太保。临终谓子绩曰："以吾之才而至于此，始者之愿亦已过矣。我死之后，汝不可复以西夕之年，取笑于来今也。"绩不能遵依是语而辞退，是以忧死也。

却说将军慕舆根恃勋旧，有无上之心，乃私见太原王慕容恪而言曰："主上幼冲，母后干政，权在大王。何不因其未定而取之，而甘在人下，非大丈夫之所为也。"慕容恪惊曰："公醉乎？何言之悖也！昔曹臧、吴札并于家难之际，犹曰：'为君非吾节。'况今储君嗣统，四海无危，宰辅受遗，奈何便有私议！公忘先帝之言乎？"时根大惧，陈谢而退。慕容恪以慕舆根言告吴王垂。垂曰："何不诛之？"恪曰："今新遭大丧，二邻观衅，而宰辅自相诛夷，恐乖远近之望，且可忍之。"

时根私入宫，谬言于可足浑后，及燕王暐曰："太宰、太傅将谋不轨，臣请率禁兵诛之。"后将从之，暐曰："二公国之亲贤，先帝托以孤嫠，必不肯尔，安知非太师欲为乱也！"乃止。根又思恋旧土，谋欲还东。恪知潜己，乃密奏根罪状，燕王晔使恪诛根,并其党二十余人。

时新遭大丧,诛夷狼藉,内外恂惧,恪举止如常,人不见其有忧色,每出入,一人步从。或说以宜自严备,恪曰:"人情方惧,当安静以镇之,奈何复自惊扰!"恪虽综大任,而朝廷之礼,兢兢严重,每事必与司徒评议之,虚心待士,咨询善道,量才授任,人不逾位。朝臣或有过失,不显其状,随宜他叙,时人以为大愧,莫敢犯者。或有小过,自相责曰:"尔复欲望宰公迁官不出耶?"燕所征郡国兵,去冬集邺,欲遣伐晋,以燕主俊病,大阅而罢。至是以燕朝多难,互相惊动,往往擅自散归,自邺以南,道路断塞。太宰恪大惊,急以吴王垂为征南将军,去镇蠡台;又令孙希、傅颜率骑二万,观兵河南,临淮而还。于是境内乂安。

却说匈奴刘卫辰遣使降秦,请田内地,春来秋返,秦王坚许之。夏,云中护军贾雍率百骑袭之,大获而还,奏知秦王坚。坚大怒曰:"朕方以恩信怀戎狄,而汝贪小利以败之,何也?"乃黜雍以白衣领职,遣使还其所获,慰抚之。卫辰大悦,于是入居塞内,贡献相寻。时东胡独孤部及没奕于,各率众数万降秦,秦王苻坚处之塞内。阳平公融谏曰:"戎狄人面兽心,不知仁义。其稽颡内附,实贪地利,非怀德也!不敢犯边,实惮兵威,非感恩也。今与民杂居,彼窥郡县虚实,必为边患,不如徙之塞外。"坚从之。

却说桓温聚集文武商议天下之事,群佐皆曰:"今燕主慕容俊新丧,主幼才庸,若兴三军去伐,指期中原可得。"桓温曰:"慕容俊乃英特之主,临死必以其子托付与太原王慕容恪,而慕容恪善抚国家,能为将兵,石季龙尚且被执,何况如今乎?慕容恪尚存,所忧方为大耳,何敢进之。"由是桓温未敢起兵。

史说,谢安字安石。年四岁时,桓彝见而叹曰:"此儿丰神秀彻,后当不减王东海。"及总角,神识沉敏,风宇条畅,善行书。弱冠时,诣王濛清言,既去,濛子王修问父曰:"向客何如大人?"濛曰:"此客亹亹,为来逼人。"王导亦深器之。由是少有重名。寓居会稽,与王羲之及许询、桑门支遁游处,出则渔弋山水,入则言咏属文,无处世之意。除尚书郎、琅邪王司马丕辟,并不起。常往临安山中,坐石室,临浚谷,悠然叹曰:"此去伯夷何远乎!"然虽寓居会稽,以山水自娱;虽为布衣,时人皆以公辅期之。士大夫至相谓曰:"安石不出,当如苍生何?"安每游东山,常以妓女自随。时会稽王司马昱闻之,曰:"安石既与人同乐,必不得不与人同忧,召之必至。"安妻,刘惔之妹也,见家门贵盛,而安独静退，谓："丈夫不如此也！"安掩鼻曰："恐不免耳。"及弟万废黜，安始有仕进之志，安时年已四十。征西大将军桓温闻之，使人请拜为司马，安赴召即至。温大喜，拜为司马，深礼重之，凡有军国大事，悉皆咨之。

辛酉，五年（秦甘露三年，燕建熙二年。是岁，凉奉升平之号），燕守将吕护遣使来建康降晋，晋帝拜冀州刺史。护欲引晋兵以袭邺，燕太宰恪闻知，乃将兵二万讨之，护婴城自守。将军傅颜请恪急攻之，恪曰："老贼经变多矣，观其守备，未易猝攻。然内无蓄积，外无救兵，我深沟高垒，坐而守之，休兵养士，离间其党，于我不劳，而贼势日蹙，不过十旬，取之必矣，何为多弑士卒，以求旦夕之功乎！"乃筑长围守之。

晋哀帝登龙即位

五月，晋穆帝因疾而崩，时年十九，而无嗣，在位十七年，庙号孝宗。百官举哀，葬于永平陵。是时孝宗无子，群臣立成帝子琅邪王司马丕为皇帝，立皇后王氏，尊何太后为穆皇后，改元隆和。

却说哀帝名丕，字千龄，成帝长子。初，封为琅邪王。及穆帝崩，无嗣，大臣迎丕立之，在位四年，改元者二：曰隆和，曰兴宁。

史说，中书侍郎范宁，字武子，少博学，多所通览。时以浮虚相扇，儒雅日替，宁以为其源始于王弼、何晏，二人之罪深于桀、纣，宁乃著论非之曰：

王、何蔑弃典文，幽沉仁义，游辞浮说，波荡后生。使缙绅之徒，翻然改辙，以至礼坏乐崩，中原倾覆，遗风余俗，至今为患。桀、纣纵暴一时，适足以丧身覆国，为后世戒，岂能回百姓之视听哉？故吾以为一世之祸轻，历代之患重；自丧之恶小，迷众之罪大也。是以人皆以此论贬之太过，吾观贬之宜也。

十二月，却说秦主苻坚下诏，命牧伯守宰各举孝悌、廉直、文学、政事，察其所举，得人者赏之，非其人者罪。由是人人莫敢妄举，而请托不行。当是之时，内外文官，率皆称职；田畴修辟，仓库充实；路不拾遗，盗贼屏息。因是凤凰集于东阙，秦王苻坚大喜，平旦诏王猛、苻融入露堂，悉屏去左右，密议大赦境内。王猛、苻融亲进纸笔，秦王坚自为赦文。正持笔间，忽有一大苍蝇自穿牖间而入，鸣声甚大，集于笔端，坚驱之复来，忽然去之。秦王坚在内为赦文，俄而长安城中街上有一黑衣小儿，大叫曰："今日官家大赦天下！"须臾，小儿去了。因此街巷市里，人人相告曰："官家有赦。"境内由然喧哄。有司闻知，入朝奏请问赦何事？秦王坚大惊，谓融、猛曰："孤与卿为禁中，又无耳属之理，事从何泄也？"遂问群臣曰："其闻赦事，何处得来？"群臣奏曰："长安城中士民，在城中传说官家有赦，不知何人先说也。"猛奏曰："可令武士出朝门外，执城中百姓入来，问之必知端的。"秦王坚曰："卿言是也。"坚即使武士出去捉之。不一时，武士拥得老者四五人，至殿下。秦王坚问百姓曰："谁人说道朕有赦出？你可从直说来。"老者咸曰："有一小人衣黑衣，大呼于市曰：'今官家有大赦！'须臾不见。"坚知神泄其事，于是遣老者还。秦王坚即遣使颁赦书去，大赦境内。时秦王坚谓群臣王猛等，叹曰："其向苍蝇声状非常，吾固恶之。谚曰：'欲人勿知，莫若勿为。'声无细而弗闻，事未形而必著者，其此之谓也。"于是秦王坚命广修学官，召郡国学生通一经以上充之，公卿以下子孙，并遣入学受业。其有学为通儒，才堪干事，清修廉直、孝悌力田者，皆旌表之。于是天下号秦多士。

壬戌，隆和元年（秦甘露四年，燕建熙三年），正月，征西大将军桓温与长史孟嘉等议曰："吾欲威振朝廷，群臣不服，何计可施？"嘉曰："为明公计，可上表诈请迁都洛阳以试之，朝廷若从公请，不待立威，而群臣自服；若不允，百官逆异于公。正如昔日指鹿为马，以察百官也。"温曰："其计大善。"次日，使人入朝上疏曰：

> 江东自先帝立，今六十余年，气数已衰矣。洛阳旧都乃霸业之所，士民思之已久，请皇帝陛下百僚俱各促装，涓日北徙洛阳，以实河南，都之，则中原指日可得矣。

却说晋哀帝得桓温疏，读讫，大惊，谓群臣曰："今大将军桓温主意迁都，其事若何？"时群臣皆惧温势，不敢言异，人情疑惧，并知不可，莫敢先谏。惟有散骑常侍孙绰上疏曰：

> 昔中宗龙飞，非惟信顺协于天人，实赖万里长江画而守之耳。今自丧乱以来六十余年，河、洛丘墟，寒夏萧条。士民播流江表已经数世，存者老子长孙，亡者丘陇成行。虽北风之思感其素心，目前之忧实为交切。植根江外数十年矣，一朝顿欲拔之，驱蹙于空荒之地，提挈万里，逾险浮深，离坟墓，弃生业，田宅不可复售，舟车无从而得，舍安乐之国，适习乱之乡，国家之所宜深虑也！

晋帝览疏犹豫，当散骑常侍王述曰："陛下休忧，桓温欲以虚声威振朝廷耳，非实事也。但从之，自无至矣。"于是帝遣使人还说从之，涓吉起行。

却说使人即还，告知桓温道："帝与群臣皆乐从之，听将军之请，愿迁洛阳。"温大悦，问孟嘉曰："先生其计果奇，百官不敢拒意，而今朝廷要迁洛阳。倘若迁之，则秦、燕乘此起兵，而国家乱，吾等之务未备，事皆危矣。"嘉曰："此事易耳，将军可复使人入朝，再奏曰：'迁之宜矣，而关中残破，宜先使人修理，若移洛阳钟虡权且暂停，候再择期。'"温从之，复使人入朝奏知其事，暂且停止。晋帝遂问常侍王述曰："其事如何计议回之？"王述曰："臣自作书回复，无劳圣意。"于是王述领使人出朝，归第作书，与使带回去复桓温。桓温得书，开读曰：

> 永嘉不竞，都督江左，方当荡平区宇，旋轸旧京。若其不尔，宜改迁园陵，不应先事钟虡。

桓温读毕，谓众曰："朝廷大臣明知不可，而惧我莫敢言之，既如此权罢，迁都暂且停止。"

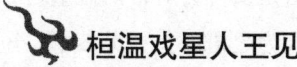 桓温戏星人王见

却说桓温既有异志，闻蜀人王见善知天文，乃使使召至。至夜，温执王见手问

曰："闻卿善知天文，今国家祚运，修短若何？"见答曰："世祀方永，未必便终。"温不悦，次日召见入，送绢一匹、钱五千文，与之自归，因谓曰："卿可将此自裁。"王见受之即出，自思曰："桓温送我绢一匹、钱五千文，命我自裁。其绢使我自缢而死，其钱与我买棺材，奈我无亲在此，谁人收殓？"因哭思半日，闻襄阳习凿齿为温府主簿，仁厚济人，乃驰入，谒拜凿齿曰："吾乃蜀川星人，昨蒙大司马桓温召至，问天文国家之事。吾以实对，大司马怪吾，送绢一匹、钱五千文，命我自裁。我家在益州，被命远来，今此无亲，无由致其骸骨。闻君仁厚，故来相投，乞为标碣棺木收殓。吾在九泉之下，不忘大德也。"凿齿曰："君几误死耳！君尝闻干知星宿有不覆之义乎？此以绢戏君，以钱供道费之资，是听君自去也，何如寻死？桓公弑汝，岂待汝裁，君何不明也。"王见大喜，拜谢凿齿，曰："若不造先生，误丧残生。"于是王见次日入辞桓温还蜀。温问曰："谁教汝还？"王见明以凿齿言答之。温大笑曰："昨忧君误死，今是误活。汝徒然三十年看儒书，不如一诣习主簿矣。"因此王见得凿齿明以活归，桓温于是益重凿齿。

癸亥，兴宁元年（秦甘露五年，燕建熙四年），五月，晋帝设朝，文武班齐，君臣礼足，分两边。当群臣奏曰："前者桓温所奏迁都之事，欲威朝野，贪功慕爵耳！今事已寝，可加其重禄，则彼不生别志。"帝下诏，使人去加封桓温为大司马、都督中外诸军、录尚书事。桓温大喜受职。温又欲北伐，以王坦之为长史，以郗超为参军，以王珣为主簿，以谢玄为东曹掾，后改为参军。

史说，王坦之字文度，乃王述之子也。弱冠与郗超俱有重名，时人为之语曰："盛德绝伦郗嘉宾，江东独步王文度。"郗超字景兴，小字嘉宾，少卓荦不羁，有旷世之度，人皆仰之。王珣字元琳，乃太尉王导之子也。先，珣尝梦人以大笔如椽与之，既觉语人云："此当有大手笔事。"后孝武帝崩，哀册谥议皆珣所草。珣方弱冠，与谢玄为桓温掾，俱为温所敬重，谓之曰："谢掾年四十，必拥旄杖节。王掾当做黑头公，皆未易才也。"史说，谢玄字幼度，少颖悟，与从兄谢明俱为叔父谢安所器重。安尝戒约诸子侄曰："子弟亦何豫人事，正欲使其佳？"诸人莫有言者。独玄答曰："譬如芝兰玉树，欲其生于庭阶耳。"由是安悦玄对，而益重之。时桓温每有事，必与王珣、谢玄二人谋之，因此其府中人为之语曰："髯参军，短主簿，能令公喜，能令公怒。"

甲子，二年（秦甘露六年，燕建熙五年，凉西平公张天锡元年），春正月，晋帝以扬州刺史王述为尚书令。王述每授职，不为虚让，其有所辞，必于不受。及为尚书令，其子坦之谏述曰："故事当让，何不让乎？"述曰："汝谓我不堪耶？"坦之曰："非也。但克让自美事耳。"述曰："既谓堪之，何为复让耶！以汝胜我，定不及也。"

却说哀帝雅好黄老，断谷，饵长生药，服食过多，遂中毒，不能理万机。崇德太后复临朝摄政。

却说初，宋混疾甚，张玄靓及其祖母马氏往省之，曰："将军万一不幸，寡妇孤儿将何所托？"混曰："臣弟澄政事愈于臣，但恐其儒缓，机事不称耳！殿下策励而使之，可也。"混戒澄曰："吾受国大恩，当以死报，无恃势位以骄人。"又见朝臣，皆戒之以忠贞。及卒，行路之人为之挥涕。玄靓以澄为领军将军，命其辅政。

天锡弑君而自立

凉自丞相宋混死后，张天锡专权执政，张玄靓庶母郭氏以张天锡专政，与大臣谋欲诛之。事泄，天锡反将郭氏皆杀之，遂弑玄靓，自称凉州牧、西平公，时年十六。遣司马奉章诣建康请命，晋帝从之，降诏封锡西平公。

却说匈奴刘卫辰以众作叛，代王什翼犍密点兵三万击卫辰，时河冰未合，犍命将士以苇缅约流澌，俄而冰合，然犹不坚，乃散苇于其上，冰草相结，有如浮梁，兵乘以度。卫辰不意兵卒至，大惊，遂引左右西走去了。什翼犍不追，收其部落十六七而还。卫辰奔降秦。

秦送还朔方，遣兵戍之。代王什翼犍性宽厚，郎中令许谦盗绢二匹，什知而匿之，谓左长史燕凤曰："谦盗绢，吾不忍视谦之面，卿慎勿泄。若谦惭而自杀，是吾以财杀士也。"尝讨西部叛者，流矢中目，既而获射者，群臣欲脔割之，什翼犍曰："彼各为其主斗耳，何罪？"遂释之，是以士民归附者众尔。

哀帝崩立司马奕

乙丑，三年（秦建元元年，燕建熙六年），二月，孝哀帝崩，群臣迎其弟琅邪王司马奕即皇帝大位，改元为太和元年。

却说奕帝，字延龄，哀帝同母弟也。初，封琅邪王，及哀帝无子，大臣迎而立之。在位六年，后被桓温废为海西公。

却说燕王晔境内多水旱，太宰慕容恪、慕容评并入朝归政，上疏曰：

> 臣以朽暗，器非经国，不足上谐阴阳，下厘庶政。臣闻王者则天建国，辨方正位，司必量才，官惟德举。台辅之重，参理三光，苟非其人，则灵曜为亏。尸禄贻殃，负乘招悔。臣等安可久忝天官，以蔽贤路！敢忘虞丘避贤之美，辄循两疏知止之分，谨送章绶，惟垂昭许。

晔览疏而谓恪、评二人曰："先帝所托，惟在二公。岂虚己谦冲，以委付托之事耶？"恪、评二人乃止。燕王晔又曰："吾闻洛阳乃关中之地，今为晋所戍，欲烦叔父神用取之，其事若何？"太宰慕容恪曰："臣等受先帝顾托之重，欲效犬马之心久矣，未得诏命。今陛下旨意，臣愿领兵去攻洛阳，以报先帝顾托之恩。"言讫，拜辞燕王，即点十万锐兵，使吴王慕容垂为先锋，杀奔洛阳而来。

其时，洛阳守城将沈劲闻知燕兵犯境，即忙使偏将军杨钦点起城中士兵共五千人，大开城门，驱兵出迎。时燕兵队内先锋慕容垂出阵与杨钦交战，二人在阵前战二十余合。杨钦兵少，如何敌得燕军？因此大败。杨钦不敢入城，乃收残兵走还江南。因是燕太宰恪谓诸将曰："卿等常患吾不攻城，今洛阳城高而兵弱，卿勿畏也。"于是诸将身先士卒，齐力乃攻克之，执沈劲至，恪招其降。而劲神气奇异，恪将宥之。将军慕舆虔曰："劲虽奇士，观其志度，终不为人用。"遂弑之。恪略地崤、渑，关中大震。秦王坚自将屯陕城以备之。燕以慕容筑镇金墉，慕容垂镇鲁阳。恪还邺，谓僚属曰："吾前平广固，不能济辟闾蔚；今定洛阳，使沈劲为戮，虽皆非本情，实有愧于四海。"后朝廷嘉劲之忠，赠东阳太守。

司马勋叛攻成都

二月，益州刺史周抚卒，晋哀帝诏以其子周楚代之。而抚在益州三十余年，甚有威惠，民咸德之。七月，立会稽王司马昱为琅邪王，昱固让不受。

十一月，梁州刺史司马勋以众一万人作叛，来围成都。时大司马桓温闻知，遣江夏相朱序以五千人救之。序遵命以兵即行，兵至成都五十里屯。序次日遣人入城会周楚击勋。楚得书，即忙会集将佐，整顿军马，大开城门，杀出城来。朱序以兵抄勋后，攻勋。两下夹击，勋兵大败，被楚擒而斩之，成都遂平。初，勋为政暴酷，治中、别驾言语忤意，勋即于座斩之。常有据蜀之志，惮周抚，不敢发。及闻抚卒，遂举兵自号为成都王，引兵入剑阁，围成都。至是被温以朱序与周楚合兵诛之。

丁卯，太和二年（秦建元三年，燕建熙八年），四月，太原王慕容恪因攻洛阳回来，得疾甚重。燕王暐闻知，亲与群臣视恪，问以后事。燕王暐入见恪曰："叔父出征远劳，今得斯疾困重，倘设不周，使孤倚托何人？"慕容恪曰："吴王慕容垂，文武兼才，管、萧之亚，陛下若任之以大政，国家可安。不然，秦、晋必有窥觎之计。"暐闻言曰："愿从尊训。"言讫归宫。太宰恪以燕王暐幼弱，政不在己，太傅评多猜忌，乃使人召暐兄乐安王臧至，谓曰："今南有遗晋，西有强秦，常蓄进取之志，大司马总统大军，不可任非其人。我死之后，以其亲疏言之，当在汝及冲。汝曹虽才识明敏，然年少未堪多难。吴王天资英杰，智略盖世，汝曹若推以任之，必能混一四海，况外寇乎？"言讫而卒。燕王暐闻知，恸哭终日，命厚葬之，国人皆为发悲，于是暐以兄慕容冲为大司马，总统六军。

苻氏五公皆谋反

却说秦王坚闻慕容恪已卒，阴有图燕之计，命匈奴曹毂使如燕。曹毂以西戎主簿郭辩为之副。燕司空皇甫真兄皇甫腆及从子奋、覆皆仕秦。辩至燕，谓真曰："仆本秦人，家为秦所诛，故寄命秦王。贵兄常侍及奋、覆兄弟并相知有素。"真怒曰："臣无境外之交，此言何以及我！君似奸人，得无因缘假托乎！"遂入白暐，请究治辩，太傅评不许。辩得还，为坚言："燕政无纲可图，鉴机识变，惟皇甫真耳。"坚曰："以六州之众，岂得不使有智士一人哉！"曹毂寻卒，秦分其部落为二，使其二子分统之，号东、西曹。

却说秦汝南公苻腾乃苻生之弟，欲谋反。秦王坚窃知，遣武士执斩之。时生弟犹有五人。当王猛谓坚曰："不去五公，终必为患，不若乘此弑之。"坚不从。至是秦晋公柳、赵公双，与魏公庾、燕公武谋作乱。坚闻之，使人征其还长安，柳据蒲坂，双据上邽，庾据陕城，武据安定，齐来起兵造反。坚又遣使谕以罢兵，令其各安原位。各啮梨以为信，皆不从。秦王坚大怒，命王猛将兵二万去讨。猛得令，即以兵行。

戊辰，三年（秦建元四年，燕建熙九年），二月，秦魏公苻庾闻王猛以兵来，恐不能敌，乃以陕降于燕，请兵接应。秦人大惧，燕范阳王德曰："苻氏骨肉乖离，投诚请援，是天以秦赐燕也。天与不取，反受其殃。吴、越之事，足以观矣。陛下宜命皇甫真引并、冀之众，径趋蒲坂；吴王垂引许、洛之兵，驰解庾围；太傅总京师虎旅，为二军后继。传檄三辅，示以祸福，彼必望风响应。"太傅评曰："秦，大国也，今虽有难，未易可图。朝廷虽明，未如先帝。吾等智略，又非太宰之比，闭关保境足耳。"庾闻燕不发兵，又以人遗垂及真笺曰：

苻坚、王猛皆人杰也，谋为燕患久矣。今不乘机取之，恐异日有甬东之悔矣！

垂谓真曰："主上富于春秋，太傅识度，岂能敌坚、猛乎？"遂绝之。

十二月，王猛以兵至陕城，苻庾以兵出拒战，未上三合，被猛获之。时王猛等拔陕城，获魏公庾，乃即送长安，见秦王坚。坚问之，庾对曰："臣本无反心，但以兄弟屡谋逆乱，臣惧并死，故反耳。"坚泣曰："汝素长者，固知非汝心也。且高祖不可以无后。"乃赐庾死，原其七子，以长子袭魏公，余子嗣诸弟之无后者。

桓温伐燕大败还

己巳，四年（秦建元五年，燕建熙十年），初，桓温闻燕太宰慕容恪死，请旨与徐、兖刺史郗愔，江州刺史桓冲，豫州刺史袁真等伐燕。初，愔在北府，温常云："京口酒可饮，兵可用。"深不欲愔居之。愔遗温笺，欲共奖王室，请督所部出河上。愔子超为温参军，取视毁之，更作愔笺，自陈非将帅才，加以老病，乞闲地自养，劝温并领己所统。温大喜，即以愔为会稽内史而自领徐、兖。夏，率步骑五万发姑孰。郗超曰："汴水又浅，恐道远漕运难通，宜求别道而入。"温不从。六月，至金乡，天旱水绝，使将军毛虎生凿钜野三百里，引汶水会于清水。引舟自清水入河，舳舻数百里。超又曰："清水入河，难以通运。若寇不战，运道必绝，因敌为资，复无所得，此危道也。不若举众趋邺。彼必望风逃遁，北归辽、碣。若能出战，则事可立决。若恐胜负难必，务欲持重，则莫若屯兵河、济，控引漕运，俟资储充备，来夏乃可进也。舍此二策而连军北上，进不速决，退必愆乏。贼因此势，以日月相引，渐及秋冬，水更涩滞。北土早寒，三军裘褐者少，恐于时所忧非独无食而已。"温又不从，曰："吾命袁真攻开石门以通水运，必无阻滞。"遣袁真以兵五千攻石门，又遣檀玄攻湖陆拔之。燕主暐使下邳王慕容厉以兵一万迎战，被邓遐、朱序合兵出击，两下交锋，未十合，厉大败还。前锋邓遐、朱序又败燕兵于林渚。七月，温至枋头。燕王暐及太傅慕容评大惧。暐谓文武曰："太原王已丧，今国内无有良将，晋兵势大，何以迎敌？"群臣曰："太原王临终之语，陛下如何忘记？吴王慕容垂有文武之才，何不用之以兵拒敌？然后使人和好于秦，结为唇齿，请其以兵来救，可破晋兵。"暐曰："其计虽善，而今晋兵势大，四分而来，恐难迎敌，不如走奔和龙。"吴王垂上言曰："臣请击之，若其不捷，走未晚也，何自纷纷自溃乎？"暐乃使垂率众五万以拒温。垂表乞悉罗腾从军，暐从之。又遣乐松请救于秦，许赂虎牢以西之地与秦。

却说秦王坚正与群臣议论国事，忽近侍报燕王暐使人至，说晋桓温以兵犯境，敬修书来，结为唇齿，请相救应。秦王坚曰："吾正恨其强，欲兴兵讨之，吾不相应。"当王猛密谓秦王坚曰："燕虽强大，慕容评非温之敌也。若温举山东之众，进屯洛邑，收幽、冀之兵，引并、豫之粟，观兵崤、渑，则陛下大势去矣。今不如与燕合兵以退温。温退，燕亦病矣。我乘其敝而取之，不亦善乎？"秦王坚曰："卿策极善。"因此从之。即遣洛州刺史邓羌率步骑二万，前来救燕。羌领兵起行。

却说申胤谓封孚曰："以桓温声势，似能有为，然吾观之，必无成功。何则？晋室衰弱，温专制其国，晋之朝臣未必皆与之同心，必将乖阻以败其事。又，温骄而恃众，怯于应变。大众深入，值可乘之会，反更逍遥中流，不出赴利，欲望持久，坐取全胜，若粮廪愈悬，情见势屈，必不战自败，此自然之数也。"

慕容垂兵至洛，谓将士曰："公等各宜尽心竭力，以报国家。"言讫，急谓范阳王慕容德曰："今温大兵在此，漕运要从石门来，卿可以重兵前去紧守石门。粮食不至，则温兵自溃矣。"德从之，乃以所集之兵出守石门。又谓偏将李邽曰："温见石门不通，必使人从旱陵运，汝可引一军抄山径，埋伏险隘，绝其粮道。"李邽引一军去讫。

却说慕容德至石门，谓慕容宙曰："汝可先率一千兵出战。"宙曰："晋人轻剽，怯于陷敌，勇于乘退，宜设饵钓之。"德曰："可先以二百骑挑战，余兵分作三处埋伏，待其追而击之。"于是使宙以二百骑挑战，自将兵分作三处埋伏。计议讫，宙以二百骑出战。袁真尽众与战，宙诈败便走。真挥兵追击，至伏兵之所，慕容德当先出拦。两下交锋，真兵大败走回，又被伏兵出截，三下夹攻，真单骑逃还本营收众，折去五千余人。

却说慕容垂以大兵至襄县屯扎，便差人四门贴起文榜，告示居民：无问老小，火速移往睢城暂居，不可自误。晋兵到此不仁，必然伤害百姓。一连差十数次人，催趱便行，百姓皆起身。然后唤诸将听令，先差云枨："带二千人，各将布袋去溪河上流头埋伏，用布袋装上砖土，拒住溪河之水，到来日三更以后，只听下流头人马嘶喊，此是桓温兵败，急去布袋放水淹之，却顺河杀将下来接应。"云枨听计去了。吴王垂又唤戴德："可引一千军去博陵边渡口埋伏，晋军被淹，此处水势却慢，人马必从此处逃命，你可乘势杀来接应。"德领兵去了。垂又唤赵平："你可引军三千，先取芦荻干苇放在襄城人家屋上各处隅头里角上，却暗藏硫黄焰硝引火之物。来日是昴日鸡值日，黄昏后必有大风起，袁真必入城中安歇。汝将二千军先用火箭大炮放入城中去，火势大作，城外呐喊，只留东门交走，你却在东门外伏定，败军乱窜，不可拦截，只顾攻击他。败军无心恋战奔走，此乃寡敌众之道也，必得全功。天明会合，收军便回睢城，不可违误。"赵平听令去了。垂再唤糜玉、刘同："你二人可带二千军，一半红旗，一半青旗，去野外三十里虎尾坡前摆开，青红旗号混杂。如晋军一到，糜玉一支红旗走在左，刘同一支青旗走在右，他疑必不追赶，却分兵去西北角上埋伏，只望城中火起，便可进兵赶败军，然后却来白河上流头接应，时刻休误。"二人去了。垂登高望之。

却说晋兵袁真自为前部先锋，引大军一万、战将数员，又有铁骑军二千，从襄邑进发。日当正午，来到虎尾坡相近，问乡导官："前面离城多少路？"答曰："只有三十里。"王佃引探马数十匹先行，望见坡前人马摆开，拍马抢前，见依山傍岭，一簇人马尽行打青、红旗号，不知多少。王佃叫把皂旗一招，三千军一齐向前，糜玉、刘同分为两队，青、红旗各居左右，二色旗不杂，队伍不乱。王佃扯住马叫休赶。左右曰："为何不赶？"王佃曰："前面必有伏兵。你们只就这里扎住，我自去禀先锋。"王佃一骑马来见先锋袁真，禀复前事。袁真曰："岂不闻兵法有虚实之论？此是疑兵，必无埋伏，可速进兵追之。"佃再回坡前，提兵直入其左；遍于林下追寻不见。此时红日晻晻坠西，袁真叫去抢襄邑安身。军士四门突入，并无阻挡，又不见一人。袁真曰："此乃势穷，就带百姓连夜走了。众军权且安歇，来日进兵。"军士各自饥饿，都去夺屋造饭，袁真却都在县衙安身。初更后，狂风忽起，把门军士来报火起。袁真曰："火是军人造饭不小心遗漏，不可惊动。"说未毕，南门、西门都来报火起。袁真急令众人上马时，早满县火着，上下通红，喊声大起。当夜袁真叫将士冒烟突火探路，说道东门无埋伏。袁真冲出东门，门上火滚烟飞，军士逃出，自相踏践，死者无数。

且说袁真方才脱得火危，背后云枨军马赶杀，各军自要逃命，哪里肯回身厮杀，撞着糜玉、刘同又杀一阵。到四更左右，人困马乏，一大半军士焦头烂额，却好走到河边，人马都下河吃水，水不过尺，人马皆在河内闹起。上流头云枨望见新野城火起，约五更时分已到，只听得下流人马喧闹，催军一齐掣起布袋，水势往下流一冲，人马皆溺于内。袁真引众将望水势慢处夺路，来到博陵渡口，喊声大振，一军拦路。戴德也到，当下如何？戴德引军从下流头杀将上来，截住袁真掩杀。王佃叫斗到三十余合，真不敢恋战，夺路走脱。慕容德赶来，接着厮杀，杀得晋兵大败，杀死晋兵一万余人。

时袁真收拾残兵来见桓温，陈说失利一事。桓温大怒曰："胡贼安敢如此！"遂催三军尽至襄邑，漫山塞野而来，与吴王慕容垂大军相遇。垂将兵马摆开，横持玉斧，立于阵前，以待晋兵。晋兵阵中先锋袁真持刀出马与战，又战上二十余合，袁真不能抵敌，拨开军器，勒转马头，望本阵便走。背后慕容垂促兵追杀，晋兵又败一阵，走还原屯。桓温见军战不利，心甚烦恼，忽左右报军中粮尽，来日却无粮草支给三军等众。桓温愈加忧闷。又探事军人报道："长安秦王苻坚使邓羌引兵三万，来救于燕。"参军郗超曰："今吾军数战不利，粮储复竭，秦兵又至，难以进兵，不如焚舟车，弃辎重铠仗，从陆道奔还本镇。若待秦兵一至，必为所擒。"温曰："事已迫矣，今夜即行。"于是桓温至夜传令，将舟车烧讫及弃辎重铠仗，乃领大军从陆道而走。诸军争欲追之，吴王垂曰："温初退，必严设警备，选精锐为后拒，不如缓之。彼幸吾未至，昼夜疾趋，俟其气衰击之，无不克矣。"至是温果兼道而进数日，吴王慕容垂闻知，自率八千骑追之，到河南与袁真、郗超等交战，又战上数十合，晋兵无心恋战，皆弃戈抛鼓望南走溃，又被燕军赶杀。慕容德闻知温败，必走此过，乃以劲骑伏于东关中，见温兵至，两下夹击，温兵大破，又斩晋兵三万余人，连追五十余里，始收军还燕。

却说秦将邓羌闻晋兵败走，使其副将苟池领军五千抄小路来赶。追至谯城，袁真见后有追兵，将军马摆开，自与苟池交战。二人又斗三十余合，袁真大败而逃，又被秦兵大杀一阵，又斩一万余人。秦兵追杀二十余里，亦收兵还国去讫。桓温只得收散卒屯于山阳。

其时桓温深耻其败，恐朝廷见之，乃归过于袁真，使人入朝上表，称袁真为将失略，致败三军，宜贬之以为庶人。于是晋帝下诏，黜袁真为庶人，使桓温还镇。行经王敦墓所而过，见其碑记，望之曰："可人，可人，其心亦若是耳！"

燕王慕容㬌曰："今既与秦结好，必得一不辱君命之士往谢之，谁人可行？"太傅慕容评曰："参军梁琛有辩才，其兄梁奕仕秦为尚书，使其可往。"㬌遂使郝晷、梁琛相继如秦。晷与王猛有旧，猛接以平生，问晷东方之事。晷知燕将郜阳欲自托，颇泄其实。琛至长安，秦王坚方畋于万年，欲引见琛。琛曰："秦使至燕，燕之君臣朝服备礼，洒扫宫廷，然后敢见。今秦王欲野见之，使臣不敢闻命！"尚书郎辛劲谓琛曰："天子称乘舆，所至曰行在所，何常居之有？又《春秋》亦有遇礼，何为不可乎？"琛曰："桓温窥我王略，燕危秦孤，是以秦王恤患结好。交聘方始，谓宜崇礼尚义以固二国之欢，若忽慢使臣，是卑燕也，岂修好之义乎？夫天子以四海为家，故行曰乘舆，止曰行在。今郡县瓜裂，天光分曜，岂可以是为言哉！礼，不期而见曰遇，盖因事权行，其礼简略，岂平居乘舆之所为哉！客使单行，诚势屈于主人，然苟不以礼，亦不敢从也。"秦王坚乃为设行宫，百僚陪位，然后延之。琛始入见秦王，称燕王使其谢救危之事。坚大悦，命排宴款之。琛从兄奕为秦尚书郎，坚典客馆琛于奕舍。琛曰："昔诸葛瑾为吴聘蜀，与诸葛亮惟公朝相见，退无私面，今以之即安私室，所不敢也。"于是坚命别馆安下。时兄奕数问琛东方事。琛曰："兄弟本心，各有所在。欲言国美，恐非所欲闻；欲言其恶，又非使臣之所得论也。"坚典客舒使太子延琛相见。秦人欲使琛拜，先讽之曰："邻国之君，犹其君也；邻国之储君，亦何以异乎！"琛曰："天子之子，尚不敢臣其父之臣，况他国之臣乎？礼有往来，情岂忘恭，但恐降屈为烦耳。"乃不果拜。王猛知琛忠贞，劝秦王坚留琛。坚不许，琛乃还国。

却说吴王慕容垂既破大司马桓温，有大功，威名益振，德望日新，士民皆惮之。时太傅慕容评畏其威猛，愈忌之。垂奏将士功赏，皆抑而不行，垂怒之。评恐为患，评乃与太后可足浑氏谋诛太宰恪子慕容楷及垂。后命奏知燕王暐，于是评与燕王暐曰："吴王慕容垂威名日振，恐不利于国家，陛下早宜图之，不然将难制也。"燕王暐曰："叔父可缓图之。"于是评出朝居府，整日思计，欲害慕容垂。

慕容垂逃降苻坚

慕容垂舅简建知之，急以告曰："太傅慕容评密奏主上，欲害明公及太宰子慕容楷。明公宜先发制人，但除评及乐安王臧，余无能为矣。"垂曰："骨肉相残，而首乱于国，吾不忍为也，宁避之于外耳。"世子令曰："主上暗弱，委任太傅，一旦祸发，疾于机械。今欲保族全身，不失大义，莫若逃之龙城，逊辞谢罪，以待主上之察，感悟得还，幸之大者。如其不然，则内抚燕民，外怀群夷，守险要以自保，亦其次也。"垂曰："善。"十二月见暐，请畋于大陆，暐许之。因微服，带家小将趋龙城，至邯郸。少子麟素不为垂所爱，逃还告知燕主。暐遣精骑追之，垂散骑灭迹得免。世子令请给数骑袭邺，垂曰："不可。"乃与段夫人及令、宝、农、隆、楷、建及郎中令高弼俱奔秦。

初，秦王坚闻恪卒，阴有图燕之志，惮垂不敢发，及闻垂至甚喜，令人郊迎，言讫，即唤邓羌至曰："你可引数十人带果酒，先去迎接燕慕容垂，吾即随后来也。"羌领命去讫。秦王坚随后引王猛等亦出迎。时慕容垂自思无处投奔，闻秦王坚宽仁大度，纳贤爱士，乃故逃走入秦。行至界上，忽见一队军，约有百余人，为首一将，轻裘软甲，马首相迎。那员将忙问曰："来者莫非燕中吴王乎？"垂答曰："然也。"那员将忙下马声喏："邓羌俟候已多时。"垂问曰："莫非邓将军乎？"羌曰："然也，奉主公秦王令，为大王远涉途路，鞍马驰驱，特命羌奉酒食，就护请大王入国。"言罢，军士捧过酒食来，羌进之。垂自思曰："人言秦王宽仁爱客，今果如此远接。"却饮了数杯，上马同行，来到长安界口。

是日天晚，前到馆舍，见两边百余人叉手侍立门户，击鼓相迎。一将于马头前施礼曰："奉主公秦王令，为大王远涉风尘，特遣某洒扫驿庭，以待宿歇。"垂下马，与其人同入馆舍，早已安排筵席相待，酒礼殷勤。垂父子饮酒至更深，宿一宵。

次日，早膳毕，上马行不数十里，远远一簇人马到来，当中是大秦王苻坚，左有王猛，右有权翼。慕容垂遥见，早先下马等候，各下马相见。苻坚曰："久闻大人高名，如雷灌耳，恨云山迢遥，不得听诲，闻君赴临，故此相迎。倘君不鄙弃小国，暂留车从，以叙渴仰之思，未知大人肯容否？"慕容垂心大喜，乃上马与苻坚并辔入城。

设筵款待，坐间只说别话，并不谈及燕中一事，无非动问燕王安否，垂一一答应之，只等待坚开言，然后说之。苻坚犹然不提。垂曰："今大王守长安，还有几郡？"王猛便接说曰："长安虽有数郡，乃荒邑也，粮少兵稀，权且安身。日今东晋桓温不时兴兵，欲来讨耳。"垂曰："东晋据六郡八十一州，民强国富犹且不知足也。"权翼曰："吾主公生有神异，名应图谶，反不能占据大都。其他皆天地之蟊贼，以霸道居之，故智者不平焉。"苻坚曰："卿休言，吾有何德，而望居天位，以守城池乎？"垂曰："不然，天下者，非一人之天下，乃天下人之天下也，惟有德者居之，何况大王仁义充塞乎四海，占正统而即帝位，亦不分外。"苻坚拱手惶恐而谢曰："如公所言，何敢当之！"自此一连饮宴三日，并不提起燕中事。次日复宴，坚举酒与垂曰："荷将军不外，光降鄙邦，不胜之喜。"又执垂手曰，"圣主贤杰，必相与共成大功，此自然之数也。要当与卿共定天下，然后还卿本国，世封幽州。使卿去国不失为子之孝，归朕不失事君之忠，不亦美乎！"慕容父子称谢不已。于是以慕容垂为右将军，以金五百，与置田宅，每事必与议之。王猛言于秦王坚曰："今观慕容垂父子，势如狼虎，非可驯之物。若借以风云，将不可复制，不如早除之。"秦王坚曰："吾方远揽英雄，以清四海，奈何杀之！且其始来，吾已推诚纳之矣，匹夫犹不弃言，况万乘乎！"于是又以慕容垂为冠军将军。

却说梁琛为使入秦，还见太傅评曰："秦人日阅军旅，聚粮陕东，和协必不久。今吴王又往，宜为之备。"评曰："秦王何如人？"琛曰："明而善断。"问："王猛何如？"琛曰："名不虚得。"又以告燕主㬙，皆不然之。惟皇甫真深以为忧，上疏请选将益兵，以防未然，燕王不听。

却说王猛谓秦王曰："燕国可伐，可使人去诈称报燕谢师之礼，而观其时，然后可发兵去。"于是秦王坚遣石越聘于燕，太傅评示之以奢，尚书郎高泰曰："越言诞而视远，乃观衅也，宜耀兵以折其谋。今乃示之以奢，益为所轻矣。"评不从，泰遂谢病归。

时太后侵扰国政，委评，贪昧无已，货赂上流，官非才举，群下怨愤。尚书左丞申绍上疏，以为"宜精选守宰，并官省职，存恤兵家，使公私两遂，节抑浮糜，爱惜用度，赏必当功，罚必当罪。如此，则温、猛可枭，二方可取，岂特保境安民而已"。疏奏，不省。石越见燕之衅，回奏秦王，坚大悦。

初，燕王许割虎牢以西赂秦，以退晋兵。晋兵既退，不与。秦王坚使人求其地，燕王谓曰："行人失词。有国有家者，分灾救患，理之常也。"因是勿与。秦王坚大怒，遣王猛及将军梁成、邓羌，率步马五万伐之，去攻洛阳，洛阳降。

孙盛作《两晋春秋》

却说晋大司马桓温闻秦王猛伐燕，急与郗超、王珣等议曰："今秦将王猛伐燕，倘其得燕，必有窥觊江南之意，以何计防之？"郗超上言曰："可发徐、兖二州民夫，筑城于扬州广陵之地，明公以兵从镇广陵，秦虽有百万之众，不能过也。"桓温然之，即遣使发徐、兖二州民夫二万人，筑长城于广陵，未经百日筑完。桓温引众徙镇广陵。

其时，征役频繁，加之疫疠，死者十四五，因此百姓怨嗟。秘书监孙盛作《晋春秋》，直书时事。史说，孙盛字安国，太原人也，博学善言。见桓温枋头之败，做广陵之城，百姓苦役，流亡将尽，故作《春秋》以直记之。桓温闻知，使人察之，使人去长沙窃访，回报曰："《春秋》内尽枋头之事，道明公进无威凤来仪之美，退无鹰鹯搏击之用，徘徊湘州，将为怪鸟。"桓温大怒曰："虽有此失，安可书吾过事！"言讫，唤从事王珣至曰："你代我往长沙巡按，收孙盛父子前来，改却枋头一事，免被后代讥议。"于是王珣领命，带随从人至长沙，称孙盛受百姓赃私，朝廷闻知，使收之，乃以槛车收盛父子到广陵。桓温问盛曰："汝作《春秋》，吾与汝无仇，何敢直尽吾失？"盛答曰："《春秋》之事，以正王法，安敢私意。韩信佐汉，亦尝败于楚；孔明兴蜀，亦曾败于吴。枋头一失，书之无事，明公何故发怒也？"温无以对，命左右放释之，喝其出去，而谓盛子孙放等曰："枋头诚为失利，何至乃如尊君所言？若此史遂行，自是关君门户事耳！"其子放拜谢曰："明公休虑，吾回请家父改之。"温始大喜，命其改易。

却说孙放出与父孙盛还家，时盛年老家居，性方严，有轨度，子孙虽斑白，待之愈峻。至是盛在家经日闲坐，其子放等率诸弟侄，乃共号泣稽颡曰："桓温奸雄，世之所知，大人若不改书《春秋》枋头之事，则吾家百口必遭其害。"盛曰："若改其事，则此史无用，后人骂吾不公。"决不许之。时孙放无奈，只得私自改之，使人送与温看，温始悦。

王猛举兵伐燕国

初，王猛屡劝秦王坚杀慕容垂，坚不肯，猛思一计，欲害之。至是王猛欲发兵伐燕也，故请垂子慕容令参其军事，以为向导。将行，猛自告辞慕容垂，垂留饮酒，猛从容谓垂："今当远别，卿何以赠我，使我睹物思人？"垂解佩刀赠之，猛受之而辞去。至洛阳，赂垂所亲，使诈为垂使者，谓令曰："吾父子来此，以逃死也。今王猛疾人如仇，秦王心亦难知，闻东朝比来悔悟，吾今还东，汝可速发。"令得书疑之，踌躇终日，又不可审复，乃走奔燕去。于是王猛上表称令叛状。垂惧之而忙出走，及蓝田，秦王坚知之，遣骑兵追之，为追骑所获，来见秦王坚。坚劳之曰："卿家国失和，委身投朕，贤子心不忘本，亦各其志。然燕之将亡，非令所能存，惜其徒入虎口耳！且父子兄弟，罪不相及，卿何为过惧，而狼狈如是乎？"待之如旧，垂始安不遁。燕人以令叛而复还，疑为反间，徙之沙城。

近报道秦兵王猛攻打洛阳，洛阳守将武威王筑闻知大惊，乃使人入朝取救兵。燕王㬫闻知，心下大惊，急宣太傅慕容评问之。评曰："陛下高枕无忧，臣自遣将点兵拒之。"言讫，评与乐安王臧，点起精兵二十万，来救洛阳。乐安王臧自新乐发兵一万人，进屯荥阳。猛遣梁成、邓羌击走之。燕州刺史、武威王慕容筑被猛围在洛阳，内无粮草，外无救兵，及闻臧败，乃开城门出降。猛纳之，安抚军民，乃将兵七千而去，留邓羌镇金墉，以桓寅代羌戍陕城而还。

秦王坚因猛伐燕有功，以猛为司徒、录尚书事，封平阳郡侯。猛固辞曰："今燕、吴未平，戎车方驾，而始得一城遽受三事之赏，若克殄二寇，将何以加之？"坚曰："苟不暂抑朕心，何以显卿谦光之美？"遂寝司徒、尚书之命。

五月，慕容令自度终不能免，密谋起兵，沙城中谪戍士数千人，皆厚抚之，率以东袭威德城，据之。诸戍皆应。勃海王亮镇龙城，令将袭之。将袭龙城，亮弟慕容麟遂使其下杀令，死之。

秦王猛督诸军复伐燕。秦王坚送猛于灞上曰："今委卿以关东之任，当先破壶关，平上党，长驱取邺，所谓'疾雷不及掩耳'。吾随亲督万众，继卿星发，舟车粮运，水陆俱进，卿勿以为后虑也。"猛曰："臣杖威灵，奉成算，荡平残胡，如风扫叶，不烦銮舆亲犯尘雾，但速敕所司部置鲜卑之所。"坚大悦而返。

六月，王猛与邓羌、杨安等以兵大进，来过壶关。壶关守将田明闻秦兵至，乃移兵出屯城外。次日，正在寨中纳闷，忽报正南上秦兵到了，旗上乃大将杨安。田明乃令军马尽出，亲与杨安对阵。两军对圆，田明横枪立马于阵前。秦军中杨安跃马而出，手执钢刀，厉声大骂："逆贼！敢拒天兵！"田明大怒，挺枪跃马，直取杨安。两马相交，斗不数合，田明被杨安一刀砍于马下。燕兵大败而走，安率众赶散残兵。次后，王猛大驱军马杀过壶关城，所过郡县皆望风降附，因此燕人大震。

却说黄门侍郎封孚问司徒长史车胤曰："今秦伐燕，事将何如？"胤叹曰："邺必亡矣！吾之家属，今在南平，兹将为秦虏。吾验古，然越得岁星而吴伐之，卒受其祸。今福德在燕，秦虽得志，而燕之复建，不过一纪耳。"

《左传》昭三十二年，吴伐越。史墨曰："不及四十年，越其有吴乎！越得岁星而吴伐之，必受其凶。"杜预注曰："此年岁星在星纪。星纪，乃吴、越之分也。岁星所在，其国有福。吴先用兵，故反受其殃。"哀二十二年，越果灭吴。索隐云："天官占云：岁星，一曰应星，一曰纪星。岁星乃东方木之精，苍帝之象也，所在之国不可伐，可以伐人。"

史说，车胤字武子，南平人。恭勤不倦，博览多通。家贫无油，夏月常取练囊盛萤火数十以照书，以夜继日而读。及长，风姿美朗，机悟敏速，甚有乡曲之誉。先，桓温在荆州闻名，引为主簿，稍迁别驾、征西长史，朝廷知名。又迁司徒长史。又善于赏会，每盛坐大宴而胤不在，众嘉宾皆云："无车公不乐矣。"又善天文，是时，秦兵伐燕，封孚故以问之，后果应其所言。

九月，秦将王猛进兵潞州。时燕王使太傅慕容评以四十万兵至，先立大营，而谓者将曰："燕兵虽众，而勇猛不及秦军；秦军虽精壮，而粮草不如吾兵。秦军无粮，利在急战；吾兵有靠，宜且缓守。今王猛悬军深入，不如持久，待其粮尽而击之，则秦兵自败矣。汝等各使军人守住险隘，不许擅战。"时燕王慕容㬙闻知，使人催战。

邓羌寝协司隶战

却说秦杨安攻燕晋阳，久未下。猛闻知，乃遂引兵助攻，使人暗掘地道；又使将军张蚝率壮士数百，潜入城中，大呼斩关，纳秦兵，遂入晋阳。时评屯潞州，猛进兵与相持，遣将军徐成探燕军在何所，期以日中还，及昏而返。猛欲斩之，邓羌固请曰："成，羌郡将也，愿与效战以赎罪。"猛弗许。羌怒还营，严鼓勒兵，将攻猛。猛慌赦之。羌诣猛谢过，猛执其手曰："吾试将军耳。将军于郡将尚尔，况国家乎！"猛闻评为人贪鄙，障固山泉，鬻樵及水，积钱帛如丘陵，士卒怨愤，莫有斗志。猛闻之，笑曰："慕容评真奴才，虽亿兆之众不足畏，况数十万乎！"遣将军郭庆率骑五千，夜从间道出评营后，烧评辎重，火见邺中。燕王急问左右。近臣奏说："太傅评贪鄙，障固山泉，鬻樵及水，积钱帛如山，士卒怨恨，不有斗志，被秦人放火烧去辎重。"㬙大惧，遣使让评曰："府库之积，朕与王共之，何忧于贫？若家国丧亡，王持钱帛欲安所置乎？"乃命其悉以钱帛散与军士，且趣使战。评大惧，请战。猛陈于渭源，而誓之诸将士曰："王景略受国厚恩，任兼内外，今与诸君深入贼地，当竭力致死，有进无退，共立大功，以报国家。受爵明君之朝，称觞父母之室，不亦美乎！"众皆踊跃破釜弃粮，大呼竞进。

猛望燕兵之众，谓邓羌曰："今日非将军不能破劲敌，将军勉之！"羌曰：

"若能以司隶见与者，公无以为忧。"猛曰："此非吾所主，必须主上许也。必以安定太守、万户侯相处。"羌不悦而退。俄而兵交，猛召羌，羌寝弗应。猛驰入卧所就许之。羌乃起，大饮帐中，与张蚝、徐成等跨马运矛；又呼左右以美酒二壶至，一饮而尽。羌即时披坚执锐上马，与副将张蚝、徐成等大喝一声，运矛驰杀，奔入燕军，燕军人迎人死、马遇马亡，往来冲击，如入无人之境，搴旗斩将，杀伤甚众。时羌在于燕军寻杀太傅慕容评，正遇着燕将李已，两马交战，未上五合，已被邓羌一矛刺死于马下。又杀入阵，遇着燕将吴进又战，战上二十余合，吴进亦被邓羌杀死。混战一日，燕兵大败。当慕容评见前军大败，引后兵忙退，走还潞州西坪，收军，折去燕兵二十万余人。正欲下营传餐，秦将邓羌又以得胜之兵来追至此，又大战一阵，俘斩燕兵五万余人。残兵无心恋战，各自望风溃逃，于是太傅慕容评被羌兵杀得单骑逃命，走还邺城，被王猛大驱军马，连更带夜，追至邺城。次日，挥兵围住邺城。

却说太傅慕容评单骑走回邺城，入见燕王晖曰："秦兵强盛，不能抵挡，致被杀伤众军，臣独自回来邺城。"燕王晖曰："似此大败，急生退得秦兵？"评曰："不如坚守，待其粮尽击之，方可退得。"燕王晖曰："如此，卿火速调拨军马守城。"言未了，各门军士入报，秦兵围城。于是慕容评急出点兵守住各城池，亦不出战。

却说秦王苻坚闻知使人回报王猛大捷，克陷洛阳，长驱大进，秦王坚留李威辅太子摄政，乃自率精兵五万余人，带权翼为先锋，亦赴邺城。王猛出帐远迎入军中曰："臣托陛下洪福，诸将虎威，先克洛阳，后拔壶关，所过郡县，皆望风归降，何劳大王车驾来临？"秦王坚曰："闻卿孤军深入，朕忧寡不敌众，故以兵来接应。"是日，王猛设宴为秦王洗尘，饮至半夜，方各歇息。

次日，商议攻城，秦王坚曰："可速攻之。"于是王猛传令军中，装起云梯四十乘，每梯上可容数十人，周围用板遮护，下以轮推之；每一门，各用云梯十乘，梯上军以箭射之，下面众军各抱短梯软索，只看城上擂鼓，乘势便上。此时，慕容评见秦军中装起云梯，四面攻来，已预先办下弓箭，唤军士四百人分四门，各执火箭，待云梯近城，一齐射之。王猛自料城中无备，大拥云梯四面竞进，将近壕边，火箭齐发，云梯皆着烧之，城上矢石如雨，秦兵不能前进。王猛怒曰："汝能烧了吾云梯，须无解冲车之法。"令军中连夜排冲车。次日，四面擂鼓，呐喊而进。评急令运石盘、石磨，用藤绳穿，飞击冲车，其车皆折。王猛又取井阑百尺，以射城中，又驱兵运土填壕。评又于城中筑起重墙以御之。王猛见攻不透，令徐成引三千镢锲军，填断壕堑之处，暗掘地道，欲从城中涌出。评先于城中挑掘重壕，横截之，于是地道军又不得进。昼夜相攻二十余日，无计可施。王猛在寨中纳闷，忽报正北门攻城军人拾得降书一封，王猛将来书拆开看时，乃燕王手下散骑常侍徐蔚的降书，约定是夜开北城门，与秦军入城。猛观之大喜，下令军人各各披挂伺候，夺门入城。

却说徐蔚与诸人数百，各严装饱食，至黄昏俱上马，大喊一声，杀出北门，边将守城军尽皆杀讫，以铁斧砍断铁锁，打开城门。王猛听见城中大喊，俄而城门大开，王猛挥兵杀入城去，城中大闹。

却说太傅慕容评见秦兵入城，忙入宫见燕王晖曰："今散骑常侍徐蔚谋反，开城门降秦。今秦兵已入城了，请陛下火速与臣引禁兵走回龙城。"晖大惊，领后妃俱各上马。慕容评持枪跃马，当先杀出西门。正遇秦将王重，交马便战。战十余合，评奋力刺杀王重于马下，保护燕王晖而行。时秦王苻坚入城，传令诸军不许妄杀百姓，于是出榜安民。次日，入殿升位，慕容垂见燕公卿及故僚吏有愠色，高弼密言曰："今虽国家倾覆，安知其不为兴运之始耶！宜恢江海之量，慰结其心，以立覆篑之基，成九仞之功，奈何以一怒捐之？"垂悦从之，随众而入。

秦苻坚赦燕王晖

坚闻燕王晖与慕容评走奔龙城，急唤游旗左右将军郭庆、巨武以兵万五千来追。郭庆以兵追至高阳，慕容评见后有追兵大至，自军不满一千，乃单骑自逃性命，往北去讫。郭庆追至，杀散燕兵，巨武执住燕王慕容晖缚之。燕王晖喝曰："汝何小人，敢缚天子！"巨武曰："梁山巨武，受诏缚贼，何谓天子耶？"言讫，把晖缚之，与郭庆收军，解晖回邺城，入见秦王坚。坚曰："吾以兵到此，汝何不降，反逃走乎？"燕王晖曰："狐死首丘，吾欲效之，归死于先人之坟墓耳。"苻坚哀之，命放释之，而谓曰："你可还宫，率文武出降，免汝之罪。"因此晖入宫，招集文武百官，出降于秦王苻坚，苻坚皆赦之。燕太傅慕容评走奔高句丽，高句丽执送于秦。凡得郡百五十七，县一千五百七十九，户二百四十六万，口九百九十九万。以燕宫人珍宝，分赐将士。

评之败也，初，琛为使往秦归，㬢疑梁琛与秦谋，收系狱。至是，坚召释之曰："卿不能见机而作，反为身祸，可谓智乎？"琛对曰："臣闻'几者功之微，吉凶之先见者也'。如臣愚暗，实所不及耳！为臣莫如忠，为子莫如孝，是以烈士临危不改，见死不避，以徇君亲。彼知几者，心达安危，身择去就，不顾家国，臣即知之，尚不忍为，况非所及耶！"坚又闻悦绾之忠，恨不及见，拜其子为郎中。坚以猛为使持节，都督关东六州诸军事、冀州牧，镇邺，悉以评第中之物赐之。守令有阙，令以便宜补授。将士封赏各有差，州县守长，皆因其旧。以燕申绍与韦儒俱为绣衣使者，循行关东，观省风俗，劝课农桑，赈恤穷困。收葬死亡，旌显节行。燕政有不便于民者，皆变除之。

十二月，秦王坚恐旧燕主㬢为患，乃迁慕容㬢及其百官，并鲜卑四万余户于长安。王猛上表留梁琛为主簿，坚从之。次日，与僚属宴，语及燕使，猛曰："人心不同，昔梁君专美本朝，郝君微说国弊。"参军冯诞曰："敢问取臣之道何先？"曰："知几为先。"诞曰："然则明公赏下公而诛季布也。"猛大笑而已。秦王坚封㬢为新兴侯，以评为给事中，皇甫真为奉车都尉。燕故太史黄泓叹曰："燕必中兴，其在吴王乎！恨吾老，不及见耳！"

初，燕以宜都王桓将兵为评后继，闻败，走和龙，攻辽东，后降秦。秦追击而杀之，留其子凤，年十一，阴有复仇之志。鲜卑、丁零有气干者，皆倾身与之交。权翼见谓曰："儿方以才望自显，勿效尔父不识天命！"凤厉色曰："先生欲建忠而不遂，此乃人臣之节。君侯之言，岂奖劝将来之义乎！"翼敛容谢之，次日，入言于坚曰："凤慷慨有才器，但狼子野心，恐终不为人用耳，宜速除。"坚不听。

王猛辞赏不受封

前燕始慕容廆，以武帝太康六年称公，至㬢四世。㬢在位十一年，至此太和五年，被秦主灭之。自廆至㬢，共八十五年耳。

却说秦王苻坚既克燕京，已定，改号建元六年，大赦秦境。封邓羌为司隶校尉,及杨安、徐成、张蚝等为大将军。进王猛为清河郡侯,又加为丞相,都护中外诸军事,时王猛表固辞,不肯受职。秦王坚谓王猛曰:"卿昔螭蟠布衣,朕龙潜弱冠,属世事纷纭,朕奇卿于暂见,拟卿为卧龙,卿亦异朕于一言,回《考槃》之雅志,岂不精契神交,千载之会?虽傅岩入梦,姜公悟兆,今古一时,亦不殊也。今天下向定,彝伦始叙。朕且欲从容于上,劳卿心于下,弘济之务,非卿而谁耶?四辞亦不许耳!"王猛曰:"陛下仁德播及尧、舜,名姓已应图谶,有天之福,得获燕邦。而燕京之克,乃将佐之力,群师之能,则小臣何功之有,敢受此禄也。"猛至再至三,固辞不受。秦王坚重四重五,要其受之。王猛终不受。猛为政公平,拔幽滞,显贤才,外修兵革,内崇儒学,劝课农桑,教以廉耻。于是兵强国富,垂及升平,猛之力也。

却说秦王苻坚既得邺都,朝夕与群臣狩于西山,乐而忘归,旬余不返宫内。当伶人王洛叩马谏曰:"千金之子,坐不垂堂,万乘之主,行不履危。故文帝驰车,袁公止辔;孝武好田,相如献规。陛下为苍生父母,何可盘于游田?若祸起不测者,其如宗庙何!其如太后何!"秦王坚大悦曰:"昔文公悟怨于虞人,朕今问罪于王洛,是吾之过。"言讫,重赏王洛,即驰还宫内,自是以后,遂不复猎。

秦王坚欲以兵讨凉州,恐劳伤军民,乃命王猛为书谕天锡。猛遣人送书与天锡曰:

> 昔贵先公称藩刘、石者,惟审于强弱也。今秦之威,旁振无外,关东既平,将移兵河右,恐非六郡士民所得抗也。君能首降,可保境禄无危。

天锡得书大惧,遣使称藩于秦。秦王坚复使人拜天锡凉州刺史、西平公。

辛未,咸安元年(秦建元七年),正月,秦王坚与丞相王猛商议徙关东豪杰及杂夷十五万户于关中,处乌桓于冯翊、北地,丁零、翟斌于新安、渑池。

却说吐谷浑王辟奚闻秦王坚灭燕,恐其来攻,乃遣使献马千匹、金银五百斤于秦。秦以辟奚为潞川侯。辟奚好学,仁厚而无威断。第三弟专恣,国人患之。长史钟恶地与司马乞宿云,收杀之。辟奚由是发病恍惚,命世子视连曰:"吾祸及同生,何以见之于地下?国事汝自治之,吾余年残命,寄食而已。"遂以忧卒。视连立,不饮酒游畋者七年,军国之事委之将佐。恶地谏以为人主当自娱乐,建威布德。视连泣曰:"孤自先世以来,以仁孝忠恕相承。先王念友爱之不终,悲愤而亡。孤虽篡业,尸存而已,声色游娱,岂所安也!威德之建,当付之将来耳。"

时王猛以潞川之功,请秦王坚以邓羌为司隶。秦王坚下诏曰:"司隶之职,董牧皇畿,吏责甚重,非所以优礼名将。光武不以吏事处功臣,实贵之也。羌有廉、李之才,朕方委以征伐之事,北平匈奴,洗荡杨、越,羌之任也。司隶何足以撄之!其进号镇军将军,位特进之。"羌虽不悦,无敢忤旨。

桓温废主立新君

十月,晋大司马桓温闻秦破燕,遂合参军王珣、桓伊引兵乘衅而入,攻寿春。寿春守将袁瑾闻燕已灭,恐孤不敌,乃守城求救于秦。兵未至,攻陷其城,执袁瑾而归。王珣、桓伊分兵戍守,勒兵还镇,来见桓温,称克寿春之捷。温大喜,益重王、桓。

时温恃其才略位望,有阴蓄不臣之志,尝抚枕叹曰:"男子不能流芳百世,亦当遗臭万年!"时术士杜灵能知人贵贱,温召问之。灵曰:"明公勋格宇宙,位极人臣。"温不悦。而温意欲先立功河朔,以收时望,还受九锡。及被枋头之败,威名顿挫。今克寿春,次日,聚集诸将,因谓参军郗超曰:"今克寿春,足雪枋头之耻乎?"超曰:"未也。"久之,温不悦,命诸将各散,因留郗超于中军同宿,问曰:"吾意欲立霸王之基,君有何谋可指教之?"郗超曰:"明公当天下之重任,今以六十之年败于大举,不建不世之勋,不足以镇惬民望。"温曰:"然则奈何也?"超曰:"明公不为伊、霍之举者,无以立大威权,镇压四海。明公何不效伊、霍故事,入朝奏太后,废奕帝,立会稽王昱,行周公居摄之事,则威权复长,大业成矣。"温曰:"其计大善,奈奕帝守道,恐招时议。"超曰:"不诬其过,焉能废立。宫门重闭,床第易诬,言帝为阉,废必成矣。"温从之。二人计议已定。

次日,桓温领诸将佐,带铁甲军一万,离广陵入建康,于省中设宴,会集公卿,令郗超将甲士千余侍卫左右。是日,太傅与百官皆到。酒及数巡,温按剑曰:"大者天地,次者君臣,所以为治。今皇帝先在藩痿疾为阉,难以奉宗庙之主。吾依伊尹、霍光故事，废帝为东海王，立会稽王为君，汝大臣意下如何？"群臣惶怖莫敢对。群臣半时方应曰："太甲不明，放之桐宫；昌邑有罪，霍光废之。今上富于春秋，未有不善，请再议也。"温曰："竖子！天下事在我，我今为之，谁敢不从！将谓我剑之不利也，敢有阻大议者，皆按军法。"百官震栗。忽又一人出曰："公阿衡皇家，当倚傍先代霍光故事耳。"温视之，乃抚军将军王彪之也。温悦之而谓曰："卿言达理。"史说，王彪之字叔武，年二十，须鬓皓白，时人谓之王白须。当彪之全无惧色，而群臣咸惧，皆云一听遵命。

至十一月朔，桓温令郗超带甲士五千人入太极前殿，请太后出殿，奏曰："奕帝先居在藩夙有痿疾为阉，不堪嗣统，难奉宗庙。臣与群臣商议，依伊、霍故事，请懿旨废奕帝为东海王，立会稽王昱，以承大位。"后惊曰："何得是言？既有痿疾，为何其美人田氏、孟氏生有三男耶？"温曰："臣窃闻朝野老少皆言，三男是奕帝亲幸嬖人相龙、计好、朱灵宝等之子。既无此情，如何相龙、计好、朱灵宝参侍内寝，不出宫乎？"太后亦惑之曰："既有其事，任卿主意。"因此温请太后归宫，即使散骑常侍刘享以甲兵五百入宫，收帝玺绶。奕帝不敢推辞，即取付之与享，享持出与温。温与群臣出迎会稽王司马昱入殿，请上御座。温与群臣拜舞，皆呼万岁。礼毕，上号太宗简文皇帝，以辛未为咸安元年。

却说文帝名昱字道万，乃元帝少子。初，封会稽王，及此桓温废奕帝，乃迎而立之，在位二年，后寿五十三岁而崩。桓温又奏请封奕帝为东海王，命别迁置，文帝从之。

却说奕帝被废，朝罢入内，着白袷单衣，领宫属步下西堂，乘犊车出宫，涕零如雨。群臣拜辞，莫不歔欷送其离矣。至十二月，桓温又奏文帝曰："今废东海王，宜依汉昌邑王故事。"帝曰："然。"乃改封东海王为海西郡公。时桓温又奏曰："奕帝已废，今武陵王司马晞见执大兵，倘有异，难以制之。今幸未朝，请陛下诛之。"文帝曰："武陵王无罪，不许杀之。"温曰："若不杀，臣恐后变。"帝曰："待其变而诛之。"温至再至三，奏诛武陵王，文帝不听。次日，下王诏报曰："若晋祚灵长，公便宜奉行前诏；如其大运去矣，请避贤路。"温览之，流汗变色，不敢复言矣。

桓温自废立之后，威振内外，文帝虽处尊位，拱默而已，及出朝，侍中谢安见而遥拜。桓温曰："世卿何事乃尔？"安曰："方今天下，别无英雄，惟明公耳。

历古以来之将相，未有君拜于前，臣揖于后。若非明公之功德震于四海，岂有其敬耶？今明公盛德巍巍，虽伊尹、周公，莫可及也。"温曰："焉敢望此？"安曰："人皆可以为尧舜也。"由然桓温遂悦谢安。次日，入朝奏文帝，以谢安为大司马，帝从之。而安受职，亦奏帝降诏，加封桓温为丞相，留京师辅政。桓温奏曰："臣本宜在朝以奉陛下，奈姑孰一郡，乃国之障屏，今秦之方强，常有窥觎之意，倘若有失，江南难定也，臣请还镇。"文帝曰："丞相乃朕股肱，离之何忍，可留京师同辅朝政。"温曰："臣犹在外把拒秦寇，胜在朝廷。"言讫，拜辞文帝，即出朝门，领诸将佐还姑孰，百官皆送起程。温归后，以郗超为中书侍郎，凡事表奏，温常使其入朝探听事因，往来朝廷。自此后，温名复振。当是荧惑守太微端门，逾月而海西废。至是又逆行入太微，文帝甚恶之，谓中书侍郎郗超曰："命之修短，本所不计，故当无复近日事耶？"超曰："大司马臣温，方内固社稷，外恢经略，非常之事，臣以百口保之。"超以温故，朝中皆畏事之。谢安常与左卫将军王坦之共诣超，日旰未得前。坦之欲去，安曰："独不能为性命忍须臾耶？"

壬申，二年（秦建元八年），时当南郊，祭祀天地，文帝欲大赦天下，王彪之奏曰："中兴以来，郊祀往往有赦，愚意常谓非宜。何者？黎庶将谓郊祀必赦，至此时凶愚之辈复生侥幸之心矣。"帝从之，因此不下赦耳。

文帝崩立孝武曜

文帝有疾将危，命近侍书诏，召大司马桓温依周公居摄故事。时谢安、王坦之二人入内视疾，帝曰："朕今不苏，今遗诏与大司马，令其依周公居摄故事。汝二人尽忠王室，同佐吾儿。"谢、王二人闻帝以诏遗桓温行周公居摄事，王坦之即取其诏于帝前毁之，曰："此事不可行，若行其事，晋祚必移矣！"帝曰："天下，傥来之运，卿何所嫌？"坦之曰："天下，宣、元之天下，陛下何得专之，轻以与人。"帝始曰："从卿改之。"坦之改诏，以大司马桓温行诸葛武侯丞相故事，把与帝观。帝观数四讫，度与谢、王二人受之。时桓温既使文武之任，屡建大功，加以废立，威处内外，帝虽处尊位，守道而已，常惧废黜。大司马、长史顾悦之与文帝同年，而发先白，侍疾左右。帝问悦之曰："卿与朕同庚，而发何如早白?"悦之对曰:"松柏之姿,经霜犹茂;蒲柳之质,望秋先零。"文帝大喜其对,以此重之。时中书侍郎郗超请帝省其父,帝谓之曰:"致意尊公,家国之事,遂至于此,由吾不能以道匡卫,叹息之深,言何能谕!"因咏庚阐诗云:"志士痛朝危,忠臣哀主辱。"遂泣下沾襟。帝虽神识恬畅,而无济世大略,故谢安称为惠帝之流,清谈差胜耳。不数日,文帝既崩世,百官举哀发丧,殡葬高平陵。当群臣疑惑,未敢立嗣。次日,侍中谢安聚集文武百官于朝堂而谓曰:"今孝文崩世,宜立太子登基,诸君计议如何?"群臣皆对曰:"此须待大司马桓温至处分,我等不敢定议也。"当廷尉王彪之正色谓众曰:"父死子继,兄终弟及。今天子已崩,太子代立,大司马何容得异?若先向咨,必反为所责矣。"谢安曰:"王叔武之言是也。"于是群臣莫敢逆之,乃请太子司马曜登皇帝大位,群臣皆呼万岁。礼毕,改元宁康,以谢安为大司马,以王彪之为尚书令,二人总摄内外,共掌朝政。

时宫室朽败,谢安欲更营建宫室,与彪之商议。彪之曰:"强寇未殄,正是休兵养士之时,何可兴费工力,劳扰百姓耶?"安曰:"宫室不壮,后世谓人无能。"彪之曰:"任天下事,当保国宁家。朝政惟允,岂以修屋宇为能耶?"因此不营建宫室。(按:烈宗孝武皇帝名曜字昌明,简文帝太子也,在位二十四年,后为张贵妃所弑,寿三十五岁。)

却说秦王苻坚以王猛功高,复加都督中外诸军事。王猛不受固辞,辞章三四上。秦王坚不许,曰:"朕方混一四海,舍卿谁可与者?卿之不得辞宰相,犹朕不得辞天下也。"于是猛为丞相,坚端拱于上,百官总己于下,军国之事,无不由之。猛刚明清肃,放置尸素,显拔幽滞,劝课农桑,练习军旅,官必当才,刑必当罪。由是国富兵强,战无不克,秦国大治。坚敕太子宏及长乐公丕等曰:"汝事王公,如事我也。"

阳平公融年少,为政好新奇,贵苛察,治也则终。申绍数规正,导以平和,融虽敬之,未能尽从。后绍出为济北太守,融屡以过失闻,数致谴让。融先因不用绍言,尝坐擅起学舍为有司所纠,问绍谁可使者。绍曰:"燕尚书郎高泰,清辩有胆智,可使也。"融使泰至长安,见猛曰:"昔鲁僖公以泮宫发颂,齐宣王以稷下垂声;今阳平公开建学宫,乃烦有司举劾。明公惩劝如此,下使何所逃罪乎?"猛曰:"是吾过也。"事遂释。猛因叹曰:"高子伯岂阳平所宜吏乎!"言于秦王坚。坚召见,问以为治之本。泰曰:"治本在得人,得人在审举,审举在核真。未有官得其人而国家不治者也。"坚曰："可以操约而理博矣。"以为尚书郎，泰固请还朝，坚许之。坚闻桓温废晋帝为海西公，谓群臣曰："桓温前败灞上，后败枋头，不能思愆免退，以谢百姓，方更废君以自悦。六十之叟举动如此，将如四海何？谚曰'怒其室而作色于父'者，其桓温之谓乎！"群臣皆服其论。时王猛为丞相，百姓丰乐，自长安至于诸州，皆夹路树槐柳，二十里一亭，四十里一驿，行者取给于途，工商负贩皆集于道。百姓歌之曰："长安大街，夹树杨槐。下走朱轮，上有鸾栖。英彦云集，诲我氓黎。"因是长安老少，皆乐念之。

却说秦王苻坚封弟苻融为冀州牧，令出守其地。融促装停宿灞上，明日欲行。母后苟氏甚爱苻融，不舍其别，其夜私自离宫，来至灞上祝子苻融，出外自要保重。其夕，秦王坚与太史令愧延同宿前殿，当太史令愧延起观天象，忽后妃星暗，因上表奏秦王曰："今夜天市南门屏内后妃星失明，左右阍侍不见，主后妃移动之象。"秦王坚大惊，至天明入宫推问时，苟太后在灞上看苻融冀州去了，方回宫内。左右侍候宫人始知，闻秦王审问，即以此事启知。秦王坚曰："天道与人何其不远焉！"因此遂重星官。时太史令张孟又奏曰："臣掌司天，昨夜彗起尾箕而扫东井，此乃燕灭秦之象。今慕容垂父子在此，臣恐不利社稷，请早除之。"秦王坚曰："今天下大定，谁敢有贰？卿莫说害忠良也。"当阳平公苻融上请除之，坚曰："朕方混一，以六合为一家，视夷狄为赤子，汝宜息虑，勿怀耿介。夫惟修德可以禳灾，苟能内求诸己，何惧外患乎？"由是不纳，更以慕容昧为尚书，以慕容筑为京兆尹，慕容冲为平阳太守。冀州牧苻融闻知，上疏谏之，秦王坚弗听。忽光明殿上有人大呼，谓苻坚曰："甲申乙酉，鱼羊食人，悲哉无复遗！"秦王坚命近侍执之，俄而不见，坚甚疑之。

王谢新亭迎桓温

癸酉，宁康元年，二月，谢安与王坦之同群臣商议，使人持孝书报知丞相桓温。使人临行，谢安密嘱，若问，如此如此对之。使人得其语，来姑孰呈上孝书。桓温读讫，问曰："文帝临崩，有何遗诏？"使人曰："圣上崩世，遗诏国家之事，一禀于丞相，嘱咐太子登位，敬丞相如诸葛武侯丞相故事，别无余言。"温因是令使人还，使人去讫。

丞相桓温既知文帝崩世，群臣立太子登基，心中大怒，恨文帝曰："汝乃会稽散人，吾立汝为帝，临终当禅位还我尔。不然，以吾为周公居摄事，何如遗诏为诸葛武侯故事也？"遂问计于郗超。郗超曰："帝遗诏以丞相为诸葛武侯故事，却是虚谬，必是谢安、王坦之之谋。丞相来日收拾入朝，先使人去京师，入内召谢安、王坦之二人，自来新亭候接，同议攻北大谋，二人欣然肯来，必无他意。若是不到，必有谋故。入朝先收此二人，然后废武帝，大事定矣。"温曰："倘二人来，如何区处？"超曰："丞相于中置壁衣，埋伏刀斧手于两边，我在帐后，观其言语动静，如不善，即呼刀斧手出杀之；如无拒丞相之意，不可妄行，恐失民望，宜与之好，同入京师，把握朝权，待其加公九锡，然后可议大谋。"温曰："然。"计议已定，使人入朝召王、谢二人迎至新亭，同议国事。一边收拾军马起程，称说来赴山陵，止停新亭以待二人。

却说孝武帝设朝，文武班齐，万岁礼毕。忽近臣奏大司马桓温有使至，称其来赴山陵及朝新帝，召谢安、王坦之二人来新亭待接，其余群臣十里外迎。帝谓谢安、王坦之曰："今大司马来朝，召卿二人必有他故，此事如何？"时群臣皆曰："今桓温来朝，必有异心，故召王、谢二人先至新亭害之，然后来篡大位。望陛下陈兵以备，休使谢、王二人远迎。"当王坦之心中甚惧，曰："此事实真，若臣等去接，正中其谋。"只有谢安神色不变，谓坦之曰："若依君等与群臣之议，则误国家之大事，反危社稷也。桓温虽有不臣之志，未敢便行。彼疑有遗诏封他九锡，恐吾二人藏之，故召吾二人问明。吾与君不去，温疑是实，必背朝廷。晋祚存亡，决于此行！"帝意遂决，曰："二卿可行去迎。"群臣曰："谢、王二公去，臣等亦请同行。"帝曰："若有不礼，君等速使人先报宫廷，以备不危。"群臣曰："然。"因此谢安、王坦之与群臣同行。时御史中丞高崧戏谓谢安曰："卿屡违朝旨，高卧东山，诸人每相与言，安石不肯出，将如苍生何？今日之危，百姓亦将如卿何？"安虽有愧色，亦谓崧曰："桓温剑虽云利，不能便诛吾也。吾岂比深源睥睨社稷，闻难欲去位以避之，君何相嘲耶？"言讫，与坦之接至新亭，坐候一时，桓温与诸将至。其时日已落西，温军将下住矛营安歇。

次日，桓温令郗超坦伏刀斧手于帐两边，超伏于帐后，以听谢、王二人动静。谢安、王坦之二人先进，入见桓温，各施礼毕。温命二人坐，坦之惊得流汗沾衣，倒执手板；安从容就席，谈笑自若。安坐定，窃见壁衣中皆伏刀斧手，安笑谓桓温曰："安闻诸侯有道，守在四邻，明公何须壁后置人耶？"温笑曰："正自不能不尔耳。"温因此遂命刀斧手退。郗超正卧帐后，听谢、王二人言语，忽然风起吹动帐开，谢安视见笑曰："郗生可谓入幕之宾矣，何如不出一见？"超慌忙走出相见，各施礼讫，远远坐住，是以不能行计，只得相陪。当谢安言于温曰："先帝崩世，遗诏明公行诸葛武侯丞相故事，我等正欲涓吉迎接乘舆入朝辅政。今幸丞相车驾来临，迎接不及，望丞相恕怨。"温曰："吾有何德，敢慕武侯。"安曰："丞相盛德巍巍，何谓无也？虽伊尹、周公，弗能及耳。"因此安与温欢悦攀话，笑语移日。当温又问曰："先帝已崩，君等以何议谥？"安曰："臣等以其手易不訾曰简，慈惠爱民曰文，谥为简文帝耳。"言讫，安取自所作谥议与温。看讫，温以其谥议示群下曰："此谢安石碎金也。"众曰："果经天纬地之才。"因谈论至日入。谢安与王坦之二人拜辞而出，桓温亦送出。百官皆拜于道侧，温命百官入中军相见。时百官入中军，见温中军大陈兵卫，百官朝士有位望者，皆战慄失色，只得入见。拜礼毕，温曰："劳汝百官远迎，即便还朝，免此伺候。"于是百官等拜辞归朝。

却说桓温次日至山陵拜讫，不及入朝，忽然得病，连卧一十四日，不能起坐。晋孝武帝闻知丞相桓温寝疾不起，乃使谢安、王坦之二人来视其病。安与坦之直入卧内，二人施礼讫，曰："连日不面公颜，何期尊体欠安？"温曰："人有旦夕祸福，何能自保尔。"温又谓安曰："孤昔灭蜀都，克寿春，多负勤劳，如江南无孤一人，正不知几人称帝、几人称王，天下碎裂矣。今新帝登位，岂忘我之大功，而以我为丞相，未加九锡，此所以吾愧之。吾今疾作，日下就回姑孰，汝将此语与圣上达知。"安曰："明公功盖天下，德播华夷，莫道封王、禅位皆宜。明公今还贵镇，保重尊体，我等与群臣保奏孝武，加公九锡必矣。"于是温大悦，使二人请还。谢安、王坦之直辞归去。桓温令郗超领众一同还镇。

却说谢安言于王坦之曰："吾观丞相桓温不久必亡，始间所议九锡之事，密缓藏之在心，延而视之，只我与君知也，不可漏泄。若温病瘥，加封其王；如不起，即息其议。"坦之曰："此计可矣。"因是二人密缓其事，延待看之。桓温还姑孰，疾转添，召弟桓冲并子桓熙至床前，嘱冲曰："吾自总角，便知用兵之道，至弱冠屡立边功，纵横天下二十余年矣！今吾不济，托汝后事。吾世子桓熙，才弱不堪重任；四子桓祎，又是蠢愚，不辨菽麦；幼子桓玄，异而有志，今年五岁，汝善惜而辅之。吾死之后，汝代领其众，其权可要自执，休付他人，自取灭族之患。"言讫，泪如雨下。桓冲曰："吾兄百世后，诸子之中谁袭兄职？"温曰："桓玄虽幼，可以立之。"冲又问："谢安、王坦之二人何如所在？"温曰："渠等不为汝所处分也。"言讫而死。桓冲即时收殓殡葬，直写表申奏朝廷，乃以少子桓玄为嗣，袭封南郡公，桓冲自代温任，尽忠王室。时群下王珣等，劝冲入朝，诛除朝中元宰，把执时权，冲不从。

温怀异志晋君忧，群臣常恐命难留。
谁知奸贼身亡后，直到如今骂不休。

史说，桓玄字敬道，一名灵宝，是桓温之孽子也。其母马氏与同辈尝夜坐于月下，忽见流星坠于铜盆水中，却如二寸火珠，炯然明净。同辈竞以瓢捞，独马氏得而吞之，若有感，遂有妊而生玄。玄生时有光照室，使人筮占，占者奇之，故小名灵宝。桓温甚重爱之，临终立以为嗣，时年五岁，桓冲立为南郡公。

苻坚举兵取汉中

却说秦王苻坚闻简文帝崩，桓温又死，遂与群臣商议取江南之计。当王猛上言曰："江南急未可攻，宜先取汉中，以得胜之兵再取江南，可一鼓而下也。"秦王坚曰："正合我意。"遂使邓羌为都督，徐成、杨安、张蚝为副将，领兵十万，分三队而去。

次日，邓羌、杨安征西。军士分为三队，前部先锋徐成，后队张蚝押运粮草。比及起程，早有细作报入汉中。鲁荣忙使人至梁州唤弟鲁卫回来，商议退敌之策。卫曰："汉中最险阳平关，我去右依傍林下十余个寨栅，迎敌秦兵，兄在汉宁尽发粮草应付。"鲁荣选大将杨仕、杨钦掌五千军马以助其弟，即日便起，到阳平关下寨已定，与邓羌两边相持半月余，各不相胜。羌传令退军，徐成进曰："贼势未必强，公何自退焉？"羌曰："吾料贼兵每日提备，急难取胜。吾退军回，各贼必定赶之，吾分轻骑抄袭其后，胜贼必矣。"成等曰："都督神机莫可测也。"于是令杨安、张蚝分两路，各引轻骑三千，取小路去打阳平关后，邓羌大军尽拔寨起。杨钦听知秦兵退，请杨仕商议曰："今羌退兵，可乘势击之。"仕曰："邓羌诡计极多，未必真实，不可追赶。"杨钦曰："你不去，我当自去。"杨仕苦劝不从。杨钦尽起五寨人马前进，是日大雾漫漫，对面皆不相见，杨钦军至半路扎住。

却说杨安军抄过山后，见重雾垂空，又闻马嘶人语，恐有伏兵，急催人马行动，正说，走到杨钦寨前。内有些少守寨兵士，听得马蹄响，只道是杨钦兵回，开门纳之。军马一涌而入，见空寨放起火来，五寨军士尽皆弃寨而走。杨仕比及雾散之时来探消息，五寨一齐火起，杨仕引兵来敌，与杨安战不数合，背后张蚝兵到，杨仕杀开一条路，望汉宁巴州而逃。杨钦待要回时，已被杨安、张蚝占定寨子，背后秦兵赶杀，两下夹攻，杨钦等军大溃而走。又被秦兵后追，无心恋战，领残败军投阳平关。鲁卫原来知二将败走，诸营已失，半夜弃关奔南郑巴州去讫。羌得了阳平诸寨。鲁卫、杨仕来见鲁荣，言二将失了隘口。鲁荣大怒，欲斩杨仕。仕曰："某曾劝杨钦休追秦兵，钦不肯听从，故有此败。仕再乞一军前去搦战，必斩秦将，如不胜，愿依军令斩首阶下。"荣令即去。杨仕上马引二万军，离南郑汉宁巴州而往。

却说杨安劝邓羌进兵，羌言不可。安曰："安乞一军，前去哨路。"羌即令安引五千骑，望南郑路上来，正迎杨仕。两军摆开，仕遣裨将昌倚出马与安交战，不两合，被安一刀砍于马下。杨仕自挺枪出，与安斗三十合以上，不分胜败。安拨回马走，仕赶来，被安使拖刀计，斩杨仕于马下，军众大败而回。羌知安已斩杨仕，即时催军直抵成都城下下寨。鲁荣惊得手无措置，忙与弟鲁卫收拾库中宝物，不敢回朝，乃领从兵五千，弃城走入南蛮去讫。邓羌见鲁荣走，令诸将勿追，引众入城，分兵定守；又遣杨安与朱肜以兵二万，入寇梓潼、涪城。史传梓潼太守，姓周名虓，字孟威，素有节操。闻苻坚遣杨安等以兵来寇，恐梓潼不固，乃引众退守涪城；又忧不能保全，使副将刘仁率步骑送母妻还南。将至江陵，却被杨安细作窃知，回报杨安。安谓朱肜曰："今周虓送母妻还，卿领一军，星夜从间道去追获其母妻，则周虓自然降矣。"肜曰："将军率兵向涪城，吾引一军星夜去追。"于是朱肜率五千精兵，抄小路先抵江陵南路半日。俄顷刘仁引一千兵送虓母妻到，被朱肜获之，勒兵来会杨安，同至涪城。杨安将虓之母妻置城下，高叫周虓曰："君早纳降，保全母妻，不失孝道。如若不允，先杀汝母妻，即攻涪城。"周虓见母亲被执，跪在城下，乃号泣谓众曰："吾欲尽忠，奈母亲被擒，若不出降，将受刑戮。'哀哀父母，生我劬劳，无以报德，焉敢全忠，使母受死，何谓孝乎！"言讫，遂下城开门纳降。因此杨安等将兵入据涪城，使朱彤押送周虓及母妻与邓羌大军还京，来见秦王苻坚。坚大悦，以周虓为尚书郎。虓固辞不受，曰："虓受晋国厚恩，以至今日，但老母见获，失节于此。母子获全，秦之惠也，虽公侯之贵，不以为荣，况郎任乎！"坚乃止，遂使人监视，不与还国。虓每见坚或箕踞而坐，呼为氐贼。尝值元会，仪卫甚盛，坚问之曰："晋朝视朝，与此何如？"虓攘袂厉声曰："犬羊相聚，何敢比拟天朝！"秦人见虓不屈，屡请杀之，坚待之弥厚。

王猛疾疏谢秦王

甲戌，二年（秦建元十年），二月，孝武帝设朝，闻桓温死，降诏以谢安为总中书。时天子幼弱，外有强臣，安与坦之尽忠辅卫晋室，幸得太平。而谢安好声律，期功之惨，不废丝竹，士大夫多效之，遂以成俗。当王坦之以书苦谏之曰："今主上幼弱，藩臣多强，以为元宰，何如不出趋朝参理政事，而嗜声律不为苍生国家之计耶！"又曰，"天下之宝，当为天下惜之，勿使弃之也。"安不能从，犹尚迭是。

乙亥，三年（秦建元十一年），夏五月，王坦之卒，少帝以谢安为扬州刺史，桓冲为徐州刺史。

六月，秦清河武侯王猛寝疾。秦王坚亲为祈郊庙，又遣侍臣祷河岳，为猛祈禳。猛疾少瘳，乃遣人入朝上疏。秦王坚开读曰：

不图陛下以臣之命，而亏天地之德，开辟以来，未之有也。臣闻报德莫如尽言，以垂没之命，窃献遗忠。伏惟陛下，威烈振乎八荒，声教光乎六合，九州百郡，十居其七，平燕定蜀，有如拾芥。夫善作者不必善成，善始者不必善终，是以古先哲王，知功业之不易，战战兢兢，如临深渊。伏惟陛下追踪前圣，天下幸甚！

秦王坚览之悲恸，为之流涕。是日，亲与太子至丞相府，视王猛之疾，访以后事。秦王坚与太子诸臣直入卧内。秦王坚曰："数旬不见卿朝,谁知卿疾甚重。朕甚隐忧,代祈郊庙以庇于卿。今来视卿倘尔不豫,有何见示?"王猛曰："陛下明见千里之外,古今兴亡必所尽知。然晋室僻处江南,乃正朔相承,上下安和,臣没之后,愿勿以晋为图。鲜卑、西羌,我之仇敌,终为人患,宜渐除之。"言讫而卒,年五十二岁。秦王坚与群臣皆大哭之。坚谓太子苻宏曰："天不欲使吾平一六合耶?何夺吾景略之速也!"言毕又哭,命大敛葬之讫,乃大哭引太子宏归宫而去。

次日,大宛国进贡,献天马千里驹至,皆汗血、朱鬣、五色、凤鹰、麟身,及他珍异宝,五百余种。秦王坚谓百官曰："吾思汉文之返千里马,咨嗟美咏。今大宛所献之马,其悉返之,庶克念前王,仿佛古人耳!汝群臣可作《止马》诗而遣其使还国,示无欲也。"于是群臣作《止马》诗,令使人领前宝物还国去讫。

先是高陆人王木穿井,得龟一只,大三尺,皆有八卦,木进与秦王坚。坚命太卜以池养之,日以粟与食,及此而死。太卜奏知秦王坚,坚命藏其骨于太庙。其夜庙丞高房梦龟谓之曰："我本出将归江南,遭时不遇,陨命秦廷。"次日,高房大感其梦。又有一人至,谓房曰："吾昨夜梦中,龟言吾三千六百岁而终,终必妖兴,亡国之征也。此梦未审主何凶吉?"房意遂明,乃曰："不主甚事,主国家不久衰也。汝休得漏言。"因此二人秘之,不敢出传。

却说秦王坚自平诸国之后,国内殷实,遂示人以奢侈,悬珠帘于正殿,以集群臣。尚书郎裴元略谏之。秦王坚大悦,命去其珠帘,以元略为谏议大夫。初,秦王坚母少寡,将军李威有辟阳之宠,史官载之于史。至是,坚收起居注观之,见其事,惭怒,即焚其书,大检史官,将加其罪。时著作郎赵泉等已死,始乃止之。

姚苌以兵下凉州

丙子,太元元年(秦建元十二年。是岁,凉、代皆亡之僭国),却说初,张天锡杀侄玄靓自立为凉主,改元凤凰。天锡在位,荒于酒色,不亲庶务,黜世子大怀而立嬖妾之子大豫,人情愤怨。秦王坚以天锡臣道未纯,遣将军苟苌、梁熙等,将兵临西河。尚书郎阎负曰："未可动兵。可先使人征其来京,如不朝,方可讨之。"于是坚使梁殊奉诏征之曰:"若有违命,即进师扑讨。"负、殊至姑臧,天锡会官属谋之，官属皆怒曰："吾世事晋国，忠节著于海内，今一旦委身贼廷，丑莫大焉！且河西天险，若悉境内精兵，右招西域、北引匈奴以拒之，何遽知其不捷也？"天锡攘袂大言曰："孤计决矣，言降者斩！"乃谓秦使负、殊曰："君欲生归乎？死归乎？"殊曰："君先降秦，秦王遣吾征君，君不去，莫道杀吾，其不久自将杀耳。"辞气不屈。天锡怒射杀之，其母严氏泣曰："秦王横制天下，兵不留行，汝若降之，犹可延数年之命。今既抗衡，又杀其使者，亡无日矣。"天锡使将军马建率众二万拒秦。三月，秦王坚闻天锡杀其使，以苟苌为扬威将军，以姚苌为扬武将军，将兵五万，前来伐凉。

史说，姚苌字景茂，乃弋仲二十四子也。兄襄死了，恐孤不能立，乃率诸弟降于苻生。苻生被杀，苻坚代位，甚亲宠苌，故使其伐凉，令其立功。此时苟苌、姚苌二将领兵直至凉州，逼城下寨。时凉王天锡方在饮酒，闻秦兵攻城，惊得面如土色。左右曰："今秦兵甚强，难以拒敌，不如早降，以安百姓。"天锡于是令四门立起降字旗，锡引诸官开城门，面缚至苟苌寨中投降。苟苌大喜，置酒相待，次日领众入城。百姓耆老，香花迎接，苟苌以善言安慰。天锡命左右杀牛宰马，犒劳秦军，一面使人将金宝名马进贡入秦，来降秦王坚。坚闻凉王来降，受其宝物，颂诏去凉，封锡为归义侯，抽回苟苌等三军人马，俱各还秦。自是以后，凉降于秦。

苻洛以兵伐北代

却说北代王什翼犍设位，聚集文武，谋议国事。却有部长长孙斤恨代王不录用己，乃私藏利刃，杂在文武班中。时代王什翼犍在御座坐议国事，长孙斤插刃直上来刺代王，当太子拓跋寔见长孙斤以刀进前，大喝："反贼敢得无礼！"被长孙斤手起刀落，杀死太子寔，又来奔代王什翼犍。翼犍手无兵器，斤以刀刺中什翼犍便走，什翼犍中伤左臂。当殿下文武各拥抢进，将长孙斤缚住，代王复坐，命将长孙斤痛打一百，将出诛之。代王什翼犍见太子寔死了，哭无休止，乃命文官作文追谥为献明皇帝。至七月，太子妻秦氏生皇孙，代王翼犍与其取名拓跋珪。

十月，秦王苻坚大会群臣于明光殿，命文武各赋诗以进。时秦州别驾天水姜平子持诗进上，秦王坚看诗上有一"丁"字，直而不曲。秦王坚问曰："卿诗中有一

'丁'字，如何直而不曲？"平子曰："臣丁至刚，不可以屈，且曲下者不正之物，未足献也。"秦王坚笑曰："卿名不虚行，义必刚也。"因擢上第。时秦王坚曰："朕欲平一六合，何国可先？"平子曰："北代匈奴，居我之后，宜先讨之。况卫辰为代王所逼，正使人求救于秦。"秦王坚正欲起兵，又闻平子之对，秦王坚曰："卿言正合我意。"乃谓唐公苻洛曰："朕闻北代君臣大乱，非汝莫能讨之。汝可同大将军邓羌、朱彤、张蚝将二十万大兵，分道去伐。"苻洛曰："臣请就行。"于是唐公苻洛出朝，同邓羌、朱彤、张蚝将二十万大兵望北起程。时北代郡县戍守居甚密，奈兵势大，莫敢与战，皆望风逃奔。因此唐公苻洛以兵长驱大进，直至平城东，隔五十里下寨，使人打听虚实，未敢逼城。

却说北代王翼犍被长孙斤谋反刺伤左臂，数月未瘳，闻报秦兵到，惊得举手无措，急忙使西部大人以兵二万，出城与战秦军。阵中邓羌见代兵开城出来，命军马摆开，挡住三军。当时西部大人出阵，与邓羌交锋，只一合，被邓羌斩于马下。代兵败走，各奔入城，关住城门，不敢交战。代王什翼犍闻知西部大人被秦兵杀死，心中大慌，乃谓东部大人曰："今秦兵势大，难以拒迎，此事奈何？"东部大人曰："不如引国人走避阴山，招集败亡军士，待大王金疮疾好，再兴兵来复平阳，未为晚也。"代王什翼犍曰："大人之谋，正合我机。"于是传令，交国人及诸部大人、三军人等，各收拾随身器物宝贝，来日开北门而逃。次日，代王什翼犍使东部大人为先锋，自领家属为后军，大开北门，冲杀出城，奔走至高车屯住。高车杂种尽叛，四面大乱，代王领兵复渡漠南，筑城居之。

北使不辱君王命

却说北代王犍自避阴山，不能还国，潸然出涕。忽阶下一人进曰："某有一计，可解此危，亦可还国，大王何如发悲也！"代王视之，乃左长史燕凤，字子章，乃代人也。少好学，博综经史，明习阴阳谶纬，及善说辞。先，昭成素闻其名，使人以礼聘之。至，昭成待以宾礼，拜为左长史。因见秦兵不退，代王恐惧，因是进前曰："某有一计，可解此危。"代王曰："卿有何谋，火速言之。"凤对曰："今秦兵势大，何以退得，不如请降，然后别作良图；今若与战，非上策也。

急作一表，与臣密入长安，奏请称为藩臣，彼必抽回其兵，方可还国。"代王曰："此计大妙。卿此一行，休失北代之志气。"凤曰："某若有小失，焉有面目再见大王。"代王大喜，便作表遣燕凤入秦。凤星夜到长安，先见太尉权翼众大臣。

次日早朝，翼奏北代遣左长史燕凤上表称藩。秦王坚曰："此必解吾兵之厄也，宣凤入。"凤入，拜舞已毕，呈上表文。秦王览表讫，笑曰："代王何如人也？"凤曰："宽和仁爱，经略高远，一时雄主也，常有并吞天下之志，亦有统一六合之心也。"秦王坚曰："卿辈北人，无刚甲利兵，敌弱则进，敌强则退，安能并兼，而卿过奖之言，何此大耶！"凤曰："北人壮悍，上马持三丈矛，驱驰若飞。主上雄隽，率服北土，控弦百万，号令若一。军无辎重樵爨之苦，轻行速捷，因敌取资，此南方所以疲敝、北方所以常胜也。"秦王又曰："汝国人马多少？"凤曰："控弦之士数十万，现马一百万匹。"秦王笑曰："卿言人众则可，说马太多。"凤曰："云中川自东山至西河二百里，北山至南山一百五十里，每岁孟秋，马常大集，略为满川，以此推之，使人言数犹有未尽也。"秦王曰："北代如长史者几人？"凤曰："聪明仁智者，一二百人；如吾侪之辈，车载斗量，不可胜数。"秦王曰："卿主雄杰，将多军足，何如退避阴山，使卿降乎？"凤曰："陛下有高天下之志，吾主有统朔方之能，惟恐蛟龙相斗，鱼鳖受刑，不忍使军民死于无辜，是故暂避阴山，遣臣请藩，结为唇齿，各保境宁。"秦王坚叹曰："使于四方，不辱君命，可谓仕矣，如燕凤者，不辱君命也。"由是降诏，准其称藩，命其还国，即时差人抽回唐公之兵。唐公苻洛既闻代王降了朝中，抽回其兵，命诸将振旅还京去讫，自守平城。燕凤回至阴山说秦王准降，代王大喜。

至十二月，北代王什翼犍闻唐公苻洛领军已退，乃引众还国，至云中。有皇子寔君见北代王宠惜皇孙拓跋珪，恐其位不传己，乃阴结代王之左右，以鸩酒毒杀代王，因此北代王什翼犍暴崩。又杀其弟。诸部大人知是寔君谋死，百僚无主，俱各离散，只留皇孙拓跋珪，乃北代王之皇孙，乃太子寔之子也。是年六岁，弱而能言，目有光耀，广颡大耳。先因其父太子被长孙斤谋叛，伤胁身死。秦将苻洛来寇，代王什翼犍逃避阴山，拓跋珪母子无依，其母贺氏将珪依外家独孤部大人贺讷，同避阴山。至是同代王归国至云中，代王被皇子寔君谋弑，诸部大人各散。珪尚幼弱，诸部百僚各离散去，只有燕凤等随与贺氏、拓跋珪走还本国。其时诸部皆被别部刘库仁、铁弗刘卫辰二人前来统摄之。贺讷只得领珪来依刘库仁，具说代王崩世之事,及存拓跋珪之因,"吾今奉秦王诏,归国还镇,因此来见大人"。库仁便谓贺讷曰:"你可领本部兵马,同小主人权去牛川屯扎;吾等权代领兵,俟其年长,还其兵印及诸部土境。"讷从之,领拓跋珪并军马去镇牛川。当库仁谓其子刘显曰:"拓跋珪龙行虎步,嶷然不群,必然兴复洪业也。"刘卫辰即谓库仁曰:"依吾之计,可速使人奏之秦王,使其迁之别地,若留此,则吾属无噍类矣。"库仁曰:"既如此,任公为之。"于是卫辰作表,遣人入长安投降,奏知其事。

却说独孤部大人贺讷领拓跋珪带兵马屯于牛川。燕凤说曰:"前日大人与小储君见刘库仁、刘卫辰,某观卫辰前被圣上杀败,今必怀仇,素有害小储君之心,彼必使人降秦,奏害小储君也。"贺讷曰:"既有此谋害之意,其事奈何?"凤曰:"大人休忧,某自再入长安去见秦王,以探虚实。若有变异,某自凭三寸不烂之舌说之,可保无危。"讷曰:"君可速去,迟则有误耳。"于是讷使燕凤星夜先来长安,次早至侍漏院,候众入朝,朝见秦王。秦王见凤至,谓曰:"卿何又至?"凤曰:"代王已死,臣来奏知。"秦王曰:"代王虽故,必有王子。"凤曰:"代王被庶子寔君谋弑,长子亡叛,遗孙幼冲,莫相辅之。其别部大人刘库仁勇而有智,铁弗刘卫辰狡猾多变,皆不可独任,宜分部为二,令两人统之。两人素有深仇,其势莫能先发,此御边之上策。待其孙拓跋珪年长,乃存而立之,是陛下大惠于亡国,存亡继绝之德也。珪之子孙,年年进贡,岁岁来朝,永为天朝之屏障、中国之藩篱,顾不美欤?"秦王纳之,遣将以兵执寔君至长安,命车裂杀之。俄而卫辰使至,呈上降章。秦王览讫,谓文武曰:"卫辰上表,谓拓跋珪丰骨不凡,举措清高,后必有异,却为大国之患,不做中华之藩,宜迁别地,或取回长安,其事如何推置?"群臣莫对。燕凤对曰:"卫辰与先君有仇,欲自谋立,故进谗言。陛下若听之,拓跋珪一离,二人即叛。"秦王曰:"彼叛何故,怕此小儿也?"凤曰:"朔方之地,士民之众皆蒙拓跋氏恩,皆思归附。卫辰若叛,恐士民不从,故先迁之,其志得行;若存小主,二人未敢谋变。"秦王信之,不听卫辰。

秦王以代分二部

秦王坚问文武曰:"代王被害,其主幼冲,朔方已属朕也。吾欲遣将戍之,燕凤又进此策，此事若何？"权翼曰："朔方之地，宜朔人居焉。盖朔人狡猾万般，其居不容外人；若以异处之士去守，彼必为乱，国不能安，燕凤之策，可保久长。刘库仁字没根，乃刘武之子也。少豪侠，有智略，北人无不敬之。刘卫辰乃铁弗国人也，善骑射，有威勇，北人无不惮之。若陛下以此二人统领朔方，使唐公总镇其地，永无忧患。"秦王曰："然。"于是秦王遣人以诏，使唐公苻洛以铁弗刘卫辰、独孤部刘库仁二人分统朔方，自河以东属库仁，自河以西属卫辰。

却说唐公苻洛得诏书，从秦王诏，使人请刘卫辰、刘库仁二人至，置酒相待，拜为左右将军，将北代之地分作二部，使二人统之。二人从命，各分统诸部代民。苻洛执权总统，以居平城。自此贺氏以珪依库仁。库仁招抚离散，恩信甚著，奉事拓跋珪，殷勤周备，不以废兴易意。常谓诸子曰："此儿有高天下之志，必能恢隆祖业，汝曹当谨遇之。"

丁丑，二年（秦建元十三年），秦王坚用赵故将熊邈做功曹。熊邈屡为秦王坚言石氏宫室器玩之盛。坚以邈为将，做长史，大修舟舰兵器，饰以金银，颇极精巧。慕容农私言于垂曰："自王猛之死，秦之法制日以颓靡，今又重以奢侈，殃将至矣。大王宜结纳英杰，以承天意。"垂笑曰："天下事非汝所及！"时慕容绍亦私谓其兄楷曰："秦恃其强大，务多不休，北戍云中，南守蜀汉，转运万里，逃殪相望，兵疲民困，危亡近矣！天下有在，必为燕乎！"

谢安荐侄于朝廷

是时，孝武帝设朝，君臣礼足，分列两边。时近臣奏知西蜀、汉中诸郡，都被秦王坚使邓羌取去，目今秦兵屡遣扰境。孝武帝大惊曰："如此怎生奈何？"群臣奏曰："请陛下降诏，求文武良将有才略者，命其举荐入朝，使其镇御北方，可保境内安也。"帝曰："然。"于是颁诏求文武良将。当谢安奏曰："臣举一人，有万夫不当之勇，有鬼神不测之谋，若以此人为将镇北，则秦不敢窥觇江南。乃臣兄之子谢玄，字幼度。先与郗超同为丞相桓温参军，桓温多用其智，屡建功效。今桓温已死，与郗超同归朝廷，现在班中，可使总镇，管取边界得宁。"帝从之，召谢玄谓曰："今秦兵节次犯境，汝之叔父谢安，荐汝有文武之才，朕拜卿为建武将军，监江北诸军事，总领诸镇，屯守北岸。"谢玄谢恩曰："臣本驽钝之才，不足以骋千里。今蒙陛下擢用，出镇之地，莫不保全。"于是谢恩而出。

时桓冲以秦人强盛，欲移镇江南，奏自江陵徙镇上明，使刘波守江陵、杨亮守江夏，帝从之。初，中书郎郗超自以其父愔位遇应在谢安之右，而优游散地，常愤悒形于词色，由是与谢氏有隙。时朝廷方以秦寇为忧，诏求文武良将可镇御北方者，安以兄子玄应诏。超闻之，叹曰："安之明，乃能违众举亲；玄之才，足以不负所举。"众咸以为不然，超曰："吾尝与玄共在桓公府，见其使才，虽履屐间未尝不得其任，是以知之。"玄既镇广陵，募骁勇之士，得彭城刘牢之等数人。以牢之为参军，常领精锐为前锋，战无不捷，时号"北府兵"，敌人畏之。初，郗超党于桓温，以父愔忠于王室，不令知之。及超病甚，出一箱书授门生曰："公年尊，我死之后，父若以我哀惋害寝食时，可呈此，不尔即焚之。"超卒，愔果成疾，门生呈箱，愔发之，皆昔与桓温往通密计。愔大怒曰："小子死已晚矣！"遂不复哭。

东晋卷之五

起自东晋孝武帝戊寅三年,止于东晋孝武帝庚寅十五年,首尾共十三年事实。

韩氏女筑夫人城

戊寅,三年(秦建元十四年),四月,秦王苻坚遣长乐公苻丕,将军苟苌、石越、慕容垂等四道会兵三万,共攻襄阳。

百姓大惊,诸将李伯护等皆惧,宜为之备。独梁州刺史朱序曰:"秦无舟楫,焉能攻我?不足为虞,诸君勿忧。"既而石越率骑五千,浮渡汉水,来至城下。序惊骇,始命百姓固守中城。越以兵攻陷外罗城,越既克其外郭,获船百余艘以济余军。及苻丕兵到,督诸将攻中城。

朱序母韩氏闻秦兵将至,自登城履行西北隅,见其崩,以为不固,亲率百余婢及城中女丁,筑新城于其内。及秦兵至西北隅,果被见破绽,乘此攻溃,序率众移守新城,襄阳人谓之夫人城。桓冲在上明,拥众七万,欲来救援,惮秦兵强,众不敢进。

时苻丕欲急攻襄阳,将军苟苌曰:"吾众十倍于敌,糗粮山积,但稍迁汉、沔之民于许洛,塞其运道,绝其援兵,譬如网中之禽,何患不获,而多杀将士,急求成功哉!"丕从之。慕容垂拔南阳,执太守郑裔,与丕会于襄阳城下。丕大喜,排宴相庆。时秦王坚闻垂又拔南阳,与群臣饮酒,以极醉为限,命赵整作《酒歌》。坚读曰:

地列酒泉,天垂酒池,杜康妙识,仪狄先知。纣丧殷邦,桀倾夏国,由此言之,前危后则。

坚大悦,命整书之,以为酒戒。自是,宴群臣礼饮而已。

苻丕攻陷襄阳城

己卯，四年（秦建元十五年），二月，秦王坚大设朝会。当秦御史中丞李柔劾奏曰："长乐公丕等拥众十万，攻敌围一小城，日费万金而无效，请征下廷尉。"秦王坚勿从，乃遣使持节切让丕等，赐丕剑曰："攻一小城久而未下，焉能长驱江南。来春不捷，汝可自裁，勿复持面见吾也！"丕等惶恐，次日命诸军并力攻襄阳，被序以檑木、石炮打下，丕归退。

秦王坚闻襄阳不克，坚欲自将兵来攻，阳平公融谏曰："陛下欲取江南，固当博谋熟虑，不可仓促。若只取襄阳，又岂足亲劳大驾乎？未有动天下之众而为一城者，所谓'以隋侯之珠，弹千仞之雀'也！"坚乃止。

朱序屡破秦兵，遂不惧。丕命诸军进攻。时督护李伯护见秦兵势大，其城难守，乃开门为内应，于是遂克襄阳，执朱序送长安。秦王坚惜序能守节，拜为度支尚书；以伯护为不忠，斩之。时秦将慕容越拔顺阳，执太守丁穆至。坚欲官之，穆固辞不受，坚以礼遣之。即以梁成为荆州刺史，镇襄阳，选其才望，礼而用之。

时晋帝朝会，以谢安为宰相，秦人屡入寇边，兵皆失利，众心危惧，安每镇之以和静。其为政举大纲，不为小察，时人以安为王导，曰"王谢"，而谓文雅过于导焉。帝闻秦人寇边，日与群臣议策未下。

谢玄率兵救彭城

却说秦王坚命诸将分道寇晋，当秦将彭超曰："宜攻沛郡太守戴逯于彭城，复长驱大进。"坚然之。超又曰："愿更遣重将攻淮南，为棋劫之势，东西并进，丹阳不足平也。"秦王坚从之，使俱难率步骑七万，寇淮阴、盱眙。八月，超兵至，攻彭城未下。晋帝闻知大惊，遣人以诏，命右将军毛虎生率众镇姑孰以御之。秦王坚又使韦钟以兵围魏兴太守吉挹于西城。

晋谢玄闻知，率众万余来攻彭城，军至泗口，欲遣间使报戴逯，令其合兵夹击，而不可得。部曲将田泓知其意，请曰："将军之计，欲使人报戴公，令其合兵，但无人去。臣请没水潜行。"玄大悦，遣之。行至水边，被秦人彭超所获，将酒与食，以金帛厚赂与泓，曰："尔入彭城，只道南军已败，逃回去了。"泓伪许之，既走城下，告逯曰："南军垂至，勉而待之。"秦人大怒，射杀之。

彭超辎重尽在留城，谢玄以计令人扬声，遣军一万人攻留城，夺其粮草。超闻之，释彭城围，乃引兵还保辎重。逯遂率众出城，来见谢玄，玄与其全师而还。

超复据彭城，留徐褒守之，自以兵南攻盱眙。俱难又克淮阴城，无晋兵乃回，留邵保戍之。秦将韦钟攻拔魏兴，太守吉挹不言不食而死。秦王坚闻知，叹曰："周孟威不屈于前，丁彦远洁己于后，吉祖冲闭口而死，何晋世之多忠臣也！"挹参军史颖逃归，得挹临终手疏归，晋帝以其忠，后诏赠益州刺史。

初，秦将俱难、彭超二人拔盱眙，执内史毛璪之，遂围田洛于三阿，去广陵百里，朝廷大震，谢安命临江列戍而守之。谢玄自广陵将兵二万，来救三阿，难、超二人闻其来，兵必疲倦，不与诸军传餐，将兵排开，与玄交战。玄兵饱食，勇力向前，未三合，俱难、彭超大败，退保盱眙。六月，玄又进攻之，难、超又败，退屯淮阴。玄谓诸将曰："难、超兵穷势寡，卒无斗志，宜速进兵，得一人乘潮上流，烧淮桥，则彼自走。"何谦曰："小将愿往。"于是遣何谦率舟二百，乘潮而上，夜焚淮桥。难、超见焚淮桥，恐后难退，以兵退屯淮北。玄、谦合兵追之，战于君川。难、超兵无斗志，被玄大破之，难、超北走，仅以身免。玄既杀退难、超之兵，命人戍守，乃率众还广陵，玄领徐州刺史。秦王坚大怒，征超下廷尉，超遂自杀，难削爵为民。

秦王举兵伐苻洛

戊辰，五年（秦建元十六年），三月，秦王坚会集百官商议，欲做教武堂于渭城，命大学生明阴阳兵法者教授诸将。朱肜谏曰：

陛下四海之地，十得其八，宜稍偃武修文。乃更始立学舍，教人战斗之术，殆非所以驯至升平也。且诸将百战之余，何患不习于兵，而更使受教于书生，非所以强其志气也。此无益于实而有损名耳。

于是坚乃止之。

却说秦行唐公苻洛勇而多力,能坐制奔牛,射洞犁耳。自以有灭伐之功,使人见秦王坚,求开府仪同三司不得,由是怨愤。秦王坚只以洛为益州牧。洛谓官属曰:"孤不得入为将相,而又投之西裔,于诸君意何如?"治中平颜规劝曰:"主上穷兵黩武,民思息肩者,十室而九。宜声言受诏,监幽州之兵,南出常山,阳平公必郊迎,因而执之,进据冀州,总关东之众以图西土,天下可指麾而定也!"洛从之。四月,率众七万发和龙。坚闻知,遣将军窦冲、吕光以兵四万讨之。北海公重悉蓟城之众助洛,会屯中山。五月,冲、光二人以兵与苻洛交战,洛兵大败,被冲追及擒之。冲既得洛,令人送至长安。重见洛被擒,乃走还蓟,吕光追及斩之,幽州悉平,使人以洛见秦王坚。坚赦洛不诛,徙于西海郡为民。

秦王坚以诸氏种类繁滋,分三原、九嵕、武都、汧、雍氏十五万户,使诸宗亲领之,散居方镇,如古诸侯。以其子长乐公丕镇邺,平原公晖镇洛阳,石越、梁说、毛兴、王腾等,皆为诸州刺史。坚送丕至灞上,丕所领氏三千户。丕别,其父兄皆恸哭送之,独赵整援琴而歌曰:

阿得脂,阿得脂,博劳舅父是仇绥,尾长翼短不能飞。远徙种人留鲜卑,一旦缓急当语谁!

坚笑而不纳。

壬午,七年(秦建元十八年),三月,却说秦王坚兄苻法之子东海公苻阳,与丞相王猛之子王皮曰:"秦之天下,实乃吾父法所取之天下也,今被苻坚杀而戮之。吾将取之,恨力不及,君可助吾一臂之力。"王皮曰:"公言乃吾所志,吾有此意久矣。吾父有佐国平天下之勋,吾不能袭其大爵,至今得一散骑常侍耳。既明公肯为主,其间有一人姓周名虓,足智多谋,痛恨秦王,可请其人同议大事必成。"苻阳从之,使人请虓至,以酒相待,商议计策。虓曰:"君若在此难举发,来日君二人入朝,请兵求出外镇,积草聚粮,招军买马,乘机而起,则旧业可复矣。"阳曰:"此计大妙。"三人计议已定,却被秦王坚手下窃事人密知,入宫报与秦王,说东海公与散骑常侍二人谋反。秦王坚大惊,急唤司隶邓羌领禁兵三百围宅,将苻阳、王皮、周虓三人缚至殿下。秦王坚问曰:"吾不曾负汝二人,汝二人何故谋反？"苻阳曰："吾父无辜见诛。礼云：'父母之仇，不共戴天。'臣父死，不以罪死，是以谋反。齐襄公复九世之仇，何况臣也！"秦王坚泣曰："哀公之死，事不在朕。"又问王皮，王皮对曰："臣父丞相有佐命之勋，而臣不免贫馁，所以图富贵也。"秦王坚流涕谓王皮曰："丞相临终托卿，以十犋牛为田，不闻为卿求位。知子莫若父，何斯言之明也！"又问周虓，虓曰："世荷晋恩，生为晋臣，死为晋鬼，何问乎！"先是虓屡谋反，左右请杀之，坚曰："孟威烈士，秉志如此，岂惮死乎？杀之适足成其名耳！"皆赦不诛。徙阳高昌，皮、虓朔方之地。以皮子永，素性好学，擢为幽州刺史。

是时，西域车师、鄯善入朝于秦，其称龟兹国有鸠摩罗什，才貌双全，义识若神。秦王坚大悦，由师、善为乡导，遣骁骑将军吕光为都督，督兵十万，去伐西域。当阳平公苻融谏曰："西域荒远，得其民不可使，得其地不可食，汉武征之，得不补失，臣窃惜之。"坚勿听，乃宣吕光至殿，谓曰："今吾国内粮草多积，士马强甚，吾欲征讨西域龟兹，烦卿为将。"吕光曰："受命于君，安敢不前？谨领旨命，去讨西域。"于是秦王坚拜吕光为持节，都督西讨诸军事，总兵七万、铁骑五千，命其讨西域龟兹。光临行，秦王坚嘱曰："卿到龟兹，若得获鸠摩罗什，即使人漏夜驰送赴朕。"光曰："谨领旨令。"是日，吕光领兵就行，行至高昌，屯扎军马。

史说，吕光字世明，乃略阳氐人。父名婆楼，佐命秦王苻坚，官至太尉而死。吕光生时夜有神光之异，故以光名。年十岁，与诸儿游戏邑里，为战车之法，俦类咸推为主。部分详平，群众叹服。目有重瞳，左肘有玉印。沉毅凝重，宽简有大量，喜怒不形于色，时人莫之识也。惟王猛异之，曰："此非常人。"言之秦王，秦王苻坚除为美阳令，群夷爱服。因此累迁骁骑将军。

苻坚慕鸠摩罗什，故有是命。

秦王集议寇江东

秦王坚大会文武群臣于太极殿，而谓众文武曰："自吾承业以来将垂二十余载，四方略定，惟东南一隅，未沾王化。今略计吾之士卒，可有九十七万，粮草不计其数。吾欲自将以讨之，汝等所议者若何？"当朱彤曰："今秦得天下大半，更兼国富兵强，若起倾国之师，躬行天罚，则江南克期可定矣。"秦王大悦曰："此乃吾之所志也。"左仆射权翼进曰："臣以为晋未可伐。夫以纣之无道，天下离心，八百诸侯不会而集，武王犹曰彼有人焉，乃回师止旅。后三仁诛放，始奋戈牧野，而得成功。今晋道虽微，未闻丧德，君臣和睦，上下同心。谢安、桓冲，江表伟才，可谓晋有人焉！依臣愚见，不可伐晋。"时秦王坚闻其语，默然久之，曰："诸君可各言其志，朕自量之以行。"太子左卫率石越上言曰："今岁镇星守斗牛，福德在吴，天文有准，悬象无差，伐之必有天殃。且彼据有长江之险，民为之用，不可犯也。"秦王坚曰："吾闻武王伐纣，逆犯岁星，天道幽远，未可知也。今以吾之众，投鞭于江，足断其流，又何险之足恃乎！且筑室道旁，沮计万端，无时可成，吾当内断于心耳。"时群臣各有异同，坚命且退，容再讨议，独留弟苻融议之。苻融曰："晋不可伐者三。"秦王坚作色曰："汝复如此，天下之事，吾当与谁言之？"融泣曰："今天道不顺，一也；晋国无衅，二也；我数战兵疲，民有畏敌之心，三也。晋未可灭，昭然甚明。其劳师大举，恐无万全之功。且臣之所忧，不止于此。陛下宠育鲜卑、羌羯，布满畿甸，此属皆我之深仇。太子独与弱卒数万自守京师，臣惧有不虞之变，生于腹心肘腋，不可悔也。臣智识愚浅不足采，王景升一时之英杰，陛下每拟之诸葛武侯，独不记其临殁之言乎？"秦王坚曰："天下者，天下人之天下，非一人之天下。故云秦失其鹿，天下共逐，高才捷足者先得之。量朕之才，不在晋下；文武之贤，勇略过人，何如不可伐也？"融又谏曰："国家本戎狄也，正朔会不归人，江东虽微弱仅存，然中华正统，天意必不绝之耳。"秦王坚曰："帝王历数，岂有常耶？汝不知通变耳！"秦王坚不纳，苻融辞出。先是有沙门道安者，秦王坚尤信重之，出入与秦王坚同辇。至是群臣出朝，正遇道安入内，群臣谓道安曰："主上欲生事于东南，公何不为苍生致一言也！"道安曰："吾即谏之。"于是道安入见秦王，秦王谓曰："朕将与公南游吴越，泛长江、临苍海，不亦乐乎！"安曰："陛下应天御世，居中土制四维，自足以比隆尧、舜，何必栉风沐雨，经略远方也？"坚亦不纳之。忽慕容垂入，秦王坚问曰："吾欲伐晋收江南，群臣不可，卿意云何？"垂曰："今天下秦得十分之七，独东南一隅未归，若以陛下之神武、文武之贤能，大兵一出，何期不挠？陛下可以乾刚独断，勿采群臣之言，以致留患于子孙也。故诗云：'谋夫孔多，是用不集。'陛下宜断圣心足矣。昔晋武平吴，所仗者张、杜二三臣而已，若从众言，岂有混一四海之功也？"秦王坚大悦曰："与吾定天下者，其惟卿耳！"言讫，赐帛五百匹，即令其点兵。张夫人闻知，亦谏曰："天地之生万物，圣主之治天下，皆因其自然而顺之，故功无不成。黄帝服牛乘马，因其性也；禹浚九川，障九泽，因其势也；后稷播殖百谷，因其时也；汤、武率天下而攻桀、纣，因其心也。今朝野皆言晋不可伐，陛下独决意行之，妾不知何所因也？自秋冬以来鸡夜鸣，犬哀嗥，厩马多惊，武库兵器自动，皆非出师之祥也。"坚曰："军旅之事，非妇人所当预。"坚幼子诜最有宠，亦谏曰："国之兴亡，系贤人之用舍。今阳平公，国之谋主，而陛下违之。晋有谢安、桓冲，而陛下伐之，臣窃惑焉！"坚曰："天下大事，孺子安知？"秦王坚下诏大举，民每十丁遣一兵。其良家子年二十以上，有才勇者，皆拜羽林郎。又曰："某以司马昌明为尚书左仆射，谢安为吏部尚书，桓冲为侍中，先为起第。"良家子至者三万余骑，拜赵盛之为少年都统。是时，朝臣皆不欲坚行，独慕容垂、姚苌及良家子劝之。阳平公融谏曰："垂、苌，我之仇雠；良家少年，皆富饶子弟，不闲军旅，何可听也？"坚不听。

秦王发兵下江南

癸未，八年（秦建元十九年），七月，秦王苻坚下诏招集各部军马，大举伐晋。八月，秦王坚唤阳平公苻融至，曰："你督后将军张蚝、冠军将军慕容垂等，领步骑二十五万为前锋，先入伐晋，以探虚实。敌之强弱，先报吾知。"融曰："臣既先行，后宜调兵急来接应。"融辞去讫。又宣兖州刺史姚苌，封为龙骧将军。秦王坚谓苌曰："朕本以龙骧建业，龙骧之号未曾假人，今特以相授。山南之事，一以委卿，卿可尽忠报国，无得贰心。卿领兵二十万从北路伐晋，接应阳平公苻融。"苌谢曰："臣蒙拔擢授以重任，万死不辞，焉敢异志？此回不伐东晋，不敢生还。"言讫，领兵就行。时左将军窦冲进言于秦王曰："王者无戏言，此将之封，不祥之征也，惟陛下察之！"秦王坚默然不应，悔闷归宫。

却说慕容垂受命领兵起行，其侄慕容楷、慕容绍曰："今秦王骄矜已甚，叔父建中兴之业，在此行也！"垂曰："然，非汝谁与成之，且莫泄耳！"苻融以兵一十五万，号为一百万，来至颍水，下住草营。坚遂发长安戎卒六十余万、骑二十七万。秦兵至项城,凉州兵始达咸阳,蜀、汉兵皆顺流而下,幽、冀兵至于彭城,东西万里,水陆齐进,运漕万艘。融等兵三十万,先至颍口屯扎。

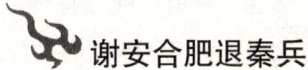 谢安合肥退秦兵

却说孝武帝设朝,近臣奏知秦王苻坚命苻融为将,以雄兵百万、战将千员,来寇江南。晋帝闻知大惊,急问文武谁人敢退秦兵。诸文武尽皆失色,中书监录尚书事谢安出曰:"陛下养国士,待之如手足,今日闻秦兵一至,尽皆缄口结舌,此何理也?臣虽无才,愿施犬马之劳,以退秦兵,以报陛下宠遇之恩。"晋帝曰:"卿有大才,必有大用。而卿乃朕之元老,不时朕要与卿同议国之大事,岂可出征?卿可另选别将去迎。"安曰:"今事急矣,无人向前,臣若不行,则将士不复用命。"帝曰:"秦师百万,非可用文以退之,卿执要前去何益?"近臣奏曰:"有文事者必有武备,有武备者必有文事。臣观谢尚书胸中有百万兵,不似臣等耳,宜与去之,可选大将副二,破秦必矣。"帝曰:"朝中谁人堪任大将,可速举之。"谢安曰:"臣侄谢玄,勇略双全,可为将矣。"帝曰:"朕闻昔周郎以数万之卒,破曹百万之众,今举大将不似其人,难保社稷矣。"谢安曰:"以某论之,不在周郎之下。陛下若能用之,破秦兵必矣。如其失事,臣请先纳此头。"帝曰:"非卿提醒,孤几误大事。"即时差人召谢玄。王彪之曰:"玄乃一儒生耳,非苻融之敌也,不可用之。"周雍亦曰:"玄年幼德薄,恐诸将不服,则生乱矣,必误于陛下。"谢安曰:"若不用谢玄,则东地必休矣。臣请以全家性命保之。"帝曰:"吾亦素知谢玄,乃奇才也,孤当托之。"安曰:"若不付以重任,其才不能尽展也。"晋帝曰:"然。"于是召谢玄至。拜毕,帝曰:"今秦兵侵境,孤欲命卿总督军马以破苻坚,何如?"玄答曰:"文官武将,皆陛下故旧之臣也,玄年幼不才,安能制敌?"帝曰:"朕亦素知卿才,今拜汝为副都督,卿勿推辞。"玄曰:"倘文武中不服者如何?"帝曰:"如有不遵令者,先斩后奏。"玄曰:"臣受恩已久,固不敢辞,臣愿领兵。"于是帝使谢安总督天下诸军事,谢玄为征北大将军,以兵数万,出拒秦兵。二人领旨即出。

谢安次日传下号令,交诸处多谨关防,牢把淝水,不得轻战。诸将但相聚,无

不笑懦也。安以调兵坚守，诸将不服，互相耻笑。安升帐设大会东南诸将，安谓众曰："吾领承王命，总督诸军，昨已三令。吾令汝等各各坚守，不遵吾令，何也？"桓伊曰："吾自跟大司马平定西蜀，大小历数百战，敢勇向前，彼诸将或跟讨逆，皆披坚执锐出生入死之士也。今主上以公为大都督，令退秦兵，宜早定奇计，调拨分头征进，方能成功。今却死守，以待天自杀贼，何其无谋之甚也。吾等非怕死贪生之人，使我辈皆随颜顺志，此何理也？"言讫，帐上下皆曰："桓将军言是也，我等情愿决一死战！"谢安听罢，掣剑在手，指而言曰："苻坚名闻天下，戎狄尚自惧怕，今在境界，此非容易敌也。汝等诸将并受国恩，当以和顺共图破敌，以报主上。今吾自有妙算，非汝等所能料也。吾知汝等各不相顺，故违吾令，是何道理？仆虽一书生，今蒙主上授以大任者，岂无有尺寸可取，颇能任事负重故也。汝宜各守隘口，牢守险要，不许妄动，如违令者必斩！各宜坚守，勿得多言。"于是众皆散去守之。

却说苻融摆布军马，直至川口，连营一千余里，前后四百余屯。夜则明火照天，昼则旌旗蔽日。细作探知东南用谢安为将，领大都督，总制军马，各守险要不出。苻融问谢安何许人也，权翼曰："江东伟人，足智多才，昨制桓温，皆此人之谋也。"苻融闻知怒曰："老子有何高谋，可令前队进兵讨之。"权翼曰："安之才学，不在桓温之下，不可以轻敌也。"苻融曰："吾用兵更不如一老子耶？卿勿多言，看吾擒之。"苻融自引前军，各分诸处关隘。谢安闻知，即召谢玄至，谓曰："你与谢琰、中郎将桓伊以八万精兵，出屯肥水，以拒秦兵。"玄曰："今秦兵百万、猛将千员，今以八方之众前去拒秦，叔父用何计可以拒之？"安曰："汝只管先去，且莫与战，吾后自有奇计破之。"于是玄与谢琰、桓伊以兵八万，出屯肥水之上，以拒秦兵。

史说，桓伊字叔夏，乃熊国人，有勇略。安以为中郎将，令其帮玄领兵拒秦。当苻融使人探晋兵虚实，使人还道："晋兵未满十万人，在肥水屯住，不敢来迎。"融闻晋兵未满十万人，即使人入秦报秦王曰："今晋兵弱少，不敢来战，其易于攻，请陛下车驾亲临。"秦王坚见其书，即日亲领戎卒六十万，骑二十七万起行，来至项城。秦王坚下令曰："六军徐徐进，朕自以轻骑二千兼道先赴。"军前诸将奏曰："初有谚云：'肩不出项。'陛下可停项，待其报捷，不可亲自向前。"秦王坚曰："朕若不去，则三军不肯向前。"言讫，引二千人先行，来至颍城。苻融接着，入于中军。问劳已毕，融命排宴，奉秦王坚。秦王坚是夜宿其中军。

却说晋会稽王司马道子见秦兵势众，国人皆恐，乃入朝奏曰："今秦兵百万，势难拒挡。今闻钟南山土神极灵有应，请陛下出旨，封钟山土神为相国之号，祈其为国为民，必有感应。"帝曰："从卿所请。"于是降诏旨，命会稽王道子以诏旨去钟山，封其土神为相国焉。

安合肥论兵大战

却说谢安受命拒秦，全无惧意，整日与王羲之围棋赌耍，不视军情之事。谢玄见秦兵势大，恐寡不敌众，至夜私自回城，来见谢安，曰："今日侄在对岸，看见秦兵漫山塞野，旗鼓相望，连遮千里。吾恐寡不敌众之势，乃回见叔父，可用何策攻之以安众心？免劳主上之忧矣。"安曰："汝火速归营调军紧守肥水，切莫妄动，吾自有计。若有紧急，再使人来报，吾必自诣。"玄不敢复言，只忙出归营去讫。而谢玄心中不定，忧兵少粮尽，恐秦兵杀过肥水。过数日，乃使张玄入城，请叔谢安出城。张玄领军令，即入城见安告急，曰："请明公火速出城，秦兵至矣，诸将皆要出战。"安不得已，遂自命驾至营。诸将皆曰："今上以都督任公，公不求破秦之策，而夙夜围棋不视军情。主上寝不安席，以江南百万生灵之命委公保之，公何如戏之耳。"安对诸将曰："今秦兵来犯我境，其气正盛，我军宜乘高守险以待之。彼以百万之师，吾将七万之弱，安能胜乎？今但奖励士卒，广布守御之策，以观其动静。今彼兵驰骤于平原旷野之间，正得其志，彼若求战不得，自有懈怠之心，此时吾当用奇计矣。将军宜息风火之性，以图国家之计。"桓伊等面虽应允，心实不服。

安玄围棋赌别墅

安被众所逼要战，遂邀侄谢玄与亲朋王羲之等私游山墅。安谓玄曰："吾与汝围棋。"玄虽从之而与棋，然心中忧惧，而谢安棋常劣于玄，是日玄惧军事，便为敌手，玄反不胜，而连见输，遂不再棋，但曰："秦兵势大，叔父有何计破敌？"安曰："吾有三胜之方，汝休漏泄。夫为将者，必先观天文，次审地利，末察人和，料此三者，求胜可矣！又云：'知己知彼，百战百胜。'今岁星在吴，而秦逆天伐吾，古云'逆天者亡'；吾有福德之恃，其胜一也。吾有长江之险，地利祐我，故曰：'得地者昌'；其师虽强，不能渡之，其胜二也。苻坚集乌合之士，积蚁聚之兵，以五胡仇人为将，虽多不和；吾军固少，而同一心，其胜三也。有此三胜，破秦必矣，何疑惑之？"玄曰："叔父之言，乃神机妙算，侄何可及。奈主上不安，百姓惊恐，不如得早破之，使士民得安耳！侄惧兵微将寡，不能固守。"安曰："晋兵虽微，正朔所在，君不失道，人心所归，将帅调和，士卒亲附；加此长江之险，足以固守，何忧兵微将寡乎？吾观苻坚志骄气盈，将必有异，看其变动，乘机破之。汝才不在苻坚之下，管取成功，不须再四。"玄闻言大悦即还。安与王羲之又游涉至夜乃还。

却说姑孰桓冲闻秦王苻坚以兵入境，以根本为忧，使牙门将刘完领精兵三千，入援京师，入守城池。刘完得令，引兵入京来见谢安，曰："桓君闻秦兵入寇京师，使某领精兵三千，前来与明公调用，护卫建康。"谢安固却之曰："朝廷处分已定，兵甲无阙。西藩乃国之屏障，其兵宜留预防，何必调此？你火速领其兵还。"刘完见说，即引兵还镇。谢玄曰："吾兵稀少，彼调来增，叔父何如遣还？"谢安谓曰："三千人不足以为损益，去之可矣。吾欲外示闲暇，是故遣之。"玄曰："叔父神机，侄儿不知耳。"刘完领三千人还镇，桓冲问其缘故，完以谢安之语与说，及陈军前备细之事。冲谓佐吏等曰："谢安石有庙堂之量，不闲将略。今大兵垂至，方游谈不暇，遣诸不经事少年拒之，众又难敌，天下尽已知，吾其左衽矣！"

八公山木化人形

十月，秦王苻坚与群臣商议进兵。群臣权翼等曰："宜先取寿阳。若得寿阳，建康必然震恐。恐则生乱，乱则逃奔，军无斗志，民有忧患，乘此一战，则江南可定。"秦王坚曰："然。"即召阳平公苻融至，委兵五万，使其去攻寿阳。又令下将军梁成引兵五万，屯于洛涧，安住寨栅，以遏晋兵不得救应。二将各率兵去讫。

却说苻融以兵来攻寿阳城，寿阳郡守王正以五千兵出迎与战。融指正曰："早早来降，免汝死罪！"正大怒，拍马舞枪出阵来战，秦兵阵中徐成以双刀来迎。二人交锋，战上十合，王正遮拦不住，只待要走，被张蚝一骑马、一条枪，飞出阵前，大喊一声，以枪杀进，将王正一枪刺于马下，晋兵各自溃散。苻融挥兵杀奔入城，占据寿阳，迎接秦王苻坚及文武入城屯住。

却说会稽王道子领朝旨来到钟山土神庙内，亲自焚香下拜，奉上印绶，宣读诏旨毕，乃祈祷曰："今有胡虏苻坚，以兵百万来侵晋境，君有倒悬之急，民有涂炭之忧。今奉圣旨，来封大神为相国之尊，伏望尊神，大显神通，施灵施感，为国为民，早灭胡类，万民沾息。"祝讫，即其还京。其土神既受相国之号，乃大显法力，径来将八公山草木，皆化以为人形，俱各披坚执锐，勇猛威雄。由是一日，秦王坚与苻融及诸将佐登寿阳城，遥望晋军，见八公山列有雄兵一百余万，人人勇猛，个个威雄，部军整齐，队伍不乱。秦王坚一见，始有惧色，而谓苻融等曰："此乃劲敌也，何谓弱少乎！"因此命苻融、梁成进兵速战。苻融问朱序曰："卿先仕晋，必知备细，如今江南英杰更有何人？"序曰："目今谢安、谢玄叔侄二人，有王佐之才，其别不足称之。此二人与序有一面之交，殿下遗以咫尺之书，与序过淮，掉三寸之舌，说其来降，东南指日可平。"融曰："既与卿善，吾为书，你可前去说其来降。"于是苻融作书，使朱序来诏谢安二人降秦。朱序领命特来江南。

时谢安、谢玄欲进兵，闻梁成屯于洛涧，谢安等不敢近前，离洛涧二十五里而屯。忽军人报梁州刺史朱序来见，安石命进，问曰："闻卿在襄阳与苻丕相持，今何如来此？"序曰："吾守襄阳，被苻坚遣子苻丕、杨安领军五万攻陷襄阳，不得已伪降于秦。今苻融遣吾过江，来请都督投降，吾因此得见明公一面。明公休要见疑，吾必不负大晋。观秦兵虽众，亦易破之，明公以兵外战，吾必内应，未知明公意下何如？"谢安曰："吾知汝之忠义，有何疑焉？秦兵势大，何计破之？"序曰："今梁成凭血气之勇为前锋，以兵五万屯住洛涧，甚于易攻，何不攻之？若待秦兵百万之众尽至，难与为敌，不如乘此诸军未集，速往击之。若败其前锋，则彼已夺气，可遂破矣！"安曰："卿谋正合吾意。卿今休去，在此同参军机。"序曰："吾之老母家属皆在彼处，若不回必被其害。吾暂回去，准备内应。"安曰：

"汝去如何回信？"序曰："道都督不肯降秦。"安曰："不然，汝回只道吾肯降，只家属在建康，不能得出，候脱得家属出城，一同来降。汝若言不降，彼必速攻。"序曰："然。"于是安乃使朱序还秦。序以谢安石之言，说与苻融，融半信半疑。

玄石破秦百万兵

却说谢安得朱序说秦军中之备细，乃升帐聚大小将校听令。安曰："吾自受命以来，未尝出战，今已识秦之动静矣。吾欲先取洛涧一营，谁人敢去？"言未毕，桓伊等一齐出，尽言愿往。安皆令退，独唤阶下一人，姓刘名牢之，字道坚，彭城人也。其人沉毅多计，骁猛无敌，现为参军。安甚重之，故唤牢之曰："汝领五千精锐，去攻洛涧第一屯，乃是秦将梁成所营，今晚便要成功，吾自提兵救应。"牢之领军去了。又令谢玄、桓伊二人："各以兵三千，抄小路奔下流埋伏，待梁成兵败走回，汝二人各以兵截住，断其归津；待牢之赶至，两下合兵接应。"二人亦各引兵去了。

却说刘牢之率精兵五千，趋洛涧，隔十里一望，秦军梁成阻涧为营。牢之身先渡水，精兵后随，鼓噪直前。梁成听见鼓响，知有兵至，忙令士卒阻洛为阵，以待晋兵。当牢之抢先上岸，杀死十余人，秦兵奔溃。梁成持枪直取牢之，牢之轮刀便迎。两马相交，军器并举。二人交锋战上五合，梁成被牢之一刀砍于马下，乱杀秦兵。秦扬州刺史王显见梁成死了，忙领残兵走奔下流，正遇谢玄。交马一合，被玄捉住，桓伊横杀秦兵。俄而牢之领兵夹攻，秦之士卒争赴淮水，死者万五千人，淮水为之不流。于是谢玄尽收得秦之器械军资，收军来见谢安。谢安传令，水陆三军尽进屯于肥水之东。秦王坚闻梁成死了，前锋有失，遂传令，交苻融率军遏肥水而阵，昼夜分巡，以守江岸。

却说谢安既破秦之前锋，命水陆并进，屯于肥水，下住营寨。至夜，召谢玄入，谓曰："今秦王败其前锋，必不敢进，彼欲退，恐天下之人笑耻，必然犹豫趑趄，正可攻之。吾先回城，以安圣上之心，汝领诸将徐徐进兵。吾观朱序在内，必定相应。"玄曰："叔父随便回骑，侄自斟酌而行。"于是谢安回建康，朝见晋帝曰："臣托陛下洪福，破其前锋。臣虑陛下隐忧、群臣震恐，先回报捷。陛下高枕无虑，目下管取破秦必矣。"帝曰："东南有卿，朕何忧焉！"

却说谢玄欲与交战，秦兵逼水而阵，因此晋军不得渡，心中闷闷，思忖一计。次日，使能言快语军人直至肥水岸边，遥唤阳平公苻融曰："吾奉都督将令，拜上将军。将军远涉吾境，悬军深入，而置阵逼水，此乃持久之计，非欲速战者也。若移阵小却，使吾兵得渡，以决胜负，不亦善乎！何如胥守而废粮草耶！"苻融闻其言，即入城具谢玄之言，报知秦王苻坚。苻坚遂问诸将曰："汝等主意若何？"诸将徐成等曰："我众彼寡，不如遏之，使其不得上，可得万全之计也。"秦王曰："不然，如此则自老王师也。吾便引兵少却，使彼兵半渡，我以铁骑数十万，向水蹙而杀之，蔑有不胜。"融曰："陛下神见，诸将不及。"于是苻融即出传令，是夜移营，却阵十里之程屯住。又令徐成选铁甲兵五万待迎。时玄打探军人闻秦兵移阵，即忙回报谢玄。谢玄大喜曰："破秦必矣！今夜即行。"桓伊等曰："秦兵势大，何以破之？"玄曰："此计但瞒不过王猛，今天幸此人已死，使吾成大功矣。彼兵一百余万，连下百余营，今却阵，必然混乱，吾乘其乱而攻之，可擒苻坚也。"于是大集诸将听令，令朱默水路进兵去，是夜候东南风大作，用船载茅草，依计而行。令刘牢之领十数支军，攻水北岸；桓伊领十数支军，攻江南岸。每人各带茅草一束，内藏硫黄焰硝，皆带火种草，挑于枪刀之上，但到秦营近林者，因顺风举火，秦兵四十营，只烧十营；每烧一屯，间三屯，则彼兵必自乱矣。乘乱之时，以兵击之。各带行粮，不许暂退，连更晓夜，直拿住苻坚方止。诸将得令，皆去依行。

却说秦王当日自出城中，寻思破晋之计，忽见中军帐前旗幡无风自倒。权翼曰："此凶兆也，莫非有晋兵今晚劫寨？"秦王未信。有军报曰："上山远远望见晋兵已出，渡水而东去了。"秦王曰："此疑兵也，只管移营。"令徐成引军马五万去巡哨。黄昏，左侧东风骤起，权翼回报，水北岸寨中火起。秦王便叫探视。张蚝也来回报，望见水寨中火起。秦王即唤徐成亲往水北岸，张蚝亲往江南看取虚实，如晋兵到，可急回，二将领兵去了。初更左侧喊声动地，西屯军马，齐奔御营，军自相践踏，死者无数。后面晋兵杀到，正不知多少军马。秦王急急上马，引军奔走。火光连天而起，江南、江北，照耀如同白日。苻融引手下数百骑，正逢晋将桓伊，被伊军围住，乱箭射死。谢琰引军来赶，秦王望西奔走，前面一军来到，为头乃是晋将谢玄。秦王大慌，前谢玄，后谢琰，两军夹攻，四下无路。忽闻喊声，张蚝引军杀入，救秦王出，急上战船。与张蚝等将船棹开中流，被玄令军人在岸上射之，万弩齐发，秦王中箭倒在船上，众将救醒奔逃。时朱序后与部下从军，在秦军大叫："秦军大败，秦王死了！"因此秦军及御林军奔溃而走。其时，秦军因移阵大乱，队伍不齐，况兵退不复立住，因此大败。秦王中矢，单舸走过西河上岸，天色已明。正走间，前面又一军到，张蚝出马迎之，乃秦将徐成，合兵一处，后面晋兵大至，前到一山，乃停马山前。张蚝引军上山时，山下喊声起，谢玄大队人马已到，四周把山围住，秦王叫傅苞死据其山。秦王遥望自兵，自相蹈籍而死者蔽野塞川，重叠死尸塞江而下，肥水为之不流。围至次日，晋兵越厚，四面放火烧山，军马乱窜。忽见火光中，一将引数千骑，杀上山来，秦王视之，乃邓羌也。羌曰："四下火光逼近，不可久停，请陛下走回，却再收军。"秦王曰："谁可断后？"傅删曰："臣愿舍死以当之。"其日黄昏，张蚝在后，邓羌在前，冒烟突火下山，留傅删当后。晋兵见秦王脱走，皆要争功，并进军突火而来。秦王叫随行军士尽脱衣甲，叠于山路而焚之，以绝后军，方走得脱。谢玄、谢琰、桓伊、刘牢之会朱序等兵，乘胜追击，无不一当十，百胜千，杀得秦兵大败，自相践踏，死者漫山塞野。其走者闻风声鹤唳，皆以为晋兵且至，昼夜不敢停息，早行露宿，重以饥冻，死者十去七八。谢玄追至青冈，方传令鸣金收军，获得秦王坚乘舆及云母车、仪服器械、军资珍宝，堆积为山，俱各立册抄记，留还朝廷。次日，玄作书，使人见叔父谢安报捷。

时谢安正与王羲之围棋，驿人持书与安，安令驿人去了，安一边围棋，一面拆书，看其书，已知谢玄破秦矣，遂将书放在床上，了无喜色，下棋如故。王羲之问曰："书中何事？"安曰："小儿辈，遂已破贼。"羲之曰："可速报朝廷，何如围棋？"言讫辞出。谢安既罢棋还内，过户限心喜甚，不觉屐齿之折，直入宫见帝，奏曰："臣子侄托陛下洪福齐天，已破秦师百万于肥水之上，获得秦王云母车及军资宝贝，今进还朝廷。"帝曰："朕得卿子侄等辈破此强秦，天下幸甚！从今以后，朕何忧焉。"乃加封谢安为太保。于是降诏，进谢玄为前将军、假节钺，令其振旅，还镇京口。

是时，秦之诸军皆溃散，惟慕容垂所将三万人独全。却说秦王坚奔走至淮北，淮北饥甚，又无粮草，百姓进壶餐、豚髀，供给秦王坚。坚食之，大悦曰："昔公孙豆粥，刘秀麦饭，何以嘉也？"坚以帛赏百姓，百姓辞曰："陛下厌居安乐，自取危困。臣为陛下子，陛下为臣父，安有子饲其父而求报乎？"弗顾而去。坚谓张夫人曰："吾今何面目治天下乎？"潸然流涕。

当秦王坚闻诸军皆溃，惟慕容垂三万人全师淮南，乃领千骑奔垂。探事军人报曰："今有秦王坚大败，以残军千骑前来见将军。"当世子慕容宝谓父慕容垂曰："五木之祥，今其至矣。"（释曰：初，宝在长安，与友人韩黄、李根等宴，宝因擩蒱危坐，整容誓之曰："世云擩蒱有神，岂虚也哉！若富贵可期，愿得三卢。"因执三卢，掷尽卢，宝拜而受赐，故云五木之祥，因言之。）又曰："秦王兵败，委身于我，是天借之以复燕祚，此时不可有失也。"垂曰："汝言是也。然秦王待我甚厚，今兵败以赤心投命于我，何可害之？若氐运必穷，吾当怀集关东，以复先业耳！"时诸将佐皆劝垂杀坚，垂不从，遂自出中军迎秦王坚入内，悉以兵符还秦王坚。坚大悦，收集离散，乃使子苻丕同燕之旧将丁零守长乐，与垂等北至洛阳，众复十余万，百官仪物，军资略备。当慕容垂言于秦王坚曰："北鄙之民，闻王师不利，轻相煽动，臣请奉诏书，以镇安阳，聚集军粮，以听再举报仇。就因便入展拜先祖庙陵，以尽臣等一点孝心，陛下圣意云何？"秦王坚曰："从卿所请，领兵往镇。"垂谢恩拜辞即出，领兵起行。权翼谏秦王曰："国兵新破，四方皆有离心，宜征集名将，置之京师，以固根本。垂勇略过人，世家东夏，顾以避祸而来，其心岂止欲做冠军而已哉？譬如养鹰，饥则附人，饱则飏去，岂可解其所纵，任其所欲哉！"秦王坚曰："卿言是也。然朕已许之。匹夫犹不失信，何况万乘乎？若天命有废兴，固非智力所能移也。"翼又曰："陛下重小信而轻社稷，臣见其往而不返，江东之乱自此始矣。"坚亦不听。

吕光以兵伐西域

却说先骁骑将军吕光率兵七万，去伐龟兹。兵至高昌，闻秦王苻坚寇晋，光意欲更须后命抽回，部将杜进曰："节下受任金方，赴机宜之速行，何更留乎？"于是光传令进兵，行至流沙，三百余里地下无水，掘井四十余丈亦无泉出，军皆渴甚，将士失色，皆来禀光。光曰："吾闻李广利精诚玄感，飞泉涌出，吾等岂独无感致乎？皇天必将有济，诸君不足忧也。"言讫，命排香案，亲自祈告天地。俄而天降大雨，平地水深三尺，遂得进焉。时焉耆国国王率旁国降光，光受而慰之。引兵直至龟兹国。

龟兹国王帛纯闻秦将吕光以兵来伐其国，遣大将金德率军二万，出城来战。金德受命，即出领兵。金德上阵，使开山大斧，有万夫不当之勇。更有四子，精通武艺，骑射过人。长曰金瑛，次曰金瑶，三曰金琼，四曰金琪。有此四子，且各英雄。

是时，金德领主命，引本部军马八万来迎，前至凤鸣坡相遇吕光，两下各自布阵。龟兹兵摆开，门旗下金德出马，四子列于两边，厉声大骂："反国之贼，敢侵吾境！"吕光纵马挺枪，大怒而出，单搦金德交锋。长子金瑛挺枪与吕光交战，战不三合，吕光刺死金瑛于马下。次子金瑶大怒，又纵马，一口刀来与吕光交战。光乃抖擞精神，施逞平日虎威，骤坐下马交战。第三子金琼、第四子金琪见二兄俱敌光不过，也骤坐下马，金琼提戟，金琪轮手中两口日月刀，三个围住吕光。光在中央，全然不惧，独战三将。无移时，金琪中枪，翻身落马，二将慌救。吕光倒拖枪便走，金琼兜住马，收了戟，取箭射之，被吕光用枪连抵。琼射三箭皆不中，绰了戟，奋力赶来。比及赶到，却被吕光一箭射中面门，应弦坠马而死。金瑶随后赶来，一刀砍下。吕光施放不迭，弓箭皆弃，闪过宝刀，生擒金瑶归阵，杀之。复取了枪刀，坐下马，杀过对阵。金德见四子皆丧于吕光之手，心胆俱裂，急走入阵躲避。西域兵素闻吕光之名，又见如此之雄，谁敢交锋，马到处喝声阵开，皆纷纷乱走，曳兵倒退。吕光匹马单枪，冲入西阵，如入无人之境。参军段业见吕光大胜，率秦兵一掩，西龟兵大败而去。金德险被擒捉，弃马步行而逃入城。

吕光收军回寨，诸将贺曰："某闻将军少年如此英雄，不想寿已四旬，精神尚在，今日阵前独诛四将，世之罕有。"吕光曰："吾孤兵悬入，若不力诛其将，则功难成。汝等诸将，各宜效力，共成大功。"言讫，传令叫军攻城。

却说金德败回入城，哭见帛纯道："秦兵势大，不能抵挡，四子皆被丧命。"龟兹王帛纯曰："似此怎生奈何？"金德曰："不如收拾珍宝，逃避阴谷，待其师老，然后击之。"帛纯从之，命宫人收拾珍宝，使金德杀开西门，领亲属逃避阴谷去讫。吕光见龟兹国王逃了，亦不追赶，遂引兵入城，宰马杀牛，大犒将士，犒劳三军。是时，龟兹附近王侯来降者共三十余国，吕光皆抚而遣之还国，乃使人寻招鸠摩罗什。

史说，鸠摩罗什乃天竺人。世为国相。其父鸠摩罗炎，聪懿有大节，将嗣相位，乃辞避出家，东度葱岭。龟兹王闻其名，郊迎之，请为国师。龟兹王有妹，年二十，才悟明敏，诸国交聘，并不许，及见罗炎，心欲留之，乃逼以其妹妻罗炎。炎既与王妹匹配，王妹遂有孕。罗什在胎，其母慧解倍常，生下罗什。及年七岁，遂与母俱出家。罗什从师受经，日诵千偈，偈有三十二字，凡三万二千言，义亦自通。西域诸国咸服罗什神俊，每至讲说诸经，诸王皆长跪座侧，令罗什践而登焉。苻坚闻之，密有迎罗什之意，因是乃遣吕光等率兵西伐龟兹。光临行，苻坚谓曰："若获罗什，即驰驿送之。"今吕光既破龟兹，乃使人寻得鸠摩罗什并其母至。光见其年少美色，以凡人戏之，强妻以龟兹王女，罗什拒而不肯，坚辞甚苦。光乃关闭密室，乃饮以醇酒至酣，罗什不得已，遂与为妻。

吕光见龟兹宫室壮丽，命参军段业著《龟宫赋》以讥之。龟兹胡人奢侈，厚于养生，家有葡萄酒，或至千斛，经十年不败，士卒沦没酒藏者相继矣。由是吕光留恋，无有归心尔。

却说乞伏国仁，陇西鲜卑人，父司繁，降于秦苻坚，使镇勇士川。司繁卒，国仁代镇其地。闻秦苻坚败于晋，乃谋反，自称大单于，秦、河二州牧、苑川王，都于金城，聚众一二余万，不听秦命，改号建义元年，国号西秦。却说乞伏国仁为秦前将军，从秦王坚寇江南。国仁叔父步颓闻秦师大败，乃率陇西谋叛。秦王坚闻知，使国仁以兵五千讨之。国仁遂与叔父步颓合兵谋叛，众至十万，经略秦境。

却说慕容垂领兵至安阳，其子慕容宝曰："父亲欲建中兴之业，独力难成。吾之旧将皆在长乐公苻丕处，不如父亲入城，只佐参苻丕，私与皇甫真等同举兴兵之策。"垂曰："其计大善，汝率兵先行，吾自入参苻丕，密会旧将同议兴兵之策。"于是慕容垂自引从人入安阳参苻丕，使其子宝率兵先行。

慕容垂谋复燕祚

却说慕容垂来见长乐公丕，丕身自出迎之。赵秋密劝垂于座杀丕，因据邺起兵，垂不从。丕还欲谋袭击垂，当侍郎姜让谏曰："垂反形未著，而擅杀之，非臣子之义。不如待以上宾，严兵卫之，密表情状，听敕而后图之，则可也。"于是丕从之，馆垂于邺西驿，令人守之。垂潜与燕故臣皇甫真等曰："今秦王败于肥水之上，锐气已堕，不能复盛。吾以计脱身至此，以参长乐公为名，来见卿等一面，同议中兴之策，再复燕祚，共灭强秦。今被苻丕令人监我于邺西舍，不与我去，卿等以为何云？"皇甫真等曰："复燕宜乘此时，奈我等皆无兵权，不知殿下部下还有多少兵？"垂曰："未上万人。"真曰："殿下速使人以书往关东，使旧将丁零、翟斌二人起兵先叛，秦王必然诏殿下兴兵去讨，乘此机会，可以脱此。招集人马若上十万，以讨丁零为名，所过郡邑，郡邑必然以牛酒郊迎王师，因其无备，可下诸郡。再移书报知各燕旧将，必然响应，举兵向长安，大业指日可定矣！"垂曰："然得卿同行，可得事成。"真曰："吾若随殿下去，长乐公生疑，反为不成。"垂曰："既如此，吾来日就发书与二人就去，再不会公。"言讫辞归。

于是垂密使人送书与丁零、翟斌，令其起兵为乱。零、斌得书，即时聚二万兵，扰秦境。关东守将上表告急于秦王苻坚。苻坚问文武曰："今丁零、翟斌二人谋反，文武之中，谁人肯去讨此跋扈？"权翼曰："国兵新破，京师之众不可调遣，宜右固根本。可使人赍诏，遣冠军将军慕容垂起兵去讨，可得两便。"秦王坚曰："何如两便？"翼曰："慕容垂父子焉肯久为人臣，必有异志，遣其去讨丁零、翟斌，正如两虎相斗，必有一伤，从其自灭。慕容垂灭得丁零等亦好，丁零等灭得慕容垂亦好，此不为之两便乎？"秦王坚曰："然。"于是使驿驰诏书表北鄙，诏慕容垂以兵去讨丁零、翟斌。垂得书并不推辞，只道军粮稀少，因此慕容垂谓使人曰："卿回朝托为善言奏知。"

使人去了，垂径将驿书来见苻丕，称"秦王令其讨丁、翟之乱，以兵符乞兵起行。"丕犹豫，当石越言于丕曰："垂有恢复旧业之心，今复资之以兵，此为虎添翼也。"丕曰："垂在此常恐为肘腋之变，吾置之于外，不犹愈乎！今秦王之命，焉敢违之。"思半晌，计以赢兵敝铠给之，又遣苻飞虎率氐骑一千为之副。密戒飞虎曰："垂为三军之帅，卿为谋垂之将，行矣，勉之！"飞虎曰："谨领密旨。"言讫，即统兵行。当垂辞丕曰："臣欲入邺，拜辞祖庙而去，告知殿下。"丕曰："卿今有急，不劳拜庙，火速前去。"垂见丕不许，乃潜服而入，亭吏禁之，垂怒，斩吏烧亭而去。

石越言于丕曰："垂反形已露，可因此除之。"丕曰："淮南之败，垂侍卫乘舆，此功不可忘也。"越退告人曰："公父子好为小仁，不顾大计，终当为人擒。"时丕留慕容农及楷、绍于邺为质。垂行离安阳，闻丕与飞虎谋欲杀己，因怒激其众曰："吾尽忠于苻氏，而苻氏专欲图吾父子，吾虽欲已，得乎！"乃停河内募兵，旬日间，有众八千，夜袭飞虎氏兵。氏兵不备，尽被杀之。垂以书遗秦王坚，言其故。而慕容凤等亦各率部曲归翟斌。会秦豫州牧平原公苻晖领毛当讨斌、凤，被斌、凤合兵击破斩之。垂遂济河焚桥，有众三万，遣人告于农等使起兵。农等遂以晦日将数十骑，微服密出邺，奔列人，止于乌桓鲁利家。利为之置馔，农笑而不食。利谓其妻曰："恶奴，郎贵人，家贫无以馔之，奈何？"妻曰："郎有雄才大志，今无故而至，必将有为，非为饮食来也，君亟出远望，以备非常。"利从之。农谓利曰："吾欲集兵列人，以图兴复，卿能从我乎？"利曰："死生惟郎是从。"农乃诣乌桓，与张骧说之。骧再拜曰："得旧主而奉之，敢不尽死。"于是即招军买马，众至九千人，起兵来会慕容垂。

慕容垂大破秦兵

甲申，九年（秦建元二十年，燕慕容垂元年，秦姚苌白雀元年。旧大国一，新大国二，凡三僭国），正月朔，长乐公苻丕大会宾客，令人请慕容农同饮，使人回说不知何去。丕始觉有变，遣人四出寻之，乃知其在列人，已起兵矣。

却说慕容农又驱列人居民为卒，斩桑榆插地为兵，裂襜裳于竿为旗。使赵秋、屠各子及东夷、乌桓等人，各率部众数千赴之，攻破馆陶，收其军资器械，取康台牧马数千匹。于是步骑云集，众至数万，乃推农为骠骑大将军，监统诸将，随才部署，上下肃然。农以父垂未至，不敢行赏。赵秋曰："军无赏，士不往，今之来也，皆欲建功规利，宜承制封拜，以广中兴之业。"农从之，于是赴者相继。农号令整肃，军无掠，士女喜悦。

长乐公丕闻知大怒，使石越来讨之。农曰："石越有智勇之名，今不南拒大军而来此，是畏王而凌我也，必不设备，可以计取之。"众将皆曰："今大兵至，宜治列人城以拒之。"农曰："今起义兵，惟敌是求，当以山河为城池，何列人之足治也！"越至列人之西，农参军赵谦曰："越远来疲倦，请急击之。"农曰："彼军有甲在外，我军无甲在心，昼战则士卒见其外貌而惮之，不如待暮击之，可以必克。"即令战士严备以待，毋得妄动。石越既至，令士卒立栅负固。农笑曰："越兵精士众，不乘其初至之锐以击我，方更立栅，吾知其无能为也。"至暮，农令将士鼓噪出阵于城西。牙门将刘本率壮士四百人，当先腾栅而入越寨。石越无备，见兵入寨，慌上马。两下相遇，石越持枪跃马走出，大骂："逆贼，秦王有何负汝，发兵谋叛？"慕容农大怒，拍马更不打话，手搦大杆刀直取石越。两马相交，战不十余合，石越被慕容农一刀斩于马下。挥兵一击，杀死秦兵大半，其余尽皆逃奔。毛当在后阵闻石越败，急欲上马，农大兵涌至，措手不及，亦被乱军所杀。秦兵大败，以此秦人骚动，盗贼群起。

慕容垂招军买马，积草聚粮，不过半年，众至十万，起兵前来关东。先遣人报知慕容凤、丁零、翟斌。三人闻报自来迎接，入寨相见已毕，各叙间阔之情，及议复燕之计。丁零曰："若复燕，可使人往邺报知前将军慕容农，令其起兵相应，我这里一面以兵先取邺城。"垂曰："闻农兵起将至，吾亦遣人报知，君言正合我心。"遂即写书，遣田山去列人，会慕容农一齐合兵。田山领书去了，慕容垂与兵符发兵来攻邺城。田山以书见慕容农，农读书讫，即时以兵来会。时垂兵二十余万人，兵至邺前，弟慕容德、子慕容宝上言曰："今天下兵起，皆为燕故。吾兄乘此早称尊号，庶使人无异望，士有归心；若不早定名号，士民解体，鼎业难定。"垂曰："然。"于是慕容垂自称为燕王，以世子慕容宝为王太子，以弟慕容德为车骑大将军，封范阳王，封拜王公百余人，使其率众二十余万长驱攻邺。

史说，慕容德字玄明，皝之少子也。姿貌雄伟，额有日角偃月重文。博览群书，多才艺。兄垂尝与共论国家大谋，言必切至。垂谓之曰："汝器识长进，非复吴下阿蒙也。"及慕容暐败徙于长安，秦王苻坚以为张掖太守。苻坚败之于晋，德乃从垂至邺，因劝垂称号，垂乃以慕容德为车骑大将军。兵至邺，慕容农兵亦至，闻后燕王到，自引亲随从人入中军参见燕王。燕王垂大悦曰："得卿来助，大业成矣。"于是后燕王垂封慕容农上将军，命其以兵与慕容德同屯。次日，会兵攻邺城。当长乐公苻丕见燕兵势大，不敢出战，使兵坚守各门。遂召将军韩晃等曰："今慕容垂兵多将广，难以与敌，攻城用何计可以破之？"韩晃曰："慕容垂锐气正盛，石越执兵新亡，谁人再肯向前？若守此城，城郭不完，甲兵不坚，不如退守中城，使人问垂如何起兵。"于是丕遣姜让来说，问垂何如谋叛。让奉丕命，来见慕容垂。未及开言，垂曰："孤受主上不世之恩，故欲安全长乐公，使其赴京师，然后修复旧业，永为邻好。若不以邺城见归，当穷极兵势，恐单马求生，亦不可得也。"让厉色责之曰："将军不容于家国，投命圣朝，秦之尺土，将军岂有分乎？主上与将军风殊类别，一见倾心，亲如宗戚，宠逾勋旧，一旦因王师小败，遽有异图！长乐公受分陕之任，其可拱手输将军以百城之地乎？将军欲裂冠毁冕，自可极其兵势。但惜将军以七十之年，悬首白旗，高世之忠，更为逆鬼耳！"垂默然。左右请杀之，垂曰："彼各为其主耳，何罪？可礼而归之，上复秦王坚，并持吾表，愿送长乐公丕归长安。"坚闻知，复见表，大怒，切恨之。时苻丕见垂兵至，料不能敌，乃自领后军，至一更尽，大开东门杀出，以兵退入中城，传令三军坚守城池，不许出战。次日天明后，燕王闻苻丕已走，引众入城，扎住六军。

却说秦北地长史慕容泓闻慕容垂攻邺，乃引亲属百余人，亡奔关东，收集鲜卑九千人，起兵还屯华阴，招集亡命。平阳太守慕容冲闻慕容垂称王关东，亦招军买马，积草聚粮，众至二万，屯于平阳。

却说秦王苻坚在宫中，闻长乐公苻丕告急文书至，及知慕容垂、慕容泓、慕容冲等各起兵谋叛，心中大惊，谓夫人张氏曰："朕若用朝臣之言，岂见今日之事耶！有何面目见朝臣乎？"言讫，命群臣计议，使去讨之。

慕容垂已复燕祚

燕王垂遣范阳王德击秦枋头，攻取之。东胡人王晏据馆陶为邺中声援，夷夏不从燕者亦尚众，燕王垂遣太原王楷与陈留王绍击之。楷谓绍曰："今大业始尔，人心未治，惟宜绥之以德，不可震之以威。"乃出屯于辟阳，绍率骑数百往说晏曰："今燕王大兵至此，长乐公尚且奔走，料此小城，内无军粮，外无救兵，安能守之，不如早降，不失封侯之位。"于是王晏思半晌，乃开门纳降。王晏一降，于是氐夷降者数十万口。楷留其老弱，置守宰以抚之，发其丁壮十余万与晏诣邺。垂大悦曰："汝兄弟才兼文武，足以继先王之志矣！"慕容泓为秦北地长史，闻燕王垂攻邺，亡奔关东，收集鲜卑，还屯华阴，其众遂盛，自称雍州牧。

秦王坚闻知泓叛，谓权翼曰："不听卿言，使鲜卑至此，关东之地，吾不复争,将若泓何?"言讫,乃使广平公苻熙镇蒲坂。征巨鹿公苻叡都督中外诸军事,配兵五万,以窦冲为长史,姚苌为司马,前来讨泓及垂。三将领命,即出领兵,苻叡谓姚苌等曰:"今主上令吾等讨慕容垂、慕容泓、慕容冲三人,可讨何处为先?"姚苌曰:"慕容垂兵多将广,连有邺都之地,已称王号,士民归附,难以动摇;慕容泓据有华阴,甚得众心,民为之用,军为之力,亦难动之;慕容冲军马新集,民心未归,不如乘此先讨,必然破之。再以得胜之兵,去讨华阴,亦可得。再举攻邺,邺孤,亦可下矣!"叡曰:"卿言有理。"于是率兵将进平阳,与慕容冲寨只隔二十余里下寨。姚苌谓窦冲曰:"慕容冲欺我远至劳力,今夜必然来劫吾寨,其城必虚,君可以兵五千,抄小路去其城后,待其兵离了,然后乘虚杀入,可得其城。"冲从之,即率兵抄小径,去平阳城外埋伏了。姚苌亦与苻叡,各以兵埋伏寨外,只待慕容冲来。

却说慕容冲闻报事军人说:"秦兵在城二十里外屯扎。"慕容冲谓左右曰:"今秦兵远来,必然劳逸,正好劫寨。"左右曰:"姚苌颇知兵法,恐有准备。"冲曰:"匹夫仗血气之勇,有何谋策?只管依我而行。"至晚,传令叫军人黄昏造饭饱食,一更出城,二更去劫秦营。三军得令,至黄昏俱各饱食,全身披挂,人衔枚,马勒口,至一更尽,开南门而出。三更左侧慕容冲兵至寨前,冲令三军鼓噪呐喊杀进,直入中军,却是空寨。慕容冲急勒马时,忽听得一声炮响,四边喊起,左边苻叡杀出,右边姚苌杀来,两下夹攻,杀得冲兵损其大半。慕容冲拼命杀出重围,走回平阳。平阳已被姚苌使窦冲率兵抄小路至平阳城下埋伏,一见慕容冲以兵出城,离了十里之程,窦冲使军人各将云梯三百余只架在城上,五百余人齐登入城,将守门军人杀了,砍开城门,外军直入,屯于城中。及至天明,慕容冲大败而回,至城下见城上皆是秦兵旗号,不敢入城,自思上天无路、入地无门,乃忙领百余骑逃奔华阴,来投慕容泓。泓曰:"闻弟在山东聚义,如何至此?"冲曰:"弟在平阳聚众至三万人,被姚苌破之,无处安身,来投贤兄。"泓曰:"汝既来投,吾何见却?弟宜尽忠,同讨强秦。倘得天下,与你平分。"言讫,以慕容冲为前锋将军,率兵二万出屯城外,以为掎角之势,待拒秦军。

却说苻叡用姚苌之计破了慕容冲,得平阳城,安抚百姓,分兵去守,遂领兵长驱大进,杀奔华阴郡来。慕容泓正欲起兵向长安,忽探事军人回报苻叡兵将至,乃使谋臣高盖来帮慕容冲,以兵拒迎。高盖领命出城,来见慕容冲曰:"今主公遣某同将军拒敌，将军还有计否？"冲曰："吾却无计，正欲问君。"高盖曰："依愚之策，前面有穷崖谷，可以伏兵。将军可以五千精兵伏其处，吾以二万兵诱敌，待苻叡过穷崖谷了，将军兵出而击之，吾勒兵杀回，两下夹攻，苻叡可擒矣。"冲曰："此计正合我机。"于是慕容冲依其计，即以五千精兵埋伏于穷崖谷，使高盖率兵二万，出华阴界口诱敌。

却说苻叡引兵去华阴界口，前兵报有敌兵拒住，不得往行。苻叡曰："慕容泓以谁人为将？"探事军人报："是平阳杀败的慕容冲领兵拒迎。"苻叡曰："只管杀去。"前军得令，杀将过去。敌兵见秦兵来，不敢交锋，尽皆溃逃，穿山渡岭而走。苻叡一见，传令三军，尽力去赶。姚苌曰："前面穷谷，恐有埋伏，不可去追。始间拒兵不战而走，宜防暗计。"叡曰："慕容冲无谋之辈，有甚高计？追之无妨。"因此秦兵鼓噪大喊，连追十里之程，前军立住不行，叡问之，报曰："后面大队军马拦住隘口。"言未毕，前面高盖驱兵杀回，苻叡使姚苌出阵迎敌前军。忽然一声炮响，后军喊起，报道："后面穷崖谷中有伏兵杀出。"苻叡大惊，举手无措，忙命窦冲退拒后军。冲即勒马以拒后军。叡方得脱，收兵计点，折去大兵三千人，因是两下相持。

时慕容泓谓诸将佐曰："前日虽胜一阵，秦兵势大，终难为敌，不如奔回关东。"诸将曰："吾兵若退，彼必后追，此事若何？"泓曰："选精锐兵断后。"诸将曰："如此可行。"于是泓自率精骑在后，使老弱先行。苻叡闻泓退，乃自以兵出邀击。当姚苌闻知，急出谏曰："鲜卑皆有思归之志，故起而为乱，宜驱令出关，不可遏也。夫执鼷鼠之尾，犹能反噬于人。但可鸣鼓随之，彼将奔败不及矣。"叡弗从，自以兵出，使窦冲为前锋，与慕容冲交战。两马相交，战未十合，窦冲大败，走回本阵。苻叡见窦冲大败，亲自披挂，拍马走出阵前，与慕容冲战，交马只一合，被慕容冲斩于马下。窦冲见叡死了，亦领部下兵杀出重围而走。秦兵无主，溃逃乱奔。慕容冲挥兵一击，杀死大半。姚苌在前锋闻后军报苻叡被伏兵慕容冲杀了，姚苌大惊，不敢恋战，与左右从骑千余，尽力杀开血路，正遇高盖。二人交锋，战上五合，姚苌拨开军器，拍马加鞭，杀出重围。思量欲回秦，恐秦王苻坚见罪，只得引残兵走奔马牧。西州使长史上书报知秦王坚谢罪，坚大怒，将长史斩之，从人走回，报与姚苌，招集残兵，不敢还秦。

姚苌反秦称后秦

却说西州豪族尹详等率五万家谋叛，闻姚苌至西州，领五万家人，见姚苌曰："某等遭乱离之世，不遇真明之主，徒抱赤心，隐于此耳。今闻明公甚德，乃将门子孙，某等率众前来，主明公为盟主，守此一邦，未睹尊意若何？"苌曰："吾闻卿等乃西州豪杰、马牧英俊，若立盟主，必须立卿。苌乃庸才，因逃难寓此，焉敢夺长也。"尹详曰："吾闻立尊定须立德。公祖德于民，吾故率众推公，公何辞耶？"言讫，详为首下拜，称千岁，十万余人齐声从命。于是姚苌为后秦王，拜尹详为谋事参军，招军买马，积草聚粮，攻讨北边。

却说慕容冲既杀了符叡，同高盖又集军马，屯于城外，乃遣人送书谓秦王坚曰："吾王已定关东，可速备大驾，送家兄皇帝还邺都，与秦以虎牢为界，两下罢兵。"坚见书大怒，召慕容晖责之曰："卿之宗族，可谓人面兽心，不可以国士期也！"因命晖以书诏谕泓、冲二人来降。晖密遣使谓泓曰："吾笼中之人，必无还理，且燕室之罪人也，不足复顾。汝勉建大业，听吾死便即尊位。"泓于是进兵向长安。

却说后秦王苌用尹详计，招众十余万，进屯北地，华阴、新平、安定等郡，皆降附之。秦王坚大怒，自率步骑二万，前来讨苌。秦兵屡败苌兵，屯于安公谷下。军中无井，秦人塞安公谷堰水以困之。苌军有渴死者。会天下大雨，后营中水深三尺，营外寸余而已，后秦军复振。坚叹曰："天亦佑贼乎！"于是苌得活。

却说慕容泓谋臣高盖，见泓德望不如慕容冲，且持法苛峻，因说慕容冲曰："慕容泓非济世之才，吾意欲立将军，将军复有意乎？"冲曰："一身客寄四海，未尝不伤感而叹息！常思鹪鹩尚有一枝，狡兔犹存三穴，何况人乎？北中丰腴之地非不欲之，奈何慕容泓同一宗亲，甚不忍焉。"高盖曰："北州天府之国，非治乱之主不可居也。今慕容泓不能用贤立事，刚而无勇，柔而太弱，此业不久已属他人矣！今天以资将军，此会错失，岂不闻逐兔先得之语乎？将军欲之，某当效死。"慕容冲拱手谢曰："倘天助实出公之所赐也。请暂稍歇，再容商议。"当日席散。次早，高盖又言之，慕容冲曰："既先生有念冲意，从先生计之。"于是高盖密于慕容冲耳畔言曰："今日明公入城，彼必出迎，明公击盏为号，因可杀之。"

冲曰："然。"因此慕容冲与高盖领军归城，慕容泓闻报慕容冲大捷而回，乃引诸从人以果酒在城门内迎贺。时高盖佩剑在前，慕容冲在后而进，见慕容泓持酒在门边，因言曰："托圣兄洪福，幸获此胜，何劳远迎。"泓对曰："得贤弟英勇，大破秦兵，生灵百万无不感激。"因忙举酒与冲。冲接着，做失手击破状，高盖一见，舞刀向前，把慕容泓一刀斩之。泓首落地，诸从皆惊。高盖大叫曰："降者免罪，逆者尽诛！"于是城中诸将吏人，俱各投见拜降，不敢拒命。因此高盖请慕容冲入内，为皇太弟成承制行事，复置百官，遣将差兵攻讨北平。

先是，秦王苻坚灭燕，慕容冲姊年十四，有倾城国色，苻坚纳之为王妃，宠冠后宫。时冲年十二，有龙阳之姿，坚又幸之，因此姊弟专宠，宫人莫进。由是长安百姓为之歌曰："一雌复一雄，双飞入紫宫。"群臣咸惧冲为内乱，时王猛切谏之，苻坚不得已，乃用冲出长安，为平阳太守。又有谣言曰："凤凰凤凰，上于阿房。"苻坚闻之，以凤凰非梧桐不栖，非竹实不食，乃命植梧竹数十万株于阿房城以待之。慕容冲小字凤凰，故有先兆之谶也。

八月，燕将慕容德等进兵围住邺城，城中长乐公苻丕大忧，况且刍粮俱尽，削松木饲马，犹不肯降。燕王垂谓诸将曰："苻丕穷寇，必无降理，不如退屯新城，开丕西归之路，以谢秦王畴昔之恩。"于是燕慕容德等传令三军退趋新城而屯。

却说晋太保谢安上表，请乘胡乱以兵北讨，晋帝读表曰：

先帝深虑胡贼，势不两立，由胡无衅可乘，故不敢征。后陛下继位，岂期苻坚逆天犯境，蒙托臣以讨贼，臣自知劣才之弱，贼众之盛，臣受命之日寝不安席，食不甘味，思惟破秦。陛下天威，洪福所致，将士戮力效命，一击破秦百万之兵，使苻坚丧胆于肥水。鲜卑乱生关东，五胡杂值，俱各以秦之军，食秦之粟，杀秦之兵矣！此乃天厌秦人，故有此兴耳！伏望陛下乘此遣将开拓中原，北方指日可平。

甲申大光九年九月，太保臣谢安谨表以闻，仰于圣听。

晋武帝览表，谓安曰："卿策正合朕心。太保可调拨诸将，以兵起行伐秦。"于是谢安谢恩，即出朝堂，使前将军玄率桓石虔诸将，以大兵二十万来讨河南。河南城堡闻兵至，皆来归附。谢玄领兵入屯河南，分兵戍守，安慰百姓；又遣晋陵太守滕恬之以兵五千，渡河入据黎阳；又遣参军刘牢之以兵二万，入据确磝、滑台。分拨已定，谢玄自以大兵屯驻河南城，使人前去打探消息，待回来报，然后进兵。

苻丕求救于谢玄

却说燕王垂退兵，希长乐公苻丕走去。而苻丕坚守不走，垂大怒，复使车骑将军慕容德等率兵围邺。苻丕见燕兵又至，进退无路，只得固守。及闻谢玄入据河南，心中大惊，急聚将佐商议，忽一人昂然而出曰："殿下休忧，某虽不才，凭三寸不烂之舌，使慕容垂退兵，可保邺都万无一失。"苻丕视之，乃右将军徐成。丕问曰："卿有何高见，可解此围？"成曰："某闻慕容垂祖上光仕晋，晋封为侍中，后慕容俊反晋，自立为燕，至晖被圣父灭之。今垂复称燕，晋人不乐其生，某请兵去说谢玄与殿下联合，同破燕兵，此围自然瓦解。"丕曰："汝且试言说玄之词，与吾听之。"成于苻丕耳边道："如此，如此。"丕然之，曰："其说甚奇。"于是修书一封，使徐成从夜半引五千兵杀出南门，奔河南而来。

次日拜入，说谢玄曰："秦王与晋无仇，只因慕容垂父子切言劝之，以兵犯境，致结肥水之怨，秦王深悔羞焉！不期逆贼计乘吾败，复自称燕，以兵来攻邺城。今长乐公苻丕遣某以邺都之地奉公，乞赐粮米救济军民，再以一军救应，同退慕容垂，情愿领众西归，让邺都、河南还晋，永远和好，誓不相侵。未审尊意若何？"玄曰："既长乐公还我邺都之地，怎不救应？吾以米二千斛，汝可先运赴邺，资给军民，吾后随即点兵来救。"徐成拜谢，运粮先回。

当桓石虔谓玄曰："将军何不坐待慕容垂诛杀苻丕，如何反助粮米与其救兵？"玄曰："汝知其一，未知其二。慕容垂不减韩信之智，有如吕布之勇，今以兵围邺，苻丕困极，吾若不以粮米馈之，不遣军马救之，苻丕势穷，必然降燕，则邺都何年得焉？故吾以军粮救应苻丕，使其同吾杀退慕容垂。苻丕势弱，安敢失信，定要西归，唾手可得邺城，河南之地十有九矣。"诸将曰："将军神见，我等不及。"于是玄召参军刘牢之至，曰："汝可以二万兵，前去助苻丕破燕。"牢之从之，即以二万兵来救邺城。

却说徐成运米二千斛近邺,使人先入城报知苻丕。苻丕以兵出接粮米入城,徐成以兵断后,杀散燕兵,亦入城去。苻丕问曰:"虽得粮米,可支数月,未审救兵何日得至?"徐成曰:"只管坚保城池,以待救军。"于是苻丕令军人昼夜固守之。燕慕容麟攻博陵,城中粮竭矢尽,功曹张猗恐城破,逾城出,聚众五百以应麟。王兖临城责之曰:"卿是秦民,吾是卿君,卿起兵应贼,而号义兵,何名实之相违也?古人求忠臣,必于孝子之门,卿母在城,弃而不顾,吾何有焉。今人取卿一时之功,则可矣,宁能忘卿不忠不孝之罪乎!不意中州礼仪之邦,乃有如卿者也。"麟怒,身先攻拔博陵,执兖杀之,军民皆恨。

慕舆文杀刘库仁

却说平城太守慕舆文,乃慕舆句之子也,闻苻坚败于肥水,及慕容垂称尊号自立,乃招集兵马,来攻刘库仁。库仁大怒,点起军马,与慕舆文交战。二人交锋,战二十余合,库仁被慕舆文斩于马下。刘眷见兄库仁被杀,舞大捍刀,拍马来奔慕舆文。文又与眷相战,战上三十余合,不分胜负。刘显见叔赢不得慕舆文,持枪前来夹攻。文抵挡二人不住,拨开军器,勒转马头便走。刘显驱兵一击,杀得慕舆文之兵大败,逃回平阳去讫。

刘库仁既死,其子刘显杀退慕舆文,寻讨刘库仁尸首葬埋讫。库仁弟刘眷代领其众,刘显心甚不愤,暗藏利刃,入内室刺杀其叔刘眷,自领诸部。刘显既领其众,恐皇孙拓跋珪长成复业,乃谓左右林茂、王霸曰:"拓跋珪年已长成,后必为乱,吾欲杀之,恐秦王见罪。吾甚忧患,汝有何计?"林茂曰:"斩草不除根,萌芽依旧发,吾甚虑此。既要害珪,不诬其谋叛,何以杀之?不如先杀拓跋珪,然后直奏珪谋反。吾已杀之,将军有何罪焉!"显然之。茂又曰:"此地常例,每年聚会诸部众官。今期已迫,来日将军使人往请诸部大人赴会,就请拓跋珪同至,若来赴会,留而杀之。"显曰:"其计善矣。"于是刘显使人请各部官将赴会,又差人来独孤部请拓跋珪。

珪收拾赴会。燕凤曰:"愚意刘显有害小主公之意,故今来请赴会。"贺讷曰:"何以知之?"凤曰:"新杀亲叔刘眷而夺此位,恐小主公成人后来取位,故有谋害之心。"讷曰:"虽有此计,切莫疑心。平阳去此不远,不去反疑。"珪曰:"公之言是也。"张册曰:"筵无好筵,会无好会,主人不可去。"赵俊曰:"某将马军三百人同往,可保主公无事。"珪曰:"子杰同去,何足虑也?"

　　拓跋珪与子杰即日同赴平阳,离独孤百十余里,比及到郡,林茂出郭迎接,意甚谦敬,拓跋珪不疑;随后文武官各出迎接,拓跋圭转无疑忌。是日,请于馆舍暂歇,赵俊引三百军士围绕保护,俊带甲挂剑,行坐不离。次日,入报九部四十五处将官员、刘卫辰皆到了。刘显先请商议曰:"拓跋珪世之枭雄,久必为北州之祸,可就今日除之。"卫辰曰:"恐失士民之望,不可行此。"刘显曰:"吾已密领秦王诏旨在此。"卫辰曰:"如此则先须准备。"显曰:"东门阴山大路,吾已密令宗弟刘和引五千军把住;南门外,已使刘中引三千军把住;北门外,已使刘忠领三千军把住。只有西门不必守护,前有大溪阻隔,虽有数万之兵,不易过也。"卫辰曰:"吾恐赵俊行坐不离,难以下手。"显曰:"吾已伏五百兵在城内了,可使王威另设一席于外,以待武将,先请住赵俊,后可行事,吾已安排定了。"

　　当日,杀牛宰马,大设宴饮,请拓跋珪。珪与众官皆至堂中,拓跋珪主席,诸公子两边,其余各依次坐。赵俊带剑立于其侧。酒至三巡,王威入请赵俊赴席,俊推辞不去,珪命去,俊出就席。刘显在外,收拾铁桶相似,三百军都赶归馆舍,只待半酣,号起下手。正值王霸把盏,至珪前,以足履珪之足曰:"请更衣。"珪会其意,待霸把遍盏,推起如厕。王霸已于后园等待,珪入,谓曰:"城外东南北皆有军马,惟西可走,使君急从后遁去勿迟。刘显已定计害君多日矣。"拓跋珪大惊,急解马开后园门,飞身上马,不顾从者,望北而走。把门吏问之,珪曰:"吾不胜酒力矣,挡之不住,故先回耳。"时刘显抬头不见拓跋珪在座,便遣林茂去追。茂上马,唤五百马军即便赶之。

　　却说拓跋珪出西门,行到大溪,幸有艇船,急上艇船,将金篦头雇艄人撑过江,上岸而走去了。刘显赶到溪边,不见拓跋珪,只得还城。俊饮酒间,忽见人马转动,急入观座上,不见拓跋珪,大惊,急出投馆舍,听得人说刘显引军追拓跋圭出门去了。因此火急抄枪上马,引三百军出城,迎见林茂问曰:"吾主何在?"茂曰:"使君逃席,不知何往。"赵俊是个谨细的人,不肯造次,遍观军中,并不见动静,前望大溪相隔,别无去路。赵俊曰:"汝请吾主,何故着军马围绕?"茂曰:"九部四十五处将官僚在此,吾为上将,岂可不防护也?"俊曰:"汝逼我主何处去了?"茂曰:"吾听知匹马出门到此,不知何处去了。"因此赵俊忙讨船引三百人渡赶五里之路,追着拓跋珪,保护得还本部,来见贺讷,细说刘显谋害之事,及得王霸救回之言。讷曰:"既刘显起此不仁,汝可招军马,以待迎敌。"于是拓跋珪始招军买马,积草聚粮,礼贤纳士,聘旧大臣,不半岁,积得精兵二十万人,自是威名日盛,刘显不敢攻焉。

姚苌以兵攻新平

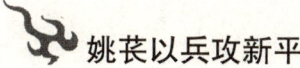

后秦王姚苌闻慕容冲攻长安,会群僚议进止之策。诸将皆曰:"宜先取长安建立根本,然后经营四方。"苌曰:"燕人因其众思归以起兵,若得志,必不久留关中。吾当移屯岭北,广收军实,以待秦敝燕去,然后拱手取之耳。"言讫,乃留长子兴守北地,自将其众攻新平。

初,新平人杀其部将,秦王坚缺其城角以取之,新平人深以为耻,欲立忠义以雪之。及苌至,太守苟辅欲降,郡人冯杰等谏曰:"昔田单以一城存齐,今秦犹连城过百,奈何遽为叛臣乎?"辅喜曰:"此吾志也,但恐久而无救,郡人横被无辜。诸君能尔,吾岂顾生哉!"于是凭城固守。后秦兵至,为土山地道攻,辅亦于内为之,或战地下,或战山上,后秦之众死者万余人。苟辅乃诈降以诱苌,苌信之,将入城,诸将士告有诈,始觉之而返。辅伏兵邀击苌,几获之,得尹详引兵来救,因此又杀去万余人矣。太守苟辅坚守以拒后秦,粮竭矢尽,外救不至。后秦王苌使人谓曰:"吾方以义取天下,岂仇忠臣耶?卿但率众还长安,吾只欲得城耳。"辅率民出,苌执而坑之。

高盖谋立慕容冲

乙酉,十年(秦王苻丕大安元年,燕二年,后秦白雀二年,西燕主慕容冲更始元年,西秦王乞伏国仁建义元年。旧大国三,新大国一,小国一,凡五僭国),高盖诸将立慕容冲为帝,都于阿房,国号西燕,改元为更始元年。西燕王冲以高盖为大将军,总督内外诸军事,以蔡文为右将军,起军二十余万。西燕王冲自与高盖、蔡文大发兵马，御驾亲来攻讨长安。时翟斌恃功骄纵，邀求无厌；又以邺城久不下，潜有贰心。太子宝请除之，燕王垂曰："河南之盟，不可负也。若其为难，罪由于斌。若事未有形而杀之，人必谓我忌其功能。吾方收揽豪杰以隆大业，不可示人以狭，失天下之望。借彼有谋，吾以智防之，无能为也。"斌果密与秦长乐公丕通谋，事觉，垂乃杀之。

秦遣姜让责燕王

晋刘牢之兵至邺，后燕王慕容垂已知苻丕求救于谢玄，遣刘牢之以兵二万来，遂谓诸将曰："今谢玄以刘牢之将兵二万，来救邺围，若待其至，前后受敌，难以取胜，必须以计破之。"随召慕容农至曰："你可领五千兵，埋伏于城南六十里内小林山左埠后，待晋兵到，放火烧山，彼兵必乱，乘乱击之。"又唤崔羌至曰："汝以五万兵分布拒住邺城四门攻之，不可与其出城。"又谓慕容德曰："贤弟可自引一万军，前去诱敌，引晋兵过伏兵之处，尽力杀回。农与卿等夹攻，则牢之必成擒矣。"计议已定，诸将依计而行。至第三日，军至小林山，众军停食。食讫，至日晡时，晋军至大林山前，众军立住报道："前面燕军拦住去路。"刘牢之遂跃马持枪，出奔前军。慕容德手提钢刀，杀过阵来。牢之迎接相战，战上十合，慕容德诈败便走。牢之催军去追，忽听得一连三声炮响，大林山四五处火起，大林后鼓噪喧天。牢之正到山后，丁零杀出，与牢之交锋，战上五合，丁零败走。后军喊起，牢之急问，军人报曰："小林山后有伏兵杀出。"正欲调兵拒敌，前面慕容德杀回，三下夹攻，惊得刘牢之举手无措。丁零又到，牢之又与交斗，斗至十合，丁零又败。牢之拍马加鞭来救后军，正遇慕容农持刀便杀过来，牢之以枪去迎，二人交战。战上二十余合，牢之见晋兵被火烧死大半，回头一看，只余五百余骑，无心恋战，拨开军器，杀出重围，走还碻磝。

却说长乐公苻丕闻晋兵到，与燕交战，乃与徐成议曰："吾守此穷城无益，不如乘晋、燕交兵，杀出退还，再来复邺未迟。"徐成曰："既要还，即收拾军马起行。"丕曰："然。"于是苻丕使徐成为前锋，自为合后，大开西门，领众杀出。正遇崔羌，徐成接战，苻丕领兵冲过，走出重围。徐成与崔羌交战五十余合，见苻丕离城已远,拨开军器,拍马杀出,保护苻丕望长安而逃。

却说后燕王慕容垂见苻丕逃回长安,传令各处收军,自引众官入邺城,调兵戍守各处郡邑,出下榜文张挂,抚慰百姓,招纳流散。

却说秦王苻坚闻燕慕容垂攻邺将陷,复宣侍郎姜让至曰:"今邺被困已久,你可前去说慕容垂,道我待他不薄,如何忘恩失义,来攻邺耶!"姜让领命曰:"臣自见机而说,不敢辱君命。"因此即来邺城。邺城已陷,遂入见慕容垂。姜让厉色责后燕王垂曰:"秦王道与将军风殊类别,臭味不同,奇将军于一见,托将军以断金,奈何王师小败,便有二图?况秦王厚遇于君,何如今日忘恩也?依愚之见,胡不以邺见归,不失封侯之位,以免黎元遭其涂炭耳!"后燕王垂曰:"汝还善言达知秦王,道关中之地乃吾家之基,吾故取之。重蒙知遇之恩,纵长乐公还,吾已报之矣。"姜让见说不行,即辞归。慕容农曰:"姜让妄诞,何不杀之,而与回去?"后燕王垂曰:"古者交兵,使在其间,犬各吠非其主。随其还,何所杀也。"因是随姜让自还去讫。

却说晋孝武帝末年,嗜酒好内,以为长夜之饮。以谢安女婿王国宝专利谀谗,谢安恶其为人,每制抑之。国宝诉于武帝,反用宠幸而疏谢安,安甚惭愧。时武帝排宴会大臣,谢安等侍坐共饮。武帝命江州刺史桓伊吹笛为助乐,桓伊神色无忤,即吹为一弄,乃放笛奏帝曰:"臣于筝分乃不及笛,然亦足以韵合歌管,请以筝歌合并。臣有一奴,名李廷,善笛音妙,乞旨召进。"帝曰:"卿自召进。"于是桓伊召李廷入内吹笛,自抚筝而歌,为怨声,其歌曰:

为君既不易,为臣良独难。忠信事不显,乃有见疑患。周旦佐文武,《金縢》功不刊。推心辅王政,二叔反流言。

声节慷慨,俯仰可观。谢安因泣下沾襟,乃越席而就之,扶桓伊须曰:"使君于此不凡。"帝甚有愧色,复亲谢安而疏国宝焉。

却说谢安闻刘牢之败于邺城,谢玄沾病,乃请武帝出诏,征谢玄收兵还镇京口养病,待瘥复进。因此谢玄收军,即还京口疗疾。

却说慕容晖闻知慕容垂等起兵,遂与诸弟谋议起兵,因与鲜卑之众密结交,待慕容垂兵至,以为内应。事泄,秦王苻坚大怒,使韩晃领禁兵将慕容晖父子及宗族数十人至，坚谓曰："吾敬汝，何如而起此意？"慕容晫曰："家国事重，何论意气。"坚大怒，令人杀之。又杀鲜卑数千人，不存一个。

时值西燕王慕容冲与大将军高盖、右将军蔡文驱二十万大兵至长安，离城二十里安营。次日，整顿军马，来攻长安。苻坚大怒，急自将兵，使韩晃为先锋，以兵五万出迎。西燕王冲使高盖、蔡文二人出军。韩晃出马，与高盖交锋，二人战上三十余合，不分胜负。秦王苻坚见韩晃赢不得高盖，自跃马持枪，向前夹攻高盖。西燕王冲见秦王自出战，又使蔡文出迎秦王苻坚，二人接着，相遇便战上十余合，亦不分胜负。西燕王冲见两军未分胜负，急遣一千弓弩手，各带强弓硬弩出阵前，对射秦兵。秦王苻坚被西燕兵射之，飞矢满体，流血淋漓，因此抵挡蔡文不住，勒马走回入城。韩晃见了箭如雨下，亦走归城，调兵坚守各门。

西燕王冲见秦兵不出，纵兵暴掠，关中士民流散，道路断绝，十里无烟。秦王苻坚大怒，忽左右奏道："城中先有谶书，曰《古符传贾录》，载'帝出五将久长得'。"秦王坚问群臣曰："此书主何吉凶？"群臣奏曰："此书分明道使陛下走出五将山避之，可免此难。"秦王坚谓群臣曰："既如此，当留太子苻宏与韩晃守长安，朕自保家属与卿杀出，奔于五将山避之。"自是诏太子苻宏至，交付与韩晃曰："卿可保太子同守长安，吾与中山公苻诜以兵出奔五将山避之。卿宜尽忠，休负于朕。"韩晃叩头领命，同太子苻宏调兵保护长安。

苻坚避难五将山

却说苻坚与中山公苻诜以兵一万人，开北门，杀出重围，奔走五将山去讫。西燕王冲闻秦王坚走，命诸将休追，发兵攻城，一连攻打五日。太子苻宏大惊，把捉不住，急诏韩晃商议。晃曰："燕兵势大，难以固守。如今长安难保，不如走脱，免被所擒。"宏曰："卿言正合我心。"因此苻宏使韩晃为先锋，领兵至夜开城门，冲开血路而走，去讫。百官文武见太子苻宏奔走，城中无主，百僚亦各逃散。至次日，西燕王冲闻苻宏百官皆逃散，乃引诸将文武百官入据长安，大排宴会，封赏功臣。

却说姚苌因叡被燕兵所杀，惧罪逃于西州，西州豪族尹详推其为盟主，聚得精兵三十万人。忽探事细作军人回报："西燕王冲攻陷长安，秦王苻坚逃在五将山避难。"当尹详言于姚苌曰："此乃天灭秦也，明公不可错过。今苻坚来五将山居，此处又无城郭，极易于攻。明公火速遣将，以兵围住五将山，将秦王苻坚擒来，天下大定矣！"姚苌曰："君言虽是，奈秦王是我故主，杀之不义。"尹详曰："当今之世，四海鼎沸，若执仁义，则大势去矣！苻坚肯纳王景略之言，必诛慕容垂之首，岂有今日之祸？明公何不察之。"姚苌从之，即唤骁骑将军吴忠至曰："你可率五万铁骑，去五将山把秦王苻坚擒来。吾与尹详引大军，随后接应。"吴忠听命，即出率五万骑，前来岐山县，把五将山团团围住。秦兵大乱，尽皆散走，独秦王苻坚不走，神色自若，坐而待之。俄而吴忠率军打上山来，苻坚不动，被吴忠执之，族属皆被所擒，忠始令鸣金收军，解回陕西。

姚苌执缢秦王坚

却说姚苌与尹详率大势军马来到新平，吴忠将苻坚擒至，解见姚苌。姚苌谓苻坚曰："陛下平素英雄，今日如何被人所执？可将传国玉玺授我，免汝今朝之死。"秦王苻坚瞋目叱苌曰："玉玺已送还晋矣，不可得也！你若弑吾，愿求快刀。"姚苌又曰："陛下何不效为尧舜禅位于我，我必以善待陛下，不亦美乎？"秦王苻坚曰："吾无仁让，汝无德代，圣贤之事奈何拟之。惟求先死，不愿仕伊。"姚苌见苻坚不屈，使人将秦王苻于新平佛寺缢杀之。坚时年四十八，在位二十九年。当中山公苻诜及张夫人并自杀死。

尹详、吴忠二人因劝姚苌上尊号，姚苌始自立为后秦王，改元白雀二年。苌以尹详为丞相，以吴忠为大将军，屯于新平。

却说晋会稽王道子专权，谗谀孝武帝疏放旧臣，太保谢安恐为所谗，思以远害之计，次日乃入朝奏武帝曰："广陵丑囚不时盗乱，臣请兵出镇抚之。"孝武帝曰："卿乃国之元老，朕欲委以朝议，不可远离，朕使别将去守之。"安曰："会稽王道子有公辅之量，必能安抚社稷，何用臣为？"因此武帝不得已与兵二万，与谢安出镇广陵。

却说谢安出镇广陵，造筑新城，领家属，尽来居之。又筑埭于城北。偶染疾，笃，唤子孙谢琰、谢琨至卧所，谓曰："昔桓温在时，吾尝惧不全。忽梦乘桓温之舆行十六里，见一白鸡。吾想乘温舆者，代其位也。行十六里止者，今经十六年也。白鸡主酉，今年太岁在酉，吾疾必不起也。汝等尽忠王室，勿怀异望，负吾所志也。"言讫而薨。于是谢琰等合室举哀，收殓埋葬，使人入报朝廷。孝武帝闻知谢安已薨，乃下诏谥曰"文靖公"。先是筑新城，又筑埭于城北，后人追思之，取名为"召伯埭"。安少有盛名，时多爱慕。乡人有罢中宿县者，还诣谒谢安。谢安问其归资，乡人答曰："止有蒲葵扇五万，钱无一文。"安乃取其扇中者捉之，京师之士庶竞市，价增数倍，因此乡人得利无极。

却说孝武帝见太保安薨，乃以会稽王司马道子录尚书事，孝武帝朝夕与道子饮酒食肉，不理朝政，百姓无不怨之。

却说长乐公苻丕守邺，被后燕慕容垂所攻，走出，西赴长安。入至晋阳，人报知长安不守，秦王苻坚已死，苻丕号啕大哭，而为发丧。徐成等上言曰："既秦王崩世，殿下宜即大位，以安众心。收集散亡之卒，以举中兴。"丕从之，乃即皇帝大位，都于晋阳，以徐成为大都督，命其招集诸镇。

却说后燕王垂既得邺都，百姓溃散，城中空虚。至十二月，与群臣商议迁都，都于中山，乃即皇帝大位，国号后燕，改元建兴。

吕光还国夺西凉

却说秦都督吕光既平龟兹国，又得鸠摩罗什，有留恋龟兹之志。罗什劝之曰："龟兹国王现在西地，土民归之，君若不思东还，诚恐兵至，死无葬身之地矣！"光曰："尔之言甚堪听之。"因此吕光始传令三军，以骆驼二万余头及外国所进珍宝，并殊禽怪兽千有余品、骏马万余匹，收拾东还。

兵至宜木，凉州刺史梁熙与众闭门拒之。高昌太守杨翰曰："光新破西域，兵强气锐，闻中原丧乱，必有异图，若出流沙，其势难敌。高梧谷口，险阻之要，宜先守之而夺其势。彼既穷渴，可以坐制；如以为远，伊吾关亦可拒也。度此二厄，虽有子房之策，无所施矣。"熙不听。美水令张统曰："行唐公洛，上之从弟，勇冠一时，若奉为盟主，以率群豪，则光虽至，不敢异心。资其精锐，东合四州，扫凶残，宁帝室，此桓、文之举也。"熙又不听，而反遣人杀洛于西海。吕光闻翰谋，惧不敢进。杜进曰："熙文雅有余，机鉴不足，终不能用，宜及其上下离心，速取之。"光至南昌，翰以郡降。至玉门，梁熙移檄责光擅命还师，遣其子胤率众一万拒之，光破擒之。武威太守彭济执熙以降，光杀之。入姑臧，自领凉州刺史。郡县皆降，独酒泉西郡宋皓、宋泮城守不下，光攻而执之，责泮不降。泮曰："将军受诏平西域，不受诏乱凉州，梁公何罪而将军杀之？泮今被执，不能报仇，主灭臣死，固其宜也。"光皆杀之。主簿尉祐奸佞倾险，与济同执熙，光宠信之，祐譖杀名士十余人，凉州人由是不悦。

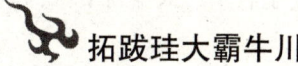 拓跋珪大霸牛川

丙戌，十一年（秦王苻登太初元年，燕建兴元年，后秦建初元年，西燕慕容永中兴元年，魏太祖道武帝拓跋珪登国元年，凉王吕光大安元年。旧大国四，西秦小国一，新大国一、小国一，凡七僭国），却说乞伏国仁聚众一十余万，占据关西，自称为秦、河二州牧。

史臣曰：夫天地闭，大祲生，云雾屯，群凶作。自晋室构孽，胡兵肆祸，封域无纪，干戈是务。国仁，阴山遗噍，难以义服，伺我阽危，长其陵泰。向使偶饮明之远，遭雄略之主，已当褫魄沙漠，请命藁街，岂暇窃据边郊，经纶王业者也。

却说拓跋珪年二十余岁，张恂上言曰："大王春秋既茂，宜收中土士庶之望，以建大业，何必久居人下乎！"珪然之。燕凤等大会文武于牛川，立珪为王。招集旧臣，聚纳亡命，威名稍震，谓旧臣燕凤等曰："吾志在天下，恨力未及，不能复先王之志，心甚耻之。卿等有何远策，请为教之？"凤曰："殿下欲袭王位，秦王已灭，为燕所有。为今之计，莫若使人以殿下亲者，与燕王慕容垂为质，请命为王，愿为燕藩，然后乘此聚兵积粮，则大业复成矣。"拓跋珪曰："卿之高谋，符合我意。"因是珪使参军叔孙建领其叔王拓跋觚入燕，朝见后燕王垂，奏称："北代王皇孙拓跋珪以叔秦王拓跋觚为质，请命复祖王位，愿为燕藩，年纳岁币。"燕王垂曰："既拓跋珪称藩于朕，朕何不允，吾即遣使立之。"于是留秦王觚为质，复命使与叔孙建还北，立拓跋珪为代王，由是叔孙建回。自此以后，听从

燕命。

次日，代王痛恨刘显，代王珪使燕凤为前锋将军，自为后军，以兵二十万来讨刘显及刘卫辰。刘显闻军人飞报："拓跋珪自为代王，今以兵来报前仇。"刘显即时使人报刘卫辰，会同点起军马，出奔邑城来迎敌。时两军相遇，北代王使南部大人长孙嵩出马与刘显交战，刘显舞刀便砍，长孙嵩持枪便迎。二人战上二十余合，刘显气力不佳，勒马走回本阵。代王珪挥兵一击，杀得刘显之众大败，十停没去九停。刘显见代兵势强，乃引百余骑走还原部，避于西阴。代王以得胜之兵，来攻刘卫辰。卫辰得刘显书，知代王珪来，先起军五万，来迎代军。当时两军相遇混战，卫辰亲自出马，叔孙建持刀去迎。二人交锋，战上十合，卫辰被建斩于马下。代王挥军一击，杀死刘兵大半，余兵望风溃散。代王珪始令鸣金收军，入据新平城，尽收刘卫辰家属，皆斩之，只走了卫辰子刘勃不见。

却说蠕蠕王柔然作叛，来寇朔方，代王拓跋珪闻知大惊急回，使左长史张衮领兵为前锋，自为合后，共率兵十万，来讨蠕蠕。蠕蠕柔然亲自出马。张衮以兵连追三百里，以粮尽收军，见代王拓跋珪曰："蠕蠕柔然远走，况又粮尽，不可久离，宜振旅还都。"代王珪曰："蠕蠕以柔然不时为患，正宜乘其大败破之，不然后又再至。虽则粮尽，可杀副马为食，亦足三日之粮乎！"衮曰："足充矣。"代王珪曰："若足，可杀副马为食，率兵追之。"于是衮从之，与代王珪杀副马为粮。星夜连追六百里，至广漠赤池南林山下，赶着蠕蠕柔然。蠕蠕柔然见追兵至，勒马回来与张衮交战，未及三合，蠕蠕柔然之众各自溃散，衮乘势驱军掩击破之，杀得蠕蠕柔然只余百余骑，走还阴山去讫。代王珪始鸣金收军，领众还都，因问张衮曰："卿曹知我前说三日粮乎？"衮曰："未知。"代王珪曰："蠕蠕奔走数日，畜产失饮，至水必留，计其道程，三日足能追及。遂率轻骑奔追，出其不意，彼果惊散，故得破之。"时诸将咸曰："大王圣策，臣非所及也。"张衮亦谓众曰："主上天资杰迈，必能囊括六合。夫遭风云之会，不建腾跃之功，非人豪也。汝等诸君，可效忠力，早立大勋也。"诸将曰："无不效命。"因此代王得取诸部马邑之地，于是诸部士民复归代王珪焉。

却说西燕左将军西延与前将军段随议曰："今燕王慕容冲骄佚日甚，臣民不安，何如得也？吾与君百战疆场，侥幸得其京畿，汝今为帝，不顾我等功臣，而日为宴乐。吾欲杀之立君，君肯受其位否？"随曰："以臣杀君，大不义也，吾不欲之。"西延曰："君不从，久必有灭族之患。"随曰："吾无罪过，屡有大功，何如到此？"延曰："韩信功高天下，死于未央，君何不知？"随被西延一语之激，遂从之，因曰："从卿之议。"于是次日早朝，西延领兵五百人，拥入前殿。燕王冲正登宝座，被西延执下杀之。就推前将军段随上座，谓曰："慕容冲饮酒淫乐，不堪为主，吾故杀之。今前将军段随有仁有德，可为燕主，汝等大臣各宜山呼。"时群臣惊得面如土色，各无对言。忽班部中之将军慕容永高声叫曰："西延、段随二人故弑君父，愿随杀此不仁之贼者，与我同行。"言讫，即入内去。众文武齐声应曰："愿同将军杀此弑君之贼。"因此俱各不肯山呼，奔入后宫，各取兵器，杀出前殿。慕容永持刀出奔西延。西延接过军人手中蛇矛来迎。二人步战，战至五合，慕容永砍杀西延。段随见西延死了，自料其事不成，乃引五百甲士，杀出内门，引部下之兵出城，逃奔外国去讫。慕容永见段随走了，恐其为患，率鲜卑男女一万人离长安，而往据河东。慕容冲之旧臣推永为河东王，招集离散之兵，要复旧号。因是长安空虚，无人守之。

却说后秦王姚苌闻慕容永以众出往河东，长安空虚，乃领文武百官士民人等，离安定徙都长安，即皇帝大位，国号大秦。立其子姚兴为皇太子，改元建初，改以长安为常安。礼聘先秦旧臣，同辅国政。因此权翼等亦被请至，姚苌拜为太常。姚苌性简率，群下有过，常面辱骂。时权翼谏曰："陛下弘达自任，不修小节，有高祖之量，然轻慢之风所宜除也。"后秦王苌曰："此吾之性也。吾于虞舜之美，未有片长；汉祖之短，已收其一，不闻谠言，安知过也。"自是苌始改过焉。

却说西燕河东王慕容永闻苻丕称帝于邺，乃问右将军胡仁曰："吾闻苻丕称帝据邺，欲攻讨之，卿议可否？"仁曰："苻丕兵不满千，将无百人，若讨之如探囊取物，手到便擒，何难之有？"永曰："依卿所料，必可得也。"于是慕容永使胡仁为将，自为后队，引兵二万杀奔邺来，直至城下下寨。苻丕大惊，次日自为将，点军一万，出城与永交锋。二人战不五合，苻丕抵敌慕容永不住而走，至南被晋将冯该以兵出迎斩之，其兵俱各溃走。慕容永收兵入城，见内空虚，不堪居止，乃领众进据长子城。胡仁劝其即位，永始据长子城为都，即皇帝大位，复号西燕。

八月，枹罕诸氐以河州刺史卫平衰老，议欲废之。会七夕，卫平宴诸氐，啖青抽剑而前曰："天下大乱，非贤主不可济。卫公老矣，宜返初服。狄道长苻登，王室疏属，志略雄明，请共立之。有不同者，即下异议。"青乃奋剑攘袂曰："不从者，将斩之！"众皆从之。于是推登为雍、河二州牧，率众五万下陇，攻南安，拔之。称为南安王。十月，秦南安王登，乃丕之族子，闻苻丕被害，代为发丧行服，率其部下大将王城等，乃立坛于陇东，招集离散，谋集秦之旧臣军士，复以苻登即皇帝大位，国号大秦。改元太初元年。

初，凉州张天锡，秦攻之败而南奔也。秦长水校尉王穆匿其世子张大豫，与俱奔河南。至是魏安人焦松聚兵迎大豫，攻拔昌松，进逼姑臧。王穆曰："石光城完粮足，甲兵精锐，不如席卷岭西，厉兵积粟，然后东向，不及期年，光可取也。"大豫不从，乃自称凉州牧。使穆说谕岭西诸郡，皆起兵应之，保据杨坞而已。

三月，燕王垂欲迁文明段后于别室，而以兰后配享太祖，议者皆以为当然。博士刘详、董谧曰："尧母为帝喾妃，位第三，不以子贵陵姜嫄，文昭后宜立别庙。"垂怒，逼之曰："何如不可？"详、谧曰："主上所欲为，无问于臣。臣按经奉礼，不敢有贰。"垂乃不复问，而卒行之。又以可足浑后倾覆社稷，追废之，尊烈祖昭仪段氏，为景德皇后，配享太庙。

代王会议国号魏

丁亥，十二年（秦太初二年，燕建兴二年，后秦建初二年，魏登国二年），春正月，却说秦王登立世祖苻坚神主于军中，载以辒辌，卫以虎贲，凡所欲为，必启主而后敢行。兵五万，东击后秦，将士皆刻锋、铠为"死休"字，每战以剑梢为方圆大阵，知有厚薄，从中分配，故人自为战，所向无前。苻登既克南安，夷夏归之者三万余户。遂进兵攻后秦王姚苌之弟姚硕德于秦州。苌闻知，自以兵五千往救之。登与苌战，苌大败之。啖青以弓射苌，中苌臂上。苌乃走保上邽城，硕德统其众以拒之。秦尚书寇遗保渤海王苻懿自下杏城之败，走来南安，见南安王苻登。登大悦，即与诸僚议，要立懿为主。懿乃丕之子也。诸将曰："渤海年幼，未堪多难，非大王不可为也，何必让之！"于是登自即大位，而置百官，遣使以苻纂为大司马，封鲁王。初，纂自长安奔晋阳，襄陵之败奔杏城，至是秦主登遣使拜纂为大司马，封鲁王。纂怒曰："渤海王先帝之子，南安王何以不立而自立乎？"长史王旅谏曰："南安王已立，理无中改。今寇虏未灭，不可宗室中自为仇敌也。"纂乃受命。于是卢水胡彭沛谷、新平羌雷恶地等，皆附于纂，有众十余万人。

却说济北太守温详屯东阿，燕王垂观兵河上，分兵击之。详奔彭城，其众皆降。垂以太原王慕容楷为兖州刺史，令其以兵镇之。

初，垂在长安，秦王坚尝与之交手语。冗从仆射光祚言于坚曰："陛下颇疑慕容垂乎？垂非久为人下者。"及燕取邺，祚奔晋，晋以为河北郡守。至是，惧燕势大，不敢拒战，又诣燕军降。垂见之，流涕曰："秦主待我深，吾事之亦尽，只为公进谍言，秦王猜忌，吾惧死而负之，每一念之，中宵不寐。"祚亦悲恸。垂赐祚金帛，祚辞。垂曰："卿复疑耶？"祚曰："臣昔者惟知忠于所事，不意陛下至今怀之，臣敢辞死！"垂曰："此卿之忠，固吾之所求也，前言戏之耳。"待之弥厚。

时垂之子慕容柔，及孙慕容盛及会，皆在西燕。当长子盛谓柔、会曰："主上中兴，东西未一，吾属居嫌疑之地，为智为愚，皆将不免。不若以时东归，无为坐待鱼肉也。"遂相与亡归见垂。垂问长子人情如何，盛曰："西军扰扰，人有东归之志，若大军一临，必投戈而来，若孝子之归慈父也。"后岁余，西燕果杀垂子孙无遗者。

却说代王拓跋珪大会文武，商议国号。当清河郡武城人崔宏上言曰："三皇五帝之立号也，或因所生之土，或以封国之名。故虞、夏、商、周始皆诸侯。及圣德既隆，万国宗戴，称号随本，不复更立。惟商人屡徙，改号曰殷。然犹兼行，不废始基之号。国家虽统北方广漠之土，逮于陛下，应运龙飞，虽曰旧邦，受命惟新。以是登国之初，改代曰魏。慕容永亦奉进魏号。夫魏者大，名州之上国，斯乃革命之征验，利见之玄符也。臣愚以为宜号为魏也。"因此代王从之，自是改为魏国，称为魏王。代王拓跋珪既改称为魏王，因问群臣曰："治天下之道，何者最善，可以益人神智？"尚书右兵中郎李先上曰："惟经书，三皇五帝政化之典，可以补王者神智。"魏王珪曰："既若此，朕集天下书籍如何？"先曰："陛下欲聚亦不难。"于是魏王大集天下经籍。是时后秦王苌遣太子姚兴寇魏，军至柴壁，报入魏来。魏王珪问先曰："今后秦主遣太子姚兴寇境，朕欲自以兵去讨，卿有何策，可教寡人？"先上计曰："兵以正合，战以奇胜。今闻姚兴欲屯兵天渡，利其粮道。大王以兵及其营前，可遣奇兵以邀天渡，柴壁左右严设伏兵，备其表里，姚兴欲进不得，住又乏粮，夫高者为敌所栖，深者为敌所囚，兵法所忌。今兴居之，可不战而取也。"魏王珪从其计，命叔孙建以奇兵五万，先入天渡邀兴战，又使长孙嵩、张衮二人各以兵二万，埋伏柴壁左右，绝兴粮道。时兴兵大至天渡，与叔孙建战。建诈败，退一百余里。姚兴与尹详等以兵追过伏兵之所，兴欲前进，被叔孙建塞守险隘，不能得入；欲屯住，又被长孙嵩等伏兵绝其粮道。姚兴势穷，乃率大众杀出，退后还都，被叔孙建三路兵出，杀得秦兵大败而回，去讫。魏王收兵，重赏李先。魏王珪密有图燕之志，遣兀原公仪奉使至中山，探知虚实。还言于珪曰："燕主衰老，太子暗弱，范阳王自负才气。臣观燕主既殁，内难必作，于是乃可图也，今则未可。"珪善从之。

后秦主姚苌遣姚方成攻拔胡嵩垒，执嵩数之如何不降。嵩骂曰："汝姚苌罪当万死，先帝赦之，授任内外，荣宠极矣。曾不如犬马识所养之恩，亲为大逆，羌辈岂可以人礼期也。何不速杀我早见先帝，取苌于地下治之。"方成怒，斩嵩三段，坑其士卒。方成还后白秦王苌，苌乃掘秦王坚尸，鞭挞剥裸，荐之以棘，坎土而埋之。

吕光考核弑尹兴

戊子，十三年，（秦太初三年，燕建兴三年，后秦建初三年，魏登国三年，西秦王乞伏乾归太初元年），正月，却说凉州刺史吕光闻秦王苻坚为姚苌害，及闻金泽县县令申报，麒麟出于其邑，百兽从之，光以为己瑞，大赦境内，乃自即三河王位，国号麟嘉。

吕光既即王位，命张掖督邮傅曜考核属县，巡察清污。时丘池令尹兴贪赃酷刑，闻吕光使傅曜考核诸县来至丘池，尹兴恐其察报与光见罪不便，乃接入南亭安下，至夜使腹心人刺杀之，以其尸投空井中。傅曜冤魂不散，是夜来托梦于三河王吕光曰："臣乃张掖郡小吏，蒙遣按校诸县，而丘池令尹兴赃状狼藉，惧臣报之大王，杀臣投于南亭空井中，衣服尸骸还在井里。"吕光梦寤而犹见傅曜，久之乃灭。次日，使人去南亭空井中寻讨尸首，果在井中，使人即搬傅曜尸首回报吕光。光大怒，又使人召丘池令尹兴缚至杀之，因是官吏奉职，不敢酷刑。

初，光之定凉州也，杜进功居多，贵宠用事，群僚莫及。时光甥石聪自关中来,吕光问之曰:"中州人言我为政何如?"聪曰:"但闻有杜进耳,不闻有舅。"光由是忌进,使人密杀之。他日与群僚语及政事,参军段业曰:"明公用法太峻。"光曰:"吴起无恩而楚强,商鞅严刑而秦兴。"业曰:"吴起丧其身,商鞅亡其家,皆残酷之致也。明公慕之,岂此州士女所望哉!"光因此改容谢之。

秦王登与后秦战

己丑,十四年(秦太初四年,燕建兴四年,后秦建初四年,魏登国四年,凉麟嘉元年),后秦王苌以秦战屡胜,谓秦军中刻秦王像奉而得秦王坚之助,乃亦于军中立坚神像,祷之曰:"新平之祸,臣为兄襄报仇耳。且陛下命臣以龙骧建业,臣敢违之!"时秦王登升将楼遥望见,大叫谓之曰:"为臣弑君而立像求福,庸有益乎!"因大呼曰:"弑君逆贼姚苌,何不自出,吾与汝决死战!"苌不应。久奉之,以军未有利益,乃斩像首以送秦。至是,秦主苻登留辎重于大界,自将轻骑攻安定。诸将劝苌出与决战,苌曰:"与穷寇争胜,兵家之忌也,吾将以计取之。"乃留兵守安定,夜率骑三万袭登大界,克之,擒名将数十人,掠男女五万口。苻登皇后毛氏,美而勇,善骑射,见后秦兵入其家,犹弯弓跨马,率壮士力战,杀七百余人,众寡不敌,为后秦所执。苌即将纳之为后,毛氏骂且哭曰:"姚苌逆贼,汝已杀天子,又欲辱皇后,皇天后土宁容汝乎!"于是杀之。诸将欲因秦军骇乱击之,苌曰:"登众虽乱,怒气犹盛,未可轻也。"遂止。登来复收余众,屯胡空堡中不出。

却说晋帝既亲政事,威权已出,有人主之量,已而溺于酒色,委政于琅邪王道子。道子亦嗜酒,日夕与帝以酣歌为事,又崇尚浮屠,穷奢极费,所亲昵者皆姏姆、僧尼,近习弄权,交通请托,贿赂公行,官爵滥杂,刑狱谬乱。尚书令陆纳望宫阙叹曰:"好家居,纤儿欲撞坏之耶!"左卫将军许营上疏曰:

> 局吏卫官,仆隶婢儿,皆为守令,或带内职;僧尼乳母,竞迫亲昵,悉受货赂,辄使临官。政教不均,暴滥无罪。且佛者,清远玄虚之神,今僧尼于五诫粗法,尚不能遵,而流俗竞加敬事,以致侵渔百姓,取财为

惠，亦未合布施之道也。

疏奏，不省。道子势倾中外，帝渐不平。侍中王国宝以谗佞有宠于道子，讽八座启道子宜加殊礼。群臣无敢言者。护军车胤曰："此乃成王所以尊周公者。今主上当阳，岂得为此？"乃称疾不署。疏奏，帝大怒，而嘉胤有守。

中书侍郎范宁、徐邈为帝所亲信，数进忠言，皆补正阙失，指斥奸党。国宝，宁之甥也，宁尤疾其阿谀，劝帝黜之。国宝遂与道子谮宁出为豫章太守。宁临登上疏曰：

今边烽不息，而仓库空匮。古者使民，岁不过三日；今之劳扰，殆无三日之休。至有生儿不复举养，鳏寡不敢嫁娶。臣恐社稷之忧，厝火积薪不喻也。

又言：

中原士民，流寓江左，岁久安业。谓宜正其封疆，户口皆以土断。又人性无涯，奢俭由势。今并兼之室亦多不赡，由用之无节，争以靡丽相高故也。礼，十九为长殇，以其未成人也。今以十六为全丁，十三为半丁，伤天理，困百姓。谓宜二十为全丁，十六为半丁，则人无夭折，生长滋繁矣。

帝多纳用之。

宁在豫章遣十五议曹下属城采求风政，并吏假还，讯问官长得失。徐邈与范宁书曰：

足下听断明允，庶事无滞，则吏慎其负而人听不惑矣，岂须邑至里诣，饰其游声哉！非徒不足以致益，实乃蚕鱼之所资，岂有善人君子，而干非其事，多所告白者乎！自古以来，欲为左右耳目者，无非小人，皆先因小忠而成其大不忠，先借小信而成其大不信，遂使谗谄并进，善恶倒置,可不戒哉!足下慎选纲纪,必得国士以摄诸曹,诸曹皆得良吏以掌文案,又择公方之人以为监司,则清浊能否,与事而明。足下但平心而处之,何取于耳目哉!昔明德马后未尝顾左右与言,可谓远识,况大丈夫而不能免此乎!

宁好儒学,性质直,常以王弼、何晏之罪,深于桀、纣。或以为贬之大过,宁曰:"王、何蔑弃典文,幽沦仁义,游辞浮说,波荡后生,使缙绅之徒翻然改辙,以至礼坏乐崩,中原倾覆,遗风余俗,至今为患。纣纵暴一时,适足以丧身覆国,为后世戒,岂能回百姓之视听哉?故吾以为,一世之祸轻,历代之患重,自丧之恶小,迷众之罪大也。"

琅邪王道子恃宠骄恣,帝浸不能平,欲选时望为藩镇以潜制之,问于太子左卫率王雅曰:"吾欲用王恭、殷仲堪,何如?"雅曰:"恭风神简贵,志气方严;仲堪谨于细行,以文义著称。然皆峻狭自是,干略不长,天下无事,足以守职;若其有事,必为乱阶矣!"帝不从。恭镇京口。恭,蕴之子也。

庚寅,十五年(秦太初五年,燕建兴五年,后秦建初五年,魏登国五年),春二月,后秦王苌与秦王登相持日久,心生一计,埋伏兵于壕边,使人持书诈降,迎登入城杀之。于是使人去见秦王登,许接其入城,开门纳之。登将从之,将军雷恶地在外闻知,驰骑见登曰:"苌多诈,不可信也。"登乃止。苌闻之,谓诸将曰:"此羌见登,事不成矣。"登亦以恶地勇略过人,惮欲杀之。恶地窃知,乃降于后秦王苌,苌重用之。秦主登与诸将曰:"后秦姚苌兵势已衰,宜急攻之。"将军魏揭飞曰:"臣请一军攻其后,大王使一人以兵击其前,则苌成擒矣。"登然之。只使飞以兵来攻后秦将姚当成于杏城。将军雷恶地反,欲应之,同攻李润。后秦主苌欲自击之,群臣曰:"陛下不忧六千里苻登,乃忧六百里魏揭飞,何也?"苌曰:"登非可卒灭,吾城亦非登所能卒拔。恶地智略非常,若南引揭飞,东结董成,得杏城、李润而据之,长安东北非吾有也。"言讫,乃潜引精兵一千六百赴之。揭飞、恶地有众数万,氐胡赴之者首尾不绝,见后秦兵少,悉众攻之。苌固垒不战,示之以弱,潜遣骑二百,出其不意,彼兵扰乱,苌纵兵击之,斩揭飞及其将士万余级。恶地复请降,苌待之如初。苌命姚当成于所营之地每栅孔中树一木,以旌战功。岁余问之,当成曰:"营地太小,以广之矣。"苌曰:"吾自行兵以来与人战,未有如此之快,以千余兵破三万之众。营地虽小为奇,岂以大为贵哉!"

时冯翊人郭质起兵于广乡,移檄三辅曰:"姚苌凶虐,毒被神人。吾属世蒙先帝之仁,非常伯、纳言之子,即卿校牧守之孙也。与其含耻而存,孰若陷首而死。"于是三辅壁垒皆应之。独郑县人苟曜不从,聚众数千,附于后秦击质,质走洛阳去讫。

【东晋卷之六】

起自东晋孝武帝辛卯十六年,止于东晋安帝辛丑五年,首尾共十一年事实。

姚苌计退斩苟曜

辛卯,十六年(秦太初六年,燕建兴六年,后秦建初六年,魏登国六年),五月,秦主登及后秦主苌相持,苟曜密使人见秦王登,许为内应。登以兵自曲牢赴之,军于马头原。后秦主苌率众逆战,登击破之,斩其右将军吴忠。苌收兵欲复战,姚硕德曰:"陛下慎于轻战,是以大败。初每欲以计取之,今失利而更前,何也?"苌曰:"登用兵迟缓,不识虚实,今轻兵直进,此必苟曜与之有谋而来也。缓之则其谋得成,故及其未合,急击之,必然胜耳。"遂进兵复战,登大败退屯郿城。秦主登退屯,后秦主苌如阴密以拒之,谓太子兴曰:"苟曜闻吾北行,必来见汝,称彼诈降苻登之事,欲来惑汝,汝执诛之。"苌既行,曜果至长安,兴诛之。苌进兵败登于安定城东,登退据路承堡。苌置酒高会,诸将皆曰:"若值魏武王,不令此贼至今,陛下将牢太过耳。"苌笑曰:"吾不如亡兄有四:身长八尺五寸,臂垂过膝,人望而畏之,一也;将十万之众,望麾而进,前无横阵,二也;温古知今,讲论道艺,收罗英俊,三也;统率大众,人尽死力,四也。所以得建立功业、驱策诸贤者,正望算略中有片长耳。"

壬辰,十七年(秦太初七年,燕建兴七年,后秦建初七年,魏登国七年),春三月,燕主慕容垂以兵五万击翟钊。钊大惊,只以军一万来拒,钊又遣使求救于西燕。西燕主永问于群臣,尚书郎鲍遵曰:"今垂、钊相持,不可与解,使两寇相弊,吾乘其后,此卞庄子之策也。"侍郎张腾曰:"垂强钊弱,何弊之乘!不如速救之,以成鼎足之势。今我引兵趋中山,昼多疑兵,夜多火炬,垂必惧而自救。我冲其前,钊蹑其后,此天授之机,不可失也。"永曰:"遵言是也。"不从腾议。时燕军至黎阳,临河欲济,钊乃列兵南岸以拒之。垂遣别将将兵虚屯为疑,乃自徙营就西津，去黎阳西四十里，计为牛皮船百余艘，伪列兵仗，溯流而上。钊急引兵趋之，垂潜遣王镇等自黎阳津夜以牛皮船济，营于河南，比明营成。钊急还攻垂，垂命坚壁勿战。钊兵往来疲竭，攻营不拔，将引兵退去，镇等率兵出战。慕容农自西津济，以兵夹击，大破之。尽获其众，及所统七郡三万余户。钊奔长子。岁余谋反，后被慕容永弑之。垂以章武王宙镇滑台，崔荫为司马。荫明敏强正，善规谏。宙严惮之，简刑法，轻赋役，流民归之，户口滋息。

却说晋殷仲堪虽有时誉，资望犹浅，到官，好行小惠，纲目不举。南郡公桓玄负其才地，以雄豪自处，朝廷疑而不用，年二十三，始拜洗马。尝诣琅邪王道子，值其酣醉，张目谓众客曰："桓温晚涂欲作贼，云何？"玄伏地流汗不能起，由是不自安，而切齿于道子。后出补义兴太守，郁郁不得志，叹曰："父为九州伯，儿为五湖长！"遂弃官归国，上疏自讼，不报。桓氏累世临荆州，玄复豪横，士民畏之。尝于仲堪听事前戏马，以稍拟仲堪。参军刘迈曰："马稍有余而精理不足。"玄不悦，即出。仲堪谓迈曰："卿，狂人也！玄必夜遣人弑卿，卿宜避之，我岂能相救耶！"堪即使迈避之，玄果使人追之，不及矣。征虏参军胡藩过江陵见仲堪曰："玄志趣不常，即下崇待太过，非计也。"藩内弟罗企生为仲堪功曹，藩谓曰："殷侯倒戈授人，必及于祸，君不早去，悔无及矣！"罗企生遂同藩而还。

燕王老叩囊底智

癸巳，十八年（秦太初八年，燕建兴八年，后秦建初八年，魏登国八年），秋七月，秦丞相窦冲以众叛，自称为秦王，改元元光。秦主登以兵二万讨之，冲大惊，遣人求救于后秦王苌。苌将救之，尹纬言于后秦王苌曰："太子仁厚有闻，而英略未著，请使击登，以显其威。"苌从之，使兴将兵一万，诈言去攻胡空堡。苻登闻之，解冲围，以兵救胡空堡。时兴乃以兵暗袭平凉，大获而归，复镇长安。自是兴名亦振。

十月，燕主慕容垂与诸臣议伐西燕，诸将曰："永未有衅，我连年征讨，士卒疲敝，未可伐也。"范阳王德曰："永，国之枝叶，僭举位号，宜先除之，以一民心。"垂曰："司徒意正与吾同。吾虽老，叩囊底智，足以取之，终不留此贼以遗子孙也。"遂发兵中山，次于邺。

时西燕王慕容永闻之，以兵分道拒守，聚粮台壁，遣兵戍之。既而垂屯军邺西南，月余不进。永疑垂欲诡道由太行入，乃悉敛诸君杜太行口，惟留台壁一军。四月，垂引大军出滏口，入天井关。五月，至台壁。台壁兵少自溃，因此破之。永召太行军回，自将拒之。垂陈于台壁之南，密计遣千骑伏涧下，自战伪退。永众追之，涧中伏兵大发，断其后，诸军四面俱进，大破之。永大败走归长子城。八月，垂兵追至，围长子城。西燕王永困急，使人求救于晋、魏，兵皆未至。西燕将士皆叛，开门纳燕兵。燕主垂执慕容永，斩之。得所统八郡七万余户，勒兵而还。

却说后秦王姚苌梦苻坚持刀砍其头曰："朕待汝不薄，如何谋反害朕也？今日必砍杀你！"寤而惊悸成疾。至十二月，苌疾甚，以众还长安，召太尉姚旻、仆射尹纬等至卧所受遗辅政，谓太子兴曰："有毁此诸公者，慎勿受之。汝辅骨肉以恩，接大臣以礼，待物以信，治民以仁，四者不失，吾无忧矣。"苌言讫而卒。姚兴秘不发丧，自称大将军，欲率众伐秦。

姚兴举兵伐苻登

甲午，十九年（秦主苻崇延初元年，燕建兴九年，后秦王姚兴皇初元年，魏登国九年。是岁，秦及西燕亡，大三小二，凡五僭国），春正月，却说秦主苻登设朝，将军王成上言曰："臣昨闻姚苌身死，其子姚兴僭位，不为发丧，欲来攻我。陛下宜乘其新丧，国内不定，以倾国之兵，先去讨之，可复旧都也。"秦主登曰："姚兴小儿，折杖笞之耳，吾岂惧之？卿可为前部先锋，速出点军，吾自为后队，以兵接应。"于是王成以兵五万为先锋，秦王苻登领军十万为后队，大刀阔斧，杀奔东来。

早有探事军人探知其事，即回长安报知。后秦王姚兴大惊，急问文武，文武失色。班部中忽一人出曰："兵来将挡，水来土掩。彼既来犯我境，陛下可自亲征，则将士用命，何故惊耶！"众视之，乃尚书令尹纬字景亮，天水人也。纬少有大志，每览书传，至宰相立勋之际，常辍书而叹。晚因仕氐人前秦苻坚，为吏部令。后苻坚使其与姚苌同讨慕容弘等，因坚子苻叡被害，苌与尹纬恐秦王坚见罪，逃往马牧。纬与尹详推姚苌为盟主，起兵杀秦王苻坚，劝苌即位。苌以纬为尚书令。是时，姚兴闻苻登领军寇境，心中大惊，而问文武，文武失色。当尹纬出班，请后秦王兴亲征。后秦王从之，以尹纬、尹详为左右将军，起兵七万，来迎苻登。后秦王姚兴自以兵五万为后队，长驱并进而行，大军已至泾阳。秦王苻登大兵将到，两军俱各隔五十里下营。

次日，尹纬使牙门将军龚超领一军出马杀敌。龚超出马，来与苻登大将田双交锋。战不数合，龚超亦被田双斩之。余兵败回，来报尹纬。纬大惊，忙差大将王来、廖嶷二人，引二万兵去战。田双领兵已到，后秦二将引兵迎至。两阵对圆，廖嶷出马，王来把住阵脚。田双出阵，嶷挺枪迎之，两马相交，战到十余合，不分胜负。田双佯输诈败望阵便走，嶷拍马便赶。背后王来料田双是计，慌骤马出阵，大叫休赶。廖嶷忽勒马回时，田双流星锤早到，一锤正中其背，伏于马鞍前鞯。田双便待赶来，却得王来接住，救得廖嶷回阵。田双驱军掩杀，两军混战一场，后秦兵折多，王来引军退回。

廖嶷口吐鲜血，来报尹纬，说田双英雄。尹纬见折了一将，廖嶷又被打伤，急请尹详商议曰："如今田双如此英勇，如何可破？今日之事，非将军莫能敌也。而苻兵锐气正旺，吾兵新败，不可以力，吾欲以计破之，用将军行，方可成耳。"详曰："用何计？我万死不辞。"纬近详耳边道："如此如此，可擒苻登也。"详曰："我即依计而行。"言讫即出，作诈降书一封，差人去降苻登。

却说秦主苻登正坐中军，忽报山路中捉得细作，有机密事特来见大王，误被伏路军捉来。乞退左右，方敢呈言。秦主登尽叫帐下人回避了，其人曰："小人是尹详手下心腹人，蒙本官差遣，有书在身上。"苻登急忙去其绳索，其人于贴肉衣领内拆出密书。苻登看其书云：

马牧尹详百拜谨上大秦主陛下：念臣食秦禄，忝守西州，叨窃厚恩，无门补报。昨者误从姚苌之叛，陷身于不义之中。苌今已死，子兴复位，宠信尹纬之诉，忘却小臣之功。今幸陛下御驾亲至，敬奉此书来降，乞赐听纳：来晚详举火为号，先烧尽姚兴粮草，至夜陛下亲提大军来击，吾以从兵内应，则姚兴成擒矣！非敢立功报国，实欲赎罪，倘沐照察，速须来命。

秦王苻登看书毕，喜曰："是天使吾成功也！"赏其来人再回，依期会合，不可有失。

使人去了，乃唤田双、王成等入内商议。秦王登曰："今尹详暗献密书，举火为号，令朕接应。卿可整备军马，来夜前去。"王成曰："尹纬多谋，能使用人，恐防其中有诈。"秦主登曰："今姚兴宠用详，朕则不信。今反亲任尹纬，详安肯听其使令？卿等勿宜有此疑心，朕自披挂，身先应也。"于是二人不敢违命，即出点兵。

却说使人回报尹详，称说苻登来晚以兵来应。尹详将其言来达尹纬。尹纬喜曰："苻登成擒矣！"遂唤王来、廖巙二人至曰："你二人可引二万军，伏于山南左右交牙谷中，待苻兵过了，可出搬木石，垒断苻兵归路，就将此兵掩回。"又请尹详曰："公引一万兵，伏于寨旁，放火以诱其兵，其兵若到，乘时杀之。"又唤小将刘其至曰："你可引五千兵，待苻兵败回至山南，放火烧其林木，彼兵则乱。吾以兵追捉苻登。"计议已定，诸将各自整点军马，依计而行。

次日，黄昏左侧，秦主苻登留太子苻崇以兵五千守寨，自与田双、王成以兵五万，至一更起行。行至半路，望见前面尹纬寨中火光冲天而起。秦主登曰："可趱行到寨。"因此三军人马赶至寨前，鼓噪直杀入寨中，不见一个人出，只是空寨。苻登连声道："中计！火速退兵！"忽听得一声炮响，寨后尹详驱兵杀出。正遇田双，交马便战，战上十合，田双败走。苻登在先，领兵走还原路，至山南，却见山上火起，烧着林木，苻兵乱窜，被刘其以五千兵乘势杀出，杀死苻兵大半。苻登慌忙单骑走至交牙谷，路皆垒断了，只得再杀回。王来、廖巙引兵从两边谷内杀出。田双紧随保驾而走，又遇尹纬大军拥至。田双舞刀直奔尹纬，尹纬持枪便迎。两马相交，战未十合，田双惊慌，措手不及，被尹纬刺杀于马下。苻登拍马冲走，被尹详背后一箭，正中后心，落于马下，被尹纬赶至，擒住苻登，押回大寨缚住。战至天明，苻登之兵尽被杀之，只走王成不见。尹纬将秦王苻登押至大寨，来见后秦王姚兴。姚兴传旨，将出军门斩之。尹纬方出，传令收军，屯于泾阳，犒劳六军。

却说王成见苻兵被杀过半，料必难敌，乃上山越岭，走回自寨，保太子苻崇走回湟中城。闻秦主登被执杀之，王成恐众散，乃立苻崇为秦王，即皇帝大位，以安众心。由此士民归之，军将未散。

却说后秦王姚兴使尹纬以兵过山南而来，不见苻兵，是空寨，乃回奏后秦王姚兴。姚兴传令收军，振旅复还长安。群臣上贺，立姚兴为后秦皇帝，改元皇初元年。

三河王吕光以秃发乌孤为河西都统。乌孤本鲜卑别种，与拓跋同祖，后徙河西。乌孤雄勇有大志，与大将纷陁谋取凉州。纷陁曰："公必欲得凉州，宜先务农讲武，礼贤修政，然后可也。"乌孤从之。吕光遣使拜乌孤为鲜卑大都统。群下皆曰："吾士马众多，何为属人！"石真若留曰："吾根本未固，大小非敌，不如受以骄之矣，待衅而动，则凉州可得也。"乌孤乃受之。

却说，秦、河二州牧乞伏国仁身死，其弟乾归自立为凉王。闻秦王苻登既死，其子苻崇即位于湟中，乃率部下五万大军，来攻湟中城。王成忙率兵五千出城与战。交马只一合，王成被乾归斩于马下，余兵乱溃。秦王崇见王成死了，自以禁兵出城拒敌，与乾归交锋，亦未上十合，秦王崇被乾归斩之，杀散残兵，乃领众入城。于是陇西之地尽属乾归。乾归始自立为西秦王，改号太初元年。

秦始东晋永和六年庚戌，终于太元十九年甲午，凡七主，共四十五年，到此灭之。

乙未，二十年（燕建兴十年，秦皇初二年，魏登国十年），时会稽王道子专权奢纵。赵牙本出倡优，茹千秋本捕贼吏也，皆以谄赂得进。道子以牙为郡守，千秋为参军。牙为道子开东第，筑山穿地，功用巨万。帝尝幸其第，谓道子曰："府内乃有山，甚善，然修饰太过。"道子无以对。帝去，道子谓牙曰："上若知此是人力所为，汝必当死。"牙曰："公在，牙何敢死！"营作弥盛。千秋居官招兵，聚货累亿。傅平令闻人奭上疏言之。帝益恶道子，而逼于太后。太后不忍废黜。帝乃擢王恭、殷仲堪、王珣、王雅等，谨内外要任以防之，道子亦引王国宝、王绪为心腹。由是朋党竞起，无复向时友爱之欢矣！太后每和解之。徐邈言于帝曰："汉文明主，犹悔淮南。会稽王虽有酣媟之累，宜加弘贷，以慰太后之心。"帝然之，又委任道子如故。

慕容垂举兵伐魏

却说北魏王拓跋珪大集文武，商议安内之策。当叔孙建曰："安内之计，莫若富国强兵，则敌自服，而内始安。今国内狭蹙，兵未十万，粮无支年，若欲安内，必须叛燕，侵取附塞诸郡，方可聚兵。"魏主珪曰："然。奈国内无有良将堪领大兵而攻讨。"建曰："臣举一人，姿气魁杰，武力绝伦，常用丈八蛇矛，每嫌细短，后令匠人大做之犹嫌其轻，复缀大铃于刃下。其弓力倍加常人。以其殊异，代京武库常存而志之。常以稍刺人，遂贯而高举。又尝以一手顿稍于地，驰马伪退，敌人争取拔不能出，被引弓射之，一箭连杀二三人，人皆惧怕。每从先帝征讨，先登陷阵，敌无众寡，莫敢当其锋，因此勇冠当时，乃陛下宗室陈留王拓跋虔也。陛下若用此人为将，征讨诸郡，无不克也。"魏王珪从之，宣陈留王拓跋虔至，谓曰："安平公叔孙建称卿有文武之才，荐卿为将，攻讨诸部。今以兵五万，委卿前去攻讨附近诸部。"拓跋虔曰："臣愿施犬马之劳，去攻诸部，不得其地，不敢生还。"言毕即出，点起军马，来犯燕境。

却说后燕王设朝，近臣奏知北代魏王拓跋珪谋叛，遣陈留王拓跋虔以兵五万犯境。燕王垂闻奏，即宣太子慕容宝、辽西王慕容农、赵王慕容麟至曰："今魏拓跋珪谋叛，以拓跋虔为将犯境，汝可率兵八万，自五原去伐魏王。"散骑常侍高湖谏曰："魏与燕世为婚姻，结好久矣。间以求马不获而留其弟，曲在于我，奈何遽击之？拓跋珪沉勇有谋，幼历艰难，兵精马强，未易敌也。太子年少气壮，必小魏而易之。万一不如所欲，伤威损重。愿陛下图之！"垂怒，免湖之官。垂不听，令慕容宝等领兵起行。

时魏王珪闻知，乃问僚佐。张衮言于珪曰："燕狃于屡胜，有轻我心，宜羸形以骄之，乃可克也。"珪从之，悉徙部落畜产，西渡河千余里以避之。燕军至五原，降魏别部三万余家，收穄田百余万斛，进军临河，造船为济具。

太子宝败参合陂

九月，魏王珪进军临河。燕太子宝列兵在船。将济，风漂其船泊南岸，是以难进，被魏王遣军获擒其甲士三百余人，皆释而遣之。

初，宝之发中山也，燕王垂已有疾，既至五原，魏王珪使人邀截中山之路，不与通其往来，忽垂遣人送书来，被魏王珪人将其使者尽执之。宝等数月不闻垂起居，魏王珪使所执使者临河告之曰："若父已死，何不早归？"宝等忧恐，士卒骇动。宝传令权且退兵。魏王珪窃知，使略阳公遵将七万骑塞燕军之南。

十月，燕太子宝令军烧船夜遁。时河冰未结，宝以魏军必不能渡河，不设斥候。

十一月，暴风冰合，珪闻宝兵退，乃引兵济河，选精锐二万余骑急追之。燕军至参合陂，有大风黑气如堤，自军后来覆军上。沙门支昙猛曰："魏军将至之候，宜遣兵御之。"宝不应。司徒德劝宝从之，宝乃遣赵王麟以骑三万居军后，以备非常。麟亦以昙猛言为妄，纵骑游猎，不复设备。魏军晨夜兼行，至参合陂西。燕军在陂东。魏王珪夜剖分诸部，令士卒衔枚束马口潜进。旦日登山下，临燕营，燕军大惊扰乱。珪纵兵入燕营，鼓噪喧天，燕兵大乱，慕容宝大怒，指挥大小三军，尽力一齐死战。时宝自擎刀在手，引数百骑在后掠阵。却才两军相合，忽然燕兵阵后西南上数百面战鼓齐鸣，宝分后兵迎之。只见张衮一军却从西南上悄悄地杀来，燕兵大乱，魏兵从后掩杀，慕容宝慌退回。时四下魏兵前后掩杀，燕兵大败，慕容宝慌退回寨。其寨已先被叔孙建引兵从后路抄入，夺去诸寨，以兵杀出，因此燕兵无营，心慌自乱，四下受敌，不能抵挡，军皆溃散。慕容宝急来唤慕容麟引水军一齐上岸步战。时正遇叔孙建，交马十合，麟遮掩不住，慕容农舞刀助战。张衮一见，持枪来迎，张衮显平生气力，杀退慕容农。慕容麟见慕容农走，亦不敢战，二人合兵来保太子慕容宝走回水寨。旱寨之兵尽被燕军杀尽，水军亦逃溃一半。当慕容农上言于宝曰："今旱寨已失，水军溃散，难以与敌，不如乘其未定，尽烧战船，领水兵步走，否则成擒。"慕容宝从之，将战船尽放火烧讫，引水军上岸，漏夜步走至西平。忽然前军喊起，慕容宝与慕容农、慕容麟三人拍马奔阵，正遇魏将陈留王拓跋虔以兵拦路。三人各以兵器来战拓跋虔，拓跋虔抖擞精神，全无惧怯，独战三将，三将只好遮拦。正战间，后面大兵赶至，因此燕兵大乱，各自逃生。慕容宝三人见自军奔溃，无心恋战，隔开军器，冲开血路，各自奔去。

时燕军被魏击之，死者以万数，略阳公遵还兵击其前，复擒四五万人。宝等单骑仅免。珪欲释燕臣之有才用者留之，其余悉给衣粮遣还，以招怀中州之人。中部大人王建曰："燕众强盛，不如悉杀之，则国空虚，取之为易。"珪从之，乃尽坑之而还。

燕宝败回见垂，垂大怒。当司徒德言于垂曰："虏以参合陂之捷，有轻太子心，宜及陛下神略以服之，不然将为后患。"垂乃会兵中山，期以明年大举击魏。

燕王凿道去伐魏

丙申，二十一年（燕王慕容宝永康元年，秦皇初三年，魏皇始元年，凉龙飞元年），闰三月，燕主垂留范阳王德守中山，自将兵十万，出屯城外，谓众将曰："前次太子宝以兵从五原而入，致魏人有备。今吾以兵虚声从五原去，彼必尽兵戍守五原，吾以大兵密发逾青岭，经天门，凿山通道，直指云中，先攻平城，出其不意，则珪可擒。"诸将曰："陛下神策，正合臣心。"言讫，垂命三军密过逾青岭，凿山为道，直至云中，魏人不知。

时陈留王拓跋虔镇平城，不觉。垂兵直至城下，措手不及，被垂身先攻城，将士齐登，力攻半日，攻陷平城。虔见燕兵势盛，单马走回。是以魏军败死，燕军尽收其部落而进。时魏王珪闻知，震怖欲走，诸部皆有贰心，珪不知所适。

时垂正过参合陂也，见积骸如山，闻知是太子宝败死之兵，垂为之设祭，军士恸哭，声震山谷，垂惭愤呕血，由是发疾，至此转笃。当慕容农上言曰："今悬军深入，其地无城，陛下龙体不安，倘敌兵拥至，何以拒迎？"后燕王垂曰："卿可提调六军，筑长城西北，据而恃之，可保万全。"因是农调军筑城。城完，后燕王垂疾甚，领诸文武大兵而还至上谷。

却说北魏王拓跋珪闻燕王垂亲提攻兵至平城西北，乃亦提军十五万，来平城拒战，军至平城，燕军退了。

却说后燕王慕容垂疾甚，召太子慕容宝、辽西王慕容农、赵王慕容麟入卧所，谓太子宝曰："吾将命尽，不能复起。我死之后，不可发丧，缓缓而退，魏兵不敢追赶。"又谓农等曰，"朕今不幸，在此而亡。汝等公卿大臣，尽依吾平日定下法度行之，不可改易。吾所用之人，亦不可废之。汝等善事太子，各尽忠荩之志，休怀不义之心。"又谓太子宝曰，"火速还都，不宜延滞。"言讫而崩。慕容垂在位十三年，寿七十一，在此而薨。太子慕容宝依垂之计，秘丧不发，收敛入棺，传令缓缓退兵。魏王珪疑其无故退兵，必然有计，因此不追自还。至四月初旬，慕容宝全军还至中山城，始举哀发丧。孝事毕，群臣立慕容宝即皇帝大位，国号大燕，改元永康元年。

燕太子慕容宝立

初，燕王垂先段后生子令、宝，后段后生子朗、鉴，爱诸姬子麟、农、隆、柔、熙。宝初为太子，有美称，已而荒怠，中外失望。后段后尝言于垂曰："今国步多艰，太子非济世之才也。辽西、高阳，陛下贤子，宜择一人，付以大业。赵王麟奸诈强愎，必为国患，宜早图之。"宝善事垂左右，多誉之者，故垂以为贤，谓后段后曰："汝欲使我为晋献公乎？"段氏泣而退告其妹范阳王妃曰："太子不才，天下所知，吾为社稷言之，主上乃以吾为骊姬，何其苦哉！太子必丧社稷，范阳王有非常器度，若燕祚未尽，其在王乎！"宝、麟闻而恨之。至是宝使麟谓段氏曰："宜早自裁，以全段宗！"段氏怒曰："汝兄弟不难逼弑其母，况能守先业乎？吾岂爱死，但念国亡不久耳。"遂自杀。宝议为段后谋废适统，无太后道，不宜成丧。中书令眭邃扬言于朝曰："子无废母之义，汉安思阎后亲废顺帝，犹得配飨太庙，况先后暧昧之言乎！"乃成丧。

却说后秦给士古成诜，风韵秀雅，确然不群，每以天下是非而为己任。时京兆尹韦高居母丧，慕阮籍之为人，无哀作乐，饮酒弹琴。诜闻之而泣曰："父母之恩，厚重天地，无以报德，反此乱伦。吾当以私刃，斩此不孝之子，以崇风教之明。"遂持剑欲来杀高。高闻惧，逃匿，终身不敢见诜。后秦王兴闻知擢为黄门侍郎。

六月，三河王吕光自即皇帝大位，以世子吕绍为太子，国号大凉，改元龙飞元年。置百官，遣使拜秃发乌孤为益州牧。乌孤谓使者曰："吕王诸子贪淫，三甥暴虐，远近愁怨，吾安可违百姓之心，受不义之爵乎？"留其鼓吹、羽仪，谢而遣之，不受其命。

孝武暴崩立太子

却说北魏左司马许谦上言于魏主拓跋珪曰："臣近闻凤凰来仪，蛟龙屡见，此乃大王之德，故有此瑞也。今大王德并唐虞，明乃文武，可即皇帝大位，以安士民。"群臣皆曰："司马之言是也。"于是魏王珪从之，称尊号而即皇帝位，国号大魏，改元皇始元年。始建天子旌旗，出警入跸，加封大臣。

却说晋孝武帝，秋九月，起造清暑殿居之，始为长夜之饮。太史令奏："长星见，国将亡。"孝武帝心甚恶之，乃入华林园，举酒对天祝之曰："长星长星，劝汝一杯酒，自古何有万岁天子耶！"是时，太白连年经天，地震水旱，灾患屡变。孝武亦不以为意，不能改也。时帝嗜酒荒淫，内殿外人罕得进见。张贵人宠冠后宫，时年近三十，帝戏之曰："汝以年亦当废矣，吾意欲更属少者。"已而醉寝清暑殿，贵人使妇以被蒙帝面而弑之，因赂左右曰："因魇暴崩。"时太子暗弱，会稽王道子昏荒，遂不复推问。王国宝夜叩禁门，欲入为遗诏，侍中王爽拒之曰："大行晏驾，皇太子未至，敢入者斩！"国宝乃止。爽，恭之弟也。帝既崩，太子入内，与群臣发丧，殡葬山陵。孝武帝在位二十四年，寿三十五而暴崩。先是，简文帝见谶云："晋祚尽昌明。"及孝武在孕，其母李太后梦神人谓之曰："汝生男，以昌明为字。"及产，东方始明，因以为名焉。简文帝后悟，乃流涕，知晋尽于"昌明"耳。及孝武造清暑殿，有识者以为清暑反为楚声，哀楚之征也。殿成，俄而孝武帝崩，晋祚自此而倾焉。

太子即位，道子进位太傅、扬州牧，假黄钺。太子幼而不慧，口不能言，至于寒暑饿饱亦不能辨，饮食寝兴皆非己出。母弟琅邪王德文尝侍左右，为之节适。初，国宝党附道子，骄纵不法，武帝恶之，国宝惧，遂更媚于帝。道子大怒，以剑掷之。及帝崩，国宝复事道子，与王绪共为邪诡。道子又倚为心腹，遂参管朝权，威震内外。王恭入赴山陵，每正色直言，道子惮之，深布腹心，而王恭每及时政，辄厉声色，道子遂欲图之。朝士劝恭诛国宝。王珣曰："彼罪逆未彰，今先事而发，必失朝野之望；若不改，恶布天下，然后顺众心以除之，亦无不济也。"恭乃止。既而谓珣曰："比来视君，一似胡广。"珣曰："王陵廷争，陈平慎默，但问岁晏何如耳！"山陵既毕，王恭将还镇，谓道子曰："主上谅暗，冢宰之任，伊、周所难，惟大王亲万机，纳直言，放郑声，远佞人。"国宝等愈惧。

魏王举兵大伐燕

却说魏王珪潜使叔孙建、于栗䃅以兵五千，先去开韩信故道；自率六军共四十万，南出马邑，大举来讨后燕王慕容宝，旌旗络绎二千余里，鼓行而前，人屋皆震。军至界首，始传诏，令右将军封真率军二万，从东道袭幽州。真得诏，领兵望东道而去。九月戊午，魏大军至阳曲，魏王引诸将上西山，观晋阳不远，即下山大驱军马进发。后燕并州牧、辽西王慕容农使人打探，闻魏王珪起倾国之兵五十万，从晋阳来，慕容农大惊，乃引众出战，不胜，弃城走还中山。魏王珪率兵入屯并州。至冬十一月，驱兵又行，大军已至真定。真定守宰陈人皆出投降，助益军粮，魏王军威势大，闻者皆惊。自常山以东守宰，或捐城奔窜，或诣军门拜降，因此燕之诸郡县望风皆附魏，惟中山、邺、信都三城不下，为燕死守。天时寒冷、魏王珪传诏，令大军权屯休进，以待来春，因此诸军尽各据城而屯。魏王珪军至晋阳，慕容农以兵出与魏军战败奔还，司马慕舆嵩私降于魏，闭门拒之，农大泣，遂东走还。魏获其妻子，燕军尽没。农独与三骑逃归中山，魏遂取并州。初建台省，置刺史、太守。尚书郎以下官，悉用儒生为之，士大夫诣军门者，皆引入存慰，使人人尽言，稍有才用，咸加擢叙，以张恂等为诸郡守，招抚离散，劝课农桑。燕王宝闻魏军将至，与百官议于东堂。符谟曰："魏军乘胜气锐，若纵之入平土，不可敌也，宜杜险以拒之。"睦邃曰："魏多骑兵，马上赍粮，不过旬日。宜令郡县聚民千家为一堡，清野以待之，彼不过六旬食尽，自退而袭之。"封懿曰："魏兵数十万，民虽筑堡，不能自固，是聚兵及粮以资之也。且动摇民心，示之以弱，不如阻关拒战。"赵王麟曰："魏锋不可当，宜先守中山，待其敝而乘之。"于是宝命修城积粟，为持久之备，悉以军事委麟拒魏。初，魏王珪使冠军将军于栗䃅潜自晋阳开韩信故道，自井陉趋中山，进攻常山，拔之。郡县皆降，惟中山、邺、信都三城为燕守。珪命东平公仪攻邺，冠军将军王建攻信都。珪乃进攻中山，既而谓诸将曰："中山城固，急攻则伤士，久围则费粮，不如先取信都，然后图之。"自引兵而南，军于鲁口。高阳太守崔宏不敢出拒，走奔海渚。珪素闻其名，遣吏兵追获，以为黄门侍郎，与张衮对掌机要，创立法度，制律令。博陵令屈尊降魏，以为中书令，出纳号令，兼总文诰。

却说魏东平王拓跋仪奉珪令，以兵二万来攻邺。燕范阳王慕容德曰："敌众我寡，彼盛我弱，何以迎敌？"诸将曰："拓跋仪自入吾境，屡获大胜，必谓吾不敢动。今来远涉艰难，士卒疲病，可选精锐夜攻击之，可擒仪矣。"德然其计，使南安王慕容青等以兵一万五千人，至一更，仪兵至邺北十里内，正安营，青兵驰入混战，魏兵大乱，自相践踏，杀死五七千人，仪大败走还。魏东平公仪既攻邺，被燕范阳王德使南安王青等夜击破之，以军退屯新城。青等遣人请添兵追击之，别驾韩谆曰："古人先计而后战。魏军不可击者四：悬军远客，利在野战，一也；深入近畿，屯兵死地，二也；前锋既败，后阵方固，三也；彼众我寡，不敌，四也。我军自战其地，动而不胜，众心难固，城隍未修，敌来无备，不如深垒固军以老其师，然后击之。"德从之，召青引兵还城。

丁酉，安皇帝隆安元年（燕永康二年，秦皇初四年，魏皇始三年，南凉王秃发乌孤太初元年，北凉王段业神玺元年。旧大国三，西秦凉小国二，新小国二，凡七僭国），正月，晋帝加冠军王珣为尚书令，王国宝为左仆射。二月，魏贺讷闻仪败，遣弟赖卢率骑二万来会东平公仪攻邺。赖卢自以王舅，不受仪节度，仪司马丁建阴遣人与燕通，建从内而间之，因此二人不和。会赖卢营失火，建乘间谓仪曰："赖卢烧营为变矣。"仪惧，遂引兵退，赖卢亦退，建乃率众来见德降燕，且言仪师老可击，于是范阳王以兵漏夜追击，仪兵大败，十损其七，退屯别地。三月，魏王珪诏令六军并进攻中山，使冠军将军王建、左军将军李栗率众五万，去攻信都；又使东平公拓跋仪率兵五万，复去攻邺都。三将临行，魏王珪谓曰："信、邺桑枣之木，乃生民之命，不可伤伐，留与养命。"二将得其诏语，各自部兵，依诏前去。时中山饥甚，戊午日，魏大军至巨鹿柏肆坞。次二日，大军尽至滹沱水，因雨大，不堪进兵，就傍岸安营。

却说后燕王慕容宝闻魏军屯滹沱水边，傍岸下营，急与文武商议。当文武曰："今闻魏军屯滹沱水边，其为易攻，不如乘其劳逸，今晚悉倾城之兵去劫其营，攻其无备，彼退又阻水不能还，可令其三军尽为鱼矣，则拓跋珪亦成擒耳。"燕王宝曰："此计可矣。"于是燕王宝传诏，令六军文武俱各披挂，至夜去劫魏营。六军十万人，文武尽依计而行。是夜月明如昼，燕王宝以军二十万，俱各出城驱驰，将到魏营，燕王宝命鸣锣击鼓，喊杀连天，杀入魏营。魏兵果无准备，自乱混战骇散。魏王珪在中军听得喊声大起，鼓噪喧天，知是燕兵劫寨，急忙起来，不及衣冠，蓬头跣足，亲自击鼓，聚集诸将，俄而左右及诸军将士稍集，传令张衮等排设奇阵，点起火把，高照营内。张衮、叔孙建等，分头纵骑冲出，正遇崔逞，交马一合，把崔逞擒去，其余燕军见有准备，俱各乱退，不分队伍，被魏王驱兵一击，杀得燕兵弃刀撇枪，各自奔逃，燕兵大败。燕王宝收军，走还中山。魏王珪六军获得器械十数万，擒得崔逞、闵亮二人。二人请降，魏主赦之而受其降。

初，燕清河王会表求赴国难，而无行意，遣将军库傉官伟、余崇将兵五千为前锋，伟屯兵卢龙近百日，会不发，崇等不敢行。燕王宝怒，使人切责之，会不得已，以治行简练为名，复留月余。伟使轻车前行通道，且张声势，诸将皆畏避不欲行。余崇言曰："今巨寇滔天，京都危逼，匹夫犹思致命以救君父，诸君荷国宠任，而更惜生乎！若社稷倾覆，臣节不守，死有余辱。诸君安居于此，崇请当之。"伟给步骑五百人。崇至渔阳，遇魏兵击却之，众心稍振。会始乃上道，至是始达蓟城。魏王围中山既久，城中将士皆思出战，高阳王隆曰："珪虽获小利，然屯兵经年，士马死伤大半，人心思归，诸部离解。若因我之锐，往无不克，如持重不决，将士气丧，事久变生，虽欲用之，不可得也！"宝然之，独赵王麟每阻其议。隆成列而罢者数四，众大愤恨麟。麟以兵劫北地王精，使率禁兵弑宝。精以义却之，麟怒杀精，出奔西山，依丁零余众。于是城中震骇。宝恐麟夺会军，据龙城，乃召隆及辽西王农谋走保龙城。隆曰："今欲北迁，亦事之宜。然龙川地狭民贫，若以中国之意，取足于中，难望有功；若节用爱民，务农训兵，数年之中，公私充实，而赵、魏之间，厌苦寇暴，民思燕德，庶几返旆，克复故业。如其未能，则凭险自固，犹足以优游养锐耳。"宝然之。遂夜与太子策及隆、农等率万余骑，出赴会军。城中无主，百姓惶惑。魏王珪闻知宝走了，欲夜入城，将军王建志在掳掠，乃言恐士卒盗府库物，请俟明旦，珪乃止。燕开封公详从走，追之不及，城中立以为主，闭门拒守。慕容详，字普陵也。魏王珪尽众攻之不拔，使人临城谕之。士庶皆曰："群小无知，恐复如参合之众，故苟延旬月之命，是以不降耳。"魏王珪顾王建大骂而唾其面，复入攻城。

燕王宝走奔龙城

至四月，魏军粮尽，魏王珪心甚忧之，而问崔逞曰："目今军粮不继，卿有何计可办？"逞进言曰："飞鸮食葚而改音，《诗》称其事。今此处极多，陛下何不使六军取之，以充军粮，可支数月耳。"魏王珪曰："然。"于是传诏，六军去收葚而食之。兵既收食，忽诸部大人长孙嵩等言于魏主曰："葚乃鸟兽之食，人若久食必殂,陛下可禁六军勿食。"魏王珪疑崔逞侮慢,而不食则有饥色,欲纵军食之,恐久见殂,心犹豫间,崔逞又入曰:"陛下可使六军及时收葚,过时则落尽无矣。"魏王珪怒曰:"内贼未平,兵人安可弃甲收葚乎!"遂不听,使人诏东平公仪领军还屯巨鹿,不可久留。于是东平公仪抽军还据巨鹿。

却说慕容普陵被困在于中山城中,粮尽,遂问文武。文武曰:"臣闻魏人军粮亦尽,不久必去,去则可令附近人运之。"时燕王宝走出中山,清河王会率骑兵二万,迎于蓟南,宝怪会,有恨色,减其兵分开给辽西王农及高阳王隆。尽徙蓟中府库,北取龙城。魏石河头引兵一万追之,及宝于夏谦泽,会整阵与战,农、隆等将南来千余骑冲之,魏兵大败,农追奔百余里。隆谓阳璆曰:"中山积兵数万,不得展吾意,今日之捷,令人遗恨。"因慷慨流涕。会既败魏兵,矜狠滋甚,隆屡训责之。会益愤怒,遂谋作乱。宝闻知,密谓农、隆曰:"观道通志趣,必反无疑,宜早除之。"农、隆曰:"会远赴国难,逆状未彰而遽杀之,岂徒伤父子之恩,亦甚大损威望。"会闻之,益惧,夜遣其党数百人袭杀隆于帐下,农被重创不能起。宝欲讨会,乃佯为好言以安之,明日以计召群臣食宴而杀会。会果至就坐,宝目慕舆腾。慕舆腾拔刀刺会,伤首不死,走赴其军,勒兵攻宝。宝率数百骑驰走龙城,会引兵追屯城下。城中将士皆愤怒,宝令出战,大破之。侍御郎高云复夜率兵袭之,会众溃奔中山,入见慕容详。详闻其故,命人杀之。于是宝以云为将军,养以为子。云高句丽之支属也,云遂尽心事宝。

时凉王吕光以西秦主乾归数反复,合吕延、吕纂举兵伐之。西秦群臣大惧,请东走成纪。乾归曰:"军之胜败,在于巧拙,不在众寡。光兵众而无法,弟延勇而无谋,不足惮也。且其精兵尽在延所,延败,光自走矣。"光军长驱,遣弟太原公吕纂攻金城,天水公吕延攻临洮、武始、河关,皆克之。乾归计使百姓哄延兵曰:"乾归闻将军军至,其众溃走,奔成纪去矣。"延信,欲轻骑追之。司马耿稚谏曰:"乾归勇略过人,安肯望风自溃?且告者视高色动,殆必有奸。宜整陈而前,使步骑相属,俟诸军毕进,然后击之,无不克矣。"延曰:"此事是实,君休疑心。"言讫,引五百骑追之,与乾归遇战。延与乾归对阵,两下交锋,战不数合,延被斩于马下,其众溃散。吕光闻延死大惊,引兵走还姑臧去,不出。

蒙逊结盟报父仇

初，张掖卢水胡沮渠罗仇，匈奴沮渠王之后也，世为部帅。凉王吕光以为尚书。及吕延败死，罗仇弟三河太守麴粥谓罗仇曰："主上荒耄信谗，今军败将死，正其猜忌智勇之时也。吾兄弟必不见容，不若勒兵向西平，出苕藋，奋臂一呼，凉州不足定也。"罗仇曰："吾家世以忠孝著于西土，宁使人负我，我不忍负人也。"已而光果杀罗仇及麴粥。罗仇弟子蒙逊，雄杰有策略，涉经史，以罗仇、麴粥之丧归葬，会者万余人送丧。蒙逊哭谓众曰："吕王无道，多杀无辜。今欲与诸部雪吾二父之耻，复上世之业，何如？"众称万岁。蒙逊遂结盟，从此起兵，聚二万人，攻凉临松郡，拔之，乃以兵众屯据金山城。凉王吕光闻蒙逊谋叛，遣吕纂将兵一万七千，击沮渠蒙逊，破之。蒙逊从兄男成亦合众攻建康，遣使说太守段业曰："吕氏政衰，人无容处，瓦解之形，昭然在目。府君奈何以盖世之业，欲立忠于垂亡之国？男成等既倡大义，欲屈府君拥临凉州何如？"业许之，男成率众入城，推业为凉州牧、建康公。业以男成为辅国将军，委以军国之任。蒙逊率众归降业，业以为镇西将军。吕光命吕纂再讨之，不克。后为北凉时，吕纂与段业相持。

却说凉州太守郭黁善天文，国人信之。会荧惑守东井黁谓仆射王详曰："凉分野有大兵。吾欲与公同举大事何如？"详从之。事泄详被诛，黁走，遂据东苑以叛。凉王吕光大惧，遣人召太原公纂回兵讨之。纂将还，诸将曰："段业必蹑军后，宜潜师夜发。"纂曰："业无雄才，凭城自守，若潜师夜去，适足张其气势耳，不如告之，彼以为诈，必不敢出。"乃遣使来告业曰："郭黁作乱，吾今还都，卿能决者，可早出战。"业果不敢出。于是纂全师而还。

纂司马杨统欲杀纂，而推其从兄杨桓为主。桓怒曰："吾为吕氏臣，安享其禄，危不能救，岂可复增其乱乎？吕氏若亡，吾为弘演矣！"桓不从。统遂走降黁。吕纂兵还击黁，大破之，乃得入姑臧。

凉人张捷等招集戎、夏，据休屠城接黁，共推凉后将军杨轨为盟主，起兵为乱。

却说晋王国宝、王绪依附会稽王道子，纳贿穷奢，不知纪极，恶王恭、殷仲堪，劝道子裁损其兵权。恭等缮甲勒兵，表请北伐，道子疑之，恐来攻己，请帝下诏，以盛夏妨农，悉使解严。恭大怒，乃遣使与仲堪谋讨国宝等。桓玄亦以仕不得志，欲假仲堪兵势以作乱，闻知王恭书来，乃说仲堪曰："国宝与君，惟患相毙之不速耳。今既执大权，无不如志，若发诏征君，何以处之？"仲堪曰："计将安出？"玄曰："孝伯疾恶深至，宜潜与之约，兴晋阳之甲，以除君侧之恶。玄虽不肖，愿率荆楚豪杰，荷戈先驱，此桓、文之勋也。"仲堪然之，乃出，外与雍州刺史郗恢，内与从兄南蛮校尉殷仲觊、南郡相江绩议之。觊曰："人臣当各守职分，朝廷是非，岂藩屏所制也？晋阳之事，不敢预闻。"绩亦极言其不可。觊恐绩及祸，和解之。绩曰："大丈夫何至以死相胁耶！江仲元行年六十，但未获死所耳！"仲堪惮其坚正，以杨佺期代之。朝廷闻之，征绩为御史中丞。觊遂以疾辞位。仲堪往省之，曰："兄病殊可忧。"觊曰："我疾不过身死，汝病乃当灭门。宜深自爱，勿以我为念！"郗恢亦不肯从。仲堪疑未决，会王恭使至，仲堪乃许之，恭大喜，上表罪状国宝，举兵讨之。

表至，内外戒严，国宝惧不知所为，遣数百人戍竹里，夜遇风雨散归。王绪说国宝杀王珣、车胤，以除时望，挟君以讨二藩。国宝许之。珣、胤至，宝不敢害，更问计于珣。珣曰："王、殷与卿素无深怨，所竞不过势利之间耳。"国宝曰："将曹爽我乎？"珣曰："是何言欤！卿宁有爽之罪，孝伯岂宣帝之俦耶！"又问计于车胤，胤曰："今朝廷遣军，恭必城守。若京口未拔，上流奄至，何以待之？"国宝大惊，遂下疏解职，待罪。道子暗懦，欲求姑息，乃赐国宝死，斩头于市。遣使谢恭，恭乃罢兵还京口。仲堪初犹豫不敢下，闻国宝死，始抗表举兵。道子以书止之，仲堪乃还。

魏以甲子拔中山

却说魏王珪谓诸文武曰："慕容宝志不能立，乃出北遁。今众立慕容普陵为主，慕容贺麟必怀不愤之意。吾紧攻之，彼必死守。目今吾军粮尽，不如渐退去，据南城，待其二子内变，然后乘之而入，则二子成擒。"群臣曰："陛下圣策，非臣所能及焉。既如此，宜即解围南迁，以待其变。"魏王珪曰："贼人多智，不可急离，可令灵寿领一军，朝夕耀武扬威，以示城内权此安住，朕与卿等退之，使其不敢追赶。"诸将称善。次日，将军灵寿率一军于城下，耀武扬威以示城内，魏王珪引诸军退屯南城中山。时内粮尽，燕主慕容普陵心中大忧，乌丸部将军张骧进计曰："今城中粮尽，百姓无食，大王可使饥民出城求降乞食，魏兵不备，臣以兵五千从百姓中杀出，可破魏师也。"普陵从之，示告城中，令百姓饥者出降求食。张骧开北门出百姓一万人，手执降旗在先来降。灵寿不知是计，道曰："吾知城中饥甚，百姓受苦，既来降，吾不坏汝，汝可自去讨食。"于是百姓各散。俄而城内张骧以五千兵杀出。魏兵大乱，灵寿见兵出，忙上马持枪，喝将军马摆开与战。二人交战，战二十余合，魏兵渐渐围裹将来。张骧见魏兵围来，恐不能敌，收了军器，骤马杀开血路，冲走出来，不能复还本城，因此收军屯北山。灵寿复兵围城。

却说贺麟在西山使人打探中山消息，使人回报："燕王慕容宝北遁和龙，城中诸将立慕容普陵为燕王，而守中山。魏王珪粮尽，令灵寿以五万兵围中山，自以大兵退屯南城。中山粮亦尽，慕容普陵使百姓诈降，遣张骧以五千精兵在百姓后杀出，攻其无备。兵少反被灵寿杀败，不敢入城，且令走屯北山。"贺麟大怒曰："普陵庶子，何敢妄自尊大而称号，吾必杀之！"大将丁零曰："目今张骧以兵五千屯在北山，不如遣人召来，以十分重恩义抚之，令其顺主公，使其为前锋将军，叩开中山城门，先杀普陵，主公自为赵王据中山，聚集三军，可破魏兵。"贺麟从之曰："卿可代我为使，去召张骧来归。"丁零欣然领命，来北山说张骧曰："赵王贺麟现屯西山，闻将军在此，令某请将军到其寨一同商议破魏，将军可即随吾同往。"张骧曰："吾闻赵王出奔，如何还在西山？既然有召，我即领众同往。"言讫，遂以部下之兵一同来西山，入中军见燕王贺麟。贺麟下席接之，问劳毕，赐座谓曰："将军乃关云长之俦，勇略俱全。吾有一事相烦将军，共成大功，卿意云何？"骧曰："臣久食燕禄，常思报效，既有驱役，臣安敢推？愿闻所使，万死不辞。"贺麟曰："普陵无知，妄自尊大，吾欲以兵诱开城门，杀此跛鼠，非将军莫能。若将军肯为，其功实出将军，某幸甚。"骧曰："殿下既定此计，臣惟命是从，臣今夜引兵在前，诱开城门，殿下可速以兵来应。"于是计议已定。

至夜，张骧引兵在先，贺麟、丁零伏兵在后，悄悄抄城后东门，来至城下叫门。城上将士认得是张骧军还，乃急开门。张骧军一拥而入，贺麟、丁零驱兵杂于其中，一同进城。是夜，贺麟使大将丁零调兵守营，自以五千兵，斩关而入后殿，至卧处把普陵杀讫。次日，贺麟招集文武于朝堂谓曰："普陵妄自尊大，昨夜吾因张骧兵还而入，已将杀之。今吾兄燕王不知何往，吾自权摄赵王位，以拒魏兵。"群臣皆称万岁曰："愿从遵命。"于此慕容贺麟乃即大位，封赏功臣，以乌丸张骧为大将军，以丁零为前将军，二人皆执重兵。是日，与诸文武商议守战之策，诸将皆曰："今城中饥馑，柴米皆在城外，诸色所备。幸魏兵昨日自退而去，倘魏兵再至围住，里无粮草，外无救兵，士民皆恐，恐久生乱，乱则必被擒。不如乘此未至，以兵去据新市城，拒住魏兵之路，就食其城之粮，可保万全。"赵王麟曰："汝等之计，正合朕心。"于是便与文武率三万五千兵，出据新市城来拒魏兵。

六月甲子晦日，灵寿退军，来见魏王珪及说普陵被贺麟杀死而自立，目今以军出屯新市。魏王珪闻说慕容麟自即大位，以军在新市拒敌，遂令进军攻之。当太史令晁崇曰："不可，容待旦日以进。"魏王珪曰："如何不可？"崇曰："昔纣以甲子日亡先人谓之疾日，故兵家忌之，以为不吉，故不可进也。"魏王珪曰："纣王以甲子亡，武王不以甲子兴乎？"崇无以对，遂进兵。至十月，甲戌，军至义台，慕容麟率兵拦住去路。魏王珪使张衮出阵，慕容麟亲自出马。两军混战，张衮与慕容麟二人交锋，在阵前大战。战上二三十合，慕容麟气力渐乏，只好架拦，因此收转军器，拍马便走。被魏王珪驱大军一掩，杀死燕兵二万余人，连追五十余里，麟势穷退走去邺。次日，魏王珪催兵大进，攻拔中山城。珪兵遂入屯于城中，得燕府库财宝，班赏诸将士。

慕容德称王滑台

戊戌，二年（燕王慕容盛建平元年，秦皇初五年，魏天兴元年，南燕王慕容德元年。旧大国三，西秦三，南凉、北凉小国四，新小国一，凡八僭国），正月，赵王慕容麟被魏军杀败，走来邺城，见叔范阳王慕容德。德问曰："闻你在义台与魏兵交战，如何来此？"麟曰："魏兵势大，因此大败，来见叔父商议复仇。"德曰："吾此处兵少，亦不敢妄动。"正议间，细作回报，魏王珪亲率六军将至邺境。德大惊，慕容麟曰："邺城不固，不如徙据滑台坚守之，待其师老粮尽，然后一击，可复业也。"德从之，即时领兵，兵至黎阳，拘集船只，三军尽上船，欲南渡滑台，忽遇风雹，其船尽没。慕容德传令三军，依前上岸，因此无船过江。正犹豫间，探马报魏兵将至，只隔五十里到此。慕容德与慕容麟二人心甚忧患，闷闷不悦，天色又晚，只得权屯岸边，正欲待来早讨集船只渡江。是夜，风清月白，江中流渐冻合，慕容德与麟睡不安席，起来江边观看，江水尽皆冻合成冰。德等大喜，拜谢天地，急忙传令三军，一齐踏冰渡江。德军过讫，却好天明，魏军尽至，而其冰已解，因是德军逃得此难。魏兵闻说曰："此天神助焉。"慕容德遂改黎阳名为天桥津，引众奔入滑台，屯扎军马，提调守城。魏王珪见慕容德走滑台，乃引众来邺城。

却说范阳王慕容德既至滑台，景星见于箕尾，白玉出于漳水，状若国玺，百姓拾得，将来呈上与慕容德。因是赵王慕容麟上言曰："今慕容宝虽袭大位，志不及于先人，而有将废之征。自叔父徙滑台以来，天垂景象，地呈宝玉，流渐冻合，祥瑞屡见，此乃叔父之大德，而有吉征之先应。叔父宜依先燕王故事，自续大位，可保燕祚后头。"慕容德曰："若为此事，是篡逆矣。"麟曰："今慕容宝初立，士民不归，郡邑已失，为魏所有。叔父若不自立，待社稷倾覆，再复却难。"于是慕容德自立为南燕王，改元建平元年。

兰汗谋叛乱燕宝

初，燕人有自中山至龙城者，言拓跋珪衰弱，于是燕主宝欲复取中原，调兵悉集。至是闻中山已陷，乃命罢兵。辽西王农曰："迁都尚新，未可南征，宜因成师袭库莫奚，取其牛马以充军资。"宝从之，北行，渡浇洛水，会南燕王德遣使言："珪西上，中国空虚，宜速起兵。"宝大喜，以日引兵还，诏诸军就顿，选日起行去取长安。诸军苦役，乃不听罢散。农及长乐王盛切谏，以为兵疲力弱，魏所得志，未可与敌。宝将从之，慕舆腾曰："今师众已集，宜独决圣心，乘机进取。"于是乃留太子盛统后事，以腾为前军，农为中军，宝自为后军，相去各一顿，就地起行。长上段速骨因众心惮征役，遂作乱，逼立高阳王隆之子崇为主。慕容宝将十余骑来农营，报知农、腾。农、腾不信，其部营兵亦厌役奔溃，于是燕王宝见众乱，乃奔走还龙城。燕尚书兰汗见燕王宝势衰，阴使人与段速骨等通谋，乃自引兵出营龙城之东屯扎。辽西王农不知其为乱，夜出赴之，被速骨将以循城，招城上之兵来降。农素有忠节威名，城中恃以为强，忽见农在城下，无不惊哭丧气，遂皆逃溃，无人守城。速骨乃得入城，纵兵杀掠。燕王宝及长乐王盛等见乱，率轻骑南走。速骨以高阳王崇幼弱，欲更立农。崇党闻之遂杀农。兰汗大怒，以兵袭击速骨。速骨不备，被执杀之。兰汗废崇奉太子策，承制行事，与部下将谋计，遣使迎宝及于蓟城。宝以为实欲还，盛等曰："汗之忠诈未可知，不如南就范阳王，合众以取冀州。若其不捷，徐归龙城未晚也。"宝从之，行至黎阳，遣中黄门令赵思告范阳王。范阳王德令其使人奉迎时，德已自称号了。德谋遣慕舆护率壮士数百人随思而北，声言迎卫，其实图之。赵思使人密报知宝。宝既遣思，而闻德已称制，亦惧而北走。护至无所见，执思以归。德以其练习典故，欲留而用之，思曰："犬马犹知恋主，思虽刑臣，乞还就主。"德固留之，思怒曰："殿下亲则叔父，位为上公，不能率先群后，以匡帝宝，而幸本根之图，为赵王伦之事。思虽不能如申包胥之存楚，犹慕龚君宾之不偷生于世也！"德斩之。

宝走至北，遣长乐王盛收兵冀州，行至巨鹿，说诸豪杰，皆愿起兵。会兰汗复遣使奉迎宝。宝以汗燕王垂之舅而盛妃之父，谓必无他，遂行。盛流涕固谏，不听，盛乃与将军张真下道避匿。宝自去龙城四十里，汗遣弟加难率五百骑入外邸而杀之，杀太子策及王公将士百余人，自称昌黎王。慕容盛闻知大哭，欲赴哀，张真止之休去。盛曰："我今以穷归汗，汗性愚浅，必念婚姻，不忍杀我，旬月之间，足以展吾之志。"遂往见汗。汗妻乙氏、盛妃皆涕泣，请救盛。汗恻然哀之，乃舍盛于宫中，以为侍中，亲待如旧。汗兄堤骄狠荒淫，事汗多无礼。盛因而间之，汗兄弟浸相嫌忌，遂不相睦。

燕太原王慕容奇乃慕容楷之子，兰汗之外孙也，汗以为将军。长乐王盛潜使奇逃出，起兵五千人来攻兰汗。汗闻知，遣仇泥慕将兵一万讨之。是时，龙城自夏不雨，至于七月。汗日诣燕诸庙，祷请委罪加难。加难闻之，怒率所部兵一万五千，袭破慕军。汗遣太子兰穆率兵二万讨之，未行，虑盛为患，乃与父汗欲谋杀盛，李旱、张真力救之。旱、真皆盛素所厚爱，而穆引为腹心。旱等潜与助盛结谋，待穆击破加难，还飨将士刺杀汗、穆而取大位。时穆果击破加难，还宴将士，汗、穆皆醉，盛因逾垣入东宫，与旱等呼集旧所卫兵三千人马，杀出东宫来杀穆。诸军闻盛得出，皆呼跃争先杀汗。汗醉被真斩之，内外帖然，士女相庆。

盛告于太庙，因下令曰：

赖五祖之休，文武之力，社稷幽而复显。不独孤以渺渺之身免不同天之责，凡在臣民皆得明目当世。

遂大赦，改元，以长乐王摄行统制，命奇罢兵。奇欲异心，遂不受命。盛大怒，勒兵三万进至横沟，盛出击，大破之，执奇赐死。于是龙城遂平。

南郡公桓玄遣人见会稽王，求为广州刺史。会稽王道子忌玄在荆州为患，因从桓玄受命为广州刺史，玄受命而不行。豫州刺史庾楷以道子割其四郡属王愉，上疏言江州内地，而西府北带寇戎，不时为寇，倘有急军需，不应使愉分督，应四郡还他。朝廷不许。楷怒，遣其子庾鸿说王恭曰："尚之兄弟，复秉机权，欲削方镇，宜早图之。"王恭以为然，遣人以告殷仲堪及桓玄。二人皆许之，推王恭为盟主，克期各执兵同趋京师。司马刘牢之谏曰："会稽王道子，叔父也，而又当国秉政，向为将军，戮其所爱，其伏将军已多矣！顷所授任，虽未允惬，亦无大失，割庾楷四郡以配王愉，于将军何损！晋阳之甲，岂可数兴乎！"恭不从，上表请讨王愉、司马尚之兄弟。

朝廷忧惧，内外戒严，道子不知所为，悉以事委世子元显，日饮醇酒而已。元显聪警，颇涉文义，志气果锐，以安危为己任。附之者，谓其英武有明帝之风。仲堪闻恭举兵，亦勒兵促发，悉以军事委南郡相杨佺期兄弟。佺期率舟师五千为前锋，桓玄次之，仲堪率精兵二万继下。佺期自以其先汉太尉震至父亮、九世皆以才德著名，矜其门第，谓江左莫及。而时流以其晚过江，婚宦失类，兄弟粗犷，每排抑之。佺期常切齿，欲因事际以逞其志，故亦赞成仲堪。八月，佺期及玄大兵奄至溢口，王愉无备，引众惶遽奔临川，玄以兵追之。

慕容盛复登燕位

己亥，三年（燕长乐元年，秦弘始元年，魏天兴二年，凉主吕纂咸宁元年，北凉天玺元年），正月，燕王宝被尚书兰汗谋弑，太子慕容盛与张真等谋复诛汗，龙城遂平。

当群臣复请太子慕容盛登基，国号大燕，改元建元元年。慕容盛既即皇帝位，次日乃排宴，宴赏群臣于新昌殿。燕王盛谓诸文武曰："今日宴乐，诸卿各言其志，朕自览之。"时盛初即大位，以威严骄下，骄暴少亲，多所猜忌，刑必就戮，文武莫有敢对。当有兵尚书丁信，年十五岁，趋步进曰："在上不骄，高而不危，至之愿也。"燕王盛知其讥己，乃笑曰："丁尚书年少，安得长者之言乎！"于是文武各为乐饮，至晚罢散。

十一月，魏王珪领军进九门，时天行大疫，三军人马并牛羊等，死者十有五六，群臣咸思北还。因上言曰："今天行时气，大疫流传，军民百姓死亡将半。天时如此不利，不如退避其气，不然军民尽死，虚地也闲。"魏王珪曰："斯固天命，将若之何！四海之人，皆可与为国，在吾所以抚之耳，何恤乎无人也。"因此群臣不复再言。遂引军入邺城，闻百姓有老病不能自存者，诏令郡县赈恤之。魏王珪既入邺城，自与文武遍览宫殿，遂有定都其地之志，乃置行台，领众还来中山。中山之守，戍兵俱各溃散，魏王珪乃领众遂入中山城，谓诸将曰："今幸祖宗之灵，天地之佑，诸将之勇，文武之能，尽得燕都之地，朕欲与卿等北还，而虑山东有变。"群臣应曰："陛下可调将守之，万无一失。"魏王珪从之，乃于中山置行台，诏封东平公拓跋仪为卫王，总兵五万，镇守中山；又诏使洛阳公拓跋遵，总兵四万，镇渤海之合口。

辛酉日，魏王珪车驾与众振旅还京，回至望都，诏有司定议国号。群臣上曰："昔周、秦以前，帝王居所生之土，及王天下，即承为号。今国家启基云代，应宜以代为号。"魏王珪曰："昔朕远祖，总驭幽都，控制遐国，虽践王位，未定九州。逮于朕躬扫平中土，凶逆荡除，遐迩率服，仍宜先号为魏，不必再更。"于是复号为魏。群臣皆贺。次日，大众还都平城，魏王珪诏令营宫室，建宗庙，立社稷，正封畿，制郊甸，遣使循行郡国，举奏守宰不法者，魏王珪亲览察黜陟之。十一月，魏王珪始登皇帝大位，改元为天兴元年。诏邓彦海典官制，立爵品，定律吕，协音乐；诏仪曹郎中董谧撰郊庙社稷，朝觐飨宴之仪；诏三公郎中王德定律令，申科禁；诏太史令晁崇造浑仪，考天象；使吏部尚书崔宏总裁之。因是命朝野之人皆要束发加帽，逆者罪焉。二月，高车聚三十余部落谋叛。魏王珪闻知，遣张兖以五万北巡，分命诸将三道袭高车。高车兵少，惧战自溃，因此大破高车三十余部，获七万余口、马三十余万匹。卫王拓跋仪别将三万骑，追至绝漠十余里，又破其七部，诸部大震各散，于是收兵复还。

却说南凉王秃发乌孤集百僚谓群臣曰："陇右河西，本数郡之地，遭乱分裂，至十余国。吕氏、乞伏氏、段氏孰强？今欲取之，三者何先？"杨统曰："乞伏本吾部落，终当服从；段氏书生，无能为患，且结好于我，攻之不义；吕光衰耄，嗣子微弱，纂、弘虽有才，而内相猜忌。宜遣车骑镇浩亹，若镇北据廉川，乘虚迭出，彼必疲于奔命，不过三年，兵劳民困，则姑臧可图也。姑臧举，则二寇不待攻而服矣。"乌孤曰："善。"从之。

初，秦主苻登之弟广，率众依南燕王慕容德。德受之，令其屯于乞活堡。至是见燕势弱，乃自称秦王。时滑台孤弱，土无十城，众不过万，附德者多去附广。德大怒，乃留鲁王慕容和守其城，自率众五万去讨广。广无备，被德入堡，执广斩之。和长史李辩见德去了，乃集党杀和，以滑台降于魏。魏王珪使行台尚书和跋，率轻骑五千，自邺赴滑台。滑台空虚，入城中悉收德宫人府库宝贝。时陈、颍之人多附于魏。

燕将军慕容云闻知变，率众斩李辩，率诸将士家属出见德。德大惊，欲还攻滑台。韩范谏曰："向也魏为客，吾为主；今者我为客，魏为主。人心危惧，不可复战。不如先据一方，自立基本，乃回进取可也。"张华曰："先取彭城为居。"潘聪曰："彭城土旷人稀，平夷无险，且晋之旧镇，未易可取。又密迩江、淮，夏秋多水，乘舟而战者，吴之所长，我之所短也。青州沃野二千里，精兵十余万，左有负海之饶，右有山河之固。广固城，曹嶷所筑，地形阻峻。三齐英杰，思得明主以立功于世久矣。晋刺史辟闾浑昔为燕臣，今宜遣辩士驰说，而以大兵继其后，若其不服，取之如拾芥耳。既得其地，然后闭关养锐，伺隙而动，此乃陛下之关中、河内也。"德从之。于是德乃率师而南，兖州北鄙诸郡县皆降，德还守宰以抚之，禁军士毋得掳掠，百姓大悦。

慕容德谋都广固

南燕王慕容德至兖州，正与诸将谈议国事，忽后燕王慕容盛遣使至。南燕王德召入问之。使人说曰："慕容宝已死，其子盛即位，闻陛下已立，故遣臣来问意。"南燕王德谓文武曰："卿等前以社稷大计，劝吾摄政，今天方悔祸焉。"又谓张华曰，"若嗣帝得还，吾将俱驾奉迎，谢罪行阙，然后角巾私第，卿意以为何如？"其侍郎张华曰："天下非一人之天下，有德者可居焉。陛下仁德日新，何用退让？"于是南燕王德大悦。

次日，引师南迁，北鄙诸郡悉来归降。因是僭即皇帝大位，改建平元年。

次日，燕会群臣，燕王德饮酣，笑谓群臣曰："朕虽寡薄，恭己南面而朝诸侯，可方自古何等主也？"青州刺史鞠仲曰："陛下中兴之圣后，少康、光武之俦也。"燕王德大悦，命左右赐鞠仲帛千匹。鞠仲辞曰："陛下登御之始营建多般，留赏诸工，请存诸库，臣不敢领。"燕王德曰："卿知调朕，朕不知调卿乎，何故推辞？"韩范进曰："臣闻天子无戏言，忠臣无妄对。今日之论，上下相欺，可谓君臣俱失也。"燕王德大悦，又赐范绢五十匹，因此倡言竞进，朝多直士矣。

旦日，燕王德与群臣出狩幸齐城，登营丘望见一冢，因问之曰："甚人之冢？"群臣答曰："臣等不知，可问百姓。"德命左右出唤，百姓不敢入，使青州秀才晏谟入。燕王德问其冢。谟对曰："乃大夫晏婴之冢。"燕王德顾谓近臣曰："礼，大夫不逼城葬。平仲古之贤人，达礼者也，而生居近市，死葬近城，岂有意乎？"晏谟对曰："孔子称臣先人平仲贤，则贤矣，岂不知高其梁，丰其礼？盖政在家门，故俭以矫世，存居湫隘，卒岂择地而葬乎！所以不远门者，犹冀悟平生意也。"燕王德大悦，遂问谟以齐之山川丘陵、贤哲旧事。谟历对详辩，画地成图呈上。燕王德深嘉之，拜晏谟为尚书郎。

燕王德因飨宴，乘高远瞩，请祭平仲，顾谓尚书鲁邃曰："齐、鲁固多君子，当昔全盛之时，接、慎、巴生、淳于、邹、田之徒，荫修檐，临清沼，驰朱轮，佩长剑，恣非马之雄辞，奋谈天之逸辩，指挥则红紫成章，俯仰则丘陵生韵。至于今日，荒草颓坟，气消烟灭，永言千载，能不依然！"邃答曰："武王封比干之墓，汉祖祭信陵之坟，皆留心贤哲，每怀往事。陛下慈深二主，泽及九泉，若使彼而有知，宁不衔荷。"于是德大悦，罢饮而驰还之。

南燕王德在兖，遣使说幽州刺史辟闾浑来降，辟闾浑不从。使人回报浑不降。德遂遣北地王慕容钟率步骑七千击之。德自以兵进据琅邪，徐、兖之民归附者十余万。渤海太守乎，燕旧臣也，闻德至出降。德大喜曰："孤得青州不为喜，喜得卿耳！"遂委以机密。浑守广固，其下多出降，浑惧奔魏，德以兵追斩之。浑子道秀自诣德，请与父俱死。德曰："父虽不忠，而子能孝。"特赦之。浑参军张英为浑作檄，辞多不逊，德执而让之。英神色自若，徐曰："浑之有臣，犹韩信之有蒯通。通遇汉主而生，臣遇陛下而死，比之古人，窃为不幸耳！"德怒杀之，遂定都于广固。

九月，初，燕辽西太守李朗在郡十年，威行境内。燕王盛疑之，累征不赴。朗亦以家在龙城，未敢显叛，阴使人召魏兵许以郡降。事觉，盛遣兵五百，杀灭朗族，遣将军李旱讨之。旱既行，盛计使人急召还，数月而复遣之。朗闻其家被诛，拥二千余户以自固，拒旱。及闻旱还，谓盛有内变，不复设备，留其子守令支，自以数十骑迎魏师于北平。旱知密以兵夜行晓伏，阴袭克令支，使人守之，自以兵追朗斩之，辽西遂平。

十月，会稽世子元显性苛刻，生杀任意，发东土诸部免奴为客者，置京师，以充兵役，东土嚣然。孙恩因民心骚动，自海岛聚众二万，来攻会稽。会稽内史王凝之世奉天师道，不出兵，亦不设备。官属请讨之，凝之曰："我已请大道借鬼兵守诸津要，诸君不足忧也。"恩兵至，凝之无备，被恩遂陷会稽，杀凝之。于是八郡之人一时起兵，杀长吏以应恩，旬日中众至十万。时三吴承平日久，民不习战，郡县兵皆望风奔溃。

恩据会稽，自称征东将军，号其党曰"长生人"。驱诸县令以食其妻子，不食则支解之。所过焚掠，刊木堙井。

孙恩聚众寇江南

史说，孙恩字灵秀，琅邪人。世奉五斗米道。恩叔父孙泰，师事钱塘杜子恭。而子恭有秘术，有人以舟装瓜，游江遍卖，子恭向其人买瓜，就向瓜主借刀剖瓜。瓜主人欲等取刀，子恭曰："汝只管归去，当即送还。"瓜主人始摇舟往别，行至嘉兴，忽有一鱼跃入船中，瓜主人破鱼，见子恭所借瓜刀在鱼腹中。其瓜主人以子恭为神，往往如此。后子恭死，孙泰传得其术。然泰浮狡有小才，诳诱百姓，愚者敬之为神，皆竭财产，进子女，以祈福庆。会稽王道子闻知泰有异术，扇惑民心，恐其为乱，将泰诛之。孙恩逃去海滨。海滨之人素闻孙泰之名，及恩至，众问之，孙恩以言惑众，谓其叔父孙泰蝉蜕登仙，众人信之，久以财帛资给孙恩用，因是聚众招集亡命，志欲复仇。不期年，众数十万，由此朝野骚动，士民震恐。卢循谓恩曰："今八郡军民响应者，谓将军能除君侧之恶，以解百姓之忧，故来归也。火速入朝上表，数会稽王道子及其子元显之罪，请上诛之。则江南士民尽命来归。"恩从之，即使人入朝上表。使人入建康，次早黄门引入金銮，呈上表帝。晋帝览曰：

> 会稽王道子，叨窃尸素，荒废朝政。拜授之荣，皆非天朝；鬻刑之货，婪入其门。毒赋年滋，愁民岁广。使先帝肆一醉于崇朝，飞千觞于长夜，致崩于宫，人之暴也。犹不能避位退身，以谢天下，反私以子元显夺政位耶！既为政宰，宜进思尽忠王室，何可苛刻，生杀任意？不为理也！今普天之下，率土之滨，人皆切齿，故推以臣为首，起兵请诛元显父子也！诛此国贼，臣等入朝，待罪阙下。

晋帝览讫，喝退来使，与群臣商议起兵征讨。加会稽王司马道子为大将军，其子元显为中军将军，领兵卫守京师。安帝即位以来，内外乖异，石头城以南，皆为荆、江所据，以西皆豫州所专，京口及江北皆刘牢之及广陵相高雅所制，朝政所行，惟三吴而已。今闻孙恩作乱，八郡皆为恩有，畿内郡县，处处盗贼蜂起，建康士民，居而震惧。

刘裕落魄遇圣僧

却说宋高祖武皇帝讳裕字德舆，小名寄奴，乃彭城县绥舆里人，姓刘氏，是楚元王交二十一世孙也。彭城原系楚都，故苗裔家焉。晋氏东迁徙讫，刘氏移居晋陵丹徒之京口里。裕夜生之时，神光照室，犹如昼明。及长，雄杰有大度，身长七尺六寸，风骨奇伟。仅识文字，不事廉隅小节。奉继母以孝闻。常卖履为业，好摴蒱，为乡闾所贱。独琅邪王谧见其奇伟，深相敬耳。是时，裕年二十余岁，忽一日，裕卖履有余五日之粮，懒做履，遂游京口竹林寺闲耍，偶困卧于讲堂之前。却说竹林寺众僧会讲佛法，忽见讲堂毫光灿烂，僧人大惊，疑是发火，急忙呼集僧众，令去救火。此时众僧一发向前来讲堂救火，并不见火，只见刘裕在讲堂前卧，上有五色龙章，光焰罩身。当时众僧叫醒刘裕，直说与知，而贺曰："小僧尝闻蛇穿土孔，五霸诸侯；龙穿土孔，真命天子。今金龙翼子之体，子非诸侯，必帝王也。"裕闻言独喜，谢曰："上人无妄言，吾行止时，常见二小龙附翼，或樵渔山泽，亦曾同侣，何足为奇。山野农夫，亦不敢望，禅师何赞过也。"言讫，众僧请裕饮茶。茶讫，裕遂辞僧回归。至次日，厨灶无柴佐饭，裕乃执斧，往新洲去伐荻。

却说新洲土神见刘寄奴落魄，宋祚当兴，乃化长蛇拦路，与之射伤，复变小童，传授金创之药，乃基其王者之兴。裕来至洲，忽见大蛇长数丈，在洲蟠屈，裕惊，卒以箭射之，蛇被箭伤，而遁入荻中，裕被晓亦归。至明日无柴，只得复往新洲去伐荻柴。至洲里，忽闻荻中有杵臼之声，凝目觑之，却见童子数人，皆青衣，立于荻中捣药。裕怪问其故，童子答曰："我王为刘寄奴所射，在此合散敷之。"裕惊，佯挑曰："汝王何不杀之？"童子应曰："寄奴乃王者不死，不可杀也。"裕笑叱之。童子皆散，忽然不见。裕乃收其药认识之而返。归家数日，将复往下邳去卖。却说黄龙长老知天下之主在于刘裕，是以化为沙门在道俟裕，指与功名。当裕卖履归来，遇见沙门。沙门谓裕曰："江表当乱，安之者其在君乎！君何行此？"裕曰："禅师之言，正合吾意。奈吾身有贼疾，未敢投伍。"沙门又问曰："君有何疾？吾教汝医。"裕曰："吾幼年患手创，积年不愈，因是无力。"沙门曰："我有黄药与君，可将敷之，必然得好也。"言讫，将药授裕。裕接了，沙门忽然不见。裕思半响，疑必神教，乃拜谢天地归家，将沙门黄散敷之，一敷就愈，其手力更加大，堪击千斤。因是将其余黄散及童子所遗之药宝藏之，后每遇金创，敷之无有不愈。裕既得沙门之语，常怀在心。

晋隆安三年，十一月，妖贼孙恩聚众据会稽作乱，劫掠州郡。有会稽附郡太守王德急忙写表，遣使入朝奏知，求兵征讨，使人领命去讫。却说晋安帝设朝，只听得净鞭三下响，果然文武两班齐。只见文武百官，齐立丹墀，前八拜，后八拜，中八拜，三八二十四拜，扬尘舞蹈，三呼万岁，君臣礼足。晋皇在座上言曰："卿各平身，有事但奏，无表退班。"于是群臣起伫两边。忽黄门大使引会稽使人直至金銮，拜舞讫，持上表章。晋皇披表，读讫大惊，谓使人曰："卿宜星夜回郡，令太守点兵紧守城池，朕即发兵来应。"使人闻说，拜辞出朝，即归去讫。当时帝问群臣曰："今奸贼作乱，谁人敢与寡人兴兵？"言未罢，群臣奏曰："卫将军谢琰、前将军刘牢之，此二人足智多谋，陛下不如遣其前去征讨，必然收服。"帝闻奏，即宣谢琰、刘牢之二人至，谓曰："今会稽妖贼孙恩作乱，遣卿二人执兵前去收服。卿宜竭力，得胜回朝，封赏不轻。"二人闻说，即时谢恩出朝领兵。于是珠帘放下，文武退班。

却说谢琰、刘牢之二人领兵十万欲行，缺少一个参军官，心下正闷，忽部下军人出说曰："我乡中有一知心识人，乃是楚元王交二十一世孙，姓刘名裕，字寄奴，原居京口里。此人幼读兵书，长习武艺，有万夫不当之勇；身长七尺，细眼长髯，胆量过人，机谋出众。笑齐桓、晋文无匡霸之才，论赵高、王莽少纵横之策。用兵仿佛孙吴，胸次熟识韬略。若将军这里少参军官，可以礼请他来，必然收得妖贼。"牢之闻说大喜，就令军人以礼去请。军人得令，连夜上马来到京口里，见刘裕具道："妖贼孙恩作反，朝廷差卫将军谢琰、前将军刘牢之领兵去征。今二人令我前来，礼请足下为参军，一同去征。文书紧急，火速要行。"裕闻言大喜，即时收拾刀马衣甲，随军人来至营前，忙入军中拜见刘牢之。牢之见裕堂堂七尺五寸身躯，细细五绺胡须垂腹，生得面如碧玉，丰骨奇异。牢之一见，心下大喜，随即拜为参军。裕亦喜之不胜。于是牢之传令三军，目下起行，大刀阔斧，杀奔会稽而来。来至会稽城东五十里，下住营寨。

刘裕十骑破孙恩

是日，谢琰、牢之二人升帐，谓参军刘裕曰："汝可带十个精壮军人，先去觑贼虚实如何，回来报知，吾好引兵后进。"裕闻言，引十骑即行，行至一十余里，却遇孙恩引贼众五千余人正来与牢之对阵，见了刘裕，领兵杀进。刘裕无奈，只得高叫十骑曰："今日正乃立功之时，汝等各宜竭力，杀退贼人。吾若退走，彼必后追，安能逃命。"言讫，自骤马提枪，直取孙恩。孙恩舞刀来迎。一来一往，一上一下，斗不到十余合，刘裕卖一破绽，回马望本阵便走，孙恩赶来。彼时刘裕走得气喘，跌落岸下，贼众临岸，欲下擒之，被裕奋长刀，仰砍数人，贼不敢近，乃得登岸，大呼逐贼而走。恩复引众追来，裕急就环住钢枪，拈弓取箭，侧坐鞍鞒，翻身背射孙恩一箭。箭到处,正中孙恩右肩。孙恩被伤,只得勒转坐下马,撇了手中枪,走回本阵。裕见恩走,以左手招十人,一齐复追杀回,击死贼兵甚众。

却说刘牢之子刘敬宣见刘裕打探不回,疑被贼困,乃引大队人马前来,至平山阴看裕,见裕正与贼人交战,敬宣遂挥兵掩杀,杀得贼人十损其八,连追五十余里。是时,孙恩见战不胜,乃引残兵遁走入海去讫。牢之闻恩逃走入海,乃令收兵屯扎会稽,重赏刘裕,犒劳三军,不在话下。

却说孙恩初起兵,闻八郡响应,谓其属曰:"天下无复事矣,当与诸君朝服至建康。"既而牢之引兵济江。恩与刘裕战不胜,乃驱男女二十万人,入海岛屯居去讫。

却说荆州刺史殷仲堪,乃陈郡人,能清言,善属文。因父病积年,仲堪衣不解带,执药挥泪,遂眇一目。居丧以孝,因是孝武帝诏为太子中庶子,因问仲堪之目曰:"卿患此者为谁?"仲堪流涕而起曰:"臣进退惟谷。"帝有愧焉。帝尝示仲堪诗,乃曰:"勿以己才而笑不才。"帝甚敬之。仲堪一日出游江滨,忽见水上流一棺至,仲堪以为无主,命左右赴水收而取之而归。旬日间,门前之沟忽直起为岸。其夕,有人来谒仲堪,自称曰:"吾乃徐伯玄,感君之恩惠,无以报德也。"仲堪亦以礼待之,因问曰:"我门前沟又无大水流沙,自然填成为岸,君乃高士,必知其为何祥乎?"伯玄对曰:"水中有岸,其名为洲,君将为州官耳!"言终,其岸复没,伯玄亦忽不见。仲堪心甚疑之。次日设朝,群臣保奏孝武帝以殷仲堪为荆州刺史,命其去镇江陵。仲堪谢恩受职,辞帝赴任。孝武帝谓曰:"卿去有日,令人酸然。常谓永为廊庙之宝,而忽为荆、楚之珍,良以慨恨,使朕忧深!"堪曰:"臣虽任外,无苟取民一毫,以负陛下殊遇之恩。伏望陛下善保龙体,以重天下之望,毋劳怀臣之深。"堪为孝武帝所重,为此堪亦尽忠诚之心。既至荆州,荆州连年水旱,百姓饥馑。仲堪食常五碗,盘无余肴,每食粒落席间,辄拾而啖之,虽欲率物,亦缘其性真素也。常语子弟曰:"人物见我受任方州,谓我豁平昔时意,今吾处之不易。贫者士之常,焉得登枝而捐其本,汝其存之矣!"

是时,殷仲堪与桓玄不睦,恐桓玄跋扈,起兵来攻,意欲先以兵去击。当有部将纪绅上言曰:"不可。桓玄乃世之英雄,兼有义兴之地,若与战,必不易图也。吾闻江州刺史杨佺期亦乃世之英杰,有一女年纪十三,未曾许聘他人,今明公亦有长子,不曾结姻,不如先令人求亲于佺期。佺期若肯,必然树党羽,然后兴兵,两相夹攻，方可克胜。"堪曰："其计甚善。"于是从绅之计，即日遣使刘赟赍礼物诣江州求婚。不一日到江州见杨佺期，称说："殷仲堪敬慕将军，欲与将军结姻，特遣小将赍礼前来，求令媛为儿妇，永契秦晋之欢。将军意下若何？"佺期听讫，深思半响，言曰："殷先生几个儿子？"刘赟答曰："有二子，此子是长。"佺期意遂决，许之。备筵宴，款待使人刘赟。赟出外整备彩礼，送入府堂，佺期受礼物，乃留刘赟于馆驿安歇。至次日，备酬礼与回。赟得酬礼，星夜归见仲堪，说知就亲之事。堪大喜道曰："吾荆州无忧患矣！"

却说南郡公桓玄先计使人入朝，求为广州刺史，晋安帝从之。因是起兵谋叛，欲取荆州为家，遣奸细前去打探虚实，闻知殷仲堪求亲于江州杨佺期为援，使人即回，将此报知。桓玄听讫大怒，即时点起军马五万，欲先取荆州，惧其有备，乃引兵杀奔江州，先击杨佺期。佺期未知其来，慌忙引军出城。两下排阵，阵完，杨佺期出阵前言曰："吾与公平素无仇，何故起兵侵界？"玄高叫骂曰："尔与荆州殷仲堪结亲树党，欲来攻我，我故先来击之。"言罢，挺枪骤马，向期便刺。期亦舞刀去迎。二人战上三十余合，杨佺期气力不加，被桓玄刺于马也。玄杀散余兵，收军入城，书安民榜讫，安排牛酒，赏犒三军。乃下令曰："今江州虽破，还有荆州殷仲堪在，若使他闻知，必引兵来攻我，百姓必危矣！不如乘其无备，来日先以兵击之。诸将不许顿舍，持三日粮去起杀入城。"诸将曰："可。"于是次日引兵一万，星夜杀奔荆州而来。

却说殷仲堪果无备，被桓玄挥兵杀入城去。仲堪正坐府堂，闻左右说玄兵入城，吃惊不小，即时率部下兵将杀出，正相遇着，与玄将冯该交战。不五合，仲堪战败而走。玄挥兵进衙，杀其家属，复出堂出榜安民，排宴犒赏诸将。玄克荆、雍，差偏将冯该以兵追数日，生执仲堪杀之。

玄既杀仲堪，遣人入朝上表，求领荆、江二州牧。使人得命，带表即行。行数日，来到朝廷，至次日具公服在待漏院伺候，忽听见净鞭三下响，文武两班齐，晋帝设朝，使人乃直至丹墀，持上表章。帝披览讫，龙颜不悦，即以玄表示群臣。群臣奏曰："桓玄跋扈，不可违其请也。"于是帝决降诏，命玄为荆、江二州牧，使人得诏旨即还去讫，珠帘放下，文武退班。却说使人回见桓玄，具说朝廷诏旨，命领荆、江二州之事。玄大喜，重赏使人，不在话下。

却说初，杨佺期与仲堪为婚姻遣书，欲与仲堪共袭玄。仲堪多疑少决，苦禁止之。参军罗企生谓其弟遵生曰:"殷侯仁而无断,必及于难。吾蒙知遇,义不可去,必将死之。"是岁,荆州大水,仲堪竭仓廪以赈饥民。玄欲乘其虚而伐之,乃发兵西上。仲堪部下将士多出降玄,仲堪大惧,引腹心数十人出走,被玄所执斩之。仲堪奉天师道,祷请鬼神,不吝财贿,而啬于周急,好为小惠以悦人,病者自为诊脉分药,用计倚伏烦密,而短于鉴略,故至于败。仲堪之走也,文武无送者,惟罗企生从之。路经家门,弟遵生曰:"做如此分离,何可不一执手!"企生旋马授手,遵生牵下之曰:"家有老母,去将何之?"企生挥泪曰:"今日之事,我必死之,汝等奉养,不失子道。一门之中,有忠与孝,亦复何恨!"遵生抱之愈急,仲堪遂不待去。及玄至,荆州人士无不诣玄者,企生独不往,而营理仲堪家事。玄遣人谓企生曰:"若谢我,当释汝。"企生曰:"吾为殷荆州败不能救,尚何谢为!"玄乃收之,复问欲何言。企生曰:"从公乞一弟以奉老母!"玄乃杀企生而赦其弟。

凉王卒诫诸子和

却说凉王吕光疾甚,立太子吕绍为天王,自号太皇。以太原公吕纂为太尉,常山公吕弘为司徒。谓太子绍曰:"今三邻构隙,吾没之后,使纂统六军,弘管朝政,汝恭己无为,委重二兄,庶几可济。若两相猜忌,则萧墙之变至矣!"又谓纂、弘曰:"永业才非拨乱,直以立嫡有常,猥居元首。汝兄弟缉睦,则祚流万世;若内自相图,则祸不旋踵!"纂、弘泣曰:"儿不敢。"及光卒,绍秘不发丧。纂排阁入哭,尽哀而出。绍惧,以位让之,纂不许曰:"陛下自宜保重。"光弟子吕超见纂、弘强狠,谓绍曰:"纂为将积年,威震内外,临丧不哀,步高视远,必有异志,宜早除之。"绍曰:"先帝言犹在耳,奈何弃之?纵其图我,我视死如归,终不忍有此意也。"弘闻知,谓纂曰:"主上暗弱,未堪多难,兄宜为社稷计,不可徇小节也。"纂、弘于是夜率壮士一千,攻广夏门。左将军齐从抽剑直前,斫纂中额,左右擒之,纂曰:"义士也,勿杀。"吕超闻变,急率卒二千赴难,众素惮纂威,不战而溃。纂自入升殿,吕绍知,自杀。吕超率众散奔广武。纂以弘兵强,以位让之。弘不受,纂乃即天王位,以弘为大都督、录尚书事。纂叔父吕方乃吕超之父，镇广武，纂遣使去谓曰："超实忠臣，义勇可嘉，但不识权变之宜。方赖其用，可以此意谕之。"超遂上疏陈谢，纂乃复其爵位，相待如初。后凉王吕绍既自杀，因此吕纂自立为后凉王，后又自即天王位，国号大凉，改元咸宁元年。

却说西海公吕弘，吕光之季子，闻吕纂杀绍自立，恐其不为所容，乃起兵东苑，来攻吕纂。纂遣将军权德率兵出讨，与吕弘交战，未上十合，弘众溃散，弘乃单骑奔外。吕弘妻子被士卒夺去所辱。是日，凉王吕纂闻知权德大胜，败走吕弘，笑谓群臣曰："今日之战何如？"侍中房晷对曰："天祸凉室，衅起戚藩。虽弘自取夷灭，亦由陛下无棠棣之义。且弘妻，陛下之弟妇也；弘女，陛下之侄女也，奈何使无赖小人辱为婢妾？天地神明，岂忍见此耶？"言讫，歔欷流涕。凉王纂改容谢之曰："是朕之过，卿乃吾之直臣也。"于是召取弘妻及男女，入居东宫，厚抚养之，将其所辱弘妻士卒斩之。时弘走见叔父吕方。方见之大哭曰："天下甚宽，何为至此？"遂执吕弘送至吕纂。纂使力士康龙拉杀之。

却说吕超不奏朝请，引兵五万，欲伐鲜卑思盘。思盘闻知大惊，急与诸将商议。诸将曰："主公与后凉王自来无仇，必然是吕超擅自起兵，可使人星夜去见新主吕纂，愿称藩臣，以障凉国，彼必抽回其兵，可保吾境无患矣。"思盘曰："卿言有理。"因是使人持书入姑臧，呈与凉王吕纂。纂览毕，始知吕超擅伐鲜卑，乃谓使人曰："汝还报知汝主，道吾与汝国实乃唇齿之邦，必无相攻之理。吕超起兵，朕实不知。朕即遣人抽回责之，从今和好如初，不须忧疑。汝回急告汝主，吾旦日请与超会面讲和，宜速来之。"使人得其言语，即归去讫。凉王纂使人往边召吕超还朝，问曰："鲜卑思盘与吾国无仇，如何擅伐，不待朕知？不看平昔功劳及先王祖面，今朝必然斩你。从今以后，休得如是。"吕超惧，即谢罪而出，来见兄右将军吕隆。隆曰："吕纂谋逆弑绍自立，吾甚不平，无人帮附，待弟回来计议。今弟既回，必须杀此跋扈。"超曰："来日吾即辞吕纂还广武，即起兵来。你可以兵内应，诛此不义。"隆曰："汝去再来必难。吾闻吕纂旦日遣使请鲜卑主思盘宴，必然大会群臣，与弟待其宴会时，吾自劝吕纂饮醉，弟可藏刀侍于左右，将纂刺杀，其余文武，不敢逆耳。"超然之。

次日，凉王吕纂果排宴大会群臣于内殿，吕纂自与吕超对饮，饮得大醉。吕隆又来劝纂，纂又饮，因是昏醉，被吕超取出利刃，将吕纂杀之。因大叫群臣曰："吕纂谋逆篡位，吾故杀之，与汝大臣无干！今将军吕隆有先人之志、汉祖之德，宜立袭位，汝等大臣所议何如？"群臣皆曰："殿下乃太祖之弟，宜自即位，何必让彼！"吕超曰："吾为公杀此逆贼，吾若自取大位，却被天下之人笑我篡位。汝诸大臣，休忤吾意。"于是大臣扶吕隆上殿登座。吕隆推让吕超，至再至三，方始受位。群臣皆呼万岁。国号大凉，改元神鼎元年。

初，吕纂嗜酒好猎，太常杨颖谏之不悛。会吕超擅击鲜卑思盘，纂命超及思盘入朝讲和。超惧，至姑臧，深自结于殿中监杜尚。纂见超，责之曰："卿恃兄弟桓桓，乃敢欺朕，要当斩卿，天下乃定！吾不忍杀汝也。"因引超、思盘及群臣宴于内殿。超兄中领军隆，数劝纂酒，纂醉，超取剑击杀之。纂后杨氏命禁兵讨超，杜尚止之，皆舍仗不战而散。超让位于隆，隆遂即天王位，以超都督中外诸军事、录尚书事。杨后将出宫，超恐其挟珍宝，命索之。后曰："尔兄弟不义，手刃相屠，我且愿死，又安用宝为？"超又问玉玺所在。后曰："已毁之矣。"后有美色，超将纳之，谓其父桓曰："后若自杀，祸及卿宗。"桓以告后。后曰："大人卖女与氐以图富贵，一之为甚，其可再乎！"遂自杀。桓惧，走奔河西去讫。

李暠自称西凉王

却说西凉王李暠，字玄盛，小字长生，陇西成纪人，汉前将军李广十六世孙也。祖仕张轨，父早卒，遗腹生暠。暠少而好学，性沉敏宽和，通涉经史，颇习武艺，诵孙吴兵法。尝与吕光太史令郭馨，及其同母弟宋繇同宿。馨起谓繇曰："君当位极人臣，李君有国土之分，家有骊草马，生白额驹，此其时也。"吕光来京兆，段业自称凉州牧，闻暠之名，署暠为效谷令。会敦煌太守孟敏卒，于是护军郭谦等以暠温毅有惠政，推为敦煌太守。其时宋繇亦仕段业，闻暠已立，乃辞段业而归敦煌，入见李暠而言曰："兄忘郭馨之言耶！白额驹今已生矣，何如早不建其大业也？"暠曰："吾已得志，待弟来谋，幸汝到此，吾之大事将济矣。"于是与宋繇共谋，霸有秦、凉二州，遂迁都于酒泉郡，自称为秦、凉二州牧。暠乃劝民稼穑，年谷岁登，百姓乐业。是时，白狼、白驹、白崔、白雉、白鸠，皆自然栖其园囿。宋繇以白祥自至、金精所诞皆应，因上言曰："昔太史令郭馨曾言，白祥若起，明公可以登基。今白瑞已应，明公宜即王位，以乘其时。"暠曰："吾无才德，何敢为之？必须请命于晋，然后方可自立。"繇曰："若如此逆众，士民必离。臣等诸将为明公开台建业，离乡土，弃亲戚，咸指望明公即位以图荣贵。今日拗之，士必辞归。若去，谁人与明公同成其事耶？"暠始从之，自立为西凉王，使人称藩于晋。国号大凉，改元建初元年。以宋繇为尚书令，同参万机。

燕王德议立太子

庚子，四年（燕长乐二年，秦弘始二年，魏天兴三年，南燕建平元年，南凉王秃发利鹿孤建和元年，西凉公李暠庚子元年。是岁，西秦降于后秦王），却说南燕王慕容德即皇帝大位，都于广固，更名裕德，因谓文武曰："朕今年迈无嗣，大不幸也。吾闻'不孝有三，无后为大'，今贵为天子，富有天下，若不早定青宫，朕崩之后，是遗祸于宗室之竞也！吾欲择族中有德者立之，卿等所议何人堪任大事也？"时尚书鲁遂上曰："陛下之兄北海王慕容纳之子慕容超，字祖明，仁德久著。臣闻先是慕容晖降秦王苻坚，被苻坚徙于长安。苻坚被后秦王姚苌所害，长安为姚苌所都。姚苌已死，其子姚兴嗣位。其弟姚绍有知人之鉴，见超异之，劝姚兴拘以爵位。姚兴信之，召慕容超入见。超恐姚兴相害，凡有所问，深自晦匿，咸推不能。因此姚兴鄙之，谓弟姚绍曰：'谚云妍皮不裹痴骨，汝胡妄语耶！'由然姚兴勿用，至今还在长安。陛下何不使人迎来立之为太子，则南燕社稷幸甚矣！"南燕王德曰："非卿所举，则朕忘矣。"于是德使人来长安，召慕容超。超闻德有召，不告母妻知，即与使人入广固，朝见南燕王德。德与语大悦，遂立为太子，命居东宫。

却说南凉秃发乌孤，河西鲜卑人。八世祖匹孤，匹孤卒，其子寿阗立。初，寿阗子在孕，其母胡掖氏因寝而产于被中。鲜卑谓被为"秃发"，因而氏焉。寿阗孙树机能据有凉州之地，至乌孤嗣位，吕光自立为凉王，遣使署乌孤为冠军大将军，自称西平王，改元号太初，徙都乐都。乌孤身死，其弟利鹿孤为众所立，为武威王。至是岁，秃发利鹿孤改称西河王，国号南凉，改元为建和元年。次日，大会宴赏群臣，因谓文武曰："戎车屡驾，无辟境之功，务进贤彦，而下犹蓄滞。岂所任非才，将吾不明所致也？"祠部郎中史皓对曰："今取士拔才，必先弓马，文章学艺为无用之资,非所以来远人,垂不朽也。为今之计,大王宜建学校,选耆德硕儒以训胄子,则贤士争趋至也。"利鹿孤闻说,善之。于是以白玄冲、赵诞为博士祭酒,以教胄子,由此贤人稍进。

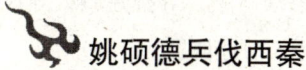姚硕德兵伐西秦

后秦王姚兴遣姚硕德以兵二万,去伐西秦。西秦王乾归使将军慕兀等以兵二万五千屯宋。秦军樵采路绝,秦王兴闻知,潜引兵一万救之。乾归闻之,亦自将铁骑数千,前候秦军。会大风昏雾,与中军相失,入于外军,被兴军杀败走归,其众皆降于兴。进军枹罕。乾归走奔金城,将复西走,谓诸豪帅曰:"今秦王兴军势盛大,吾兵寡弱,不如早避。举国而去,必不得免,卿等宜留此降秦,以全宗族。"众皆曰:"死生愿从陛下。"乾归曰:"吾今将寄食于人,若天未亡我,庶几异日,克复旧业,复与卿等相见,今相随而死,无益也。"乃大哭而别,遂奔允吾,乞降于南凉。南凉王利鹿孤待以上宾。秦兵既退,南羌梁戈等遣人密招乾归。乾归将应之,欲以白利鹿孤,乾归惧为所杀,乃送太子炽磐等于西平,南奔枹罕,遂降于秦。久之,炽磐亦逃归。

十二月,有星孛于天津。元显以星变解录尚书事,复加尚书令。吏部尚书车胤以元显骄恣,白会稽王道子,请禁抑之。元显问道子曰:"车武子屏人,言及何事?"道子怒曰:"尔欲幽我不令与朝士语耶!"元显出,谓其徒曰:"车胤间我父子,吾必杀之。"胤惧自杀。时魏太史屡奏天文垂乱,魏王珪自览占画云:"当改王政。"乃下诏风励群下,以帝王继统,皆有天命,不可妄干。又数变易官名,欲以厌塞灾异。

辛丑,五年(燕王慕容熙光始元年,秦弘始三年,魏天兴四年,凉王吕隆神鼎元年,北凉王沮渠蒙逊永安元年),正月,南凉王利鹿孤欲称帝,将军锨勿崙曰:"吾国被发左衽,无冠带之饰,逐水草迁徙,无城郭室庐,故能雄视沙漠,抗衡中夏。今举大号,诚顺民心。然建都立邑,难以避患,储蓄食库,启敌人心。不如处晋民于城郭,劝课农桑,以供资储,率国人以习战射,邻国弱则乘之,强则避之,此久长之策也。且虚名无实,徒为世之质的,将安用之!"利鹿孤乃更称河西王。

以其弟傉檀都督中外诸军事、录尚书事。又命群臣极言得失。从事史皓曰:"陛下命将出征,往无不捷,然不以绥宁为先,惟以徙民为务。民安土重迁,故多离叛,此所以斩将搴旗,而地不加广也。"利鹿孤善之。

沮渠蒙逊其先为匈奴左沮渠,因为氏焉。蒙逊出自夷陬,擅雄边塞。先闻吕光悖德自立,深怀仇雠之冤,因临松卢水,集胡人起兵,恐众不服,寻推建康太守段业为凉州牧,假以陈、吴之事,依陈胜、吴广聚众十余万人而仕段业。

却说北凉王段业惮沮渠蒙逊勇略,蒙逊亦身自晦匿。张掖太守马权素豪俊,为业所亲重,意轻蒙逊。蒙逊谓业谮其欲谋叛,业将权杀之。蒙逊欲谋叛,乃谓其兄男成曰:"段公非拨乱之主,向吾所惮。权已死,欲除之以奉兄,何如?"男成曰:"人亲信我,图之不祥。"蒙逊见男成不允,计乃求为西安太守,业从之。蒙逊临行,因与男成约,同祭兰门山神而去,乃阴使人先告段业曰:"男成欲起兵为乱,若不信,以求祭兰门山神为验。"至期而发。业遂收男成,令自杀。男成曰:"蒙逊先与臣谋反,臣以兄弟之故,隐而不言。今以臣在,恐部众不从,故约臣祭山而反诬臣,其意欲王之杀臣也。乞诈言臣死,暴臣罪恶,蒙逊必反,然后使臣讨之,无不克矣。"业不听,杀之。男成既死,蒙逊闻知,泣告众曰:"男成忠于段王,而无故杀之,诸君能为报仇乎?"男成素得众心,皆愤怒争奋,比至氐池,羌胡多起兵应之。业先疑将军田昂与男成同反,将囚之,至是诏之,使讨蒙逊。昂乃以众降蒙逊,业之军遂溃。蒙逊攻入张掖,擒住段业。业谓蒙逊曰:"孤子然一己,为公家所推,愿丐余命,东还与妻子相见。"蒙逊不听,命斩之。业儒素长者,无他权略,威禁不行,群下擅命,尤信卜筮、巫觋,故至于败。蒙逊自称为张掖公。

刘裕寡兵退孙恩

妖贼孙恩复引兵北出海盐,欲报山阴之仇。刘裕闻知恩来,点民兵筑城于故海盐而拒之。恩日夜引贼众来攻其城。刘裕忧兵少,乃选敢死士二十人,至夜出击之。贼不知裕兵多少,乃走。时裕虽连胜,而深虑众寡不敌之势,乃思一计,至夜偃旗,示以羸弱,待观其懈,遂乃部兵奋击,大破之,杀得恩兵十损其七,大败而逃。裕兵追一百余里方归，赏犒三军。

至八月，晋帝设朝，群臣奏知刘裕击败孙恩之功，帝降诏以裕为邳太守。裕得诏即行，回归京口。

史说，孔靖字季恭，好昼卧，忽见一神人，衣服非常，至前谓曰："汝速起看，天子在门前矣！"言讫忽不见。靖遂遽出门视之，并无一人，徐见刘裕经过。靖忙下阶延裕入宅，因执手曰："卿当大贵，愿以孤身为托。"裕曰："寒微岂得登庸？倘有侥幸，必不舍君。"靖曰："必有大用。"于是置酒相待，因与结交，礼接甚厚。自此二人深相善焉。后裕自往下邳之任。

秦王兴兵伐西凉

西凉王吕隆多杀豪望，人不自保。魏安人焦朗使人说后秦姚硕德曰："吕氏兄弟相贼，政乱民饥，乘其篡夺之际取之，易于反掌，不可失也。"姚硕德以告其主秦王兴。兴从之，自以兵五万，从金城济河，直取姑臧。吕隆大惧，遣吕超等以兵三万逆战，大败，被硕德大破之。吕隆走入城，撄城固守。于是西凉公皓、河西王利鹿孤、张掖公蒙逊怕秦来攻，各遣使奉表，入贡于秦。秦王兴闻凉扬桓之贤，使人征之，利鹿孤不敢留，使桓之秦。秦陇西公硕德围姑臧累月，抚纳夷、夏，分置守宰，节食聚粟，为持久计。吕超言于凉王隆曰："今资储内竭，上下嗷嗷。当卑辞降秦。敌去之后，修政息民，若卜世未穷，何忧旧业之不复？若天命去矣，亦可保全宗族。"隆乃遣使请降于秦硕德。

硕德遣人奏知秦王兴，就表隆为凉州刺史。秦王兴受其降，召硕德以兵还。硕德军令严整，秋毫不犯，祭先贤，礼名士，西土悦之。秦王准降，吕隆使吕超率骑，多赍珍宝入秦。吕超朝见秦王姚兴，拜舞毕，呈上宝物，具言请降之事。兴大悦，就拜吕超为都督，不与还凉。乃使将军尹详率一万人入凉，东迁吕隆入长安，为长乐公。凉王隆泣告详曰："吾欲守父兄之国，秦王何迁吾入长安也？"详曰："秦王惟恐足下在此被外国寇攻，故使入朝为官，免被人欺负也。"吕隆不得已，带家属去长安。姚硕德使王尚为凉州刺史，分兵与其戍守凉地，自与尹详等振旅还京讫。后凉自吕光至吕隆，凡十三载，至此而灭。

却说凉州刺史王尚坐匿吕氏宫人，擅杀逃人薄禾等，禁止南台，因得罪。凉州别驾宗敞诣阙上疏理王尚之无罪。后秦王兴览其疏大悦，谓黄门侍郎姚文祖曰："卿知宗敞乎？"文祖曰："与臣同里，乃西方之英俊也！"秦王兴曰："今有表理王尚，义甚佳，恐非敞之所作。文祖曰："宗敞昔与吕超周旋，陛下试可问之。"秦王兴因谓超曰："宗敞文才何如？可是谁辈？"超答曰："敞在西土时，文辞甚美，可方魏之陈、徐，晋之潘、陆也。"秦王兴以表示超曰："凉州小地，宁有此才乎？"超曰："臣以敞余文比，未足称多。琳琅出于昆仑，明珠生于海滨，若必以地求人，则文命大夏之弃夫，姬昌东夷人摈士。但当问其文采何如，陛下不可以区宇格也。"秦王兴大悦，宣宗敞入内，以为尚书，而赦王尚之罪。因问宗敞曰："今后凉王已降，朕迁之于长安，凉州无人镇守，吾欲以将去戍，群臣之中，卿以何人可堪其任？"敞曰："后凉近夷，久叛之地，难以制之。陛下群臣皆有文武之才，宜留护京师，以听调出征讨，若去守，则未必能全。臣举一人，可署凉州万无一失。"秦王兴曰："卿举何人？"敞曰："南凉王秃发傉檀，有英雄之志，凉人所畏，鲜卑宾服。陛下可诏拜其为凉州刺史，与臣去南凉，使其署之，则鲜卑不敢寇境，胡人来归也。"秦王兴从之，作诏即遣宗敞来乐都，拜傉檀为凉州刺史。敞奉命至乐都。

却说先是宗敞之父宗燮，与傉檀俱事吕光，光以燮为尚书郎，傉檀为广武内史。燮善风鉴，一见傉檀，因执其手曰："君神爽宏拔，逸气凌云，命世之杰，后必当克消世难，恨吾年老，不及见耳！吾以子宗敞兄弟托君，久后休忘今日之言。"至是，宗燮死，吕隆降秦，宗敞乃归秦王姚兴，因上疏入朝，秦王兴问戍守凉地之才，而有是命。来至乐都，次日入见傉檀，先呈上诏书，说署傉檀凉州刺史之事。傉檀大悦，因谓宗敞曰："孤以常才，谬为汝尊先君所见称，孤每自恐有累大人水镜之明。及忝家业，窃有怀君子。不图今日得见于卿，大慰吾平生之所望也。"敞曰："大王仁侔魏祖，存念先人，虽朱晖眄张堪之孤，叔向抚汝齐之子，无以加也。今某奉秦王之命，请大王署凉州刺史，大王还肯听之乎？"傉檀曰："如何不从，吾即取装与卿同入凉州也。"因此傉檀辞兄利鹿孤与尚书赵诞，奉秦王命来戍乐都，自引群臣入凉州。次日，大会文武，宴于宜德堂，傉檀因仰视其堂而叹曰："古人言'作者不居，居者不作'，信矣。"中郎将孟祎进曰："宽饶有言，富贵无常，忽辄易人。此堂之建，年垂百岁，十有二主，惟信德可以久安，仁义可以永固。愿大王勉之,万代无穷也!"傉檀曰:"非吾无以闻谠言也。"时傉檀虽受制于姚兴,然车服礼章,一如王者。秃发傉檀乃据凉州,并吞附近城堡,得兵数万,乃统兵二万,攻克显美,执太守孟祎,而责其不早降。祎曰:"祎受吕氏厚恩,分符守土,若明公大军甫至,望旗归附,恐获罪于执事矣。"傉檀释而礼之,以为左司马。祎辞曰:"祎为人守城不能全,复忝显任,于心窃所未安。若蒙明公之惠,使得就戮姑臧,死且不朽。"傉檀义而遣之。于是祎得全还。

却说燕王慕容盛承其父宝以懦弱失国,又自矜聪察,多所猜忌,群臣有纤芥之隙,皆先事诛之,人不自保。初,段太后兄之子段玑为反者段登辞所连及,逃奔辽西,复还归罪,盛赦之,使尚公主入直殿内。至是作乱,盛自率左右战,被玑所伤而卒。中垒将军慕容拔白太后丁氏,以国家多难,宜立长君。时众望在盛弟平原公慕容元,而河间公熙素得幸于丁氏,乃废太子定,迎熙入宫,即天王位,改元光始。遣人以兵五千捕玑等,夷其三族。

东晋卷之七

起自东晋安帝壬寅元兴元年,止于东晋安帝庚戌六年十一月,首尾共八年事实。

元显意欲讨桓玄

壬寅，元兴元年（燕光始二年，秦弘始四年，魏天兴五年，南凉王秃发傉檀弘昌元年），正月，却说桓玄表其兄伟为江州刺史，镇夏口；以司马刁畅督八郡，镇襄阳；遣其将冯该戍溢口。自谓有晋国三分之二，数使人上已福端，欲以惑众。又致笺于会稽王道子曰：

贼造近郊，以风不得进，食尽故去，非力屈也。昔国宝死后，王恭不乘此威入统朝政，足见其心非侮于明公也，而谓之不忠。今之腹心，谁有时望，岂无佳胜，直是不能信之耳。

元显见书大惧。张法顺谓曰："玄承借世资，素有豪气，既并殷、杨，专有荆、楚，第下所控引，止三吴耳。今东土涂地，公私困竭，玄必乘此纵其奸凶。"元显曰："为之奈何？"法顺曰："玄始得荆州，人情未附。若使刘牢之为前锋，而以大军继进，玄可取也。"元显以为然。

会武昌太守庾楷密使人自结于元显，请为内应。元显大喜，遣法顺来京口问于牢之。牢之谓法顺曰："桓玄兄弟新并殷、杨，据晋土得三分之二，其锐气正盛，焉能克之？依吾见，是以为难。"法顺还曰："观牢之之言，将必二于明公，可召入杀之。不尔，败人大事。"元显不从，于是大治水军，欲谋讨桓玄。

桓玄陷建业篡位

次日，刘元显奏安帝，下诏罪状桓玄。帝从之，以元显为总领大将军征讨大都督，加黄钺；刘牢之为前锋，谯王尚之为后部。张法顺言于元显曰："桓谦兄弟每为上流耳目，而牢之反复。万一有变，则祸败立至。可令牢之杀谦兄弟以示无二，若不受命，当逆为其所败。"元显曰："今非牢之，无以敌玄。且始事而诛大将，人情不安。又且桓冲有遗惠于荆土，而谦，冲之子，安可杀也？"言讫，奏安帝除谦荆州刺史，以结西人之心。

却说桓玄令人打探虚实，闻知朝廷以元显握兵，遣牢之等以兵前来，心中大惊，欲完保江陵。忽一人挺身上言曰："明公英威震于远近，元显口尚乳臭，刘牢之大失物情，若以兵临近畿，示以祸福，土崩之势可翘足而待。何有延敌入境，自取穷蹙者乎？"玄视之，其人乃长史卞范之。玄听其论，即从之，领大兵复行。至江陵县，两军相遇，是时天晚，各自安营。至次日，两下出兵交战。当时桓玄出战交锋，牢之亦挺枪出迎，两马相交，战上十合，不分输赢。两下噪鼓，二人又战，战五十余合，牢之见胜不得，自回本阵，玄恐其诈，亦不来赶。由然两下各自鸣金，收军屯扎，相拒月余。参军刘裕劝牢之急击之，牢之不许。

桓玄归营，谓诸将曰："牢之勇猛，急不能破。"卞范之又曰："主公可使人去说，令其人来降，则主公大事成矣。"玄曰："然。"于是使桓信奉书来见牢之，说："将军肯降，久后同享富贵，必不相忘。"至夜，刘牢之谓子敬宣曰："道子昏暗，元显淫凶，吾深虑平桓玄之后，政乱伏始。不如应其招降，请和，吾退往别处，假桓玄之手杀此二贼，吾然后乘隙，可以得志于天下。"敬宣曰："儿恐桓玄威望既成，则难图之。"牢之曰："取之如翻覆手，但平后，宁奈骠骑何！"于是牢之反遣子敬宣诣玄营请和。刘裕与何无忌二人并固谏不从，由是刘裕退居广陵。

敬宣即行，见桓玄具说父令他来请和之事。玄意犹豫，卞范之急点头言曰："可从之。刘将军既令公子前来请和，必无诈意，明公何可推乎？"于是玄意遂决，排宴款待敬宣，许其请和，约定旦日，各自罢兵。至次日，送敬宣还营。宣去讫，玄谓卞范之曰："先生令从和，何年得天下定乎？"范之曰："若不言和，刘牢之必奏朝廷，加兵严备，守住险要，吾等安能进兵？不如许之，暂且退兵，令其不备，然后以兵阴袭建业，必然克也。故兵法曰：'以和就计，攻其无备。'"玄听说大悦。过几日，退兵二百余里。牢之闻桓玄退兵还，引兵屯会稽去讫。玄大喜，谓范之曰："不出先生之所料耳！"于是停驻数月，又领兵十万，来攻建业。

初，桓玄起兵发江陵，虑事不捷，常为西还计，及过浔阳，见无兵甚喜。晋帝闻桓玄以兵复至，急下诏遣齐王柔之以驺虞幡止之，被玄所杀。玄至历阳，襄城太守司马休之以赢兵与战，败走。谯王尚之众自溃，玄捕获之。时刘牢之亦知玄至，素恶元显，又虑功高不为所容，自恃才武，拥强兵欲假玄以除执政，复伺玄隙而自取之。先参军刘裕请急击玄，牢之不许自去。玄闻知，使牢之族舅何穆说牢之曰："自古戴震主之威、挟不赏之功而能自全者谁耶？今战胜则倾宗，战败则覆族，不若翻然改图，则可以长保富贵矣。"牢之从之，遂与玄复相通。东海何无忌，牢之之外甥也，典刘裕共来极谏，不听。其子敬宣又谏，牢之怒曰："吾岂不知今日取玄如翻覆手，但平玄之后，令我奈骠骑何！"遂遣敬宣诣玄请降。玄阴欲诛牢之，乃与敬宣宴饮，陈名书画共观之，以安悦其意，敬宣不觉也。

元显将发兵出讨玄，闻玄已至新亭，元显弃船退军。二月，复出陈兵于宣阳门外。军中相惊言："玄已至南桁。"元显遂引兵欲还宫。玄乘势遣人拔刀随后追击，大呼曰："放仗！"军人皆奔溃。元显走入东府，被玄遣从事收缚数之。元显曰："为法顺所误耳。"玄既克建业，欲杀晋帝，乃聚众谋士商议朝廷之事。卞范之进曰："明公意在大位，臣以为不可。何也？盖方镇兵强，而又民心附晋，岂可速也？昔晋文公纳周襄王而诸侯景从，魏武祖挟汉献帝而群臣归附。不如因此时入朝奉王，以从人望，大顺也；重权公出，以服天下，大义也。不然诸胡乘衅，方镇加兵，虽有孙吴之策，未易守也。"玄犹豫。

次日，晋帝设朝，群臣山呼，奏知桓玄克建业，及起兵京城之事。帝乃大惊，急与文武商议，如何可保全社稷，百姓无咎。群臣上言曰："臣见桓玄好爵之人，陛下可高坐金銮，出圣旨命人宣他进来，封以重爵，彼必不就害陛下也。与战，则恐不利。"帝曰："然。"于是即出圣旨，遣人去宣桓玄。玄得旨，犹豫趑趄。当卞范之近前密曰："明公威震中外，谁不惧之？矧大兵在此屯驻，入朝何伤。不如从旨进觐晋帝，帝必以重爵封明公，明公乘此机会，总百揆，握朝柄，挟天子，而今天下指日定矣。何必更疑乎？"玄闻言大喜，即具朝服，随使入朝，直至金殿之下，拜舞山呼万岁讫，奏曰："臣起兵者，为陛下左右有獐头鼠目之辈，前后有狼心狗行之徒，伤害朝纲，暴酷万民，是以兴兵来诛谗佞。必不肯有害陛下之心，陛下可高枕矣。"帝闻奏大悦，赐玄平身。桓玄自为丞相而总百揆。

《书》云："纳于百揆。"蔡氏传曰："揆，度也。百揆，度庶政之官。惟唐虞有之，犹周冢宰也。"

玄既入京师，称诏解严，自为丞相，总百揆，都督中外、录尚书事、扬州牧，复让丞相而为太尉。以兄弟桓伟为荆州刺史，桓修为徐、兖刺史，桓石生为江州刺史，卞范之为丹阳尹，王谧为中书令。徙会稽王道子于安成郡。斩元显、尚之、庾楷、张法顺十余人。以刘牢之为会稽内史。牢之惊曰："如尔，便夺我兵，祸其至矣！"子敬宣劝牢之袭玄。牢之犹豫，告刘裕曰："今当北就高雅之于广陵，举兵以匡社稷，卿能从我乎？"裕曰："将军以劲卒数万，望风降附；彼新得志，威震天下，朝野人情皆已去矣，广陵可得至耶！裕当反服还京口耳。"退谓何无忌曰，"吾观镇北祸必不免，卿可随我还京口。玄若守臣节，当与卿事之，不然，当与卿图之。"于是牢之大集僚佐，议据江北以讨玄。参军刘袭曰："事之不可者莫大于反。将军往年反王兖州，近日反司马郎君，今复反桓公。一人三反，何以自立？"语毕趋出，佐吏各散走。牢之惧擒，率部曲北走至新洲，自缢而死。

却说桓修镇丹徒，闻刘裕贤而勇略，隐遁于京口，乃使人赍礼，召请为参军。使人得令，即去请刘裕。刘裕从请，即诣见桓修。桓修闻至大喜，降阶迎接，握手顾笑，欢若平生，胜如旧识。以酒相待，至半酣，修起言曰："闻君才名出众，智识高群，故命使请君为参军。君可同心戮力，六书兵机，以佐吾弟。太平之后，画地封君耳。"裕答曰："臣蒙明公录用，安敢不效愚忠乎，但恐有缺下问也！君有驰驱，必不辞行。"修又曰："且日吾亲自与君去见吾弟，命其奏帝，再加封赏。"言讫席散。时刘裕来见故人孔靖曰："桓公篡形已著，吾欲于山阴建义讨之，卿意如何？"靖曰："山阴路远，且玄未居极位。不如待其篡后，于京口起义图之。"裕然之。

却说隆安以来，中外之人厌于祸乱，及桓玄初至，黜奸佞，擢贤隽，京师欣然，冀得稍安。既而玄又奢豪纵逸，政令无常，朋党互起，凌侮朝廷，裁损乘舆供奉之具，帝几不免饥寒，由是众心失望。

南凉秃发傉檀立

却说南凉王利鹿孤在位三年而卒，群臣奔凉州，立其弟秃发傉檀为凉王，代领其众，国号南凉。都于乐都，改元弘昌元年。史说，傉檀少机警，有才略。其父奇之，谓诸子曰："傉檀明识干敏，非汝等辈也。"

却说晋辅国将军袁虔之，先与桓玄同志齐名，素不相睦，及闻桓玄得志，恐不为其所容，乃弃官，引家属入长安，来降后秦王姚兴。兴闻其来降，亲临东堂，命近臣引进虔之。虔之入见礼讫，秦王姚兴因与话间而谓虔之曰："桓玄虽晋臣，其实晋贼，其才度定不如父，焉能办成大事也？"袁虔之曰："玄不如其父远矣。今既握朝权，必行篡夺，既非命世之才，正可为他人驱除耳。此天以机授之陛下，愿速加经略，廓清吴、楚。"秦姚兴大悦，以虔之为大司农。

次日，秦王兴如逍遥园，引诸沙门听鸠摩罗什演说佛经。罗什通辨夏言，寻览旧经，多有乖谬，不与胡本相应。秦王兴亲与罗什及沙门僧略等八百余人，更出大品，罗什持胡本，秦王兴执旧经，以相考校，因此续出诸经并诸论三百余卷，今传新经皆罗什所译。秦王兴既托意于佛道，公卿以下莫不钦附沙门。州郡化之，事佛者，十室而九矣。

却说孙恩自被刘裕之败，复聚众一万，来寇临海，太守辛景以伏兵击破之。恩势穷兵尽，及所掳三吴男女死亡殆尽，恐为官军所获，乃自赴海死。其党从死者以百数，世人谓之"水仙"。

余众数千人复推恩妹婿卢循为主。循，谌之曾孙也，神采清秀，雅有才艺。少时，沙门惠远尝谓之曰："君虽体涉风素，而志存不轨，如何？"时桓玄欲抚安东土，乃遣人以循为永嘉太守。循虽受命，而寇暴不已。

五月，秦王姚兴大发诸军十万，遣义阳公姚平等将兵以伐魏，兴自将大军继之。平以兵攻魏干壁，拔之。魏主珪闻知，即遣长孙肥为前锋，自将大军五万继后以御之。平遣骁将率精骑二百觇魏军，肥率一千人逆击，尽擒之。平乃退走，珪追及于柴壁，平以军攖城固守，魏军围之。兴将兵四万来救之，将据天渡，运粮以馈平军。魏博士李先曰："兵法，高者为敌所栖，下者为敌所囚。秦皆犯之，可遣奇兵先据天渡，柴壁可不战而取也。"珪命军士增重围，内防平出，外拒兴入。当将军安同曰:"汾东有蒙坑,东西三百余里,蹊径不通。姚兴来,必从汾西直临柴壁,与此虏声势相接,重围虽固不能制也。不如为浮梁,渡汾西,立围以拒之。虏至,无所施其智力矣。"珪从之,率步骑三万为浮梁,渡汾西,逆击兴于蒙坑之南。兴见有戎,乃退走四十余里,平亦不敢出。兴屯汾西,束柏材从汾上流纵之,欲以毁浮梁,魏人皆钩取为薪,不得进。姚平粮竭矢尽,夜领众突围不得出,乃率麾下大兵赴水,咸从沉死。余众二万余人,皆敛手被魏人所擒。兴力不能救,举军恸哭,遣使求和于魏王。珪不许,乘胜进攻蒲坂,会柔然谋叛,魏王珪乃引兵还凉。

癸卯,二年(燕光始三年,秦弘始五年,魏天兴六年。是岁,凉亡。大三小四,凡七僭国),却说桓玄聚朝士商议欲废铜钱而用谷帛。射西阁祭酒孔㙉之议曰:

《洪范》八政,以货次食,岂不以交易之所资,为用之至要者乎!故圣人制无用之货,以通有用之财,既无毁败之费,又省难运之苦,此钱所以嗣功龟贝,历代不废者也。谷帛为宝,本充衣食,今分以为货,则致损甚多。又劳毁于商贩之手,耗弃于割截之用,此之为弊,著于已试。故钟繇曰:'巧伪之人,竟湿谷以要利,制薄绢以充资。'魏世制以严刑,弗能禁也。是以司马芝以为用钱非图丰国,亦所以省刑。今既用而废之,则百姓顿亡其财,是有钱无粮之人,皆坐而饥困,以此断之,又立弊也。魏明帝时,钱废谷用,三十年矣,以不便于人,举朝大议。精才达政之士莫不以宜复用钱,足以明谷帛之难用也。

桓玄又曰:"既钱不可易,可复用肉刑以制严刑?"㙉之又曰:

唐虞象刑,夏禹立辟,盖淳薄既异,致化不同。《书》曰"世轻世重",言随时也。夫三代风纯而事简,故罕蹈刑辟;季末俗巧而务殷,故动陷宪典。若三代行于叔世,必有踊贵之尤,此五帝不相循法,肉刑不可悉复者也!汉文有仁恻之意,伤自新之路,虽曰稽古创制,号称刑措,然名轻而实重,反更伤人。故孝景帝嗣位,轻之以缓。缓而人慢,又不禁邪，期于刑罚之中，所以见美于昔。兵荒以后，雁法更多。弃市之刑，本斩右趾，汉文一谬，承而弗革，所以前贤怅恨，议之而未辩。钟繇、陈群之意，虽小有不同，欲以右趾代弃市。若从其言，则所活者众。降死之生，诚为轻法，可以全其性命，繁其产育，仁既济物，功亦益众。又今所患，捕逃为先，屡叛不革，宜令逃身靡所，亦以肃戒未犯，永绝恶源。至于余条，且宜依旧，不可改更耳。

玄遂不悦，因怒还第。

九月，殷仲文、卞范之二人劝玄早受禅。玄剑履上殿，入朝不趋，直至殿上谓晋主曰："朝廷无玄一人，不知几人称帝、几人称王？今玄还位丞相，陛下何不知恩！"帝曰："是朕之失。"即命会册玄为相国，总百揆，封楚王，加九锡。玄大悦，号楚国，置丞相以下官第。

桓谦私问彭城内史刘裕曰："楚王勋德隆重，朝廷之情，咸谓宜有揖让，卿以为何如？"刘裕曰："楚王勋德盖世，晋室民望久移，乘运禅代，有何不可？"谦即喜曰："卿谓之可即可耳。"

南燕臣高雅之上表，请南燕王备德请伐桓玄，言曰："纵未能廓清吴会，亦可收江北之地。"韩范亦上疏曰：

> 晋室衰乱，戎马单弱，重以桓玄悖逆，上下离心。拓地定勋，正宜今日，失时不取，彼之豪杰，诛灭桓玄，更修德政，则无望矣。

备德因命诸将讲武于城西，率步卒三十七万人，骑五万三千匹，车万七千乘。正欲起行，公卿皆以玄新得志，未可图，于是乃止。

十一月，桓玄佯以表请归藩，使人奏帝作手诏固留之。又诈言钱塘临平湖开，江州甘露降，使百僚集贺，为己受命之瑞。又以前世皆有隐士，耻独无之，计求得皇甫希之，给其资帛，使其居山林，遣人征为著作郎。又使固辞，然后下诏旌礼，号曰高士。时人谓之"充隐"。又欲废钱用谷帛，及复肉刑，制作无定，卒无所施。性复贪鄙，人士有法书好画及佳园宅，必假博蒱而取之。尤爱珠玉，未尝离手。

至是卞范之为禅诏，逼帝书之，帝勿从。玄自入言曰："汝为君不道，四海混乱。吾父子披坚执锐，百战千伤，保此社稷，与汝享祚数十余年。今吾年将老，汝何不发一言？"帝曰："王欲朕位，何必动怒？容付与伊。"玄回嗔作喜曰："陛下肯为尧、舜，吾即退也。"

　　遣司徒王谧禅帝位于楚，出无奈居永安宫。百官劝进，玄筑坛于九井山北，即帝位，改元永始。封帝为平固王，迁于浔阳。玄入建康宫，登御座。而床忽陷，群下失色。殷仲文曰："陛下将由圣德深厚，地不能载，故如是耳。"玄大悦。

　　玄既即大位，临听讼观阅囚徒，罪无轻重，多得原放。有干舆乞者，时或恤之。以其祖彝以上名位不显，不复追尊，独纳桓温神主于太庙，四时祀之。时卞承之谓人曰："宗庙之祭，上不及祖，有以知楚德之不长矣。"玄性苛细，好自矜伐，主事或一字片辞之谬，必加纠擿，以示聪明。或手注直官，或自用令史，诏令纷纭，有司奉答不暇，而纪纲不治，奏案停积，不能知也。又性好游畋，更缮宫室，朝野骚然，思乱者众。

　　益州刺史毛璩起兵传檄郡县，列玄罪状，兵屯白帝城。

刘裕起兵讨桓玄

　　时玄闻谢景仁才名，乃宣见，谓文武曰："司马庶人父子云何不败，遂令景仁年三十，而方做著作郎耶！"因言讫，以景仁为中兵参军。景仁谢恩，群臣始散。

　　却说桓修闻玄即位，乃同刘裕来建业，至次日入朝见玄，拜舞讫。玄大喜，乃封修为抚军大将军，刘裕为中兵参军，就命二人起兵东征。修、裕二人谢恩出外，即日就行，还京口起兵。

　　修、裕二人既去，次日，玄设朝谓司徒王谧曰："昨见刘裕，丰骨不恒，盖人杰也，朕错用之东征。"群臣奏曰："陛下龙眼不舛，刘裕叛心无有，陛下何思何虑也。"玄曰："卿言亦是。"于是罢朝。

　　玄乃退入后宫，见皇后刘氏，说与命刘裕东征之事。皇后刘氏有智鉴，谓玄曰："吾前日在殿后观见刘裕朝陛下，其人龙行虎步，瞻视不凡，恐后不为人下。不如早除之，以免后患也。"玄言曰："我方欲定中原，非裕莫可用者。俟关河平定,然后别议之耳。"后曰:"其事亦未可泄漏也。"

却说刘裕与桓修至半路,入见修,计禀修还京口,托以金创疾动,不堪步从,请将军先行,容瘥来赶。修闻说,言曰:"既如此,你可从船上来赶我。"言讫,乃即先行。于是裕出外,乃与何无忌一同讨船,上船共还,意欲建兴复之计,而谓何无忌曰:"吾欲诛桓玄迎晋帝,以安天下。君有何计,可以教之?"无忌曰:"可阴结义士,托以游猎为名,传说受晋帝密诏讨桓玄。待众集,计先斩桓修,以徇义军。然后大驱士众,天下谁不服从,为我而杀玄也。"裕曰:"其计甚善,怎奈无人堪与吾同举大事。"无忌曰:"有一人与君同姓刘名毅,字希乐,乃彭城沛人,少有大志,见桓玄篡位,常怀不平。若此人同举义兵,大事成矣,现居京口。"裕曰:"既然如此,你可与其说知,令其同举义兵。"无忌曰:"可耳。"于是二人同舟,回至京口上岸,各自回居安歇。

次日,刘裕令人召何无忌至,谓曰:"昨日之谋极妙,宜速为之。君言京口刘毅勇而有谋,我欲令他同聚义徒,未审其人意下何如。你可往说之,令其招兵。"无忌曰:"吾即谒访说之。"言讫就行,来见刘毅。

毅闻何无忌至,出门前迎入到草厅上,各施礼讫,分宾主而坐。无忌佯为欷歔,潸然出涕不已。刘毅问曰:"公何故泪耶?"无忌曰:"晋室不幸罹桓玄之篡,吾乃晋臣,意欲兴义兵讨其跋扈,恨无人戮力相成,是以泪耳。"毅曰:"我亦有不平之鸣。"无忌曰:"桓氏强盛,其可图乎?"毅曰:"天下自有强弱,正患英主难得耳,故憾无人可为盟主!"无忌曰:"天下草泽之中,非无英雄也。吾推一人,未知合君意否?"毅曰:"你且莫说,待我说出一人,与公看相合否也。"无忌曰:"你且说甚人?"毅曰:"依我所见,惟有刘下邳,公意亦此人否也?"无忌鼓掌笑而答曰:"吾主意亦以此人。"毅曰:"既我二人心合,你可说知刘下邳,邀其同举义兵。"无忌曰:"我先去参说,你可后来同议。"言讫辞还,具以毅言告裕。裕大喜,令无忌去请毅至。相见礼讫,三人定谋,聚合义徒一百余人,以候大举。

甲辰,三年(燕光始四年,秦弘始六年,魏天赐元年),时有平昌孟昶为桓弘主簿,从建康还家。裕往谓之曰:"草间当有英雄起兵讨桓玄,卿颇闻乎?"昶曰:"今日英雄有谁?正当是卿耳。"于是裕请其同往见毅,与无忌相会。于是昶及裕弟道规、诸葛长民等,相与合谋起兵。时道规为桓弘参军,裕使毅就道规、昶于江北,共杀桓弘,据广陵起兵。长民为刁逵参军,使其杀刁逵,据历阳起兵,各领命去。何无忌夜草起兵檄文。却有其母密窥之,泣曰:"吾不及东海吕母明矣,汝能如此,吾复何恨!"当裕以百余人,托以游猎,与无忌收合徒众,得二百余人。

诘旦,京口门开,无忌着传令假称敕使,居前,徒众随之齐入,斩桓修以徇。义兵遂出榜安民。当义兵推裕为盟主,裕问无忌曰:"急需一府主簿,何由得之?"无忌曰:"无过刘道民。"道民者,东莞刘穆之也。裕曰:"吾亦识之,即驰讯召焉。"时穆之闻京口欢噪声,晨起出陌头,属与讯会,直视不信者久之,返室坏布裳为袴,往见裕。裕曰:"始举大义,需一军吏甚急,卿谓谁堪其选?"穆之曰:"仓促之际,略当无见逾者。"裕笑曰:"卿能自屈,吾事济矣。"即于坐署主簿。

刘裕火计破桓谦

时桓修手下司马刁弘,率文武佐使数百人,在城外屯扎,要与桓修报仇。当刘裕命众兵紧守四门,乃亲自登城楼上,而谓司马军吏曰:"今郭江州已奉乘舆反正于浔阳,我等受密诏诛逆党,今日贼玄首已当枭于大航,诸君非大晋之臣乎,何故助贼为乱耶?"刁弘等闻言,信以为实,乃邀众退去散讫。

是日,孟昶固劝桓弘其日早出猎,天未明,弘使人开门出猎,早被刘毅、刘道规率壮士数百人,直入内堂斩之,因收其众济江。众同推裕为盟主,总督徐州事,以昶为长史守京口。裕率二州之众、千七百大军于竹里,移檄远近响应。

却说桓玄设朝,文武班齐,山呼礼足。群臣奏知刘裕与刘毅、何无忌聚义谋反,斩死桓修及弘,宜火速兴兵去讨。玄闻修、弘死,垂泪不已,即宣顿丘太守吴甫之、右卫将军皇甫敷领兵北拒义军,又遣桓谦总之。三将受命欲行,玄谓谦曰:"彼兵锐甚,计出万死,若有蹉跌,则彼气成而吾事去矣,不如屯大众于覆舟山以待之。彼空行二百,求战不得,自然散走,此策之上也。"谦辞即行,去讫。游击将军何澹之奏曰:"前刘裕造谒小臣,小臣左右说裕身光耀满室。小臣恐其不为人下,奏知陛下,陛下不以为意,今日果为患耳。臣观刘裕聚乌合之众,集蚁聚之兵,势必无成。陛下何虑之深也?"玄谓何澹之曰:"刘裕勇冠三军,当今无敌,足为一世之雄；刘毅家无担石之储，樗蒲一掷百万；何无忌，牢之外甥，酷似其舅。共举大事，何谓无成！朕前之不料，今噬脐无及也。"言讫，闷闷入宫，群臣罢朝。

却说刘裕为盟主，以孟昶为长史，总后军；以檀凭之为司马。其时，百姓愿从者千余人充军，分作三队起行。行至竹里，遣使移檄都下。戊午，三月，兵至江乘，遇吴甫之之兵到，刘裕乃躬执长刀，大呼出阵，声如巨雷。甫之一见，只是不敢交锋，拨回马便走。裕以身先，拍马赶斩甫之，挥令三军并进。将士皆死战，无不以一当百，斩首数千级。追至罗落桥，方自鸣金收军，屯于桥下。裕乃鸣鼓集众，商议进京之策。

忽流星马报说皇甫敷引大兵前来拒战，当檀凭之出谓曰："不劳盟主亲阵，小将愿与一战。"裕许之。凭之即出披挂，引部下兵出阵，与皇甫敷相斗。两马交加，双刀并举，二人战上十余合，凭之气力不加，大败走回本阵，被皇甫敷骤马追射一箭，正中后心，翻身落马，死于阵前。刘裕在阵上一见大怒，忙拍坐下马，慌挺手中刀，杀出阵前，遇着皇甫敷就战。战上十余合，裕佯败，拖长刀便走。敷只道是败去赶，不思提防，被刘裕勒转坐下马，舞起手中刀，望敷迎头一砍，砍死皇甫敷于马下。引兵杀进，杀得楚兵逃躲无门，大队之兵至离京城二百里下营。

至次日，裕乃升帐，号泣檀凭之，情动三军，无不下泪。而又使人寻凭之尸首，以棺木盛之，迁葬京口。初，裕与凭之等众人建大谋，有工相者诣裕，相裕与何无忌等近当大贵，惟云凭之无相。至是凭之战死，裕知其事必验，而深信之。

却说桓玄闻甫之、敷等皆死，军马已临京城，心中大惧；又使桓谦引兵二万，屯东陵口拒之；又使卞范之以兵二万，屯覆舟山西掎之。

史说刘裕领义兵先诣升帐，聚众划策进兵，当众将皆言曰："今桓玄遣桓谦屯东陵口，卞范之塞覆舟山西，吾所进者只此二路，今敌占之，吾兵难以进也。不如退军先取别郡，俟其无备，方可进之。"刘裕见说，大怒曰："吾非一功到此，岂可畏而去之，是无始终也。吾明日自有破范之、桓谦之策。"于是次日交何无忌守寨，寻士人引路，自乘小车于覆舟山僻去处，遍观地理，因岭峻险，弃车乘轿，或自步行。忽到一山，望见一谷，形如长蛇，皆无峭壁，杂丛树木中间，只有一条小路。裕问土人何地名，土人曰："此乃覆舟山谷。"裕曰："此乃天赐吾杀玄兵于此处也。"言罢，即回本寨。唤孟昶监军，染油帔一千条；又唤何无忌至前，吩咐引兵一千，执黑白二旗，分作二队为疑兵，屯于覆舟山东等处，使桓谦疑不敢进；又令孟昶监五百军人，将油帔挂覆舟山诸对市山谷；又令刘毅引三千兵挑战，昶佯败，引桓谦至山谷，放火焚谦大军。"吾自领兵埋伏，待其兵过，出截接战。汝等诸将，临期如令，不得有误，倘有漏泄，定按军法。"众将见令，各各依计，准备而行。

计排已定，次日，刘毅引兵三千，前来诱敌。谦兵果至，二军相遇。当刘毅跑马走出阵前，勒马横刀大骂："桓谦逆贼，如何不降，拒我义兵！"桓谦亦出阵骂曰："叛贼何敢骂吾！"言讫，持枪便刺过来，刘毅舞刀去迎。二马相接，军器齐举，两人战上二十余合，毅佯落荒而逃。谦乃挥兵追之。不三二里，追到覆舟山东，乃勒马谓诸将军曰："前日败军回，夸刘裕用兵如神，所向无敌；今观他用兵，可见人言皆虚张耳！似此等军马为前部，与吾对敌，正如驱羊与虎斗也。汝等可催趱军马，星夜赶过东山平处下营，是吾之志也。"言了，又追数里。

前军报东山两下有伏兵，众不敢行。谦欲回兵，只听得背后喊起，鼓噪喧天，震动天地。后军又报后有刘裕引大队兵杀出。谦慌忙传令，令众兵齐杀过东山。令未及传，望见山树林中一派火光罩地，俄而油帔满树，见火就着，狂风大作，四面八方，火焰张天，烧近前来，人马自相践踏，死者不计其数，杀得尸横遍野，血满渠池。其时、桓谦乃引数十腹心军人，冒烟突火，杀出而走，奔投西蜀去讫。

刘裕乃引兵连夜身先之，将士皆殊死战，无不以一当百，十战十胜，呼声震动天地，鼓噪之音大震京邑。诸军大溃，裕兵至京城之下安营。

却说桓玄始虽遣军拒裕，而走意已决，乃遣殷仲文具舟石头城下待逃。当夜玄忧无寐，在宫闲行，忽左右报谦军败死，目今刘裕军至京城。玄乃大惊，即引亲随人，连夜开北门，轻船南逸，走趋石头城。

裕闻玄走，至庚申日，乃引兵众入建康，立留台，总率百官商议，奉迎乘舆，收桓玄宗族在建康者，尽剿诛灭。命刘毅调兵去追桓玄。毅得令，以兵去讫。又命尚书王瑕率百官奉迎乘舆，亦起行去讫。当司徒王谧与众议推裕领扬州，裕固辞不肯受，乃以谧为录尚书事，领扬州刺史。裕自为镇军将军，都督八州诸军事，徐州刺史、领军将军。以刘穆之为堂邑太守，总诸大处分皆委于刘穆之，穆之仓促立定，无不允惬。裕托以心腹，动止咨焉，穆之亦竭节尽诚，无所遗隐。

时晋政宽弛，纲纪不立，豪族凌众，小民穷蹙，重以司马元显政令违舛，桓玄虽欲厘整，而科条繁密，众莫之从。

其时穆之斟酌时宜，随方矫正。裕以身范物，以威禁内外，百官皆肃然奉职，不盈旬日间，风俗顿改为美也。

初，王谧为玄佐命元臣，手解帝玺绶以授玄，及玄败，众议谧宜诛，裕特保全之。刘毅尝因朝会问谧玺绶所在，谧内不自安，逃奔曲阿。裕遣人追还复位。

诸葛长民至豫州，失期，不得发。刁逵窃知，乃执之，槛车送桓玄。未至而玄败，送人遂破槛车，放出长民，还取历阳。逵乃弃城走，其下部将执刁逵以送裕，斩于石头，子侄皆死。

裕初名微位薄，轻狡无行，盛流皆不与相知，惟王谧独奇贵之，谓曰："卿当为一代英雄。"裕尝与刁逵樗蒲，不时输于逵，被逵缚于柳上。王谧责逵而代裕偿，由是裕憾逵而德谧。

刘裕既克建康，思昔刘牢之之恩，乃使人往洛阳，召其子刘敬宣入用，使人去了。先是，敬宣知桓玄至京师，恐不容己，乃奔走洛阳。敬宣素明天文，见景象垂出，知必有兴复晋室者，尝以告所亲。又尝梦丸土服之，觉而喜曰："丸者桓也，桓吞，吾当复本土乎！"是日，恰好使人至，说刘裕有召，乃即驰还京师，入见刘裕。裕大喜，以其为武冈县侯，因问敬宣曰："吾与刘毅共复晋室，汝看吾与毅雄杰孰先？"敬宣曰："明公天资英迈，赏罚严明，仁德兼著，不世之有，毅公何能及焉？况刘毅外宽内忌，自伐而满，若一旦遭遇，当以陵上取祸，非可与明公为并。"裕默然，大悦之。

桓玄挟帝走江陵

却说桓玄走至石头，闻后军来赶，恐将士不复用命，乃领众走入浔阳劫晋帝。是时，玄腰带宝剑，手提铁鞭，谓帝曰："今刘裕谋叛，要来擒陛下，陛下可急从吾走避。"帝见玄内侍皆带剑环立于侧，面如土色，拱手谢曰："多蒙报知，愿随走避。"玄曰："可速上马偕行。"于是帝引宫妃等众从之而行。

时刘毅见桓玄走江陵，聚集诸将，商议进兵去追桓玄，因上言曰："诸桓世居西楚，群小皆为竭力。桓振勇冠三军，不可追赶，且宜顿兵以计縻之耳。"彼何无忌曰："今出师以来，十攻十破，百战百胜，擒玄逆贼，宜以速追，何自阻慢军心？"又曰："今之大胜而追，犹如破竹之势，数节之下，岂复任迎，诸君不去，吾自追赶。"言讫，无忌以部下之兵去追，将至江陵。桓玄见后有追兵，急使桓振率军回马拒战。无忌与桓振交锋大战，战上三十余合，无忌大败，走回来见刘毅、刘道规二人，言失利一事。道规曰："桓玄去不远，可驱大队军马去追。"无忌曰："只隔三日程途。"道规曰："既如此，星夜去追。"于是刘毅、道规及何无忌总率三军，星夜赶来。

却说桓玄既挟天子走至江陵，入江陵，见其城池崩坏，恐不固守，复挟天子讨船入浮江东下。遇刘毅、何无忌、刘道规等引兵追至，大叫"留下晋天子还我"，及骂"桓玄无义之贼，何敢谋劫圣驾"。玄大怒，自出与战。战上二十余合，玄大败，走五十余里。

桓玄计遣庾稚祖、何澹之等，乘其舟仗旗帜疑拒裕等，自挟帝连夜走守溢口。澹之从其计。何无忌、刘道规等率兵共七千五百人，连更带夜追至桑落州，澹之等迎战。澹之等所乘舫旗帜，与玄无二。无忌曰："贼帅必不居此，欲诈我耳。今众寡不敌，战无全胜，此舫战士似弱，我以劲兵攻之，必得之。澹之则彼势沮，而我气倍，立速攻之，破贼必矣。"众军遂攻澹之，因传呼曰："已擒何澹之，诸兵何不早降？"贼军惊扰，追军亦以为然。乘势破之，人众各走了，遂从溢口进据浔阳城。使奉送宗庙主佑还京师。

冯迁抽刃诛桓玄

却说刘毅、何无忌、刘道规既破溢口，率众自浔阳西追，与桓玄遇于峥嵘洲。毅等兵不满万，而玄战士数万。毅惮之曰："玄战士还有五七万，吾众不满九千人，何以为敌？不如暂退。"道规曰："不可。彼众我寡，强弱异势，今若不进，必为所乘，虽至浔阳，岂能自固！夫决机两阵，将雄者克，不在众也。"因挥众先进，毅等从之。玄常漾舸于舫侧，以备败走，由是众莫有斗心。毅等乘风纵火，尽锐争先与玄交战，玄众大溃而走。

玄复挟帝单舸西走，留永安何皇后及王皇后于巴陵。殷仲文因叛玄，奉二后还建康。玄与帝入江陵，欲奔汉中，而人情垂沮，乃与腹心百余人夜出，更相杀害，仅得至船，左右奔散去讫。

荆州别驾王康产见玄走了，奉帝入南郡府舍居住。玄乃自奔走出离南郡。

却说益州刺史毛璩因弟毛璠死，乃遣从孙毛祐之与参军费恬以数百人送葬。恬谓祐之曰："闻君令叔修之为桓玄屯骑校尉。今桓玄与刘裕兵战不利，走南郡，必从此过。吾料桓玄不复再兴。不如迎玄，说之人蜀，请君令叔修之回益州，同守故邑，以图大事，君意如何？"祐之曰："公策正合我意。"言讫，二人前来至枚回洲接玄。玄大喜，问二人姓名，二人未及答应。当屯骑校尉毛修之近前，认得二人是其侄及参军，急道曰："此二人，一是小将舍侄祐之，一是家伯父参军费恬，闻大王至，故来接耳。"玄听毕，以二人为将，而问曰："吾欲去汉中避兵灾，以图兴复，汝二人有何计策，可以教也？"祐之、费恬欲脱修之回益州，乃进言曰："陛下欲图兴复，不如往蜀。蜀外有重山之固，内有磐石之靠，进可兼并天下，退可鼎足而立，足可拒刘裕之兵也。"修之亦诱曰："蜀地乃兴王之所，昔汉帝亦此起众，陛下可速行也。"玄听其说，自与众同行。

行至益州界首，费恬、祐之密与修之言曰："我二人迎玄者，为脱公也。今桓玄地失兵溃，不久必亡。我三人莫若引部下兵走回益州，别图大事。若延，祸至无日矣。"修之曰："吾意有此久矣，不得其便，今已至此，安敢不逃。"言罢，三人引部下之兵，连夜走回益州，去见毛璩讫。至次日，众军报知桓玄，玄乃大忧，闷闷不悦。

却说益州督护将军冯迁见玄败亡，祸延及己，乃引部下之兵入营抽刃而前，欲杀桓玄。玄忙拔头上玉簪与之，迁不受。玄乃曰："汝何人耶？敢弑天子！"迁应之曰："欲弑天子之贼耳！"遂斩之。时玄年三十六岁，自篡盗至败时，凡八月矣。

于是迁斩玄首级，令人传至建业，见刘裕。裕大喜，赏赐来人，传令将首级以示四门。是时，尚书王瑕闻玄劫天子在江陵，乃率百官至江陵，复立晋帝于江陵。毅等既战胜，以为大事已定，不急追蹑，玄死几一旬，诸军犹未至。

桓谦及振窜匿，闻玄死，乃复出聚众，方袭江陵陷之，杀王康产。振见帝与百官于宫，欲行弑逆。谦曰："刘裕之乱，岂帝所为，若杀之，吾何所容，不若禁之。"乃拜而欲出，为玄举哀，追谥。桓谦率群臣奉玺绶于帝，侍御左右，皆振腹心。谦、振闻无忌、道规等兵复至,乃率众出拒。何无忌、刘道规二人进兵来攻谦于马头,两下交锋,谦兵惊溃,被无忌大破之。无忌又欲趋江陵,道规曰:"兵法屈伸有时,诸桓世居西楚,群小皆为竭力。振勇冠三军,难与争锋。且可息兵养锐,徐以计縻之,不忧不克。"无忌不从,振自以兵出迎,战于灵溪。无忌等大败,退还浔阳。

刘敬宣在浔阳,聚粮缮船,未尝无备,故何无忌等虽败退,赖敬宣以复振,遂进兵至夏口。桓振遣冯该守东岸,孟山图据鲁山城,桓仙客守偃月垒。众合万人,水陆相援。毅等与无忌分兵夜击,悉攻拔之,生擒山图、仙客,冯该率残众走奔石头城去讫。

晋帝乘舆返建康

乙巳,义熙元年(燕光始五年,秦弘始七年,魏天赐二年,南燕主慕容超太上元年,西凉建初元年),正月,南阳太守鲁宗之起兵来袭襄阳。桓蔚大惧,奔走江陵。刘毅等大军至马头。桓振恐不能守,又挟帝出屯江津,遣使见刘毅,求割江、荆二州,奉送天子还京。毅等不许。

宗之进屯纪南。振留桓谦、冯该守江陵,自引兵五千,与宗之战,大破宗之,走还。而毅等亦以兵乘振出,破该于豫章口。谦闻知,弃城走。毅等大军进入江陵,执卞范之等斩之。振以兵还,知城已陷,其众皆溃,乃逃于涢川。

朝廷计下诏大处分悉委冠军将军刘毅所领,大赦改元,惟桓氏不赦,以桓冲靖忠王室,特宥其孙胤,徙新安。以宗之为雍州刺史,毛璩为征西将军,督梁、益等五州,弟瑾为梁、秦刺史,瑗为宁州刺史。独桓氏及何澹之等不赦。桓谦、何澹之等皆奔秦,降于秦。

二月,留台百官备法驾迎帝于江陵,刘毅与刘道规二人握兵屯夏口,以备诸桓,使何无忌保帝东还。帝至建康,百官诣阙待罪,诏令复职。尚书殷仲文以朝廷音乐未备,言于刘裕,请治之。裕曰:"今日不暇给,且性所不解。"仲文曰:"好之自解。"裕曰:"正以解则好之,故不习耳。"以琅邪王德文为大司马,武陵王遵为太保,刘裕为侍中、车骑将军、都督中外诸军事。加裕尚书事。裕固辞不受,而请归藩镇。

刘裕遗循续命汤

初,刘毅未遂大志时,尝为刘敬宣部下参军。时人或以雄杰许之,敬宣曰:"非常之才,自有调度。此君外宽而内忌,自伐而矜人,若一旦遭遇,亦当以陵上取祸耳。"毅闻而恨之。刺史毅怀前言,及敬宣为江州,使人言于裕曰:"敬宣不预建义,授郡已为过优;闻为江州,尤所骇愕。"敬宣窃知不自安,使人去裕处请解职。裕乃召还为宣城内史。

时朝廷新定,未暇征讨,闻卢循为乱,与百官议品爵招安,于是乃遣人以循为广州刺史,徐道覆为始兴相。因此二人皆劝循受命,遣使贡献,因遣人遗刘裕益智粽。裕笑曰:"彼谓我无能也。"亦使人报以续命汤,循亦疑未定。循初陷番禺也,执刺史吴隐之,至是裕与循书,令遣隐之还京,循不从。长史王诞曰:"孙伯符岂不欲留华子鱼耶?但以一境不容二君耳。"循始悟,遣之还京。

初,益州刺史毛璩闻桓振陷江陵,率众三万顺流东下,将讨之,使其弟毛瑗出外水,参军谯纵出涪水。蜀人不乐远征,逼纵为主。璩闻变,奔还成都,遣兵讨之,不克。营户反开城门纳纵,杀璩及瑗,灭其家。纵自称成都王。于是蜀大乱,汉中空虚,氐王杨盛遣其兄子抚据之。

慕容超立为燕王

八月,南燕王慕容德俄而寝疾卒。群臣举哀,殓殡孝事讫,以太子慕容超嗣燕王大位,改元太上元年。超既即位,以慕容钟录尚书事,以封孚为太尉,公孙五楼为武卫将军,内参政事。

当楼密奏燕王超曰:"慕容钟、段宏二人,素为民仰士归,不可使其内执国政,倘有异,难以制之。宜出之外镇,免为内患。"燕王超然之。次日,改以慕容钟为青州牧,以段宏为徐州刺史。时太尉封孚谏曰:"臣闻'五大不在边,五细不在庭'。慕容钟乃国之宗臣,段宏国之外戚,正应参赞百揆,不宜使镇方外。"燕王超不从。因此钟、宏二人俱有不平之色,只得赴任,因相谓曰:"黄犬之皮,恐终当补狐裘也。"五楼闻之,嫌隙渐遘。

初,慕容超自长安来至梁父,慕容法时为兖州,镇南长史悦寿见超,因谓法曰:"向见北海王子,天资弘雅,神爽高迈,始知天族多奇,玉林皆宝也。"法曰:"昔成方遂诈称卫太子,人莫辨之,此复天族乎?"超闻恨之。至是即位,亦以法处之外镇。当是时,法来见慕容钟,会段宏起兵谋反,据城池,积草聚粮,不用朝命。是时,尚书都令史王俨谄事五楼,得迁为尚书左丞,时人为之语曰:"欲得侯,事五楼。"

晋义熙三年,燕王慕容熙皇后苻氏身死。燕王熙悲号躄踊,若丧考妣,大敛讫,复启其棺而与交接。制百官于宫内哭,密使有司按检哭者有泪以为忠孝,无则罪之。于是群臣震惧,莫不含辛以为泪淋。明日,欲行苻氏丧,前掖将军慕容云与幸人李细曰:"今主上无道,杀戮大臣,来日行丧,必然自送。你可领勇士百人,于道杀之,以免吾患。"细从其计。次日,行苻氏丧,百官皆送,燕王熙亦自送殡至中道,被慕容云叫出李细,引勇士弑之。熙在位六年。自垂至熙四世,凡二十四年,到此而灭。

是时,云入自立,即其大位,加封大臣,以李细为和龙长史。李细恨云不以彼执朝政,复以兵杀慕容云于前殿。

冯跋即位于昌黎

史说,冯跋字文起,长乐信都人,其先毕万之后也。万之子孙有食采冯乡者,因以氏焉。先,慕容宝僭位,署跋为中卫将军。及慕容超即位,欲诛跋,跋与兄弟俱亡出外。

时慕容云既被细杀,国内无主,文武溃散,时冯跋在昌黎,诸将推以为主,于是迎跋。跋始即王位,不改旧号,即国号曰燕,改元为太平元年。以弟素弗为录尚书事,总督内外诸军事。

史说,素弗乃冯跋之长弟也,慷慨有大志,任侠放荡,不修小节,故时人未之奇。南宫令成藻豪俊有高名,素弗径入与成藻对坐,旁若无人。谈饮连日,藻始奇之，曰："吾远求骐骥，不知近在东邻，何识子之晚也！"因此当世之士，莫不归之。至此冯跋僭位，以为宰辅。冯跋既僭大位，励意农桑，乃下书曰：

　　桑柘之益，有生之本，北土少桑，人未见其利，可令百姓人植桑一百根、柘二十根。

　　时地震，寝宫崩坏。燕主跋即问太史令闵尚曰："比年屡有地动之变，卿可明言主何吉凶。"尚曰："地，阴也，主百姓迁。震有左右，昨震皆向右，臣惧百姓将西移。"燕主跋曰："吾虑此也。"
　　九月，西凉公皓与长史张邈谋，乃徙都于酒泉，以逼沮渠蒙逊。皓手令诫诸子曰："从政者当审慎赏罚，勿任爱憎，近忠正，远佞谀，勿使左右窃弄威福。毁誉之来，当研核真伪，听讼折狱，必和颜任理，慎勿逆诈亿必，轻加声色。务广咨询，勿自专用。吾莅事五年，虽未能息民，然含垢匿瑕，朝为寇仇，夕委心膂，粗无负于新旧，事任公平，坦然无类，向不容怀，有所损益。计近则如不足，经远乃为有余，庶亦无愧于散人也。"诸子从之。
　　丙午，二年（燕光始八年，秦弘始八年，魏天赐三年），初，南凉傉檀伐北凉还，献马三千匹、羊三万口于秦。秦王兴以为忠，以傉檀为凉州刺史，命镇姑臧，征王尚还凉州。士人遣主簿胡威请留尚镇姑臧。兴弗许。威见兴，流涕言曰："臣州僻远，仗良牧仁政，保全至今。陛下奈何以我等贸马羊乎？若军国需马，直烦尚书一符，臣州三千余户，各输一马，朝下而夕可办也。昔汉武帝倾天下资力，开拓河西，以断匈奴右臂。今无故弃五郡之地忠良华族，以资暴虏，岂惟臣州士民坠于涂炭，恐方为圣朝旰食之忧尔。"兴悔之，使人驰止尚莫回。时傉檀之军至五涧，王尚未离，傉檀托别驾宗敞劝王尚行焉。当别驾宗敞打发王尚上道，自来辞傉檀去，同尚还长安。傉檀谓曰："吾得凉州三千余家，情之所寄，惟卿一人而已，奈何舍我去乎？"敞曰："今送旧君与大王解纷，正所以忠于殿下也。"傉檀因问新政所宜，敞曰："惠抚其民，收用贤俊。"因荐本州名士十余人，傉檀嘉纳之。傉檀宴于宣政堂，仰视叹曰："古人有言：'作者不居，居者不作。'信矣！"孟祎曰："昔张文王始为此堂，于今百年，十有二主矣。惟履信思顺者，可以久处。"傉檀善之。傉檀虽受于秦命，然其服用礼仪，一如王者。

勃勃封尸髑髅台

丁未，三年（秦弘始九年，魏天赐四年，燕王高云正始元年，夏主赫连勃勃龙升元年。是岁，燕慕容熙亡，旧大国一，南凉、北凉、南燕、西凉小国四，新小国二，凡八僭国），六月，赫连勃勃魁岸，美风仪，性辩慧。秦王兴见而奇之，与论大事，宠遇逾于勋旧。兴弟邕曰："勃勃不可近，近则噬人也。"兴曰："勃勃有济世才，吾方与之平天下，奈何逆忌之？"言讫，乃以为将军，使助没奕干镇高平，伺魏间隙。邕固争曰："勃勃贪猾不仁，轻为去就，恐终为边患。"兴乃止。久之，竟配以杂虏二万余落，使镇朔方。会魏王珪归所掳秦将于秦，兴归贺狄干以报之。勃勃怒，遂谋叛秦。柔然献马于秦，勃勃掠取之，袭杀没奕干而并其众，自为夏后氏之苗裔，称大夏天王，置百官。

却说勃勃本姓刘，卫辰之子，改姓赫连，是匈奴右贤王去卑之后，利满之族也。被魏所灭，降秦而叛，自为天王也。

时夏王勃勃以兵破三部，降其众以万数。进攻秦三城以北诸戍，斩秦将杨丕、姚石生等。诸将皆曰："陛下欲经营关中，宜先固根本，使人心有所凭系。高平险固饶沃，可以定都。"勃勃曰："吾大业草创，姚兴亦一时之雄，未可图也。今专固一城，彼必并力于我，亡可立待。不如以骁骑风驰，出其不意，救前则击后，救后则击前。使彼疲于奔命，我则游食自若。不及十年，岭北、河东尽为我有。待兴既死，嗣子暗弱，徐取长安，在吾计中矣。"于是侵掠岭北诸城。秦王兴乃叹曰："吾不用黄儿之言，以至于此。"

勃勃求婚于南凉，傉檀不许。勃勃大怒，率骑三万击破傉檀。傉檀走，名臣勇将死者十六七，勃勃使人搬积其尸而封之，号曰"髑髅台"，是以辱傉檀也。

却说南燕主超母妻犹在秦，遣封恺使于秦，求母以还之。秦王兴谓恺曰："昔苻氏太乐诸伎悉入于燕，燕今称藩，若送伎或送吴口千人，乃可得也。"恺以兴是言还报于超。超与群臣议之，段晖曰："陛下嗣守社稷，不宜以私亲之故遂降尊号。且太乐先代遗音，不可与也。不如掠吴口与之。"张华曰："侵掠邻国，兵连祸结，非国家之福也。陛下慈亲在人掌握，岂可靳惜虚名，不为之屈乎？"于是超乃使韩范聘于秦，称藩奉表于秦。秦使韦宗报聘。张华请北面受，封逞曰："燕七圣重光，奈何一旦为竖子屈节！"超曰："吾为太后屈，愿诸君勿复言！"遂北面受诏。又使华献太乐伎一百二十人于秦。秦王兴乃还超母妻，厚其资礼而遣之。于是超得母还国，而养之尔。

穆之劝裕刺扬州

戊申，四年（秦弘始十年，魏天赐五年，南凉嘉平元年），正月，晋帝设朝，文官武将俱各五更侵早身披朝服，手执牙笏，齐上金銮殿各各拜舞，山呼万岁。近臣奏："司徒扬州刺史王谧薨，无人辅政。"晋帝命群臣议任谁人。时左仆射孟昶出朝堂谓众臣曰："圣上命我等举贤辅政，此事必须问于刘毅、刘裕二人，然后可行。"众臣皆曰："然。"于是遣尚书右丞皮沈来丹徒与刘毅、刘裕二人商议。皮沈先来问刘毅，毅曰："既扬州刺史王谧薨，卿回朝奏主上，可使中领军谢混为扬州刺史。刘裕先曾固辞，不肯任扬州，可使镇丹徒，领州以内事。何必再议耳？"沈曰："明公所议者然。"沈辞别毅出，又来问刘裕。刘裕未曾出堂，只见刘穆之在内。皮沈曰："王谧已死，圣上命群臣议立一人，以代谧职辅朝政。我先问刘毅，刘毅所举谢混去镇，以刘公镇丹徒，领州内事。故又来参问刘公何如？"穆之即曰："刘公未出，君可暂停少刻，待我如厕，入请相见，计议必成。"皮沈在外停立。穆之驰入内谓裕曰："今朝廷使皮沈来与刘毅与公议事，其语不可从之。"言讫，穆之即出，同皮沈入见刘裕，相见礼毕，裕使皮沈坐住。皮沈曰："扬州刺史王谧已死，圣上命群臣所议，举一人代之，以辅朝政。沈先咨刘毅公，毅公议以中领军谢混代之，以明公镇丹徒，领州以内事。沈不敢自擅，敬参问焉。"裕曰："卿且暂退驿中安置，待三思。商议回音，与卿还京。"沈即出外，裕召穆之入，问曰："此事何如？"穆之曰："公今岂得居此遂为守藩之将，虽刘毅、孟昶诸公，俱起布衣，共立大业事，乃一时相推，故以明公为盟主，非宿定臣主分也。力敌势均，终相吞噬。扬州根本所系，不可假人。前授王谧，事出权道，今若复他授，便应受制于人。一失于权，无由可得。明公功高勋重，不可直置疑畏，便可入朝，共尽同异。公至京邑，朝廷必不敢越公更授余人耳。"裕曰："卿乃吾之荀彧也。"于是出堂，召皮沈谓曰："百里县宰，苟非其人，则民受其殃，何况一州乎！吾自入朝同议，推一能者代之。"因此刘裕与皮沈入京师。

次日，入朝堂，聚集文武商议，众群臣见裕自诣，乃不敢别议，因上言曰："扬州重镇，明公若不自领，谁人敢当？明公可自领之。"裕曰："汝大臣命孤，吾自受焉。"因是入朝。

却说晋帝闻刘裕回朝，命大臣召刘裕入见，当大臣出引裕至金阶，裕拜于殿阶之下。帝赐平身，宣上殿问劳毕。裕奏曰："臣托陛下洪威，义军群力，幸灭桓玄，得迎乘舆。伏望陛下善保龙体，以社稷为重，天下幸甚也。"帝曰："朕之社稷，赖卿再造，今卿回朝，宜辅国政。"群臣奏曰："今刘裕功盖天下，忠闻九州，扬州之任，不可付人，宜授予裕带领。"帝曰："卿等所议，正合朕心。"于是帝以刘裕为侍中、车骑将军，都督中外诸军，录尚书事，带领扬州刺史。裕谢恩出朝，复还丹徒京口，与刘穆之同议后事。

四月，南燕王超祀南郊，有兽如鼠而赤，大如马，来至坛侧。须臾，大风昼晦，羽仪帷幄皆毁裂。超惧，以问太史令成公绥，对曰："陛下信用奸佞，诛戮贤良，赋敛繁多，事役殷重之所致也。"超乃黜公孙五楼等。俄复用之。

却说秦王兴以傉檀内外多难，欲因而取之，乃使韦宗往觇之。宗至，傉檀与宗论当世大略，纵横无穷。宗退，叹曰："奇才英器，不必华夏；明智敏识，不必读书。吾乃今知九州之外，五经之表，复自有人也。"辞归，言于兴曰："凉州虽敝，傉檀权谲过人，未可图也。"兴曰："刘勃勃以乌合之众，犹能破之，况我举天下之兵，以加之乎！"宗曰："不然，形移势变，反复万端，陵人者易败，戒惧者难攻。傉檀之所以败于勃勃者，轻之也。今我以大军临之，彼必惧而智求全。窃观群臣才略，无傉檀比者，虽以天威临之，亦未敢保其必胜也。"兴不听，使其子广平公姚弼为将军，敛成率步骑三万袭傉檀，又使仆射齐难率骑二万讨勃勃。弼长驱至姑臧，傉檀坚城固守，见弼兵懈怠，夜出奇兵击破之。弼收残兵退屯百里之外。傉檀又计命郡县悉散牛羊于野。弼兵粮尽，敛成纵兵抄掠。傉檀闻秦兵且至，计排伏兵于左林山谷，自引众退保河曲。齐难不知，遂纵兵野掠。傉檀潜师袭难，擒之，及获其将士万三千人。于是岭北夷、夏附于勃勃者以万数。勃勃皆置守宰而抚之。秦兵败还。秦王兴始悔不纳韦宗之言耳。

刘裕抗表伐南燕

己酉，五年（秦弘始十一年，魏太宗拓跋嗣永兴元年，燕王冯跋太平元年，西秦更始元年。旧大国二，南凉、北凉、南燕、西凉、燕、夏小国六，新小国一，凡九僭国），正月，南燕王超正旦朝会群臣，叹太乐不备。超曰："孤每恨朝会缺此乐音，吾与卿等大臣商议，掠晋人以补伎。"韩谆曰："先帝以旧京倾覆，戢翼三齐。陛下不养士息民，伺衅恢复，而更侵掠朝邻，以广仇敌，可乎！"超曰："我计已定，不与卿言。"遂遣公孙五楼兄归将兵，寇宿豫，拔之，大掠而去，简男女二千五百付太乐教之。五楼等总朝政，宗亲并居显要，内外无不惮之。

五月，太尉刘裕闻南燕王慕容超大掠宿豫男女二千余人，乃大怒，将欲伐燕，朝廷不许。当刘裕抗表要伐南燕，朝议皆以为不可，惟孟昶、谢裕、臧熹劝行。裕以昶监中军留府事。苻氏之败，王猛孙镇恶来奔，骑不能及人，而有谋略，善果断，喜论军国大事。至是或荐于裕。裕与语，悦之，因留宿，明旦谓参佐曰："吾闻将门有将，信然。"即以为中军参军。

史说，王镇恶，北海人也。祖王猛，仕苻坚，任兼将相。镇恶以五月生，家人以俗忌，欲令出继疏宗。其祖猛曰："此非常儿，昔孟尝君恶月生而相齐，是儿亦将兴吾门矣。"故取名为镇恶。年十三，有大志。而苻氏败，寓食黾池人李方家。方善遇之。镇恶谓方曰："若遭英雄主，要取万户侯，当相厚报耳。"至是刘裕召为参军，果应其言矣。

四月，裕以刘毅镇姑孰，自领众欲行。当毅闻知，固止之曰："昔苻坚侵境，谢太傅犹不自行，宰相远出，倾动根本。公既受辅朝政，岂可远离？宜委别将讨之。"刘裕犹豫。当谢景仁独上言曰："公建桓文之烈，应天人之心，虽业高振古，而德刑未树，正宜推亡固存，广振威略，平定之后，养锐息徒，然后观兵洛内，修复陵寝可也。岂有纵敌贻患者哉！"裕曰："然。"于是引军速行。

史说王昙首，太保弘之弟也。幼而尚义，与兄弟分财，昙首惟取图书而已。因刘裕聚兵讨慕容超，与弟王球前来投伍。刘裕因谓曰："卿并膏粱世德，乃能屈志戎族耶！"昙首答曰："既从神武，自使懦夫立志耳。"时谢晦在坐，曰："仁者果有勇也。"裕大悦，以为镇西长史。

裕率舟师，自淮入泗，军至下邳，留辎重，步进至琅邪，所过皆筑城，留兵守之。当王镇恶谓裕曰："燕人若塞大岘之险，或坚壁清野，大军深入，不惟无功，将不能自归，奈何？"裕曰："吾虑之熟矣。鲜卑贪婪，不知远计，近利虏获，退惜禾苗，谓我孤军远入，不能持久。不过进据临朐，退守广固，不能守险清野，敢为诸君保之。"言讫，明日出行。

刘裕入险虏在掌

却说南燕王超闻刘裕率军来讨，急召群臣会议。公孙五楼上言曰："吴兵轻果，利在速战，宜据大岘，使不得入，旷日延时，沮其锐气，然后徐简精骑，循海而南，绝其粮道，敕段晖率兖州之众，缘山东下，腹背击之，此上策也。各命守宰，依险自固，校其资储，余悉焚艾，使敌无所得，旬月之间，可以坐制，此中策也。纵贼入岘，出城逆战，此下策也。"超曰："岁星居齐，以天道推之，不战自克。客主之势，以人事言之，彼远来疲敝，势不能久持，奈何芟苗徙民，先自蹙弱乎！不如纵使入岘，以精骑蹂之，何忧不下？"桂林王镇曰："陛下必以骑兵利平地者，宜出岘逆战，战而不胜，犹可退守，不可进敌入岘，自弃固也。"超不从。镇出，叹曰："既不能逆战，又不肯清野，延敌入腹，坐待攻围，酷似刘璋矣。"超闻之大怒，收镇下狱。遣公孙五楼并段晖率步骑五万，出屯临朐以拒。五楼奉命以兵屯于临朐。

刘裕大军至岘，将士犹豫皆不敢入。裕身先催军前进，及入岘，燕兵不出。裕举手指天，喜形于色，诸将言曰："公未见敌而先喜，何也？"裕喜而谓诸将曰："师已过险，士有必死之志；余粮栖亩，人无匮乏之忧。虏已入吾掌中矣，吾何不喜？"左右曰："国公神料也。"言讫，前兵已至东莞。

燕王以兵拒刘裕

六月，超闻裕至东莞，超先遣五楼及段晖等将步骑五万屯临朐。闻晋兵入岘，超自将步骑四万，前去接应，点赢老卒守广固，自选精兵前来。先使人与广宁王贺刺卢、五楼曰："卿戮力据临朐，临朐去城四十里有巨蔑水，卿宜自据上流，休被晋兵占之。"五楼闻言即出，选精兵五万，与贺刺卢来占临朐，拒巨蔑水之北。至而为龙骧将军孟龙符已先至州源，五楼乃退。

晋刘裕率大军行至临朐，传令军中，分军四十余万，出兵方轨徐行，车悉张幰，御者执稍，以骑为游军，军令严肃。比及近城，五楼率兵占住要路。刘裕即命兖州刺史刘藩、并州刺史刘道怜等出阵。二将领命，刘裕即便叫中军金鼓旗下发三通擂，将台上红旗招飐。二将从门旗下飞马出阵，两军一齐呐喊。二将兜住战马，横着刀，厉声大叫："无礼羌贼，背逆狂徒！天兵到此，尚不投降，直待骨肉为泥，悔之何及！"燕兵阵中先锋段晖拍马出阵，更不打话，舞狼牙棍直取刘藩。两马相交，军器并举，一个笼头使棍便打，一个绕颈将刀去砍，往往来来，翻翻覆覆，四条臂膊交加，八只马蹄撩乱。斗到二十余合，刘藩卖个破绽，放段晖砍将入来，却躲个空，手起刀落，连盔带顶，正中天灵，段晖翻身落马而死。门旗影里刘道怜见刘藩得了头功，就马上寻思：燕兵已挫动锐气，不就这里抢将过去，捉了五楼，更待何时？乃大叫一声，如阵中起个霹雳，两手横拈一条枪，纵坐下马，一拍，直冲过阵来攻五楼。五楼一见输了段晖，走入，大阵崩陷，拨回马望后军便走，余众皆溃。其刘裕引全部众军，大刀阔斧，杀得燕军大败，直教燕军星罗云散，七断八续，军士抛金弃鼓，撇戟丢枪，觅子寻亲，呼兄唤弟，折了万余人马，退五十里外扎住。裕乃传令鸣金收军，罢战，各自献功请赏，话不叙烦。

却说慕容超引兵与裕战，闻前军五楼大败，乃勒兵屯临朐城外，坚守不战。晋兵一连拍住三月，超兵亦不出。

是日，刘裕聚集诸将商议计策，时刘裕深虑卢循乘虚又犯建康，意欲速战而还，因此遂问诸将。时参军胡藩进计曰："贼屯军城外，临朐留守必寡。为今之计，可密使人以兵抄小路取临朐，而斩其旗帜，此韩信所以克赵也。"刘裕曰："卿计可矣。"于是裕乃遣檀韶、向弥，潜以轻兵五千，抄阴径去攻临朐。韶、弥二人领计即行，星夜至临朐城。城中兵少，果无备，被檀韶等攻陷，尽斩其所戍旗卒，城上皆立晋帜。次早，南燕王慕容超闻知大惊，急领众走还保广固去讫。

刘裕以兵攻广固

刘裕始令鸣金收军，入城安屯，赏犒诸军。裕既用参军胡藩计，克临朐，即分军安守其城，忙传令，乘胜连更带夜赶捉燕王超。时诸将得令，不敢停留，各各引兵即行。行至广固，前部部将景子赶着慕容超。超见追兵至，慌忙收兵入广固未及，被景子跃马持刀，当先杀入。将士见其身先，诸部齐心，混杀入广固。燕王见晋兵混入，不敢久恋，领兵开西门，引家小走保小城去讫。因此刘裕后军杀入，得屯广固大城，赏劳诸将。

却说燕王超领五楼诸将同走入广固小城，五楼计令诸将设长围守之。裕既克广固大城，乃传令诸军，来攻小城。诸将得令，各引军前抵小城。

兵已近城下，裕叫三军绕城皆筑土山，掘地道以攻之。五楼传令，坚守甚严。守东门将马礼贪酒，有误巡警。五楼怒，拿下打四十脊杖。马礼恨之，开门投降刘裕。裕问破城之策，马礼曰："突门内土厚，可掘道而入，放火烧城，城可拔也。"裕叫马礼引五百壮兵，连夜掘地道而入。五楼至夜上城，点视军马，不见马礼，当夜又见突门角上城外无灯火，五楼曰："马礼必然恨吾而降晋，必引兵从地道而入也。"急唤精兵运石击炎中栅门。门闭，马礼及五百壮兵皆死于土内。裕因此折了这五百兵，乃罢地道之计，只是绕城围之。

守住至七月，超见城内粮少，与五楼商议计策退兵。当五楼曰："大王忧兵乏粮少，惧晋兵率众而来，久则不敌之势，其理然也。臣闻姚兴部下有雄兵百万，猛将千员，依愚意，可专人备礼，求救于秦王姚兴。姚兴兵至，必先攻临朐。裕闻，必还救之，大王引兵追之，两下夹攻，裕可擒矣！"超曰："其计甚善。"王镇曰："百姓之心系于一人，今陛下亲重六师，奔败而还，士民丧气。闻秦自有内患，恐不暇救人。今散卒尚有数万，宜悉出金帛以饵之，更决一战。若天命助我，必能破敌；如其不然，死亦为美。"乐浪王惠曰："晋军气势百倍，我以败卒当之，不亦难乎！秦与我如唇齿也，安得不来相救。"超从惠计，遣张纲去秦。

张纲闻言出，领诺欣然肯往。超备礼修书度与纲，使一千兵从夜送纲杀出重围，前来西羌见姚兴，拜礼讫，乃呈上书。兴披书读讫，回书与张纲归去，说他后动兵来，纲去讫。兴即召诸将集议其事。当部将李荣上言曰："今燕主被晋兵攻击太急，不得已使张尚书来求救于我。我兵虽勇，未可远离，只可守自己城池。不如遣使往裕处虚声张言说："我将兵十万涉淮，出屯洛阳，晋兵不退，长驱而进矣！'裕闻知，必勒兵还，可退晋兵，亦保燕地无危。"兴闻说，即使人往裕处声言说："秦王以兵十万，出屯洛阳，将下江南。"使人去讫。又回书与张纲回。

却说张纲得姚兴回书，即忙便还，还至泰山路上，撞见一簇人马，拥着一个官人，乃泰山太守申宣。纲行狭路，无处回避，只得迎立。被申宣觑见面生，唤左右盘问。纲战栗回答不来，被左右搜身上，搜出一封回书，递与申宣。申宣开读，始知是燕王超求救于姚兴。申宣不问情由，令军人将纲解来广固见刘裕。

裕大喜曰："思得纲久矣，今幸得见。"却令人诱其投降。纲无奈，只得请降，于是裕大笑，慌忙喝退左右，亲释其缚，取衣与之，握手请起同立，便言："适来左右不识尚书，言语冒渎威容，幸勿见责。吾素知老尚书乃世之真大丈夫也。"言讫，令手下便进酒压惊，以上宾礼待之。因谓纲曰："良禽择木而栖，贤臣择主而佐。卿有王佐之才，何事伪燕耶？"纲答曰："生在其土，不得不为其用耳。"于是张纲感其恩义，安身无有异志。时刘裕请问取城之策，纲曰："小臣深蒙厚爱，无可以报，愿施犬马之劳，径取其城，少酬万一。"刘裕拱手称谢，以求取城之计，还是何如。刘裕敬纲，纲有巧思妙算，诸人不及。先是，裕每修攻城之具，攻广固小城，皆被张纲用计破之，不能攻成。及晋军攻城，城上燕兵皆笑曰："汝不得张纲，何能为也？"既张纲被拿来降，如何不敬其也。当张纲献计曰："其城虽固，可命诸匠造飞楼车、悬云梯，楼车上施幔木板屋，冠以牛皮遮护，伏兵于内，推至城下，以箭射守城军人，令壮兵从云梯上去，必得城也。"裕听罢，称赞不已，即令张纲领军匠造车。车未及完备，推至城下示城上，城上军民莫不失色。是日为始，北方之民，执兵负粮归者，日以千数，裕皆受，安抚慰之。

却说慕容超既求救不获，张纲被虏，乃商议遣使诣刘裕营，求称藩臣，割大岘为界，献马千匹，永不敢侵。裕不肯从。超愈大恐。

时姚兴使使来见刘裕，说："晋兵不退，秦王以兵十万，出屯洛阳，欲下江东。"刘裕与使曰："尔报姚兴，我定青州，将过函谷，虏能自送，令其速来耳。"使人去了，当录事参军刘穆之遽入，言曰："此语不足威敌，适能怒彼，若鲜卑未拔，西羌又至，公何以待之？"裕笑曰："此兵机也，非子所及，羌若能救，不有先声之自强也。夫兵贵神速，彼若实能救，必畏我知，宁容先遣信命，逆说此言，是自张大之词耳！羌见吾伐齐，方将内惧，自保不暇，何能救人也。"穆之默然。于是相持至十月，城未下。会刘毅遣上党太守赵恢五千人来援裕，裕令别屯掎之。十二月丁亥，晋兵添十倍军士，并力攻城，燕王超城中困极，宰马为食，军士饿倒不能把守。

玄文献计塞五龙

南燕王慕容超自与所幸魏夫人上登天门，观晋兵虚实，群臣皆随城边，燕王超见晋王师之盛，心有忧色。魏夫人握燕主超手，涕泪交流，燕主超起视对泣。时领军韩𧨳谏曰："陛下遭百六之会，正是勉强之秋，而反对女子悲泣，何其鄙也。"燕主超拭目谢之曰："帝王兴废，何代无之，惟恨在我罹此阳九，故发悲耳！卿等尽忠，退得晋兵，高官任选，朕不负伊。"𧨳曰："刘裕孤军悬入，目下虽锐，久必自衰。宜固此城，待其衰而出攻，必能破之。"燕王超从之，诏命六师紧守城池，并不出战。

时刘裕大会诸将，商议攻城之策。当中将军玄文上言曰："昔赵攻曹嶷，望气者以为渑水带城，非可攻拔，若塞五龙口，城必有陷，石季龙从之，而嶷请降。后慕容恪之围段龛，亦如之，而龛亦降。后无几，又震开之。今旧基犹在，明公可塞之，则城中必有降者，若攻，恐难拔也。"裕从之，即使一军担泥运土填塞五龙口，城中士民男女相患脚疾弱病者大半，因此城中百姓相继出降。

裕以往亡获燕王

南燕城内闻男女病脚弱者大半出降，尚书悦寿谓超曰："今战士雕瘵，绝望外援，岂可不思变通之计？"超叹曰："废兴命也，吾宁奋剑而死，不能衔璧而生。"刘裕悉众攻城，诸将曰："今日往亡，不利行师。"裕曰："我往彼亡，何为不利！"催军人四面急攻之。当南燕尚书悦寿素闻张纲降晋，密与献门之书，拴在箭上，射下城东。军士拾见张纲，纲将书见裕。裕唤诸将听令："如入冀州，休得杀害一城老小，军民降者免死。"群盗又使干栗䃅讨，不从命者，所向皆克。

卢循以兵寇建康

却说刘裕北伐南燕时，徐道覆劝卢循乘虚打入建康。循弗听曰："刘裕既伐燕地，则建康非复虚矣。加之裕善用兵，必留重成险隘，未可轻动也。况今冬寒，不如久守，以待天时。外结英豪，内修农事，选精锐之兵，乘虚而进。救左则击右，救右则击左，我不劳而彼困惫。不及三年，可坐而取胜也。今舍妙胜之策，而决成败于一时，恐不如意，悔之无及。"道覆又曰："将军久住岭外，岂将此传之子孙耶？正以刘裕难与为敌也。今裕屯兵坚城之下，未有还期。我以此思归死士，攻击何、刘之徒，如反掌之易耳。不乘此机，苟求一日之安，裕平齐后，以玺书征君，自将屯豫章，遣诸将率锐师过岭，恐将军不能挡也。若先克建康，倾其根叶，裕虽南还，无能为矣。"循乃从之。

初，道覆计使人伐船材于南康山，至始兴贱卖，居人争市之，至是悉自取之以装舰，旬日办成。循从道覆之计，分兵三队，攻庐陵、南康、豫章三郡。三郡郡守因裕抽兵北伐，无兵守御，惧皆奔逃，被循所占。

循既得三郡，徐道覆又谓循曰："今虽连得三郡，皆是冲要之处，若江陵刘道规来取，吾难守。吾自以兵去攻，公可速遣人入蜀，说谯纵以兵寇江夏，使彼不遑来也。"循从其计，即使人入蜀见谯纵曰："卢将军以众入建康，恐刘道规、何无忌攻其后。将军若能攻江陵，敌住二人，倘得京邑，以西地属公，以南属卢，结为唇齿，永盟和好，誓不相侵。"纵闻言，即遣荆州刺史谯道福同桓谦引兵三万，来寇江陵。

道规焚书固江陵

当刘道规闻知桓谦等兵至，即取集江陵诸将商议。诸将恐惧，尽皆失色。道规谓众曰："吾东来文武，足以济事。汝等畏刀避箭之徒，欲去者，吾不相禁。"因喝令夜开城门，随其自遁。众咸惮服，莫有去者。

次日，雍州刺史鲁宗之闻桓谦寇江陵，乃率部下兵从襄阳来救江陵。兵至城下叫门。刘道规知，命人开门与宗之入。诸将皆曰："宗之以兵远来，其心未可知也，使其屯兵城外，不可与入。"道规曰："人以赤心援我，我若疑之，反为乱矣。"遂不听,乃自单车出城迎入府内,共议破敌之策。由是宗之之众咸感悦服,皆愿效命出战。当诸将曰:"刘公自保江陵,使将军檀道济、到彦之领兵二万,共击苟林。"道规曰:"非吾自行不决,而委他人?"因是乃使鲁宗之以兵守江陵,委以心腹;自率诸将以兵十万,大驱长进。

军至枝江,迎着桓谦,两军相遇,交战十合,谦军大败而逃。道规率兵连追二百里。桓谦被道济杀之,苟林被刘遵追及,斩之。尽拾得谦军械辎重,数内拣得一箧文书,道规启箧视之,乃自己部下及江陵士庶降桓谦之书数百纸,皆言江陵虚实备细。道规不问,尽皆焚之,因此众始大安。道规复以兵还江陵。时鲁宗之闻徐道覆大军至,恐寡不敌众,自引兵走还襄阳去讫。

时百姓闻流言卢循已克京都,遣道覆来为江州刺史,江陵士庶闻道规已破桓谦,及焚其降书不问,因此江汉士庶感其焚书之恩,各为备守城池,无复二志,保全江陵。道规闻道覆将至,星夜驰还江陵,密谓刘遵曰:"今徐道覆兵将至,汝引一万军为游军,出屯江汉口,以拒道覆前驱。如不胜,收屯为犄角之势,使其不敢逼城下营,方可破之。"遵依计而去。到彦之等咸曰:"明公不宜割此有力之兵,置于无用之地,可留卫保江陵,何如分拆军威之势。"道规曰:"能善将兵令敌不敢近城者,莫若犄之,故分此兵,使其疑惑,莫能进逼,然后以计破之,胜之必矣。"于是众服其论。遵先得令,以兵一万出屯汉口,以迎敌兵。道规自与诸将领军三万,离城三百里拒迎。

其时,道覆不从大路来,与道规不相遇,密从故道抄小径掩至城边呐喊,佯言:"建康已克,江陵何不早降?若缓,攻破城池,玉石俱焚!"言未毕,军人报汉口有兵提防,道覆不敢攻城,离城三十里安营。其时,城中无只兵守城,士庶皆感道规焚书不究之恩,无怀贰意,俱各竭力,调拨民兵昼夜巡视,把守各门。道覆次日驱兵大进,攻打城池,城上百姓各以火瓶、飞石打下,军不敢进,连攻数日不下。忽听得鼓噪喧天,正西路上人马抢到,旗上"大将刘道规"书得分明。道覆大惊,急传令,叫三军摆开与战。当道覆自与道规交锋,连斗五十余合,道规力乏欲走,又听得东路一彪人马掩至,起头视之,认是游军刘遵旗号,心中大悦,壮气愈加,又挺刀与战。当道覆见有伏兵横挟,日晚又昏,不敢恋战,拨转马头,寻路走还。檀道济见徐兵走,驱军连夜追杀。当道覆欲退,被刘遵游军横挟两路拦击,杀得徐兵溃窜,伤亡死者不计其数,道覆只存二百骑逃去。道规方传令鸣金,收军入城。次日，以牛酒犒赏三军，不在话下。

却说徐道覆败回，收拾残兵万余，会卢循之众，军威稍振，议下建康。

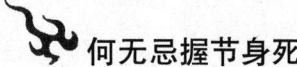 何无忌握节身死

何无忌闻卢循欲下建康，自以兵离浔阳来拒循。长史邓潜之谏曰："循兵舰盛，势归上流，宜决南塘，守二城以待之，彼必不敢舍我远下。蓄力养锐，俟其疲老，然后击之，此万全之策也。今决成败于一战，万一失利，悔将无及。"参军殷阐曰："循所将皆三吴旧贼，百战余勇，始兴溪子，拳捷善斗，宜留屯豫章，征兵属城，兵至合战，未为晚也。"无忌不听，率兵上船，与徐道覆遇，战于豫章郡。道覆计令强弓手五百，弃船登山邀射之，自率大舰，乘风急以撞之。无忌船小，况又风逆，不能抵挡，兵众奔溃。无忌厉声曰："取我苏武节来！"节至，执以督战，兵已散了。贼众云集，独不敌众，握节而死。道覆以复行。由然中外震骇。后朝廷闻知，谥无忌忠肃。

三月，西凉傉檀自将兵五万，来伐蒙逊。蒙逊大惊，计设伏兵于山源，自以弱卒一万，邀战诈败，引至穷泉，伏兵四出，傉檀大败走还。蒙逊乘胜追至姑臧，夷夏万余户出降，蒙逊纳之。傉檀大惧，遣人出城，纳质请和。蒙逊受之，乃徙其众八千余户而去。傉檀恐其再至，迁于乐都。姑臧人自推焦朗为主，降于蒙逊，不用傉檀之命。是时，刘裕伐燕，旋师还镇下邳。

却说晋帝设朝，群臣奏卢循侵庐陵、豫章、南康三郡，目今兵马将到京城。帝大惊，问文武大臣。大臣奏曰："要破此贼，火速颁诏，星夜征豫章郡公还京，方保无事。不然，为贼所危。"帝曰："然。"于是即命使赍诏征裕还拒卢循。使人领旨，星夜至下邳见裕，呈上诏书。裕读讫，始知卢循入寇，何无忌战死，滔滔大哭，急忙传令，班师还京。

刘裕大破卢循兵

却说刘裕回兵至下邳，以船载辎重，自率精锐步归。知何无忌败死，卷甲兼

行,将济江,风急,众咸惧之。诸将请待风息,裕曰:"若天命助国,风当自息,不然覆溺何害!"即命登舟,舟移而风止。

四月,至建康,青州刺史诸葛长民、兖州刺史刘藩、并州刺史刘道邻,各将兵入卫。藩,毅之从弟也。卢循兵威大振,将近建康。百官会议奏曰:"贼兵强甚,刘公回来,不如北走避之。"帝问曰:"贼在何处?"大臣曰:"贼在豫章,与京隔五百余里。"帝曰:"贼尚未至,待到避之不迟。"言讫罢朝。

却说刘裕回兵至山阳,大哭镇南将军何无忌,忽闻朝野震骇,帝欲北避之事,裕益大哭无忌,涕零不已,亲自设灵席祭之,又令三军挂孝三日。

癸未,始至京都,入朝觐帝,拜礼毕,帝曰:"太尉北征劳神。"裕曰:"陛下掌政事不易。"帝请刘公平身。裕曰:"近闻卢循领兵已取豫章,将及到此,陛下议论若何?"帝曰:"今文武议欲迁都。"裕听说,复怒曰:"大臣以为京都无人,故此畏避耶!"帝曰:"卿意若何?"裕曰:"主上曾与谁人议论也?"帝曰:"与众议此事,理会未定,故召公回决之。"裕因问群臣曰:"诸君主避者,愿闻其详。"众答曰:"妖贼虎豹也,挟强盛而寇四方,动有百万之师,近得豫章三郡,其势甚大。吾建康可拒贼者,长江也,今贼艨艟巨舰,何止数千,水陆军营,占地千里。况明公北征始还,伤痍未起,旧卫老弱等不万人,安可当之?若依愚计,莫如早避,尚图后复。"裕曰:"此乃迂阔之论也。建康自返正乘舆以来,今历数载,安可一旦而弃于贼也?"帝曰:"若此,将何计拒之?"裕曰:"贼名强盛,实易攻也。"帝曰:"何如易攻?"裕曰:"贼之所统,皆乌合之众、蚁聚之兵,军无纪律,将无远略,民心不附。以陛下雄武,仗先帝之灵、文武之力,臣自以兵保为陛下破之。"言未毕,班部中撞出步骑将军刘毅上表奏曰:"臣请精兵五万先行,破此贼人。"当裕谓毅曰:"今贼新捷锋锐,且莫先动,须严军偕进。"毅曰:"贼众虽盛,不足畏之。"于是毅坚执要行,帝只得委兵五万与行。毅得兵曰:"不杀此贼,誓不回军!"言讫,引兵去了。裕恐有失,亦自整备出师,先即作书,使刘藩前去止之,令其等大军一齐起行。刘藩追至,谓兄毅曰:"刘公恐吾兄孤军去讨,不能取胜,使我来止,待其大军至,偕进。依弟之见,果不可独行。"毅闻之,大怒曰:"我以一时之功相推耳,汝便谓我不及刘裕也。"言讫,投书于地,遂以舟师二万发至姑孰。五月,壬午,毅兵望桑落洲而行。

却说卢循正坐间,忽听得探马回报刘毅引大兵杀奔豫章而来,诸将士卒皆失色。循知，急召徐道覆入议曰："今刘毅引五万大兵到来，何以迎之？"道覆曰："离城一百里外，有一洲，名唤桑落洲。其水路夹洲，洲前十里左有山名豫山，右有林名居林，可以埋伏军马。可令秦用引兵一千五百，带船三百，去居林背后水谷埋伏，只看四面火起，便可出击，纵火掩之；林佺、刘稷各引五百军，预备引火之物于船中，伏于桑落洲居林下两边，相候至初更，晋兵到，便可放火烧船矣。又令王得引兵五千，为前部抵敌，要输不要赢，把兵马与战，佯慌迤逦退后而走。主公自引一支军于中救援，听计而行，勿使有失。"计排已定。次日，诸将士各依计而行。

却说刘毅以军到桑落洲，乃拣选一半精兵做前队，其余在后，随粮草而行。是时五月尽，南风徐起，人马趱行而来，见贼兵大叫骂曰："卢循无义叛贼，你等事他，正如孤魂随鬼也。"王得大笑曰："你等随刘裕鼠贼也。"刘毅大怒，向前来战王得。二舟相交，战不数合，王得诈败退走。刘毅赶将来，贼军先退，毅军掩去。王得押后抵挡，约走十余里，王得回舟又战数合而走。当韦浩撑舟谏曰："王得诱敌，恐有埋伏。"毅曰："敌军只如此，虽有十面埋伏，吾何惧哉！"赶到桑落洲，听得一声鼓响，卢循自引一支军出来接应。刘毅回顾韦浩曰："此即埋伏之军，吾今晚不到豫章，誓不罢兵！"催军前进。卢循、王得佯拦不住，迤逦望后便退。天色黄昏，浓云布满，又无月色，狂风忽起，继而大作。刘毅只顾赶前面败军，至戌牌左侧，刘毅在前军望见前头一片叫起，便将战船摆开阵势，问乡导："这是哪里？"乡导回答："前面是桑落洲，后面是豫口川。"毅传令，交诸将押后，亲自出战船于阵前，与侯兰、韦浩及十数船，两势下摆开。敌军到处，刘毅看了大笑。众将问曰："将军何故如此哂笑乎？"毅曰："吾笑刘裕在帝面前夸诸贼强盛，今观他用兵，可见了也。似此等战船为前部，与吾对敌，正如驱羊与虎斗也。吾一时在帝面前夸要活捉诸贼，今必应前言也。不可停住，汝与诸将催趱军马，是夜赶到豫章，吾之愿也。"遂自纵船向前打话："妖贼将船摆开。"王得当先出马，毅骂走之，兵各自认队伍而去。毅叫催促后军上来。诸将赶至窄狭处，见两边都是芦苇兜住船，谓刘毅曰："南河路狭，山川相逼，树林丛杂，恐防火攻。"刘毅省悟而言曰："汝等之言是也。"却欲回，忽听得背后喊声起，望见一派火光，看随后两边芦苇中又着。四面八方火势齐起，狂风大作，人船自相践踏，死者不计其数。刘毅冒烟突火而走，背后王得拥兵将来。

且说韦浩急奔回，只见火光中一军拦河，当先乃秦用也。军兵大乱，只得夺路而走。刘毅见粮草船一路都着，便偷小路而走。走出林前，慌忙收拾残军上马，弃船而回都去讫。徐道覆请卢循乘胜后追，杀入京都，循从之。

却说刘毅引败残之兵寻夜走回，遇见裕，说为贼用火攻之事，因败回来。裕相视失色，欲还浔阳、进江陵，据二州以抗贼，即至欲出与战，北伐始还，将士伤痍者未复起，只有战士数千人，贼有十余万，舳舻车千余里，恐寡不敌众，因此犹豫。当监军孟昶、诸葛长民进言曰："贼人远来，粮食不敷，不如保拥天子过江，且避其锋。待粮尽，然后击之，必然胜也。"刘裕曰："今兵士虽少，犹足一战，吾计决矣。"时诸将议曰："如若不避，国公可分兵屯守诸津险隘，俾贼不能入也。"裕曰："贼众我寡，若分其兵，则贼人测我虚实。一处失利，则沮三军之心。不如聚众石头屯扎，则众力不分。"言讫，领诸将引兵移镇石头城。

至乙丑日，探马报卢循引贼兵大至淮口，将近来到。当诸将士皆惧卢循战士十余万，舟车百里，楼船高十二丈。孟昶、诸葛长民务要奉乘舆过江。裕将听。参军王仲德言于裕曰："明公新建大功，威震六合，妖贼既闻凯还，自当奔溃。若先自逃遁，则势同匹夫。匹夫号令，何以威物？"裕甚悦。昶固请不已。裕曰："今重镇外倾，强寇内逼，人情危骇，莫有固志。若一旦迁动，便自土崩瓦解，江北亦岂可得至！设令得至，不过延日月耳。今兵士虽少，自足一战。若其克济，则臣主同体。苟厄运必至，我当横尸庙门，遂其由来以身许国之志，不能草间求活也。"昶恚甚请死。裕怒曰："卿且一战，死复何晚！"昶乃抗表曰："臣赞北伐之计，使狂贼乘间至此，谨引咎以谢天下。"乃仰药而死。孟昶既死，诸民皆惊，将士忧虑。时裕谓将佐曰："汝等且勿惊，且看其众如何进兵。贼若于新亭直进，其锋不可当，宜回避之；若回泊蔡洲西岸，贼可擒耳。"众未信之。

却说卢循进兵至淮口，徐道覆言曰："今刘裕北回，兵皆伤痍，不能复战；其有至者，未满万人，不如焚舟从新亭杀进，则裕成擒。"循不从，言曰："大军未至，孟昶望风自裁，以大势言之，当计日溃乱。今决胜负于一朝，既非必克之道，且多杀伤士卒，不如按兵待之。"道覆曰："我终为卢公所误，事必无成。使我得为英雄驰驱，天下不足定也！"裕登城见循军引向新亭，顾左右失色，既而回泊蔡洲，乃悦。遂栅石头、淮口，修治越城，筑查浦、药园、廷尉三垒，皆以兵守之。

明日，循伏兵南岸，使老弱乘舟向白石，声言悉众自白石步上。是旦，裕闻贼兵至，引诸将登石头城楼上望，望见贼兵从蔡洲而来。裕悦不自胜，谓诸将曰："此天助吾成功也。"言讫下城，令军人坚守四门，不许出战。又唤诸将至，谓曰："吾料徐道覆用谋行兵，必然来取查浦，断吾咽喉之路，谁可去守？"参军徐赤特曰："某愿往。"刘裕曰："查浦虽小，所系有泰山之重。倘查浦有失，吾军定休矣！汝虽有谋，此地又无城郭，又无险要，所守极难。"赤特曰："吾自幼力学到今，岂不知兵法？量一查浦不能守，要我何用！"刘裕曰："查浦正北，吾之咽喉，若断，不能有气。查浦一失，吾兵休矣！徐道覆非等闲人。况有秦用为先锋，智勇足备，恐汝不能敌也。"赤特曰："必不怕，若有所失，斩首无怨。"刘裕曰："军中无戏言。"赤特曰："愿立军令状。"刘裕曰："汝与我文书，我与你四千军，拨沈林子与你相助。汝等小心在意谋守地面，到彼安营了，可画地理图本来。"二人拜辞，领军而行。

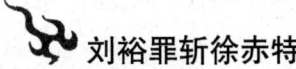
刘裕罪斩徐赤特

又唤刘毅、诸葛长民至，谓曰："吾与你引兵从北而拒贼。你为前部先锋。汝宜小心，今番出兵，不比泛常。"言讫，长民领兵前行。刘裕自以兵后应，前来北拒贼兵。

却说参军徐赤特与沈林子引兵到查浦，看了地面，笑曰："刘公多心，量此山僻之处，贼军如何过去。"就于总路口张侯桥首下寨，令军士伐木为栅，以为久计。徐赤特又自出寨，行见桥侧边有一山，皆不相连，更且树木茂盛，又顶平高可屯军，回寨唤集诸将计议，欲移寨往其山顶去屯扎。当有偏将军沈林子曰："参军差矣，若屯军于当道，筑起墙垣，虽有百万之兵，不能过也。今若弃其要道，立营于山上，贼兵四面围定，将何以保？"赤特笑曰："兵法有云：'凭高视下，势如破竹。'若贼兵来，吾令片甲不回。"沈林子曰："吾跟刘公出征，但到处必指教之。今视此山，乃绝地也，倘贼兵绝其后汲水之路，及用火攻，我军不战自乱也。"赤特却说："孙子云：'置之死地而复生。'刘公尚且请问于我，汝何等之人，敢阻吾意？吾自有见识。"林子曰："若参军必欲于山上立寨，请分二千人，某自于山西立一小营，为掎角之势。倘兵至，可以救应。"赤特坚执不从。林子欲辞回去。赤特方曰："汝既不听，与汝二千兵，待吾破了贼兵，到刘公处，你却分不得我的功劳。"言讫，分兵与林子。林子得兵，离山五里下一小营掎之。一面画营地图，星夜使人呈图去禀刘裕讫。

却说卢循使人去探，回报查浦有兵守御，即按兵不动，叹曰："刘公真乃神人，吾不如也。"徐道覆曰："何故自堕其志？某料查浦可取。"循怒曰："汝何故出此言？"道覆曰："吾探当道无寨栅，军又屯于山上，故知可破。"循笑曰："若军果然屯于山上，天赐吾成功也。"自引十数骑来看一遭。赤特在上笑叫诸将士各各准备曰："看吾红旗招动，四面皆下。"却说徐道覆到寨，使人打听谁人总兵守查浦。人报曰："参军徐赤特也。"道覆曰："庸才耳！刘公虽有大谋，却不识人，此辈为将，可不误事。"唤林佺曰："左右别有军否？"佺曰："离五里有沈林子安营。"道覆曰："汝引一军，挡住林子来路；吾差申仁、申得率领诸将，四面围山，后断其汲道。就令军人备硫黄、焰硝、干柴引火之物，于林边堆起，放火焚之，彼军自乱。乘乱取之，可得查浦矣。"当晚调遣已定。

天明，林佺领一军先往背后，道覆大队军马一涌而进，喊声起处，四面围住。应有汲水之处，并以精兵围之。命众军将前引火之物，放于林边点着。山上晋兵看时，卢兵漫山塞野，队伍甚是整齐。会风起势刮，渐渐烧入林去。晋兵不敢下山，赤特在山上慌忙将红旗招动，军将你我相推不动。赤特大怒，手杀二将，诸军皆惧，只得努力杀下山来。时见四面火起，众军溃乱，各自逃生，不敢恋战。当又听贼兵军士大叫："投降者重赏，拒者诛之！"因此晋兵多有弃戈抛旗投贼者。赤特再退上山，叫军守寨门，且待外应。时林子引军来冲，又被林佺杀退，走回石头去讫。赤特从早被围至日暮，火烧近寨，山上无水，众军又不曾得食，寨中大乱。赤特把守不住，杀下山西而走。背后林佺赶来，赶三十里。赤特来保张侯桥，兵溃少不能挡，只得逃回石头去讫。卢循叫徐道覆鸣金收军，进屯丹阳。当道覆与卢循言："今已得查浦，刘裕必然自来。吾引林佺带兵五万埋伏南岸，秦用以大兵与战。主公可以一万兵向白石屯住，多设旌旗为疑兵，使彼疑有埋伏，不敢从此路来，必从南岸至。吾待他兵过半击之，秦用以兵接战，三下夹攻，则裕成擒矣。"卢循从之，令诸将听令，依计而行。计排已定。

却说刘裕自差徐赤特戍查浦之后，心中怏怏，安放不下。忽报林子有使送地理图至，呈上，刘裕就案上展开看了，拍案大惊曰："赤特匹夫，坑陷吾军，早晚必有街亭之患也！"急欲差人去替。忽报马至说："查浦已失，丹阳城皆休。"刘裕曰："大势去矣！吾之过也！"言讫，即时命诸将士收拾军马，星夜驰还石头城内，坐定，唤林子入，责之曰："吾令汝与赤特同守查浦，汝何不谏之？"林子曰："某再三劝而不从，我自领二千兵，离山五里下寨，被贼兵四面围合。某自领兵冲数十余次，死战得出，恐失石头城，急急回守。非吾之不谏也。"刘裕喝退，即唤赤特。特自缚而入，跪于阶下。刘裕曰："吾累次叮咛说，查浦吾军之本也，领此重任，须要用心，今复如何？汝依林子，不至如此。今败兵失地，皆汝之过也。"叱左右推出斩之。忽监军从外来，正见斩赤特，入见刘裕曰："昔楚杀得臣而文公喜，今天下未定而戮智计之士，岂不惜乎？"刘裕答曰："孙武所以能制胜于天下者，以其用法明也。今乃四海分裂兵交，若复废法，何用讨贼耶！假使有功不赏、有罪不诛，虽唐、虞不能以化天下也。"急命斩讫，献头于阶下，令示号各营。将尸首具棺木葬之，抚恤其家。复令人打探贼兵虚实，回报说："南岸有埋伏，白石张疑兵。"于是裕知贼有所备，乃始命诸将士解甲固守石头，不许动兵。

当刘裕斩参军徐赤特，后人有诗为证：

赏罚严明可治兵，赏无仇恨罚无亲。
查浦失守刑当及，军令施行劝后人。

【东晋卷之八】

起自东晋安帝庚戌六年十二月,止于东晋安帝己未元熙元年,首尾共十年事实。

道覆以兵寇江陵

却说卢循屯在丹阳城，至七月庚申，谓将士曰："今刘裕固石头不与我战，其计欲老我师，待我粮尽，退而击之。安可坐中其谋，不如还兵浔阳，别图后计。"言讫，传令起行。当徐道覆进言曰："今刘裕与我抗而不战者，必有密谋破吾兵也。不如急攻之，使其谋无就。岂可退兵，与其后追也。"循不听。当道覆曰："既是退兵，可与吾兵二万，去攻江陵荆州，就取其粮草，前来供给三军。不然，粮尽难与争战。"循曰："可。"于是以兵二万、将数员与道覆去攻江陵荆州去讫。自以兵徐退，以水军舳舻泊西岸屯住。

却说刘裕坐中军间，探马回报说，卢循退兵泊西岸，徐道覆引兵袭江陵荆州。裕得其语，大喜曰："道覆去远，吾计成矣！"言讫，遂唤辅国将军王仲德，谓曰："你引一千精兵，多张旗帜后追，离数里屯扎，待他退，你后追，他屯住，你亦要屯住，不可与战，使彼心疑，不敢还浔阳，只屯西岸，吾自有计破也。"又唤建威将军孙处至，谓曰："你可引五千兵，阴从海道去袭番禺，攻其家也。"处欲临行，裕诫之曰："我这里十二月必破贼寇，卿亦足至番禺，就宜紧攻，先倾其巢窟也，使贼闻知，虑主思归耳。"处领诺，领兵从海道去讫。又唤偏将军王平谓曰："你星夜领五千兵，抄小路去贼兵之前，砍伐近山树木，结大棚数百浮河上，横塞河路，就准备完讫，屯西边巷内，朝夕擂鼓，使贼疑不敢近归。"又唤监军孟怀玉谓曰："你可引兵二千，准备船只一千，装硫磺、焰硝引火之物，装上船内，待吾进兵。贼人必来占住西岸，待他泊住西岸，你将船浮河东北，待风起放火，顺下西岸，纵兵击之。"又令诸葛长民谓曰："你领五千兵，看河内火起为号，引兵进击贼人旱寨，贼走放火焚之。"计排已定，传令已讫，使刘毅监太尉，留府镇守,自以兵登舟南塘屯扎,等待风起。

却说刺史刘道规正坐厅间,忽左右报徐道覆引兵二万,来攻江陵。道规即唤左右副将至,以计附耳低言,说如此如此。诸将士得计,即时准备兵马,依计星夜赴小径埋伏去讫。次日,道规自将兵五千,前来挑战。

却说徐道覆军马至江陵,离城七十里下寨,正坐帐间,忽探马报说荆州刺史刘道规引军马前来挑战。道覆即时传令,便差渠师、韩焰先来出哨,随即全身披挂,骑雪踢乌骓马,伏着双鞭,大驱人马,奔江陵城。在路上正遇道规,与战,战不三合,道规佯败走还。道覆见敌弱,叫追五十里之程,隔远望见道规许多人马,杀回奔来。徐道覆叫摆开马军,当先锋韩焰来与徐道覆商议道:"正南上一队步军,正不知是何处来的。"道覆道:"休问,只管冲将去。"韩焰引五千马军飞过前去,又见东南一队军来,却欲分兵,西南上又推起一队,旗竿招飐,呐喊喧天。韩焰再引军回来,对徐道覆道:"南边两队军,又都是晋军旗号。"道覆道:"这厮出来厮杀,必有计策。"说犹未了,只听得北上一声炮响。徐道覆道:"此必是晋人计策,我和你且把人马分作两处去斗,我去杀北边,你去杀南边。"正分兵之际,只见四路兵又起。道覆心慌之际,四面八方,火炮掀天,金鼓雷鸣,晋兵飞围将来,覆兵皆惧溃乱窜。道覆见有埋伏,急勒转马头,望东北大路杀来,遇着道规交战,战上二十余合,无心恋战,只得拼死尽力杀开血路,直冲过去,望东北而逃。刘道规引大势兵赶数十里不着方还,以牛酒赏犒三军,不再絮烦。是时,徐道覆被刘道规四路埋伏之计,杀得片甲不留,只收得几千残兵,走回还屯湓口。

是年十一月,孙处从海道至番禺,悉令兵登岸,自诈为渠帅韩焰,令兵改为贼兵旗号,诈说卢循攻破建都,着他回接父亲及家属返京,因此直至城下,依计叫开城门。城中无备,直杀入城。

却说卢循父卢嘏正坐府间,报晋兵诈称韩焰诱开城门,杀近府前。嘏大惊,急引家属走后门,逾墙而逃,奔始兴而去。孙处入内,令军士搜捉卢嘏不见,将其女妇尽斩,出榜安抚。百姓惧其残杀,皆闭门不开。

次日,于是孙处始令百余骑,赍榜文遍告诸处及三军,如有妄杀一人者,夷其三族;妄取民间一件物者,定按军法。如此军法严明,与民秋毫无犯。次日天明,百姓家家开门,焚香迎接。处又传令告报,但有原任官吏,依旧录用;及在边将士家,亦照旧给俸不缺。由是番禺百姓尽感其德,倾心归命于处。处乃屯镇其城,犒赏三军。

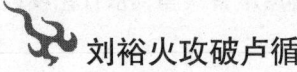 刘裕火攻破卢循

十二月己卯，忽东风起，刘裕急唤诸将入内问："前日令安排准备埋伏物件如何？"诸将答曰："齐备。"裕曰："既齐，今日各各依计进兵，不可迟延。"言讫，拔寨起行，依计杀奔前来。

卢循正在水寨与诸将说："前面有埋伏，后面有追兵，如何可还浔阳？"正议间，闻晋兵杀来，急令水军头目引兵从方江而下，占西岸。诸兵得令，各以船泊西岸。忽报上流有数千小船至。言未尽，其船将近水寨，只隔一里水面。忽然间，其船一齐发火，火趁风威，风趁火势，船如箭发，烟焰涨天，一千只火船撞入水寨，所撞之处尽皆钉住，隔江炮响，四下火船齐到。但见方江面上火逐风飞，一派通红，漫天彻地。卢循回观岸上营寨，几处火起。

却说孟怀玉将船放火，顺流贼寨，自跳在小船中，背后数人驾舟百余，冒烟突火来杀卢循。循见势急，欲巴上岸口。时张放驾一小舟来，乃扶循下得船时，那只大船已自着了。张放遂呼集数百只船万余人，保护着卢循在小船中，飞奔岸口。当刘裕望见穿绛红袍者，下船引众船走，料是卢循，即出脚踏在船头，手执利刀，厉声叫曰："妖贼休走，刘裕在此等你多时。"循乃连声呼众船，回与裕战，战不十合，裕乃大败而退。卢循引兵赶来，将次赶上。张放拈弓搭箭，觑得刘裕较近，一箭射去。裕在火光中，那里听得弓弦响，正中肩窝，翻身下水，当得偏将急救，方存活命。

其时满河火滚，因风水之势，在中流蹙之，天下大雨，雷声大震，刘裕仍躬提幡鼓。水热为汤，流入龙宫。龙王大惊，急问水族："何如水热如汤？"当水族对说："妖贼谋叛，刘裕以火攻焚其舟，因此水烧如汤。目今刘裕反败于贼。"龙王谓水族曰："刘裕当兴宋祚，你可引众水族，以万钧神弩阴矢射妖贼助他一阵。"于是水族依令，以神弩来阴助刘裕，暗射妖贼。妖贼当者，无不即死，贼众方溃。刘裕见自军中忽然有万钧神弩所发矢贼，疑必天助，遂命众兵并力击攻，所向莫不摧陷，杀得贼人大败，走下流去，又被木栅拦住。

循令偏将拒住伏兵,自挥兵尽力,拆毁木栅,乃得退,走还浔阳。裕以兵紧随后追,循见晋兵追来至急,复走至豫章,令军人悉力为栅,在左里拒之。

　　其时刘裕同部将景申引大军,将次来到左里,正与贼对阵,交锋之际。裕忙持号幡挥兵去战,忽麾竿折,幡沉于水内,众将咸惧,以为不祥,且请退兵,明且交战。当裕冷笑谓众将曰:"昔覆舟之战,亦如此曾赢,今胜必矣!诸将休疑,火速与战。"令讫,众将因此锐气百倍,悉力攻其栅。俄而栅拆晋兵杀入栅来。卢循见晋兵乱入,莫能抵挡,唬得心胆俱裂,鼠窜狼奔,引腹心左右撑单舸逃回番禺去讫。因此诸兵无主,俱各乱溃。裕见循走去远,又传令诸将曰:"归师勿掩,穷寇勿追,宜即收兵。"乃自大叫曰:"卢兵肯降者免戮,不顺者尽诛!"言未尽,贼兵皆弃戈卸甲,撑船来降。裕大喜,即传令鸣金收军,师旋屯于豫章,安抚百姓。

　　忽报晋帝遣侍中黄门薛仁以牛酒财帛,前来劳师。裕闻知,即出案接待同坐,以财帛牛酒,分赐诸将士,给赏三军讫。

　　辛亥,七年(秦弘始十三年,魏永兴三年),春正月,南凉王傉檀又欲伐北凉。护军孟恺谏曰:"蒙逊新并姑臧,凶势方盛,不可攻也。"傉檀不听,发兵五万,分五路俱进,兵至番禾、苕藋,掠五千余户而还。将军屈右曰:"今既获利,宜倍道旋师,早渡险厄。蒙逊若轻军猝至,大敌外逼,徙户内叛,此危亡之道也。"又不听。俄而昏雾风雨,蒙逊兵大至,傉檀大败而走,不敢还城。蒙逊以兵进围乐都,复取其子染干为质,蒙逊始引兵而还。傉檀势穷,只得以其子质降。

　　二月,刘裕收军振旅而还,诣京。次日,入朝拜见晋帝,奏说破卢循之功。帝大喜,改封裕为大将军,领扬州牧事。裕受职,谢恩而退。

卢循败回取番禺

　　却说卢循败后,寻夜走回番禺。至始兴,始知孙处先攻破番禺,及父引家属逃在始兴,心中大惊,即领诸将佐入城见父,哭说败兵之事。及问番禺如何失守被贼所陷。父嘏说:"孙处诈称渠帅韩焰,道你攻破建业,令他前来接家属。因此诸隘守将信之,不提防他,直至城下,叫开城门,杀守城军吏。比及知时,措手无及,我只得领家属从后门杀出,奔此安身,等你回来商议。目今孙处孤军守番禺,民众不附，甚是易攻，不如收残兵，再复其城，方可聚兵前去报仇也。"循曰："既如此，可速进兵。"于是循即出，领诸将残兵，连更带夜，杀奔番禺，直至城下屯营。

却说孙处正坐府堂，忽探马来报说，卢循败回，引残兵来取番禺，目今兵屯城下。处闻知其事，急唤部将至，从耳边道计如此如此。诸将得计出，便传令众军五鼓造饭，天明大小三军人马尽皆出城；城上要虚插旌旗，遥张声势；军分三门而出，只留陈矫部一千兵守城。传令讫，诸军皆遵而行。

至次日，却说卢循自陈兵于番禺城外围住，当日晋兵分三路门而出。循见，即自上将台看时，见城上女墙边，尽是虚搠旌旗，无人守护，又见军士腰下各束包袱。卢循心暗忖，晋兵必是先准备走路，遂下将台传令云："令两军分为左右翼，如前后得胜，尽力追赶，直待鸣金，方许退步。就叫韩焰领住后军，吾亲自取城。"当日对阵，鼓声大震，孙处出马，在阵前搦战。循自至门旗下挥鞭指点："谁人向前？"一将应声出马，乃韩焰也。与孙处交锋，战到二十余合，处败走。孙仁拍马而出，大呼姓名，搦卢循战。循不出，使周恭出马，与仁战十余合，仁又败，阵势乱，后军先退，孙仁、孙处弟兄两个押后。卢循指两翼军冲出，晋兵佯为大败而走。卢循自率大军追赶，到番禺城下，晋军皆不入城，皆望西北而走，韩焰、周恭引前部尽赶。卢循见番禺城门大开，城上又无军马，指点中军抢城，数十骑当先而进。卢循在背后加鞭纵马，直入到瓮城道边。城上敌楼上陈矫张见卢循亲自先入，暗暗喝彩道："孙将军妙算。"言讫，打一声梆子响处，两边弓弩齐发，箭如雨下，争先入门的，都跌落陷马坑去。卢循急勒马回，一弩箭正射中右臂，循翻身落马，晋兵从门内杀出，径来奔卢循。循却得众军拼死命救出城中去了。军士突出，贼兵自杀践踏，落堑填坑者无数。循急令鸣金收军，孙处引三路兵杀得贼兵弃戈大败而走，走一百余里，方且屯住，收余兵南走交州去讫。孙处亦追百里，方归番禺屯扎。

却说徐道覆被刘道规杀败，走屯溢口，数月闻循败走始兴，乃引众亦来始兴见卢循。卢循已去番禺，因此只在始兴屯住而已。

却说兖州内史刘藩闻徐道覆处始兴，乃与偏将孟怀玉部兵一万，来取始兴。兵至，离城一百里下寨。至次日，召孟怀玉诸将至，密授与计。诸将依计。各自出寨，准备而行。行不十数里，徐道覆探知其来，亦引兵至，正相遇着，两下各自排阵。阵势始完了，徐道覆出马，横担大刀，厉声高叫："败国之贼，焉敢侵吾境界！"对阵中一簇黄旗出，旗帜分开，一辆四门车出。车中端坐一人，头戴银盔，身披金甲，手执羽扇，用扇招道覆曰："吾乃兖州内史刘藩也，曾破燕王百万之众，被吾聊施小计，克复燕京。今来招安汝等，何故不早来降？"徐道覆大笑曰："广固鏖兵，乃刘裕之谋也，于汝何事？今来诳吾。"言罢，抡刀径杀过来。刘藩叫急回车，望阵中走，阵门后闭。道覆径冲过来，阵势忽分两下而走。道覆遥望中央一簇黄旗，料是刘藩，只望黄旗而赶。抹过山脚，黄旗扎住，忽地分开，中央不见四门车，一员将挺矛跃马，直取道覆，大呼曰："吾乃燕人孟怀玉，贼将休走！"道覆抡大刀来迎，战不数合，气力不济，拨回马走。怀玉从后赶来，喊声大举，两下兵复合。道覆冲出，前面一军截住去路。道覆措手不及，惊慌落马被擒。当怀玉拿来寨中见刘藩。藩坐在帐上，见推覆至，喝令推出斩讫，将首级号令军门。领兵入城，写榜安民，拨兵守御，自引诸将复回兖州镇守。

史说，晋自中兴以来，朝纲弛紊，权门兼并，百姓流离，不得保其产业，桓玄颇欲厘改，竟不能行。既而刘裕作辅，大示轨则，豪强肃然，远近禁止，由是黎庶仅得绥静。

慧度计迎斩卢循

却说交州刺史杜慧度闻知卢循失番禺，引兵来迎。心生一计，传令部将宋喜以五百人，各带刀斧，埋伏城外飞云寺内，听击盏为号，进斩卢循。宋喜得令，依计前去埋伏讫。又令偏将李本引三千兵，去寺后山谷埋伏，听炮为号，接应杀贼。李本得令，亦去埋伏了。慧度自领一百余人，牵羊酒前来一百里外，诈降迎接卢循。

卢循见探马说，交州刺史杜慧度以羊酒前来降接。循唤到马前，恐其是计，不敢下马，见慧度拜伏在地，十分殷勤，方急下马相见。慧度言曰："大王名震天下，与百姓除残，谁不仰慕？今罹小难，后必大兴。杜某遭刘裕执权，久此不迁，吾意欲叛，恨无盟主。今得大王车驾来临，聚义必成。"循亦曰："将军肯相辅佐，取得晋朝天下与公平分，子孙同荣。"言讫，慧度呈上羊酒礼物，循虚推受讫。二人并马而行，行了一日，来到飞云寺前，慧度下马请曰："今日已晚，到城还有三十余里，权在飞云寺中安歇，来日进城。"循曰："可。"于是循令众将兵屯寺外，自领亲属一百余人入寺中安下。循到寺内，众僧百余人鸣钟击鼓出来接迎，入方丈室坐定，僧众磕头出外，慧度令他安排筵席入来。慧度亲自把盏，下礼陪劝，劝得卢循父子数人大醉。慧度击破玉盏，须臾宋喜引群刀斧手五百人抢入方丈室，将卢循、卢嘏父子，家属一百余人尽斩取首级已了，就内放起炮来。寺后李本引伏兵杀出寺前。贼兵困睡，哪里得知，却被伏兵将贼兵一千余人，尽皆坑之，不留一个。慧度至日平明，方鸣金收军，回入交州，以牛酒赏赐军士。

令人将卢循及家属首级一百余送来建康，进与晋帝请功。却说晋帝设朝，文武班齐，近臣奏道："交州刺史杜慧度斩卢循父子并家属一百余口，将首级遣人送来请功。今使臣在五门之外，未敢擅进。"帝闻奏，命使臣回去，将循父子首级号令四门，旨出号令讫。

忽荆州刺史刘道规使舍人上表称疾，求归致仕。帝披览毕，以表示问群臣。群臣上言曰："窃见刘道规为吏清正，德及于民，远近莫不瞻仰。今虽微疾，不可放其归里。"帝听之，不从其请。

初，刘毅在京口，贫困，与知识射于东堂。司徒长史庾悦命仆挑酒馔，与朋友后至，夺其处乘凉而饮，众皆避之。毅独不去，见悦厨馔甚盛，不以及毅。毅从悦求子鹅炙，悦又不与。至是悦为江州刺史，毅怀前仇，因求兼督江州，诏许之。毅即奏："江州内地，以治民为职，不当置军府耗民力，宜罢军府，移镇豫章。惟浔阳接蛮，可即州府千兵以助郡戍。"于是解悦都督，徙悦镇豫章，而以亲将赵恢守浔阳。悦府文武三千悉入毅府，符摄严峻。悦至豫章，愤惧而卒。

刘毅出刺于荆州

壬子，八年（秦弘始十四年，魏永兴四年，西秦王乞伏炽磐永康元年，北凉玄始元年），四月，荆州刺史刘道规以疾再三求归。帝始诏以刘毅代之。道规在州累年，秋毫无犯，及归，府库帷幕，俨然若旧。随身甲士二人，迁席于舟中而还。毅刚愎，自谓功与裕同，虽权事推裕，而心不服，常怏怏不得志。裕每柔而顺之。因过京口，归家祭祖辞墓，欲往荆州赴任。

时刘裕闻知毅回家辞墓,欲命驾去京口访谒刘毅。鄱阳太守胡藩曰:"窃见刘毅阴蓄壮士,明结时雄,久必谋主。依臣之见,不如早除之,以免后患。"裕曰:"刘毅虽勇,却无远略,我将为次耳。"藩曰:"明公谓刘卫军终能为公下乎?"裕曰:"卿谓何如?"藩曰:"夫豁达大度,功高天下,连百万之众,允天人之望,刘毅固以此服明公。至于涉猎记传,一谈一咏,自许以雄豪,加以夸伐,缙绅白面之士,辐辏而归,此刘毅不肯为公下也。"裕曰:"吾与刘毅俱有克复大功,其过未彰,岂可自相图?"遂不听,亦还去京口见刘毅,相款数日而回京。刘毅亦辞墓后径去荆州赴任。

却说刘敬宣字万寿,彭城人也。于义熙三年,奉诏伐蜀,军至广武,食尽而退。有司奏免官,刘裕保复原职。时敬宣闻知朝廷以刘毅为荆州刺史,乃入见刘裕曰:"荆州之重,不可付人。今闻朝廷以刘毅为荆州刺史,诚恐有变,不利于明公。"刘裕亦疑之,与毅素不睦。及闻此语,因问刘穆之曰:"万寿谓荆州权大,刘毅素与吾不睦,不可使去镇,此事如何?"穆之曰:"刘毅乃公等辈,况今诏旨已出,明公不可以私憾而伤至公也,任之无妨。"因是不改其任。时敬宣又谓刘裕曰:"平生之旧,岂可孤信。光武悔之于庞萌,曹公失之于孟卓,明公亦宜慎之也。"裕曰:"既如此,以卿为南蛮校尉,去戍襄阳。刘毅若有异,卿宜速报将来。"敬宣曰:"然。"领之。于是刘裕以敬宣为南蛮校尉,去戍襄阳。敬宣领职,离建康先至荆州,参见刘毅。刘毅曰:"吾欲兴五霸之功,欲屈卿为长史,南蛮岂有见辅意乎?"敬宣虚对曰:"若有驱驰,不敢辞命。"言讫,拜辞刘毅,出戍襄阳。使人以是言驰报刘裕。刘裕大惊曰:"刘毅果有谋意。"遂赏使人回去,一面预防毅乱。

却说乞伏公府谋叛,率兵弑西秦王乾归,及其子十余人,走保大夏。乾归之子炽磐闻知,遣其弟昙达以兵讨之。秦人多劝秦王兴乘乱取炽磐,兴曰:"伐人丧,非礼也。"勿听。夏王勃勃欲攻之,王买德曰:"炽磐吾之邻国,今遭丧乱,吾不能恤,而又伐之,匹夫且犹耻为,况万乘乎?"勃勃乃止。七月,昙达击败公府,追获而斩之。八月,炽磐始自立为河南王,率众兵都于枹罕。

刘毅据荆州谋反

初，刘毅既有雄才大志，与刘裕俱兴复晋室，自谓京城、广陵，功足相抗，虽权事推裕而心不服也。比先入朝，厚自矜许，朝士素望者并多归之。因与尚书仆射谢混、丹阳尹郗僧施深相结纳。及镇江陵，旧府多割以自随。会迁荆州刺史，意欲谋反，与诸将议。忽部将田岂上言曰："天下之贵，不易得之，务宜静守，以待天时。目今刘裕挟天子而令诸侯，出师征伐，兵出有名，各以兵助，所以长胜。将军发兵入朝，谁肯相应？为今之计，不如待刘裕远伐，乘虚入建康，执天子作诏，书其罪以兵讨之，权归于将军。将军不从此计，祸族必至矣！"毅未及对。忽偏将王昱赞曰："将军兴天下之计，田岂出不利之语，罪不容诛。"毅欲将岂斩，当众官告免，遂枷扭送狱，恨曰："吾若破得刘裕，明正汝罪。"言讫，欲起兵。王昱进曰："不可便起兵。丹阳尹郗僧施与将军旧交，将军可作表奏帝，荐其为南蛮校尉，帝必以兵付郗僧施，然后以书与僧施，令其内应。将军诈病，使令弟刘藩以书亲去托尚书仆射谢混，表奏刘藩为兖州刺史，说公疾甚，以为副二。待其受职，领兖州之兵前来，方可兴兵杀入建康，则刘裕可擒，大功成矣。"毅曰："然。"于是登时作书，遣使去见谢混，荐僧施为南蛮校尉；及使弟刘藩自去托尚书仆射谢混，代表奏求兖州刺史。二人皆受计而行，去讫。

却说刘裕大会文武于讲武堂，而对众文武曰："孤本庸才，始举孝廉，不思微名于世耳。后罹天下大乱，是以手疾隐居京口里，乃筑一草舍于京东四十里，欲秋夏读书，春冬射猎，为终天年之计，俟天下清平，方出仕耳。然不能如意，由妖贼谋反朝廷，征孤为参军，幸破妖贼。其意专欲为国家讨贼立功，图死后得题墓道，曰'晋故征东将军刘侯之墓'，使不辱于祖宗，此平生之愿足矣。遭桓玄之难，始与诸军兴举议兵，诛桓玄，取蜀灭秦。又讨击燕超，摧破卢循，斩其父子，遂平天下。身为宰相，人臣之贵已极，今意望已太过矣！然国家无孤一人，正不知江南分裂几王矣！有一等愚人，见孤任重权高，妄相忖度，言孤有篡位之心，此言大乱道也。每欲委兵权归国，叹无人可领此职也！孤若一旦求清素之名，必遗祸于国家矣。孤尝想周文王三分天下有其二，以服事殷，周之德，其可谓至德也矣。此言岂敢遗忘也，耿耿在心耳，孤安有篡国之心哉！百官文武必能知吾心也。"众皆起拜曰:"虽周公、伊尹,不及明公之心耳。"裕连饮十数杯,不觉沉醉。

忽人报曰:"刘毅沾疾,使刘藩表奏郗僧施为南蛮校尉,以弟刘藩为兖州刺史,令其报来副二荆州也,有使人送书与国公。"裕闻知,手脚慌乱,心中惧战,言曰:"孤误耳!"参军王镇恶曰:"主公在万军之中,矢石交攻之际,未尝心动;今闻刘毅在荆州疾甚,表弟为兖州刺史,何失惊耶?"裕曰:"刘毅与吾同起,亦人中杰也,平生未尝得水,今错授荆州也,是困龙入于大海。今使弟求兖州刺史,及荐郗僧施为南蛮校尉,其意欲以二人授吾兵前去谋反,孤安得不动心哉?"镇恶曰:"国公神见万里,吾虑亦如此也。为今之计,当如之何?"裕曰:"吾令人以书伪许,只说天子病重,数月不出设朝,待病稍可,奏请定成,使彼不变。然后可领五千兵,称说谢混与刘藩在京谋反,尽皆族之。吾点兵选日,连夜以龙骧将军蒯恩以兵去讨跋扈。"言讫,遣使持书去与刘毅。刘毅得裕书,见说许二人之职,只待晋帝病瘥。毅心暗喜,赏使人回京去讫。

却说王镇恶以兵五千,来杀谢混及刘藩。当谢混与刘藩正在堂上饮酒,不知备走,被王镇恶收斩首级,号令示众,称其谋反之由,引兵复回,来见刘裕,回报收斩讫。裕曰:"二贼已死,宜急讨刘毅,奈吾军需未备,难以就行。"时王镇恶曰:"明公若有事,请给二百舸与某,同龙骧将军蒯恩先行擒毅,以待公至。"裕从之,以二百舸与镇恶、蒯恩二人,各授兵五千,以其先行。当刘裕以诸葛长民监留府事,疑其难独任,又与穆之曰:"长民不善,卿宜预之。"言讫,领众即行。

镇恶百舸执刘毅

时蒯恩以兵五千先发而去,镇恶领百舸,命诸军上船,传令抄小河昼夜兼行。至江陵,只隔五十余里屯住。蒯恩军亦至。镇恶自思一计,谓蒯恩曰:"君以三军尽换兖州刺史刘藩旗号,诈声刘兖州还,去诱城门。彼若问刘兖州何在,汝即应道在后军。吾后接应,同抢入城。"蒯恩依计去讫。镇恶亦舍船以兵步上,每舸留三五人,往岸上竖旗按鼓,余者皆随镇恶入城。镇恶临行,谓守船人曰:"妆计料我将至城,便长驱严令诸军扬声大喊曰:'大军速行!'然后可分一军去烧江津战船,使其不能走行,鼓噪徐进。"镇恶计策安排已定,领步军即行。

却说蒯恩打刘兖州旗号,来至江陵,百姓皆信实是刘藩,安然不疑。将到城下,逢刘毅要将朱显之守门,远远望见队伍兼进,乃披挂驰前,喝问曰:"何处官军擅至,不通飞报?"恩军答曰:"乃兖州刘藩领职回来,要见刘公。"显之曰:"刘藩何在,如何不见?"恩军又答云:"在后军。"显之又驰来后军,不见刘藩,又望见江津自己船舰被烧,火焰冲天而起;又听见江中战船无数,鼓噪甚盛而来,大喊:"大军速进!"显之知不是刘藩,便跃马入城,报知刘毅。

刘毅大惊,急传令闭四城门,蒯恩军已入小城了。时王镇恶步军亦驰至杀进,便因风放火,烧大城南门及东门城楼。刘毅以兵拒守城门。镇恶计使人以诏及赦书并刘裕手书凡三函,使人入城示毅,招毅兵权早脱,即赦其罪,如违擒诛不恕。使人持诏、赦书与刘毅,毅皆不受,投火烧之。时城内亦未料刘裕自来,俱各固守。镇恶领短兵出战,令军人高叫曰:"太尉刘裕奉朝廷旨,亲提大军三十万、战船五千只,在后而来。汝等诸将何如抗拒朝廷,自取灭门?"于是毅军将士人情离懈,各自逃溃。刘毅知必不守,乃单马率左右,走出大城东门而去。镇恶见毅兵溃去,身先登城,将士一涌而上,得入大城。镇恶身披五箭,犹前手执矟,驰战开门。毅自思孤不敌众,恐被裕杀,乃以众走。镇恶方始鸣金收军,收毅党恶,尽皆诛之。是时,毅见城中兵散,毅率左右突走,夜投佛寺安歇,僧拒之,势穷惧获,自缢而死。寺僧将其尸首送与镇恶。

十一月朔,王镇恶平江陵二十日,刘裕大军始至。镇恶引众将士来迎刘裕入城,将刘毅首级呈上。诸将入江陵,晓谕诸军,安抚百姓,令人收毅尸首葬之。刘裕亲往其墓吊祭,再拜而哭,哀恸过礼,顾谓诸将曰:"吾想昔日刘毅共起义兵,诛桓玄,复晋室,同讨燕超,共破卢循,其功亦高。谁料今日谋反自取死耶!是故使吾恸心而流涕也。"言讫,诸将亦潸然出涕,流泪不已。令人赐金帛粮斛,以安刘毅之妻,使其回京口去讫。

史说,刘毅刚猛沉断,而专肆狠愎,与刘裕不相推服。每览史籍,至蔺相如屈降于廉颇,辄绝叹以为不可能也。尝云:"恨不遇刘、项,与之争中原。"裕初征卢循凯归,晋帝大宴群臣于西池,有诏文武赋诗。毅上云:"六国多雄士,正始出风流。"毅自知武功不竞,故示文雅有余也。后于东府与众聚樗蒲大掷,一判应至数百万,余人并黑犊以还,惟刘毅及刘裕在后。毅次掷得雉,大喜,褰衣坐床,叫谓同坐曰:"非不能卢,不事此耳。"刘裕恶之,因援五木久之,曰:"老兄试为卿答。"而四子俱黑，一子将跃未定，裕厉声喝之，即成卢焉。毅一见意殊不快，面如铁黑。

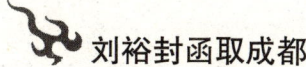

刘裕封函取成都

却说西蜀谯纵占据益州，屡为边患。刘裕既平江陵，意欲讨之，因问诸将曰："吾欲征讨西蜀谯纵，谁可为将，代吾伐之？"时王镇恶上言曰："臣举一人，可以讨之。"裕曰："谁人可为大将？"镇恶曰："有一人姓朱名龄石，字伯儿，沛郡人也。少好武，不事行检，曾与明公举义同讨桓玄而克京城，以功现封为西阳太守。此人有武干之才、谋略之策，若欲伐蜀，以此人为将，可擒谯纵矣。"裕从之，召龄石入内，问曰："吾先伐蜀，以刘敬宣屡出无功。今王镇恶举卿有文武之才，吾欲用卿为元帅，去讨谯纵，卿敢当此职否？"龄石曰："重蒙拔擢，幸至西守，常思报效未及。今有西役，何敢辞命？愿受明公神策去征。"裕曰："刘敬宣往年出黄虎无功而退。贼今闻卿兵至，以为卿应从外水往，面料卿当出其不意犹从内水来也，必然重兵守涪城，以备内道。若向黄虎，正堕其计。今卿以大众宜从外水取成都，疑兵出内水，此制敌之奇也。此计且莫漏泄，一泄恐有变备。"裕因书计封函，盛在锦囊内，付与龄石收之，谓曰："卿若至白帝城，可开视之，依计而行。"言讫，裕以猛将十员、兵十五万授予龄石。龄石率众即行去讫。檀道济等言于裕曰："龄石英名尚轻，非为谯纵之敌，益州定不能克，何不别选名将去也？"刘裕曰："昔吴陆逊，今晋谢玄，未尝经过军事，而能破敌百万之众，何况龄石屡执战兵耶。"因是裕勿听，众不敢言。

却说朱龄石领水军舟舰起行，来至白帝城，乃开刘裕所授锦囊，取出封函，拆而视之，见计毕，传令众军，悉从外水取成都。又唤臧熹、朱牧曰："汝二人以一军取广汉。"二人领兵二万去讫。又唤弟超石曰："你以羸弱五千，乘高舰五十只以做疑兵，由内水去攻黄虎。"超石亦领舟舰去讫。龄石自率大众，往外水进攻成都。

却说谯纵使人来荆州，探知刘裕以朱龄石为元帅，发兵前来伐蜀，即日招集诸将，谓大将军谯道福曰："今刘裕使朱龄石以兵来攻西蜀，吾料龄石之谋，必谓刘敬宣往年以兵未尝出黄虎，无功而退，今番彼必以大众由内水向黄虎而进。公可以重兵戍涪城，以备内水。"道福领命，率众去讫。纵又唤秦州刺史侯晖、仆射谯诜率兵一万五千，去屯平模，夹水为城，以拒晋兵。计排已定了，各各引兵起行去讫。

长民用计害刘裕

癸丑，九年（秦弘始十五年，魏永兴五年，夏凤翔元年），晋帝遣使至，进裕为太傅、扬州牧。裕大喜受诏，赏使先回。

却说诸葛长民贪淫横暴，无所不为。闻刘毅伏诛，长民乃集所亲，谓曰："昔年醢彭越，今年杀韩信，祸其至矣！"众问其故，长民曰："今刘裕只可同患难，不可共太平。昔时吾与刘毅戮力兴复晋室，征伐天下，出万死得一生，今日仅定而诛刘也。刘毅既诛，我必不生。吾今日故召汝诸亲，共议何计可以杀刘裕也。"诸亲曰："吾等无权，难举此事。"当弟黎民曰："若杀此贼，要结朝内有权者十人，方可下手。"长民曰："其计甚善，汝等且退。"于是众人各散。

次日，谒问穆之曰："人言太尉与我不平，何以至此？"穆之曰："刘公今既远征，以老母稚子委节下，若一毫不尽，岂容如此？"长民意乃稍安而回。弟黎民说长民，因裕未还图之。长民犹豫未发，既而叹曰："贫贱常思富贵，富贵必伏危机。今日欲为丹徒布衣，岂可得耶！"因遣人遗冀州刺史刘敬宣书。敬宣读曰：

盘龙专擅，自取夷灭，异端将尽，世路方夷，富贵之事，相与共之。

敬宣即使人报曰："下官常惧福过灾生，方思避隐居损，富贵之道，非所敢当。"使回书去了，以书呈裕。裕曰："阿寿故为不负我也。"

穆之忧长民为变，问参军何承天。承天曰："刘公昔年自左里还入石头，甚脱尔。今还宜加慎重。"穆之曰："非君不闻此言。"至是，使人以书见裕。裕见长民与敬宣之书，及又得穆之书，乃大惊，自江陵东还。

却说长民自此每日涕泪交流，寝食皆废，行坐不安，恐遭裕诛，心中忧闷。忽一日，入书舍，思杀刘裕之计，猛然思曰："可以书结连西秦姚兴，令他引兵外进，吾于内应，可杀此贼也。"思讫，取纸写下其书，放于几上，不觉困倦，伏几而卧。未及半晌，忽侍中郎王用相至。用相素与长民极厚，径入书院，见长民睡着，袖底下压着书，微露字，相轻轻取视之，藏于袖中，遂大叫："好睡得着！"长民惊觉，不见其书，魂不附体。用相曰："汝寻何物？"长民无可答之。用相曰："汝欲谋叛刘公，吾当出首。"长民泣拜曰："君若如此，吾室宗族并皆休矣！"用相曰："吾亦恨此贼久矣，安敢负兄。吾欲助兄一臂之力，共杀国贼。"长民曰："兄有此心，吾之大幸。"用相曰："可结连十人，同立义状，各舍三族于本，以杀此贼。"长民于是取白绢一幅，先书名字，即书之。用相曰："将军吴兰与我结义为知交，吾必令同力灭贼。"长民曰："满朝中大臣，惟有长水校尉程辑、议郎黄顾是吾心腹之人，必能顺我。"

正商议间，家僮入报程辑、黄顾相探。长民曰："此天助也。"令用相只在屏风后权避。长民出接，入书院坐定，茶毕。辑曰："诛刘毅，君怀恨乎？"长民曰："虽有怨恨，无可奈何！"黄顾曰："若有人助吾，誓杀此贼！"程辑曰："与国家除害，死亦无怨。"王用相从屏风后出曰："汝肯，诸葛公便是见人。"辑怒曰："忠臣不怕死，怕死不忠臣。吾等就死，不似汝贼之亲党也。"长民叹曰："吾等正为此事欲见二公，今天所赐，愿必酬矣。"遂出议状，令观之。二公下泪，即请书名。用相曰："只此稍待，吾请吴兰相见。"去不多时，二人并至，相说知共诛刘裕事，兰欣然书名。长民于后堂排宴，款待四人。四人各歃血为盟，计议待刘裕回京，埋伏精兵一千于新亭谷内，待至亭以酒馔到亭内接程，待醉，唤其兵围杀之。策排已定，众人各散。

却说长民心中暗喜，忽然步入后堂，见家奴秦庆与侍妾兰英在暗处私语。长民大怒，唤左右拿下，欲斩之。夫人劝免其死罪，各决脊杖四十，将庆童锁于冷房。庆童恨长民，贪夜扭开铁索，逾垣而走，径来江陵入府中，告知有密事来报。裕急唤入问之，庆童曰："诸葛长民谋乱，结聚十人立义状。王用相等曰：'待公回京，伏敢死士千人，于新亭杀你。'吾劝他，反被痛打。"裕闻说，赏庆童酒食，即聚诸将，谓王镇恶曰："诸葛长民谋反，今他家童来此报我。吾先使赍文书回京，说知我有急事回朝，彼必来迎。你领诸将从陆路而进，至新亭见诸葛长民及文武公卿，只说我在后来，延哄他在那里。我今日讨舟，密从故道先还入东府，执住兵符,与骁将丁旿引五百人密驰归城,把反臣擒下。"王镇恶得计,引众随行,使人先持书去讫。裕乃与骁将丁旿讨船,引五百壮兵,从水路连夜驰行,来至京城离十里水程安住,令人先去探着长民公卿出迎不曾,使人去讫。

刘裕东府斩长民

却说诸葛长民闻知刘裕有文书前来说回京,即时聚王用相、吴兰等众集议,依计令部将引兵埋伏去讫。自排酒馔引公卿百官来新亭奉候。频日不见其来,又等至次日。忽见尘头起处,一簇轿马约一千人飞奔前来,至近,长民心道必是刘裕到亭,视之,是参军王镇恶。长民亦与相见,便问刘公来到不曾。王镇恶答曰:"他在后,与我隔二日之程。"言讫,辞了长民,引众直行至京城之下屯住。长民信镇恶之言,与公卿只在新亭等接。

却说刘裕探知长民出迎新亭,连夜驰入东府,坐住,点鼓聚集官吏,晓谕长民反,因乃收其兵印,密嘱丁旿之计如此如此。丁旿得计,依计而行。即出,令人出叫参军王镇恶引众入城,屯列府前。又令人前至新亭,报说刘公从水路还,叫公卿回来议事。使人得令,将此言即去报知长民及公卿以下。公卿闻说大惊,与众急还到府门,入府内不见刘裕,只见丁旿自幔出,坐于上。长民大怒,进前叱曰:"汝等小人,何此无礼!"言未尽,被丁旿推倒,拔所佩剑斩之。人首落地,众皆大惊,欲来奔丁旿。时刘裕急出府堂坐定,大喝:"不得无礼!长民谋乱,故令丁旿杀之。"言讫,众各向前施礼,下拜于地。裕令叫众官且散,只留下王用相、吴兰、黄顾、程辑四人夜раз。四人魂不附体,皆立阶下,余公卿以下皆散。当问四人曰:"你四人整日到诸葛长民家商议,不知何事?"用相曰:"无非只是人情礼乐而已。"裕曰:"然中写者何事?"用相等皆讳无其事。裕叫唤出庆童对证。相曰:"汝于何处见来?"庆童曰:"你回避了我众人,和五人一处书字,如何赖得。"相曰:"此贼与长民侍妾通奸,诬陷主人,今又陷我,不可听也。"裕曰:"现有证见,何而陷也?"言毕,喝令左右将四人去斩号令。

言未了,武士即将四人枭首号令,回来报知。裕只唤参军王镇恶、龙骧将军蒯恩等一班人皆入,裕出义状示之。王镇恶曰:"明公今日何如?"裕曰:"据此情形,吾欲废其君而吊其民,择有德者而立之。"镇恶曰:"不可。明公威服四海,号令天下,盖有晋家苗裔故也。征讨有名,赏罚有制,军民相安,所以长胜。不如存之,俾往古来今以绝议论也。"裕曰:"既不可,吾欲将长民一家老小诛之,必欲得其书,罪恶以示于众。"镇恶曰:"丞相之意如何?"裕曰:"不诬之以反谋,岂能族诛乎!"镇恶曰:"事已至此,释之恐难。"裕意遂决,连夜尽收长民尸首,弟黎民付廷尉讦罪明白,及拿王用相等五家老小入官,明正反逆之众。次日,押赴各门处斩,良贱死者五百余口,内外官民无不嗟叹。其时裕得丁旿骁勇,而诛长民,时人为之语,曰"勿跋扈,付丁旿"也。

七月,朱龄石等大军往白帝,发函书,见曰:"卿众军悉从外水取成都,臧熹从中水取广汉,老弱乘高舰从内水向黄虎。"

龄石从其计,于是诸军倍道兼行。谯纵果使谯道福以重兵守涪城,备内水。龄石至平模,去成都二百里屯住。纵遣侯晖夹岸筑城以拒。龄石谓刘钟曰:"今贼严其固险,攻之未必可拔,且欲养锐以伺其隙何如?"钟曰:"不然。前声言大众向内水,道福不敢舍涪城。今大军猝至,侯晖之徒已破胆矣。所以阻兵守险,是其惧不敢战也,因而攻之,其势必克。若缓兵相守,彼将知吾虚实。涪军忽来,并力拒我,求战不获,军食无资,三万余人悉为谯子虏矣,宜急攻之。"龄石从之。

七月,以兵攻其北城克之,执斩侯晖,南城亦自惊溃。于是龄石令三军舍船步进,以攻贼营。贼营望风相次奔溃,谯纵弃城出走。尚书令马耽封府库,以待晋师。龄石遂入成都,诛纵宗亲百余人,余皆安堵,使复其业。纵走出拜墓,其女曰:"今必不免焉,不如死于先人之墓可也。"纵不从,去投道福。道福不纳,乃去。纵大哭一场,乃自缢而死。龄石闻纵死了,乃送马耽于越巂。耽曰:"朱侯不送我京师,欲灭口也,我必不免。"乃自盥洗而卧,引绳而死,宗人收葬之。龄石遣人入建康报捷,晋帝大悦,下诏以龄石进监梁、秦州六郡诸军事,因此西蜀平静。

炽磐乘虚执虎台

甲寅,十年(秦弘始十六年,魏神瑞元年。是岁,南凉亡,大二小五,凡七僭国),五月,秦广平公弼有宠于秦王兴,言无不从,与左右掌机要者,皆其党也。

仆射梁喜等言于兴曰:"父子之际,人所难言。然君臣之义,不薄于父子,故臣等不得默然。广平公弼潜有夺嫡之志,陛下宠之太过,无赖之徒辐辏附之。道路皆言陛下将有废立之计,信有之乎?"兴曰:"岂有此耶!"喜曰:"苟无之,则陛下爱弼,爱适所以祸之。愿迁其左右,损其威权,非特安弼,乃所以安祖、社也。"兴不应。会兴有疾,弼潜聚众欲作乱,将军刘羌泣以告兴,梁喜等复请诛弼,不得已乃免弼尚书令,还第。姚宣入朝流涕,上疏请斥散凶徒,以绝祸端,兴皆不听。

却说唾契汗乙弗等谋叛南凉,南凉王傉檀欲讨之。孟恺谏曰:"今连年饥馑,南逼炽磐,北逼蒙逊,百姓不安,远征虽克,必有后患。不如与炽磐结盟通籴,慰抚杂部,足食缮兵,俟时而动。"傉檀不从,谓太子曰:"蒙逊不能猝来,炽磐兵少易御。汝谨守乐都,吾不过一月必还矣。"乃率骑七千袭乙弗,大破之。未及还,西秦王炽磐闻之,率步骑二万袭乐都,虎台凭城拒守,炽磐以兵四面攻之。一夕城自崩溃,炽磐攻入乐都,执徙虎台及其文武百姓万余户于枹罕。傉檀兄子樊尼驰走告傉檀,傉檀将士闻乱皆逃散,惟樊尼不去。傉檀曰:"四海之广,无所栖身,与其聚而同死,不若分而获全。汝,吾长兄之子,宗祀所寄。蒙逊方招怀士民,存亡继绝,汝其从之,必纳,为吾孝矣。所适不容,宁见妻子而死!"于是樊尼遂归降于炽磐,只有阴利鹿随之。傉檀谓曰:"吾亲属皆散,卿何独留?"对曰:"臣老母在家,非不思归。然委质为臣,忠孝之道,难以两全。臣不才,不能为陛下泣血求救于邻国,敢离左右乎!"于是君臣对泣。

时傉檀诸城皆降于炽磐,独尉贤政屯浩亹,固守不下。炽磐使人谓之曰:"乐都已溃,卿妻子皆在吾所,独守一城,将何为也?"贤政等对曰:"吾受梁王厚恩,为国藩屏。虽知乐都已陷,妻子为擒,不知主上存亡,未敢归命。妻子小事,焉能动心!若贪一时之利,忘委付之重者,是以不降,大王亦安用之!"于是炽磐乃遣虎台以手书喻之贤政。贤政谓虎台曰:"汝为储嗣,不能尽节,面缚于人,弃父忘君,堕万世之业,贤政义士,岂效汝乎!"傉檀至左南,无处栖身,乃降于炽磐。炽磐闻傉檀至,遣使郊迎,待以上宾之礼,以为丞相。岁余鸩之,并杀虎台,复称秦王,置百官。

南凉乌孤至傉檀共三世,凡十九年,至此终焉。

八月,魏王嗣遣谒者于什门使于燕,诫其勿辱君命。什门去至和龙,不肯入见,曰:"大魏皇帝有诏,须冯王出受,然后敢入。"燕王冯跋不出,使人牵其手,逼令入。什门人不拜,跋使人按其项。什门曰:"冯王若拜受诏,则吾自以宾主礼见,何苦见逼耶!"跋大怒,幽执什门,欲其降之。什门终不屈,久之,衣冠敝坏略尽,虮虱流溢。跋遗之衣冠,什门不受。

九月,晋荆、雍都督司马休之颇得江汉民心,子谯王文思在建康,性凶暴,勇轻侠,刘裕恶之。有司奏文思擅杀国吏,诏诛其党,而宥文思。休闻之,使人上疏谢罪,请解所任。裕不许而执文思送之,令其自训励,欲使杀之。休之但上表废文思,以书陈谢。裕不悦,使江州刺史孟怀玉兼督豫州六郡,以备之。

刘裕发兵讨休之

乙卯,十一年(奉弘始十七年,魏神瑞二年),正月,刘裕收司马休之次子文宝、兄子文祖,赐其自死讫。裕自领荆州刺史,将兵击休之。以将军刘道邻监留府事,刘穆之兼右仆射,命国之事皆决于穆之焉。时雍州刺史鲁宗之自疑不为裕之所容,与其子竟陵太守鲁轨起兵助休之。二月,休之知次子宝等被害,发兵讨裕。又遣人上表罪状裕。裕勒兵拒之。裕密书令人招休之录事韩延之内应。延之不允,令人回书曰:

> 承亲率戎马,远履西鄙,阃境士庶,莫不惶骇。来辱疏,知以谯王前事,良增叹息。司马平西体国忠贞,款怀待物。以公有匡复之勋,家国蒙赖,推德委诚,每事询仰。谯王见劾,自表逊位,又奏废之,所不尽者,命耳。而公以此处兴兵甲,所谓欲加之罪,其无辞乎?刘裕足下,海内之人,谁不见足下此心,而欲欺诳国士!自谓"虚怀期物,自有由来"。今又伐人之君,啖人以利,真可谓"虚怀期物,自有由来"矣!夫刘藩死于阊阖之门,诸葛毙于左右之手,甘言诧方伯,袭之以轻兵。吾诚鄙劣,尝闻道于君子,以平西之至德,宁可无授命之臣乎!假令天长丧乱,九流浑浊,当与臧洪游于地下耳。

裕开视其书,叹息以示将佐曰:"事人当如此矣!"诸将默然。

时延之以裕父名翘字显宗，乃更其子曰翘，以示不臣刘氏。裕遂使参军檀道济、朱超石将步骑五万，出襄阳。江夏太守刘虔之聚粮以待。鲁轨袭击虔之，杀之，取其粮以给三军。裕又使婿徐逵之统蒯恩、沈渊子以兵三万，出江夏口，与轨战。逵之未尝经战，见敌兵盛欲走，因此众溃大败，皆死。

裕闻知甚怒。三月，率诸将济江。休之兵临峭岸，裕军士在岸下无能登者。裕自披甲欲登岸，诸将谏，不从，裕怒愈甚。主簿谢晦向前抱持裕曰："主公不可登险。"裕抽剑指晦曰："我斩卿！"晦曰："天下可无晦，不可无公！"将军胡藩以刀头穿岸，劣容足指，使三军腾之而上，随者稍众，直前力战。休之兵稍欲退，裕兵乘之，休之兵遂大溃。

裕以大众攻克江陵，休之、宗之皆奔走。轨留守石城，见司马休之众溃大败，料事不济，不敢出战，来守石城。刘裕直遣兵攻破石城，休之与鲁宗之、轨等惧走奔秦。宗之素得民心，军士民争为之卫送出境。追兵尽境而还。休之至长安拜降，秦王兴以为扬州刺史，使侵扰襄阳。复使宗之将兵寇襄阳，未至，宗之已卒。刘裕知休之奔降于秦，乃令众将还建康奏帝，以穆之为左仆射。

魏占荧惑在东井

八月，魏比岁霜早，云、代民多饥死。太史令王亮言于魏主嗣曰："按谶书，魏当迁邺，可得富乐。"嗣以问群臣，博士祭酒崔浩、特进周澹曰："迁都于邺，可救今年之饥，非长久计也。山东人以国家居沙漠之地，人畜无涯，号曰'牛毛之众'。今晋兵守旧都，分家南徙，不能满诸州地，情见事露，恐四方时有轻侮之心。且百姓不能水土，疫死必多，而旧都兵少，屈丐、柔然将有窥我之心，朝廷隔恒、代千里之险，难以赴救，此则声实俱损也。今居北方，山东有变，则轻骑南下布濩林薄之间，孰能测其多少！百姓望尘慑服，此国家所以威制诸夏也。来春草生湩酪将出，兼以菜果得及秋熟，则事济矣。"嗣曰："今仓廪已竭，若来秋又饥，则若之何？"对曰："宜简饥馁之户，使就食山东；若来秋复饥，当更图之，但方今不可迁都耳。"嗣悦服之。嗣又躬耕藉田，劝课农桑，明年大熟，民遂富安。

初，浩为嗣讲《易》、《洪范》，嗣因问天文术数，浩占决多验，由是有宠，凡国家密谋皆预之。尔时荧惑不见八十余日，秦大旱，魏太史奏魏王嗣："荧惑道在匏瓜中，忽亡不知所在，于法当入危亡之国，先为童谣讹言，然后行其祸罚。"魏王嗣召名儒数人与太史议荧惑所诣。崔浩曰："春秋传'神降于莘'，以其至之日，推知其物。今荧惑之亡，在庚午、辛未二日之间。庚午主秦，辛未为西夷，荧惑其入秦乎？"后八十余日，果出东井留守旬己，久之乃去。秦大旱，昆明池竭，童谣讹言，国人不安，间一岁而亡。后秦没，其占果验矣。

丙辰，十二年（秦王姚泓永和元年，魏泰常元年），正月，却说秦王兴病，广平公弼称疾不朝，聚兵于第。兴闻之怒，收弼党唐盛、孙玄诛之。将杀弼，太子泓流涕固请赦之。泓待弼如初，无愤恨之色。

秦王疾稍愈，与近臣出朝门，游文武苑，至日昏而还。从西朔门入，前驱先到城门，校尉满聪披甲持杖，闭门拒之。秦王兴自来门边曰："朕躬在此，卿等何如闭门？"聪曰："今已昏暗，奸良莫辨，有死而已，门不可开。"秦王兴领众复回，从朝门入去。兴知聪法令严明，次早召满聪入以为廷射。

忽闻探马回报："晋刘裕调兵屯于聚苟陂，必然扰境，宜遣人去迎。"秦王兴闻知，谓尚书杨涕嵩曰："吴儿不自知，乃有非分之意。待至孟冬，当遣卿率精骑焚其积聚，大举破之。"言讫，秦广平公姚弼欲为乱，谋谮姚宣于秦王兴，曰："臣闻姚宣称言，待陛下万岁后，要与太子争位。"兴信之。兴只令弼执兵三万去杏城，收宣下狱，命弼将兵三万人就守秦州。尹昭曰："广平公与太子不平，今使握强兵于外，陛下一旦不讳，社稷必危。"兴不从。

秦王兴自入华阴，使太子姚泓监国。兴疾笃，还长安。姚弼党侍郎尹冲谋因泓出迎兴时杀之，会兴幸弼第作乱。太子泓窃知不迎，遂皆不果。兴既入宫，命泓录尚书事。泓奏知尹冲谋欲为乱之事，兴大怒，使东平公绍典禁中兵，遣敛曼嵬收弼第中甲仗入武库。兴疾转笃，命禁兵侍卫宫门，毋许外人出入。南阳公愔即与尹冲率甲兵五千攻端门，兴闻变，力疾监前殿，使姚绍领禁兵出拒。禁兵见兴无事，喜跃争进攻贼，愔等大败而走。兴乃引绍及姚赞、梁喜、尹昭、敛曼嵬，入受遗诏，辅太子泓，明日卒。

泓与梁喜等谋，秘不发丧，选精甲五千，捕冲等诛之。乃即位称皇帝，封赏功臣。

刘裕兴兵大伐秦

却说刘裕先平齐,仍有定关、洛之意,遇卢循侵逼,故寝不行。是时,复集诸谋士,商议经营天下。当蒯恩曰:"今北燕冯跋方强,宜先平之。"当参军王镇恶曰:"蒯公之言,未尽其善。以愚意度之,天下方有事,而冯跋坐保北燕之间,不敢展足,其无四方之志可知矣!姚氏据长安,带甲数十万,尚得民心。今闻姚兴身死,二子争位,正可攻之。舍此别伐,倘二子和睦以守其成,则天下大定矣。今兄弟结冤,势不两立,可因此时提兵先灭姚氏,后观其变而除之,则天下定矣。此机会不可失也!"刘裕大喜。

其时刘穆之从外入,见众人议事,言曰:"国公与诸君谋征关、洛,宜即起兵,使其无备。何故延也?"刘裕曰:"吾起义兵为天下除暴乱,旧乡人民死伤略尽,终日不见所识,使吾感伤。况禾稼在田之时,不可扰动,权且议定,以待来春伐也。吾正欲问君耳。"穆之曰:"姚兴爱弼,而又立泓,故弼今拥力相拼。彼各有余党,若击之,则相救援;若缓之,则争心生。不如以兵出屯界首,休进,虚声伐魏,只说加戍保边,俟其变成,然后击之,可一举而定也。若待来年起兵,彼知有备,二子和睦,必难动摇。"裕曰:"其计甚善。"时朝士多言北伐之计,惟东海人徐羡之嘿然。刘裕问羡之曰:"卿何独不言?"羡之曰:"今四方已平,拓地万里,惟有小羌未定,明公寝食不安,何可轻豫其议耳。"裕曰:"姚氏不小,岂可轻之,故宜早讨。"

于是裕入朝见帝,建言诸将伐秦,以刘穆之为左仆射,入居东府。穆之内总朝政,外供军旅,决断如流,事无壅滞。求诉咨禀,盈阶满室。穆之目览耳听手写回书,寻览校定,而性奢豪,食必方丈,未尝独餐。尝告裕曰:"穆之家本贫贱,赡生多阙。自叨忝以来,朝夕所须,微为过丰,然此外一毫不以负公。"由是裕深相重之。时宁州献琥珀枕于刘裕,裕以琥珀能治金疮,命碎之,以赐从征将士。以世子义符为中军将军,监留府事。即命刘穆之领军司入居东府,总摄内外,司马徐羡之副之,遂发建康。遣将军王镇恶、檀道济将步军自淮、泗向许、洛,朱超石、胡藩趋阳城,沈田子、傅泓之趋武关,沈林子、刘遵考将水军出石门,自汴入河,以王仲德督前锋,开巨野入河。分拨已定,令依次而行。

镇恶领命欲行，前将军刘穆之谓曰："昔晋文王委蜀于邓艾，刘公今亦委卿以关中，卿其勉之！"恶曰："吾等因托风云并蒙推挽，今此一行，正是效命之秋，若咸阳不克，誓不济江！三秦若定，而公九锡不至，亦卿之责矣。"言讫，急忙起身，领兵五万，入贼之境，战无不捷。不半月，攻破虎牢及桓谷坞，大军进次渑池县。镇恶传令屯住三军战船，自服乘舆上造故主李方家。李方接入内堂，镇恶拜见礼讫，各叙间阔之情。镇恶请李方妻出，镇恶亦拜，取出金宝赐之，因谓曰："前蒙抚爱之恩，以此稍酬万一。"言讫，即召郡守拜授李方为渑池令，镇恶领大军解缆起行。

九月，刘裕大兵至彭城。十月，王仲德水军入河，将逼滑台。魏兖州刺史尉建弃城北渡。仲德入城宣言曰："晋本欲以布帛七万匹，假道于魏，不谓守将遽去。"魏王嗣闻之，遣叔孙建、公孙表引兵济河，斩尉建于城下。呼晋军问以侵寇之状。仲德使人对曰："刘太尉使王征虏自河入洛，扫清山陵，借空城以息兵，行当西引，无损于好也。"嗣又使建问裕。裕谢之曰："洛阳，晋之旧都，而羌据之。诸桓宗族，休之兄弟，晋之蠹也，而羌取之。吾今伐之，故假道于魏，非敢为不利也。"魏主犹豫。秦阳城、荥阳二城皆降，檀道济等大兵至成皋。

秦陈留公姚洸守洛阳，见晋兵至，遣使求救于长安。秦主泓闻知，急遣兵救之，未及至，将军赵玄言于洸曰："今晋寇益深，众寡不敌，若出战不克，则大势去矣。宜摄诸戍之兵，固守金墉，以待西师之救。金墉不下，晋必不敢越我而西，是我不战而坐收其弊也。"司马姚禹阴欲降晋，言于洸曰："殿下以英武之略，受任方面，今婴城示弱，得无为朝廷所责乎？"洸然之，遣玄将兵千余南守北谷。玄泣曰："玄受三帝重恩，所守正有死耳！但明公不用忠言，为奸人所误，后必悔之。"既而成皋、虎牢皆降道济。道济等长驱而进。

玄以兵拒战大败，被十余创。其司马骞鉴冒刃抱玄而泣。玄曰："吾创已重，君宜速去同主保城。"鉴曰："将军不济，鉴去安之！"与之皆死。姚禹闻玄败死，乃逾城奔降道济。道济遂进逼洛阳，洸不能守，率众出降道济。获秦人四千余，议者欲尽坑之。道济曰："吊民伐罪，正在今日！"皆释而遣之。于是夷夏感悦，归者日众。

丁巳，十三年（秦永和二年，魏泰常二年，西凉公李歆嘉兴元年。是岁，秦亡，大一小五，凡六僭国），正月朔，日食。晋师之过许昌也，秦东平公绍言于秦王泓曰："晋兵已逼安定，孤远难救，宜迁其镇户，内实京畿，可得精兵十万，虽晋、夏交侵，犹不亡国。"仆射梁喜曰："齐公恢有威名，为岭北所惮，且镇人已与夏为深仇，理应无二，勃勃终不能越安定而寇京畿。若无安定，则虏马至郡矣。今关中兵足以拒晋，无为预自损削也。"泓从之。吏部郎懿横密言曰："恢有忠勋，今未加殊赏而置之死地，安定人以孤危逼寇，思南迁者十室而九，若恢拥之以向京师，得不为社稷之忧乎！宜征以慰其心。"泓又不听。至是恢率镇户三万八千趋长安，移檄州郡，来攻长安，长安大震。泓使东平公姚绍率军一万出击之，恢大败而死。

二月，西凉公暠寝疾，遗命长史宋繇曰："吾死之后，世子犹卿子也，善训道之。"及卒，官属奉世子歆为凉公，以繇录三府事。谥暠曰武昭王。

初，暠司马索承明劝暠伐北凉。暠谓之曰："蒙逊为百姓患，孤岂忘之，顾势力未能除耳。卿有必擒之策，可为孤陈之，直唱大言，使孤东讨，此与言石虎小竖，宜肆诸市朝者何异？"承惭惧而退。

姚绍督兵拒潼关

二月，王镇恶进军潼关。檀道济、沈林子自使北渡河攻拔襄邑堡，又攻尹昭于蒲坂。尹昭坚壁不出，不克。秦王泓急以东平公姚绍为太宰，封鲁公，令其督将军姚鸾等率步骑五万守潼关，遣别将姚显以兵救蒲坂。

晋、秦相持日久，林子谓道济曰："蒲坂城坚兵多，不可卒拔，不如还与镇恶并力以争潼关。若得之，则尹昭不攻自遁矣。"道济从之，以兵来同镇恶攻潼关。三月，至潼关。绍引兵出战，道济等奋击，大破之，绍大败，退屯定城，据险拒守。遣姚鸾屯大路，绝晋粮道。晋获鸾别将尹雅，道济欲令杀之。雅曰："夷、夏虽殊，君臣之义一也。晋以大义行师，独不使秦有守节之臣乎？"乃舍之。林子夜以兵袭杀鸾，绍又遣东平公赞屯河上以断水道，又被林子击走之。

刘裕假道于魏王

时裕大众欲溯河西上，河西乃北魏王嗣所管地方，裕乃先遣人持书见魏王，求假河西道过。魏王嗣得书，急诏群臣商议。诸公卿咸曰："函谷天险，何能西入？扬言伐姚，其意在魏。此事难测，宜先发军把断河西上流，勿令彼军西过，方保万全。"当崔浩曰："此亦上策也。司马休之徒扰其荆州，刘裕切齿久矣。今姚兴死而子幼，裕故乘其危亡而伐之。臣观其意，必自入关，劲兵先入，不顾后患。今若塞其西路，裕必上岸北侵，如此，则姚氏无事，而我受敌矣。今蠕蠕内寇，人食又乏，发军赴南，北寇进击，若其救北，则南州复危。未若假之水道，纵裕西入，然后兴兵塞其东归之路，所谓卞庄刺虎，两得之势也。使裕胜也，必得我假道之惠，令姚氏胜也，亦不失救邻之名。纵裕得关中，悬远难守，彼不能守，终于我有。设若从此不劳兵马，坐观成败，斗两虎而收长久之利，乃上策也。夫为国之计，择利为之，岂顾婚姻酬一女子之惠也？假国家弃恒山以南，裕必不能发吴、越之兵，争守河北也。"魏主嗣未答应。群臣又曰："裕西入函谷，则进退路穷，腹背受敌，北上岸，则姚军必不出关助我，扬声西行，意在北进，其势然也。依臣之料，勿使入也。"魏主嗣曰："卿等言之是也。"遂从群臣之言，乃使长孙嵩以兵五万出屯畔城，以兵守北岸，置百丈绳牵于河上。

时刘裕前锋朱超石兵至畔城，入河，时魏军人缘河南岸守之。超石令三军漂赴北岸，为魏军所杀。刘裕大惊，计遣白直队主丁旿率七百人，及车百乘于河北岸，为却月阵，两头抱河，车上置五百车士于中，俟贼至射之，又使人竖一长白旄，以为疑仗。阵既成，魏军不解其意，并未动。裕召超石戒严曰："汝看白旄既举，率军赴之。汝并赍大弩百张，一车益二十人，设彭排于辕上。若其兵四至，方可发之。"超石领命而出，依计而行。魏长孙嵩见晋兵排营立阵，乃驱兵进围营阵，白直队忙竖起白旄。超石见了，先令诸军以弱弓小箭射之。魏军见敌弱，率众军四面俱至。超石见其大至，弩不能制，急命众军初排别赍大槌并稍千余张，乃断稍长三四尺，以槌之，一稍辄洞贯三四人。因此魏军不能抵挡，魏军大溃，被超石斩魏将阿薄干，魏众自散。超石以大军过河，进克蒲坂，而西入去攻秦。长孙嵩既大败而还，回见魏王嗣，说失利一事。魏王嗣始悔曰："朕恨不纳崔浩之言，而有此误矣。"因此晋、魏不和。

初，刘裕命镇恶等若克洛阳，须侍大军俱进。镇恶等既胜，乘利轻趋潼关，为秦军所拒，久之乏食，众心疑惧，欲弃辎还赴大军。沈林子按剑怒曰："相公志清六合，今许、洛已定，关右将平，事之济否，系于前锋，奈何阻乘胜之气，弃垂成之功乎？且大军倘还，贼众方盛，虽欲求还，亦不可得。下官授命，不顾今日之事，当为将军办之，但未知二三君子，将何而以见刘公之旗鼓耶？"于是镇恶等遣使持告裕求粮援。裕呼使者开舫北户，指河北魏军以示之曰："我语令勿轻进，今崖上如此，何由得遣军粮去？"使人回话，镇恶乃自至弘农，说前百姓曰："今朝廷以为关中遭羌酷残，是以命刘公与下官率大军与百姓除患。大军至此，粮乏无措，汝等若能率以粮济，灭秦之后，奏过朝廷，轻徭薄税，同享太平，不亦善乎？"于是百姓欢悦，俱愿请办，由然百姓竞送义粮，与镇恶膳军。食遂不乏，复振。

魏王赐浩御缥醪

时齐郡太守王懿降魏，上书言刘裕在洛，宜发兵绝其归路，可不战而克。魏王嗣善之，以问崔浩曰："刘裕克秦乎？"浩对曰："克之。"嗣曰："何故？"浩对曰："姚兴好事虚名，而少实用。子泓懦弱，兄弟乖争。裕乘其危，兵精将勇，何故不克！"嗣曰："裕才何如慕容垂？"浩对曰："垂借父兄之资，修复故业，国人归之，易以立功。刘裕奋起寒微，不借尺土，讨灭群盗，所向无前，垂不及矣！"嗣曰："裕既入关，不能进退，我以精骑直捣彭城，裕将若之何？"浩对曰："今屈丐、柔然，伺我之隙。而诸将用兵，皆非裕敌，兴兵远攻，未见其利，不如静以待之。裕克秦而归，必篡其主，关中华、戎杂错，风俗劲悍，裕欲以荆、扬之化，施之函、秦，此无异解衣包火，张罗捕虎。虽留兵守之，人情未洽，趋向不同，适足资敌耳。愿且按兵息民，以观其变。秦地终为国家之有，可坐而守也。"嗣笑曰："卿料之审矣。"浩曰："臣常私论近世将相：若王猛之治国，苻坚之管仲也；慕容恪之辅幼主，慕容𪓐之霍光也；刘裕之平祸乱，司马德宗之曹操也。"嗣曰："屈丐何如？"对曰："屈丐，国家倾覆，寄食姚氏，受其封植，不思报效，而乘时徼利，盗有一方，结怨四邻，虽纵暴于一时，终为人所吞耳。"嗣大悦，语至夜半，赐浩御缥醪十觚、水晶盐一两，曰："朕味卿言如此，故欲共享其美。"然犹命长孙嵩、叔孙建各简精兵，俟裕西过，南侵彭城。

却说枹罕房乞伏炽磐，乃陇西鲜卑人。父司繁，降苻坚，使镇勇士川，卒，国仁代镇，苻坚败，乃自称大单于，秦、河二州牧，苑川王，据金城（今兰州）。当炽磐闻晋刘裕将兵伐秦，聚集本部官属商议。其部下大臣周恭出曰："昔姚兴在日，每起窥觎西秦之心，恨未有暇也。依愚之见，不如顺晋，同伐姚泓，后无虑也。若助姚泓而退刘裕，是鹊引鸠夺自巢也。"炽磐依说，遣臣赍牛酒前来谒见刘裕，呈上请降之书，乞力共讨姚泓。裕见降书大喜，赏使臣回，拜炽磐为平西将军、河南公，令其调兵来应。

时沈田子、傅弘之率兵入武关，秦戍将皆委城走。田子等又进屯青泥。八月，太尉裕至阌乡，秦王泓欲自将兵御裕，恐田子等袭其后，欲先击灭田子等，然后倾国东出，乃率步骑数万，掩至青泥。田子本为疑兵，所领才千余人，闻泓至，欲击之。弘之以众寡不敌，言于田子曰："兵贵用奇，不必在众。今众寡相悬，势不两立，若彼围既固，则我无所逃矣！不如乘其始至，营队未立，而先薄之，可以有功。"言讫，遂进兵。秦兵合围数重，田子慰抚士卒曰："诸君速来，正求此战，死生一决，封侯之业在此。若不胜，命无返矣！"于是士卒皆踊跃鼓噪，执短兵奋击，秦兵大败，斩万余级。秦不能敌，奔还。

镇恶流舟弃粮战

刘裕至潼关，王镇恶请率水军自河入渭以趋长安，裕许之。秦王泓使姚丕以兵守渭桥，以拒之。镇恶溯渭而上，乘艨艟小舰，行船者皆在舰内，舰外无人。北土素无舟楫，秦人但见舰进，惊以为神。至渭桥，镇恶令军士食毕，传令皆持杖登岸，退后者斩。既登岸，即密使人解放舟舰，任其漂去，渭水迅急，倏忽不见。镇恶乃谕士卒曰："此为长安北门，去家万里，舟楫、衣粮皆已随流。今进战而胜，则功名俱显；不胜，则骸骨不返，无他歧矣。"言讫，乃身先士卒。众腾踊争进，与姚丕战。

战未三合，丕大败，姚丕军皆溃。姚泓引兵来救之，为败卒所蹂践，不战而溃。镇恶乘乱，入自平朔门。

　　秦王泓众皆走散，自领家属出降。其子佛念，年十一，言于泓曰："晋人将逞其欲，虽降必不免，不如引决。"泓怃然不应。佛念登宫墙自投死。泓乃将妻子、群臣诣镇恶垒门请降。镇恶以属吏。城中夷、晋六万余户，镇恶以国恩抚慰，号令严肃，百姓安堵。使人迎接刘裕入城。镇恶性贪，盗秦府库，不可胜纪。裕至知之，以其功大不问。收秦彝器、浑仪、土圭、记里鼓、指南车送建康。余金帛、珍宝皆以颁赏将士。送姚泓去建康。议将迁都洛阳。王仲德曰："暴师日久，士卒思归，未可议也。"

　　北凉王蒙逊闻裕灭秦，怒甚。门下校尉刘祥入言事，蒙逊曰："汝闻刘裕入关，敢研研然也。"斩之。

　　夏叱干阿利领将做大匠，发夷、夏十万人，筑都城于朔方黑水之南。夏主谓百官曰："时朕方统一天下，君临万邦，新城宜名统万。"叱干阿利性巧而残忍，蒸土筑城。锥入一寸，即杀做者并筑之。勃勃以为能，委任之。凡造器成，呈之，工人必有死者：弓射甲不入，则斩弓人；入甲，则斩甲匠。由是器物皆积。故勃勃重任信之。

　　勃勃自谓其祖从母姓刘，非礼也。乃改姓赫连氏，言其徽赫与天连也，其非正统者为铁伐氏，言刚如铁，堪伐人也。由是群僚皆贺。

　　夏王勃勃闻裕伐秦，谓诸将曰："裕取关中必矣，然不能久留，必将南归。若留子弟及诸将守之，吾取如拾芥耳。"乃秣马养士，进据安定，岭北郡县皆降之。

　　时裕恐勃勃为乱，乃遣使遗勃勃书，约为兄弟，勃勃报书许之。

刘裕灭秦诛姚泓

　　却说晋帝设朝，群臣奏："刘裕克长安，取得玉玺法器，并秦王姚泓，遣人送与陛下。"帝闻奏，召使臣入殿，受了玉玺宝物，命将姚泓斩于建康。

　　泓在位二年，至是降晋，斩于京师，百里内草木皆焦死之。后秦自姚苌至泓三世，凡三十二年，被刘裕灭之。

却说刘裕集诸将佐，遍观宫室故地，凄怆动容，遂问御史中丞郑鲜之曰："卿乃知书之辈，秦、汉得丧之由，卿试言之。"鲜之遂具以贾谊《过秦论》对之。刘裕闻之曰："及子婴而亡，已为晚矣。然观始皇为人，智足见是非，所任不得人，何也？"鲜之曰："夫佞言似忠，奸言似信，中人以上，乃可语上，始皇未及中人，所以暗于识士也。"裕又前至渭滨。裕复叹曰："此地宁复有吕望耶？"鲜之曰："昔叶公好龙，而真龙见；燕昭市骨，而骏足至。明公以盱食待士，岂患海内无人耶？"裕曰："卿所言甚善。"次日，又集将帅议曰："吾意欲息驾长安，经略赵、魏，汝等计议如何？"其时诸将士久役征伐，伤痍未瘳，各起思归之心，对曰："赵、魏二国，兵精粮足，难以拔之。不如令桂阳公镇长安，大王自班师还京，养军士之力，聚粮草之余，然后可议西北。"裕闻说，犹豫之际。忽京内有使人至，报前将军刘穆之死了。刘裕大惊，哭昏在地。众将急救起方苏，泣曰："丧吾右臂也！"乃谓诸将曰："吾始间欲议西北之计，今遇前将军刘穆之死了，京都根本无托，难以建策。吾令次子桂阳公义真为都督雍、梁、秦三州事，留镇长安。"时义真年十一，掌此重权。又留王镇恶为司马，沈田子等腹心十余人辅佐之。次日，欲自引余军振旅还京。

却说司马王镇恶功多，南人由是皆忌之。当沈田子自以峣柳之捷，数与镇恶争功不平，即夜私与傅玄之来见裕，谮于裕曰："王镇恶屡有贰心，向家在关中，不可保信，倘若有变，何如为之？"裕曰："今留卿文武将士精兵万人，彼若为不善，正足自灭耳。勿复多言。"裕又思半晌，谓沈田子曰："锺会不得遂其乱者，以有卫瓘之故也。语曰：'猛兽不如群狐。'卿等十余人，何惧镇恶也？"言讫歇息，次早欲行。其时，三秦父老闻裕还京，诣殿门流涕，诉曰："残民不沾王化，于今百年，始睹衣冠，人人相贺。长安十陵是公家坟墓，咸阳宫殿是公家室宅，舍此欲何之乎？"裕为之愍然，慰谕之曰："受命朝廷，不得擅留。诚多诸君怀本之志，今以次息与文武贤才共镇此境，吾暂且回京，期岁必至，汝等宽心。"言讫，令三秦父老回去。刘裕欲行，以手执义真手，以授长史王修，令修执其子之手，言曰："此子年幼，今托付汝。汝尽心辅佐，各效忠义之心，休忘吾说之言。"修答曰："蒙明公拔擢，今又委重，安敢有懈以怀贰心？虽肝脑涂地，亦不敢忘。"裕令修等回去，只有百官送数程回去。

裕自洛入河，开汴渠以归。裕觐见，晋帝问宋公远路劳苦，请其还宅。裕乃辞帝出，与群臣祭前将军刘穆之灵柩。裕至柩前哭倒于地曰："刘穆之故，乃天丧吾也！"又谓文武曰："诸君年齿，皆孤等辈，惟穆之仅少，吾欲托以后事，不期中年折耳，使吾腹心崩裂矣。"言讫又哭，拜而祭之。祭毕，归府去讫。

却说夏王勃勃闻宋公刘裕东还，心下大喜，聚集文武商议，举觞谓将军王买德曰："朕欲取关中，卿试言其方略。"买德曰："关中形势之地，而裕以幼子守之，狼狈而归。正欲急成篡事耳，不暇复以中原为意。此天以关中赐我，不可失也。"于是勃勃大喜，乃使其子赫连璝为前部，率骑二万来攻长安。勃勃自将大军为后继。

赫连勃勃取关中

戊午，十四年（魏泰常三年，夏昌武元年），正月，赫连璝引兵至，时关中士民降之者满路。当桂阳公义真闻夏王引兵来取长安，急使司马王镇恶、参军沈田子、傅弘之三人，各以兵五千去迎。三人得令，出城安营点兵。

却说沈田子欲据北地以拒夏兵，当沈田子请傅弘之至曰："今王镇恶自骄傲轻慢我等，吾欲杀之，君有何计可行？"弘之曰："吾来日使人请王镇恶到我营内，只说议计去退夏兵，彼必至。若至，以酒灌醉，令公宗人沈敬仁领三百刀斧手抢入杀之，却不好也。"田子曰："此计大善。"乃唤沈敬仁至，吩咐计策了当。

傅弘之回营，次日令人来请镇恶。镇恶不知是计，随使就来诣弘之营。弘之接入，劝镇恶饮酒。镇恶大醉，被沈敬仁引三百刀斧手，抢入斩之于席前。俄而田子至，令取首级，号令三军曰："镇恶谋反，奉刘太尉命斩之！其部下之军，勿得惊慌。"令讫，遂收其部下之兵，分作二营而屯。只有部将刘弘之知是傅弘之、沈田子遘谋，故杀王镇恶，乃私奔来告桂阳公刘义真。义真大惊，与王修披甲持刀，与诸佐登横门以察其变之由。傅弘之知义真来，急出迎接入内，说："王镇恶有贰心，我等与沈田子故杀之，号令三军。我等无异，王公休忧。"比王修曰："镇恶若反，不该你斩，要禀明主公。你何敢无礼，擅专戮杀大将！"言讫，以刀将沈田子斩之。先时，刘义真赐左右之钱物，皆被王修裁减，因此左右恨王修，谮于义真曰："王镇恶谋反，故沈田子杀之，今王修杀田子，是欲造反也！"义真信之，喝左右刘乞将王修诛之。王修既死，关中人情离散也。次日，义真闻知，惊呆了半晌曰："王镇恶贰心，反意已露，方杀了。你等火速去退夏兵。"弘之乃下拜曰："臣等就行。"言讫，勒兵前来。

恰遇着前部赫连瑱至。晋兵阵中，宁朔将军弘之出马与战，双马相交，兵器并举。二人战上十合，赫连力乏，勒转战马便走。夏兵见瑱逃，亦各溃乱，被弘之挥兵赶杀，杀得夏兵十损其七，连追一百余里，方还屯驻。

其时，赫连瑱大败，退回半路，来见夏王，说兵败之由。夏王心忧，喝退赫连瑱，自以大兵来取咸阳。路上撞着晋兵来迎。夏王视之，旗上写得分明：将军贺玉。其时贺玉跃马横枪，立在阵前。夏王道："贺玉必是上将，谁出马迎敌？"说未了，大刀王买德手抚青龙宝刀，纵马出阵。与贺玉二马相交，正如两条龙竞斗，一对虎争吞，一往一来凤翻身，一上一下雕转翅，刀斗刀起万丈寒光，马斗马荡一团杀气。二人斗到三十余合，贺玉气力不佳，拨回马望本阵便走。王买德拍马便赶，贺玉兵转山城走入长安。夏王调兵追赶，约赶五十余里，夏王方下令鸣金收军，进据咸阳，聚集文武商议攻打长安之策。其时，王买德进曰："长安急未可攻，若攻之，彼必死战，难以下也。今咸阳于我所有，不如分兵守住诸险，绝其樵采之路，断其粮道之通。不半岁，长安食尽薪穷，晋兵必乱逃归。那时攻之，长安可得，晋师自走也。"夏王曰："卿言至善。"于是夏王不攻长安，分兵守定各处险隘。果然晋兵食尽樵无，义真心慌，急使人偷回邺都，报知刘裕。

义真大败回建康

六月，太尉刘裕始受相国、宋公、九锡之命。裕既受命，崇继母萧氏为太妃，以孔靖为尚书令，王弘为仆射，傅亮、蔡廓为侍中，谢晦为右卫将军，殷景仁为秘书郎。靖辞不受。景仁学不为文，敏有思致，口不谈义，深达理体，至于国典、朝仪、旧章、记注，莫不撰录，识者知其有当世之志。

宋公刘裕欲以世子义符镇荆州。张邵谏曰："储二之重，四海所系，不宜居外。"乃以义隆为荆州刺史，以到彦之、张邵、王昙首、王华等为参佐。义隆尚幼，府事皆决于邵。裕谓义隆曰："昙首沉毅有器度，宰相才也，汝每事咨之。"

义隆纳之，辞裕即行。

却说夏王勃勃进据咸阳，长安樵采路绝，义真遣人入建康报父刘裕。裕闻之，使蒯恩召义真东归。又以朱龄石去守关中，谓石曰："卿至长安，可救义真。轻装速发出关，然后徐行。若关右必不可守，可与义真俱归。"十一月，龄石至长安，时义真将士大掠而东还，多载宝货子女，方轨徐行，日不过十里，傅弘之谏不听。赫连璝率众追之。蒯恩断后，力战连日，至青泥又与璝战，大败，为夏兵所擒。义真左右尽散，独逃草中，参军段宏追寻得之，束之于背，单马而归。义真曰："今日之事，诚无算略，然丈夫不经此，何以知艰难！"勃勃欲降傅弘之。弘之不屈，叫骂而死。勃勃积人骸为京观，号"髑髅台"。长安百姓皆惧。勃勃来攻朱龄石。龄石焚其宫殿奔潼关，夏主以兵追杀之。勃勃入长安，大飨将士，举觞嘱王买德曰："卿往日之言，至期而验，可谓算无遗策矣。"

裕闻青泥之败，未知义真存亡，怒甚，刻日北伐。谢晦谏以"士卒疲敝，请俟他年"。郑鲜之亦言："今诸州大水，民食寡乏，三吴群盗攻没诸县，皆由困于征伐故也。江南士庶引领颙颙，以望返旆，闻更北出，不测还期，臣恐反顾之忧更在腹心也。"会知义真回，乃止。但登城北望，慨然流涕而已。以段宏为黄门侍郎，毛德祖守蒲坂。

十一月，彗星出天津，入太微，经北斗，络紫微，八十余日而灭。魏主嗣复召诸儒、术士问之曰："彗星所出，今四海分裂，咎在何国，朕甚畏之。卿其无隐。"崔浩曰："灾异之兴，皆象人事，无衅，又何畏焉？昔王莽将篡，星亦如之。今国家主尊臣卑，民无异望，晋室陵夷，危亡不远，彗之为异，其刘裕将篡之应乎！"魏主悦之。

却说夏主勃勃既即位于长安，闻韦祖思贤而忠正，乃遣人征之。韦祖思惧其残暴，只得随使人入长安。早朝入拜，恭谨过礼。勃勃大怒曰："吾以国士征汝，奈何以非类处吾！汝昔不拜姚兴，何独拜我？我今未死，汝犹不以我为帝王。吾死之后，汝辈弄笔，当置吾何地耶！"遂将出杀之。群臣无不冤焉。勃勃乃于长安置南台，以子赫连璝录南台尚书事。勃勃欲领文武振旅而还统万，造宫殿大成，改元为真兴元年。刻石都南，颂其功德焉。群臣请都长安，夏王勃勃曰："朕岂不知长安帝都，沃饶险固！然统万距魏才百余里，朕在长安，统万必危；若在统万，则魏必不敢济河而西，诸卿适未见此耳！"乃置南台于长安，以赫连璝录尚书事而还。勃勃性骄虐，视民如草芥，常置弓剑于侧，群臣连视者凿其目；笑者抉其唇；谏者先截其舌，然后斩之。

三月，刘裕诛晋室之有才望者，司马楚之叔兄皆死，楚之亡匿蛮中。及从祖休之奔秦，楚之乃亡之汝、颍间，聚众以谋复仇。楚之少有英气，折节下士，有众万余屯处长社。裕使休谦往刺之，楚之爱士，待谦甚厚。谦未得间，乃夜称疾，欲因楚之问疾而刺之。楚之果自赍药往视，情意勤笃。谦不忍发，乃出匕首，以状告曰：“将军深为刘裕所恶，使我刺你，吾不忍也。愿勿轻率以自保全。”遂委身事之，为之防卫。楚之乃以兵转屯柏谷坞，以防之。

西凉地震星陨。时凉公李歆用刑过严，又好治宫室，从事中郎张显上疏曰：

凉土三分，势不支久。兼并之本，在于务农；怀远之略，莫如宽简。今阴阳失序，风雨乖和；是宜减膳彻悬，侧身修道，而更繁刑峻罚，缮筑不止，殆非所以致兴隆也。沮渠蒙逊，胡夷之杰，内修政事，外礼英贤，攻战之际，身先士卒，百姓怀之，乐为之用。臣谓殿下非但不能平蒙逊，亦惧蒙逊，方为社稷之忧也。

主簿氾称亦谏曰：

天之子爱人主，殷勤至矣。故政之不修，下灾异以诫告之，改者虽危必昌，不改者虽安必亡。属者谦德堂陷，效谷地裂，昏雾四塞，日赤无光，狐上南门，地颖五震，星陨建康，皆变异之大者也。昔年西平地裂，狐入殿前，而秦师奄至；姑臧门崩，陨石于西土，梁卿见杀之。及段业称制，三年之中，地震五十余所而先王龙兴，蒙逊篡弑之行，目前之成事，殿下所明知。愿停罢宫室之役，止游戏之娱，礼贤爱民，以应天变。

歆皆不从。

宋公受晋之禅位

却说宋王刘裕置酒令留宴文武，议谋外略。当太史令骆达出席上曰："臣常观天文符应，晋该禅于宋，不可远征。"刘裕曰："何如？且言。"达曰："晋义熙元年至今年，太白昼见，经天凡七占曰：'太白经天，人主更异姓。'又见义熙七年，五虹见于东方，占曰：'五虹见，天子黜，圣人出。'九年，镇星、岁星、太白、荧惑，聚于东井。十三年，镇星入太微，占曰：'镇星守太微，有立王，有徙王。'今天命已归大王，大王宜受晋位，拨兵去伐，不须亲行。"刘裕谓骆达等文武曰："吾闻魏武祖有言：'若天命在吾，吾为周文王矣。'吾思此事。"达曰："魏王不忍为之，世受汉禄，恐人议论，当篡逆之名，故有此语，是明使子曹丕为天子也。"裕曰："吾功德比迹武祖若何？"达曰："大王辅晋，绝而再兴，与魏大不同也。魏王虽功盖天下，民恨其威，不怀其德，其子承统，差役繁重，东西驰驱，无有宁岁。今大王累立大功，布恩天下，民心归之久矣，故与曹氏不同。况今天心示变，宋岂可逆也。"裕曰："吾记谶云：'昌明之后，尚有二帝。'吾若受禅，难逃篡逆之名，未可行之也。"骆达知裕之意，欲受禅而恐天下之人议论。乃即出，与中书侍郎王韶之议，计请晋帝左右宦者李英、刘益至府，谓曰："今晋室天下，皆是宋公再造，民心尽归。况天文屡应，宋该受禅。我众文武议，欲立宋公刘裕为帝。公执谶言'昌明之后，尚有二帝'，不肯受禅，故请二公商量计策。二公若从吾计，富贵不轻。"李英、刘益曰："吾受刘公之恩久矣，屡思报效。今君等议计，若有用我之处，万死不辞。"韶之曰："二公既有此心，我众文武议欲谋弑晋帝，立宋公刘裕为帝，君意如何？"英、益曰："列位休言，容旦日便有捷报，不须尽言。"言讫，二人辞入宫。至次日，以鸩酒毒弑晋帝，诈称发背而亡，瞒过百官。

百官举哀，停尸于白虎之殿。丧事毕，太史令骆达、中书侍郎王韶之谓文武曰："晋室天下几绝，咸赖宋公一人，功盖天下，德及万民，自古迄今，虽唐、虞无以过此。晋皇帝今已晏驾，礼宜受晋禅。汝诸文武，意下何如？"众皆曰："可。"当宋公刘裕坚执不从，而曰："今皇帝肉尚未冷，琅邪王德文还在，吾必不从。"言讫，亲扶琅邪王德文上龙座，唤文武齐称，山呼万岁万岁毕，分列两班，上贺讫罢朝。

却说晋恭帝讳德文，晋安帝同母弟也。初，封琅邪王。及刘裕、王韶之谋弑安帝，裕乃迎德文而立之。在位二年，禅与宋刘裕。刘裕废为零陵王。被弑之，寿三十六岁，葬中陵，按谥法，尊贤让善曰恭。

己未，元熙元年，七月，恭帝设朝，加封宋公裕爵王位，裕辞不受。时刘裕有受禅之意，难于发言，乃集朝臣宴饮，从容谓文武曰："昔桓玄暴篡，鼎命已移，我首倡大义，兴复皇室。今年时衰暮，欲归老矣。"群臣皆曰："明公盛德，虽周公、伊尹莫及之，何可归致也。"当群臣皆莫晓其意，惟中庶子傅亮知之，因饮罢遂出还本镇。

骆达、王韶之与百官商议曰："元熙元年冬，黑龙西登于天。《易》曰：'日冬龙见，天子亡社稷，大人受命。'及闻异州道人释法柳告其弟子曰：嵩神言，江东有刘将军，是汉家苗裔，当受天命，吾以璧三十二镇金一并与之，刘氏卜世之数。汉建武至建安末，一百九十六年，该禅魏。魏自黄初至咸熙末，四十六年，而禅晋。晋自泰始至今一百五十六年，该禅与宋公。代揖让咸穷于六。今天垂景象，宋当代晋。可安排受禅之礼，请晋天子诏，将天下让与宋王。"众皆曰："此天命已归刘氏，可奏知恭帝。"众曰："可。"至晚来见宋公，刘宫门已闭。亮扣扉请裕出见曰："臣暂且还都，不久就至，故来辞耳。"裕亦知亮意，无复他言，直云："须几人自送？"亮曰："须数十人足耳。"裕从之。亮于是奏辞，星夜来都，及出，忽见长星竟天，亮附髀曰："我常不信天文，今始验矣。"

亮至旦，与文武官僚，及中书侍郎王韶之、太史令骆达直入内殿，来见天子奏曰："伏睹宋王自返舆以来，功盖天下，德布四方，真越古超今，虽唐、虞无以过此。群臣会议，言晋祚已终，伏望陛下效帝尧之道，将江山社稷，传位与宋王，上合天心，下合民意，则陛下祖宗幸甚！臣等议定，今乃奏知。"帝大惊，汗流满面，半晌不能言，觑百官曰："朕虽不惠，又无罪恶，怎忍以祖宗之基，等闲弃之。朕思桓玄之乱，晋氏已无天下，重为刘公再造所延，将二十载。今日之事，本所甘心，诚恐后代议朕不得以天下轻易与人，汝百官再宜从公商议。"骆达出班奏曰："天文符应数十条，皆言晋气数已尽，宋祚当兴。"恭帝犹豫。当尚书傅亮奏曰："陛下差矣。昔日三皇五帝，互相推让，无德让有德。次后三王，各传子孙，至于桀、纣无道，天下伐之。春秋虽霸，各相吞并，有贤者归之，后并入秦，方归于汉。汉禅于魏,魏禅于晋。以此论之,天下者,非一人之天下,乃天下人之天下也,须不是陛下祖宗自传到今,陛下早决去就,勿令生变。"司空徐羡之曰:"自古以来,有兴必有废,有盛必有衰,岂有不亡之国,安有不败之家?陛下晋朝,相传一百余年,气运已极矣!宜从众请,可急降诏,以安众心。"帝始欣然,令尚书仆射傅亮草诏。亮即草诏曰:

朕之晋祚,罹天下荡覆,几无遗。幸祖宗之灵,得刘氏之力为辅政,南征北讨,东荡西除,而得太平。今仰瞻天位,俯察民心,晋之气数已尽,大历合归于宋。是以前生既极神之迹,今生止有光辉,明德以应有期,历数昭然,已可知矣。夫,人道相继,为贤为能,故唐尧不私于厥子而名无穷,羡而慕之。今令陪臣献上国玺,追则尧典,禅位于宋王,无致辞焉。

当傅亮具草诏,使帝书之,帝欣然秉笔,遂书之赤纸,令百官奉赍宋王。百官赍丹诏并玉玺,请宋王受禅。宋王不受,上表谦辞。表曰:

臣裕昨奉诏,进退失据。陛下以垂世之诏,禅无功之臣,使天下人闻知,肝胆碎裂,不知所措。昔者尧以位逊大贤,巢由避迹,后世称之。臣德鲜薄,岂敢奉命?请于盛世别求大贤,以礼让之,则免万年之议论也。臣谨纳玺绶,待罪阙下,不胜惶怖战栗之至。

帝览表,顾与群臣曰:"宋王谦让不受,当如之何?"太尉王道怜曰:"宋王虽辞,宜再诏奉禅。"

帝闻言,又使傅亮持诏玺至宋王府。宋王裕谓左右檀道济等曰:"虽二次诏命,孤恐天下不能逃篡逆之名。"道济曰:"此事至易,令傅亮再捧诏玺还却,交其命筑台,名受禅台,选吉日良时,聚集内外公卿,并四夷八方之人尽至台下,令恭帝亲捧玺绶,以禅天下于大王,可以绝群谤之言也。"裕大喜,傅亮依计而行。

宋公刘裕即帝位

庚申，二年（宋高祖武帝刘裕永初元年，魏太宗明元帝拓跋嗣太常五年，西秦文昭王乞伏炽磐建泓元年，夏世祖赫连勃勃直兴二年，燕太祖冯跋太平十二年，北凉武宣王沮渠蒙逊玄始九年，西凉公李恂永建元年。是岁，晋亡宋代，凡七国），四月，长星现。裕令傅亮捧玺还宫，再作表以辞。帝曰："宋王无意禅位，卿等若何？"亮曰："陛下可筑之台，名受禅台，对公卿士民明白禅位，则陛下子孙，世世必蒙宋恩矣。"帝只得令太常院官卜地于南郊，筑起三屋高台。选夏六月丁卯日，聚集大小官僚四百余员，武将御林虎卫禁军一十余万，及匈奴、单于、四夷化外之人，亦有数万。至日寅时，请宋王裕登台受禅，恭帝亲捧玉玺以与宋王裕，裕方受命。台下群臣跪宣请敕曰：

咨尔宋王：昔者帝尧禅位于虞舜，舜亦以命于禹，天命不于常，惟归有德。晋道陵迟，世失其祚，海内大乱，群凶肆逆，宇内颠覆，赖宋王裕拯大难于四方，清区夏以保护我宗庙，岂予一人，遐荒九服，实受其赐。今王钦承前绪，先于乃德，恢文武之业，昭示皇考之弘烈，英灵降驾，大臣告征，延惟亮筑，师锡朕命，曰尔唐尧，协于虞舜，周率我唐与，敬禅帝位。于戏！天之历数，实在尔躬，允执其中，天禄永终。君其祗顺大乱，享兹万国，以渊大命。

元熙元年冬十月日诏

读策已罢，宋王方受八般大宝，柴燎告天。傅亮率公卿行大礼罢，备法驾，幸建康宫，临太极前殿。立义符为太子，大赦天下，封赏文武，改晋泰始历为永初历。社以子，腊以辰，使使巡狩四方。旌贤举善，问人疾苦。狱讼亏滥、政刑乖愆、伤化扰俗未允人听者，令悉具闻。

至次日，议封废恭帝为零陵王，令其别处歇马，非宣唤不许入朝。恭帝领旨，谢恩出朝，居于秫陵。使刘遵以兵防卫之。

宋高祖皇帝，姓刘讳裕，字德兴，彭城人。兴晋，为太尉，封宋王。受恭帝禅，建国宋，都于建康，在位三年而崩，寿六十七，葬初宁陵。

又东、西晋合一百五十六年，凡一十五帝，禅于宋刘裕焉。

却说刘裕既受晋禅，即皇帝大位，每临朝悲哀曰："刘穆之不死，当助我理天下，可谓：'人之云亡，邦国殄瘁！'"范泰对曰："圣主在上，英彦满朝，穆之虽功著艰难，未容便关兴废，陛下何自发悲耶？"宋帝笑曰："卿不闻骐骥乎，贵日致千里耳。"于是帝追封穆之南康郡公，谥曰文宣。

时太子义符居东宫，多狎群小，因是谢晦言于武帝曰："陛下春秋既高，宜思保万代，神器至重，不可使负荷非人。今太子居东宫，多狎群小，任意淫虐，非可为之人主也。"武帝曰："庐陵王义真何如？"晦曰："臣请观焉。"帝曰："卿可去代朕观之，即来回报。"于是谢晦入内，造见义真。义真盛欲与谈别事，仁德国政无言。晦俱不答，即还报武帝曰："德轻于木，非人主也。"由此武帝复使义真为扬州刺史，去镇石头城。

宋武帝设朝，有司奏以铢货减少、国用不足。武帝因欲更造五铢。时太常范泰谏曰：

> 臣闻为国极弊，莫若务本。百姓不足，君孰与之。未有民贫而国富，本不足而末有余者也。故囊漏贮中，识者不吝；反裘负薪，存毛实难。王者不言有无，诸侯不说多少，食禄之家，不与百姓争利。故拔葵所以明政，织蒲谓之不仁，是以贵贱有章，职分无爽。今之所忧，在农人尚寡，食廪未充，转运无已，资食者众，家无私积，难以御荒耳。夫货存贸易，不在少多，昔日之贵，今日之贱，彼此共之，其揆一也。但令官民俱通，则无患不足。若使必资货广以收国用者，则钱贝之属，自古所有。寻铜之为器，在用已博矣。钟律所通者货，机衡所揆者人。夏鼎负《图》，实冠众瑞，晋铎呈象，亦启伏征。器有要用，则贵贱同资；物有适宜，则家国共急。今毁必资之器，而为无施之钱，于货则功不补劳，在用则君民俱困，校之以实，损多益少。伏愿思可久之道，探欲速之情，弘山海之纳，择刍荛之说也。

宋武帝闻谏，于是罢焉。